Takashi Matsuoka

Die Stunde des Samurai

ROMAN

*Aus dem Amerikanischen
von Eva L. Wahser*

Albrecht Knaus

Titel der Originalausgabe: Cloud of Sparrows
Originalverlag: Delacorte Press, New York

Umwelthinweis:
Dieses Buch und sein Schutzumschlag wurden auf chlorfrei gebleichtem Papier gedruckt. Die vor Verschmutzung schützende Einschrumpffolie ist aus umweltschonender und recyclingfähiger PE-Folie.

1. Auflage
Copyright © 2002 by Takashi Matsuoka
Copyright © 2003 der deutschsprachigen Ausgabe
by Albrecht Knaus Verlag, München,
in der Verlagsgruppe Random House GmbH
Umschlaggestaltung: Design Team München
Gesetzt aus 10.3/13.3 pt. Sabon
Satz: Filmsatz Schröter, München
Druck und Bindung: GGP Media, Pößneck
Printed in Germany
ISBN 3-8135-0218-X
www.knaus-verlag.de

*Für Haruko, Weixin und Jenna.
Mögen sie mich stets begleiten
mit ihrem Mut, ihrer Klugheit und
ihrer Eleganz.*

Inhalt

Teil I *Neujahrstag, 1. Januar 1861*

1 Ein Schiff namens «Stern von Bethlehem» 13
2 Ausländer 40
3 Stiller Kranich 67

Teil II *Schöne Träumer*

4 Zehn tote Männer 93
5 Visionäre 136
6 Fürst Genjis Tod 164

Teil III *Daimyo*

7 Satori 187
8 Makkyo 214
9 Bitoku 263
10 Iaido 291
11 Yuki to Chi 325
12 Suzume-no-kumo 339

Teil IV *Die Brücke zwischen Leben und Tod*

13 Apple Valley 359
14 Sekigahara 394
15 El Paso 458

Teil V *Neujahrstag,
erster Neumond nach der Wintersonnenwende
im 16. Jahr des Kaisers Komei*

  16 Stiller Kranich 477
  17 Ausländer 485
18 Ein Schiff namens «Stern von Bethlehem» 501

Teil VI *Spatzenwolke*

Suzume-no-kumo 507

Personen

GENJI: Großfürst von Akaoka; Anführer des Okumichi-Clans
SHIGERU: Onkel von Fürst Genji
KUDO: Fürst Genjis Oberster Leibwächter
SAIKI: Fürst Genjis Kammerherr

HIDÉ
SHIMODA } Samurai des Okumichi-Clans
TARO

HEIKO: eine Geisha; Genjis Geliebte
HANAKO: Dienerin des Okumichi-Clans
FÜRST KIYORI: Genjis verstorbener Großvater
SOHAKU: Abt des Klosters Mushindo (und Oberbefehlshaber der Reiterei des Okumichi-Clans)
JIMBO: ein buddhistischer Zen-Mönch (einst christlicher Missionar)

ZEPHANIAH CROMWELL
EMILY GIBSON } christliche Missionare
MATTHEW STARK

KAWAKAMI: führender Kopf der Geheimpolizei des Shogun
MUKAI: Kawakamis rechte Hand

TEIL I

Neujahrstag, 1. Januar 1861

I

Ein Schiff namens «Stern von Bethlehem»

> Wenn du, weit entfernt von deinen Ländereien, einen unbekannten Fluss durchquerst, beobachte aufmerksam die Strudel an der Oberfläche und prüfe, ob das Wasser klar ist. Lass dich vom Verhalten der Pferde leiten. Hüte dich vor einem plötzlichen Überfall aus dem Hinterhalt.
>
> Bei einer vertrauten Furt in der Nähe deines Hauses lass den Blick tief in die Schatten am gegenüberliegenden Ufer dringen, und achte auf die Bewegungen des hohen Grases. Lausche auf die Atemzüge deiner dich umgebenden Gefährten. Hüte dich vor dem einsamen Meuchelmörder.
>
> SUZUME-NO-KUMO (1491)

Heiko stellte sich schlafend. Bewusst atmete sie tief und langsam, entspannte ihre Muskeln, ohne sie erschlaffen zu lassen, hielt die Lippen geschlossen, als wollte sie sie jeden Moment öffnen. Weich ruhten ihre Augen unter reglosen Lidern, in deren Schutz sich ihr Blick ganz nach innen kehrte, dem ruhigen Mittelpunkt ihres Seins zu. Dass er neben ihr erwachte, spürte sie mehr, als dass sie es fühlte.

Dieses Bild hoffte sie ihm zu bieten, wenn er sich zu ihr drehte, um sie zu betrachten:

Ihr Haar – nachtschwarzes, sternenloses Dunkel auf blauseidenem Tuch.

Ihr Gesicht – blass wie Schnee im Frühling, der das Mondlicht stiehlt.

Ihr Körper – sinnliche Rundungen unter der mit feinster

Stickerei verzierten Decke, auch sie aus Seide. Ein Kranichpaar, die Hälse purpurrot im Paarungsrausch, Tanz und Kampf, frei schwebend, vor einem Feld aus Gold.

Die sternenlose Nacht war ihr gewiss. Ihr Haar – dunkel schimmernd und seidig – war mit das Schönste an ihr. Schnee im Frühling war vielleicht zu weit hergeholt, selbst bei großzügiger Auslegung der Metapher. Ihre frühen Kindertage hatte sie in einem Fischerdorf in der Provinz Tosa verbracht. Diese glücklichen Stunden unter der Sonne ließen sich nie mehr ganz auslöschen, auch wenn es schon lange her war. Stets trugen ihre Wangen zarte Sommersprossen. Schnee im Frühling war makellos. Doch als Ausgleich war da immer noch dieser Schimmer wie von Mondlicht. Darauf bestand er. Wer war sie, ihm darin zu widersprechen?

Hoffentlich würde er sie betrachten. Selbst im Schlaf sah sie elegant aus, sogar wenn sie tatsächlich schlief. Und wenn sie, wie jetzt, die Schlafende mimte, hatte das auf Männer meist eine umwerfende Wirkung. Was würde er tun? Würde er die Hülle heben, sacht und diskret, und sich an ihrer unbewussten Nacktheit weiden? Würde er sich lächelnd niederbeugen und sie mit zartem Streicheln wecken? Oder würde er, der stets Geduldige, nur schauend warten, bis sich mit leisem Flattern ihre Augen von selbst öffneten?

Bei keinem anderen Mann hätten sie derartige Überlegungen geplagt, ja, sie wären ihr nicht einmal in den Sinn gekommen. Dieser war anders. Bei ihm ertappte sie sich oft bei solch schmeichelhaften Tagträumereien. Lag es tatsächlich daran, dass er ganz anders war als die Übrigen? Oder hatte alles einen sehr einfachen Grund? Hatte sie törichterweise gerade an ihn ihr Herz verloren?

Genji tat nichts von alledem. Stattdessen erhob er sich und trat ans Fenster, wo man die ganze Bucht von Edo überblickte. Nackt stand er dort in der Morgenkühle und beobachtete irgendetwas sehr konzentriert. Trotz eines gelegentlichen Zitterns machte er keinerlei Anstalten, sich anzukleiden. Heiko wusste, dass er sich in seiner Jugend auf dem Berge Hiei bei den Tendai-Mönchen einer strengen Ausbildung unterzogen hatte. Angeblich waren jene geheimnisvollen Asketen darin Meister, von innen heraus Körperhitze zu erzeugen, und konnten stundenlang reglos unter eisigen Wasserfällen ausharren. Genji rühmte sich, einst ihr Schüler gewesen zu sein. Beinahe hätte sie gekichert. Um es zu unterdrücken, regte sie sich seufzend, als würde sie sich leicht im Schlaf drehen. Offensichtlich hatte er diese Technik entgegen seinen Hoffnungen doch nicht so gut gemeistert.

Genji ließ sich durch ihren Seufzer nicht von seinen Beobachtungen ablenken, obwohl sie sich seiner verführerischen Wirkung durchaus bewusst war. Ohne einen einzigen beiläufigen Blick in ihre Richtung nahm er das alte portugiesische Fernrohr zur Hand, zog es ganz aus und konzentrierte sich erneut ausschließlich auf die Bucht. Heiko gestattete sich ein leises Gefühl der Enttäuschung. Sie hatte gehofft … Was hatte sie gehofft? Hoffnungen, kleine wie große, waren ein Luxus, weiter nichts.

Ohne ihn erneut anzusehen, malte sie sich aus, wie er dort am Fenster stand. Wenn sie es übertrieb, würde Genji einfach nicht entgehen können, dass sie wach lag. Vielleicht hatte er es aber auch längst bemerkt. Dies wäre eine Erklärung dafür, warum er sie zuvor beim Aufstehen ignoriert hatte und dann wieder, als sie seufzte. Er neckte sie. Oder auch nicht. Das ließ sich schwer sagen. Also hörte sie mit dem Nachdenken auf und stellte sich ihn vor.

Eigentlich war er für einen Mann fast schon zu hübsch. Diese Tatsache und sein übliches Auftreten, das betont umgänglich war und dem Verhalten eines Samurai widersprach, ließen ihn oberflächlich und schwach erscheinen, ja sogar weibisch. Der äußere Schein trog. Unbekleidet belegte eine deutlich sichtbare, kräftige Muskulatur, mit welcher Hingabe er sich dem Leben eines Kriegers widmete. Kampfkunst und Liebeskunst gingen Hand in Hand. Sie spürte, wie ihr beim Gedanken daran warm wurde, und seufzte. Diesmal unfreiwillig. Jetzt war es schwierig, weiterhin die Schlafende zu mimen. Sie gestattete sich, die Augen zu öffnen, und erblickte das Bild aus ihrer Fantasie. Egal, was am anderen Ende des Fernrohrs zu sehen war, es musste eine echte Faszination ausüben, denn es ließ ihn nicht los.

Nach einiger Zeit murmelte sie schläfrig: «Mein Fürst, Ihr zittert.»

Ohne den Blick von der Bucht zu wenden, sagte er lächelnd: «Eine üble Lüge. Ich bin gegen Kälte immun.»

Heiko glitt vom Bett, zog Genjis Unterkimono an und wickelte ihn fest um ihren Körper. Dann fasste sie ihre Haare mit einem Seidenband locker zusammen. Ihre Dienerin Sachiko würde Stunden brauchen, um wieder den kunstvollen Haarknoten einer Kurtisane zu flechten. Im Augenblick würde diese Frisur genügen müssen. Sie stand auf und ging, wie man es von eleganten Damen erwartete, mit kurzen Schlürfschritten zu ihm, kniete nieder und verbeugte sich. In dieser Haltung verharrte sie einige Momente, wobei sie keinerlei Reaktion seinerseits erwartete und auch nicht erhielt. Anschließend erhob sie sich, zog den Unterkimono, auf den sich inzwischen ihre Körperwärme und ihr Parfüm übertragen hatten, aus und legte ihn ihm um die Schultern.

Mit einem Grunzlaut schlüpfte Genji in das Kleidungsstück. «Hier, schau.»

Sie nahm das angebotene Fernrohr und ließ den Blick über die Bucht schweifen. Am Abend zuvor hatten hier sechs Schiffe geankert, Kriegsschiffe aus Russland, Britannien und Amerika. Inzwischen lag da ein siebtes, ein Dreimastschoner. Der Neuankömmling war kleiner als die Marineschiffe und besaß weder Schaufelräder noch hohe schwarze Schornsteine. Längsseits konnte man keine Geschützpforten und an Deck keine Kanonen sehen. Trotzdem war er immer noch doppelt so groß wie alle japanischen Schiffe. Woher war er gekommen? Aus Westen, von einem chinesischen Hafen? Aus Süden, von Indonesien? Aus Osten, von Amerika?

Sie sagte: «Als wir zu Bett gingen, lag das Handelsschiff noch nicht da.»

«Es hat eben erst Anker geworfen.»
«Handelt es sich um das von Euch erwartete?»
«Vielleicht.»
Mit einer Verbeugung gab Heiko Genji das Fernrohr zurück. Er hatte ihr nicht gesagt, welches Schiff er erwartete, und natürlich hatte sie nicht danach gefragt. Wahrscheinlich wusste nicht einmal Genji die Antwort auf solche Fragen. Vermutlich wartete er auf die Erfüllung einer Prophezeiung. Und Prophezeiungen waren bekanntermaßen lückenhaft. Sie behielt die Schiffe in der Bucht im Auge, obwohl sich ihre Gedanken in eine andere Richtung bewegten. «Warum haben die Ausländer gestern Nacht so gelärmt?»
«Zur Feier der Neujahrsnacht.»
«Bis Neujahr sind es noch drei Wochen.»
«Für uns. Am ersten Neumond nach der Wintersonnenwende im fünfzehnten Jahr des Kaisers Komei. Für sie ist jedoch bereits Neujahr.» Er sagte auf Englisch: «Der erste Januar 1861.» Anschließend verfiel er wieder ins Japanische. «Für sie vergeht die Zeit schneller. Deshalb sind sie uns auch so weit voraus. Heute ist also ihr Neujahrstag, während wir noch drei Wochen lang in der Vergangenheit stecken.» Lächelnd sah er sie an. «Heiko, du beschämst mich. Spürst du denn die Kälte nicht?»
«Ich bin nur eine Frau, mein Fürst. Wo Ihr Muskeln habt, bestehe ich aus Fett. Dieser Makel hält mich ein wenig länger warm.» In Wirklichkeit musste sie große Selbstdisziplin aufbieten, um vor Kälte nicht zu zittern. Das Anwärmen des Kimonos war eine kleine hübsche Geste gewesen, die sie durch ihr Frieren nicht zu sehr betonen wollte.
Wieder betrachtete Genji die Schiffe. «Dampfmaschinen zum Antrieb, bei Wind und bei ruhiger See. Kanonen, die noch in Kilometern Entfernung Vernichtung bringen können. Eine Handfeuerwaffe für jeden Soldaten. Drei Jahrhunderte lang haben wir uns mit dem Schwertkult etwas vorgemacht, während sie sich ganz und gar auf Effizienz konzentriert haben. Sogar ihre Sprachen sind effizienter, und deshalb auch ihr Den-

ken. Wir sind so vage, verlassen uns zu sehr auf das Unausgesprochene, auf Andeutungen.»
«Ist Effizienz so wichtig?»
«Im Krieg schon, und dazu wird es kommen.»
«Ist das eine Prophezeiung?»
«Nein, nur gesunder Menschenverstand. Überall, wohin sie kamen, haben die Ausländer alles an sich gerissen: Leben, Schätze, Land. Über drei Viertel der Welt haben sie ihren rechtmäßigen Herrschern durch Plünderungen, Mord und Sklaverei entrissen.»
Heiko sagte: «Gänzlich anders als unsere Großfürsten.»
Genji lachte fröhlich. «Unsere Pflicht ist es sicherzustellen, dass in Japan einzig und allein wir plündern, morden und versklaven dürfen. Wie könnten wir uns sonst Großfürsten nennen?»
Heiko verbeugte sich. «Im Bewusstsein eines derart umfassenden Schutzes fühle ich mich sicher. Darf ich Euch ein Bad einlassen, mein Fürst?»
«Ich danke dir.»
«Für uns ist im Augenblick die Stunde des Drachen. Welche Zeit haben sie?»
Genji warf einen Blick auf die Schweizer Uhr auf dem Tisch. Auf Englisch sagte er: «Vier Minuten nach sieben Uhr morgens.»
«Was ist Euch lieber, mein Fürst? Um vier Minuten nach sieben Uhr morgens zu baden oder in der Stunde des Drachen?»
Wieder lachte Genji frei und unbeschwert. Diesmal hatte sie ihn geschlagen. Seine vielen Kritiker munkelten, er lache zu oft. Dies sei, so hieß es, ein deutlicher Beweis dafür, dass es ihm in diesen gefährlichen Zeiten entschieden an Ernsthaftigkeit fehle. Vielleicht entsprach dies der Wahrheit. Heiko war sich nicht sicher, doch eines wusste sie bestimmt: Sie hörte ihn so gern lachen.
Sie erwiderte seine Verbeugung und trat drei Schritte zurück. Dann drehte sie sich um und entfernte sich. Obwohl sie nackt durchs Schlafzimmer ihres Geliebten schritt, hätte ihr Gang nicht graziöser sein können, als wenn sie sich im höfi-

schen Zwölf-Schichten-Gewand im Palast des Shogun bewegt hätte. Sie spürte, wie sein Blick ihr folgte.
«Heiko», hörte sie ihn sagen, «warte einen Augenblick.» Sie lächelte. Er hatte sie so lange ignoriert, wie er nur konnte. Jetzt kam er auf sie zu.

Hochwürden Zephaniah Cromwell, demütiger Diener des Lichtes vom Wahren Wort der Propheten Unseres Herrn Jesu Christi, blickte übers Wasser zur Stadt Edo hinüber, jenem von Menschen wimmelnden, heidnischen Sündenpfuhl, zu dem man ihn gesandt hatte, um den unwissenden Japanern das Wort Gottes zu verkünden. Das Wahre Wort, ehe Papisten und Episkopalisten, bei denen es sich lediglich um verkleidete Papisten handelte, ehe Calvinisten und Lutheraner, die hinter dem Namen Gottes ihre Profitgier verbargen, diese armen Heiden noch zur Gänze ruinierten. Abtrünnige Ketzer waren dem Wahren Wort in China zuvorgekommen. In Japan sollten sie nicht triumphieren, dazu war Hochwürden Cromwell entschlossen. Welche Macht wären diese Samurai in der Schlacht der Schlachten, in Armageddon, wenn sie Christus annähmen und seine wahren Soldaten würden. Sie, die keine Angst vor dem Tod hatten und für den Krieg geboren waren, würden die idealen Märtyrer abgeben. Das war die Zukunft, wenn es denn eine geben sollte. Die Gegenwart sah nicht gerade viel versprechend aus. Dies hier war ein Höllenland voller Metzen, Sodomiten und Mörder. Ihm jedoch verlieh das Wahre Wort Kraft, er würde triumphieren. Gottes Wille wird geschehen.

«Guten Morgen, Zephaniah.»
Ihre Stimme ließ seinen gerechten Zorn auf der Stelle verfliegen. Stattdessen spürte er in sich jene schreckliche Hitze aufsteigen, die ihm mittlerweile so vertraut war. Sein Gehirn und seine Lenden loderten. Nein, nein, derart bösen Trugbildern würde er nicht nachgeben.

«Guten Morgen, Emily», sagte er, wobei er sich zwang, sie mit ernster Miene anzublicken. Emily Gibson, ein gläubiges Mitglied seiner Herde, seine Schülerin, seine Verlobte. Er versuchte, nicht an den frischen jungen Körper unter ihrer Kleidung zu denken, an den wogenden Busen, an die verlockenden Rundungen ihrer Hüften, die langen wohlgeformten Beine und an die Knöchel, die gelegentlich unter ihrem Rocksaum hervorspitzten. Er wollte sich kein Bild von dem machen, was er noch nicht gesehen hatte. Ihre vollen Brüste, unbedeckt, nackt; Form und Farbe ihrer Brustwarzen; ihr Bauch, ein fruchtbarreifes Feld, bereit für seinen Samen. Ihr Hügel, zum Zeugen geschaffen, ein heiliges Gefäß und doch eine Lasterhöhle, süßester Reiz für alle Sinne. Ach, diese trügerischen Verlockungen des Fleisches, diese unersättliche Gier, die es in uns weckt, diese Leidenschaft und Raserei, angestachelt von wilder Fleischeslust. «Denn die da fleischlich sind, die sind fleischlich gesinnet; die aber geistlich sind, die sind geistlich gesinnet.» Erst als er erneut Emilys Stimme hörte, wurde ihm bewusst, dass er laut gesprochen hatte.

«Amen», sagte sie.

Hochwürden Cromwell spürte, wie die Welt von ihm wegdriftete und mit ihr die von Jesus Christus, Gottes einzigem Sohn, versprochene Gnade und Erlösung. Er musste jeden fleischlichen Gedanken verbannen. Wieder schaute er übers Wasser nach Edo hinüber. «Unsere große Herausforderung. Sünden in Gedanken und Werken im Übermaß. Ungläubige in großer Zahl.»

Sie lächelte ihr weich-verträumtes Lächeln. «Ich bin überzeugt, dass Sie dieser Aufgabe gewachsen sind, Zephaniah. Sie sind ein Mann Gottes.»

Scham stieg in Hochwürden Cromwell auf. Was würde dieses Unschuldskind denken, wenn es wüsste, welche Gier ihn in ihrer Gegenwart quälte? Er sagte: «Lasset uns für die Heiden beten», und kniete sich aufs Schiffsdeck. Gehorsam folgte Emily seinem Beispiel. Sie war viel zu nahe. Er konnte ihre Körperwärme spüren. Der natürliche Duft ihres Geschlechts drang in seine Nase, obwohl er sich alle erdenkliche Mühe gab, nicht darauf zu achten.

«Ihre Fürsten sind unter ihnen brüllende Löwen, und ihre

Richter Wölfe am Abend, die nichts lassen bis auf den Morgen überbleiben. Ihre Propheten sind leichtfertig und Verächter; ihre Priester entweihen das Heiligtum und deuten das Gesetz frevelich. Der Herr, der unter ihnen ist, ist gerecht, und tut kein Arges. Er lässt alle Morgen seine Rechte öffentlich lehren, und lässt nicht ab; aber die bösen Leute wollen sich nicht schämen lernen.» Mit jeder vertrauten Melodie des Wahren Wortes wuchs seine Zuversicht, bei jedem Wort wurde seine Stimme kräftiger und tiefer, bis sie in seinen eigenen Ohren wie die Stimme des Allerhöchsten klang. «Darum, spricht der Herr, müsset ihr mein auch harren, bis ich mich aufmache zu seiner Zeit, da ich auch rechten werde, und die Heiden versammeln, und die Königreiche zuhauf bringen, meinen Zorn über sie zu schütten, ja, allen Zorn meines Grimmes; denn alle Welt soll durch meines Eifers Feuer verzehret werden!» Er hielt inne, holte tief Luft. «Amen!», schrie er aus voller Kehle.

«Amen», sagte Emily mit einer Stimme, zart wie ein Wiegenlied.

Auf dem hohen, seewärts gerichteten Wachturm der Burg von Edo ruhte auf einem komplizierten französischen Dreifuß, der allergenaueste Einstellungen erlaubte, ein holländisches Himmelsfernrohr von der Größe einer schweren Kanone auf einer englischen Galeere. Dieses Fernrohr hatte die holländische Regierung vor gut zweihundertfünfzig Jahren dem ersten Tokugawa-Shogun, Ieyasu, zum Geschenk gemacht. Napoleon Bonaparte hatte anlässlich seiner Krönung zum Kaiser von Frankreich dem elften Shogun dieser Dynastie, Ienari, den Dreifuß geschickt. Dieses so genannte Kaiserreich dauerte ganze zehn Jahre.

Während die Stunde des Drachen der Stunde der Schlange wich, hing Kawakami Eichis Blick am Riesenfernrohr, das nicht in den Kosmos gerichtet war, sondern auf die Paläste der Großfürsten im einen Kilometer entfernten Tsukiji-Viertel. Trotzdem war er in Gedanken woanders. In Anbetracht der Geschichte dieses Fernrohrs kam er zu dem Schluss, dass der gegenwärtige Shogun Iemochi aller Wahrscheinlichkeit nach der letzte Tokugawa sein würde, dem diese hohe Ehre zukam. Selbstverständlich stellte sich dabei nur eine Frage: Wer würde sein Nachfolger? Als Kopf der Geheimpolizei des Shogun und als ergebener Untertan des Kaisers, der als Abkömmling der Götter trotz seiner gegenwärtigen Machtlosigkeit sakrosankt war, hatte Kawakami die Pflicht, das Regime und die Nation zu schützen. In besseren Zeiten waren diese beiden Verpflichtungen untrennbar gewesen. Mittlerweile war das nicht mehr unbedingt der Fall. Ergebene Treue war das Fundament aller Samurai-Tugenden. Kawakami hatte Treue aus allen erdenklichen Blickwinkeln heraus betrachtet. Schließlich war das Überprüfen von Ergebenheit seine Aufgabe. Inzwischen sah er zunehmend klarer: Die Tage persönlicher Treue gingen zu Ende. In Zukunft musste Treue an eine Sache gebunden sein, an ein Prinzip, eine Idee und nicht an einen Einzelnen oder einen Clan. Dass er auf einen derart unerhörten Gedanken gekommen war, grenzte bereits an ein Wunder und war ein weiterer Beweis für den heimtückischen Einfluss der Ausländer.

Er richtete das Fernrohr von den Palästen auf die unmittelbar dahinter liegende Bucht. Sechs der sieben Schiffe waren Kriegsschiffe. Ausländer. Sie hatten alles verändert. Zuerst, vor sieben Jahren, die Ankunft der Schwarzen Flotte unter dem Kommando dieses arroganten Amerikaners namens Perry. Dann die demütigenden Verträge mit ausländischen Nationen, die ihnen das Recht gaben, Japan zu betreten, ohne damit an die japanische Rechtsprechung gebunden zu sein. Das war, als würde man auf schreckliche Weise gefoltert und vergewaltigt – und zwar nicht nur einmal, sondern immer wieder – und müsste sich dabei lächelnd verbeugen und den Dankbaren mimen. Kawakami krümmte die Hand wie um einen Schwertgriff. Wie befreiend wird es sein, sie alle zu enthaupten. Eines Tages, daran gab es keinen Zweifel. Leider war heute nicht dieser Tag. Die Burg von Edo war die stärkste Festung in ganz Japan. Allein ihre Existenz hatte drei Jahrhunderte lang rivalisierende Clans davon abgehalten, den Tokugawa die Macht streitig zu machen. Und doch konnte jedes der Schiffe diese großartige Festung binnen Stunden in eine Ruine verwandeln. Ja, alles hatte sich verändert – auch die Menschen, damit sie überleben konnten. Diese Ausländer dachten wissenschaftlich-logisch und kalt, was ihnen die Herstellung ihrer erstaunlichen Waffen erlaubte. Es musste einen Weg geben, sich ihrer Denkweise zu bedienen, ohne wie sie stinkende, Unrat fressende Ungeheuer zu werden.

«Mein Fürst.» Draußen vor der Tür ertönte die Stimme Mukais, seiner rechten Hand.

«Herein.»

Kniend schob Mukai die Tür auf, verbeugte sich, rutschte auf den Knien herein und schob mit einer weiteren Verbeugung die Tür zu. «Bei dem Neuankömmling im Hafen handelt es sich um die ‹Stern von Bethlehem›. Vor fünf Wochen stach sie von San Francisco an der Westküste Amerikas aus in See. Bis letzten Mittwoch lag sie im Hafen von Honolulu auf den Hawaiischen Inseln. Sie hat weder Sprengstoff noch irgendwelche größeren Mengen Feuerwaffen geladen. Keiner ihrer Passagiere ist als Agent einer ausländischen Regierung, als Militärexperte oder als Verbrecher bekannt.»

«Alle Ausländer sind Verbrecher», sagte Kawakami.

«Jawohl, mein Fürst», pflichtete Mukai ihm bei. «Damit meinte ich lediglich, dass unseres Wissens derzeit keiner von ihnen vorbestraft ist.»

«Unwichtig. Die amerikanischen Behörden sind in höchstem Maß unfähig, ihre Leute im Auge zu behalten. Da so viele von ihnen Analphabeten sind, kann man auch nichts anderes erwarten. Wie soll man vernünftige Akten anlegen, wenn die Hälfte der Beamten selbst nicht lesen und schreiben kann?»

«Wie wahr.»

«Was noch?»

«Drei christliche Missionare mit fünfhundert englischen Bibeln.»

Missionare. Das beunruhigte Kawakami. Bezüglich ihrer so genannten «Religionsfreiheit» reagierten die Ausländer besonders heftig, obwohl es sich dabei selbstverständlich um ein völlig unsinniges Konzept handelte. In Japan folgten die Menschen eines Territoriums der von ihrem Großfürsten per Dekret verordneten Religion. Wenn sich der Großfürst einer speziellen buddhistischen Sekte anschloss, dann folgten auch seine Leute ihr. War er ein Shinto-Anhänger, waren sie es auch. Sollte er, was häufig vorkam, beides sein, so galt das auch für sie. Obendrein stand jedem Untertan die Ausübung einer anderen, selbst gewählten Religion frei. Religion hatte mit dem Reich des Jenseits zu tun, wohingegen sich der Shogun und die Großfürsten nur für ein Reich interessierten: das irdische. Mit dem Christentum verhielt es sich ganz anders; mit ihm war untrennbar Verrat verbunden. Ein einziger Gott für die ganze Welt, ein Gott, der über den Göttern Japans und über dem Sohn des Himmels stand, Seine Allererhabenste Kaiserliche Majestät, Kaiser Komei. In weiser Voraussicht hatte Ieyasu, der erste Shogun, das Christentum verboten, hatte die ausländischen Priester aus dem Land gejagt und zehntausende Konvertiten kreuzigen lassen. Danach hatte für über zwei Jahrhunderte Ruhe geherrscht. Noch immer war das Christentum offiziell verboten. Allerdings handelte es sich dabei um ein Gesetz, dessen Umsetzung nicht mehr erzwungen werden konnte. Japanische Schwerter konnten gegen die Feuerwaffen der Ausländer nichts ausrichten. Deshalb bedeutete «Religionsfreiheit», dass jedes Individuum die Religion seiner Wahl unter Ausschluss sämtlicher anderer Religionen ausüben konnte. Dies förderte nicht nur Anarchie, was schon schlimm genug war, sondern lieferte den Ausländern auch einen Vorwand, sich im Interesse ihrer Glaubensgenossen einzuschalten. Kawakami war fest davon überzeugt, dass dies der wahre Grund für «Religionsfreiheit» war.

«Wer soll die Missionare empfangen?»
«Der Großfürst von Akaoka.»
Kawakami schloss die Augen, holte tief Luft und konzentrierte sich. Der Großfürst von Akaoka. In letzter Zeit hatte er diesen Namen viel zu oft gehört. Es handelte sich um ein klei-

nes, weit entferntes, unbedeutendes Lehen. Zwei Drittel aller Großfürsten besaßen reichere Ländereien. Aber wie immer in ungewissen Zeiten maßte sich auch diesmal der Großfürst von Akaoka eine herausragende Rolle an, die seiner wahren Bedeutung in keiner Weise entsprach. Egal, ob es sich um einen listigen alten Krieger und Politiker wie den verstorbenen Fürsten Kiyori handelte oder um seinen Nachfolger, einen schwachen, blutjungen Dilettanten, Fürst Genji. Jahrhundertealte Gerüchte erhoben sie über ihre rechtmäßige Stellung. Gerüchte über ihre angeblich prophetische Gabe.

«Wir hätten ihn anlässlich der Ermordung des Regenten verhaften sollen.»

«Dabei handelte es sich um die Tat ausländerfeindlicher Radikaler, nicht um Christensympathisanten», erklärte Mukai. «Er hatte damit nicht das Geringste zu tun.»

Kawakami runzelte die Stirn. «Allmählich klingst du wie ein Ausländer.»

Mit einer tiefen Verbeugung gestand Mukai seinen Fehler ein. «Verzeihung, Fürst, das war übereilt gesprochen.»

«Du sprichst, als wären Beweise und Tatsachen wichtiger als das, was im Herzen eines Mannes vorgeht.»

«Ich bitte untertänigst um Verzeihung, Fürst.» Noch immer presste Mukai das Gesicht gegen den Boden.

«Gedanken sind ebenso wichtig wie Taten, Mukai.»

«Jawohl, mein Fürst.»

«Wie soll die Zivilisation die heranbrandenden Barbarenhorden überdauern, wenn Männer für ihre Gedanken nicht zur Rechenschaft gezogen werden, insbesondere Großfürsten?»

«Jawohl, mein Fürst.» Mukai hob ein wenig den Kopf, um Kawakami anzusehen. «Soll ich den Befehl zu seiner Verhaftung erteilen?»

Kawakami wandte sich wieder dem Fernrohr zu. Diesmal konzentrierte er sich auf jenes Schiff, das Mukai als «Stern von Bethlehem» bezeichnet hatte. Dank der enormen Vergrößerung, die das holländische Gerät lieferte, fand er sich mitten an

Deck neben einem selbst für einen Ausländer auffallend hässlichen Mann wieder. Seine Augen traten hervor, als herrschte Überdruck in dem plumpen Schädel. Tiefe Kummerfalten kerbten sein Gesicht. Sein Mund schien in einer Dauergrimasse verzerrt zu sein. Seine lange Nase war nach einer Seite gekrümmt. Aus innerer Anspannung hatte er die Schultern zu einem Buckel hochgezogen. Neben ihm stand eine junge Frau, deren Haut außergewöhnlich hell und glatt wirkte, was zweifellos auf eine Illusion zurückzuführen war, bedingt durch die Krümmung und Dichte des geschliffenen Glases. Ansonsten war sie, wie alle ihrer Art, ein Monster. Der Mann sagte etwas und kniete sich aufs Deck. Einen Augenblick später tat es ihm die junge Frau gleich. Sie waren in irgendein christliches Gebetsritual vertieft.

Kawakami hatte ein wenig zu heftig auf Mukais Worte reagiert. Der Grund dafür waren Schuldgefühle wegen seiner eigenen Überlegungen. Natürlich kam eine Verhaftung nicht in Frage. Akaoka war zwar ein unbedeutendes Lehen, doch schon seit Jahrhunderten für den Kampfgeist seiner Samurai-Truppe berühmt. Allein der Versuch einer Verhaftung würde zu Meuchelmord führen. Verwicklungen weiterer Großfürsten wären nicht ausgeschlossen, was in einen offenen Bürgerkrieg münden könnte, der seinerseits eine allzu verführerische Gelegenheit für eine Ausländerinvasion böte. Wenn es galt, den Großfürsten von Akaoka zu vernichten, müsste dies auf unverfänglichere Weise geschehen. Und diese hatte Kawakami längst vorbereitet.

«Noch nicht», sagte Kawakami. «Momentan lassen wir ihn weitermachen und warten, wer uns sonst noch ins Netz geht.»

Er hatte noch nicht die Augen offen, da hielt er schon die Pistole in der rechten und das Messer in der linken Hand. Urplötzlich war Stark hellwach. Wütendes Gebrüll dröhnte in seinen Ohren. Trübes Morgenlicht sickerte in seine Kajüte und warf vage Schatten. Seine Pistole folgte den Augen, während er den Raum absuchte. Niemand. Er war immer noch allein.

Einen Augenblick glaubte er, erneut von seinem Albtraum geplagt zu werden.

«Darum, spricht der Herr, müsset ihr mein auch harren, bis ich mich aufmache zu seiner Zeit, da ich auch rechten werde ...»

Droben vom Deck tönte Cromwells Stimme herunter. Ausatmend senkte er seine Waffen. Der Prediger war wieder in seinem Element und spuckte aus Leibeskräften Höllenfeuer.

Stark kletterte aus der Koje. Seine Reisetruhe stand offen, bereit für die letzten Sachen. In wenigen Stunden würde er festen Boden unter den Füßen haben, in einem neuen Land. Er spürte das beruhigend schwere Gewicht des großen Revolvers in der Hand. Ein Colt, Modell 1860 Army, mit Acht-Zoll-Lauf und Kaliber .44. Binnen einer Sekunde konnte er den knapp ein Kilo schweren Stahlbrocken ziehen und feuern und schon beim ersten Schuss in drei von fünf Fällen einen Mann aus sechs Metern Entfernung in die Brust treffen. Der zweite Schuss deckte dann die beiden anderen Fälle ab. Aus drei Metern Entfernung platzierte er in zwei von drei Situationen bereits den ersten Schuss genau zwischen die Augen beziehungsweise ins linke oder rechte, je nach Lust und Laune. Sollte der Mann beim dritten Anlauf wegrennen, konnte ihm Stark die Kugel durchs Rückgrat jagen, direkt in den Genickansatz, und ihm damit sauber den Kopf von den Schultern pusten.

Lieber hätte er den Colt am Körper getragen, in einem tief auf der rechten Hüfte sitzenden, offenen Halfter. Leider war im Augenblick nicht der richtige Zeitpunkt, um eine Schusswaffe oder ein Messer von der Größe eines Kleinschwerts sichtbar über der Kleidung zu tragen. Das Bowie-Messer verschwand wieder in seiner Scheide und dann in der Truhe zwischen den beiden Pullovern, die ihm Mary Anne gestrickt hatte. Den Colt wickelte er in ein altes Handtuch und legte ihn neben das Messer. Beide bedeckte er mit zusammengefalteten Hemden. Darüber kam noch eine Lage Bibeln. Im Schiffsbauch lag eine Kiste mit weiteren fünfhundert Stück. Wie die Japaner die King-James-Version lesen sollten, wussten nur Gott und Cromwell. Stark war das egal. Sein Interesse an der Heiligen Schrift begann und endete mit dem zweiten Satz der Genesis: Und die Erde war wüst und leer, und es war finster auf der Tiefe. Ob man ihn je zum Predigen auffordern würde, bezweifelte er sowieso. Dazu war Cromwell viel zu sehr in den Klang seiner eigenen Stimme verliebt.

Stark besaß einen zweiten Revolver, einen Smith & Wesson Taschenrevolver Kaliber .32, der so klein war, dass er ihn unter der Jacke verstecken konnte, und dazu so leicht, dass er, knapp über der Taille, links in eine verstärkte Westentasche passte. Um ihn zu ziehen, musste er hinübergreifen, unter die Jacke und in die Weste. Nach wenigen Übungsversuchen hatte sich sein Körper die Bewegungen gemerkt, und er konnte geschmeidig und rasch ziehen. Wie gut man mit dem 32er einem Menschen Einhalt gebieten konnte, wusste er nicht. Hoffentlich besser als mit der kleineren 22er Knarre, die er zuvor besessen hatte. Mit dieser 22er konnte man einem Mann fünf Kugeln in den Körper jagen, aber trotzdem würde der, wenn er groß und gereizt war und dementsprechend Angst hatte, weiter auf einen losgehen – auch wenn ihm das Blut von Gesicht und Brust tropfte. Die Klinge seines dreißig Zentimeter langen Bowie-Messers hätte dann immer noch Appetit auf seine Eingeweide. Erst ein Zufallshieb mit dem leeren Revolver könnte dem Kerl den Schädel spalten und ihn endgültig erledigen.

Stark zog seine Jacke an, nahm Hut und Handschuhe und stieg die Treppe hinauf. Als er an Deck kam, sprachen Cromwell und seine Verlobte Emily Gibson eben ihr letztes Amen und erhoben sich.

«Guten Morgen, Bruder Matthew», sagte Emily. Sie trug eine schlichte, karierte Kattunhaube, einen billigen Stoffmantel mit zusammengeklumpter Baumwollfüllung und gegen die Kälte einen alten Wollschal um den Hals. Neben ihrem rechten Ohr stahl sich eine einzelne goldene Haarlocke unter der Haube hervor. Sie steckte sie wieder zurück, als müsste sie sich dafür schämen. Wie stand geschrieben? Eure Perlen sollt ihr nicht vor die Säue werfen, auf dass sie dieselbigen nicht zer-

treten mit ihren Füßen, und sich wenden, und euch zerreißen. Seltsam. Bei ihr musste er immer an Bibelsprüche denken. Vielleicht war sie doch zur Ehefrau eines Predigers geschaffen. Besorgt runzelte sie kurz die Stirn, ehe es wieder in ihren türkisblauen Augen funkelte und sie ihn anlächelte. «Haben dich unsere Gebete geweckt?»
«Was gibt es Besseres, als mit dem Wort Gottes zu erwachen?», antwortete Stark.
«Amen, Bruder Matthew», sagte Cromwell. «Steht nicht geschrieben: Ich will meine Augen nicht schlafen lassen, noch meine Augenlider schlummern, bis ich eine Stätte finde für den Herrn.»
«Amen», sagten Emily und Stark unisono.
Großspurig deutete Cromwell auf das Land. «Dort liegt es, Bruder Matthew. Japan. Vierzig Millionen Seelen, ohne Gottes Gnade – und unsere selbstlosen Bemühungen – zur ewigen Verdammnis verurteilt.»
Soweit Starks Auge reichte, bedeckten Häuser die Landschaft. Meist handelte es sich um niedrige, zerbrechlich wirkende Gebäude mit höchstens drei Stockwerken. Trotz ihrer riesigen Ausdehnung wirkte die Stadt, als könnte sie ein Sturm hinwegfegen oder ein Zündholz niederbrennen. Die einzige Ausnahme bildeten die Paläste an der Küste und die alles überragende, weiße Festung mit den schwarzen Dächern, die ungefähr anderthalb Kilometer im Landesinneren lag.
«Bist du bereit, Bruder Matthew?», erkundigte sich Cromwell.
«Ja, Bruder Zephaniah, das bin ich.»

Sohaku, Abt des Klosters Mushindo, saß allein in seinem Hojo, dem zehn Quadratmeter großen, privaten Meditationsraum des jeweiligen Zen-Meisters im Tempel. Reglos saß er im Lotussitz da, die Augen zu schmalen Schlitzen geschlossen. Er sah, hörte und fühlte nichts. Draußen in den Bäumen zwitscherten Vögel. Mit dem Sonnenaufgang erhob sich ein leichter Wind und wehte durch die Halle. In der Küche klapperten die Mönche mit den Töpfen herum. Sie sollten nicht so lärmen. Sohaku ertappte sich beim Denken und seufzte. Nun ja, diesmal hatte er es eine Minute ausgehalten oder auch zwei. Jedenfalls machte er Fortschritte. Mit vor Schmerz zusammengebissenen Zähnen hob er mit beiden Händen den rechten Fuß vom linken Oberschenkel und streckte ihn aus. Dann lehnte er sich zurück, hob den linken Fuß vom rechten Oberschenkel und streckte ihn ebenfalls aus. Aaah. Welch köstliches Vergnügen doch das schlichte Strecken der Beine bereitete. Leben war wahrhaft ein Geschenk und ein Mysterium. Wieder klapperten in der Küche die Töpfe. Jemand lachte. Es klang wie Taro. Dieser undisziplinierte, faule Tölpel.

Mit Ingrimm im Blick stand Sohaku auf und verließ den Hojo. Er bewegte sich nicht wie der Zen-Mönch, der er inzwischen war: langsam, bedächtig, bewusst. Seine ausgreifenden Schritte waren voller Aggression und gestatteten weder ein Anhalten noch einen Rückzug. Diese Gangart hatte er sich angewöhnt, ehe er die zweihundertfünfzig Gelübde eines Mönchs ablegte, damals, als er noch der Samurai Tanaka Hidetada war, Oberbefehlshaber der Reiterei, auf Leben und Tod eingeschworener Vasall von Okumichi no kami Kiyori, des verstorbenen Großfürsten von Akaoka.

«Idioten!» Er trat über die Küchenschwelle. Bei seinem Erscheinen fielen die drei kräftigen Männer in den braunen Roben von Zen-Novizen sofort auf die Knie und pressten die kahlen Köpfe gen Boden. «Was bildet ihr euch ein, wo ihr seid? Möget ihr und eure Väter bei allen zukünftigen Inkarnationen zu Frauen verdammt werden!» Keiner der drei Männer regte sich oder gab einen Laut von sich. Sie blieben, wo sie waren, und machten sich so klein wie möglich. So würden sie verharren, bis er ihnen gestattete, sich zu erheben. Das wusste Sohaku. Sein Herz wurde weich. In Wahrheit handelte es sich um gute Männer. Ergeben, tapfer, sehr diszipliniert. Die Aufgabe, Mönch zu sein, fiel ihnen allen schwer. «Taro.»

Taro hob den Kopf ein wenig und sah verstohlen zu Sohaku auf. «Ja!»

«Bring Fürst Shigeru sein Frühstück.»
«Ja!»
«Und pass auf. Ich will nicht noch einen Mann verlieren, nicht einmal einen solchen Tunichtgut wie dich.»
Lächelnd verbeugte sich Taro. Sohakus Ärger war verraucht.
«Jawohl! Wird sofort erledigt.»
Sohaku entfernte sich ohne ein weiteres Wort. Taro und die beiden anderen, Muné und Yoshi, erhoben sich.
Muné sagte: «Fürst Hidetada hat in letzter Zeit ständig schlechte Laune.»
«Du meinst den hochwürdigen Abt Sohaku», verbesserte ihn Taro, während er Tofusuppe in eine Schüssel löffelte.
Yoshi schnaubte. «Kein Wunder, dass er schlechte Laune hat, egal, welchen Namen er zu verwenden beliebt. Jeden Tag zehn Stunden meditieren. Kein Training mit Schwert, Lanze oder Bogen. Wer könnte eine solche Rosskur ertragen, ohne schlecht gelaunt zu sein?»
«Wir sind Samurai des Okumichi-Clans», erklärte Taro, der gerade einen eingelegten Rettich in mundgerechte Stücke hackte. «Unsere Pflicht ist es, unserem Fürsten zu gehorchen, egal, was er befiehlt.»
«Stimmt», sagte Muné, «aber ist es nicht auch unsere Pflicht, dies frohen Mutes zu tun?»
Wieder schnaubte Yoshi, nahm dann einen Besen und begann, die Küche zu fegen.
«‹Wenn der Bogenschütze sein Ziel verfehlt›», sagte Taro und zitierte dabei Konfuzius, «‹sucht er den Fehler in seinem Inneren.› Kritik an übergeordneten Personen steht uns nicht zu.» Er stellte die Suppe und das eingelegte Gemüse zusammen mit einem kleinen Reistopf auf ein Tablett. Als Taro die Küche verließ, spülte Muné bereits die Töpfe.
Es war ein wunderbarer Wintermorgen. Belebend drang die Kälte durch seine dünne Robe. Wie erfrischend wäre es, sich im Fluss neben dem Tempel unter den eiskalten kleinen Wasserfall zu stellen. Solche Vergnügungen waren ihm derzeit untersagt.

Es konnte sich seiner Meinung nach nur um ein vorübergehendes Verbot handeln. Vielleicht war der gegenwärtige Großfürst von Akaoka kein Krieger wie sein Großvater, ein Okumichi war er trotzdem. Der Krieg rückte näher, das wusste selbst ein einfacher Mann wie Taro. Und wenn der Krieg ausbrach, würden die Schwerter des Okumichi-Clans wie stets unter den ersten sein, die sich vom Feindesblut rot färbten. Lange Zeit hatten sie gewartet. Wenn es zum Krieg kam, würden sie nicht lange Mönche bleiben.

Sachte trat Taro auf die kleinen Steine, die zwischen der Haupthalle und dem Wohntrakt einen Fußweg bildeten. Bei Nässe waren sie tückisch rutschig. Im trockenen Zustand hörte sich jeder Schritt darauf wie ein kleiner Erdrutsch an. Ehrwürden Sohaku hatte demjenigen ein Jahr ohne Stallarbeit versprochen, der als Erster zehn Schritte auf diesem Weg in völliger Stille zurücklegen konnte. Dies war Taro bisher am besten gelungen, aber auch er bewegte sich noch nicht lautlos. Dazu bedurfte es weiterer Übung.

Die zwanzig anderen Mönche würden noch eine weitere halbe Stunde meditieren, bis Muné mit der Glocke zur ersten Mahlzeit des Tages läutete. Das heißt neunzehn Mönche. Er hatte Jioji vergessen. Ihm hatte man am Tag zuvor den Schädel eingeschlagen, genau während jener Besorgung, die man heute Taro übertragen hatte. Er ging weiter durch den Garten bis zur Mauer, die das Tempelgelände umgab. Ganz in der Nähe stand eine kleine Hütte. Ehe er sich bemerkbar machte, versetzte er sämtliche Sinne in Alarmbereitschaft. Er hatte keine Lust, Jioji auf den Scheiterhaufen zu folgen.

«Fürst», sagte er, «hier ist Taro. Ich hab Euer Frühstück gebracht.»

«Wir fliegen in großen Metallschiffen durch die Luft», tönte von drinnen die Stimme. «In der Stunde des Tigers sind wir hier, in der Stunde des Ebers bereits in Hiroshima. Wie Götter sind wir durch die Lüfte gereist, aber zufrieden sind wir nicht. Wir haben uns verspätet. Wir wünschten, wir wären früher angekommen.»

«Ich komme hinein, Fürst.» Taro entfernte die Holzstange, die die Tür versperrt hielt, und schob sie auf. Sofort attackierte ein übler Gestank aus Schweiß, Kot und Urin seine Nase. Sein Magen verkrampfte sich. Mit äußerster Anstrengung unterdrückte er den aufsteigenden Gallesaft. Er würde den Raum putzen müssen, ehe er das Frühstück servieren konnte. Das bedeutete, dass er auch seinen Bewohner säubern müsste. Doch das konnte er nicht allein bewältigen.

«In unseren Händen halten wir kleine Hörner, mit denen wir einander zuflüstern.»

«Fürst, ich bin gleich wieder da. Bitte, beruhigt Euch.»

Eigentlich klang die Stimme trotz der irrsinnigen Sätze ruhig.

«Wir hören einander klar und deutlich, obwohl wir tausend Kilometer entfernt sind.»

Rasch lief Taro in die Küche zurück.

«Wasser, Lumpen», sagte er zu Muné und Yoshi.

«Beim gütigen Buddha des Erbarmens», rief Yoshi, «bitte, erzähl mir nicht, dass er sein Zimmer wieder besudelt hat.»

«Zieht euch bis auf die Lendentücher aus. Wir müssen nicht auch noch unsere Kleider schmutzig machen», erwiderte Taro. Er zog seine Robe aus, faltete sie ordentlich zusammen und legte sie in ein Regal.

Als sie durch den Garten gingen und die Hütte sehen konnten, wurde Taro voller Schreck bewusst, dass er die Tür offen gelassen hatte. Seine zwei Gefährten blieben abrupt stehen.

«Hast du die Tür vor dem Weggehen nicht versperrt?», fragte Muné.

«Wir sollten Verstärkung holen», meinte Yoshi nervös.

Taro sagte: «Wartet hier.»

Mit größter Vorsicht näherte er sich der Hütte. Er hatte nicht nur die Tür offen gelassen. Der Gestank hatte ihn so angewidert, dass er ohne hineinzusehen davongerannt war, um Hilfe zu holen. Es war unwahrscheinlich, dass sich ihr Schützling sämtlicher Fesseln entledigt hatte, die ihn an Ort und Stelle hielten. Nach dem gestrigen Unglück mit Jioji hatten sie Fürst

Shigeru nicht nur Arme und Beine dicht an den Körper gefesselt, sondern ihn auch noch mit vier Seilen an allen vier Wänden festgebunden. Shigeru konnte kaum einen Schritt tun, ohne dass wenigstens ein Seil weitere Bewegungen verhinderte. Trotzdem war es Taros Aufgabe, sich zu vergewissern.

Obwohl ihm der Geruch noch genauso eklig entgegenschlug, war er inzwischen viel zu besorgt, um sich darum zu kümmern.

«Fürst?»

Keine Antwort. Rasch warf er einen Blick hinein, ohne sich dabei die Blöße für eine Attacke zu geben. An den Wänden hingen noch immer die vier Seile, allerdings ohne Shigeru. Er presste sich an die linke Außenwand und lugte vorsichtig in den rechten Hüttenteil, dann wechselte er die Stellung und überprüfte die andere Hälfte des kleinen Raums. Die Hütte war eindeutig leer.

«Informiere den Abt», sagte Taro zu Yoshi. «Unser Gast hat sein Gemach verlassen.»

Während Yoshi davonrannte, um Alarm zu schlagen, standen Taro und Muné dicht beisammen und nahmen verunsichert die unmittelbare Umgebung in Augenschein

«Er könnte bereits den Tempelbezirk verlassen haben und sich auf dem Rückweg nach Akaoka befinden», meinte Muné.

«Oder er hat sich irgendwo versteckt. Vor seiner Krankheit war er im Verstecken Meister. Er könnte sich mit einem Dutzend Pferde samt Reitern im Garten aufhalten, ohne dass wir ihn sehen.»

«Er hat aber weder Pferde noch Reiter dabei», sagte Taro.

«Damit meine ich nicht», sagte Muné, «dass er dies hat, sondern dass er dazu fähig wäre, ohne dass wir wüssten, wo er steckt. Wie viel leichter fällt es ihm da allein, nicht entdeckt zu werden.»

Taro wurde einer Antwort enthoben. Erstens durch Munés entsetzten Gesichtsausdruck, mit dem er an Taro vorbeischaute. Und zweitens durch einen faustgroßen Felsbrocken, der einen Augenblick später auf seinen Hinterkopf traf. Aber das sollte er erst später erfahren.

Als Taro wieder zu Bewusstsein kam, versorgte Sohaku gerade den verletzten Muné, dessen eines Auge vollständig zugeschwollen war. Mit dem anderen starrte er Taro böse an.

Muné sagte: «Du hast dich geirrt. Fürst Shigeru war immer noch in der Hütte.»

«Wie ist das möglich? Ich hab überall geschaut. Da war niemand.»

«Nach oben hast du nicht geschaut.» Sohaku überprüfte den Verband auf Taros Hinterkopf. «Du wirst es überleben.»

«Er hat sich über der Tür an die Wand geklammert», erklärte Muné. «Als du dich umgedreht hast, um mit mir zu sprechen, kam er mit einem Satz heraus.»

«Unverzeihlich, mein Fürst», sagte Taro und versuchte, sein Gesicht im Boden zu vergraben, woran ihn Sohaku hinderte.

«Beruhige dich», meinte er mit milder Stimme. «Betrachte es als wertvolle Übung. Zwanzig Jahre war Fürst Shigeru für unseren Clan der beste Lehrer in sämtlichen Kampfkünsten. Von ihm besiegt zu werden ist keine Schande. Selbstverständlich soll damit keine Nachlässigkeit entschuldigt werden. Beim nächsten Mal versichere dich, bevor du gehst, dass er nicht entkommen kann, und versperre stets die Tür.»

«Jawohl, mein Fürst.»

«Mann, heb den Kopf. Mit diesem Herumkriechen verstärkst du nur die Blutung. Außerdem bin ich Abt, kein Fürst.»

«Jawohl, Ehrwürdiger Abt.»

Taro fragte: «Hat man Fürst Shigeru gefunden?»

«Ja.» Sohaku lächelte freudlos. «Er ist in der Waffenkammer.»

«Er hat Waffen?»

«Er ist ein Samurai», entgegnete Sohaku, «und außerdem in der Waffenkammer. Was glaubst denn du? Ja, er hat Waffen. Eigentlich sogar alle. Wir besitzen keine, bis auf ein paar provisorische.»

Yoshi kam angerannt, noch immer nur mit einem Lendentuch bekleidet. Allerdings war er mittlerweile im Besitz einer drei Meter langen Stange, die er frisch aus dem Bambuswald

des Tempels geschlagen hatte. «Herr, er hat keinen Ausbruchsversuch unternommen. Wir haben die Tür zur Waffenkammer so gut es ging mit Holzscheiten und Reisfässern verrammelt. Trotzdem, sollte er uns tatsächlich verlassen wollen ...»
Sohaku nickte. In der Waffenkammer standen drei Fässer Schießpulver. Damit könnte Shigeru jedes Hindernis beiseite fegen. Falls ihm der Sinn danach stand, konnte er sogar die ganze Waffenkammer einschließlich seiner eigenen Person in die Luft jagen. Sohaku erhob sich.
«Bleib hier», befahl er Yoshi, «kümmere dich um deine Kameraden.» Er begab sich durch den Garten zur Waffenkammer, wo er die übrigen Mönche vorfand, die sich, wie Yoshi, drei Meter lange Bambusstangen besorgt hatten. Keine ideale Waffe, um einem Schwertkämpfer gegenüberzutreten, der trotz seines gegenwärtigen selbstzerstörerischen Wahns höchstwahrscheinlich der Beste seines Volkes war. Dass Sohakus Männer ordnungsgemäß Aufstellung genommen hatten, stimmte ihn froh. Eine dünne Wand aus vier Posten sicherte die rückwärtige Gebäudeseite, während vorne drei Trupps zu je fünf Mann standen. Im Fall eines Fluchtversuchs würde Shigeru wahrscheinlich hier auftauchen.
Sohaku trat an die Vordertür, die, wie Yoshi beschrieben hatte, mit Balken und schweren Reisfässern verrammelt war. Drinnen konnte er Stahl durch die Luft sirren hören. Shigeru übte, vermutlich mit Schwertern in beiden Händen. Er war einer der wenigen Schwertkämpfer, die heutzutage noch genug Kraft und Geschicklichkeit besaßen, wie vor zweihundert Jahren den legendären Zwei-Schwerter-Stil des Musashi auszuüben. Sohaku verneigte sich respektvoll an der Tür und sagte: «Fürst Shigeru, ich bin es, Tanaka Hidetada, Befehlshaber der Kavallerie. Habe ich die Erlaubnis, mit Euch zu sprechen?» Er dachte, sein früherer Name würde weniger verwirrend wirken. Außerdem hoffte er, ihm damit eine Antwort zu entlocken. Er und Shigeru waren zwanzig Jahre lang Waffenbrüder gewesen.
«Luft, die man sehen kann», sagte die Stimme drinnen. «Far-

benspiel am Horizont, Girlanden für die untergehende Sonne. Wunderschön, aber nicht zum Atmen.»

Sohaku konnte den Sinn dieser Worte nicht deuten. Er sagte: «Kann ich Euch irgendwie behilflich sein, mein Fürst?»

Als einzige Antwort hörte man von drinnen Schwerter zischend die Luft durchschneiden.

Das große Beiboot pflügte durchs Wasser auf das komplexe Geflecht aus Anlegestegen zu, die den Hafen von Edo bildeten. Von der Bugwelle sprühte leichte Gischt hoch und überzog Emilys Wangen mit kaltem Nass. Achtern drehte ein japanischer Leichter neben der «Stern von Bethlehem» bei, um Ladung vom Schiff an Land zu befördern.

«Dort liegt unser Ziel», sagte Zephaniah, «jener Palast an der Küste. Sein Herr nennt ihn den ‹Stillen Kranich›.»

«Er wirkt mehr wie eine Festung als wie ein Palast», entgegnete Bruder Matthew.

«Ausgezeichnet beobachtet, Bruder Matthew. Wir tun gut daran, uns unser Ziel vor Augen zu halten. Wir kommen zu den mörderischsten Heiden auf Gottes Erdboden. Einige vertrauen auf Streitwagen, andere auf Pferde, wir aber werden des Namens unseres Herrn und Gottes gedenken.»

«Amen», sagten Bruder Matthew und Emily.

Emily versuchte, sich nicht von ihren Erwartungen überwältigen zu lassen. Da vorne lag ihr Schicksal. Würde es sich als das erweisen, worauf sie hoffte? In friedlicher Gelassenheit saß sie neben ihrem Bräutigam, Hochwürden Zephaniah Cromwell. Er weidet mich auf einer grünen Aue und führet mich zum frischen Wasser; er erquicket meine Seele; er führet mich auf rechter Straße um seines Namens willen. Mächtig pochte das Herz in ihrer Brust. Dass sie es als Einzige hörte, überraschte sie.

Sie wandte sich zu Zephaniah und sah, dass er sie anstarrte. Wie immer hatte er in rechtschaffener Konzentration Wangen und Augenbrauen angespannt. Dadurch traten seine Augen hervor, seine Lippen verzogen sich nach unten, und die scharfen Gesichtsfalten vertieften sich noch mehr. Stets verspürte sie den unverwandten Blick dieses leidenschaftlich-wissenden Antlitzes in den geheimsten Tiefen ihres Seins.

«Der Name des Herrn ist ein festes Schloss», sagte Zephaniah, «der Gerechte läuft dahin und wird beschirmet.»

«Amen», sagte Emily. Sie hörte hinter sich Bruder Matthews Amen als Echo.

«Er wird die Hand nicht abtun», sagte Zephaniah, dessen Stimme lauter wurde. Sein Gesicht rötete sich zusehends. «Noch dich verlassen!»

«Amen», sagten Emily und Bruder Matthew.

Dicht neben ihr hob Zephaniah die Hand, als wollte er sie berühren, doch dann blinzelte er, und seine hervorquellenden Augen traten in die Höhlen zurück. Seine Hand fiel auf den Oberschenkel, sein Blick wanderte über den Bug zum näher rückenden Pier. In gepresstem Flüsterton entrang sich das Evangelium seiner Kehle. «Lass dir nicht grauen, und entsetze dich nicht; denn der Herr, dein Gott, ist mit dir in allem, was du tun wirst.»

«Amen», sagte Emily.

In Wahrheit fürchtete sie das, was hinter ihr lag, mehr als die Zukunft. Gespannte Erwartung hatte jedwedes Angstgefühl vor dem herannahenden Unbekannten ausgelöscht und derart rund geschliffen, dass es sich schon vor langer Zeit in Hoffnung verwandelt hatte.

Japan. Ein Land, das völlig anders war als ihr eigenes und doch auf Gottes grüner Erde lag. Religion, Sprache, Geschichte, Kunst – nichts hatten Japan und Amerika gemein. Abgesehen von den Daguerreotypien im Museum hatte sie noch nie einen Japaner oder eine Japanerin gesehen. Und die Japaner, hatte ihr Zephaniah erzählt, hätten sich beinahe drei Jahrhunderte lang Ausländern verschlossen. Auf Grund dieser Isolation und Inzucht, sagte er, verspürten sie nur verwirrende Gefühle, hörten sie mit von dämonischen Gongs betäubten Ohren und sähen mit von heidnischem Irrglauben getrübten Augen. Wir und sie werden dasselbe Bild betrachten und doch gänzlich verschiedene Landschaften sehen. Sei darauf gefasst, sagte er. Wappne dich gegen Enttäuschung. Vergiss alles, was du seit langem für selbstverständlich gehalten hast. Du wirst von jeglicher Eitelkeit reingewaschen werden. Furcht verspürte sie also nicht, nur gespannte Erwartung. Japan. So lange hatte sie schon davon geträumt. Wenn es einen Ort gab, wo dieser Höllenfluch von ihr genommen werden könnte, dann war es Japan. Lass die Vergangenheit wahrhaft vergangen sein. Dies war ihr innigster Wunsch.

Die Anlegestelle kam näher. Emily konnte darauf zwei Dutzend Japaner erkennen, Hafenarbeiter und Beamte. Noch eine Minute, dann würde sie ihre Gesichter sehen und sie das ihre. Ihr Blut donnerte durch die Adern.

2

Ausländer

Manche behaupten, zwischen den Barbaren bestünde kein Unterschied. Alle seien samt und sonders abscheuliche Aasfresser. Das ist falsch. Die Portugiesen tauschen Kanonen gegen Frauen. Die Holländer fordern Gold. Die Engländer wollen Verträge. Daraus sollte dir klar werden, dass man Portugiesen und Holländer leicht verstehen kann, während die Engländer die gefährlichsten sind. Deshalb studiere die Engländer sorgfältig und kümmere dich nicht um die anderen.

SUZUME-NO-KUMO (1641)

Okumichi no kami Genji, Großfürst von Akaoka, betrachtete sich im Spiegel. Er sah einen Anachronismus, eingehüllt in eine aus vielen Schichten bestehende althergebrachte Kleidung, gekrönt von einer komplizierten, halb geknoteten, halb ausrasierten Frisur. Okumichi war mit mehr Symbolen überladen als die Hauptgötter der schlichteren Bauernreligionen.
«Fürst.» Neben ihm kniete sein Schwertträger. Mit einer Verbeugung hob er Genjis Kurzschwert, das *wakizashi*, über den Kopf und bot es ihm an. Nachdem Genji es in seiner Schärpe verstaut hatte, vollführte der Schwertträger dieselbe Prozedur mit dem zweiten, längeren Schwert, dem *katana*, seit tausend Jahren die Hauptwaffe eines Samurai. Bei diesem kurzen Ausflug würde man kein Schwert benötigen, geschweige denn zwei. Dennoch schrieb sie ihm sein Stand vor.
Trotz allem wirkte sein kunstvolles Erscheinungsbild äußerst konservativ und war für einen älteren Mann weitaus passender als für einen jungen Vierundzwanzigjährigen. Dies lag daran,

dass die Kleidung, die er trug, tatsächlich einem älteren Mann gehört hatte, nämlich seinem Großvater, Fürst Kiyori, der drei Wochen zuvor im Alter von neunundsiebzig Jahren gestorben war. Der schwarz-graue, gänzlich unverzierte Überkimono strahlte eine Art kriegerische Strenge aus. Auch die schwarze Jacke mit den steifen Ärmeln wirkte verhältnismäßig schlicht. Auf ihr prangte nicht einmal das Wappen seines Hauses, ein stilisierter Spatz, der Pfeilen aus allen vier Himmelsrichtungen ausweicht.

Dass gerade Letzteres fehlte, gefiel dem Kammerherrn Saiki, den er von seinem Großvater geerbt hatte, gar nicht. «Mein Fürst, gibt es einen Grund für Euer Inkognito?»

«Inkognito?» Diese Unterstellung amüsierte Genji. «Ich werde mich in Kürze mit einer Gruppe Samurai, die alle das Wappen mit dem Spatz und den Pfeilen tragen, in einer formellen Prozession auf die Straße begeben. Glaubst du tatsächlich, dass mich irgendjemand nicht erkennen könnte?»

«Mein Fürst, Ihr liefert Euren Feinden eine Entschuldigung, so zu tun, als würden sie Euch nicht kennen, und damit die Freiheit, Euch zu beleidigen und eine Krise auszulösen.»

«Ich werde mich weigern, beleidigt zu reagieren», entgegnete Genji. «Außerdem wirst du jedes Aufflackern von Gewalt unterbinden.»

«Möglicherweise wird man Euch das nicht gestatten», gab Saiki zu bedenken, «und ich könnte es dann nicht mehr verhindern.»

Genji lächelte. «In diesem Fall wirst du alle töten, davon bin ich überzeugt.»

Mit einer Verbeugung betrat Kudo, der Oberste Leibwächter, den Raum. «Mein Fürst, Euer Gast wird den Hof nach Eurem Aufbruch verlassen. Wäre es nicht ratsam, sie zu beschatten?»

«Zu welchem Zweck?», fragte Genji. «Wir wissen, wo sie lebt.»

«Eine schlichte Vorsichtsmaßnahme», sagte Kudo. «Außerhalb Eurer Gesellschaft verliert sie vielleicht ihre Zurückhaltung. Möglicherweise erfahren wir etwas Wichtiges.»

Genji lächelte. Obwohl er Heiko kaum einen Monat kannte, wusste er bereits, dass sie niemals ihre Zurückhaltung verlieren würde. «Wir sollten auf Kudos Vorschlag eingehen», sagte Saiki. «Nie haben wir die früheren Verbindungen dieser Frau so gründlich überprüft, wie das eigentlich notwendig gewesen wäre.» Unausgesprochen meinte er damit, dass Genji jedwede Nachforschung untersagt hatte. «Eine gewisse Grundüberwachung wäre sicher angemessen.»

«Mach dir keine Sorgen», beruhigte ihn Genji. «Ich habe Heiko höchstpersönlich gründlich überprüft und dabei keinen Anlass zu Zweifeln gefunden.»

«Dies ist nicht die Art Überprüfung, die wir benötigen», sagte Saiki mit saurer Miene. Leichtfertige Anspielungen auf Geschlechtsverkehr fand er in höchstem Maß geschmacklos. Während einer zweihundertfünfzigjährigen, lähmenden Friedensperiode waren viele Clans zerfallen, weil sich ihre Anführer zu sehr von Lust und Begierden hatten ablenken lassen. «Wir wissen von ihr nichts Wesentliches. Nicht sehr klug.»

«Dass sie die gefeiertste Geisha von Edo ist, wissen wir», entgegnete Genji. «Was müssen wir sonst noch wissen?» Um Saiki die Antwort zu ersparen, hielt er die Hand hoch. «Ich habe sie körperlich untersucht, nach allen vier Richtungen von Zeit und Raum. Sei versichert, sie ist über jeden Verdacht erhaben.»

«Mein Fürst», sagte Saiki streng, «dies ist nicht der Ort für Scherze. Dabei könnte sehr gut Euer Leben auf dem Spiel stehen.»

«Wie kommst du darauf, dass ich scherze? Du bist doch sicher über die Gerüchte informiert. Ich muss einen Menschen nur berühren, um sein Schicksal zu kennen.» Aus den Blicken, die sich Kudo und Saiki zuwarfen, konnte er herauslesen, dass sie diese Gerüchte tatsächlich gehört hatten. Mit einem letzten, unzufriedenen Blick in den Spiegel drehte sich Genji um und verließ den Raum.

Seine beiden Ratgeber folgten ihm durch die Halle in den

äußeren Hof hinaus, wo ihn zwei Dutzend Samurai mit einer Sänfte und vier Trägern erwarteten. Den Weg zum Tor säumten Dienstboten, bereit, sich bei seinem Aufbruch zu verbeugen. Bei seiner Rückkehr würden sie wieder dastehen und sich erneut verneigen, was alles in allem eine schreckliche Vergeudung menschlicher Energie war. Sein Ziel lag nur wenige hundert Meter entfernt. Binnen Minuten wäre er wieder da. Und doch forderte ein sehr altes, strenges Rangprotokoll diese ernste Zeremonie.

Er wandte sich an Saiki. «Kein Wunder, dass Japan so weit hinter die ausländischen Nationen zurückgefallen ist. Sie verfügen über Wissenschaft und Industrie. Sie produzieren Kanonen, Dampfschiffe und Eisenbahnen. Wir hingegen zelebrieren ein Übermaß an Zeremonien.»

«Mein Fürst?» Saiki wirkte verwirrt.

«Ich könnte ein Pferd satteln und allein dorthin reiten und wäre in kürzerer Zeit wieder da als der, die wir brauchen, um diese überflüssige Menge Leute zu versammeln.»

«Mein Fürst!» Saiki und Kudo fielen auf die Knie. Saiki sagte: «Ich flehe Euch an, gebt solchen Dingen nicht einmal in Gedanken Raum.»

Kudo sagte: «Ihr habt Feinde, sowohl unter den Freunden des Shogun als auch unter seinen Widersachern. Sich ohne Eskorte hinauszuwagen wäre gleichbedeutend mit Selbstmord.»

Genji hieß sie aufstehen. «Ich sagte, ich könnte, nicht, ich würde.» Seufzend stieg er die Stufen hinab in die Sandalen, die man für ihn bereitgestellt hatte. Er machte fünf Schritte auf die Sänfte zu, entledigte sich der beiden Schwerter, die er erst vor einer Minute in die Schärpe gesteckt hatte, und legte sie in die Sänfte, schlüpfte aus den Sandalen, die der Sandalenträger nunmehr mit einer Verbeugung im Fach unter dem Sänfteneinstieg verstaute, und nahm Platz. Mit einem Blick nach draußen zu Saiki sagte er: «Siehst du nun, was ich mit hohler Zeremonie gemeint habe?»

Saiki verbeugte sich. «Mein Fürst, es ist mein Fehler, dass ich das nicht tue. Ich werde mich der Angelegenheit näher widmen.»

Genji stieß einen verzweifelten Seufzer aus. «Dann wollen wir uns beeilen, ehe die Sonne untergeht.»

«Mein Fürst scherzt schon wieder», sagte Saiki. «Die Sonne ist eben erst aufgegangen.» Er trat vor, verbeugte sich und schob die Sänftentüre zu. Die Träger erhoben sich. Die Prozession setzte sich in Bewegung.

Durch das Fenster vorne konnte Genji acht Samurai in Zweierreihen sehen. Hätte er sich die Mühe gemacht, nach hinten zu blicken, hätte er noch zwölf gesehen. Zwei eskortierten ihn links, zwei rechts, darunter Saiki. Vierundzwanzig Männer, einschließlich der Sänftenträger achtundzwanzig, waren bereit, ihr Leben für seines hinzugeben.

Genjis nachdenkliche Betrachtungen wurden durch den Anblick einer kunstvollen Frisur unter den Bediensteten seines Haushalts in eine andere Richtung gelenkt. Es war dasselbe glänzende Haar, das vor kurzem sein Kissen geziert hatte. Diesen Kimono hatte er noch nie an ihr gesehen. Nur um ihm Lebewohl zu sagen, trug sie ihn, das wusste er. Darauf waren zartrote Rosen abgebildet, die auf den weißen Schaumkronen eines tiefblauen Meeres tanzten. Ihr weißer Übermantel wies dasselbe Bild auf, allerdings ohne jede Farbe. Drei verschiedene Seidenstoffe für weiße Rosen auf weißem Schaum auf einem Meer von Weiß. Ein kühnes und sehr gefährliches Muster. Heikos Rosen gehörten zu jener Sorte, die man als ‹Schöne Amerikanerin› bezeichnete. Die größten Fremdenhasser unter den Samurai der reaktionären Clans, die sich zu Männern der Tugend stilisierten – als ob sie sonst niemand besäße –, betrachteten alles, was von draußen kam, als persönliche Beleidigung. Gut möglich, dass einer von ihnen auf die Idee käme, Heiko zu töten, nur weil sie dieses Muster trug. Gegen eine solche Attacke konnte sie sich nur durch ihren Mut, ihren Ruf und ihre unglaubliche Schönheit verteidigen.

«Anhalten!», rief Genji.

Sofort gab Saiki lautstark den Befehl. «Halt!» Die Vorhut der Samurai hatte bereits das Haupttor durchschritten und blieb nun auf der Straße stehen. Die restliche Leibwache stand hinter ihm im Hof. Saiki zog eine Grimasse. «Fürst, diese Position fordert einen Überfall förmlich heraus. Dabei genießen wir weder den Schutz des Innenbezirks, noch können wir uns draußen frei bewegen.»

Genji öffnete die Schiebetür. «Ich habe vollstes Vertrauen in deine Fähigkeit, mich immer und überall zu verteidigen.» Wie alle anderen war auch Heiko noch immer in einer tiefen Verbeugung versunken.

«Dame Mayonaka no Heiko», sagte er, wobei er ihren vollen Geisha-Namen benutzte – «Ruhe inmitten der Nacht».

«Fürst Genji», erwiderte sie und verbeugte sich noch tiefer.

Wie konnte ihre Stimme gleichzeitig so weich und doch so klar klingen? Wäre sie tatsächlich so fragil, wie sie wirkte, würde er sie gar nicht hören können. Eine verführerische Illusion. Alles an ihr war verführerisch.

«Was für ein provokanter Kimono.»

Lächelnd richtete sie sich auf und breitete leicht die Arme aus. Wie Vogelflügel öffneten sich ihre weiten Kimonoärmel. «Ich bin überzeugt, dass ich nicht weiß, was Fürst Genji damit meint», entgegnete sie. «Diese Farben sind so gewöhnlich, dass man sie fast schon als klischeehaft bezeichnen kann. Davon würden sich gewiss nur die hoffnungslosesten Dummköpfe provozieren lassen.»

Genji lachte. Sogar der stets verdrießliche Saiki konnte ein kurzes Glucksen nicht unterdrücken, obwohl er sich redlich Mühe gab, es als Hüsteln zu tarnen. Genji sagte: «Genau diese hoffnungslosesten Dummköpfe machen mir Sorgen. Aber vielleicht hast du Recht. Vielleicht werden die traditionellen Farben sie für die ausländischen Rosen blind machen.»

«Ausländisch?» Ihre Augen weiteten sich fragend. Sie legte den Kopf zur Seite. «Mir hat man berichtet, dass jedes Frühjahr rosa, weiße und rote Rosen im innersten Garten der berühmten Burg Spatzenwolke erblühen.» Und fügte dann hinzu: «Das wurde mir berichtet, obwohl man mich noch nie eingeladen hat, mich mit eigenen Augen davon zu überzeugen.»

Genji verbeugte sich, doch nicht zu tief. Laut Protokoll war einem Großfürsten jede tiefe Verbeugung vor einem Rangniedrigeren verboten. Bis auf die Mitglieder der kaiserlichen Familie in Kyoto und der Familie des Shogun im großen Palast, der Edo überragte, waren das praktisch alle. Mit einem Lächeln sagte er: «Ich bin überzeugt, dass du dazu eines nicht allzu fernen Tages Gelegenheit haben wirst.»

«Davon bin ich weit weniger überzeugt», erwiderte sie. «Trotzdem macht mir Eure Zuversicht Mut. Übrigens, gehört diese Burg nicht zu den ältesten in ganz Japan?»

«Ja», sagte Genji und ging auf ihr Spiel ein. «So ist es.»

«Wie können dann diese Blumen ausländisch sein? Alles, was in einer alten japanischen Burg blüht, muss doch japanisch sein, nicht wahr, Fürst Genji?»

«Offensichtlich habe ich mir zu Unrecht Sorgen um dich gemacht, Dame Heiko», sagte Genji. «Deine Logik ist in der Lage, jede Kritik abzulenken.»

Die Mitglieder des Haushalts verharrten noch immer in gebückter Haltung. Draußen vor dem Tor waren Passanten auf die Knie gefallen, als die Prozession eines Großfürsten auftauchte. So verweilten sie auch weiter und pressten die Köpfe zu Boden, was weniger aus Respekt denn aus Angst geschah. Ein Samurai konnte jeden gewöhnlichen Sterblichen niederstrecken, wenn der es, nach Meinung des Samurai, am Ausdruck geziemender Demut fehlen ließ. Der bestand in der Regel darin, dass man im Staub verharrte, bis der Samurai und sein Fürst vorüber waren. Während des Gesprächs war in der unmittelbaren Umgebung jede Tätigkeit zum Stillstand gekommen. Beim Anblick Heikos hatte Genji alles andere vergessen. Jetzt schämte er sich für seinen Mangel an Rücksicht. Rasch verbeugte er sich zum Abschied vor ihr und gab das Zeichen zum Weitergehen.

«Vorwärts!», befahl Saiki. Als sich die Prozession endlich in Bewegung setzte, warf Saiki dem zurückbleibenden Kudo verstohlen einen Blick zu.

Genji beobachtete diesen Blickwechsel und wusste sofort, was er bedeutete. Beide missachteten seinen Befehl, Heiko in

Ruhe zu lassen. Wenn sie wenige Minuten später in Begleitung ihrer Dienerin das Areal verließ, würde ihr Kudo, der Meister des Beschattens, in diskretem Abstand folgen. Dagegen konnte er im Augenblick nichts unternehmen. Außerdem gab es nicht viel Grund zur Besorgnis. Die Ereignisse hatten sich noch nicht so weit entwickelt, dass er sich Gedanken darüber machen musste, ob seine Leibwächter seine Mätresse töten würden. Die Situation konnte sich rasch genug verschlechtern. Dann würde er sich darüber den Kopf zerbrechen.

«Saiki.»
«Fürst.»
«Welche Transportmöglichkeit erwartet unsere Gäste?»
«Rikschas, mein Fürst.»

Genji schwieg. Rikschas. Saiki wusste genau, dass sie bequemer in Kutschen säßen. Stattdessen hatte er Rikschas angefordert. Dieses klare Signal der Missbilligung seitens seines Vasallen brachte Genji nicht aus der Fassung. Er verstand Saikis Dilemma.

Ehre, Geschichte und Tradition banden Saiki an ihn. Und doch war der daraus entstandene Ehrenkodex – jener, aus dem alle Ehrerbietung floss – durch genau jenes Unterfangen gefährdet, das Genji jetzt im Sinn hatte. Ausländer bedrohten den Grundpfeiler ihrer Gesellschaft: die hierarchische Ordnung von Fürst und Vasall. Während die entschlossenen Fürsten deren Ausweisung anstrebten, ging sein eigener Fürst sogar so weit, sich mit ihnen anzufreunden. Und das nicht nur mit irgendwelchen beliebigen Ausländern, sondern mit christlichen Missionaren, die nicht nur in politischer Hinsicht am meisten provozierten, sondern obendrein auch die Unnützesten von allen waren.

Eines wusste Genji: Saiki war nicht der Einzige unter seinen Vasallen, der an seinem Urteilsvermögen zweifelte. Unter den drei Generalen, die er von seinem Großvater geerbt hatte – Saiki, Kudo und Sohaku – war keiner, dessen Gefolgschaft er sich absolut sicher sein konnte. Ergebene Treue geriet in ungeahnte Konflikte. Gesetzt den Fall, diese Treue ließe sich nicht mehr mit anderen Dingen vereinbaren, würden sie Genji dann weiter folgen oder sich gegen ihn wenden?

Selbst mit einer Prophezeiung als Führer war der Weg in die Zukunft ungewiss.

Ein Dutzend derb gekleideter japanischer Hafenarbeiter erwartete die Ankunft ihres Beiboots. Am Ende des Piers saßen drei sehr viel aufwändiger gekleidete Männer an einem Tisch. Stark sah, dass je zwei Schwerter in ihren Schärpen steckten. Es musste sich um die von Zephaniah so bezeichneten Samurai handeln, jene herrschende Kriegerkaste Japans. Alle Japaner beobachteten ihre Ankunft mit ausdrucksloser Miene.

«Möge euch Gott im Himmel behüten», sagte Kapitän McCain, «denn eines ist gewiss: Dort an Land ist Er nirgendwo.» Der Kapitän der «Stern von Bethlehem» ging mit ihnen an Land, um für sein Schiff Proviant zu besorgen. Er war als Einziger von ihnen bereits in Japan gewesen und hatte von Land und Bewohnern keine gute Meinung.

«Gott ist überall», sagte Cromwell, «und in allen Dingen. Er behütet alle ohne Ausnahme.»

McCain grunzte. Dieser wortlose Laut verdeutlichte seine Ansicht zu dieser Sache. Mit dem Ankerseil des Beiboots in der Hand trat er auf den Pier und reichte es einem der wartenden japanischen Hafenarbeiter. Der Mann nahm es mit einer tiefen Verbeugung entgegen. Da McCain nicht Japanisch sprach und keiner der japanischen Männer Englisch konnte, fiel kein Wort zwischen ihnen.

«Die ‹Stern› segelt in vierzehn Tagen nach Hongkong», sagte McCain. «Wenn Sie bis dahin nicht wieder an Bord sind, werden bis zu unserer Rückreise Richtung Hawaii sechs Wochen vergehen.»

«Dann sehen wir Sie also in sechs Wochen wieder», erwiderte Cromwell, «um Ihnen gute Reise zu wünschen. Denn wir werden hier für unser restliches Leben bleiben und Gottes Werke tun.»

Wieder grunzte McCain und ging Richtung Lagerhäuser davon.
«Es wurden bereits vorab Vorbereitungen getroffen», erklärte Cromwell Emily und Stark, «und Genehmigungen erteilt. Hier geht es nur noch um Formalitäten. Bruder Matthew, während du Schwester Emily Gesellschaft leistest und unser Gepäck im Auge behältst, werde ich mit den Beamten des Shogun verhandeln.»
«Gewiss, Bruder Zephaniah», sagte Stark.
Cromwell eilte an den Tisch, wo die drei Beamten saßen. Stark reichte Emily die Hand. Sie ergriff sie und stieg vom Boot auf den Pier.
Bei den Arbeitern handelte es sich offensichtlich samt und sonders um Japaner. Trotzdem war das für Stark kein Grund, sorglos zu werden. Menschen konnten sich aus drei Gründen zu einer Tat hinreißen lassen: weil sie sich dazu getrieben fühlten, aber auch aus Angst davor, sie nicht auszuführen, oder weil man sie dafür bezahlte. Jeder von denen konnte so einer sein. Er hatte nicht vor, nach dem ersten Schritt an Land zu sterben und vor dem eigentlichen Anfang schon am Ende zu sein.
«Anscheinend hat es dir das Aussehen der Japaner angetan, Bruder Matthew», sagte Emily. «Findest du sie so außergewöhnlich?»
«Ganz und gar nicht», antwortete Stark. «Ich bewundere nur ihre Effizienz. Sie haben unsere Habe in einem Viertel der Zeit, die unsere eigenen Matrosen zum Beladen gebraucht hatten, aus dem Beiboot geholt.»
Sie gingen hinter ihrem Gepäck zu dem Tisch mit den drei Beamten, mit denen Cromwell mittlerweile in eine ziemlich hitzige Diskussion verwickelt war.
«Nein, nein, nein», sagte Cromwell. «Verstehen Sie? Nein, nein, nein.»
Der Beamte in der Mitte war offensichtlich der ranghöchste. Trotz seiner stoischen Miene wurde auch er lauter, als er sagte: «Muss ja. Ja, ja. Du verstehen?»

«Sie bestehen darauf, unser Gepäck nach Schmuggelware zu durchsuchen», erklärte Cromwell. «Dies ist laut Vertrag ausdrücklich verboten.»

«Nicht ja», sagte der Beamte, «nicht kommen Japan.»

«Was ist denn schon dabei, wenn man eine Durchsuchung erlaubt?», meinte Emily. «Wir führen keine Schmuggelware mit uns.»

«Darum geht es nicht», entgegnete Cromwell. «Wenn wir uns jetzt willkürlicher Einmischung beugen, wird es immer so weitergehen, und unsere Mission zunichte sein, ehe sie beginnen kann.»

Ein Samurai kam zum Tisch gerannt, verbeugte sich vor dem Oberbeamten und sagte etwas auf Japanisch. Sein Ton klang bestimmt. Alle drei sprangen auf. Nach einem raschen Wortwechsel entfernten sich die beiden jüngeren Beamten eilends mit dem Samurai, der die Botschaft überbracht hatte.

Der zurückbleibende Beamte hatte seine unnachgiebige Miene abgelegt. Er wirkte aufgeregt und äußerst besorgt.

«Bitte zu warten», sagte er plötzlich höflich mit einer Verbeugung.

Inzwischen strömten aus dem Hafenarsenal Samurai, die dort offensichtlich in Bereitschaft gestanden hatten. Die meisten trugen zusätzlich zu ihren Schwertern auch Feuerwaffen. Stark erkannte Musketen einer vergangenen Epoche, antike Stücke, die in der Hand von Scharfschützen noch aus einiger Entfernung töten konnten. Während sie sich in Reih und Glied aufstellten, traf eine weitere Samurai-Gruppe in Uniformen ein, die eine andere Farbe und andere Muster aufwiesen. Ungefähr zwei Dutzend. In der Mitte der Gruppe trugen vier Leute eine Sänfte auf den Schultern. Die Neuankömmlinge betraten den Pier und blieben kaum fünf Schritte vor der vordersten Reihe der Männer des Shogun stehen. Sie machten keinen freundlichen Eindruck.

«Platz da!», verkündete Saiki. «Wie könnt ihr es wagen, euch dem Großfürsten von Akaoka in den Weg zu stellen.»

«Wir wurden nicht informiert, dass uns ein Großfürst mit seiner Gegenwart beehren würde.» Saiki erkannte im Sprecher Ishi wieder, den fetten und aufgeblasenen Befehlshaber der Hafenpolizei des Shogun. Im Falle von Gewalttätigkeiten würde Saiki ihm als Erstem den Kopf abschlagen. «Deshalb sind wir nicht befugt, eine derartige Gegenwart zu gestatten.»

«Ungezogene Kreatur!» Mit der rechten Hand am Schwertgriff trat Saiki einen Schritt auf Ishi zu. «Hinunter mit dir, an deinen angestammten niederen Platz!»

Ohne ausdrücklichen Befehl bezog die Hälfte der Akaoka-Samurai neben ihrem Oberbefehlshaber Kampfstellung, wie er die Hand am Schwertgriff. Obwohl viermal so viele Männer die Farben des Shogun trugen, waren sie bei weitem nicht so straff organisiert. Die Musketiere standen hinten, wo sie ihre Waffen nicht einsetzen konnten, ohne möglicherweise die eigenen Reihen zu dezimieren. Das heißt, wenn sie überhaupt einsatzbereit gewesen wären, doch dem war nicht so. Die Schwertkämpfer in der Vorderfront schienen genauso wenig auf eine Auseinandersetzung vorbereitet. Als Saiki vortrat, taumelten sie zurück, als hätte man sie bereits getroffen.

«Unser Fürst muss Hafenratten über gar nichts informieren!» Saiki war in Rage geraten. Noch eine unverschämte Bemerkung von Ishi, und er würde den Flegel an Ort und Stelle niederstrecken. «Geht uns aus dem Weg, sonst werden wir euch Beine machen.»

Drinnen in der Sänfte hörte Genji grimmig amüsiert zu. Er war in den Hafen gekommen, um Besucher zu empfangen, was an und für sich kein schwieriges Unterfangen sein sollte. Und doch stand er hier kurz davor, in einen Kampf auf Leben und Tod verwickelt zu werden. Er schob die Sänftentür zurück.

«Worin besteht das Problem?»

«Fürst, bitte, geht nicht aus der Deckung.» Einer seiner Leibwächter kniete neben der Sänfte. «Ganz in der Nähe stehen Musketiere.»

«Unsinn», entgegnete Genji, «wer sollte mich erschießen wollen?» Er trat hinaus. Während seine Füße noch Richtung

Boden wanderten, wurden rasch seine Sandalen darunter gestellt.

In der letzten Reihe der Shogun-Männer beobachtete der als Musketier verkleidete Kuma, wie Genji ins Freie trat. Er sah, dass Genjis Kleidung kein Wappen aufwies, an dem man ihn hätte identifizieren können. Dies war die Gelegenheit, vor der man ihn gewarnt hatte. Wenn Genji kein Wappen trug, könnte man behaupten, in ihm einen Betrüger vermutet zu haben, der in ein Komplott gegen die kürzlich gelandeten Missionare verwickelt sei. Keiner würde das glauben, und so war es auch gar nicht gedacht. Trotzdem war dies eine exzellente Ausrede. Kuma trat zurück, wo ihn seine Kameraden nicht sehen konnten, hob seine Muskete und nahm Genjis rechte Schulter ins Visier. Getreu seinen Anweisungen würde er ihn nicht tödlich verletzen, sondern nur außer Gefecht setzen.

Saiki stürzte herbei, um Genji an weiteren Schritten zu hindern. «Fürst, bitte, geht zurück. Keine zehn Schritte entfernt stehen dreißig Musketiere.»

«Das ist doch lächerlich.» Genji ging an Saiki vorbei und trat vor die erste Reihe seiner eigenen Männer. «Wer ist hier verantwortlich?»

Kuma drückte ab.

Die Muskete ging nicht los. Er hätte besser aufpassen sollen, als er aus dem Zeughaus gerannt war. Statt seiner eigenen geladenen Waffe hatte er sich ein fremde, leere geschnappt.

«Du, was machst du da eigentlich?» Mit großen Schritten näherte sich der Schützenhauptmann. «Niemand hat dir befohlen, deine Muskete in Anschlag zu bringen.» Er musterte Kuma scharf. «Dich kenne ich nicht. Wie heißt du? Wann hat man dich dieser Einheit zugeteilt?»

Noch ehe Kuma antworten konnte, sagte Ishi «Lord Genji» und fiel auf die Knie. Seine Männer waren gezwungen, ihm zu folgen, einschließlich Kuma und dem wütenden Schützenhauptmann.

«Also erkennst du mich?», fragte Genji.

«Jawohl, Fürst Genji. Wenn ich von Eurem Kommen gewusst hätte, hätte ich Eure Ankunft standesgemäß vorbereitet.»

«Danke», sagte Genji. «Darf ich meine Gäste begrüßen, oder muss ich erst noch anderweitig dafür Erlaubnis einholen?»

«Macht Platz für Fürst Genji!», befahl Ishi seinen Männern, die, ohne ganz aufzustehen, rasch zur Seite gingen und sofort wieder auf die Knie fielen. «Verzeiht, Fürst Genji. Ich konnte Eure Männer nicht durchlassen, ohne mich zu vergewissern, dass Ihr Euch tatsächlich unter ihnen befindet. Heutzutage gibt es so viele Verschwörungen, und besonders die gegen Fremde machen dem Shogun Sorge.»

«Idiot!» Saiki war immer noch wütend. «Willst du damit andeuten, ich würde die Interessen meines Fürsten untergraben?»

«Ich bin überzeugt, dass dem nicht so ist», sagte Genji. «Oder?»

«Natürlich nicht, Fürst Genji», antwortete Ishi. «Ich habe lediglich ...»

«Also», wandte Genji sich an Saiki, «alles geklärt. Dürften wir unseren Weg jetzt fortsetzen?» Er ging über den Pier auf die Missionare zu.

Saiki sah ihm nach. Bewunderung erfüllte sein Herz. Trotz einer Hundertschaft möglicher Mörder im Rücken bewegte er sich so ungezwungen, als spazierte er durch den innersten Garten seiner eigenen Burg. Genji war jung und unerfahren und besaß in politischen Dingen vielleicht kein ausreichendes Urteilsvermögen. Trotzdem floss durch seine Adern das starke Blut der Okumichi, daran bestand kein Zweifel. Saiki ließ das Schwert los. Mit einem letzten wütenden Blick auf Ishi folgte er seinem Fürsten.

Erst als Emily keuchend ausatmete, wurde ihr bewusst, dass sie den Atem angehalten hatte.

Noch wenige Augenblicke zuvor schien ein blutiger Kampf unausweichlich. Dann war jemand aus der Sänfte gestiegen, hatte ruhig ein paar Worte gesprochen, und auf der Stelle war die Spannung verschwunden. Mit großer Neugierde beobachtete Emily, wie dieser Mann nun auf sie zukam.

Es handelte sich um einen ungemein gut aussehenden jungen Mann, dessen rabenschwarzes Haar einen lebhaften Kontrast zu seiner blassen Haut bildete. Seine Augen waren mehr länglich als rund und hätten in einem westlichen Gesicht eher auffallend als attraktiv gewirkt. In diesem östlichen hingegen passten sie perfekt zu den hohen Brauenbogen, der zierlichen Nase, den leicht erhabenen Wangenknochen und dem verhaltenen Lächeln, bei dem sich die Lippen leicht nach oben wölbten. Wie die übrigen Samurai trug auch er eine Jacke mit einer steifen, flügelähnlich verbreiterten Schulterpartie und dieselbe kunstvoll arrangierte Frisur mit ausrasierten Stellen. Wie alle hatte er zwei Schwerter in der Schärpe stecken. Trotz der Waffen wirkte sein Verhalten unkriegerisch.

Als er sich ihnen näherte, fiel jener Beamte, der Zephaniah so viele Schwierigkeiten gemacht hatte, auf die Knie und drückte den Kopf auf die Holzplanken des Piers. Der junge Mann sagte einige Worte auf Japanisch, woraufhin der Beamte rasch aufstand.

«Genji Fürst, kommen er», sagte der Beamte, dessen Englisch aus Nervosität bei jedem Wort schlechter wurde. «Du, er, gehen, bitte.»

«Fürst Genji?», fragte Cromwell. Als sich der junge Mann bejahend verneigte, stellte Cromwell sich und seine Begleiter vor. «Zephaniah Cromwell. Emily Gibson. Matthew Stark.» Gott möge uns beistehen, dachte er. Dieses weibische Kind ist der Großfürst von Akaoka, unser Beschützer in diesem wilden Land.

Dann erschien ein zweiter Samurai, ein wesentlich älterer, der einen äußerst grimmigen Eindruck machte. Genji sprach leise ein paar Worte. Der Grimmige verbeugte sich, wandte sich um und machte mit erhobener Hand eine kleine Kreisbewegung.

Genji sagte etwas zu dem Beamten. Dieser verbeugte sich vor den drei Missionaren und sagte: «Genji Fürst sagen, willkommen Japan.»

«Danke, Fürst Genji», erwiderte Cromwell. «Es ist für uns eine große Ehre, hier zu sein.»

Vom Pierende drangen klappernde Geräusche zu ihnen. Drei kleine zweirädrige Kutschen näherten sich, allerdings nicht von Pferden gezogen, sondern von je einem Mann.

«Hier gibt es Sklaverei», stellte Stark fest.

«Das hätte ich nicht gedacht», meinte Cromwell, «aber offensichtlich habe ich mich geirrt.»

«Wie schrecklich», sagte Emily, «menschliche Wesen als Lasttiere missbraucht.»

«In den Sklavenstaaten ist es genauso», erklärte Stark, «und schlimmer.»

«Nicht mehr lange, Bruder Matthew», sagte Cromwell. «Demnächst wird Stephen Douglas als Präsident der Vereinigten Staaten vereidigt, und er tritt strikt für die Abschaffung der Sklaverei ein.»

«Vielleicht wird es Douglas aber auch gar nicht, Bruder Zephaniah, sondern Breckinridge oder Bell oder sogar Lincoln. Bei der letzten Wahl gab es jede Menge Unsicherheiten.»

«Das nächste Schiff wird die Nachricht bringen. Allerdings macht das nur wenig Unterschied. In unserem Land ist Schluss mit Sklaverei, egal, wer Präsident wird.»

Genji lauschte ihrer Unterhaltung. Hier und da glaubte er, ein Wort zu erkennen. Menschlich. Vereinigte Staaten. Strikt. Er war sich nicht sicher. Obwohl er seit seiner Kindheit mit Erziehern Umgangsenglisch geübt hatte, klang es aus dem Mund derer, die diese Sprache pflegten, gänzlich anders.

Die Rikschas hielten vor den Missionaren an. Genji bedeutete ihnen einzusteigen. Zu seiner Überraschung lehnten alle drei entschieden ab. Der hässlichste von allen, ihr Anführer Cromwell, gab dem Hafenmeister eine lange Erklärung.

«Er sagt, ihre Religion gestatte ihnen keine Fahrt mit Rikschas.» Nervös wischte sich der Hafenmeister mit einem Taschentuch den Schweiß von der Stirn.

Genji wandte sich an Saiki. «Hast du das gewusst?»

«Selbstverständlich nicht, mein Fürst. Wer käme je auf den Gedanken, Rikschas hätten etwas mit Religion zu tun?»

Genji fragte den Hafenmeister: «In welcher Weise sind Rikschas für sie eine Beleidigung?»

«Er benutzt viele Wörter, die ich nicht verstehe», antwortete der Hafenmeister. «Verzeiht mir, Fürst Genji, aber normalerweise beschäftige ich mich mit Frachtgut. Mein Wortschatz beschränkt sich in der Hauptsache auf Begriffe aus dem Handel, auf Landeerlaubnis, Gebühren, Preise und Ähnliches. Religiöse Lehren entziehen sich meiner Kenntnis.»

Genji nickte. «Na schön, dann werden sie zu Fuß gehen müssen. Ladet das Gepäck in die Rikschas. Wir haben dafür bezahlt, also können wir sie wenigstens ein bisschen sinnvoll einsetzen.»

«Gut», sagte Cromwell, «wir haben unseren ersten Sieg errungen und unserem Gastgeber klar gemacht, wie strikt wir für christliche Moral eintreten. Wir sind die Kinder seiner Weide und die Schafe unter seinen Händen.»

«Amen», sagten Emily und Stark.

Amen. Dieses Wort erkannte Genji wieder. Seine Ohren waren so unzureichend auf den tatsächlichen Klang dieser Sprache eingestellt, dass ihm das vorausgegangene Gebet völlig entgangen war.

Im Gehen trat Saiki näher an ihn heran. Er sprach so leise, als könnten die Missionare jedes seiner Worte verstehen. «Fürst, wir können die Frau nicht gemeinsam mit uns gehen lassen.»

«Warum nicht? Sie macht doch einen sehr gesunden Eindruck.»

«Ihr Äußeres macht mir Sorge, nicht ihre Gesundheit. Habt Ihr sie genau angesehen?»

«Offen gestanden habe ich gerade das zu vermeiden versucht. Sie ist alles andere als aufregend.»

«Das ist eine Untertreibung, Fürst. Sie kleidet sich wie eine Lumpensammlerin, hat die Größe eines Zugochsens, eine schockierende Haarfarbe und grotesk verzerrte Gesichtszüge.»

«Wir gehen mit ihr zu Fuß, wir heiraten sie nicht.»

«Spott kann genauso tief wie eine Klinge verwunden und ebenso tödlich sein. In dieser entarteten Epoche sind Bündnisse fragil, und Entschlossenheit ist selten. Ihr solltet kein unnötiges Risiko eingehen.»

Genji drehte sich zu der Frau um. Die beiden Männer, Cromwell und Stark, gingen galant links und rechts neben ihr, als handelte es sich um einen kostbaren Schatz. Ganz ohne Zweifel war er noch nie einer Frau begegnet, deren Anblick ihn so viel Überwindung kostete. Saiki hatte Recht. Der Spott, den sie ihnen einbringen würde, konnte sehr gefährlich sein.

«Warte.» Sie waren neben der Sänfte angekommen. «Und was wäre, wenn sie statt meiner in die Sänfte steigt?»

Saiki runzelte die Stirn. Wenn Genji zu Fuß ginge, würde er leichter Opfer eines Mordanschlags. Wenn nicht, würde sich diese Frau im Kreise der Okumichi-Samurai vor ganz Edo zur Schau stellen. Genji zu beschützen wäre einfacher, als mit dem Spott zu leben. «Ja, das ist die beste Lösung.»

Während der Unterhaltung zwischen Genji und seinem Berater musterte Emily verstohlen die kleine Samurai-Truppe ihres Gastgebers. Alle starrten sie an. Auf ihren Gesichtern schienen sich unterschiedliche Grade von Besorgnis abzuzeichnen. Rasch wandte sie den Blick ab. Ihr Herz raste. Vielleicht war aber gar nicht sie der Anlass für diese Besorgnis, sondern Zephaniah oder Bruder Matthew oder die Schwierigkeiten, die ihre Ankunft ausgelöst hatten. Sie durfte sich nicht zu Hoffnungen hinreißen lassen, um dann enttäuscht zu werden. Sie redete sich ein, keine voreiligen Schlüsse zu ziehen. Noch nicht. Aber, ach, war's möglich? Ja, es könnte sein. Es könnte sein.

Cromwell sagte: «Emily, ich glaube, Fürst Genji bietet dir seine Sänfte an.»

«Wie kann ich das akzeptieren, Zephaniah? Sicher wiegt die Sünde, sich von vier Sklaven tragen zu lassen, viermal schwerer, als wenn man sich von einem Einzigen ziehen lässt.»

Wieder betrachtete Cromwell die Träger. «Ich bezweifle, dass es sich um Sklaven handelt. Jeder Mann trägt ein Schwert.

Kein bewaffneter Sklave dürfte so nahe an seinen Herrn heran.»

Emily erkannte, dass Zephaniah Recht hatte. Diese Männer waren bewaffnet und standen in der gleichen stolzen Haltung da wie die Samurai. Vermutlich war es eine große Ehre, ihrem Fürsten als Träger zu dienen. Ihr fiel auf, dass auch diese Männer sie gequält anstarrten. Trotz ihrer Vorsicht spürte sie Freude in sich aufsteigen. «Trotzdem, Zephaniah, wäre mir nicht wohl dabei, wenn ich mich tragen ließe, während du zu Fuß gehst. Das wäre unziemlich und sehr unweiblich.»

Genji lächelte. «Offensichtlich handelt es sich auch bei Sänften um ein religiöses Thema.»

«Ja, Fürst», sagte Saiki, dessen Aufmerksamkeit eigentlich seinen Männern galt. «Nehmt euch zusammen! Eure Gedanken liegen nackt auf euren Gesichtern.»

Der Grimmige hatte etwas über sie gesagt, das wusste Emily, denn plötzlich trugen alle Samurai ausdruckslose Mienen zur Schau und vermieden jeden Blick in ihre Richtung.

«Ich kann dir nicht widersprechen, Emily. Trotzdem könnte es unter den gegebenen Umständen besser sein, sich anstandslos zu fügen. Wir müssen uns, so gut es geht und so weit es unsere Moral erlaubt, den Gepflogenheiten dieses Landes anpassen.»

«Wie du wünschst, Zephaniah.» Emily knickste vor Fürst Genji und ging gehorsam zur Sänfte, wo sich sofort Schwierigkeiten auftaten. Der Einstieg war ausgesprochen schmal. Beim Hineinsteigen müsste sie sich undamenhaft verrenken. Im Inneren der engen Schachtel würden ihr dick wattierter Mantel sowie die weiten Röcke und Unterröcke ihrem Körper kaum Raum geben. Wie sollte sie dann atmen können?

Zephaniah sagte: «Emily, ich nehme deinen Mantel. Die Sänfte wird dich gegen die Kälte schützen.»

Energisch drückte Emily den Mantel an die Brust. «Vielen Dank, ich ziehe es vor, ihn anzubehalten.» Wieder eine Schicht zwischen ihr und der Welt. Je mehr Schichten, desto besser.

«Sie weiß nicht, wie man einsteigt», meinte Saiki. «Ihre Intelligenz entspricht ihrem Aussehen.»

«Woher sollte sie das wissen?», entgegnete Genji. «Sie hat so etwas noch nie gemacht.» Er verbeugte sich höflich vor ihr und trat zur Sänfte, wo er seine Schwerter ablegte und im Inneren verstaute. Dann bückte er sich und drehte sich während des Einsteigens so um, dass er am Ende dieser Bewegung richtig saß. Zum Aussteigen streckte er zuerst die Beine heraus und ließ dann den restlichen Körper folgen. Jede Bewegung vollführte er bewusst so langsam, dass Emily sie sich genau merken konnte. Als er wieder stand, steckte er die Schwerter elegant in seine Schärpe. Nach Abschluss dieser kleinen Lehrstunde verbeugte er sich wieder und bedeutete Emily, die Sänfte zu besteigen.

«Vielen Dank, Fürst Genji», sagte Emily. Er hatte sie davor bewahrt, sich lächerlich zu machen. Sie folgte seinem Beispiel und bestieg ohne Schwierigkeiten die Sänfte.

«Könnt ihr eine solche Riesin überhaupt tragen?», fragte einer der Samurai die Träger.

«Hidé!», sagte Saiki. «Einen Monat Stallarbeit. Gibt's noch mehr Witzbolde, die gern Mist schaufeln möchten?» Alle schwiegen. Ohne erkennbare Mühe hoben die Träger die Sänfte. Die Gruppe verließ den Hafen und betrat die Straßen von Edo.

San Francisco war die größte Stadt, die Stark je besucht hatte. In der dortigen Missionsstation hatte er von Männern, die angeblich auf Marinefregatten, Handelsschiffen und Walfängern nach Japan gesegelt waren, sagenhafte Geschichten über dieses Land gehört. Sie hatten ihm von merkwürdigen Sitten, noch seltsameren Anblicken und einem Essen erzählt, das äußerst befremdlich war. Am fantastischsten aber waren ihre Geschichten über die Menschen gewesen, die zu Millionen in Städten wie Edo, der Hauptstadt des Shogun, lebten. Ungläubig hatte Stark zugehört. Schließlich handelte es sich bei seinen Informanten um Trunkenbolde, Obdachlose und Fahnenflüchtige. Andere Leute kamen nicht in das Missionshaus vom Wahren Wort. Und doch hatten ihn diese Geschichten nicht auf den Schock vorbereitet, den das Eintauchen in das Gewirr Edos auslöste.

In den Straßen, in den Läden, überall wimmelte es von Menschen. Trotz der frühen Stunde herrschte ein solcher Betrieb, dass jede Fortbewegung unmöglich schien.

«Bruder Matthew, was ist?»

«Nichts, Bruder Zephaniah. Ich bin verblüfft, aber sonst geht es mir gut.» Vielleicht aber auch nicht. Sein Zuhause waren die offenen Weideflächen von Texas und Arizona. Dort hatte er sich wohl gefühlt. Städte waren nicht nach seinem Geschmack. Sogar San Francisco hatte bei ihm Beklemmung ausgelöst. Und das war im Vergleich mit Edo eine Geisterstadt.

Vor ihnen machten Menschen den Weg frei und fielen wie vom Nordwind flach gedrücktes Präriegras zu Boden. Ein prächtig gekleideter Mann, der in Begleitung von drei Dienern auf einem wunderschönen Schimmel ritt, stieg eilig ab und warf sich ohne Rücksicht auf sein kostbares Seidengewand in den Schmutz der Straße.

Stark fragte: «Was hat Fürst Genji getan, dass er den Leuten derart Respekt einflößt?»

«Er wurde geboren, das ist alles.» Missbilligend runzelte Zephaniah die Stirn. «Mitglieder der Kriegerkaste dürfen nach Belieben jeden niederstrecken, der ihnen nicht die gebührende Ehrerbietung erweist. Ein Daimyo, so nennt man hier einen Großfürsten wie Fürst Genji, hat das Recht, wegen des Fehlers eines Einzigen eine ganze Familie zu exekutieren, ja sogar ein ganzes Dorf.»

«Ich kann es kaum fassen, dass es solche Barbarei gibt», sagte Emily aus dem Inneren der Sänfte, neben der Stark und Cromwell hergingen.

«Deshalb sind wir ja auch hier», erklärte Cromwell. «Er hilft dem Armen von dem Schwert, von ihrem Munde und von der Hand des Mächtigen.»

Wieder sagten die Missionare Amen. Genji, der einige

Schritte vor der Sänfte ging, hatte aufmerksam zugehört. Trotzdem war ihm das Gebet erneut entgangen. Offensichtlich konnten christliche Gebete so kurz sein wie die Mantras der Buddhisten des Reinen Landes oder von der Lotus-Sutra-Sekte.

Plötzlich warf sich Saiki auf Genji und schrie lauthals: «Gefahr!»

Im selben Moment fiel ein Schuss.

«Falls du irgendwelche Fragen hast», sagte Kuma, «wende dich an Fürst Kawakami.»

Als der Name des führenden Kopfes der Geheimpolizei fiel, erbleichte der Schützenhauptmann und entfernte sich ohne ein weiteres Wort. Während Genji und Saiki die Missionare auf dem Pier empfingen, begab sich Kuma wieder ins Zeughaus, wo er seine eigene Waffe holte und sie in ein schwarzes Stoffutteral steckte, das er sich auf den Rücken band. Unmittelbar danach brach er auf.

Eines wusste er: Zwischen dem Hafen und dem Palast des Okumichi-Clans im Stadtteil Tsukiji gab es eine einzige Straße, die genug Platz für Genjis Gefolge bot. Auf seinem Erkundungsgang letzte Nacht hatte er sich für ein Gebäude in einer Kurve entschieden, ein schmales zweistöckiges Haus. Derart zusammengepferchte Behausungen waren typisch für die unkontrolliert wachsende, unterste Bevölkerungsschicht Edos. Dorthin begab er sich jetzt und kletterte von einer rückwärts gelegenen Gasse aufs Dach. Niemand bemerkte ihn. Und wenn doch, hätte er seinen Augen nicht getraut. Wie eine Spinne kletterte Kuma senkrecht die Wand empor.

Ein idealer Standort. Von hier aus konnte Kuma sein Ziel beim Näherkommen anvisieren und eine möglicherweise nötige Veränderung ohne Schwierigkeiten vornehmen. Obendrein würde die Prozession in der Kurve etwas langsamer gehen müssen, was das Zielen erleichtern würde. Er überprüfte seine Muskete. Diesmal würde er garantiert eine geladene Waffe abdrücken.

Erst in der Stunde des Pferdes tauchte Genji am hinteren Ende der Straße auf. Während der Großfürst vorüberging, wichen die Leute zurück und warfen sich zu Boden. Umso leichter für Kuma. Er stützte den Lauf seiner Muskete auf der Dachkante ab. Von unten wäre kaum etwas zu sehen, so dass es wahrscheinlich selbst dem aufmerksamsten Beobachter entgehen müsste. Dort war Genji. Seelenruhig spazierte er inmitten des ersten Trupps seiner Leibwache dahin. Kuma zielte auf seinen Kopf. Wie einfach wäre das, aber der Augenblick, ihn mit einem Schuss zu verkrüppeln oder zu entstellen, war vorbei. Dieser dumme Hafenpolizist Ishi hatte Genjis Identität anerkannt. Nun würde ein Mordanschlag auf ihn allzu deutlich auf Burg Edo weisen.

Kuma verlagerte seine Ziellinie und feuerte.

«Fürst!»

«Ich bin unverletzt», sagte Genji.

Saiki deutete auf ein Dach in der Nähe. «Da! Hidé! Shimoda! Ergreift ihn lebend!»

Die restlichen Männer bildeten mit gezückten Schwertern einen Wall um Genji. Die Leute waren verschwunden. Beim ersten Anzeichen von Gewalt waren sie in Deckung gerannt.

«Die Missionare!», rief Genji und stürzte zur Sänfte. Eine Kugel hatte in das geschlossene Fenster auf der rechten Seite ein Loch gerissen. Normalerweise befand sich dahinter, genau in der Flugbahn der Kugel, der Oberkörper eines Insassen. In der Erwartung, die Ausländerfrau tot vorzufinden, schob Genji die Türe auf.

Doch dem war nicht so. Emily hatte versucht, in dem engen Gehäuse eine erträgliche Position zu finden, und sich vorübergehend zusammengekauert. Die Kugel hatte ihren Mantel aufgerissen. Die Füllung quoll heraus. Doch sonst war ihr nichts passiert.

«Fürst!» Von der anderen Seite der Sänfte rief einer seiner Leibwächter. Cromwell lag auf dem Boden. Aus einer Wunde in seinem Unterbauch floss Blut. Die Kugel, die durch die Sänfte geflogen war, hatte ihn getroffen.

«Hier können wir nicht bleiben», sagte Saiki. «Bewegt euch!» Die Träger packten die Sänfte. Vier Mann nahmen den bewusstlosen Cromwell auf die Schultern. Schwerter blitzten im Morgenlicht. So ging es im Dauerlauf zum Palast in Tsukiji.

Als Heiko kurz nach Genjis Aufbruch zum Hafen den Palast verließ, folgte ihr Kudo persönlich. Diese Aufgabe war zu wichtig, um sie einem weniger Erfahrenen und Fähigeren zu überlassen. Was Kudo betraf, hatte das nichts mit Selbstüberschätzung zu tun. Unter den Okumichi-Samurai war er der beste Beschatter. Also fiel diese Aufgabe ihm zu. Das war alles.

Heiko und ihre Dienerin schlenderten langsam von Tsukiji aus landeinwärts. Wie alle Frauen der Fließenden Welt war sie offiziell dazu verpflichtet, im abgegrenzten Bezirk Yoshiwara zu wohnen. Wäre das ihr Ziel gewesen, hätte sie vermutlich ein Leihboot den Sumida hinauf genommen. Stattdessen schlug sie den Weg zu ihrem kleinen Landhaus in den Wäldern von Ginza, am östlichen Rand von Edo, ein. Dieser zweite Wohnsitz war nicht ganz legal, aber die Vorschriften für die Fließende Welt wurden ziemlich nachlässig gehandhabt, besonders wenn es um die berühmtesten und schönsten Kurtisanen ging. Und Mayonaka no Heiko war derzeit wohl die berühmteste und zweifellos die schönste. In dieser Beziehung war sie für Fürst Genji eine ausgezeichnete Gefährtin. Was Saiki und auch Kudo Sorgen machte, war die Tatsache, dass man von ihr lediglich eines wusste: Für die Öffentlichkeit war sie eine Geisha und damit eine perfekte Schauspielerin.

Erste Nachforschungen, die durch Fürst Genjis Einschreiten behindert wurden, hatten lediglich ergeben, dass sie bei dem Geldhändler Otani unter Vertrag stand, der als Mittelsmann wohl bekannt war. Normalerweise hätte eine Mischung aus Bestechung und Drohung genügt, um Otani die nötige Information zu entlocken, vielleicht sogar die wahre Identität von Heikos geheimem Gönner. Doch leider nicht in diesem Fall.

Otani weigerte sich standhaft und behauptete, von seinem Schweigen hinge sein Leben und das seiner ganzen Familie ab. Selbst wenn man einiges davon als übertrieben betrachten konnte, lag es doch nahe, dass es sich bei dem Gönner um einen Großfürsten handelte, der so mächtig wie Genji oder noch mächtiger war. Von den Überlebenden der Schlacht von Sekigahara vor zweihundertsechzig Jahren konnte man nur dreißig bis vierzig tatsächlich groß nennen. Heiko war die Freundin eines mächtigen Mannes beziehungsweise sein Werkzeug. Ohne genau zu wissen, um wen es sich handelte, ging Genji bei jedem Stelldichein ein Risiko ein. Kudo war entschlossen, die Wahrheit herauszufinden. Andernfalls war er darauf vorbereitet, sie aus reiner Vorsicht zu töten. Nicht heute, aber zu gegebener Zeit. Demnächst drohte ein Bürgerkrieg. Um das Überleben des Clans zu sichern, musste man Unsicherheiten auf ein Minimum beschränken.

Kudo sah, wie Heiko stehen blieb, um erneut mit einem Händler zu plaudern. Wie konnte jemand ein Ziel haben und sich diesem doch so langsam nähern? Er verließ die Hauptstraße und kürzte den Weg durch eine schmale Hintergasse ab. Er würde vorausgehen und Heiko beim Näherkommen beobachten. Sollte sie vermuten, dass ihr jemand folgte, würde sich dies aus einem unerwarteten Blickwinkel besser erkennen lassen; denn eine Geisha ohne verborgene Motive würde nie argwöhnen, dass sie beschattet wurde.

Als Kudo um die Ecke bog, trugen gerade zwei Männer hinten aus einem Laden Abfall heraus. Bei seinem Anblick zitterten sie vor Angst. Die schweren Eimer fielen ihnen aus der Hand. Sie warfen sich zu Boden, pressten die Gesichter in den Schmutz, rutschten auf Händen und Knien rückwärts und gaben den Weg frei, wobei sie sich bemühten, sich möglichst unsichtbar zu machen.

Eta. Angewidert verzog Kudo das Gesicht. Seine Hand fuhr an den Schwertgriff. *Eta* – dreckige Kastenlose, deren Schicksal es war, die übelsten Arbeiten zu verrichten. Wenn sie sich auch nur vor einem von Kudos Rang sehen ließen, bedeutete das ihren sofortigen Tod. Aber wenn er sie tötete, könnte das Aufsehen erregen, und die Leute würden zusammenlaufen. Damit wäre sein eigentliches Ziel verfehlt. Er ließ sein Schwert stecken und eilte vorbei. *Eta.* Schon beim bloßen Gedanken an sie fühlte er sich unrein.

Gut hundert Schritte hinter der Stelle, an der er Heiko zuvor gesehen hatte, betrat Kudo wieder die Hauptstraße. Ja, da war sie. Immer noch verschwendete sie ihre Zeit mit demselben Händler.

Kurzfristig verdeckten einige schwatzende Frauen Kudo den Blick auf sein Ziel. Als sie vorüber waren, konnte er weder Heiko noch ihre Dienerin irgendwo entdecken. Er rannte zu dem Laden, wo sie zuletzt herumgebummelt hatte. Sie war nicht da.

Wie war das möglich? Den einen Moment hatte er sie noch im Blick gehabt, im nächsten war sie verschwunden. So bewegte sich keine Geisha, nur ein Ninja.

Verwirrt drehte sich Kudo um, um wieder zum Palast in Tsukiji zurückzukehren und – wäre beinahe mit Heiko zusammengestoßen.

«Kudo-sama», sagte Heiko, «welch ein Zufall. Kaufen Sie auch Seidentücher ein?»

«Nein, nein», erwiderte Kudo, der mühsam nach einer Erklärung suchte. Wenn man ihn überraschte, war er nie in Hochform. «Ich bin unterwegs zum Tempel in Hamacho, um Opfer für die in der Schlacht gefallenen Ahnen zu bringen.»

«Wie löblich», sagte Heiko. «Im Vergleich dazu ist mein Interesse an Tüchern schal und nutzlos.»

«Ganz und gar nicht, Dame Heiko. Für Sie sind Tücher genauso wichtig wie Schwerter für einen Samurai.» Innerlich krümmte sich Kudo über die Dummheit seiner Worte. Je mehr er redete, desto törichter würde er wirken. «Nun, ich muss mich auf den Weg machen.»

«Möchten Sie nicht ein paar Augenblicke verweilen, um mit mir Tee zu trinken, Kudo-sama?»

«Nichts würde mir mehr Vergnügen bereiten, Dame Heiko,

aber meine Pflichten erfordern eine eilige Rückkehr. Ich muss schleunigst zum Tempel und dann ebenso schleunigst wieder zurück in den Palast.« Nach einer knappen Verbeugung entfernte sich Kudo rasch mit großen Schritten in westlicher Richtung, wo Hamacho lag. Diesen langen Umweg hätte er sich sparen können, wenn er aufgepasst hätte, anstatt sich einzubilden, dass Heiko ein Ninja sein könnte. Bei einem Blick zurück sah er, dass sie sich vor ihm verneigte. Da sie ihm nachsah, musste er ein ganzes Stück so weitergehen, bevor er eine andere Richtung einschlagen konnte.

Den ganzen Rückweg nach Tsukiji war er wütend auf sich.

3

Stiller Kranich

Nebel verhüllt den Wald vor uns und die See im Rücken. Gleichzeitig leuchtet in weiter Ferne der Gipfel des Berges Tosa wie ein Frühlingshimmel. Vor uns verbergen sich Heckenschützen zwischen Bäumen und Schatten. Im Rücken umzingeln uns unter Wasser Meuchelmörder, die an Treibholz hängen. Was nützt da in weiter Ferne klare Sicht?

SUZUME-NO-KUMO (1701)

Von Traum zu Traum zum Erwachen. Jetzt schwebte Emilys Gesicht über Cromwell, ihre goldenen Locken trieben auf ihn zu. Sie wirkte schwerelos, genau wie er. War dieser Schiffbruch ein Traum? Sie befanden sich unter Wasser. Die «Stern von Bethlehem» war gesunken, und sie beide waren ertrunken. Er versuchte, nach Treibgut Ausschau zu halten, aber Emily wollte nicht aus seinem Gesichtsfeld weichen.

«Der ‹Stern› ist nichts passiert», sagte Emily. «Sie liegt in der Bucht von Edo vor Anker.»

Also las sie in diesem Traum seine Gedanken. Die Welt außerhalb der Träume wäre ein besserer Ort, wenn jedes Gehirn einem offenen Buch gliche. Heuchelei oder Scham wäre dann sinnlos. Sünde, Buße und Erlösung würden in ein und demselben Augenblick geschehen.

«Ruh dich aus, Zephaniah», sagte Emily. «Du musst gar nichts denken.»

Ja, sie hatte Recht. Er versuchte, ihre Haare zu berühren, hatte aber keinen Arm, den er heben konnte. Cromwell spürte, wie er leichter wurde. Wie war das möglich, wo er doch bereits schwerelos war? Die Gedanken ließen sich nicht festhalten. Seine Augen fielen zu, und er tauschte diesen Traum gegen einen neuen ein.

Emily erbleichte. «Ist er tot?»

«Er treibt zwischen Delirium und Wachsein», antwortete Stark.

Man hatte Cromwell in den Gästeflügel des Palastes gebracht, wo er auf einem Bett aus dicken Kissen auf dem Boden lag. Ein Japaner mittleren Alters, in dem sie einen Arzt vermuteten, untersuchte Cromwell, trug eine intensiv riechende Salbe auf die Wunde auf und verband sie. Bevor er ging, rief der Arzt drei junge Frauen ans Bett, zeigte ihnen Salbe und Verband, gab kurze Anweisungen und verschwand dann nach einer Verbeugung vor Emily und Stark. Die jungen Frauen zogen sich an den Rand des Zimmers zurück, wo sie auf Knien reglos und schweigend warteten.

Emily saß zu Cromwells Rechten auf einem quadratmetergroßen Kissen, Stark auf einem ähnlichen links von ihm. Keiner fühlte sich auf dem blanken Boden wohl. Im Gegensatz zu ihren geübten japanischen Gastgebern beherrschten sie nicht die Kunst, im Knien zu sitzen. Stark konnte zwar seine Beine abknicken, aber nicht für lange Zeit. Ständig wechselte er seine Position. Emilys langer Rock mit den weiten Unterröcken erschwerte es ihr zusätzlich, ihre Gliedmaßen in eine erträgliche Haltung zu bringen. Schließlich setzte sie sich schräg auf eine Hüfte und streckte die Beine seitlich von sich weg, wobei sie darauf achtete, sie mit dem Rock bedeckt zu halten.

«Wir führen doch nur das Wort Christi mit uns», sagte Emily. Sie wischte Cromwell mit einem kühlen nassen Tuch den Schweiß von der Stirn. «Warum sollte uns irgendwer Böses wollen?»

«Ich weiß es nicht, Schwester Emily.» Stark hatte einen Augenblick, ehe der Meuchelmörder feuerte, auf dem Dach Metall funkeln gesehen und duckte sich, ehe der Knall an sein Ohr drang. Andernfalls hätte ihn die Kugel getroffen statt Cromwell. Starks Wachsamkeit war des Predigers Pech. Das und ein unglücklicher Zufall. Nachdem die Kugel an Stark vorbeigerast war, durchschlug sie die Sänfte auf der einen Seite und drang zur anderen wieder hinaus. Eigentlich hätte sie Emily treffen sollen, was jedoch irgendwie nicht geschah. Stattdessen bohrte sie sich direkt in Cromwells Bauch. Bei einem Bauchschuss brauchten Menschen manchmal wochenlang zum Sterben.

«Er wirkt so friedlich», sagte Emily. «Seine Stirn ist glatt, und er lächelt im Schlaf.»

«Ja, Schwester Emily, er wirkt ganz friedlich.» Je mehr Stark darüber nachdachte, desto wahrscheinlicher schien es, dass er das Ziel des Mörders gewesen war. Geld hatte die Hände gewechselt. Ein Gedungener war aufs Dach geklettert, um einen Mann zu töten, den er nie gesehen hatte. Sprachschwierigkeiten auf beiden Seiten bildeten kein Hindernis, denn an einem zweifelte Stark nicht: dass man in Japan den Tod ebenso leicht mit Geld kaufen konnte wie in Amerika.

Er streckte einige Augenblicke die Beine aus, um keinen Krampf zu bekommen. Mit jeder seiner Bewegungen wuchs die Alarmbereitschaft der vier Samurai, die vor dem Zimmer im Gang knieten. Ob sie zum Schutz der Missionare abgestellt waren oder um sie gefangen zu halten, war unklar. Seit der Schießerei hatten sie ihn nicht aus den Augen gelassen. Warum, wusste Stark nicht.

«Der Verband muss häufig gewechselt werden», erklärte Doktor Ozawa. «Ich habe ihm eine Medizin gegeben, die die Blutung verlangsamen wird. Zum Stillstand kann man sie nicht bringen. Größere Arterien wurden verletzt. Die Kugel selbst steckt vor der Lendenwirbelsäule. Sie lässt sich nicht entfernen.»

«Wie lange?», fragte Genji.

Der Arzt schüttelte den Kopf. «Wenn er Glück hat, Stunden. Andernfalls Tage.»

«Was für ein Unglück», sagte Genji. «Man wird den amerikanischen Konsul informieren müssen. Ein höchst unangenehmer Mensch.»

69

Saiki sagte: «Mein Fürst, diese Kugel war für Euch bestimmt.»
«Das bezweifle ich. Meine Feinde würden keinen so schlechten Schützen schicken. Wie könnte er auf mich zielen und eine drei Meter entfernte Sänfte treffen?»
Eine Dienerin kam mit einer frischen Kanne Tee herein. Saiki winkte sie ungeduldig fort, aber Genji nahm noch eine Schale.
«Ich habe die Sänfte genau untersucht», entgegnete Saiki. «Wenn Ihr, was alle vermuteten, darin gesessen hättet, wärt Ihr auf der Stelle tot gewesen. Nur ihre barbarische Sitzhaltung hat dieser Ausländerin das Leben gerettet.»
«Ja, ich weiß, ich habe es selbst gesehen.» Genji lächelte der Dienerin zu, die vor Verlegenheit über die ihr erwiesene Aufmerksamkeit errötete und sich tief verneigte. Sie ist charmant, dachte Genji, und ganz hübsch, obwohl sie für eine Unverheiratete eigentlich ein wenig zu alt war. Vermutlich zwei- oder dreiundzwanzig. Wie hieß sie doch gleich? Hanako. In Gedanken ging er seine Leibwächter durch. Wer von ihnen brauchte dringend eine Frau und war im richtigen Alter, um dieser Dienerin gerecht zu werden? «Jedenfalls war ich nicht in der Sänfte, sondern befand mich ganz offen außerhalb.»
«Genau darauf will ich ja hinaus», sagte Saiki. «Ein Mörder, der Euch nicht kennt, würde nicht damit rechnen, Euch zu Fuß vorzufinden. Welcher Großfürst läuft schon, während eine Ausländerin in der Sänfte sitzt? Außerdem habt Ihr nicht Euer Hauswappen getragen. Auch das ist unerhört. Also hat er Euch an Eurem rechtmäßigen Platz vermutet und seine Kugel dorthin gelenkt.»
«Ein wirrer Gedankengang», sagte Genji.
Völlig außer Atem tauchten Hidé und Shimoda in der Tür auf, die beiden Leibwächter, die Saiki hinter dem Mörder hergeschickt hatte.
«Vergebung, Fürst», sagte Hidé, «nirgendwo war eine Spur von ihm zu finden.»
«Keiner hat etwas gesehen. Es war, als hätte er sich in Luft aufgelöst», fügte Shimoda hinzu.

«Ninja», sagte Saiki, «verdammte Feiglinge. Man sollte sie alle enthaupten, einschließlich ihrer Frauen und Kinder.»

«Das Gebäude gehört einem Lebensmittelhändler namens Fujita», erklärte Hidé. «Ein einfacher Mann. Keine Verbindung zu zwielichtigen Gestalten, keine Beziehungen zu irgendeinem Clan, keine Schulden, keine Töchter in der Fließenden Welt. Höchst unwahrscheinlich, dass er darin verwickelt ist. Selbstverständlich zittert er vor Eurer Vergeltung. Ohne darum gefragt worden zu sein, bestand er darauf, sämtliche Lebensmittel für Eure Feierlichkeiten zum neuen Jahr zu liefern.»

Genji lachte. «Dann wäre er bankrott und gezwungen, alle seine Töchter an die Fließende Welt zu verkaufen.»

«Das würde ihm nicht viel einbringen, mein Fürst», sagte Hidé lächelnd. «Ich habe seine Töchter gesehen.»

Saiki klatschte mit der flachen Hand auf den Boden. «Hidé! Vergiss dich nicht!»

«Jawohl, Herr!» Der gescholtene Samurai presste seinen Kopf an den Boden.

«So viel Härte ist unnötig», meinte Genji. «Es war ein anstrengender Vormittag. Hidé, wie alt bist du?»

«Fürst?» Die unerwartete Frage hatte Hidé den Atem verschlagen. «Neunundzwanzig, mein Fürst.»

«Wie kommt es, dass du in einem derart vorgerückten Alter noch nicht verheiratet bist?»

«Äh, mein Fürst, äh ...»

«Rede», sagte Saiki, «und stiehl unserem Fürsten nicht die Zeit.» Wobei es sich seiner Ansicht nach in dieser Angelegenheit sowieso um reine Zeitverschwendung handelte. Welche Frivolität hatte Genji nun wieder im Sinn? Während sein Leben in Gefahr und der ganze Clan in seiner Existenz bedroht war, spielte er irgendein albernes Spielchen.

«Dazu gab es nie eine Gelegenheit, mein Fürst», antwortete Hidé.

Saiki sagte: «In Wahrheit hegt Hidé eine ausgesprochene Zuneigung für Frauen, Wein und Spiel. Seine Schulden sind so hoch, dass keine Frau aus guter Familie auch nur daran denken würde, sich durch eine Ehe mit ihm zu belasten.» Diese Information lieferte Saiki, um die Sache voranzutreiben. Anschließend könnte man sich ja vielleicht wieder wichtigeren Dingen zuwenden, zum Beispiel einem besonders verdächtigen Ausländer, diesem Stark.

«Wie hoch sind deine Schulden?», fragte Genji.

Hidé zögerte. «Sechzig *ryo*, Fürst.» Für einen Mann seines Ranges war das eine erhebliche Summe. Sein Jahressold betrug zehn *ryo*.

«Undisziplinierter Dummkopf», schimpfte Saiki.

«Ja, Herr.» Wieder presste Hidé den Kopf auf den Boden. Er schämte sich wirklich.

«Man wird deine Schulden begleichen», sagte Genji. «Achte darauf, keine neuen anzuhäufen. Da du nun wieder flüssig bist, gebe ich dir einen guten Rat: Suche dir umgehend eine Frau. Eine mit Erfahrung im Haushalt, damit sie dir hilft, in Zukunft flüssig zu bleiben, und dir die verschiedenen Wonnen der Häuslichkeit zeigt.»

«Mein Fürst.» Hidé verharrte in der tiefsten Verbeugung, die ihm möglich war. Fürst Genjis Großzügigkeit verblüffte ihn.

«Eigentlich sollte ich mich persönlich an deiner Stelle darum kümmern», fuhr Genji fort. «Wirst du mir in dieser Angelegenheit vertrauen?»

«Ja, mein Fürst. Vielen Dank.»

«Hanako», sagte Genji, «bring diese Männer in ein anderes Zimmer, wo sie sich von der Anstrengung erholen können. Bleib dort, um ihnen zu dienen.»

«Ja», sagte Hanako. Mit einer graziösen Verbeugung geleitete sie Hidé und Shimoda aus dem Zimmer.

Als sie wieder allein waren, verbeugte sich Saiki respektvoll vor Genji. Endlich hatte er begriffen, was sein Herr vorhatte. Mitten in einer Krise, die ihn das Leben kosten könnte, hatte Fürst Genji immer noch an die gedacht, die seiner Fürsorge anvertraut waren. Die Hausdienerin Hanako war Waise. Trotz ihrer guten Manieren und ihres weiblichen Charmes war es höchst unwahrscheinlich, dass sie aus eigener Kraft eine passende Verbindung fand. Sie hatte weder familiäre Beziehungen noch eine Mitgift zu bieten. Hidé, im Großen und Ganzen ein ausgezeichneter Samurai, musste Verantwortung übernehmen, um noch ganz reif zu werden. Wenn man ihn sich selbst überließ, würde er weiterhin Zeit und Geld für wertlose Vergnügungen vergeuden. Wie so viele Samurai aus anderen degenerierten Clans würde er als nutzloser Trunkenbold enden. All das hatte Fürst Genji mit einem einzigen Handstreich zum Guten gewendet. Dem bärbeißigen Krieger stiegen Tränen in die Augen.

«Saiki, was soll das? Bin ich gestorben und zur Gottheit geworden?»

«Mein Fürst», sagte Saiki. Für jedes weitere Wort war er zu tief bewegt, ja er konnte nicht einmal den Kopf vom Boden heben. Wieder einmal hatte er den Charakter seines Fürsten falsch eingeschätzt.

Genji griff nach seiner Teeschale. Die andere Dienerin, Michiko, schenkte ihm mit einer Verbeugung nach. Da sie bereits verheiratet war, lächelte Genji sie nur an, ohne weiter über sie nachzudenken. Er trank seinen Tee und wartete geduldig, dass sich Saiki wieder fasste. Samurai waren seltsame Geschöpfe. Man erwartete von ihnen, die schlimmsten körperlichen Qualen ohne jegliche Klage zu ertragen. Und doch brachen sie hemmungslos in Tränen aus, wenn sie Zeugen eines derart unbedeutenden Vorgangs wurden, wie es die Anbahnung einer arrangierten Heirat war.

Nach einer Weile hob Saiki den Kopf und wischte sich mit dem Kimonoärmel brüsk die Tränen ab. «Fürst, Ihr müsst die Möglichkeit in Erwägung ziehen, dass die Missionare irgendwie in das Komplott gegen Euch verwickelt sind.»

«Falls es ein Komplott gibt.»

«Der eine, Stark, hat den Schuss aus dem Mördergewehr vorausgeahnt. Ich habe ihn noch vor meinem Warnschrei in Deckung gehen sehen, was bedeutet, dass er von der Anwesenheit des Mannes wusste.»

«Oder dass er ein ausgezeichneter Beobachter ist.» Genji schüttelte den Kopf. «Es ist gut, vor Verrat auf der Hut zu sein. Trotzdem ist es ein Unterschied, ob man überall Verrat wittert. Wir dürfen uns durch unsere Einbildung nicht von der wahren Gefahr ablenken lassen. Stark ist eben erst aus Amerika eingetroffen. In Japan gibt es genug gedungene Mörder. Wer würde sich da die Mühe machen, einen aus dem Ausland einzuschleusen?»

«Vielleicht jemand, der jeden Hinweis auf seine Identität verschleiern will», sagte Saiki. «Jemand, den Ihr ansonsten nicht verdächtigen würdet.»

Genji seufzte. «Na schön, untersuche die Angelegenheit noch genauer, aber bohre nicht zu sehr bei Stark nach. Er ist unser Gast.»

Saiki verbeugte sich. «Jawohl, Fürst.»

Genji sagte: «Lass uns nachsehen, wie es ihnen geht.»

Auf dem Weg durch die Halle fiel Saiki ein, sich nach dem Lebensmittelhändler zu erkundigen, auf dessen Hausdach der Meuchelmörder geklettert war. «Was sollen wir mit Fujitas Angebot tun?»

«Überbringe unseren Dank und sage, wir gestatten ihm, den Sake für das Neujahrsfest zu liefern.»

«Ja, Fürst», erwiderte Saiki. Das wäre viel genug, um dem Händler die Angst zu nehmen, ohne ihn völlig zu ruinieren. Eine weise Entscheidung. Mit wachsender Zuversicht folgte Saiki seinem Fürsten.

Das holländische Himmelsfernrohr lenkte Kawakamis Blick auf die Dächer oberhalb von Genjis Prozession. Obwohl er aus diesem Blickwinkel die Straße nicht genau überschauen konnte, wusste er auf Grund des Verhaltens der Leute an einer Kreuzung, die nicht von Gebäuden verdeckt war, wo sich das Gefolge befand. Wenn sie sich zu Boden warfen, näherte sich der Fürst. Sobald sie aufstanden und wieder ihren Beschäftigungen nachgingen, hatte er sie passiert.

Zu seiner Erheiterung beobachtete Kawakami, wie der reiche

Kaufmann und Geldhändler Monzaemon in aller Eile unbeholfen von seinem berühmten Schimmel stieg und trotz seiner eleganten Gewänder wie jeder andere sich in den Dreck warf. Viele Großfürsten hatten bei Monzaemon Schulden. Selbst der Shogun schuldete dem unerträglichen Winzling enorme Summen. Und doch lag er, wenn Höhergestellte vorübergingen, mit dem Gesicht auf dem Boden. Geld war eine Sache, das Privileg, zwei Schwerter zu tragen, sowie das Recht, sie nach Belieben einzusetzen, eine ganz andere. Von einem war Kawakami trotz aller raschen Veränderungen auf der Welt überzeugt: Die Macht des Geldes würde nie der Macht über Leben und Tod gleichkommen.

Kawakami bildete sich ein, in der Ferne einen einzelnen Schuss zu hören. Während er noch durchs Fernrohr schaute, riss Monzaemon mit einem angstvollen Ausdruck auf seinem fetten Bauerngesicht ruckartig den Kopf hoch. Der Schimmel neben ihm bäumte sich in Panik auf. Nur dem raschen Eingreifen eines seiner Diener verdankte er es, nicht zu Tode getrampelt zu werden.

Irgendetwas war geschehen. Um das herauszufinden, musste er warten. Er trat vom Fernrohr weg,

«Ich begebe mich ins Gartenhaus», sagte er zu Mukai, seiner rechten Hand. «Störe mich nur bei wirklich wichtigen Angelegenheiten.»

Kawakami ging allein zum Haus, das lediglich ein besserer Holzschuppen in einem der kleineren Gärten des großen Palastes war. Und doch bot er ihm eine der größten Erquickungen seines Lebens: Einsamkeit.

So etwas war selten, vor allem in einer Stadt wie Edo mit ihren fast zwei Millionen Einwohnern, und besonders für einen Mann wie Kawakami, der als Großfürst ständig von einer kleinen Schar Kammerdiener umgeben war. Dass er der oberste Spion des Shogun geworden war, hatte einen Hauptgrund: dass er diese Tätigkeit als Ausrede für sein Alleinsein vorschieben konnte. Wann immer er das Bedürfnis verspürte, sich des erdrückenden Gewichts gesellschaftlicher Verpflichtungen zu entziehen, führte er notwendige Geheimnistuerei an und verschwand. Dadurch hatte er sich zu Anfang Ehefrau und Konkubinen vom Leib gehalten, um dann seine verschiedenen Mätressen zu besuchen. Später gestattete es ihm, auch diesen aus dem Weg zu gehen. Mit der Zeit hatte er Geschmack daran gefunden, ungeniert das Privatleben anderer Leute auszukundschaften, so dass ihm jetzt tatsächlich wenig Zeit für Ehefrau, Konkubinen und Mätressen blieb.

Jetzt empfand er das Warten an sich als wertvoll. Das Alleinsein mit dem kleinen Feuer, dem kochenden Wasser, dem Duft des Tees und dem Gefühl der heißen Schale in den Händen. Aber heute war der Tee noch nicht aufgebrüht, als an der Tür eine vertraute Stimme ertönte.

«Fürst, ich bin es.»
«Herein», sagte Kawakami.
Die Tür glitt auf.

Heiko, nur in Begleitung ihrer Dienerin Sachiko, brach unmittelbar nach Genji aus dem Palast auf. Großfürsten konnten sich keinen Schritt ohne einen Trupp Leibwächter bewegen. Jene Männer im Land, die am meisten Furcht einflößten, hatten selbst am meisten Angst. Sie waren mit dem Töten schnell zur Hand, weshalb sie nach dem buddhistischen Gesetz des unausweichlichen Karmas eine Zielscheibe des Todes darstellten. Im Gegensatz zu den mächtigen Kriegsherren wurden Kurtisanen von niemandem gefürchtet. Durch ihre Jugend, Schönheit und Anmut wirkten sie wie die kunstvolle Verkörperung von Schwachheit. Deshalb konnten sie sich nach Belieben und ohne Angst bewegen. Auch das folgte dem Gesetz Buddhas.

«Dame Heiko», flüsterte Sachiko, «wir werden beschattet.»
«Ignoriere ihn», sagte Heiko. Kirschbäume säumten die Straße, durch die sie spazierten. Im Frühling würden sie von jenen Blüten überquellen, die seit Jahrhunderten in Bildern und Gedichten gepriesen wurden. Jetzt standen diese Bäume schwarz und nackt da. Und doch, waren sie nicht genauso schön? Sie blieb stehen, um einen einzelnen Zweig zu bewun-

dern, der ihr aufgefallen war. Der zarte Schnee vom Morgen war beinahe geschmolzen und hatte Wassertropfen hinterlassen. Nur in den schattigen Astgabeln lagen noch ein paar Flocken. Bald würden auch sie verschwunden sein. Bei dem Gedanken daran stiegen ihr unwillkürlich Tränen in die Augen. Namu Amida Butsu, Namu Amida Butsu, Namu Amida Butsu. Verehrung dem Buddha des Erbarmens, der die Schreie aller Leidenden hört. Verliebt zu sein, war wahrhaft schrecklich.

«Wir sollten nicht herumtrödeln», mahnte Sachiko. «Man erwartet Euch zur Stunde der Schlange.»

«Ich sollte so früh keine Verabredungen treffen», stellte Heiko fest. «Es bringt Unruhe, wenn man den Tag in Eile beginnt.»

«Wie wahr», erwiderte Sachiko. «Trotzdem, was kann eine Frau schon machen? Man befiehlt, und sie gehorcht.» Sachiko war neunzehn, genauso alt wie Heiko. Trotzdem benahm sie sich, als wäre sie viel älter, was ja auch ein nicht unwesentlicher Teil ihrer Aufgabe war. Indem sie sämtliche praktischen Überlegungen traf, befreite sie Heiko von den profanen Dingen des Alltags.

Die beiden Frauen gingen weiter. Ihr Beschatter war Kudo, der sich als Experte in Sachen Überwachung aufspielte. Worauf sich diese Selbstüberschätzung gründete, war Heiko schleierhaft. Wie die meisten Samurai besaß Kudo keine Geduld. Seine Ausbildung lehrte ihn, jenen Augenblick zu suchen, der über Leben und Tod entscheidet. Den blitzschnellen Schwertstreich. Blut und Leben, sich auf die Erde ergießend. Der alles entscheidende Moment. Nur er zählte. Zwei dahinschlendernden Frauen zu folgen, die so oft stehen blieben, um einen Baum zu bewundern oder Waren zu begutachten, machte ihn nervös. Deshalb sorgte Heiko dafür, dass sie noch langsamer ging als sonst, noch öfter stehen blieb und sich für Plaudereien viel Zeit ließ. Als sie ins Hauptgeschäftsviertel von Tsukiji kamen, huschte Kudo wie eine Ratte in der Falle hin und her.

«Jetzt», sagte Heiko. Gerade gingen mehrere Frauen aus der Nachbarschaft vorbei und schirmten sie kurzzeitig vor Kudo ab. Sie lief neben ihnen her zu einem Laden auf der anderen Straßenseite, während sich Sachiko einfach hinhockte und nur noch Augen für einen Korb mit getrockneten Tintenfischen hatte. Anschließend beobachtete sie von einer Seitengasse aus, wie Kudo angerannt kam, aufgeregt hierhin und dorthin schaute und nicht einmal Heikos Dienerin zu seinen Füßen bemerkte. Als er ihr den Rücken zukehrte, überquerte Heiko die Straße und stellte sich hinter ihn. Als er sie beinahe umrannte, mimte sie die Überraschte.

«Kudo-sama, welch ein Zufall. Kaufen Sie auch Seidentücher ein?» Während ihrer kurzen Plauderei hatte Heiko größte Mühe, nicht in Gelächter auszubrechen. Als Kudo wütend in Richtung Hamacho stolzierte, hielt Heiko eine Riksha an. Die Stunde des Drachen war bereits der Stunde der Schlange gewichen. Sie hatte keine Zeit mehr, zu Fuß zu gehen.

Kawakami Eichi, Großfürst von Hino, Oberster Rat der Shogunatsbehörde für innere Sicherheit, wartete im Gartenhaus würdevoll und streng, wie es seiner Bedeutung und seinen Titeln entsprach, auf das Eintreten seines Besuchers.

Doch kaum glitt die Tür auf, war es mit dieser Attitüde vorbei. Er hatte geglaubt, innerlich darauf vorbereitet zu sein, doch dem war nicht so. Darauf war er nie gefasst. Etwas an ihr war schwer fassbar. Sobald sie sich außer Sichtweite befand, verschwammen die Details ihres Gesichts und die Konturen ihres Körpers, als hätten weder Geist noch Auge die Kraft, ein Bild von derart beeindruckender Schönheit festzuhalten.

Bei ihrem Anblick sog er hörbar die Luft ein.

Um wenigstens den Schein zu wahren, tadelte er sie.

«Du hast dich verspätet, Heiko.»

«Ich bitte um Verzeihung, Fürst Kawakami.» Heiko verbeugte sich, wobei sie ganz natürlich ihren elegant geschwungenen Nacken entblößte. Wieder hörte sie Kawakami laut einatmen. Mit bewusst ausdrucksloser Miene sagte sie. «Man hat mich beobachtet. Ich hielt es für klüger, ihn nicht wissen zu lassen, dass ich ihn gesehen habe.»

«Sicher hast du es nicht zugelassen, dass er dir hierher gefolgt ist?»

«Nein, mein Fürst.» Beim Gedanken an den Vorfall lächelte sie amüsiert. «Ich gestattete ihm einen Zusammenstoß mit mir. Anschließend konnte er mir nicht länger auf den Fersen bleiben.»

«Gut gemacht», sagte Kawakami. «War es wieder Kudo?»

«Ja.» Heiko zog den Kessel vom Feuer. Kawakami hatte das Wasser zu lange kochen lassen. Wenn man es jetzt über den Tee gießen würde, wäre der ganze Geschmack dahin. Es musste erst bis zur richtigen Temperatur abkühlen.

«Er ist ihr bester Mann für solche Dinge», sagte Kawakami. «Vielleicht hast du bei Fürst Genji innerlich Fragen herausgefordert.»

«Das bezweifle ich. Ich bin ziemlich sicher, dass Kudo aus eigenem Antrieb handelt. Fürst Genji ist von Natur aus nicht misstrauisch.»

«Alle Fürsten haben einen misstrauischen Charakter», entgegnete Kawakami. «Misstrauen und Überleben sind untrennbar miteinander verbunden.»

«Ich frage mich nur eines», sagte Heiko, wobei sie den Kopf auf eine für Kawakami ganz entzückende Art zur Seite neigte. «Wenn er die Zukunft vorhersehen kann, muss er keinerlei Vorsichtsmaßnahmen treffen. Dann weiß er ja, was passiert und wann. Misstrauen erübrigt sich.»

Kawakami schnaubte. «Absurd. Seit Generationen hat seine Familie diese lächerliche Vorspiegelung falscher Tatsachen ausgenutzt. Hätte irgendeiner von denen je die Zukunft vorhergesehen, wären die Okumichi der führende Clan im Kaiserreich und nicht die Tokugawa. Dann wäre Genji heute Shogun, statt Herrscher über ein Provinzfürstentum wie Akaoka.»

«Ihr habt zweifelsohne Recht, mein Fürst.»

«Du wirkst unsicher. Hast du irgendeinen Beweis für diese vermeintliche mystische Gabe gefunden?»

«Nein, mein Fürst, wenigstens nicht direkt.»

«Nicht direkt.» Kawakami verzog das Gesicht, als schmeckten die Wörter sauer.

«Kudo und Saiki haben sich einmal über Fürst Genji unterhalten. Dabei hörte ich, wie der Name *Suzume-no-kumo* fiel.»

«Suzume-no-kumo heißt die Hauptburg im Lehen Akaoka.»

«Ja, mein Fürst, allerdings ging es dabei nicht um eine Burg, sondern um einen Geheimtext.»

Kawakami hatte Mühe, Heikos Bericht aufmerksam zu folgen. Je länger er sie betrachtete, desto lieber hätte er Sake statt Tee getrunken, was in Anbetracht von Tageszeit und Umständen in höchstem Maß unratsam gewesen wäre. Es galt, die angemessene gesellschaftliche Distanz zwischen Herr und Bediensteter aufrechtzuerhalten. Er spürte, wie er gereizt wurde. Lag es daran, dass er mit Heiko nicht nach Belieben verfahren konnte? Gewiss nicht. Er war ein Samurai aus uraltem Geschlecht. Niedriges Begehren hatte über ihn keine Macht. Was dann? Es ging darum, mehr zu wissen als andere. Kawakami war derjenige, der sah und wusste. Sein Weitblick beruhte auf Berichten aus einem Netzwerk von tausend Spionen. Und doch besaß Genji in den Augen der Öffentlichkeit die Fähigkeit, noch weiter zu sehen als Kawakami. Man schrieb ihm prophetische Gaben zu.

«Es ist nicht ungewöhnlich, dass Clans im Besitz so genannter Geheimlehren sind», sagte Kawakami. «Normalerweise handelt es sich um Bücher über Taktik, häufig sogar schlichte Plagiate von Sun-Tzus *Die Kunst des Krieges*.»

«Besagtes Buch enthält angeblich die Visionen jedes prophetisch begabten Fürsten von Akaoka seit den Tagen Hironobus vor sechshundert Jahren.»

«Derartige Gerüchte schwirren seit Generationen in der Okumichi-Familie herum. Angeblich wird in jeder Generation ein Prophet geboren.»

«Jawohl, mein Fürst, so sagt man.» Heiko verbeugte sich. «Mit Eurer Erlaubnis.» Sie goss das heiße Wasser in die Teekanne. Duftender Dampf stieg auf.

«Und du glaubst das?» Verärgert trank Kawakami den Tee viel zu rasch. Er schluckte, ohne sich den Schmerz anmerken zu lassen. Die heiße Flüssigkeit verbrannte ihm die Kehle.

«Ich glaube lediglich eines: Wenn solche Dinge in Umlauf sind, steckt vielleicht ein Körnchen Wahrheit dahinter. Und das, mein Fürst, hat nicht unbedingt etwas mit Prophezeiung zu tun.»

«Nur weil etwas behauptet wird, ist es noch lange nicht wahr. Wenn ich alles glauben würde, was mir zu Ohren kommt, müsste ich halb Edo hinrichten und den Rest einsperren lassen.»

Heiko kicherte höflich und bedeckte dabei mit einem Kimonoärmel den Mund. Spielerisch versank sie in einer ehrerbietig tiefen Verbeugung.

«Hoffentlich bin ich davon ausgenommen.»

«Ja, selbstverständlich», sagte Kawakami etwas besänftigt. «Mayonaka no Heiko wird nur in den höchsten Tönen gepriesen.»

Wieder kicherte Heiko. «Leider ist es nicht so, dass etwas wahr ist, nur weil man es behauptet.»

«Das werde ich versuchen, mir zu merken.» Kawakami lächelte breit. Hoch erfreut nahm er zur Kenntnis, wie rasch und klug eine derart anmutige und charmante Frau sein Zitat aufgriff.

Eine Tatsache versetzte Heiko stets erneut in Staunen: wie leicht sich Männer ablenken ließen. Dazu musste man nur ein bisschen die Alberne mimen. Wenn sie ein Kichern hörten, ein Lächeln sahen und sanfte Düfte einatmeten, die aus gefälteten Seidenkleidern aufstiegen, bemerkten sie nie das harte Funkeln in den Augen hinter mädchenhaft flatternden Lidern. Dies traf selbst auf Kawakami zu, der es eigentlich besser wissen sollte als alle anderen. Er hatte Mayonaka no Heiko geschaffen. Und doch war er nun genauso verwundbar wie alle anderen, mit einer Ausnahme: Genji.

«Angeblich soll auch Fürst Genjis Großvater, der verstorbene Fürst Kiyori, Kenntnis von zukünftigen Ereignissen gehabt haben.» Kawakami ließ sich von Heiko Tee nachschenken. Diesmal nippte er vorsichtiger daran. «Und doch starb er plötzlich vor drei Wochen, vermutlich das Opfer eines Giftanschlags. Hätte er das nicht vorhersehen müssen?»

«Vielleicht kann man nicht alles vorhersehen, mein Fürst.»

«Eine praktische Ausrede», meinte Kawakami, der erneut in Rage geriet. «Damit lässt sich der Mythos am Leben halten. Alles nur Propaganda, ausgestreut vom Okumichi-Clan. Wir Japaner sind abergläubische und leichtgläubige Menschen, was sich die Okumichis schlau zunutze machen. Auf Grund dieser Ammenmärchen über Prophezeiungen gesteht man ihnen eine Bedeutung zu, die sie nicht verdienen.»

«Ist es sicher, dass Gift zum Tod von Fürst Kiyori geführt hat?»

«Wenn du damit die Frage stellen willst, ob es auf meinen Befehl geschah, dann lautet die Antwort Nein.»

Heiko sank mit einer tiefen Verbeugung zu Boden. «Ich würde nie wagen, etwas derart Anmaßendes zu unterstellen, Fürst Kawakami.» Damit war es ihr bitterernst, wie Tonfall und Verhalten bewiesen. «Vergebung, dass ich in Euch einen falschen Eindruck erweckt habe.» Der Mann war ein Hanswurst, allerdings ein gefährlich schlauer. Weil sie unbedingt wissen wollte, was er weiterhin mit Genji vorhatte, war sie zu weit vorgeprescht. Wenn sie nicht mehr Vorsicht walten ließe, könnte er bemerken, dass ihr Interesse die Grenzen der Pflicht überschritt.

«Ach, steh auf, steh auf», sagte Kawakami herzlich. «Ich bin nicht gekränkt. Du bist meine vertraute Berichterstatterin.» Selbstverständlich stand Frauen kein derartiger Status zu, aber schließlich handelte es sich nur um ein Wort. Und das zu sagen kostete ihn nichts.

«Eure Ehre übersteigt meinen Wert.»

«Unsinn. Du musst wissen, was ich tue, damit du entsprechend handeln kannst. Ich war kein Freund von Fürst Kiyori, das stimmt, trotzdem hatte er genügend echte Feinde. Seine freundliche Haltung gegenüber Ausländern, besonders Amerikanern, hat viele erbost. Und noch mehr waren über sein Interesse am Christentum verärgert. Du hast mir doch persönlich berichtet, welche Einwände Saiki und Tanaka, zwei seiner ältesten Vasallen, gegen die Anwesenheit von Missionaren im Lehen hatten. Tanaka hatte sich darüber tatsächlich so erregt, dass er sein Amt niedergelegt und sich vor sechs Monaten ins Kloster Mushindo zurückgezogen hat.»

«Jawohl, mein Fürst, so ist es. Er hat die buddhistischen Weihen empfangen und den Ordensnamen Sohaku angenommen.»

«Religiöser Fanatismus kann tödlicher sein als politischer. Tanaka oder Sohaku, wenn dir das lieber ist, kommt meiner Ansicht nach am ehesten als Meuchelmörder in Frage.»

«Wie tragisch», sagte Heiko, «wenn man im hohen Alter von einem derart nahe Stehenden niedergestreckt wird.»

«Alle, die einem nahe stehen, sind auch am gefährlichsten», erklärte Kawakami, wobei er auf Heikos Reaktion achtete. «Denn oft versäumen wir es, ihr wahres Ich zu sehen. Du teilst beispielsweise Fürst Genjis Bett. Und doch könntest du ihm jederzeit die Kehle durchschneiden, nicht wahr?»

Heiko verbeugte sich, darauf bedacht, dass ihr Lächeln ergeben, aber nicht untertänig war. «Ja, so ist es.»

«Es würde dir nicht schwer fallen, deine Zuneigung zu ihm zu überwinden?»

Heiko lachte fröhlich. «Fürst Kawakami, Ihr spielt mit mir. Ich bin in seinem Bett, weil Ihr mich dort haben wolltet, aber nicht aus irgendeiner vermeintlichen Zuneigung heraus.»

Kawakami runzelte die Stirn. «Heiko, gib Acht. Wenn du mit ihm zusammen bist, darfst du nicht einmal daran denken. Du musst in ihn verliebt sein, sogar hoffnungslos verliebt. Sonst wird er dich durchschauen, und dann bist du für mich nutzlos.»

Heiko neigte sich zu Boden. «Jawohl, mein Fürst, ich höre und gehorche.»

«Gut. Wie steht es nun mit Fürst Genjis Onkel? Hast du seinen Verbleib herausgefunden?»

«Noch nicht. Seit Fürst Shigeru die Burg verlassen hat, wurde er innerhalb des Fürstentums Akaoka an keinem anderen Herrschaftssitz gesehen. Möglicherweise ist er vor seinem eigenen Clan auf der Flucht.»

Das wären in der Tat gute Nachrichten, egal, was dahinter steckte. Der Onkel war weitaus gefährlicher als der Neffe. Shigeru war ein fanatischer Anhänger aller althergebrachten Samurai-Künste. Er konnte mit und ohne Waffen töten und hatte das auch schon getan. Es war bekannt, dass er sich an neunundfünfzig Duellen beteiligt und alle gewonnen hatte. Damit lag er nur um eines hinter dem Rekord des legendären Miyamoto Musashi zurück, der vor zweihundert Jahren gelebt hatte. Das sechzigste und einundsechzigste Duell hatte man auf den letzten Tag des alten Jahres beziehungsweise den ersten des neuen angesetzt. Allerdings war es inzwischen unwahrscheinlich, dass es je dazu käme. Shigeru war verschwunden.

«Erzähle mir, was du erfahren hast.»

Ohne Zögern begann Heiko. Wenn sie zu viel über ihre Worte nachdachte, würde sie nicht weitersprechen können. Die Information war ihr aus mehreren unterschiedlichen Quellen zugetragen worden, und sie hoffte von ganzem Herzen, dass die Geschichte so nicht stimmte.

Der kleine buddhistische Tempel auf dem Gelände der Burg Suzume-no-kumo war vor langer Zeit, im dreizehnten Jahr des Kaisers Go-hanzono, erbaut worden. Im Gegensatz zu allen anderen war er keiner speziellen Sekte gewidmet. Fürst Wakamatsu hatte ihn zur Sühne erbaut, weil er drei Dutzend Klöster wie Jodo, Nichiren, Rinzai, Soto und Obaku zerstört und fünftausend Mönche zusammen mit ihren Familien und Anhängern abgeschlachtet hatte. Die schwer bewaffneten Gläubigen hatten sich dem fürstlichen Befehl widersetzt, ihre Religionskriege einzustellen.

Shigeru wusste über diesen Tempel erstaunlich viel. Seit seiner Kindheit war er ein wichtiges Detail in seinen schlimmsten, sich ständig wiederholenden Albträumen gewesen. Diese

Träume waren mit Vorzeichen überfrachtet, die er nicht verstand. In der Hoffnung, aus Ereignissen und Personen der Vergangenheit Erkenntnis zu gewinnen, hatte er jahrelang die Geschichte des Tempels studiert. Nichts konnte er daraus ab leiten.

Jetzt, viel zu spät, begriff er. So entschlüsselten sich ihm Vorzeichen immer: zu spät. Im matten Schein einer Lampe kniete er da, zündete das hundertfünfte Räucherstäbchen an und steckte es mit einer ehrfürchtigen Verbeugung auf den Altar, den man anlässlich des Begräbnisses seines Vaters Kiyori, des ehemaligen Fürsten von Akaoka, errichtet hatte.

«Es tut mir Leid, Vater, bitte, vergib mir.»

Zum hundertfünften Mal sagte er dieselben Worte. Anschließend entzündete er das hundertsechste Räucherstäbchen.

Hundertacht Schmerzen fügte der Mensch sich durch seine Habgier, seinen Hass und seine Unwissenheit selbst zu. Hundertachtfache Reue brachte verlorene Seelen ins Licht Buddhas. Hundertacht Leben würde Shigeru für seine unvorstellbaren Verbrechen in hundertacht Höllenreichen verbringen. Nach dem Entzünden des hundertachten Räucherstäbchens würde er damit beginnen.

«Es tut mir Leid, Vater, bitte, vergib mir.»

Aber man würde ihm nicht vergeben, das wusste er. Fürst Kiyoris Geist könnte ihm vielleicht den eigenen Mord vergeben, aber nicht die an den anderen. Niemand würde ihm vergeben.

«Es tut mir Leid, Vater, bitte, vergib mir.»

Shigeru war erstaunt. Irgendwie hatte er richtig mitgezählt. Trotz der schrecklichen Visionen, die ihn um den Schlaf und seinen Kopf fast zum Explodieren brachten und seine Existenz zunichte machten, hatte er richtig mitgezählt. Dies war das hundertachte Räucherstäbchen.

«Es tut mir Leid, Vater, bitte, vergib mir.»

Er presste seine Stirn auf den Boden. Unablässig füllte das Dröhnen flügelloser Flugmaschinen seine Ohren. Hinter geschlossenen Lidern blendeten ihn Riesenlaternen, die ohne

Feuer brannten. Bunter beißender Qualm schnürte ihm die Kehle zu.

Er war völlig verrückt, das wusste er.

In jeder Generation gab es einen Okumichi mit der Gabe des Hellsehens. In der vorhergehenden Generation war das sein Vater gewesen, in der nächsten Genji. In seiner eigenen hatte das Unglück Shigeru persönlich getroffen. Der Sehende litt immer, denn Sehen führte nicht notwendigerweise zum Verstehen. Für ihn hatte es nie Verständnis gegeben, nur immer Leid. Das Ereignis trat ein, doch das erkannte er erst, wenn es aus der Zukunft in die Vergangenheit geglitten war. Und dann folgte dem Leid noch mehr Leid.

Wenn ihn nur prophetische Träume heimgesucht hätten, wäre das Leben erträglich gewesen, aber danach setzten im wachen Zustand Visionen ein. Ein in den Kampfkünsten wahrhaft geübter Samurai konnte viel ertragen, aber nicht sehr lange jenen unaufhörlichen Strom des Bewusstseins, von dem nicht einmal der Schlaf Erholung brachte.

Der Himmel verwandelte sich in Feuer, fiel zur Erde und verbrannte schreiende Kinder. Schwärme metallischer Insekten schwirrten über Edo, stopften sich die Bäuche mit Menschenfleisch voll und spuckten giftige Dämpfe aus, die nach ihrer Beute stanken. Millionenfach trieben tote Fische im vergifteten Silberwasser des Binnenmeers.

Was er im Geist sah, überlagerte die Bilder, die seine Augen schauten. Unaufhörlich. Es gab keine Erlösung.

Shigeru hielt am Tempeleingang inne und verbeugte sich vor den Körpern der beiden erschlagenen Nonnen. Im Vorübergehen achtete er darauf, dass er nicht in den beiden allmählich gerinnenden Blutpfützen ausglitt. Als er zuvor über den Innenhof gegangen war, hatte der Vollmond hoch über der Burg gestanden. Auf dem Rückweg zu den Gemächern seiner Familie sah er jetzt, dass die Nacht noch immer hell vom Mond war, den man hinter den Burgmauern nicht sehen konnte.

Das Bett seiner Frau war leer, die Decke hastig beiseite geworfen. Er überprüfte die Räume der Kinder. Auch sie waren fort. Das hatte er nicht vorausgesehen. Ein grimmiges Lächeln verzerrte seinen Mund. Wo waren sie? Es gab nur eine Möglichkeit.

Er suchte seine persönliche Waffenkammer auf und kleidete sich an. Ein Metallhelm mit einem roten Pferdeschweif und hölzernen Hörnern. Eine lackierte Gesichtsmaske zum Schutz von Wangen und Kinn. Eine *nodowa* als Halsschutz und zwei *sodé* für beide Schultern. Oberkörper, Lenden und Oberschenkel gürtete er mit *donaka*, *kusazuri* und *haidaté* aus stählernen Platten, die sogar eine Musketenkugel abprallen ließen. Zu seinen Schwertern steckte er zusätzlich fünf englische Steinschlosspistolen mit je einem Schuss in seine Schärpe.

In dieser Nacht hatte Shigeru das Kommando über die Wache. Niemand wunderte sich über sein Erscheinen. Als er das Öffnen der Tore befahl, wurde dem entsprochen. Schnell ritt er aus der Burg.

Der Besitz seines Schwiegervaters Yoritada lag nicht weit entfernt in östlicher Richtung in den Bergen. Als Shigeru dort eintraf, erwartete ihn Yoritada mit einem Dutzend Bediensteter draußen vor den Mauern. Auch sie hatten, wie er, volle Rüstung angelegt. Sechs Samurai hielten Musketen bereit.

«Komm nicht näher», warnte ihn Yoritada. «sonst wirst du erschossen.»

«Ich bin wegen meiner Frau und meiner Kinder hier», sagte Shigeru. «Schicke sie heraus, und ich werde friedlich abziehen.»

«Umeko ist nicht mehr deine Frau», sagte Yoritada. «Sie ist in mein Haus zurückgekehrt und hat für sich und ihre Kinder Schutz erfleht.»

Shigeru lachte, als wäre dieser Gedanke absolut lächerlich. «Schutz? Wovor?»

«Shigeru», erwiderte Yoritada sanft. In seiner Stimme schwang Trauer mit. «Dein Gehirn und dein Geist sind krank. Dies habe ich seit vielen Wochen mit angesehen. Heute Nacht ist Umeko in Tränen aufgelöst zu mir gekommen. Sie sagt, du würdest ständig etwas von den blutigsten Höllenqualen vor dich hinflüstern, Tag und Nacht. Die Kinder zittern in deiner

Gegenwart. Ich flehe dich an, bitte Fürst Kiyori um Rat. Dein Vater ist ein weiser Mann, er wird dir helfen.»

«Er wird niemandem helfen», sagte Shigeru und suchte nach einer Lücke. «Fürst Kiyori wurde heute Nacht mit Kugelfischgalle vergiftet.»

«Was?» Yoritada taumelte einen Schritt nach vorn. Shigerus Nachricht hatte ihm die Sprache verschlagen. Auch die übrigen Samurai reagierten ähnlich. Jetzt – das war der entscheidende Moment.

Shigeru gab seinem Pferd die Sporen, feuerte seine Pistolen ab und entledigte sich dann ihrer möglichst schnell. Er war kein guter Schütze und traf niemanden. Er beabsichtigte lediglich, Yoritadas Männer noch mehr zu verwirren.

Was ihm auch gelang. Nur zwei Musketiere kamen in seine Nähe. Beide Kugeln trafen sein Pferd und brachten das Tier zu Fall.

Shigeru sprang aus dem Sattel, landete im Laufschritt auf den Beinen und enthauptete seinen Schwiegervater mit dem ersten Katana-Hieb. Noch ehe sich der Staub vom Sturz seines Pferdes gelegt hatte, tötete oder verwundete Shigeru mit dem Katana in der Rechten als Hiebwaffe und dem *tanto* als Stichwaffe in der linken Hand jeden tödlich, der sich ihm in den Weg stellte.

Hinter dem Tor erwartete ihn seine Schwiegermutter Sadako mit vier ihrer Dienerinnen. Jede hielt eine *naginata* in der Hand, jene Lanzenhellebarde, die von den weiblichen Samurai bevorzugt wurde.

«Verfluchter Dämon.» Sadako spuckte förmlich die Worte heraus. «Ich habe Umeko vor einer Ehe mit dir gewarnt.»

«Sie hätte auf dich hören sollen», entgegnete Shigeru.

Im Teehaus des Innenhofs fand er Umeko und seine Kinder. Als er sich der Tür näherte, stach von drinnen ein Kinder-Katana durch das Reispapier, das den Holzrahmen bedeckte. Knapp über dem Auge schlitzte ihm die Klinge die linke Braue auf.

«Komm herein und stirb!», rief ein tapferes Stimmchen ohne

die geringste Furcht. Es war sein jüngstes Kind, sein sechsjähriger Sohn Nobuyoshi. Shigeru konnte sich die Szene drinnen ausmalen. Nobuyoshi bewachte mit ausgestrecktem Katana die Tür. Hinter ihm Umeko und ihre Töchter Emi und Sachi.

Shigeru öffnete mit der Spitze seines Katana die Tür. Bei seinem Anblick schnappte Nobuyoshi nach Luft. Rasch zog sich das Kind zurück. Aus strategischen Gründen hätte es besser seinen Platz beibehalten, denn der schmale Türrahmen schränkte Shigerus Bewegungsfreiheit beim Betreten ein. Er musste einen schrecklichen Anblick bieten. Von Kopf bis Fuß war er mit dem Blut von achtzehn Menschen bedeckt, neunzehn, wenn er sich selbst mit einbezog. Blut tropfte ihm aus einer Nackenwunde, wo ihn seine Schwiegermutter getroffen hatte. Nur wenige Zentimeter tiefer – und sie hätte ihn getötet.

Beim Anblick seines Sohnes erfüllte Stolz Shigerus Herz. Während seines kurzen Lebens hatte er seine Lektionen gut gelernt. Er hielt sein Schwert im richtigen Winkel und in der richtigen Körperhaltung, doch das Allerwichtigste war: Er hatte sich so positioniert, dass sein eigener Körper zwischen dem Angreifer und seiner Mutter und den Schwestern stand.

«Gut gemacht, Nobuyoshi.» Diesen Satz hatte Shigeru auch früher schon nach harten Übungsstunden mit Schwert, Speer und Bogen gesagt. Nobuyoshi schwieg. Er konzentrierte sich voll und ganz auf Shigeru. Sein Sohn suchte nach einer Lücke, nach jenem alles entscheidenden Augenblick. Er verdiente es, als das zu sterben, was er war: ein echter Samurai. Beim Betreten des kleinen Raums stolperte Shigeru bewusst.

«Aaaiiii!» Mit einem lauten Schrei, der höchsten Einsatz ausdrückte, stürzte sich Nobuyoshi auf die Lücke in der Rüstung, die sich an Shigerus Kehle zeigte. Sein Sohn tat, was jeder Samurai tun musste. Er ging ganz in der Attacke auf, ohne einen einzigen Gedanken an das eigene Ich zu verschwenden. In jenem befreienden Augenblick schlug Shigeru so blitzschnell zu, dass Nobuyoshis Körper seinen Sprung fortsetzte, während hinter ihm bereits sein Kopf zu Boden fiel.

Emi und Sachi stießen einen Schrei aus und klammerten sich

aneinander, während Tränen über ihre Kinderwangen rannen. «Warum, Vater, warum?», fragte Emi.

Umeko hielt in der Linken einen Dolch, in der Rechten eine Derringer-Taschenpistole, die sie hob und abfeuerte. Die Kugel schlug gegen seinen stählernen Helm und prallte ab. Umeko ließ die Pistole fallen und griff stattdessen zum Dolch.

«Ich bewahre dich vor weiteren Sünden», sagte sie und schnitt mit zwei raschen Bewegungen ihren Töchtern die Kehle durch. Ihr Blut ergoss sich auf die blasse Seide ihrer Schlafkimonos. Danach schaute Umeko Shigeru unverwandt in die Augen und sagte: «Möge dich der Buddha des Erbarmens sicher ins Reine Land geleiten.» Sie stieß sich den Dolch eigenhändig in die Kehle.

Mit Schwertern in beiden Hände saß Shigeru auf dem Boden des Teehauses, inmitten der blutigen Ruinen seines Lebens, und hielt seinen Blick auf den Eingang gerichtet. Bald würde er den Hufschlag von Pferden vernehmen, die Truppen von der Burg brachten. Er begann zu lachen. Noch immer war er dem Untergang geweiht, aber seine geliebte Frau und die Kinder hatte er befreit. Ihnen würden die künftigen Schrecken nichts anhaben können, die ihm seine prophetischen Träume und Visionen ankündigten.

TEIL II

Schöne Träumer

4

Zehn tote Männer

> Zweifel befallen dich. Verwirrung herrscht. Du kannst das Gestern nicht vom Morgen unterscheiden. Horch auf dein Herz, und finde Erleuchtung. Sein Schlag wie eine Trommel. Ein Dröhnen wie Stromschnellen im Winter. Zuletzt kein Unterschied zwischen Tosen und Stille.
> Horch.
> Horch.
> Horch.
> Blut, kein Wasser.
> Dein Blut.
>
> SUZUME-NO-KUMO (1860)

Emilys Vorstellung von ihrer Hochzeitsnacht war von Hoffnung und banger Angst erfüllt. Letztere lag hauptsächlich in dem physischen Abscheu begründet, den sie für Zephaniah empfand, Erstere in der Abneigung, die er ihr gegenüber zeigte. Hätte eine dieser Gemütsregungen gefehlt, hätte sie seinen Heiratsantrag nie und nimmer in Erwägung gezogen. Da aber die Kombination aus beiden einem Versprechen gleichkam, Amerika entfliehen zu können, machten sie ihn zu einem unwiderstehlichen Freier. Leider würde ihre eheliche Beziehung nicht gänzlich ohne jede Intimität auskommen. Mit einem völligen Fehlen jenes brutal-animalischen Paarungsverhaltens, das mit einer Ehe einherging, zu rechnen, war unsinnig. Zum Glück schien es sich höchstwahrscheinlich auf ein absolutes Minimum zu beschränken. Gelegentliche Qual war ein kleiner Preis für die durch ihn gebotene Gelegenheit.

Jetzt war beides Vergangenheit, Hoffnung und bange Angst,

zerstört durch eine Mörderkugel. Wenn Zephaniah starb, wäre Emily allein, und allein konnte sie in Japan nicht bleiben. Ohne den Schutz von Vater, Bruder oder Ehemann hatte eine Frau in einem fremden Land keinen ehrenvollen Platz. Sie wäre zur Rückkehr nach Amerika gezwungen. Oder gab es vielleicht noch eine andere Möglichkeit? Konnte sie die Mission mit Bruder Matthew fortsetzen?

Verstohlen warf sie ihm einen Blick zu. Er sah auf den Garten hinaus. Weder sein Gesicht noch seine Haltung, noch irgendein Aspekt seines Benehmens ließ eventuelle Rückschlüsse auf seine Gedanken zu. Wie immer war er für sie ein Rätsel.

Erst vier Monate zuvor war er in ihrer beider Leben getreten, in der Missionsstation des Wahren Wortes in San Francisco. Sie hatte gerade den Armen und Obdachlosen Suppe ausgeteilt, als ihr ein Mann auffiel, der im Eingang des Speisesaals stand.

Seine Cowboykleidung war schmutzig, der schwarze Hut auf seinem Kopf musste früher einmal weiß gewesen sein. Lange Haare fielen ihm über Rücken und Schultern wie bei einem wilden Indianer. Er hatte ein hageres Gesicht mit eingefallenen Wangen und dunklen Rändern unter den Augen. Seine Bartstoppeln waren so unregelmäßig, als hätte er sie mit einem Messer abgehackt. In seiner offensichtlichen Bedürftigkeit schien ihn nichts von den anderen Unglücklichen zu unterscheiden, um die sie sich täglich kümmerte. Mit einer Ausnahme: Weder drängelte er sich ungeduldig in die Schlange und schluckte gierig, noch hatte er nur Augen für das Essen, das sie verteilte. Wie er dort im Türrahmen stand, war er die Ruhe selbst. Das Einzige, was sich bewegte, waren seine Augen, die alle Männer musterten, die an den Tischen saßen oder anstanden. Seine Arme hingen locker seitlich herab, was aber irgendwie mehr innere Bereitschaft signalisierte als Trägheit. Dabei bemerkte sie unter der von Schmutz verkrusteten Jacke auch die Ausbuchtung an seiner rechten Hüfte.

Sie bat Schwester Sarah, sie an der Suppenausgabe zu vertreten, und begab sich zu dem Fremden.

Als sie näher kam, zog er höflich seinen Hut und nickte. «Ma'am.»

«Wir freuen uns sehr, wenn du unser Abendmahl teilst, Bruder in Christo.» Dabei benutzte Emily jene Anrede, die von den Jüngern des Wahren Wortes allen Neuankömmlingen zugedacht war. Wie hatte Zephaniah gesagt? Bruder, weil alle Menschen Brüder sind. In Christo, weil alle Menschen, ob Sünder, Heilige oder Heiden, durch die Gnade und Vergebung unseres Herrn Christen sind, auch wenn sie selbst das vielleicht nicht wissen.

«Sehr verbunden, Ma'am», erwiderte der Fremde, wobei er mit einer angedeuteten Verbeugung erneut nickte. «Bin Ihnen ausgesprochen dankbar.» In seinen Worten schwang ein leicht gedehnter Singsang mit. Texas, vermutete sie, oder irgendwo aus der Nähe.

«Dieser Ort ist mit dem Frieden des Herrn gesegnet, Bruder in Christo.»

Sie streckte ihm ihre Hand hin. «Gewalt soll hier keinen Zutritt haben.»

Er schaute sie an und blinzelte mehrmals, bis er begriff. «Nein, Ma'am», sagte er, löste den Lederriemen, der seinen Halfter festhielt, öffnete die Gürtelschnalle und reichte sie ihr samt der Pistole.

Beinahe hätte sie beides fallen lassen. «Ich befehle dich Gott und dem Wort seiner Gnade.» Die Pistole war sehr groß und schwer.

«Danke», sagte er.

«Wir erwidern die Worte des Evangeliums mit ‹Amen›», belehrte sie ihn.

«Ich kenne kein Evangelium, Ma'am. Keine Ahnung, worauf ich Amen sagen soll.»

«‹Ich befehle dich Gott und dem Wort seiner Gnade.› Dies sind wahre Worte. Apostelgeschichte 20,32.»

«Amen», sagte der Fremde.

Sie lächelte. Seine Sanftmut war viel versprechend. Zweifelsohne hatte er gesündigt, vermutlich genau mit der Waffe, die sie jetzt hielt. Und vielleicht auch mit der anderen, von der sie nur den Griff links aus dem Gürtel ragen sah. Und doch waren des Herrn Barmherzigkeit und Schutz jedem bestimmt. «Und das da», sagte sie und deutete mit dem Kinn darauf.

Er musterte den Griff der Waffe, als würde ihn ihr Anblick überraschen. «Hab ich vergessen.» Zum ersten Mal lächelte er. «Hab's noch nicht lange.» Sie glich mehr einem kleinen Schwert als einem großen Messer. Er legte es oben auf die Pistole und die Halfter, die Emily hielt.

«Du gibst dein Geld besser für Werkzeuge des Friedens aus», meinte Emily.

«Amen», sagte der Fremde.

«Das waren nur meine eigenen Worte», erklärte sie, «nicht aus dem Evangelium.»

«Hab's auch nicht gekauft.» Wieder lächelte er seltsam. Seine Lippen verzogen sich nach oben, seine Augen verengten sich.

«Woher stammt es dann, Bruder in Christo?» Beim Spiel gewonnen, dachte Emily, oder gestohlen, was noch schlimmer war. Sie bot dem Fremden eine Gelegenheit zu einer kleinen Beichte und damit zum ersten Schritt in ein neues Leben mit der Barmherzigkeit und Gnade des Herrn.

«Ein Bowie-Messer mit dreißig Zentimeter Klinge», erwiderte er. Als er bemerkte, dass er damit nichts erklärt hatte, fügte er hinzu: «War ein Abschiedsgeschenk.»

Na schön, dann gab es momentan also keine Beichte. Sie hatte ihre Pflicht getan, indem sie den Weg gewiesen hatte. Sie sagte: «Wie lautet dein Vorname?»

«Matthew», antwortete er.

«Bruder Matthew, ich bin Schwester Emily. Ich freue mich, dich zum gemeinsamen Abendessen bei uns willkommen zu heißen, in der Obhut unseres Herrn.»

«Danke, Schwester Emily», sagte Bruder Matthew.

Die Erinnerung an diese Zeit trieb ihr urplötzlich Tränen in die Augen. Sie konnte nicht verhindern, dass sie ihr über die Wangen rollten.

Stark reichte Emily sein Taschentuch. Sie bedeckte damit ihr Gesicht und weinte lautlos. Nur ihre Schultern bebten von mühsam unterdrücktem Schluchzen. Der Ausdruck derart offener Emotionen überraschte ihn. Stets hatte sie gegenüber dem Prediger ein höflich distanziertes Verhalten gezeigt. Wer es nicht besser wusste, hätte nie erraten, dass die beiden verlobt waren, was wiederum bewies, wie wenig er von Frauen verstand. Auch wenn das keine Rolle spielte und ihm das egal war. Starks Herz pumpte Blut durch seinen Körper, das war alles. Ansonsten handelte es sich um das Herz eines Toten.

Stark sagte: «Du solltest dich ausruhen, Schwester Emily. Ich werde bei Bruder Zephaniah wachen.»

Emily schüttelte den Kopf. Erst nach mehrmaligem tiefem Einatmen konnte sie sprechen. «Danke, Bruder Matthew, aber ich kann nicht weg. Mein Platz ist an seiner Seite.»

Stark hörte im Flur Stoff rascheln. Da kam jemand. Die vier Samurai draußen verbeugten sich tief. Wenige Augenblicke später erschien Fürst Genji mit dem Hauptmann seiner Leibwache. Nach einem Blick auf Emily und Stark richtete er einige Worte an die Samurai. Erneut verbeugten sich die vier Männer und stießen eine einzige Silbe aus, die wie «*Hai!*» klang. Dann eilten sie fort. Stark fiel auf, dass in Genjis Nähe dieses Wort häufig verwendet wurde. Vermutlich bedeutete es «Ja».

Genji lächelte und begrüßte sie mit einer leichten Verbeugung. Noch ehe sie sich mühsam erheben konnten, hockte er schon auf den Knien – wie es schien, eine ganz bequeme Haltung für ihn. Er sprach ein paar Worte und wartete. Stark hatte den Eindruck, er erwarte eine Antwort.

Stark schüttelte den Kopf. «Tut mir Leid, Fürst Genji, aber keiner von uns spricht Japanisch.»

Amüsiert wandte Genji sich an Saiki. «Er glaubt, ich hätte mit ihm Japanisch gesprochen.»

Saiki sagte: «Ist er ein Narr? Erkennt er seine eigene Sprache nicht?»

«Offensichtlich nicht in der Art, wie ich sie spreche. Meine Aussprache muss noch schlimmer sein, als ich dachte. Trotzdem, ich habe ihn verstanden. Und darüber kann man sich doch freuen.» Wieder wechselte Genji ins Englische und sagte zu Stark und Emily: «Mein Englisch ist nicht gut. Ich entschuldige mich dafür.»

Erneut schüttelte Stark den Kopf. Ihm fiel nur dieselbe Bemerkung wie vorhin ein. «Tut mir Leid», hob er an, dann unterbrach ihn Emily.

«Sie sprechen ja Englisch», sagte sie zu Genji. Wenigstens versuchte er das. Erstaunt riss sie die immer noch tränennassen Augen auf.

«Ja, danke schön», erwiderte Genji mit einem kindlichen Lächeln. «Ich bedaure die Beleidigung für Ihre Ohren. Meine Zunge und meine Lippen haben große Schwierigkeiten mit der Form Ihrer Wörter.»

Was Emily hörte, war eine Reihe fremdartiger Silben, die annähernd den Sprachrhythmus des Englischen besaßen. «Ja, dan-ku so-e-nu. I-chu be-dau-e-le di-ji be-le-ji-di-kun-gu fu-e-lu i-lu o-len. Me-ji-nu tsun-gu hun-du me-ji-nu ri-pen cha-wen glo-su su-wi-li-chu-ke-ji-tu mi-tu del fol-mu i-lel wo-el-tel.»

Sie hatte Mühe, einen verzerrten Laut vom nächsten zu trennen. Wenn sie wenigstens ein paar Wörter entziffern könnte, käme sie vielleicht dahinter, wovon er sprach. Hatte er das Wort «Schwierigkeit» verwendet? Sie hielt es für eine gute Idee, diesen Begriff in ihrer Antwort zu wiederholen, wobei sie ganz deutlich sprach: «Jede Schwierigkeit lässt sich überwinden, wenn die Leute es nur wirklich wollen.»

Aha, so also wird dieses Wort ausgesprochen, dachte Genji. «Schwie-rig-keit», ein «r»-Laut mit der Zungenspitze nach oben gegen den Gaumen, und nicht ein «l» mit nach unten gebogener Zungenspitze.

«Schwierig, aber nicht unmöglich», sagte Genji. «Ernsthaftes Bemühen und Ausdauer helfen.»

Sein merkwürdig harter Akzent war trotzdem in sich schlüssig. Je mehr sie sich darauf konzentrierte, desto klarer wurden die Wörter. Außerdem lernte er schnell. Diesmal war das Wort «Schwierigkeit» schon viel besser zu verstehen.

«Um alles in der Welt, Fürst Genji, wie haben Sie unsere Sprache gelernt?»

«Mein Großvater hatte verlangt, dass ich sie studiere. Er glaubte, es würde mir nützen.» In Wahrheit hatte ihm Kiyori erklärt, es handle sich um eine Notwendigkeit. Er hatte in prophetischen Träumen Genji mit Englisch sprechenden Menschen parlieren gesehen.

Diese Gespräche, hatte Kiyori verkündet, werden dir eines Tages das Leben retten.

Genji war sieben Jahre alt gewesen und hatte erwidert: «Wenn deine Träume wahr sind, warum soll ich mich dann mit dem Lernen herumplagen? Die Prophezeiung sagt, ich werde Englisch sprechen, also werde ich das auch tun, wenn es so weit ist.»

Kiyori hatte lauthals gelacht. «Wenn es so weit ist, wirst du es sprechen, weil du jetzt, hier und heute, damit anfängst.»

In jenen Tagen war das Shogunatsverbot gegen Ausländer noch wirksam gewesen. Lehrer mit Englisch als Muttersprache gab es nicht. Also hatten sich Genjis Studien fast ausschließlich auf Bücher beschränkt. Wörter auf Papier waren eine ganz andere Sache als gesprochene oder solche, die man hörte.

«Du verstehst ihn», konstatierte Stark.

«Ja, mit einiger Mühe. Du nicht, Bruder Matthew?»

«Kein Wort, Schwester Emily.» Für Starks Ohren reihte Genji unverständliche Silben aneinander. Was für Emily wie Englisch klang, hörte sich für ihn wie eine Reihe von kleinen Lautgruppen an, die eher einem fortlaufenden Gemurmel glichen als einzelnen Wörtern.

Genji sprach ganz langsam. «Vielleicht, wenn ich ganz langsam spreche?»

Stark hörte: «Fi-ji-le-ji-chu-tu fen i-hu ga-nu-tsu lan-gu-sa-mu spe-le-chu?» Er konnte nur wieder den Kopf schütteln.

«Tut mir Leid, Fürst Genji, aber meine Ohren sind nicht so klug wie die von Schwester Emily.»

«Aha», sagte Genji und lächelte Emily zu. «Ich weiß, es ist Ironie, aber Sie werden mein Englisch für Mr. Stark in ein Englisch übersetzen müssen, das er verstehen kann.»

«Es wird mir eine Ehre sein», entgegnete Emily. «Doch es ist nur eine Frage der Zeit, bis er sich an die jeweiligen Sprecheigenheiten gewöhnt hat.»

Genji blinzelte. «Miss Gibson, Sie haben ein wenig zu schnell gesprochen. Diesmal konnte ich Ihnen nicht folgen.»

«Verzeihung, Fürst Genji. Ich ließ mich von meinem Enthusiasmus mitreißen.» Sie überlegte, ob sie das Gesagte in einfachere Worte fassen sollte, entschied sich jedoch nach einem Blick in die Augen des vornehmen Kriegsherrn dagegen. Sie glaubte, dahinter eine hochsensible Seele erkannt zu haben. Eine herablassende Haltung würde ihm nicht entgehen. Er wäre beleidigt, ja, schlimmer noch – er wäre verletzt. Langsam wiederholte Emily ihren Satz.

Saiki kniete in der Nähe des Eingangs, weit genug entfernt, um das Gespräch nicht zu stören, aber doch nur einen einzigen Schritt weg, um sich nötigenfalls zwischen seinen Herrn und die Ausländer zu werfen und diesen Stark zu enthaupten. Obwohl dies im Moment nicht nötig erschien, blieb Saiki auf der Hut und behielt auch die Frau trotz ihrer scheinbaren Harmlosigkeit im Auge.

Hinter Saiki hatte sich ein kleiner Menschenauflauf gebildet. Die vier Wachen waren mit einem Bett im westlichen Stil zurückgekommen. Bei ihnen befanden sich Hidé und Shimoda, die weitere Möbelstücke trugen. Dazu gesellte sich die Dienerin Hanako mit einem englischen Teeservice auf einem Tablett. Alle betrachteten erstaunt die Szene, die sich ihren Augen darbot.

«Fürst Genji redet ja in der Sprache der Ausländer», flüsterte Hidé.

Ohne in seiner Wachsamkeit nachzulassen, flüsterte Saiki: «Vernachlässige nur weiter deine Disziplin, Hidé, dann verbringst du demnächst deine Hochzeitsnacht in den Ställen anstatt in den Armen deiner Braut.»

Hochzeitsnacht? Am liebsten hätte Hidé losgelacht. Dazu würde es nie kommen. Ihr Fürst hatte leichthin eine Bemerkung gemacht, weiter nichts, was nur ein humorloser alter

Kahlkopf wie Saiki ernst nehmen konnte. Er drehte sich um, um Shimoda in seine vergnügte Stimmung einzubeziehen, doch das Lächeln seines Freundes wirkte seltsam. Neben ihm starrte Hanako mit roten Wangen auf ihr Tablett. Sonst war sie doch immer ganz blass. Hidé klappte der Unterkiefer herunter. Warum bekam er immer zu spät mit, was los war?

Saiki rutschte auf Knien vorwärts. «Mein Fürst, die Ausstattung der Ausländer.»

«Bringt sie herein.» Zu Emily und Stark sagte er: «Wir wollen Platz machen, während das Zimmer passender möbliert wird.» Er sah, dass beiden das Aufstehen Schwierigkeiten machte. Stark stand als Erster und kam Emily zu Hilfe. Behandelten alle Ausländer ihre Frauen mit derart übertriebenem Respekt? Oder nur die Missionare? Jedenfalls war es bewundernswert, dass sich dieser Mann derart galant gegenüber einer Frau benahm, deren Anblick Überwindung kostete. Höflichkeit gegenüber schönen Frauen fiel leicht, während einem hässliche bedeutend mehr Willenskraft abnötigten.

Noch ehe Stark seinen Kreislauf wieder in Schwung gebracht hatte, standen Bett, Stühle und Tische am Platz. Cromwell blieb bewusstlos, während sie ihn ins Bett hoben. Die Decken auf dem Boden waren schwarz und nass, und noch immer sickerte Blut aus der Wunde und befleckte die frischen Tücher. Farbe und Geruch der Flüssigkeit verrieten Stark, dass die Kugel nicht nur Cromwells Bauch durchdrungen hatte, sondern auch seine Eingeweide.

«Sollen wir uns ins Nachbarzimmer zurückziehen?», fragte Genji. «Diese Dienerinnen werden sich um Mr. Cromwell kümmern. Wenn sich etwas ändert, werden sie uns rufen.»

Emily schüttelte den Kopf. «Vielleicht tröstet ihn mein Anblick, wenn er aufwacht.»

«Gut, dann lassen Sie uns Platz nehmen.» Genji setzte sich auf die Stuhlkante. Seine Haltung war wie auf dem Boden kerzengerade, während sich Emily und Stark sofort von der Rückenlehne stützen ließen. Obwohl Genji das ziemlich ungesund erschien, versuchte er es. Binnen kürzester Zeit spürte er, wie seine Organe im Unterleib aus der Balance gerieten. Sein Blick wanderte zu Cromwell. Eventuell lebte dieser Mann noch eine Stunde, vielleicht auch zwei. Genji war nicht sicher, ob er das Sitzen auf diesem ausländischen Möbelstück so lange ertragen konnte.

Auch Stark musterte Cromwell, allerdings nicht aus Sorge um das Ableben des Predigers. Seine Gedanken galten dem Missionshaus, welches das Wahre Wort in der Provinz Yamakawa, nordwestlich von Edo, eingerichtet hatte. Elf Missionare waren vor einem Jahr von San Francisco dorthin aufgebrochen. Unter diesen elf befand sich jemand, den Stark unbedingt sehen wollte.

Stark, Emily und Genji saßen an Cromwells Bett und warteten auf seinen Tod.

«Im Hafen ergab sich keine Gelegenheit, Genji zu erschießen», sagte Kuma, der nicht beabsichtigte, seinem Kunden zu verraten, dass er sich eine leere Muskete geschnappt hatte. Für einen ungebundenen Mann war ein guter Ruf das wertvollste Attribut. Warum sollte man den für nichts und wieder nichts ruinieren?

«Es fällt mir schwer, das zu glauben», entgegnete Kawakami.

«Trotzdem war es so.»

«Erkläre mir doch noch mal, warum du diesen Missionar erschossen hast.»

Ein weiterer Irrtum, wenn auch ein unbedeutenderer. Sein eigentliches Ziel, der Abgebrühte, der auf der ihm zugewandten Seite der Sänfte ging, war genau in dem Moment gestolpert, als Kuma geschossen hatte. Fast schien es, als hätte der Mann in seine Richtung geschaut und wäre bei seinem Anblick in Deckung gegangen, obwohl das höchst unwahrscheinlich war. Nicht einmal ein geübter Ninja hätte Kumas Anwesenheit so leicht entdeckt. Er musste gestolpert sein. Kuma behielt seine zuversichtliche Miene bei. Kawakami konnte unmöglich wissen, dass es sich um einen reinen Zufallstreffer gehandelt hatte.

«Er war der Ältere von beiden. Ich nahm an, er sei der Anführer. Sein Verlust wird Genji und die übrigen Freunde der Christen mehr schmerzen. Ich dachte, Ihr wärt erfreut.»

Kawakami dachte über die Situation nach. Es konnte nicht angehen, dass Kuma selbstherrlich wichtige Entscheidungen traf. Gleichzeitig war er am effektivsten, wenn er freie Hand hatte, falls sich günstige Umstände ergaben. «Keine weiteren Schritte gegen Genji. Sollte sich eine Gelegenheit bieten, die Missionare anzugreifen, dann nutze sie, aber nur so lange, wie sie den Schutz des Okumichi-Clans genießen.» Schon der Gedanke an einen derart demütigenden Vorfall bereitete ihm Vergnügen.

«Meint Ihr damit, noch während sie sich im Palast ‹Stiller Kranich› aufhalten?»

«Ja.»

«Das wird aber nicht einfach.»

Kawakami legte zehn Goldryo auf den Tisch und schob sie Kuma hin. «Behalte Heiko weiter im Auge. Ich bin nicht überzeugt davon, dass sie sich an das erinnert, woran sie sich erinnern sollte.»

Mit einer Verbeugung trank Kuma seinen Tee aus und verschwand. Wider Erwarten war alles gut gelaufen. Normalerweise stellte Kawakami weitaus mehr Fragen. Heute hatte er zerstreut gewirkt. Egal, Kuma war zehn Ryo reicher. Doch eines war noch wichtiger: Noch immer hatte er den Auftrag, Heiko zu beschatten, was er sowieso getan hätte. Wenn man dafür aber auch noch bezahlt wurde, war das in der Tat ein Segen. Namu Amida Butsu.

Kuma der Bär ging schnellen Schrittes, wenn auch nicht zu schnell, auf den Marktplatz von Tsukiji zu. Wer sich die Mühe gemacht hätte, auf ihn zu achten, hätte einen fetten, kahlköpfigen Bauern mittleren Alters mit jenem unbestimmt fröhlichen Gesichtsausdruck gesehen, der typisch für nicht allzu schlaue

Menschen war. Keiner würde in ihm den tödlichsten Ninja der heimischen Provinzen sehen.

Kawakami hatte große Mühe, sich auf Kuma zu konzentrieren. Heikos Bericht wollte ihm einfach nicht aus dem Kopf. Was für ein verheerendes Gemetzel. Vater und Sohn in ein und derselben elenden Stunde getötet. Wurzel und Zweig zerstört, und das nicht durch Feindeshass, sondern durch eigenen Wahnsinn. Konnte eine solche Gräueltat wahr sein? Bis zur Bestätigung aus weiteren Quellen konnte Kawakami nur hoffen. Wenn ja, wäre Kumas fehlgeschlagener Anschlag auf Genji ein ausgesprochener Glücksfall. Ein Zusammenbrechen des Okumichi-Clans von innen heraus wäre weit besser als jede Zerstörung von außen.

Kawakami schloss die Augen und versank in tiefes Nachdenken. Im vierzehnten Jahr des Kaisers Go-yozei, vor zweihundertfünfzig Jahren, war Reigi, Fürst von Minato, dem Fürsten von Akaoka, Nagamasa, in die Schlacht gegen die Tokugawa-Armeen gefolgt. Reigi hatte an Nagamasas prophetische Gabe geglaubt. Der Tokugawa-Clan ist zum Untergang verdammt, hatte Nagamasa gesagt. Ich habe es in einer Vision gesehen. Nagamasa starb, wie es sich für einen falschen Propheten gehört. Auch Reigi starb, an Nagamasas Seite. Genau wie seine Frau, seine Konkubinen und sämtliche Kinder mit Ausnahme einer Tochter, die in eine Seitenlinie der Tokugawas hineingeheiratet hatte. Kawakamis verehrte Ahnfrau. Seit Generationen wurde diese Geschichte weitergegeben, von der Großmutter über die Mutter zur Tochter, und diese Großmütter, Mütter und Töchter hatten sie in den Kinderzimmern ihren Söhnen und Enkeln weitererzählt.

Wenn Nagamasa nicht gewesen wäre, wären Kawakami und seine Ahnen Fürsten von Minato, einem wahrhaft großen Fürstentum, anstatt von Hino, dessen Name bedeutender war als seine reale Größe.

Jetzt hing der Fortbestand von Nagamasas Linie von einem einzigen Mann ab.

Genji.

In genüsslichem Schweigen überlegte sich Kawakami, wie er weiterhin dafür sorgen könnte, dass diese Linie auf höchst schmerzhafte und überaus demütigende Weise ein für allemal erlosch.

Starks Anwesenheit als Gast im Palast eines japanischen Kriegsherrn am Neujahrstag 1861 hatte einen Grund: zehn tote Männer.

Der zweite tote Mann war Jimmy mit den schnellen Händen. Eigentlich hieß er ja James Sophia, weil er aber den Namen Sophia nicht leiden konnte und mit Spielkarten so schnell hantierte, dass ihn keiner beim Betrügen erwischte, nannte man ihn Jimmy mit den schnellen Händen. Der dritte Grund, warum er so hieß, war die Tatsache, dass er mit einer Pistole schneller gewesen war als sieben Männer. Doch die sieben, die er tot geschossen hatte, gehörten nicht zu jenen zehn, die Stark zu guter Letzt nach Japan brachten.

Von all dem erfuhr Stark erst, als Jimmy tot war. Im Gegensatz zu allen anderen Männern, die der schnelle Jimmy beim Kartenspielen betrog, hatte Stark ihn dabei beobachtet. Und deshalb war Jimmy jetzt tot.

«Moment mal», sagte Stark, «du hast gerade die unterste Karte im Ärmel versteckt, du Scheißkerl.» Siebzehn war er damals und frisch aus einem Waisenhaus in Ohio entlaufen. Er hatte gerade seinen ersten Viehtreck im westlichen Texas hinter sich, und alles tat ihm weh: Kopf, Rücken, Arsch, Hände, Knie und Füße. Ein starker Sonnenbrand und dazu ein heftiger Kater taten noch das Übrige. Nur seine Augen waren scharf wie eh und je, und er sah, wie dieser Mistkerl die Karte in den Ärmel steckte. Das Pik-Ass.

Der schnelle Jimmy musterte ihn kalt. «Weißt du überhaupt, mit wem du redest, Bubi?»

«Tja, weiß ich», antwortete Stark, «mit einem beschissenen Kartenbetrüger. Leg das Pik-Ass raus, du mieser Scheißer, sonst schlag ich dir deinen verdammten Schädel ein.» Genau das hatte

Stark in jener Nacht, in der er aus dem Waisenhaus türmte, mit dem Nachtaufseher Elias Egan gemacht. Jahrelang hatte Egan viele der Jungs missbraucht und brutal behandelt, auch ihn, Stark. Damit war Schluss, nachdem er ihm den Schädel eingeschlagen hatte. Elias Egan war der erste tote Mann.

Jimmy mit den schnellen Händen wurde seinem Namen gerecht. Er hielt seine Pistole in der Hand und richtete sie auf Starks Brust, noch ehe dieser ziehen hätte können. Wenn er nicht von neumodischen Erfindungen so fasziniert gewesen wäre, hätte er Stark zu seinem achten toten Mann gemacht. Stattdessen wurde er Starks zweiter Toter.

Alle anderen trugen damals Vorderladerrevolver mit Schwarzpulverpatronen mit sich herum. Nicht der schnelle Jimmy, der besaß eine Repetierpistole Marke Volcanic, die mit einer Handbewegung nacheinander sechs hülsenlose Patronen in die Trommel pumpte. Das war der zweite Grund, warum er tot war. Als die Patrone nicht losging, versuchte der schnelle Jimmy, die nächste hineinzudrücken, aber der Abzug bewegte sich nicht. Während er noch mit aller Gewalt daran drückte und zerrte, zog Stark seinen alten Vorderlader, presste ihn dem schnellen Jimmy an die Wange und drückte ab. Im Ziehen war der schnelle Jimmy Stark haushoch überlegen, aber Starks alter Vorderlader ging los, während die Volcanic von Jimmy mit den schnellen Händen versagte.

Beim dritten, vierten und fünften Toten handelte es ich um Pistolenhelden, die glaubten, sie könnten ihren Preis auf dem Killermarkt in die Höhe treiben, wenn sie den Mann abknallten, der den berühmten Jimmy mit den schnellen Händen getötet hatte. Den alten Stark hätte der Erste von ihnen locker erledigt. Der neue Stark war von ganz anderem Kaliber. Als er herausfand, wen er da erschossen hatte, wurde ihm klar, dass er zur Zielscheibe für jeden geworden war, der sich einen Namen als schneller Schütze machen wollte.

Das Beste wäre gewesen, wenn man den Tod des schnellen Jimmy rückgängig hätte machen können. Da das aber nicht ging, tat Stark das Zweitbeste: Er übte mit seiner Pistole. Ziehen, Zielen, Schuss. Vor allem aber übte er, auf der Hut zu sein. Vor hektischen Blicken, angespannten Schultern, unnatürlichem Atmen, vor zu viel Lärm und vor zu wenig. Er gewöhnte sich an, nicht zu lange an einem Ort zu bleiben und einen zweiten Revolver bei sich zu tragen, falls der erste klemmte.

Als ihn der dritte tote Mann in Pecos fand, war Stark schneller, als es Jimmy mit den schnellen Händen je gewesen war. Fünf Cowboys und drei Huren waren Zeuge, wie der dritte Mann starb, noch ehe er den Revolver richtig in der Hand hielt. Fünf Cowboys und drei Huren können eine Geschichte innerhalb kürzester Zeit landauf, landab verbreiten. Außerdem neigen sie wie sonst niemand zum Übertreiben. Als Stark in Deadwood eintraf, hatte er bereits einen derart schlimmen Ruf, dass sich Toter Nummer vier und fünf zusammentaten, um ihn gemeinsam aus dem Weg zu räumen. Doch zwei Dinge liefen falsch. Erstens begannen sie bereits aus sechzig Meter Entfernung zu feuern, einer Distanz, aus der sie nicht einmal eine Kuhherde treffen konnten. Zweitens veranstaltete Stark zufällig Schießübungen über eine Sechzig-Meter-Distanz – und das täglich, seit er den schnellen Jimmy getötet hatte.

Nach Deadwood hatte niemand mehr Lust, Stark herauszufordern. Wer hätte schon eine Chance gegen einen Mann, dessen Revolver sich schneller bewegte, als die Augen sehen konnten? Wer drückte so schnell ab, dass der zweite Mann schon tot war, ehe der erste einen Tropfen Blut vergossen hatte? Wer konnte aus hundert Schritt Entfernung ins Auge schießen? Auch in Deadwood gab's genügend Cowboys und Huren mit einer Menge Fantasie.

Danach fand Stark lange Zeit kein Ziel mehr, machte nur noch Schießübungen. Sein Ruf wurde so monströs, dass er sich dahinter verstecken konnte. Stark, der Schnellschütze, war über zwei Meter groß, trug quer über dem rechten Auge eine Narbe von einer Messerstecherei, war gefährlich wie eine tollwütige Sau, trank Whisky, ohne einen Bissen zu essen, verprügelte Frauen lieber, als sie zu vögeln, und wenn er Letzteres tat, dann nur, nachdem er sie zuvor fast totgeschlagen hatte. Stark fing an, sich Matthews zu nennen, und niemand erkannte ihn. Alle hielten nach einem viel größeren und bösartigeren Mann Ausschau.

Zwei Jahre vergingen, bevor Stark den sechsten toten Mann traf, einen Zuhälter in El Paso, der nicht wusste, wann Schluss war. Danach dachte Stark fast ein Jahr lang nicht mehr an tote Männer. Er stellte sogar seine Schießübungen ein. Er war glücklich und glaubte, von nun an wäre er das immer. Er irrte sich. Er verabschiedete sich von Mary Anne und den beiden Mädchen und machte sich auf die Suche nach dem siebten, achten, neunten und zehnten Toten.

Den siebten Toten fand er vier Tagesritte nördlich der mexikanischen Grenze in einem staubigen Loch mit dem hochtrabenden Namen La Ciudad de los Angeles. Es hatte wenig Ähnlichkeit mit einer Stadt, und falls hier irgendwelche Engel zu Hause sein sollten, hatten sich diese göttlichen Wesen außerordentlich gut versteckt. Bevor er starb, erzählte der siebte Tote Stark, dass die anderen nach Norden geflohen waren. Sie planten, sich über den Pazifik abzusetzen. Das erzählte er Stark nicht aus Hass auf seine ehemaligen Kameraden oder weil er ein klaffendes Loch im Magen hatte. Auch nicht aus Buße für etwaige Schmerzen, die er Unschuldigen zugefügt haben mochte. Das erzählte er Stark nur, weil dieser ihn nach der Kugel in den Magen in beide Knie geschossen und ihm als Nächstes einen Schuss in die Lenden versprochen hatte.

Der achte Tote versuchte, in Sacramento aus einer Bar zu rennen, aber Stark jagte ihm eine Kugel Kaliber .44 ins Genick und pustete ihm elegant den Schädel weg.

Toter Nummer neun erwischte Stark unvorbereitet. Er erwartete ihn in San Francisco hinter einer Hotelzimmertür. Wie sich ein Zwei-Zentner-Mann hinter einer Tür verstecken konnte, war ein Rätsel. Allerdings hatte Stark zum Grübeln keine Zeit, denn der Kerl stach mit einem riesigen Bowie-Messer wie wild um sich. Beinahe hätte er Stark die dreißig Zentimeter lange Klinge in den Rücken gebohrt. Stark flog der 44er aus der Hand. Er zog seinen 22er Revolver und feuerte fünf Kugeln auf den neunten Toten. Doch der ließ sich nicht aufhalten und ging mit blitzender Klinge weiter auf ihn los. Stark schwang den 22er wie einen Hammer und schlug dem neunten Mann damit die Schläfe ein.

Der zehnte Tote war einer von zweien. Und dieser Zweite war derjenige, der vor einem Jahr als Missionar vom Wahren Wort per Schiff nach Japan reiste. Andernfalls wäre Stark selbst der zehnte tote Mann gewesen.

Einer von ihnen musste sterben.

Der Mönch, den man Jimbo nannte, kehrte am späten Nachmittag ins Kloster Mushindo zurück. Sohaku konnte die fröhlichen Kinderstimmen schon lange hören, ehe eines auch nur in Sicht kam. Egal, wo Jimbo hinging, stets folgte ihm eine Schar Kinder aus dem nahe gelegenen Dorf.

«Geh noch nicht wieder zurück, Jimbo!»

«Ja, ja, geh nicht!»

«Ist doch noch früh!»

«Wofür sind diese Kräuter? Die wirst du doch nicht essen, oder?»

«Meine Großmutter meinte, du könntest abends mit uns essen, Jimbo. Wäre dir das nicht lieber? Hast du die Mönchsgrütze nicht schon satt?»

«Erzähl uns noch eine Geschichte! Nur eine einzige!»

«Jimbo, erzähl uns noch mal, wie Buddhas Engel aus dem Reinen Land kamen und dir den Weg gezeigt haben!»

«Jimbo! Jimbo! Jimbo! Jimbo!»

Sohaku lächelte. Die letzte Stimme gehörte Goro, dem zurückgebliebenen Sohn der Dorfidiotin. Er war groß, sogar noch größer als Jimbo, der alle übrigen Männer in der Provinz Yamakawa um Hauptesslänge überragte und einen halben Zentner schwerer war. Vor Jimbos Ankunft hatte Goro nur gestöhnt, gekeucht, geschrien und gebrüllt, aber nicht gesprochen. Jetzt bestand sein Wortschatz aus einem einzigen Wort, das er ständig benutzte.

«Jimbo! Jimbo!»

«Halt!» Jimbo kam zum Tor und bemerkte die mit Bambusstangen bewaffneten Mönche in Angriffsposition rings um das Zeughaus. Neben der verbarrikadierten Tür saß Abt Sohaku in Meditationshaltung. «Geht heim», sagte er zu den Kindern.

«Was ist denn da los?»

«Lass mich sehen, lass mich sehen!»

«Wetten, das ist der Irre. Wahrscheinlich ist er wieder durchgebrannt.»

«Jimbo! Jimbo! Jimbo!»

«Halt's Maul, Blödmann! Wir wissen, wie er heißt.»

«Geht jetzt heim», sagte Jimbo, «sonst komme ich morgen nicht ins Dorf.»

«Och, wenn wir jetzt gehen, verpassen wir den ganzen Spaß!»

«Ja, ja, das letzte Mal hat der Irre Leute über die Mauer geworfen!»

Jimbo musterte die Kinder streng. «Auch übermorgen werde ich nicht ins Dorf kommen.»

«Na schön. Also los, gehen wir.»

«Aber du kommst morgen?»

«Versprochen?»

«Versprochen», antwortete Jimbo.

Die beiden kleinsten Mädchen nahmen Goro bei der Hand. Wenn er sich gewehrt hätte, hätten sie ihn keinen Millimeter vom Fleck gebracht, aber Frauen gehorchte Goro immer. Alten Frauen, jungen Frauen, kleinen Mädchen. Vielleicht war irgendetwas, das ihm seine Mutter einmal beigebracht hatte, in seinem durchlöcherten Gehirn hängen geblieben. Als die kleinen Mädchen an ihm herumzerrten, ging er widerstandslos mit ihnen.

«Jimbo!»

Er stand da und sah den Kindern nach, bis sie auf dem schmalen Pfad ins Tal hinunter verschwunden waren. Dann drehte er sich um. Mit der Stunde des Affen schwand das Tageslicht. Es war Zeit, die Abendgrütze zuzubereiten. Ohne weitere Umstände begab er sich in die Küche. Die außergewöhnliche Situation erregte seine Neugierde nicht. Wenn er darüber Bescheid wissen müsste, würde es ihm der Abt mitteilen.

Sorgfältig und von Dank erfüllt wusch er die wilden Kräuter, die er in den Bergen gesammelt hatte. Bald würden die langen grünen Blätter in winzige Stücke gehackt sein und dem einfachen Gericht zur Feier des Tages Geschmack und Farbe verleihen. Während seiner sechs Monate im Kloster war ihm das Gefühl für Monate und Tage abhanden gekommen. Die Jahreszeiten ließen sich leichter erkennen. Jetzt war Winter. Weihnachten war im Winter, vielleicht sogar heute. Obwohl Jimbo kein Christ mehr war, erschien ihm die Erinnerung an Weihnachten nicht verwerflich. Die Worte Buddhas und Christi waren zwar grundverschieden, aber waren es auch ihre Botschaften? Nicht so sehr, dachte er.

«Jimbo, der Abt will dich sehen.» Taro schaute zur Tür herein. Er war bereits reisefertig gekleidet und trug statt einer Mönchsrobe schmale Hosen und eine Reitjacke. In seiner Schärpe steckten zwei Schwerter. Draußen wieherte ein Pferd.

Jimbo folgte Taro zum Zeughaus. Der Abt wies Jimbo an, sich neben ihn zu setzen, während er zu Taro sagte: «Geh.» Taro verbeugte sich, sprang auf sein Pferd und galoppierte zum Tor hinaus. In Kürze würde die Nacht hereinbrechen und Taro in ihrem Schutz in das benachbarte Fürstentum Yoshino, in feindliches Territorium, eindringen. Jimbo sprach ein stilles Gebet für die sichere Rückkehr seines Freundes.

«Große Ungetüme aus Metall speien Flammenbündel.» Aus dem verbarrikadierten Gebäude drang Shigerus Stimme. «Überall stinkt es nach verbranntem Menschenfleisch.»

Sohaku sagte: «Jimbo, klingen diese Worte in deinen Ohren wie eine Prophezeiung?»

«Ich weiß nicht, wie Prophezeiungen klingen, Ehrwürdiger Abt.»

«Ich dachte, das Christentum sei eine Religion von Propheten.»

«Davon weiß ich nichts. Ich bin kein Christ.»

«Aber du warst einer», erwiderte Sohaku. «Hör ihm zu. Ist das eine Prophezeiung?»

«Propheten sind manchmal verrückt», antwortete Jimbo, «aber nicht alle Verrückten sind Propheten.»

Sohaku schnaubte. «Ich bin weder verrückt noch ein Prophet, das ist mein Problem.» Genji hatte Anweisung gegeben, ihn unverzüglich holen zu lassen, falls sein Onkel anfing, Prophezeiungen von sich zu geben. Woher er wusste, dass sein Onkel dies tatsächlich tun würde, hatte zweifellos selbst etwas mit prophetischen Gaben zu tun. Oder mit Wahnsinn. Wie viel einfacher wäre ein Leben als Vasall eines Fürsten, der das Gestern ausschließlich in der Vergangenheit, das Heute in der Gegenwart und das Morgen in der Zukunft sah. Der verstorbene Fürst Kiyori hatte wenigstens den Vorzug gehabt, ein disziplinierter Krieger zu sein, während sein Enkel und Erbe nach Sohakus Meinung viel zu wenig Zeit darauf verwendete, sich mit den Tugenden eines Samurai zu beschäftigen.

«Kein Shogun», sagte Shigeru. «Keine Schwerter. Keine Haarknoten. Kein Kimono.»

«Ich habe entschieden, dass es sich um eine Prophezeiung handelt», fuhr Sohaku fort, «und Fürst Genji benachrichtigt. Nach einer Nacht und einem Tag wird Taro Edo erreichen. Binnen der nächsten sieben Tage wird er mit unserem Fürsten zurück sein, dann wirst du ihn kennen lernen.»

«Ich weiß nicht recht, ob ich eine solche Ehre verdiene. Ich bin nicht zwangsläufig der Ausländer aus Fürst Kiyoris Prophezeiung.»

Die von Jimbo erwähnte Prophezeiung besagte, dass an Neujahr ein Ausländer auftauche, der den Schlüssel zum Überleben des Okumichi-Clans besitze. Eine Prophezeiung, auf die Sohaku nur wenig gab, aber das tat er mit jeder Prophezeiung. Wenn Fürst Kiyori schon so gut in die Zukunft sehen konnte, warum hatte er dann nicht die eigene Ermordung verhindert? Aber letztlich wurde von ihm ja auch nicht verlangt, dass er an irgendwelche Prophezeiungen glaubte, sondern lediglich, dass er den Befehlen seines Lehnsherrn folgte. Aber selbst das ließ sich irgendwie in Frage stellen. Inwieweit, hatte Sohaku noch nicht entschieden.

Sohaku sagte: «Du bist der einzige Ausländer, den unser Clan kennt. Demnächst haben wir Neujahr. Wer könnte es sonst sein?» Im Augenblick interessierte er sich weitaus mehr für Shigeru. Es bestand eine Chance, dass Sohaku ihn überraschen und erneut einfangen konnte. Sonst befände man sich bei der Ankunft von Fürst Genji in einer höchst ungemütlichen Lage. Angeblich waren sie die besten Reiter des Clans, und doch war es einem Mann, der nur Unsinn brabbelte, gelungen, sie aus ihrem eigenen Zeughaus auszusperren, einem Mann, den man ihrer Obhut anvertraut hatte.

«Ich werde Fürst Shigerus Essen zubereiten.» Nach einer Verbeugung begab sich Jimbo wieder in die Küche. Er hatte ihre Lebensart in bemerkenswert kurzer Zeit erlernt. Sohaku war von seiner Sprachkenntnis tief beeindruckt. Der amerikanische Konsul Townsend Harris residierte nun schon über vier Jahre in Japan und war noch immer nicht in der Lage, mehr als ein paar falsch ausgesprochene Brocken Japanisch herauszubringen. Jimbo klang nach einem einzigen Jahr fast wie ein Japaner.

«Überall Deformierungen. Von Geburt an, aus Zufall, mit Absicht.» Sohaku lauschte dem fortwährenden Gemurmel von drinnen. Wenn es ihm jetzt nicht gelang, Shigeru wieder einzufangen, so doch gewiss innerhalb der nächsten beiden Tage. Auch Wahnsinnige mussten schlafen.

Unablässig folgte ein Wunder auf das andere, wundersame Gesichte, wundersames Verstehen, wundersame Kräfte.

Er wandelte mit Jesus auf den Wassern.

Er stand mit Moses vor dem brennenden Dornbusch.

Er flog mit Gabriel über das Schlachtfeld von Armageddon.

Erquickt von heiligem Eifer, erwachte er an einem anderen Ort und entdeckte, dass ihm die Gabe geschenkt worden war,

Japanisch zu entziffern. Beim nächsten Satz des weibischen Kriegsherrn wurde Cromwell der Segen zuteil, den Sinn seiner Worte zu begreifen.

«Sollen wir uns ins Nachbarzimmer zurückziehen?», fragte Genji. «Diese Dienerinnen werden sich um Mr. Cromwell kümmern. Wenn sich etwas ändert, werden sie uns rufen.»

Emily schüttelte den Kopf. «Vielleicht tröstet ihn mein Anblick, wenn er aufwacht.»

«Gut», sagte Genji, «dann lassen Sie uns Platz nehmen.»

Obwohl Cromwell Wunder gewöhnt war, erstaunte ihn das eben Gehörte. Was ihn mehr überraschte, wusste er nicht: dass Emily, gleich ihm, einen Sinn hinter den verstümmelten fremden Silben entdeckte oder dass der Kriegsherr die englischen Worte verstand, die von ihren Lippen kamen. War nicht die Umkehrung des Fluches von Babel das größte aller großen Zeichen und Vorzeichen? Cromwell öffnete die Augen.

Emily lächelte ihn an. Warum liefen ihr Tränen über die Wangen? «Zephaniah», sagte sie.

Er versuchte, ihren Namen auszusprechen. Statt Worten füllte eine heiße Flüssigkeit seinen Mund.

«O mein Gott», sagte Emily. Ihre zu Fäusten geballten Hände schossen zum Mund. Wenn Stark sie nicht aufgefangen hätte, wäre sie von ihrem Stuhl gestürzt.

«Setzt ihn auf», sagte Stark, «sonst erstickt er an seinem eigenen Blut.»

Genji hob den bebenden Oberkörper vom Bett. Der Kimonoärmel, den er dem Verwundeten über die Brust gelegt hatte, war bereits dunkel gefärbt vom Blut, das Cromwell stoßweise aus dem Hals quoll. Krämpfe schüttelten ihn.

«Fürst!» Saiki sprang auf. «Bitte, berührt ihn nicht! Die Fäulnis des Ausländers wird Euch verpesten!»

«Es ist sein Lebensblut», entgegnete Genji, «und das ist nicht anders als deines oder meines.»

Stark spürte, wie sich Emilys Körper noch mehr verkrampfte. Gleich würde sie in einen Schockzustand fallen.

«Emily», sagte er, bettete ihren Kopf an seine Schulter und

drehte sie von Cromwell weg. Sie schlang ihre Arme um ihn und vergrub weinend ihr Gesicht an seiner Brust. Stark führte sie aus dem Zimmer. Ganz in der Nähe lag ein kleiner Garten. Dorthin wollte er sie bringen. «Komm, wir können nichts mehr tun.»

Im Gang, der zum Garten führte, begegneten Stark und Emily zwei Männern. Sie rannten zu dem Zimmer, das sie gerade verlassen hatten. Beide trugen die zwei Samurai-Schwerter; der zweite Mann hatte einen rasierten Kopf und war einfach gekleidet. Er sah aus, als hätte er in großer Eile einen weiten Weg zurückgelegt. Sein Gesicht war von Schweiß und Staub bedeckt.

«Nein, Bruder Matthew», entgegnete Emily, «ich kann Zephaniah nicht allein lassen.»

«Bruder Zephaniah ist nicht länger allein», sagte Stark. «Er ist zu Gast bei den Gerechten im Hause seines Erlösers.»

Saiki war entsetzt. Der Ausländer hatte sein blutiges Inneres über Fürst Genji gehustet. Noch schlimmer, er war in seinen Armen gestorben. Man müsste sofort Shinto-Priester kommen lassen, um den Fürsten zu reinigen, und – sobald der Leichnam entfernt war – auch das Zimmer ausräuchern. Alles musste entfernt und verbrannt werden: Decken, Bettzeug, Möbel, Tatamimatten. Saiki selbst kümmerte das nicht, für ihn waren alle Religionen Märchen. Doch für einige der Männer hatte der alte Aberglauben noch Bedeutung.

«Mein Fürst», sagte Saiki, «Ihr könnt dem Ausländer nicht mehr helfen. Bitte, lasst seinen Körper von anderen versorgen.»

«Er ist nicht tot», entgegnete Genji, «er schläft nur.»

«Schläft?» Unmöglich. Saiki beugte sich näher zu dem Missionar. Ein schrecklicher Gestank stieg von ihm auf. Ihm wurde übel. Trotzdem sah er, wie sich die Brust langsam hob und senkte.

Genji übergab Cromwell an Hanako und die andere Dienerin. «Haltet ihn in sitzender Position, bis Doktor Ozawa wieder kommt. Falls er erneut einen Erstickungsanfall erleidet, tut alles Nötige, um seinen Rachen zu säubern, selbst wenn ihr mit euren Händen hineingreifen müsst.»

«Jawohl, mein Fürst», sagten die Dienerinnen, die nur mühsam ihren durch die faulig-stinkenden Körperausdünstungen hervorgerufenen Würgereiz unterdrückten. In Gegenwart ihres Fürsten wäre jedes auch nur angedeutete Missfallen ein unverzeihlicher Verstoß gegen die Etikette gewesen.

«Schau dir den friedlichen Ausdruck auf seinem Gesicht an», sagte Genji zu Saiki. «Er träumt heilende Träume. Ich glaube, dass er überlebt.»

«Das wäre ein Wunder.»

«Er ist Christ und seine Religion eine Religion der Wunder.»

«Auch wenn er nicht tot ist, mein Fürst, heißt das noch lange nicht, dass er überleben wird. Alles an ihm trägt den Gestank des Todes.»

«Vielleicht auch nicht. Ich bezweifle, dass er während der Schiffsreise gebadet hat. Vermutlich ist das die Ursache des Gestanks.»

An der Tür wartete ein Samurai der Mauerwache. Als Genji zufällig in seine Richtung blickte, verbeugte er sich.

«Fürst, ein Reiter mit einer dringenden Botschaft.»

«Führe ihn herein.» Auch er hätte sich gern seiner vom Blut besudelten Kleidung entledigt und sofort ein Bad genommen. Aber das würde warten müssen.

Trotz der derben Kleidung und des geschorenen Kopfes war ihm der Bote bekannt. Er hieß Taro. Sechs Monate zuvor hatten er und zwei Dutzend der besten Reiter des Fürstentums Akaoka zusammen mit ihrem ehemaligen Hauptmann die heiligen Gelübde abgelegt. Also konnte Taro nur von seinem gegenwärtigen Aufenthaltsort gekommen sein, nämlich aus dem Kloster Mushindo. Und das bedeutete, dass er nur eine einzige Botschaft überbringen konnte. Genji musste sie nicht erst hören, um zu wissen, worum es sich handelte.

«Mein Fürst», sagte Taro und hielt einen Moment inne, um Luft zu holen. «Hauptmann Tanaka ...» Wieder hielt er ein und verbeugte sich entschuldigend. «Das heißt, Abt Sohaku bittet um Anweisungen.»

Genji nickte. «Wie ist die Situation draußen auf dem Lande?»

«Zahlreiche Truppenbewegungen im Fürstentum Yoshino, mein Fürst. Ich musste die Straße gezwungenermaßen öfter verlassen, um mich zu verstecken.»

«Drücke dich präziser aus, Taro», sagte Saiki streng. «Bist du nun ausgebildeter Kundschafter oder nicht?»

«Ja, Herr.» Taro rechnete rasch im Kopf nach. «Fünfhundert berittene Musketiere zogen mit vier Belagerungskanonen auf der Hauptstraße Richtung Binnenmeer. Nachts marschierten dreitausend Fußsoldaten in drei Brigaden in dieselbe Richtung.»

«Ausgezeichnet, Taro. Lass dir eine Stärkung geben, und mach dich bereit, in einer Stunde weiterzureiten.»

«Jawohl, mein Fürst.»

Saiki zischte: «Yoshino ist mit Kurokawa verbündet. Zwischen diesem Fürstentum und Eurem liegt lediglich der schmalste Arm des Binnenmeeres. Vielleicht wollen sie gemeinsam aus dem Tod Eures Großvaters Vorteil schlagen.»

«Das bezweifle ich. Der Shogun würde keine Erlaubnis zum Angriff auf Akaoka erteilen. Er ist viel zu besorgt wegen der Ausländer, um unnötig Unruhen im Landesinneren zu riskieren.»

«Der Shogun ist lächerlich», sagte Saiki. «Sein Titel als Großer Barbarenbezwinger und Oberster Heerführer zählt mehr als er selbst, ein vierzehnjähriger Junge mit Feiglingen und Dummköpfen als Ratgeber.»

«Vielleicht fehlt ihm die Macht seiner Vorfahren», erklärte Genji. «Trotzdem würde es kein Fürst wagen, seine Autorität derart offen herauszufordern. Die Armee des Shogun ist immer noch die stärkste in ganz Japan. Und außer ihm verfügt keiner über eine nennenswerte Flotte.» Nachdenklich hielt er inne. «Eigentlich sind das gute Neuigkeiten. Wenn sich die Aufmerksamkeit so sehr nach Westen orientiert, mindert das die Gefahr einer Reise nach Norden.»

«Fürst, Ihr habt doch nicht etwa die Absicht, Euch persönlich zum Kloster zu begeben?»

«Ich muss. ‹Abt Sohaku bittet um Anweisungen.› Das heißt, irgendein Vorfall verlangt, dass ich mich persönlich darum kümmere. Mach dir keine Sorgen, Saiki. Ich werde nicht mit großem Pomp, sondern zusammen mit Taro inkognito reisen.» Genji sah sich im Raum um. «Und mit Hidé und Shimoda.»

Die beiden Männer verbeugten sich. «Jawohl, mein Fürst, wir danken. Wir werden uns zur Reise rüsten.»

«Bogen, aber keine Feuerwaffen», befahl Genji, «und keine Rüstung. Ein zwangloser Jagdausflug. Kein Familienwappen auf der Kleidung.»

«Jawohl, mein Fürst, wir verstehen und gehorchen.» Hidé und Shimoda eilten aus dem Raum.

Saiki rutschte auf Knien vorwärts und verbeugte sich tief. «Fürst, bitte, überlegt es Euch nochmals. Vor einer knappen Stunde wurde ein Anschlag auf Euer Leben verübt und einer Eurer ausländischen Gäste lebensgefährlich verletzt. Das weiß inzwischen ganz Edo. Wer würde sich in einem solchen Augenblick für einen Jagdausflug entscheiden? Das ist höchst unwahrscheinlich. Niemand wird das glauben.»

«Da bin ich anderer Meinung. Mein Ruf als leichtlebiger Dilettant schreit geradezu nach derartigem Handeln.»

Saiki sagte: «Mein Fürst, dann gestattet mir wenigstens, Euch zu begleiten.»

«Das kann ich nicht. Gerade deine Anwesenheit gäbe unserer Reise einen besonders ernsthaften Anstrich. Und genau das Gegenteil wollen wir.»

Bei dieser Bemerkung fing einer der Samurai zu lachen an, was er aber sofort unterließ, als sich Saiki mit wütendem Blick umdrehte.

«Außerdem», fuhr Genji, der selbst mit dem Lachen kämpfte, fort, «wirst du hier gebraucht, um unsere Gäste gegen weitere Angriffe zu schützen.» Er sah zu Cromwell, hinter dessen geschlossenen Lidern sich die Augen wie bei einem Träumenden bewegten.

«Wo sind die beiden anderen?»

«Im inneren Garten, mein Fürst», antwortete einer der Wächter.

«Papier», sagte Genji. Als man es brachte, schrieb er eine kurze Notiz auf Englisch. «Liebe Miss Gibson, lieber Mr. Stark, zu meinem Bedauern muss ich für kurze Zeit fort. Ich werde Ihnen eine Freundin senden. Ihr Englisch ist noch schlechter als meines, das muss ich bedauerlicherweise sagen. Trotzdem wird sie sich darum kümmern, dass für Ihre Bedürfnisse gesorgt wird.» Er unterschrieb, wie es bei den Ausländern Mode war: den Vornamen vor dem Familiennamen. «Hochachtungsvoll, Genji Okumichi.»

Nach dem Treffen mit dem Oberspion des Shogun begab sich Heiko wieder in ihr Häuschen in den Wäldern von Ginza am östlichen Rand von Edo in der Nähe der Neuen Brücke zur Hauptstraße nach Tokaido.

«Euer Bad ist bereit», sagte Sachiko zur Begrüßung.

«Danke.» Rasch zog sich Heiko aus, warf einen schlichten Stoffmantel über und ging zum Badehaus. Nach einem Treffen mit Kawakami badete sie immer, egal, zu welcher Tageszeit. Heute verspürte sie noch mehr als sonst ein Bedürfnis nach Sauberkeit.

Ihr Bericht hatte zwangsläufig Bilder in ihr hervorgerufen, die sie lieber vergessen hätte. Sie war Genjis Onkel Shigeru mehrmals begegnet. Dabei hatte es nie auch nur den leisesten Hinweis auf etwas Ungewöhnliches gegeben. Welcher Wahnsinn trieb ihn dazu, seine ganze Familie abzuschlachten, einschließlich seines einzigen Erben, eines braven Jungen von sechs Jahren? Handelte es sich bei dieser Krankheit um einen Einzelfall oder deutete sie auf einen fatalen Makel in der ganzen Verwandtschaft hin? Würde auch ihr geliebter Genji eines Tages verrückt werden?

«Kannst du alles, was du mir erzählt hast, beweisen?», hatte Kawakami gefragt.

«Nein, mein Fürst.»

«Dann handelt es sich also lediglich um Mutmaßungen.»

«Die Toten sind keine Mutmaßungen, Fürst, lediglich die Art und Weise, wie es dazu kam. Berichten zufolge wurde Shigerus Schwiegervater Yoritada zusammen mit seinem ganzen Haushalt von einer Lawine in der Nähe des Berges Tosa getötet, darunter auch seine Tochter Umeko und deren drei Kinder, die gerade zu Besuch waren. Während ihrer Abwesenheit hat angeblich ein Feuer ihren gesamten Wohnsitz vernichtet. Ersteres ist unwahrscheinlich, und Zweites käme sehr gelegen, falls ein Blutvergießen stattgefunden hat.»

«Zufälle gibt es von Zeit zu Zeit immer wieder», meinte Kawakami.

«Jawohl, mein Fürst.»

«Ist das alles?»

«Nein, Fürst, es gibt noch mehr. Die Ankunft eines ausländischen Schiffes heute Morgen erregte Fürst Genjis Interesse. Es handelt sich um die ‹Stern von Bethlehem›. Er sagte nicht, welche Fracht es mit sich führt.» Heiko machte sich keine Sorgen, etwas verraten zu haben. Inzwischen hatten längst andere Spione Kawakami dies und mehr erzählt. «Er begab sich in der Stunde des Drachen zum Hafen.»

«Menschliche Fracht», sagte Kawakami, «noch mehr Christen von der Sekte zum Wahren Wort. Eventuell ein Hinweis darauf, dass Fürst Genji in irgendein christliches Komplott verwickelt ist.»

Heiko kicherte. «Die Vorstellung, dass einer wie er überhaupt in irgendein Komplott verwickelt ist, ist lächerlich. Er interessiert sich doch nur für Frauen, Wein und Musik. Wenn es ein Komplott gegeben hat, dann wäre sicher der verstorbene Fürst Kiyori daran beteiligt gewesen. Doch dieses hätte sich mit seinem Ableben erledigt.»

«Außerdem interessiert er sich für die Jagd, nicht wahr? Sie gehört zu unserer Kriegertradition.»

Wieder kicherte Heiko. «Vielleicht zu Eurer Kriegertradition, Fürst Kawakami, denn Ihr seid ein wahrer Samurai. Wenn Fürst Genji jagen geht, kehrt er stets mit leeren Händen zurück.»

«Lass dich nicht so leicht von Äußerlichkeiten beeindrucken», warnte Kawakami. «Es könnte auch ein Schauspiel sein, das nur uns dargeboten wird.»

Scheinbar zerknirscht, verbeugte sie sich. «Jawohl, mein Fürst.» Sie bezweifelte, dass er seinen eigenen Worten Glauben schenkte. Viel eher dachte er, dass sich der Okumichi-Clan, ähnlich wie der des Shogun, in der letzten Phase des Untergangs befand. Der Großvater Kiyori war der Letzte gewesen, der irgendeine Ähnlichkeit mit den Großfürsten vergangener Tage gehabt hatte. Sein Sohn Yorimasa war als degenerierter Opiumsüchtiger jung gestorben. Genji, der Enkel, wirkte in großen Bereichen so, wie ihn Heiko beschrieb. Und Shigeru, der einzige lebende Okumichi, der wirklich gefährlich sein konnte, hatte den Verstand verloren. Vielleicht genügte das, um Genjis Leben zu retten. Wenn er für niemanden eine Bedrohung darstellte, gäbe es keinen Grund, seinen Tod zu befehlen.

Einige Schritte vor dem Badehaus schreckte sie aus ihren Tagträumen auf. Sie bekam eine Gänsehaut unter dem dünnen Baumwollmantel, und das lag nicht an dem kühlen Tag. Dampf stieg vom heißen Wasser in dem hohen, rechteckigen Bottich auf. Im Wald schrie ein einsamer Vogel. Nichts war anders als sonst. Was hatte sie dann hellwach gemacht? Ein Name fiel ihr ein, rein zufällig oder ganz instinktiv.

«Komm heraus, Kuma», sagte sie, «dann bringe ich dich nicht um. Wenigstens nicht heute.»

Aus dem Badehaus ertönte schallendes Gelächter. Kuma trat heraus und verneigte sich.

«Schau doch nicht so böse, Hei-chan», sagte Kuma, wobei er die freundliche Koseform «chan» verwendete. «Ich habe doch nur deine Wachsamkeit geprüft.»

«Und das hättest du auch getan, während ich mich ausziehe?»

«Bitte», erklärte Kuma und mimte den Gekränkten, «ich bin ein Ninja und kein Gaffer.» Dann breitete sich ein Grinsen auf seinem Gesicht aus. «Natürlich wäre ich weiter auf Beobachtungsposten geblieben, allerdings nur zu Prüfzwecken.»

Lachend ging Heiko an Kuma vorbei und betrat das Badehaus. «Bitte, dreh dich um.» Als Kuma ihrem Wunsch entsprach, zog sie den Mantel aus und begann mit der Badezeremonie. Dazu stellte sie sich neben den Bottich, holte mit einem kleinen Eimer Wasser heraus und goss es über sich. Das heiße Wasser ließ sie genüsslich erbeben.

«Vor zwei Wochen hat mir Kawakami befohlen, Genji bei der ersten Gelegenheit zu erschießen», sagte Kuma, wobei er darauf achtete, der Badenden den Rücken zuzukehren. «Heute Morgen wäre es beinahe so weit gewesen.» Den Geräuschen konnte er entnehmen, wann das Wasser über Heikos Körper spritzte und wann zu Boden. Er bildete sich ein, sogar die einzelnen Körperteile am Geräusch unterscheiden zu können. Jetzt hatte es plötzlich aufgehört zu spritzen. Da wusste er, dass sie seine Worte aus dem Gleichgewicht gebracht hatten.

«Das ist eine Überraschung», wunderte sich Heiko, wobei ihre Stimme so sorglos klang wie eh und je. Nach einer winzigen Pause fuhr sie mit ihrer Badezeremonie fort. «Mir gegenüber hat er den Eindruck erweckt, als sollte ich diesen Auftrag ausführen.»

«Er ist zu listig, um irgendeinem mehr als einen kleinen Teil der Wahrheit zu verraten», sagte Kuma. «Vielleicht weiß er nicht einmal selbst, was er gerade macht. Bei meinem heutigen Treffen hat er mir nicht gesagt, dass ich es erneut versuchen soll. Meiner Ansicht nach ist er sich selbst noch nicht sicher, ob er Genji tot sehen will oder nicht.»

«Das bringt die Dinge unnötig durcheinander», sagte Heiko.

Kuma konnte die Erleichterung in ihrer Stimme hören. Sie verriet ihm, was er schon lange vermutet hatte: Heiko spielte ihre Rolle als Geliebte von Fürst Genji ein wenig zu gut.

«Hoffentlich hältst du außer deinem Opfer nicht auch noch dich selbst zum Narren.»

«Was meinst du damit?»

«Er bedeutet dir etwas.»

«Selbstverständlich tut er das», erwiderte Heiko. «Sonst wüsste er doch Bescheid. Einem derart sensiblen Menschen kann man nicht einfach etwas vormachen, besonders nicht unter so intimen Umständen.»

«Trotzdem bist du bereit, ihn nötigenfalls zu töten?»

«Nur ein Tor handelt aus Liebe», sagte Heiko. «Du hast keine Närrin aufgezogen.»

«Hoffentlich nicht», entgegnete Kuma und lauschte. Inzwischen drangen aus dem Badehaus sanftere Geräusche. Heiko seifte sich ab. «Jedenfalls hat Kawakami, wie ich meine, einen ganz anderen Plan im Sinn, der inzwischen über jenen Vorrang gewonnen hat, der Genjis sofortiges Ableben erfordert.»

«Ach? Welcher Plan?»

«Das weiß ich noch nicht», antwortete Kuma. «Irgendwie musst du etwas damit zu tun haben. Weißt du denn nichts?»

«Nein.» Heiko spülte sich die Seife ab und stieg dann in den tiefen Holzbottich. Langsam tauchte sie ein, bis sie auf dem Boden saß und das heiße Wasser ihr bis zum Hals reichte. «Jetzt kannst du dich umdrehen.»

Was Kuma tat. Heikos Gesicht trug keine Spur von Schminke mehr, ihre langen Haare waren nass und hingen lose herunter. Sie erinnerte ihn an das kleine Mädchen, das er einmal gekannt hatte. Wie unvorhersehbar das Schicksal doch war und wie es stets zur Tragödie neigte.

«Kawakamis Gesinnungswechsel könnte etwas mit dem Tod von Genjis Großvater und dem Verschwinden seines Onkels zu tun haben», erklärte Heiko.

«Vielleicht», sagte Kuma. «Wenn die Berichte wahr sind, befindet sich der Okumichi-Clan am Rand der Katastrophe – genau die Situation, die der grausamen Niedertracht unseres gegenwärtigen Dienstherrn entgegenkommt. Und da wir gerade bei unserem Dienstherrn sind: Unterschätze ihn nicht. Er traut dir nicht.»

«Der traut niemandem. Das ist sein Lebenszweck: Misstrauen.»

«Er befahl mir, dich zu beschatten. Meiner Meinung nach heißt das, dass er dir mehr als üblich misstraut. Sei vorsichtig, Hei-chan.»

«Und beschattet auch dich jemand, um sicherzustellen, dass du mich beobachtest?»

Kuma lachte. «Dir misstraut er, nicht mir.»

«Bist du da so sicher? Normalerweise teilt er denjenigen, denen er misstraut, seinen Argwohn nicht mit.» Heiko goss sich Wasser über den Kopf. «Hast du dich auch vergewissert, dass dir keiner gefolgt ist?»

Kuma sprang auf. «Ja, du hast Recht. Ich sollte vorsichtiger sein. Besser, ich nehme denselben Weg zurück. Pass auf dich auf, Hei-chan.»

«Du auch, Onkel Kuma.»

Den ganzen Weg nach Edo war er in wehmütiger Stimmung. Wie schnell doch die Zeit verging. Das kleine Mädchen, das man vor fünfzehn Jahren seiner Obhut anvertraut hatte, war inzwischen eine Frau von außerordentlicher Schönheit. Onkel Kuma nannte sie ihn. Sie sollte die Wahrheit erfahren. Jetzt war sie alt genug. Damit würde er sich zwar einem Befehl widersetzen, aber was scherten ihn Befehle. Kuma lächelte in sich hinein. Nur ein Narr handelt aus Liebe, hatte sie gesagt. Dann soll man mich eben einen Narren schelten, dachte Kuma. Während der fünfzehnjährigen Ausbildung, die er Heiko hatte angedeihen lassen, war sie für ihn wie eine Tochter geworden. Sollte er sich zwischen seiner Pflicht und seiner Liebe entscheiden müssen, hatte er keinen Zweifel, was den Sieg davontragen würde.

Ja, sie sollte die Wahrheit wissen. Bei ihrem nächsten Zusammentreffen würde er sie ihr verraten. Das würde schwierig für sie werden, sehr schwierig.

Nachdem Kuma fort war, blieb Heiko noch eine Weile im Wasser liegen. Wie fragil das Leben doch war, dachte sie, wie unberechenbar. Wir sind stolz darauf, Schauspieler auf einer Bühne zu sein, Genies, die ihre Stücke selbst schreiben, ihre Sätze aus dem Stegreif sprechen und nach Belieben die Handlung ändern. Vielleicht kommen sich auch hölzerne Bunraku-Puppen so vor. Die Puppenspieler, die jede ihrer Bewegungen lenken, nehmen sie nicht wahr.

Trotz des dampfenden Wassers spürte sie im Innersten schmerzhafte Kälte aufsteigen. Genji hätte heute sterben können, und sie hätte erst davon erfahren, wenn es zu spät gewesen wäre.

Nach dem Bad band sie ihre Haare zu einem Pferdeschwanz zusammen und zog bäuerliche Kleidung an, wobei sie sorgfältig darauf achtete, jeden Zentimeter Haut zu bedecken, damit nichts ihre Blässe gefährdete. Dann ging sie in den Garten und harkte rings um die Wintermelonen den Boden. Während der Gartenarbeit dachte sie nur an das, was sie gerade tat. Gedanken an Gemetzel, Verrat oder Liebe gab es nicht.

Die Sonne hatte bereits ihren Scheitelpunkt überschritten, als sie von Süden vier Reiter näher kommen sah.

Genji blickte von seinem Pferd herab. «Ehrenwerte Bäuerin, man hat mir gesagt, hier in der Nähe lebe eine berühmte schöne Dame aus Edo. Kannst du mir zeigen, wo sie wohnt?»

«Edo ist weit weg», antwortete Heiko, «Schönheit etwas Flüchtiges und jede Behausung nur allzu rasch dahin. Kann ich Euch stattdessen nicht für eine heiße Suppe erwärmen, um die Winterkälte zu vertreiben?» Sie deutete auf den Garten. «Ich habe sie aus diesen Wintermelonen zubereitet.» Nie hätte sie sich derart schlicht gekleidet, wenn sie auch nur geahnt hätte, dass er sie besuchen würde. Heute Morgen hatte er nur Augen und Ohren für die Ausländer gehabt und sich sogar zum Hafen begeben, um sie zu begrüßen. Sie war der Ansicht gewesen, dass er den Rest des Tages in der Stadt zu tun hätte. Und doch war er jetzt hier; wahrscheinlich zu einem Jagdausflug unterwegs in die Hügel. Ihre Verlegenheit war so groß wie ihre Freude. Genji lebte. Nach allem, was ihr Kuma zuvor erzählt hatte, empfand sie diesen Augenblick als etwas Kostbares.

«Deine Geschicklichkeit im Umgang mit der Erde ist höchst beeindruckend», sagte Genji. «Sicher würde man in einer besseren und harmonischeren Welt eine Frau, die in den Künsten des Landbaus so erfahren ist, mehr schätzen als eine, die nur Talent für die Schlafzimmerkunst besitzt.»

«Zu gütig, werter Herr.» Heiko verbeugte sich tief, um ihr Erröten zu verbergen. «Doch lasst Euch nicht länger von mir aufhalten. Ihr seid gewiss begierig darauf, Euer Stelldichein mit der schönen Dame einzuhalten.»

«Wintermelonensuppe oder konservierte Schönheit», sagte Genji, «fürwahr eine schwierige Wahl.» Ihr Unbehagen amüsierte ihn. Sie war immer so selbstsicher. Aber nun stand sie mit der Hacke in der Hand da, ohne ihre prächtigen Gewänder, und lockerte den Boden wie eine ganz gewöhnliche Bäuerin. Hatte er sie zum ersten Mal unvorbereitet ertappt? Er glaubte, ja und war entschlossen, diesen Augenblick so lange zu genießen, wie er nur konnte.

«Ein weiser Mann würde immer die Suppe vorziehen», sagte Heiko, «besonders an einem so kalten Tag.» Genjis selbstgefällige Miene irritierte sie, doch wenn sie sich dies anmerken ließe, würde ihm das noch mehr Vergnügen bereiten. Und das wollte sie verhindern.

«Ich überlege: Wahre Weisheit führt zu Schönheit, nicht wahr? Was kann Körper und Geist mehr erwärmen?» Er hatte sie in Bauernkleidung und ungeschminkt überrascht. Und doch – war er der Sieger? Ihr glänzendes Haar floss wie bei einer Prinzessin der Heian-Ära vor tausend Jahren über ihren Rücken. Das Fehlen von Puder, Wangenrot und anderen Kosmetika tat ihrer Schönheit keinen Abbruch, im Gegenteil. Ihre sonst unter der Schminke verborgene Haut, ihre Gesichtszüge strahlten eine derart reine Schönheit aus, dass er ins Staunen geriet.

«Ich wage zu behaupten, dass Euer Ehren fehl in der Annahme gehen», sagte Heiko. «Schönheit kann kälter sein als der bitterste Wintertag. Was wärmt, ist Liebe, nicht Schönheit.»

«Wohl gesprochen, gute Bauersfrau.» Genji beruhigte sein Pferd, das vom langen Stillstehen allmählich ungeduldig wurde. «Noch nie habe ich aus dem Mund einer Kurtisane in Edo derart wahre Worte vernommen. Mit Ausnahme von einer.»

«Euer Ehren sind zu gütig.» Heiko schenkte Genji ein Lächeln. Mit diesem schlichten Kompliment hatte er ihre Würde wiederhergestellt.

«Du bist es, die zu gütig ist», entgegnete Genji, wobei er ihr Lächeln erwiderte, «und außerdem viel zu schön, um dich in diesen Ginzawäldern zu verstecken. In Kürze wird ein Reiterhauptmann mit zwei Pferden des Weges kommen, eines für dich und eines für deine Dienerin. Ich ersuche dich, mit ihm nach Edo zu gehen, wo du einen passenderen Rahmen für deine Talente finden wirst.»

«Wie könnte ich so viel Großzügigkeit zurückweisen?», sagte Heiko.

«Ich bin mir nicht sicher, wie lange du mich für großzügig halten wirst. Zu den von uns benötigten Talenten gehört dein gewandter Umgang mit der englischen Sprache.»

O nein! Jetzt war ihr alles klar. Ein Notfall zwang Genji von seinen ausländischen Gästen fort. Er wollte, dass sie während seiner Abwesenheit für sie übersetzte und ihnen Gesellschaft leistete.

«Leb wohl, Heiko.» Er zog am Zügel und dirigierte sein Pferd auf die Neue Brücke. «Noch im Laufe dieser Woche werde ich zurück sein.»

«Wartet! Fürst Genji!» Heiko lief mehrere Schritte auf ihn zu. «Ich habe immer nur wenige Worte Englisch gesprochen und diese nur in Eurer Gegenwart. Wie könnt Ihr mich mit Ausländern allein lassen?»

«Du bist viel zu bescheiden.» Er lächelte. «Schon lange bin ich davon überzeugt, dass du mehr kannst, als du bisher gezeigt hast. Jetzt wirst du Gelegenheit haben zu beweisen, dass ich Recht habe.»

«Fürst Genji!»

Aber er verneigte sich nur im Sattel, gab seinem Pferd die Sporen und galoppierte, gefolgt von seinen drei Gefährten, davon.

Als Saiki mit den zwei Pferden eintraf, hatte Sachiko Heiko längst dabei geholfen, wieder ihr geziemendes Aussehen anzunehmen. Auf dem Weg zurück nach Edo richtete der mürrische alte Samurai kein Wort an die beiden Frauen, was nicht weiter schlimm war, denn für eine Plauderei war Heiko viel zu schlecht gelaunt.

In jener Nacht fanden Genji und seiner Männer Unterkunft in einem Bauernhaus am nördlichen Rand der Kanto-Ebene. Am nächsten Tag würden sie Yoshino betreten, das Territorium von Fürst Gaiho, einem von Genjis eingeschworenen Feinden.

Persönlich hatten sie nichts gegeneinander. Genji war überzeugt davon, dass er Gaiho bei einem Wiedersehen nicht einmal erkennen würde. Wenn er sein Gedächtnis anstrengte, sah er ein verschwommenes Bild von einem untersetzten, fröhlichen Mann von ungefähr sechzig oder siebzig Jahren. Hatte er eine spitze Nase, oder war sie rund? Dunkle Haare oder graue? Dunkel, dachte Genji, weil er sie färbt. Das würde auf eine gewisse Eitelkeit schließen lassen. Wann hatten sie sich das letzte Mal gesehen? Vor fast drei Jahren war das gewesen, bei der Amtseinführung von Tokugawa Iemochi als Shogun. Da sie sich auf entgegengesetzten Seiten des Raums befunden hatten, konnte Genji lediglich einen flüchtigen Blick auf Gaiho werfen. Im Grunde war er auch gar nicht sicher, ob es sich bei dem Mann in seiner Vorstellung überhaupt um Gaiho handelte. Und doch würde dieser Fremde Genji, wenn möglich, töten.

Zu beider Lebzeiten war nichts zwischen den Familien vorgefallen, auch nicht zu Zeiten ihrer Väter oder Großväter, ja nicht einmal zu Urgroßväterzeiten. Keine gegenseitigen Beleidigungen, keine tragischen Liebesverwicklungen, keine Kämpfe um Land, Einfluss oder Stolz. Das Problem war einfach und für alle Clans, die in den zweihundertsechzig Fürstentümern des Landes herrschten, dasselbe. Sekigahara.

Sekigahara war ein unbedeutendes kleines Dorf im westlichen Japan. Und doch hatte dort im vierzehnten Jahr des Kaisers Go-yozei ein Ereignis stattgefunden, das ihrer aller Leben beherrschte. Als an einem Spätherbstmorgen Raureif die Landschaft bedeckte und sich der Nebel lichtete, stießen in einem

Tal in der Nähe dieses Dorfes zwei feindliche Armeen aufeinander, insgesamt zweihunderttausend Samurai. Die Hälfte von ihnen folgte Tokugawa Ieyasu, Großfürst von Kanto. Die andere versammelte sich hinter den Bannern von Ishida Mitsunari, Herrscher über Westjapan.

Genjis Ahne Nagamasa kämpfte auf Seiten Ishidas. Einen Monat vor der Schlacht hatte sich ihm im Traum enthüllt, dass der Tokugawa-Clan seine gesamte Macht und alle Privilegien einbüßen würde, einschließlich seines Erbtitels Großfürst. Bei Anbruch der Nacht waren Nagamasa und achtzigtausend Samurai tot, während Ieyasu unangefochten herrschte. Bald wurde er Shogun, ein Titel, der bis zum heutigen Tag in seiner Familie blieb. Genji bezweifelte nicht, dass der Traum seines Vorfahren der Wahrheit entsprach, doch er hatte einfach den falschen Zeitpunkt erwischt.

Obwohl Nagamasa starb und der Okumichi-Clan auf der Verliererseite stand, waren sie nicht völlig vernichtet. Genug Gegner der Tokugawas überlebten, um zu verhindern, dass sie gänzlich ausgelöscht wurden. Zweihunderteinundsechzig Jahre lang hatten sie gelitten und Rachepläne ersonnen, während gleichzeitig die Tokugawa-Anhänger Komplotte zu ihrer endgültigen Vernichtung schmiedeten, darunter auch Gaihos Vorfahren. Genau das hatten die Japaner in dieser langen Zeit getan, während die Ausländer die Wissenschaften erfanden und die Welt eroberten. Und jetzt würden die Ausländer vielleicht auch Japan erobern.

«Herr Fürst.» Der Bauer kam auf Knien in den Raum gekrochen und drückte den Kopf wie einen Pflug zu Boden. «Euer ehrenwertes Bad ist fertig.» Der schmale Männerkörper bebte vor Furcht.

Am liebsten hätte ihm Genji gesagt, er solle sich erheben. Schließlich war das sein Zuhause und Genji nichts weiter als ein ungebetener Gast. Doch das war nicht möglich. Genau wie der Bauer, dessen Haus er für die Nacht okkupiert hatte, war auch Genji an eine uralte, starre Etikette gebunden.

«Danke», entgegnete Genji.

Der Bauer versuchte, rasch den Weg freizumachen, damit der edle Herr nicht um ihn herumgehen musste. Zwei Hoffnungen erfüllten sein furchtsames Herz: Erstens, dass der feine Herr seinen schlichten Bauernzuber nicht als persönliche Beleidigung empfände. Frau und Tochter hatten ihn seit Ankunft des vornehmen Herrn so lange geschrubbt, bis ihre Hände bluteten. In einem stummen Gebet flehte er zu Amida Buddha, dass er sauber genug wäre. Seine zweite Hoffnung war die, dass sich der feine Herr, der an die berühmten Kurtisanen von Edo gewöhnt war, nicht für seine Tochter interessierte. Fünfzehn war sie, in der ersten Mädchenblüte, und galt als Dorfschönheit. Wenn sie doch nur so unscheinbar wäre wie Mukos Tochter. Wieder sandte er ein stummes Gebet um Schutz und Gnade zu Amida Buddha.

Draußen striegelte der jüngste Sohn des Bauern unter Taros wachsamem Blick heftig schwitzend die vier Pferde und fütterte sie. Da es hier kein passendes Futter für herrschaftliche Pferde gab, war er ins Nachbardorf gerannt und hatte den Dorfobersten um Heu gebeten. Wäre doch nur sein älterer Bruder Shinichi da und könnte ihm helfen. Den jedoch hatte vor einem Monat die Armee von Fürst Gaiho rekrutiert. Krieg gegen Ausländer. Krieg zwischen Anhängern des Shogun und seinen Feinden. Zur selben Zeit Krieg mit Fremden und Bürgerkrieg. Tausende, Hunderttausende würden sterben, ja sogar Millionen. Vielleicht wäre Shinichi in der Armee sicherer als sie hier auf dem Hof. Genji trat aus dem Haus. Der Junge ließ sich zu Boden fallen und vergrub das Gesicht im Schmutz.

Hidé und Shimoda standen rings um das Badehaus Wache. Drinnen fand Genji die Bauersfrau mit ihrer Tochter vor. Auch sie knieten mit den Köpfen am Boden da und zitterten wie der Bauer vor Angst. Wäre er ein Höllendämon gewesen, hätten sie nicht mehr Furcht empfinden können. Welchen Unterschied gab es für einen Bauern zwischen einem Dämon und einem Fürsten?

Genji hörte eine der Frauen leise aufschluchzen. Ohne hinzusehen, wusste er, dass es die Mutter war. Fast selbstverständlich nahm sie an, dass sie und ihre Tochter ihm beim Baden helfen müssten und ihm dabei auffiele, wie gut entwickelt das Mädchen war, und er es daraufhin nachts ins Bett mitnähme. Das heißt, wenn er geduldig veranlagt wäre. Andernfalls würde er sie vielleicht gleich hier auf dem Boden nehmen, noch bevor er sich wusch.

«Ihr dürft gehen», sagte Genji. «Ich bevorzuge es, allein zu baden.»

«Jawohl, Herr Fürst», sagte zuerst die Mutter und einen Augenblick später auch die Tochter. Immer noch kniend, entfernten sich die beiden Frauen rücklings aus dem Badehaus.

Als sich die Familie spätnachts im Vorratsschuppen zusammenkauerte, wurde über die wahre Natur des Besuchs in ihrem Hause spekuliert.

«Er muss ein Höfling aus der Kaiserstadt sein», flüsterte der Bauer. «Für einen Krieger wirkt er viel zu vornehm.»

«Diese Pferde sind Kriegspferde», erklärte der Sohn. «Sie haben kaum meine Gegenwart ertragen. Wenn der glatzköpfige Samurai sie nicht im Zaum gehalten hätte, hätten sie mich zu Tode getrampelt, als ich versuchte, sie zu füttern.»

«Vielleicht schließen sie sich Fürst Gaihos Armee an», meinte die Mutter. «Hoffentlich, denn je mehr Männer er hat, desto mehr ist unser Shinichi in Sicherheit.» Insgeheim wiederholte sie eine Reihe von Mantras an Amida Buddha und zählte dabei mit, als hielte sie ihre kostbaren Gebetsperlen aus Sandelholz in den Händen. Obwohl sie sie vermisste, war sie glücklich zu wissen, wo sie sich befanden: als heiliger Talisman um den Hals ihres Erstgeborenen Shinichi. Gewiss würden sie alles Böse von ihm fern halten und ihn beschützen. Er war erst sechzehn und zum ersten Mal von zu Hause weg.

«Schon möglich», sagte der Vater. «Der junge Herr wird im Kampf nicht viel ausrichten, aber seine Männer sehen stark aus.»

«Er könnte ein Prinz sein», warf die Tochter ein, «hübsch genug ist er.»

«Ruhe!», zischte ihr Vater und versetzte der Dunkelheit eine Ohrfeige, die tatsächlich ihre Wange traf.

«Au!»

«Egal, wer er ist, gewöhnlich nimmt er sich, was er will. Du bleibst hier, bis sie am Morgen aufbrechen.»

Aber ihre vier Besucher waren noch vor Sonnenaufgang verschwunden. Bei der Rückkehr ins Haus fand der Bauer auf dem Altar des schlichten Familienschreins einen feinsäuberlich zusammengefalteten safrangelben Seidenschal. Als er ihn in der darauf folgenden Woche nach Edo brachte, stellte er fest, dass er mehr wert war als sein Anteil an der letztjährigen Reisernte.

Genji und seine Männer saßen auf kräftigen Pferden und schonten sie nicht. Bei diesem Tempo würden sie Kloster Mushindo gegen Mittag erreichen. Es war ihnen gelungen, beinahe das ganze Fürstentum Yoshino zu durchqueren, ohne auf irgendwelche Truppen Gaihos zu stoßen. Hinter dem nächsten Fluss lag das Territorium von Genjis Freund Hiromitsu, Großfürst von Yamakawa. Auch Hiromitsu gehörte zu jenen Männern, die Genji nur schwerlich wieder erkennen würde. Er war im selben Sinn und aus demselben Grund ein Freund, wie Gaiho ein Feind war. Auch Hiromitsus Urahnen hatten sich bei Sekigahara auf der Verliererseite befunden.

Hinter der letzten Straßenbiegung vor der Grenze stießen sie auf fünf berittene Samurai an der Spitze einer Kolonne von vierzig Pikenieren. Wie die anderen, die Taro gesehen hatte, bewegten auch sie sich in südwestliche Richtung.

Genji zügelte sein Pferd, um der Soldatentruppe zum Ausweichen Zeit zu geben. Auch ohne Familienwappen und Banner deutete alles an ihm auf einen Fürsten hin: die Art seiner Kleidung, die Qualität seines Pferdes, das Verhalten seiner Gefolgschaft. Die gesellschaftliche Konvention forderte von allen Rangniedrigeren auszuweichen.

Doch das taten diese Männer nicht. Ihr Anführer brüllte: «Platz da!»

Genji brachte sein Pferd zum Stehen. Hätte er die Soldaten früher entdeckt, wäre er mit seinen Männer außer Sichtweite geritten und hätte gewartet, bis der Weg wieder frei war. Aber dafür war es zu spät. Er konnte das Wegerecht nicht einem Flegel von so niedriger Herkunft überlassen. Ruhig saß er im Sattel und wartete auf die Beseitigung des Hindernisses.

Hidé gab seinem Pferd die Sporen, preschte vor und blieb unmittelbar vor dem Truppführer stehen. «Ein Mann von Rang, der inkognito reist, gibt euch die Ehre, euren Weg zu kreuzen!», sagte er.

Der Samurai lachte. «Ein Mann von Rang? So einen sehe ich nicht. Nur vier verdreckte Wanderer, weit weg von dem Ort, wo sie hingehören. Räumt die Straße! Wir reisen auf Befehl von Fürst Gaiho. Wir haben hier das Vorrecht.»

«Hinunter mit dir!» Hidé war außer sich. «Erkennst du keinen Fürsten, wenn du ihn siehst?»

«Es gibt solche Fürsten und solche.» Mit einem höhnischen Lachen legte der Samurai die Hand an die doppelläufige Steinschlosspistole in seiner Schärpe. «Die Zeiten ändern sich. Der Starke steigt auf. Degenerierte Überreste der Geschichte werden hinweggefegt.»

Was dann geschah, geschah blitzschnell.

Hidé sagte kein einziges Wort mehr. Flüchtig blitzte Stahl in seinen Händen auf und hinterließ eine dünne rote Linie auf dem Körper des Samurai, von der linken Halsseite zur rechten Achsel. Einen Augenblick später teilte sich der Oberkörper des Mannes in zwei Hälften. Blut spritzte nach allen Seiten in die Luft.

Der blutbesudelte Samurai neben der vom Pferd herabstürzenden Leiche griff nach seinem Schwert. Aber noch ehe er es auch nur zwei Zentimeter aus der Scheide gezogen hatte, sirrte ihm Shimodas Pfeil ins Herz, und auch er kippte aus dem Sattel.

«Aaaiiii!» Taro, der das Schwert wie eine Sichel hielt, gab seinem Pferd die Sporen und griff die Männer auf der anderen Seite an.

Einer der beiden letzten Samurai, die noch im Sattel saßen,

schwang sein Schwert und schrie Kommandos: «Kampfposition einnehmen! Kahhhgghhh …!» Er packte den Pfeil, der plötzlich aus seiner Kehle ragte, ließ sein Schwert fallen und fiel kopfüber vom Pferd.

Die Pikenierkolonne warf unter panischem Geschrei die Waffen weg. Die meisten Männer flüchteten in die Wälder. Einige wenige Glückliche rannten die Straße entlang. Genau ihnen hetzte Taro nach. Er hieb mit seinem Schwert nach links und rechts, sodass sich die Straße hinter ihm in blutigen Matsch verwandelte.

Einen weiteren flüchtenden Samurai traf ein Pfeil im Rückgrat.

Und dem letzten Reiter schlitzte Hidé die Halsschlagader auf.

Taro wirbelte herum und galoppierte den ganzen Weg zurück. Der letzte noch verbliebene Mann warf die Arme hoch, um sich vor dem Tod zu schützen, und stieß einen gellenden Schrei aus.

Genji seufzte. Es war vorbei. Er ritt an den Leichen vorüber, mit denen die Straße übersät war. So viel vergeudetes Leben. Wofür? Wegen eines Verstoßes gegen die Etikette? Einer versperrten Straße? Eines Vorfalls, der längst Historie war? Auch ohne die Rückversicherung einer prophetischen Vision war Genji überzeugt, dass derart sinnlose Gewalt in der neuen Welt keinen Platz mehr hätte. Nie und nimmer.

Shimoda warf einen flüchtigen Blick auf den zuerst Getöteten und sagte zu Hidé: «Was hat er gesagt? Weshalb hast du ihn so geschwind niedergemacht?»

«Er sagte: ‹Die Zeiten ändern sich.›» Hidé wischte seine Klinge blank. «Und dann machte dieser Wicht eine beleidigende Bemerkung über ‹Überreste der Geschichte›.»

Shimoda sagte: «Die Zeiten ändern sich nicht, sie verkommen. So viel Arroganz von Seiten Niedriggeborener. Noch vor sieben Jahren hätte es eine solche Schande nicht gegeben.» Sieben Jahre zuvor war der amerikanische Flottenadmiral Perry mit seinen Dampfschiffen und Kanonen in die Bucht von Edo gesegelt.

«Wir haben ihnen einen Gefallen getan und ihnen eine sinnlose Reise erspart. Man hätte sie sowieso besiegt, egal, wohin sie gegangen wären und gegen wen sie gekämpft hätten. Was für nutzlose Feiglinge», erklärte Taro

Hidé sagte: «Die Ausländer zerstören uns kampflos. Durch ihre bloße Existenz verlieren wir unsere Lebensweise.»

Genji betrachtete im Vorbeireiten jeden Toten. Der Letzte starrte blicklos mit gespaltenem Schädel in den klaren Winterhimmel. Sein rechter Unterarm hing noch mit einem zerschmetterten Knochen und einer zerfaserten Sehne am Ellbogen. Der linke Arm endete am Handgelenk. Die Hand lag neben seinen Füßen. Er war noch gar kein richtiger Mann, sondern ein Junge von fünfzehn oder sechzehn Jahren. Um seinen Hals hing ein Kranz hölzerner Gebetsperlen. Ein Amulett der Hoffnung. In jedes kleine Sandelholzstück war eine Swastika eingeritzt, das buddhistische Symbol für die Unendlichkeit.

«Die Ausländer trifft keine Schuld», belehrte Genji seine Männer. «Schuld sind einzig und allein wir.»

Aber sogar dieser unglückselige Vorfall hatte eine gute Seite. Hidé, Shimoda und Taro hatten gezeigt, was in ihnen steckte. Genji freute sich über seine gute Menschenkenntnis.

5

Visionäre

> Wissen kann behindern. Unwissen kann befreien. Zu wissen, wann man etwas wissen muss und wann nicht, ist genauso wichtig wie eine scharfe Klinge.
>
> SUZUME-NO-KUMO (1434)

Nach fünf Tagen mit den Ausländern verstand Heiko sie viel besser, besonders Mr. Stark. Seine schleppende Aussprache, bei der er die Vokale in die Länge zog und den Redefluss bremste, erleichterte ein Verstehen. Miss Gibsons Wortfolge war knapper und rascher. Und was Pfarrer Cromwell betraf – nun ja, falls Heiko die Wörter überhaupt wieder erkannte, begriff sie oft nicht die Art und Weise, wie sie aneinander gereiht waren. Mr. Stark und Miss Gibson reagierten darauf, als ergäben sie einen Sinn, während Heiko eher vermutete, dass sie lediglich höflich gegenüber dem Verletzten waren.

Pfarrer Cromwell schlief meist, wobei seine geschlossenen Augen wie verrückt hin und her zuckten. Im wachen Zustand neigte er zur Raserei. Lediglich Miss Gibsons höchst liebevolle Pflege konnte ihn beruhigen. Doktor Ozawas Besuche schienen ihn besonders zu verstören. Vielleicht verriet das Verhalten des Arztes die Bedeutung der japanischen Wörter.

«Die Hälfte seiner Eingeweide und seines Magens sind bereits verfault», sagte Doktor Ozawa, «die lebenswichtigen Organe schwer geschädigt. Giftige Galle verunreinigt sein Blut. Und trotzdem atmet er. Ich gestehe, ich bin ratlos.»

«Was sagt der Arzt?», fragte Miss Gibson.

«Er meint, Pfarrer Cromwell ist sehr stark», antwortete Heiko. «Auch wenn er nicht vorhersagen kann, was noch geschieht, so ist sein Zustand doch stabil.»

Cromwell deutete auf den Arzt. «So sollt ihr sprechen: Wenn der Herr will, werden wir leben und dies oder das tun», sagte er langsam.

«Amen», sagten Miss Gibson und Mr. Stark.

Doktor Ozawa warf Heiko einen fragenden Blick zu.

«Er äußerte Dankbarkeit für Eure Fürsorge», erklärte Heiko, «und sprach ein Gebet aus seiner eigenen Religion für Euer Wohlergehen.»

«Aha.» Doktor Ozawa verbeugte sich vor Pfarrer Cromwell. «Seid bedankt, ehrenwerter Ausländerpriester.»

«Du Kind des Teufels, du Feind aller Rechtschaffenheit.»

Nach Heikos Ansicht, die sie aber keinem anvertraute, hatten seine Verletzungen Pfarrer Cromwell in den Wahnsinn getrieben. Das wäre eine Erklärung für seine Worte. Kein vernünftiger Mensch würde jemanden verfluchen, der sein Bestes tat, um ihm zu helfen.

Nach fünf Tagen begriff Heiko eines immer noch nicht: Warum Genji sie zu ihnen geschickt hatte. Nach außen hin schien die Absicht klar: Sie sollte ihnen Gesellschaft leisten und für sie übersetzen. Außerdem hatte sie dadurch die Möglichkeit, ihnen in einer Weise nahe zu kommen und sie zu ergründen, wie es sonst nicht möglich gewesen wäre. Diesen Teil verstand sie ja. In einer solchen Position durfte nur ein Mensch sein, dem Genji restlos vertraute. Aber Vertrauen gründete sich zwangsläufig auf Wissen, und er wusste fast nichts über sie. Heiko hatte sich eine ausgeklügelte Vergangenheit zurechtgelegt, die nur darauf wartete, ausgegraben zu werden. Geburtsort, Eltern, Freunde aus Kindertagen, einstige Geisha-Förderer, Schlüsselereignisse, wichtige Orte. Kunstvoll übereinander geschichtete Tatsachen, hinter denen sich die wichtigste verbarg: dass sie eine Agentin der Geheimpolizei des Shogun war. Genji hatte sich bisher nur für den äußeren Schein interessiert. In der trügerischen Welt von Großfürsten waren nur ganz kleine Kinder das, was sie zu sein schienen. Sollte er ihr tatsächlich vertrauen, zeugte das von gefährlich schlechter Menschenkenntnis. Da ihr dies aber höchst unwahrscheinlich erschien, kam sie immer wieder zum selben Schluss: Genji wusste, wer sie war.

Woher er das aber wusste, war ihr schleierhaft. Vielleicht stimmten ja die Gerüchte über die Okumichi, dass in jeder Generation einer in die Zukunft sehen konnte. Wenn er derjenige wäre, wüsste er etwas, was sie nicht wusste: ob sie ihn verraten würde oder nicht. Bedeutete sein Vertrauen, dass sie es nicht tun würde? Oder dass sie es doch täte und er sich einfach in sein Schicksal fügte und den Ausgang abwartete?

Die Ironie des Ganzen entging ihr nicht. Ihr Misstrauen und ihre Verwirrung verstärkten sich noch, da ihm dies alles offenbar fehlte. Verbarg sich hinter seinem Vertrauen womöglich ein obskures Täuschungsmanöver? Ganze fünf Tage zerbrach sich Heiko über dieses Problem nun schon den Kopf, ohne dass sie einer Lösung auch nur im Entferntesten näher gekommen wäre.

«Einen Penny für Ihre Gedanken.» Miss Gibson lächelte sie an. Sie saßen in einem Zimmer, das auf den Innenhof hinausging. Da der Tag so ungewöhnlich mild war, standen alle Schiebetüren offen und verwandelten den Raum fast in eine Art Gartenpavillon.

«Einen Penny?», fragte Heiko.

«Ein Penny ist unsere kleinste Münze.»

«Unsere kleinste Münze ist der Sen.» Miss Gibson bot ihr damit nicht an, für ihre Gedanken zu bezahlen, das wusste Heiko. «Sie möchten wissen, was ich gerade denke?»

Wieder lächelte Miss Gibson. In Japan lächelten unansehnliche Frauen viel öfter als hübsche. Das schien auch bei unansehnlichen Amerikanerinnen so zu sein. Miss Gibson lächelte sehr gern, was Heiko für eine gute Angewohnheit hielt. Damit unterstrich sie ihre Persönlichkeit und lenkte von ihrer nicht gerade einnehmenden Physis ab. Doch mittlerweile hatte Heiko sie besser kennen gelernt und Sympathie für die liebenswürdig-einfühlsame Person unter der abstoßenden äußeren Schale entwickelt.

«Das wäre unhöflich», erwiderte Miss Gibson. «Mit meiner

Bemerkung bringe ich zum Ausdruck, dass Sie nachdenklich wirken, und biete mich als Zuhörerin an, falls Sie darüber sprechen möchten. Das ist alles.»

«Aha, danke schön.» Auch Heiko lächelte sehr gern. Das war das Geheimnis ihres Charmes. Während sich die übrigen berühmten Geishas von Edo hochmütig gaben, lächelte Heiko, die Schönste von allen, so oft wie das unscheinbarste Bauernmädchen. Doch nur bei denen, die sie mochte. Es war, als glaubte sie, dass ihre Schönheit in deren Gegenwart nichts zählte und ihr Herz – ganz offen und ohne Verstellung – ihnen gehörte. Selbstverständlich war auch das nur gespielt, und jeder wusste es. Trotzdem hatte sie damit so viel Erfolg, dass die Männer nur allzu gern dafür bezahlten. Nur bei Genji war es kein Spiel, was er hoffentlich nicht bemerkte. Wenn doch, wüsste er, dass sie ihn liebte, und dann wäre alles aus dem Lot. Wenn er es aber wusste, vertraute er ihr vielleicht gerade deshalb. Wieder war sie am selben Punkt angelangt: Was dachte Genji?

Heiko sagte: «Ich habe mir gerade vorgestellt, wie schwer es für Sie sein muss, Miss Gibson. Ihr Verlobter ist verletzt. Von Heimat und Familie sind Sie weit entfernt. Eine äußerst schwierige Situation für eine Frau, nicht?»

«Ja, Heiko. Eine äußerst schwierige Situation.» Emily klappte das Buch zu, in dem sie gerade gelesen hatte. Sir Walter Scott war der Lieblingsautor ihrer Mutter gewesen, und *Ivanhoe* hatte sie von allen seinen Büchern am meisten verehrt. Neben ihrem Medaillon war dies das Einzige aus ihrem Besitz gewesen, das Emily nach dem Verkauf der Farm behalten hatte. Wie oft hatte sie seither in den geliebten Seiten ihrer Mutter gelesen und sich unter Tränen an ihre Stimme erinnert. In der Schule, in der Mission, auf dem Schiff und jetzt hier an diesem einsamen Ort, wo sie so weit von den Gräbern ihrer Lieben entfernt war. «Bitte, sagen Sie Emily zu mir, da ich Sie ja auch bei Ihrem Vornamen nenne. Oder Sie verraten mir Ihren Familiennamen, dann werde auch ich Sie mit Miss ansprechen.»

«Ich habe keinen Familiennamen», erklärte Heiko. «Ich bin nicht vornehmer Abstammung.»

«Verzeihung, habe ich Sie richtig verstanden?» Diese Bemerkung überraschte Emily völlig. Das waren ja Zustände wie bei den Leibeigenen in *Ivanhoe*. Doch das war vor Hunderten von Jahren gewesen, im düsteren Mittelalter Europas. «Ich glaubte gehört zu haben, dass ein Diener Sie mit einem anderen Namen rief, mit einem längeren.»

«Mayonaka no Heiko, ja. Das ist mein voller Geisha-Name. Er bedeutet ‹Ruhe inmitten der Nacht›.»

«Was ist ein Giescho-Name?», fragte Emily.

«Geisha», antwortete Heiko.

«Geisha», wiederholte Emily.

«Ja, so ist es richtig», sagte Heiko. Sie dachte an einen Eintrag, den sie in Genjis Englischlexikon gelesen hatte. «Am nächsten kommt dem bei Ihnen das Wort ‹Prostituierte›.»

Vor Schreck verschlug es Emily die Sprache. *Ivanhoe* fiel ihr aus dem Schoß. Sie bückte sich, um das Buch aufzuheben. Das gab ihr Gelegenheit, Heikos Blick auszuweichen. Sie wusste nicht, was sie davon halten sollte. Die ganze Zeit hatte sie hinter ihrer Gastgeberin eine edle Dame vermutet, eine Verwandte von Fürst Genji. Auch die gesamte Dienerschaft und die Samurai behandelten Heiko mit größter Ehrerbietung. Hatte sie in deren Benehmen einen Hauch von Spott übersehen?

«Sicher handelt es sich um einen Übersetzungsfehler», sagte Emily mit vor Verlegenheit roten Wangen.

«Ja, vielleicht», sagte Heiko. Miss Gibson oder Emily, wie sie jetzt genannt werden wollte, hatte sie genauso überrascht wie sie selbst Emily. Welche ihrer Bemerkungen war derart beunruhigend gewesen?

«Es wird wohl so sein.» Emily fühlte sich erleichtert. Für sie war eine Prostituierte eine jener alkoholabhängigen, von Krankheiten befallenen Straßenmädchen, die in San Francisco gelegentlich im Missionshaus Zuflucht suchten. Diese elegante junge Frau, fast noch ein Kind, konnte kaum einen größeren Gegensatz darstellen.

Als Emily ihr Buch fallen ließ, hatte Heiko nach den richtigen englischen Wörtern gesucht, um die unterschiedlichen Kategorien weiblicher Gesellschafterinnen zu erklären. Jede Gesellschaftsschicht hatte ihre eigene. Die unterste Kategorie bildeten Frauen, die einfache sexuelle Wünsche befriedigten. Die Straßenlabyrinthe des Vergnügungsviertels Yoshiwara waren voll von ihnen. Meist handelte es sich um Bauernmädchen, die Familienschulden abbezahlen mussten. An der Spitze standen einige wenige, ausgesuchte Geishas wie sie, die man von Kindheit an dazu erzogen hatte. Sie wählten mit Bedacht, mit wem und wie sie ihre Zeit verbrachten. Man konnte für ihre Gesellschaft und ihre Gunst bezahlen, allerdings nur, wenn sie dazu bereit waren, denn beides ließ sich nicht erzwingen. Dazwischen gab es eine schier unendliche Bandbreite, was Kosten, Dienstleistungen, Talent und Schönheit betraf. Da Emilys Unbehagen andauerte, zögerte Heiko. Sie hatte geglaubt, jedes japanische Wort hätte ein amerikanisches Pendant und umgekehrt; denn Menschen wurden überall von denselben Bedürfnissen und Wünschen getrieben. Doch das schien nicht der Fall zu sein.

«In Amerika werden einige Damen aus gutem Hause Gouvernanten», erklärte Emily, die sich noch immer gegen die wahre Bedeutung von Heikos Worten wehrte. «Eine Gouvernante bringt den Kindern eines Haushalts Manieren bei, kümmert sich um ihr Wohlergehen und unterrichtet sie bisweilen in bestimmten Fächern. Könnten Sie nicht das gemeint haben?»

«Eine Geisha ist keine Gouvernante», erwiderte Heiko, «sondern eine weibliche Begleiterin höchster Kategorie. Falls ich das falsche Wort verwendet habe, bringen Sie mir bitte das richtige bei, Emily.»

Emily schaute Heiko an. Ehrlichkeit war ihre Christenpflicht, egal, wie schmerzhaft die Wahrheit auch sein mochte. Sie sagte: «Wir haben kein adäquates Wort, Heiko. In christlichen Ländern gilt eine derartige Tätigkeit nicht als ehrbar, ja, sie ist sogar ungesetzlich.»

«Gibt es in Amerika keine Prostituierten?»

«Doch», antwortete Emily, «weil der Mensch schwach ist. Aber Prostituierte müssen sich vor der Polizei verstecken und sind für Schutz und Lebensunterhalt auf herzlose Verbrecher angewiesen. Gewalt, Sucht und Krankheiten verkürzen ihr Leben.» Sie holte tief Luft. Jede Form des Zusammenlebens mit einem Mann außerhalb der Ehe war eine Sünde, doch gab es gewisse Abstufungen im Fehlverhalten. Sie konnte nicht glauben, dass Heiko tatsächlich sagen wollte, sie sei eine Prostituierte. «Manchmal nimmt sich ein reicher und mächtiger Mann eine Mätresse, eine Frau, die er liebt, ohne dass sie in den Augen des Gesetzes oder Gottes seine Frau ist. Vielleicht kommt der Begriff ‹Mätresse› dem näher als ‹Prostituierte›.»

Heiko war anderer Ansicht. «Mätresse» und «Konkubine» hatten zwar viel Ähnlichkeit, aber nur ein Wort kam dem Begriff «Geisha» wirklich nahe: «Prostituierte». Emilys Verhalten gegenüber diesem Thema hatte etwas merkwürdig Zögerliches an sich. Was war der Grund dafür? Konnte es sein, dass sie selbst eine Prostituierte gewesen war und sich jetzt für ihre Vergangenheit schämte? Selbstverständlich hätte sie nie und nimmer so etwas wie eine Geisha sein können, egal, wie kunstsinnig und charmant sie war. Ihr schreckliches Aussehen hätte sie damit nicht überspielen können.

«Vielleicht», sagte Heiko. «Wir wollen Fürst Genji nach seiner Rückkehr fragen. Sein Verständnis geht tiefer als meines.»

Bruder Matthews Erscheinen bewahrte Emily vor einer Antwort auf diesen unerhörten Vorschlag.

«Bruder Zephaniah fragt nach dir», sagte er.

«Du willst mir doch nicht sagen, dass sich mein Onkel seit vier Tagen im Zeughaus befindet?» Genji bemühte sich redlich, ein Schmunzeln zu unterdrücken. Abt Sohaku stand die Verlegenheit deutlich ins Gesicht geschrieben.

«Doch, mein Fürst», entgegnete Sohaku. «Dreimal haben wir versucht, ihn wieder einzufangen. Beim ersten Mal holte ich mir das hier.» Er deutete auf die lange Beule über seiner Stirn. «Hätte er statt des Holzschwertes ein richtiges benutzt, wäre mir die Schande erspart geblieben, Euch Bericht zu erstatten.»

«Sei nicht so streng gegen dich, Ehrwürdiger Abt.»

Bedrückt fuhr Sohaku fort: «Beim zweiten Mal hat er vier meiner Männer, besser gesagt Mönche, schwer verletzt. Beim dritten Mal sind wir mit Bogen und Pfeil aus grünem Bambus eingedrungen. Nicht die beste Methode, ihn kampfunfähig zu machen, aber doch einigermaßen brauchbar. Dachte ich. Er hockte grinsend mit einer brennenden Lunte in der Hand auf den Pulverfässern. Weitere Versuche haben wir nicht unternommen.»

Genji hatte sich auf einem kleinen Podest unter einem Zelt, das vom Zeughaus fünfzig Schritte entfernt stand, niedergelassen. Vor ihm saßen in Reih und Glied jene Mönche, die nicht als Wächter eingeteilt waren. Sie erinnerten weniger an Mönche als an Samurai, die seinen Befehl erwarteten. Sechs Monate zuvor hatte sein Großvater heimlich seine besten Reiter ins Kloster beordert. Angeblich entsagten sie aus Protest gegen seine Freundschaft mit den Missionaren vom Wahren Wort der Welt. Selbstverständlich steckte dahinter die Idee, seine Feinde im Unklaren zu lassen. Wer würde beim Anblick der martialischen Miene dieser Männer glauben, sie wären weltentrückte Mönche geworden?

»Nun, dann sollte ich mich wohl aufmachen und mit ihm reden.» Er erhob sich und ging zum Zeughaus, gefolgt von Hidé und Shimoda. Von der anderen Seite der Barrikade war Gemurmel zu hören. «Onkel, ich bin's, Genji. Ich komme jetzt rein.» Er deutete auf die Barrikade. Seine Männer begannen, das Hindernis zu beseitigen. Drinnen im Zeughaus wurde es ganz still.

«Fürst, ich bitte Euch um Vorsicht», sagte Hidé leise. «Taro meinte, Fürst Shigeru sei völlig verwirrt.»

Genji schob die Tür auf. Beißend heißer Qualm quoll heraus und ließ ihn rückwärts taumeln. Wenn Hidé ihn nicht aufgefangen hätte, wäre er gestürzt.

«Verzeiht mir», sagte Sohaku und reichte ihm einen parfümierten Schal. «Inzwischen habe ich mich an seinen Zustand so gewöhnt, dass ich vergaß, Euch zu warnen.»

Genji lehnte Sohakus Angebot ab, auch wenn er es gern angenommen hätte. Aber mit verdecktem Gesicht würde ihn Shigeru vielleicht nicht erkennen. Ohne Rücksicht auf die Krämpfe, welche der faulige Geruch in seinem Magen auslöste, trat er erneut in den Eingang. Wie ein Affe hockte Shigeru auf allen vieren im tiefen Schatten des abgedunkelten Raums. Er war von Kopf bis Fuß mit seinem eigenen Kot besudelt. Nur die langen Schwertklingen, die er in beiden Händen hielt, sahen makellos aus und schimmerten hell wie Lichtquellen.

«Es enttäuscht mich sehr, Euch in einem derart unreinen Zustand zu sehen.» Genji sprach sehr behutsam. «Einerseits bin ich nur Euer Neffe, andererseits dein Lehnsherr, der Großfürst der Ländereien von Akaoka. Als Euer Neffe bin ich zu einem Besuch bei Euch verpflichtet, wo immer Ihr seid. Als dein Lehnsherr kann ich keinen derartigen Schmutz dulden. Als Euer Neffe flehe ich Euch an, Euch um Eure Gesundheit zu kümmern. Als dein Lehnsherr befehle ich dir, binnen einer Stunde vor mir zu erscheinen und dieses höchst ungebührliche Betragen zu erklären.»

Er wandte seinem Onkel den Rücken zu und stieg langsam die Stufen hinab. Falls ihn Shigeru jetzt nicht angriff, bestand eine gute Chance, dass sein Befehl befolgt wurde.

Genjis Gestalt, die sich im Eingang als Silhouette abzeichnete, wurde kleiner. Sein Rücken präsentierte sich ungeschützt. Jetzt! Höchste Zeit, die Säuberung der Blutlinie der Okumichi zu vollenden. Shigerus Muskeln spannten sich. Schweigend und mit hoher Geschwindigkeit sprang er nach vorn. Zumindest sein Körper tat dies. Sein gebrochener Geist begab sich in der ihm eigenen, verzerrten Geschwindigkeit an einen anderen Ort.

Shigeru befand sich bei seinem Vater. Gemeinsam ritten sie bei Kap Muroto am Klippenrand entlang. Fürst Kiyori war jünger als heute Shigeru und Shigeru so jung wie sein eigener Sohn zum Zeitpunkt seines Todes.

«Du wirst von künftigen Dingen sprechen», sagte sein Vater. «Du wirst sie genauso deutlich sehen wie dort unten die Wellen.»

«Wann, Vater?», fragte Shigeru. Er konnte es kaum erwarten. Solange Shigeru das zweite Gesicht besaß, könnte sein älterer Bruder Yorimasa ruhig nach dem Tod des Vaters über das Fürstentum Akaoka herrschen; denn dann würde man ihn genauso respektieren wie jetzt Fürst Kiyori. Dann würde Yorimasa nicht mehr so arrogant sein, oder?

«Noch lange nicht, und darüber sei froh.»

«Warum soll ich froh sein?» Shigeru schmollte. Das hatte er nicht hören wollen. Das bedeutet nur, dass Yorimasa ihn auch weiterhin beherrschte. «Je früher ich die Zukunft sehen kann, desto besser.»

Lange betrachtete ihn sein Vater, ehe er wieder das Wort an ihn richtete.

«Shigeru, sei nicht ungeduldig. Was geschehen wird, wird geschehen, ob du es weißt oder nicht. Glaube mir, Wissen ist nicht immer besser.»

«Wissen muss besser sein», entgegnete Shigeru. «Dann kann dich niemand überraschen.»

«Irgendjemand wird dich immer überraschen, weil du nie alles wissen kannst, egal, wie viel du auch glaubst zu wissen.»

«Vater, wann? Wann werde ich in die Zukunft blicken?»

Wieder sah ihn sein Vater schweigend an. Shigeru dachte schon, er würde kein Wort mehr sagen, aber dann tat er es doch.

«Genieße zuvor die Tage, Shigeru. Du wirst sehr glücklich sein. In der Blüte deiner Mannesjahre wirst du dich in eine sehr tugendhafte und energische Frau verlieben. Und du wirst das große Glück haben, dass auch sie sich in dich verliebt.» Noch immer lächelte sein Vater, obwohl ihm inzwischen die Tränen übers Gesicht rannen. «Du wirst einen starken, tapferen Sohn haben und zwei wunderschöne Töchter.»

Das kümmerte Shigeru wenig, er war erst sechs Jahre alt.

Von Liebe träumte er nicht, auch nicht von Söhnen und Töchtern. Er träumte davon, wie seine berühmten Ahnen ein echter Samurai zu sein.

«Vater, werde ich viele Schlachten gewinnen? Werden mich andere Männer fürchten?»

«Du wirst viele Schlachten gewinnen, Shigeru.» Sein Vater wischte sich mit dem Kimonoärmel die Tränen ab. «Und andere Männer werden dich fürchten, sogar sehr.»

«Ich danke dir, Vater.» Shigeru war überglücklich. Er hatte eine Prophezeiung erhalten! Er wollte sich immer an diesen Tag erinnern, an das Geräusch der Wellen, das Rauschen des Windes und an die Wolken am Himmel.

«Shigeru, hör mir zu. Es ist sehr wichtig.» Sein Vater packte ihn an der Schulter. «Wenn deine Visionen beginnen, wird dich jemand besuchen kommen. Im ersten Impuls wirst du ihn töten wollen. Schlag nicht zu. Halte inne. Geh in dich. Achte auf das, was dein Inneres sagt.» Der Druck der väterlichen Hand verstärkte sich. «Wirst du dir das merken?»

«Ja, das werde ich, versprochen», antwortete Shigeru, dem das Drängen seines Vaters Angst machte.

Als Shigeru jetzt sein Schwert gegen Genji erhob, erhellte jenes Versprechen aus längst vergangenen Tagen sein ganzes Wesen. Im nächsten Augenblick würde eine scharfe Klinge Genji von hinten durchbohren und sein Herz durchstoßen. Shigeru betrachtete sein hell leuchtendes Inneres und sah, was er am wenigsten erwartete: nichts.

Shigeru hielt inne. Nur einen einzigen Schritt hatte er sich auf den Eingang zubewegt. Ein Augenblick war vergangen, nicht mehr.

Shigeru lauschte. Er hörte nichts, nur das leise Geräusch von Genjis Schritten und den Gesang der Vögel im Wald. Er blickte sich um. Er sah lediglich das Innere des Zeughauses, Genjis Rücken und den vom Türrahmen begrenzten Ausblick in den Klosterhof.

Die Visionen waren fort.

War das Zufall? Oder hatte Genjis Anwesenheit sie irgendwie aufgelöst? Er wusste es nicht. Es war ihm egal. Mit den Visionen war sein Zwang zum Töten verschwunden.

Er ließ die Schwerter zu Boden fallen und schritt durch die Tür ins Freie. Die beiden Samurai links und rechts davon traten einige Schritte zurück und verbeugten sich. Er bemerkte, wie sie dabei die Hände am Schwertknauf und ihn nicht aus den Augen ließen. Während sich Shigeru zur Rückseite der Küche begab, wo sich das Badehaus befand, begann er, sich seiner Kleidung zu entledigen.

«Wo ist Sohaku?», fragte Shigeru den Samurai, der ihm folgte. «Sag ihm, ich müsste mir von ihm passende Kleidung für eine Audienz bei Fürst Genji leihen.»

Der Samurai sagte zwar «Ja», folgte ihm aber weiter.

Shigeru blieb stehen, und auch der Samurai. «Na los, tu, was ich dir sage.» Er ließ das letzte Kleidungsstück zu Boden fallen. Man würde sie verbrennen. Shigeru breitete die Arme aus. «Was glaubst du denn? Dass ich mitten im Winter in diesem Zustand wegrenne? Nackt und von Kopf bis Fuß verschissen? Das würde doch nur ein Verrückter tun.» Lachend ging er weiter, ohne sich umzusehen.

Als er zum Badehaus kam, überraschte ihn der Anblick eines mit dampfendem Wasser gefüllten Zubers nicht. Genji war schon immer ein zuversichtlicher Mensch gewesen.

Dreimal wusch sich Shigeru gründlich, bevor er in den Zuber stieg. Wie lange hatte er nicht mehr gebadet? Tage, Wochen, Monate? Er konnte sich nicht erinnern. Er hätte gern länger in der angenehmen Wärme verweilt, aber sein Fürst erwartete ihn. Shigeru hievte sich aus dem Wasser.

Dampf stieg von seinem Körper auf, als sei er ein Vulkankrater. Man hatte neue Sandalen bereitgestellt. Er zog sie an, schlang ein Handtuch um seinen Körper und betrat den Wohntrakt des Tempels, wo ihm zwei Mönche in seine geborgte Kleidung halfen. Von seinen Schultern standen die steifen Flügel des *kamishimo* ab, einer Jacke, die er über seinem Kimono trug. Über dem unteren Kimonoteil hatte er eine weite Hose, die *hakama*, an. Dieses förmliche Gewand war gerade richtig für eine Audienz bei seinem Fürsten auf dem Schlachtfeld. Er war fast fertig.

«Wo sind meine Schwerter?»

Die zwei Mönchen wechselten Blicke.

Schließlich sagte einer: «Fürst, man hat uns nicht aufgetragen, Euch Waffen zu bringen.»

Beide Mönche waren unruhig, als erwarteten sie eine gewalttätige Reaktion, aber Shigeru nickte nur ergeben. Selbstverständlich würde man ihn nach allem, was er getan hatte, nie mit Waffen auch nur in Genjis Nähe lassen. Er folgte den Mönchen ins Freie, wo ihn sein Fürst erwartete.

«Halt!», sagte Genji.

Shigeru blieb stehen. Vielleicht war er nicht einmal würdig, das Zelt zu betreten. Allerdings konnte er auch keine andere Vorrichtung für seine Exekution entdecken. Dies musste nicht unbedingt etwas bedeuten. Möglicherweise hatte sich Genji gegen einen offiziellen Akt entschieden. Vielleicht würden ihn die beiden Samurai, die den Fürsten von Edo herbegleitet hatten, einfach an Ort und Stelle niederstrecken.

Genji wandte sich an Sohaku und sagte: «Wie kannst du es wagen, dass sich ein ehrenwerter Diener in meiner Gegenwart halb nackt zeigt.»

«Fürst Genji», erwiderte Sohaku, «ich flehe Euch an, gebt Acht! Er hat fünf meiner Männer eigenhändig getötet beziehungsweise schwer verletzt.»

Genji starrte schweigend geradeaus.

Da Sohaku keine andere Wahl hatte, verbeugte er sich und nickte dann Taro zu, der ins Zeughaus rannte und mit zwei Schwertern zurückkam: dem langen Katana und dem kürzeren Wakizashi. Mit einer Verbeugung überreichte er Shigeru die Waffen.

Während Shigeru sie in seine Schärpe steckte, verlagerte Sohaku unmerklich seine Sitzposition. Sollte Shigeru sein Schwert gegen Genji ziehen, würde sich Sohaku mit seinem Körper dazwischenwerfen. Damit hätten Hidé und Shimoda, die beiden anderen bewaffneten Samurai im Gefolge, eine Möglichkeit,

Shigeru zu töten. Zumindest könnten sie ihn so lange aufhalten, bis alle Mönche gemeinsam über ihn herfielen, noch bevor er Genji erreicht hätte. Obwohl Sohaku Abt eines Zen-Tempels war, fand er im Zen wenig Trost. Zen lehrte einen, wie man leben und sterben sollte, aber nichts über das Leben nach dem Tod. Jetzt, kurz vor seinem Eintreten aus dieser in die nächste Welt, sprach Sohaku in der Stille seines Herzens ein Gebet des Honganji-Buddhismus. Namu Amida Butsu. Möge der Segen des Buddha vom Ewigen Licht auf mir ruhen. Möge mir der Allerbarmer den Weg ins Reine Land weisen. Noch im Gebet behielt Sohaku jeden Schritt im Auge, den Shigeru auf den sitzenden Genji zumachte.

Shigeru kniete sich auf die Matte vor dem Podest und verbeugte sich tief. Es war das erste Mal, dass er seinen Neffen sah, seit er die Herrschaft über das Fürstentum Akaoka angetreten hatte. Normalerweise würde dieses Treffen strikt förmlich ablaufen. Geschenke würden ausgetauscht, und wie jeder Vasall würde auch Shigeru sich unter Einsatz seines Lebens und das seiner Familie zum Dienst am Fürsten verpflichten. Aber dies hier war alles andere als eine normale Situation. Erstens war Genji Fürst, weil Shigeru seinen Vorgänger getötet hatte, den eigenen Vater. Zweitens konnte er keine Familie als Einsatz verwenden, da er vor drei Wochen alle Mitglieder abgeschlachtet hatte. Er presste den Kopf auf die Matte. Was sollte er sonst tun? Er stand vor Gericht. Das musste so sein. Mit gesenktem Kopf erwartete er sein Todesurteil.

«Nun, Onkel», begann Genji leise, «bringen wir es hinter uns, damit wir uns dann ernsthaft unterhalten können.» Mit würdevoller Stimme sagte er lauter: «Okumichi Shigeru, aus welchem Grunde hast du die Kontrolle über das Zeughaus dieses Tempels an dich gerissen?»

Shigeru hob den Kopf. Vor Staunen stand ihm der Mund offen. Warum brachte Genji eine derart triviale Sache zur Sprache?

Genji nickte, als hätte Shigeru gesprochen. «Ich verstehe. Und was hat dich zu der Annahme verleitet, sie seien nicht ordentlich gesichert?»

«Fürst.» Nur dieses eine Wort entrang sich Shigerus Kehle.

«Gut gemacht», sagte Genji. «Dein Eifer zum Schutz unserer Waffen ist für uns alle ein Vorbild. Jetzt zum nächsten Punkt. Wie du weißt, ist mir die hohe Ehre zuteil geworden, zum unumschränkten Herrscher unseres angestammten Fürstentums aufzusteigen. Alle anderen Vasallen haben mir bereits den Treueid geschworen. Tust du das nun auch oder nicht?»

Shigeru wandte sich den Umstehenden zu, die genauso erstaunte Gesichter machten wie er. Besonders Sohaku sah aus, als stünde er kurz vor einem Herzanfall.

Genji beugte sich vor und sagte leise: «Onkel, mach die übliche Geste, dann sind wir fertig.»

Erneut verbeugte sich Shigeru. Anschließend hob er den Kopf und griff nach seinen Schwertern.

Wie ein Mann sprang die ganze Versammlung auf und neigte sich in seine Richtung. Alle, nur Genji nicht.

Seine Stimme klang zornig. «Ihr Männer seid hierher gekommen, euch in den Praktiken der alten Zen-Meister zu üben, euren Geist von Illusionen zu reinigen und die Welt so zu sehen, wie sie wirklich ist. Und doch hüpft ihr herum wie verlauste Kastenlose. Was habt ihr eigentlich das letzte halbe Jahr gemacht?» Wütend starrte er sie an, bis sie sich wieder setzten.

Shigeru zog seine Schwerter samt Scheide und Gehänge aus der Schärpe, verbeugte sich, hob seine Waffen über den Kopf und rutschte auf Knien zum Fuß des Podestes. Das war alles, was er als eine Art Geschenk anbieten konnte. Da ihm nichts einfiel, was er sagen könnte, schwieg er.

«Ich danke dir», sagte Genji, nahm die Schwerter und legte sie zu seiner Linken auf das Podest. Dann drehte er sich nach rechts und hob ein anderes Paar Schwerter auf. Shigeru erkannte sie auf der Stelle wieder. Der große Schwertschmied Kunimitsu hatte sie in der späten Kamakura-Periode angefertigt. Niemand hatte sie seit dem Gemetzel bei Sekigahara getragen, wo man sie aus den Händen ihres sterbenden Ahnen Nagamasa barg.

«Eine Zeit großer Gefahr steht uns bevor.» Genji hielt Shigeru die Schwerter hin. «Alle karmische Schuld wird getilgt werden. Willst du mir in den künftigen Schlachten beistehen?»

Seit Kindertagen hatten Shigerus Hände beim Halten einer Waffe nicht mehr so gezittert. Jetzt empfing er mit bebenden Händen die magischen Klingen.

«Ich will, Fürst Genji.» Shigeru hielt die Schwerter ihres Ahnherrn hoch und verbeugte sich tief.

Eine düstere Vorahnung ließ Sohakus Blut erstarren. Sein Fürst hatte soeben den Treueid eines Mannes angenommen, der mit seinen eigenen Händen ihre uralte Linie beinahe ausgelöscht hätte. Ein Mörder an Vater, Weib und Nachkommen. Der unberechenbarste, gefährlichste Wahnsinnige in allen Fürstentümern Japans.

Mit einer einzigen unerklärlichen Handlung hatte Fürst Genji sich und seine ganze Gefolgschaft zum Untergang verurteilt.

Emily saß neben Zephaniahs Bett. Kalt und schwer lag seine Hand in ihrer, auch starrer als noch vor einer Stunde. Sein Gesicht war glatt und sorgenfrei wie bei einem schlafenden Kind und grau wie eine Steinbüste. Parfümierte Laken umhüllten ihn. In allen vier Ecken brannten ständig Sandelholzstäbchen. Die fauligen Dämpfe, die von seinem verwesenden Fleisch aufstiegen, konnten sie nicht mildern. Stattdessen machte der aromatische Duft den üblen Geruch noch schwerer, süßlicher und erstickender. Ihr drohte übel zu werden. Zitternd würgte sie die Galle hinunter, die in ihrem Hals aufstieg.

«Ich habe es in einer Vision gesehen», sagte Cromwell, der keine Schmerzen mehr verspürte. Eigentlich fühlte er seinen Körper überhaupt nicht mehr. Über sich sah er Emily schweben. Strahlend. Ihre Haare, leuchtend wie gesponnenes Gold, bildeten einen Heiligenschein um ihr bezauberndes Gesicht. Er vernahm das Donnergrollen der himmlischen Heerscharen, die immer näher kamen. «Ich werde nicht an dieser Wunde sterben.»

«Du bist gesegnet, Zephaniah.» Emily lächelte. Wenn ihm dieser Gedanke Trost spendete, freute sie das für ihn. Die letzte Nacht hatte er vor Todesqualen schreiend zugebracht. Seine gegenwärtige Ruhe war eine willkommene Veränderung.

«Engel gleichen uns nicht», sagte Cromwell, «sie sind keine schöner gestalteten Menschen mit weißen Flügeln. Nein, ganz und gar nicht. Sie sind nicht fassbar. Strahlender als die Sonne. Explosiv. Ohrenbetäubend.» Endlich wurden ihm die Worte der Apokalypse enthüllt. «Mit Feuer und Rauch und Schwefel. So wie es geschrieben steht, wird es sein. Mord, Zauberei, Unzucht, Diebstahl – dieser Ort ist damit verflucht. Wenn die Engel kommen, werden die Gerechten erhöht werden, die Gottlosen aber werden brennen und zerrissen werden und für immer begraben sein.»

Emily wunderte sich, wie gelassen und beiläufig Zephaniah diese Sätze sprach. Dann brach ihm plötzlich der Schweiß aus, seine vorquellenden Augen traten noch mehr hervor, wie auch die Adern auf der Stirn. Von seinen Lippen tropfte Speichel. Jetzt war er mit sich im Reinen.

«Dann wollen wir beten, dass alle bereuen», sagte sie, «denn wer unter uns hätte dazu keinen Grund?»

Lucas Gibson besaß eine Farm im Apple Valley, dreißig Kilometer nördlich von Albany, New York. Beim Begräbnis seines Großvaters in Baltimore traf er Charlotte Dupay, eine entfernte Cousine aus New Orleans. Zweiundzwanzig war er damals, der gut aussehende, beharrliche Lucas, und weit zuverlässiger als andere Gleichaltrige. Charlotte, eine nervöse, romantische, goldblonde, vierzehnjährige Schönheit, hatte wie viele Südstaatenmädchen ihrer Generation mehr Scott gelesen, als ihr gut tat. Sie glaubte, ihrem Ivanhoe begegnet zu sein, und kam als jungfräuliche Braut zu hundertfünfzig Tagwerk voller Äpfel, Schweine und Hühner. Neun Monate und einen Tag nach der Hochzeit wurde ihr erstes Kind, Emily, geboren. Inzwischen hatte Charlotte längst ihren braven angelsächsischen Ritter aufgegeben und begann, fast wider Willen, vom bösen, aber wahnsinnig leidenschaftlichen Tempelherrn de Bois-Guilbert zu träumen.

Als Emily selbst vierzehn war, kam ihr Vater bei einem Unfall im Apfelhain ums Leben. Er war von einer Leiter gefallen, was niemand verstehen konnte, da er für seinen ausgeprägten Gleichgewichtssinn bekannt und noch nie vorher gestürzt war. Ebenso merkwürdig war der Zustand seiner Leiche. Er hatte sich den Hinterkopf mit solcher Wucht zertrümmert, dass die Knochensplitter in den Schädel eingedrungen waren. Dass ein Sturz aus drei Metern Höhe tödlich sein konnte, war vorstellbar, nicht aber, dass man sich dabei derart den Schädel einschlagen würde. Und doch war es so. Ihr Vater war tot, ihre Mutter Witwe, und sie und ihre beiden jüngeren Brüder waren Halbwaisen.

Noch ehe Gras über das Grab ihres Vaters gewachsen war, begann der Vorarbeiter der Farm seine Nächte im Schlafzimmer ihrer Mutter zu verbringen. Die Hochzeit fand sechs Monate nach der Beerdigung statt. Da war ihre Mutter hoch schwanger. Kurz darauf begannen die Prügel. Die Laute der Leidenschaft, die früher in der Nacht zu hören waren, verwandelten sich in Schmerzensschreie.

«Nein! Jed, bitte! Jed! Tu's nicht! Tu's nicht! Ich flehe dich an!»

Emily und ihre Brüder drängten sich weinend in ihrem Bett aneinander. Von ihrem Stiefvater hörten sie nie einen Laut, nur die angstvolle Stimme ihrer Mutter. Manchmal hatte ihre Mutter morgens blaue Flecken im Gesicht, die sie anfänglich mit Puder oder Pflaster vor ihren Kindern zu verbergen suchte und mit einem angeblichen Stolpern im Dunkeln erklärte.

«Ich bin so tollpatschig», pflegte sie zu sagen.

Doch es wurde schlimmer, und weder Puder noch Pflaster, noch irgendeine Geschichte konnten die Wahrheit kaschieren. Immer wieder hatte sie eine gebrochene Nase. Ihre Lippen waren aufgeplatzt und geschwollen. Sie verlor ihre Schneidezähne. Es gab Tage, an denen sie sich nur humpelnd bewegen konnte, und andere, an denen sie nicht aus dem Bett kam.

Das Baby wurde tot geboren. Innerhalb eines Jahres hatte sich ihre schöne Mutter in eine verkrüppelte alte Hexe verwandelt.

Man lud sie nicht mehr zu Gemeindefesten ein. Die Nachbarn hörten auf, sie zu besuchen. Die besten Pflücker wollten nicht für sie arbeiten. Ihr Hain, der einst die süßesten Äpfel im ganzen Tal getragen hatte, begann zu verwildern.

Dann ging ihr Stiefvater auf die Brüder los.

Sie wurden mit einem dicken ledernen Rasierriemen geprügelt, bis ihr Po blutete. Wenn sie nicht mehr stehen konnten, band er sie über ein Apfelfass und drosch weiter. Sie wurden bestraft, weil sie ihre Aufgaben nicht oder ungenügend erledigt, die Hühner nicht oder zu viel gefüttert oder schlechte Äpfel in einem Fass mit guten liegen gelassen und damit alle ruiniert hatten. Doch meist wussten sie nicht, weshalb er sie bestrafte. Ihr Stiefvater sagte nie etwas.

Nur Emily rührte er nicht an. Wenn sie die Verletzungen ihrer Brüder behandelte, wollten sie von ihr den Grund dafür erfahren. Warum wurden sie geschlagen? Warum sie nicht? Sie wusste es nicht. Angst und Schuldgefühle nagten an ihr.

Am Abend ihres fünfzehnten Geburtstags befand sich Emily allein im Schlafzimmer der Kinder. Ihre Brüder waren für eine Woche im Keller eingesperrt worden, die Strafe für ein unbekanntes Vergehen. Bis vor zwei Tagen hatte sie ihre Schreie gehört. Ihre Mutter lag mit hohem Fieber im Bett. Eine alte unverheilte Wunde hatte sich entzündet. Emily, die eben erst in ihr Nachthemd geschlüpft war, bemerkte plötzlich ihren Stiefvater, der sie von der Türe aus beobachtete. Wie lange stand er schon dort? Hatte er ihr beim Ausziehen zugesehen? Immer öfter ertappte sie ihn in ihrer Nähe, wenn er eigentlich ganz woanders hätte sein sollen. Starr glitzerten seine Augen wie im Fieberwahn.

«Gute Nacht», sagte sie und kletterte ins Bett. Er hatte sie gebeten, ihn beim Vornamen zu nennen. Jed. Obwohl auch nur der kleinste Ungehorsam gefährlich war, konnte sie sich nicht überwinden, seinen Namen auszusprechen. Sie schloss die

Augen und betete, dass er ginge, wie er das bisher immer getan hatte.

Diesmal tat er es nicht.

Als es vorbei war, hielt er sie ganz fest und weinte. Warum? Sie wusste es nicht. Sie fühlte sich merkwürdig verletzt. Trotzdem weinte sie nicht. Sie konnte nicht. Warum, wusste sie nicht.

Sie musste eingeschlafen sein. Das grotesk verformte Gesicht ihrer Mutter weckte sie im flackernden Kerzenschein.

«Emily, Emily, meine liebste Emily.» Ihre Mutter weinte.

Emilys Blick wanderte nach unten. Sie sah, dass sie in ihrem eigenen Blut lag. Hatte man sie getötet? Irgendwie jagte ihr dieser Gedanke keine Angst ein. Es wäre eine Erlösung.

Ihre Mutter wusch sie mit einem warmen Handtuch und kleidete sie in ihr bestes Sonntagsgewand. Dieses Kleid hatte sie lange nicht mehr getragen. Sie gingen nicht mehr zur Kirche. Obwohl es inzwischen über Hüften und Busen spannte, trug sie es gern. Ihr Vater hatte immer gesagt, es sei ihr hübschestes Kleid.

«Geh zur Farm der Partons», sagte ihre Mutter. «Gib Mrs. Parton diesen Brief.»

Emily flehte ihre Mutter an mitzukommen, ihre Brüder aus dem Keller zu befreien und gemeinsam zu fliehen und nie wieder zurückzukommen.

«Tom und Walt», sagte ihre Mutter kopfschüttelnd. «Ich muss für meine Sünden büßen. Gott vergebe mir, nie wollte ich, dass den Unschuldigen etwas zustößt. Es war Liebe. Ich war blind vor Liebe.»

Ihre Mutter wickelte Emily in ihren eigenen besten Mantel und schickte sie fort. Es war sehr spät. Der Mond war schon untergegangen, und nur der helle Sternenschein am Frühlingshimmel erhellte ihren Weg.

Als sie die Farm der Partons erreichte, wurde hinter ihr der Himmel hell. Sie wunderte sich, warum der Tag im Westen anbrach, und drehte sich um. Feuergarben verschlangen ihr Zuhause und stiegen hoch in die Luft.

Die Partons, ein freundliches altes Ehepaar, das mit ihrem Großvater aufgewachsen war, nahmen sie auf. Ihren Vater hatten sie von Geburt an gekannt. Nach dem Brief ihrer Mutter erkundigte sie sich nie, und die beiden erwähnten ihn auch nicht. Doch nicht lange danach belauschte sie ein Gespräch.

«Ich wusste immer, dass es kein Unfall war», sagte Mr. Parton. «Der Junge kletterte schon wie ein Affe, bevor er laufen konnte.»

«Sie war zu leidenschaftlich», bemerkte Mrs. Parton. «Sie hatte zu viel Gefühl im Leib.»

«Außerdem war sie viel zu schön. Man sagt, Schönheit läge im Auge des Betrachters, und so sollte es auch sein. Wenn die Schönheit einer Frau so augenfällig ist, kann das nicht gut sein. Männer sind schwach und leicht verführbar.»

«Da haben wir uns etwas Gefährliches eingehandelt», sagte Mrs. Parton. «Die Tochter ist wie die Mutter. Hast du bemerkt, wie die Männer sie ansehn? Sogar unsere eigenen braven Söhne?»

«Und wer ist daran schuld?», fragte Mr. Parton. «Obwohl sie noch ein Kind ist, hat sie das Gesicht und die Gestalt einer babylonischen Hure.»

«Der Fluch zieht sich durch die Linie mütterlicherseits», stellte Mrs. Parton fest. «Was sollen wir denn tun?»

Eines Nachts schreckte sie hoch. Sie hatte vom Feuertod geträumt. Im Dunkeln sah sie drohende Schatten aufragen und dachte, die Rachedämonen wären ihr aus dem Traum gefolgt. Doch als sie sich ihrem Bett näherten, erkannte sie in ihnen Bob, Mark und Alan, die drei Söhne der Partons.

Dann ging alles ganz schnell. Ehe sie sich auch nur erheben oder etwas sagen konnte, waren überall Hände, drückten sie nieder, bedeckten ihren Mund, zerrten an ihrer Kleidung, berührten sie.

«Wir sind nicht daran schuld», sagte Bob, «das bist du.»

«Du bist einfach zu schön», sagte Mark.

«So was hast du doch schon früher gemacht», sagte Alan. «Du hast keine Tugend mehr zu verlieren.»

«Steck ihr den Knebel in den Mund», sagte Bob.

«Binde sie fest», sagte Mark.

«Wenn du still bist, werden wir dir nicht wehtun», sagte Alan.

Es war ihre Schuld. Alles war ihre Schuld: der Tod ihres Vaters, die Vernichtung ihrer Mutter, das unschuldige Leid ihrer Brüder. Sie hörte auf, sich zu wehren.

Sie zogen ihr das Nachthemd aus.

Sie zerrten ihr die Unterhose herunter.

«Hure», sagte Bob.

«Ich liebe dich», sagte Mark.

«Keinen Mucks», sagte Alan.

Die Tür ging auf, Licht füllte das Zimmer. Mrs. Partons Augen funkelten wütend.

«Hinaus!», zischte sie.

«Ist nicht unsere Schuld», sagte Bob.

Beim Hinausgehen grinsten sie ihre Mutter hämisch an.

Als sie verschwunden waren, trat Mrs. Parton ans Bett und versetzte Emily eine schallende Ohrfeige. Dann drehte sich die alte Frau wortlos um und ging hinaus.

Am anderen Tag kehrte Mr. Parton von einer Fahrt nach Albany zurück. In der Woche darauf schickte man Emily mit dem Erlös aus dem Verkauf ihrer Familienfarm auf eine Konfessionsschule in Rochester. Niemand kam sie je besuchen. Während der Ferien blieb sie als einziges Mädchen in der Schule. Selten verließ sie den Schulhof. Bei Ausflügen bemühte sie sich, sich möglichst mitten in der Gruppe zu verstecken. Trotzdem gelang es ihr nicht, sich den Blicken der Männer zu entziehen. Sie sahen sie an, wie ihr Stiefvater oder die Parton-Söhne es getan hatten.

Einmal näherte sich ihr während eines Schulbesuchs im Museum ein junger Mann. Er war sehr höflich, verbeugte sich und sagte: «Miss, darf ich mir erlauben, Ihnen zu sagen, dass Ihre Schönheit die Schätze dieser Sammlung in den Schatten stellt.» Als sie flüchtete, wirkte er überrascht. Sie wusste, was es war. Ihn traf keine Schuld. Keinen von ihnen. Die Schuld lag einzig und allein bei ihr. Irgendetwas hatte sie an sich, das Männer ihre Hemmungen vergessen ließ.

Lag es tatsächlich an der Schönheit, wie sie stets beteuerten? Mary Ellen war viel schöner als sie. Darin waren sich alle Mädchen einig. Auch die Männer hielten sie für schön und beachteten sie sehr. Nur nicht, wenn Emily dabei war. Dann hatten sie nur noch Augen für sie.

Mary Ellen konnte Emily nicht leiden. Keines der Mädchen tat das. Wenn es nicht den Schulleiter, Mr. Cromwell, gegeben hätte, wäre ihr Schulleben eine einzige Tortur gewesen. Er beschützte sie kraft seiner einschüchternden Persönlichkeit und der Worte der Propheten.

«Und denke keiner wider seinen Bruder etwas Arges in seinem Herzen», pflegte er zu sagen, wobei seine furchterregenden Augen hervortraten.

«Amen», antworteten dann die Mädchen.

«Wolf und Lamm sollen weiden zugleich, der Löwe wird Stroh fressen wie ein Rind.»

«Amen.»

«Du sollst deinen Nächsten lieben wie dich selbst.»

«Amen.»

«Mary Ellen.»

«Ja, Herr Rektor?»

«Ich habe dich nicht gehört.»

«Ich habe ‹Amen› gesagt, Herr Rektor.»

«Mit meinen Ohren habe ich dich vernommen, aber nicht in meinem Herzen. Sprich es mit deiner ganzen Seele, Mädchen. Dieses Wort, wahrhaftig ausgesprochen, ist deine Rettung! Wenn du es aber nur wie ein hohles Ding daherplapperst, führt es dich zu ewiger Verdammnis!» Immer lauter wurde seine Stimme, die Adern auf seiner Stirn und im Nacken schwollen an, und er fuchtelte mit den Armen herum wie ein Racheengel. «Mary Ellen, sprich ‹Amen›!»

«Amen, Herr Rektor! Amen!»

«Hat ihn nicht auch der gemacht, der mich im Mutterleibe machte?!»

«Amen!», antworteten die Mädchen. Auch ihre Stimmen klangen nun fanatischer.

«Haben wir nicht alle einen Vater? Hat uns nicht ein Gott erschaffen?!»

«Amen!»

«Siehe, wie fein und lieblich ist's, dass Brüder einträchtig beieinander wohnen!»

«Amen!»

Mr. Cromwell stand nie zu nahe neben ihr. Nie versuchte er, sie zu berühren. Nie sagte er ihr, sie sei schön. Nie schaute er sie so an wie andere Männer. Nur seine Augen traten hervor, und seine Adern schwollen an, wie sie es immer taten, wenn er an die Worte der Propheten dachte. Er war der einzige Mann, dem sie vertraute, weil er der Einzige war, der sie nicht begehrte.

Mr. Cromwell hatte sie an jenem Tag im Museum gesucht, nachdem sie vor dem Kompliment des Fremden geflohen war. Er fand sie zusammengekauert in einer Ecke, unter einer Vitrine mit Artefakten aus irgendeinem weit entfernten, asiatischen Land.

«Steh auf, Kind, steh auf.»

Er versuchte nicht, sie mit Gewalt dazu zu bringen aufzustehen. Als sie noch eine Weile in ihrer hockenden Stellung verharrte, wandte er seine Aufmerksamkeit den Ausstellungsstücken zu.

«Japan», sagte er, «ein heidnisches Land voller Mörder, Götzendiener und Sodomiten.» Der Ton seiner Stimme überraschte sie. Seine strengen Worte klangen eher liebevoll als verdammend. «Sie sind reif für die Bekehrung, Emily, bereit, das Wahre Wort zu hören. Ich weiß, dass sie es sind. Ich will den Namen des Herrn preisen. Gebt unserm Gott allein die Ehre!» Abwartend blickte er auf sie hinunter.

«Amen», sagte sie.

«Höret, ihr Heiden, des Herrn Wort, und verkündigt 's ferne in die Inseln.»

«Amen.»

«Das sind jene fernen Inseln, von denen das Alte Testament

spricht. Die Inseln Japans. Sie sind weiter weg als alle anderen.»

Emily stand auf und trat ängstlich neben ihn. An der Wand hing eine Karte, allerdings nicht von Ländern, sondern vom großen Pazifischen Ozean. Dort lagen ganz weit links, am Rande des Wassers, vier größere und viele kleinere Inseln. An ihren Ostküsten stand in Großbuchstaben das Wort «Japan».

«Zweieinhalb Jahrhunderte hatte sich dieses Königreich abgeschottet», sagte Mr. Cromwell, «bis Flottenadmiral Perry vor fünf Jahren die Öffnung seiner Pforten erzwang. Unser eigener Pfarrer Tuttle hat dort, unter dem Schutz eines ihrer Kriegsherrn, ein Missionshaus eröffnet. Nächstes Jahr werde ich geweiht und ihm nachfolgen, um ein zweites zu bauen.»

«Sie verlassen Rochester?» Emily sank der Mut.

«Denn mein Name soll herrlich werden unter den Heiden, spricht der Herr Zebaoth.» Als von Emily kein Amen zu hören war, warf ihr Mr. Cromwell einen strafenden Blick zu.

«Amen», flüsterte Emily. Ohne Mr. Cromwell finge alles wieder von vorne an. Die Feindseligkeit der Mädchen könnte sie ertragen, deren Grausamkeiten waren belanglos. Aber die Männer. Wer würde sie in Schach halten, wenn er nicht mehr da wäre?

Normalerweise ließ Mr. Cromwell ein derart mattes Amen nicht ungetadelt durchgehen. Vielleicht veranlasste ihn Emilys offensichtliche Seelenqual, diesmal eine Ausnahme zu machen. Vor einer Reihe kolorierter Daguerreotypien hielt er inne.

«Das sind die Damen dieses Landes», erklärte er.

Mit tränennassen Augen sah Emily Gestalten, die an zierliche Porzellanpuppen erinnerten. Die Haare hatten sie zu kunstvollen Frisuren aufgesteckt, dazu trugen sie Gewänder mit weiten Ärmeln und breiten Schärpen, die ihren Oberkörper flach drückten. Mandelförmige Augen blickten aus kindlich-runden, flachen Gesichtern.

Emily deutete auf eine dieser Damen, deren leicht lächelnder Mund eine dunkle, zahnlose Höhle entblößte. «Sie hat keine Zähne, Herr Rektor.»

«Nicht ganz, Emily. Die feinen Damen dort schwärzen sich die Zähne.»

Sie schaute auf das Schild, wo die Daguerreotypien erklärt wurden. «Berühmte Schönheiten der Stadt Yokohama», stand darauf. Als sie sich wieder zu Mr. Cromwell umwandte, sah sie, wie er sie anstarrte.

«In Japan würde man dich bestenfalls für reizlos halten», sagte Mr. Cromwell, «wahrscheinlich sogar für ausgesprochen abstoßend. Deine goldenen Haare, die blauen Augen, deine Größe, deine ganze Figur.»

Emily starrte die Frauen an, ihre schmalen Augen, die geschwärzten Zähne, die schmalen Körper, die keine jener grotesk weiblichen Rundungen aufwiesen, mit denen sie geschlagen war. Mr. Cromwell hatte Recht. Zwei Frauen konnten einander nicht unähnlicher sein als Emily und eine dieser Schönheiten aus Yokohama.

«Nehmen Sie mich mit», sagte Emily, die nicht wusste, was sie mehr überraschte: ihre plötzliche Bitte oder Mr. Cromwells gelassene Reaktion.

«Darüber habe ich bereits nachgedacht», sagte er und nickte. «Uns beide hat eine Bestimmung zusammengeführt, dich und mich. Und diese Bestimmung heißt Japan, glaube ich. Wir werden das Wahre Wort weitertragen und mit unserer eigenen Existenz Zeugnis dafür ablegen. Sollte dies wahrhaftig dein Wunsch sein, werde ich umgehend deinem Vormund schreiben.»

«Es ist wahrhaftig mein Wunsch, Herr Rektor», sagte Emily.

«Außerhalb des Klassenzimmers solltest du mich Zephaniah nennen», sagte Mr. Cromwell. «Es wirkt außerordentlich distanziert, wenn eine Verlobte ihren zukünftigen Ehemann mit ‹Herr Rektor› anspricht.»

Und so geschah es auch. Unbewusst hatte sie sich zur Braut gemacht. Mr. und Mrs. Parton gaben bereitwillig ihre Zustimmung. Emily und Zephaniah kamen überein, in dem neuen Missionshaus zu heiraten, das sie eigenhändig im Fürstentum Akaoka erbauen wollten. Obwohl sie nie an Heirat gedacht hatte, beunruhigte sie die baldige Aussicht darauf nicht im Geringsten. Eine andere Möglichkeit, nach Japan zu kommen, gab es für sie nicht. Die Verlobung, die Reise, das Reiseziel wurden zu ihrer einzigen Hoffnung: der Hoffnung, dem Fluch ihrer Schönheit zu entfliehen.

Als die «Stern von Bethlehem» von San Francisco aus nach Westen segelte, waren es noch zwei Monate bis zu ihrem siebzehnten Geburtstag. Nur drei Dinge nahm sie mit: die *Ivanhoe*-Ausgabe ihrer Mutter, deren Medaillon und die Erinnerungen an die Vergangenheit.

Emily war enttäuscht, als sie hörte, wie Bruder Matthews Schritte leiser wurden. Sie hatte gedacht, er würde ihr vielleicht Gesellschaft leisten. Das Gespräch mit Zephaniah wurde von langen Perioden des Schweigens unterbrochen, während derer er immer wieder schlief. Wenn er, wie jetzt, bewusstlos war, gab es nichts, was sie von der Hoffnungslosigkeit ihrer Situation ablenkte. Dieser Mann hätte ihr Ehemann werden sollen. Seinetwegen befand sie sich in diesem fremden Land, wo auf wunderbare Weise alles darauf hindeutete, dass sie hier den erflehten Ort ihrer Erlösung finden würde. Während ihres fünftägigen Aufenthalts in diesem Palast hatte sie kein einziger Mann mit dem von ihr so gefürchteten Blick angesehen. In jedem Gesicht, ob männlich oder weiblich, das irgendeine Gefühlsregung zeigte, sah sie lediglich Verachtung, Mitleid oder Abscheu. Es war, wie Zephaniah versprochen hatte: Alle fanden sie abstoßend.

Und doch sprach alles dafür, dass sie diesen sicheren Hafen nun wieder verlieren würde. Mit Zephaniahs Hinscheiden würde auch sie gehen müssen. Zurück nach Amerika.

Diese Aussicht war schrecklich. Sie hätte dort keinen Ort, wohin sie gehen könnte, denn als Heimat betrachtete sie dieses Land nicht. Eine Rückkehr ins Missionshaus in San Francisco kam nicht in Frage. Während der letzten Wochen vor der Abfahrt war die Situation dort für sie zunehmend gefährlicher geworden. Von einem Dutzend neuer Missionare aus Boston, die sich auf einen Posten in China vorbereiteten, interessierten sich gleich mehrere für sie. Anfänglich wahrte man noch höflich den Schein, aber schon bald wurde sie in den Gängen, im Speisesaal und auf dem Weg zur Kapelle angerempelt, berührt oder gar bedrängt. Weder die Gebote des Wahren Wortes noch ihre Verlobung mit Zephaniah oder ihr abweisendes Verhalten boten ausreichend Schutz.

Zephaniah seufzte im Schlaf. Sie ergriff seine Hand und drückte sie sanft. Das Lächeln, das sie ihm schenkte, hielt ihre Tränen zurück.

«Gesegnet seist du, Zephaniah. Du hast dein Bestes getan. Mehr kann keiner tun.»

6

Fürst Genjis Tod

In jenem Jahr erfror Fürst Shayo im Winter auf eisiger See. Ein von Frühlingsblüten überreicher Ast erschlug seinen Nachfolger, Fürst Ryoto. Der nächste Erbe, Fürst Moritake, fiel einem Sommergewitter zum Opfer. Danach wurde Koseki Herr über das Fürstentum.
Er sagte: «Gegen das Wetter kann ich nichts ausrichten.»
Während der frühen Herbstregen ließ er seine gesamte Leibwache hinrichten, schickte alle Konkubinen ins Kloster, verbannte die Köche, heiratete die Tochter des Stallmeisters und erklärte dem Shogun den Krieg.
Fürst Koseki herrschte achtunddreißig Jahre.

SUZUME-NO-KUMO (1397)

Sohaku hatte alle Argumente und Sorgen hinter sich gelassen. Als Genji darum bat, mit Shigeru in der Meditationshütte des Abtes allein gelassen zu werden, sagte Sohaku «Fürst», verbeugte sich und zog sich zurück. Die unvermeidliche Katastrophe gab ihm einen inneren Frieden, wie es sechs Monate Zen nicht vermocht hatten. An einem Ort, wo Generationen von Mönchen Satori, die höchste Stufe der Erleuchtung, erreicht hatten, entschieden ein unerfahrener Knabe und ein wahnsinniger Mörder über die Zukunft des Okumichi-Clans. Vielleicht würden beide lebend wieder herauskommen, vielleicht aber auch nicht. Möglicherweise überlebten sie noch den heutigen und den morgigen Tag und auch den danach, aber eines Tages würden Genji und Shigeru sterben. Bald. Das schien sicher, und das Einzige, was noch nicht feststand, waren das Wie und durch wessen Hand.

Sohaku spürte eine befremdliche Kälte in den Gliedern, als er sich von der Meditationshütte entfernte. Gewiss waren das die ersten Anzeichen einer Erkrankung, vermutlich sogar einer schweren. Diese Möglichkeit ließ ihn lächeln. Was wäre die passende physische Metapher für diese trostlose Situation? Vielleicht die Cholera, ein Wiederaufflammen jener Epidemie, die vor wenigen Monaten die Nachbardörfer heimgesucht hatte. Nein, etwas weit Schlimmeres. Die Beulenpest? Dann wurde ihm klar, worin dieses Befremdliche lag und warum es die Hitze aus seinem Körper gesogen hatte.

Zum ersten Mal schritt er völlig lautlos über die kleinen Steine auf dem Weg. Unbewusst gelang ihm ein Kunststück, an dem bisher selbst der Geschickteste seiner Samurai gescheitert war. Sein Körper hatte das vor seinem Verstand erkannt, und mit diesem Bewusstwerden war ihm eine noch tiefere Erkenntnis bis ins Mark gedrungen. Sohaku sah einen möglichen Attentäter, an den er nie vorher gedacht hatte, nämlich sich selbst.

Sollte der Okumichi-Clan dem Untergang geweiht sein, was er mit Sicherheit war, dann wäre er in erster Linie für das Überleben seiner eigenen Familie verantwortlich. Wenn er nicht Vasall eines anderen Fürsten werden konnte, würden er und seine Nachkommen mit allen anderen ausgelöscht, die an ihrer Treue festhielten. Sohaku erwog alle Möglichkeiten. Der einzige Fürst, der in diesen unsicheren Zeiten einen reibungslosen Wechsel garantieren konnte, war der Shogun oder, besser gesagt, seine Gefolgschaft. Der augenblickliche Amtsinhaber Iemochi war ein kränklicher vierzehnjähriger Knabe. Kontakt konnte man nur mit einer einzigen Person aufnehmen: mit Kawakami, dem führenden Kopf der Geheimpolizei.

Doch zuvor musste er sich noch seiner eigenen Männer vergewissern. Auf welche könnte er sich verlassen? Wen würde er beseitigen müssen? Und was war mit seinen alten Kameraden in Edo, mit Saiki und Kudo? Bei der ersten Gelegenheit würde er sie aushorchen. Wenn sie sich ihm anschließen würden, wäre die Gefahr weitaus geringer.

Unter der Führung von Fürst Kiyori wäre er nie auf solche Gedanken gekommen, aber der listige alte Krieger war tot.

Wie in einer Vision sah Sohaku die Zukunft klar vor sich. Saiki und Kudo würden sich auf seine Seite schlagen oder – sterben.

Beim nächsten Schritt trat er mit seinem ganzen Gewicht auf die Steine, so dass sie auseinander stoben. Er hörte es nicht, denn er befand sich in Gedanken bei den vielen Möglichkeiten, welche die Zukunft bot.

Nachdem er Fürst Genji und Shigeru Tee eingeschenkt hatte, verbeugte sich Hidé und begann, sich rücklings aus der Meditationshütte des Abtes zu entfernen. Er hielt es für keine sehr gute Idee, dass sein Fürst mit Shigeru allein blieb, besonders da dieser jetzt wieder bewaffnet war. Selbstverständlich könnte Shigeru auch ohne ein Schwert Fürst Genji überwältigen. Nicht zum ersten Mal kam er ins Grübeln. Was war der junge Fürst? Leichtsinnig und impulsiv oder hoch intelligent und entschlossen? Innerhalb einer einzigen Stunde hatte Shigeru eine unglaubliche Verwandlung durchgemacht. Jetzt verhielt er sich wieder so, wie es dem obersten Lehrer des Clans in Kampfkünsten gebührte. Wie war es dazu gekommen? Soweit Hidé das beurteilen konnte, hatte sich nur eines geändert: Fürst Genji war angekommen und hatte ihm seine Schwerter zurückgegeben. Einem einfachen Menschen wie ihm, der nur über einen bescheidenen Horizont verfügte, fiel es schwer, der Sache auf den Grund zu gehen. Eigentlich war er nur zu einer einzigen Entscheidung wirklich fähig: wem er gehorchen sollte. Und das tat er dann ohne Hinterfragen. Seit dem Tod des alten Fürsten war Hidé dieses Problem kaum jemals aus dem Kopf gegangen. In wessen Händen lag nun tatsächlich die Führung des Clans? Beim Kammerherrn Saiki? Bei Kudo, dem Oberbefehlshaber der Garde? Beim Hauptmann der Reiterei, Sohaku? Oder vielleicht doch beim jungen Fürsten? Letzteres erschien ihm unwahrscheinlich. Sicher war er nur eine Symbolfigur. Und doch saß er hier mit einem Mann zusammen, der vor nicht allzu langer Zeit ein Dutzend Verwandte abgeschlachtet hatte. Oberflächlich betrachtet sprach sein Verhalten für ausgesprochen schlechte Menschenkenntnis. Nur unter ganz bestimmten Umständen wäre gute Menschenkenntnis im Spiel: wenn Fürst Genji tatsächlich wüsste, was passierte, denn dann ginge er keinerlei Risiko ein. Und wenn dem so wäre, müsste man zweifellos ihm folgen, denn wer wäre schon einem Großfürsten mit mystischem Weitblick überlegen?

«Bleib ein wenig bei uns», bat Fürst Genji und deutete auf eine Teeschale.

Nach einer tiefen Verbeugung nahm Hidé die Schale vom Tablett und verharrte gebückt, während Fürst Genji einschenkte. Der Fürst höchstpersönlich goss ihm Tee ein. Erstaunlich. Nur dem innersten Kreis seiner Gefährten wurde eine derart intime Geste zuteil.

«Seid bedankt, mein Fürst.»

«Du hast dich auf unserer Reise hierher mustergültig verhalten», sagte Fürst Genji. «Dein Talent und dein Mut haben mich beeindruckt. Am meisten aber hat mir deine Entschlossenheit imponiert. In diesen unsicheren Zeiten ist ein Samurai, der nicht zaudert, ein wirklicher Samurai.»

«Ich bin eines solchen Lobes nicht würdig», erwiderte Hidé unter erneuter Verbeugung. Trotz seiner bescheidenen Worte konnte er nicht verhindern, dass sich in seiner Brust ein Gefühl von Stolz ausbreitete.

«Diese Bemerkung steht dir nicht zu», sagte Shigeru. «Wenn dein Fürst spricht, gibt es für dich nur eines: Schweigen, Dank, Entschuldigung oder Gehorchen, je nach Situation. Sonst nichts.»

«Jawohl, Herr. Vergebt meine Unhöflichkeit, Fürst Genji. Ich passe besser in die Ställe als in Eure Gegenwart.»

Shigeru schlug mit solcher Wucht auf den Boden, dass die Hüttenwände bebten. «Was habe ich soeben gesagt? Dank, Entschuldigung, Schweigen, Gehorsam. Hast du nicht gehört? Von großspurigen Entschuldigungen war nicht die Rede. Entschuldige dich nie. Niemals. Verstehst du?»

«Ja, Herr.» Der gescholtene Hidé presste die Stirn auf den Boden.

Fürst Genji lachte. «Onkel, so förmlich müssen wir doch nicht sein. Schließlich sind wir nur drei Kameraden, die miteinander Tee trinken und Zukunftspläne besprechen.»

Schlurfende Schritte näherten sich rasch der Tür.

«Fürst», sagte eine angespannte Stimme, «ist alles in Ordnung?» Der laute Schlag hatte zweifelsohne die versammelte Mannschaft dazu veranlasst, mit gezückten Schwertern vor die Tür zu eilen.

«Ja, ja. Warum auch nicht? Lasst uns in Ruhe.»

«Jawohl, Fürst.»

Fürst Genji wartete, bis die Schritte verklungen waren, ehe er fortfuhr.

«Wie gesagt, deine Taten haben mich zu einer Entscheidung veranlasst.» Streng musterte er Hidé und schwieg, bis Hidé allmählich unsicher wurde. Erwartete man von ihm eine Reaktion? Wenn ja, Dank oder eine Entschuldigung? In der Hoffnung auf irgendeinen Hinweis warf er Shigeru verstohlen einen Blick zu, doch der furchteinflößende Onkel des jungen Fürsten saß wie eine Statue da und hatte die Augen wie beim Meditieren geschlossen. Gerade wollte Hidé den Mund öffnen und sich bedanken, da hob Fürst Genji erneut an und ersparte ihm damit einen weiteren Fehler. «Du hast zweifelsohne gehört, was man sich über mein angebliches zweites Gesicht erzählt.»

«Ja, Fürst.»

«Was ich jetzt sage, darfst du nie einem anderen preisgeben.»

«Ja, Fürst.»

«Es ist wahr.»

Urplötzlich füllte sich Hidés Lunge mit eiskalter Winterluft. Er brachte kein Wort mehr heraus. Dass Fürst Genji in die Zukunft sehen konnte, war nicht sonderlich erschreckend. Die meisten Männer, darunter auch Hidé, vertraten die Ansicht, dass diese Gabe jeder Fürst von Akaoka besaß. Wie bei allen anderen war auch sein Vertrauen schwer erschüttert worden, als Shigeru Fürst Kiyori vergiftet und anschließend weitergewütet hatte. Wer würde eine solche Tragödie zulassen, wenn er sie vorhersehen könnte? Sein Freund Shimoda hatte darauf hingewiesen, keiner wisse, was Fürst Kiyori sonst noch gesehen habe. Damit hatte er die Stimmung wieder zugunsten des zweiten Gesichts beeinflusst. Vielleicht waren die Alternativen noch viel schlimmer gewesen, auch wenn man sich das kaum vorstellen konnte. Außerdem, verwandelten sich die schlimmsten Katastrophen nicht oft tatsächlich in die größten Triumphe? Man musste doch nur sechshundert Jahre zurückdenken an die Gründung des Fürstentums Akaoka im Zeichen der Spatzen. Nein, Hidé überraschte etwas ganz anderes: dass der Fürst das meistgehütete Geheimnis des Clans *ihm* mitteilte, einem seiner niedrigsten Diener.

Endlich atmete er aus. Die Enthüllung hatte ihn so überrascht, dass er sich nicht einmal seines lauten Atems schämte. Hidé verbeugte sich ganz tief. «Fürst Genji, Euer Vertrauen ehrt mich. Ich werde Euch nicht enttäuschen.»

«Das weiß ich, Hidé, denn ich habe deine Zukunft gesehen.»

Hidé schwankte in der Hocke. Lediglich seine durch lebenslängliches Einüben der Kampfkünste erworbene Disziplin verhinderte, dass er vornüberfiel.

«Du wirst mir bis zum Tode treu ergeben sein», fuhr Fürst Genji fort. «Da ich weiß, dass es keinen Vertrauenswürdigeren gibt als dich, ernenne ich dich zum Hauptmann meiner Leibwache. Nachdem mein Onkel und ich einige andere Dinge besprochen haben, werde ich dies vor der Versammlung verkünden. In der Zwischenzeit überlege dir, wen du zu deinen beiden Stellvertretern wählst. Sie werden dir beim Aussuchen deiner restlichen Männer behilflich sein.»

Hidé spürte, wie ihn seine Gefühle überwältigten und ihm die Brust zusammenschnürten. In dieser äußerst gefährlichen Zeit, wo die Geschicke der Nation und des Clans auf dem Spiel standen, hatte ihn sein Fürst unter Dutzenden älteren Dienern, die mehr geleistet hatten, zu seinem Schutzschild auserwählt! Ihn, Hidé, den Hanswurst, den Spieler, den Trunkenbold. Er konnte sich nicht mehr beherrschen. Tränen der Dankbarkeit rannen in Strömen über seine Wangen und auf die Matte.

«Seid bedankt, Fürst Genji.»

Benommen verließ Hidé die Meditationshütte und nahm seinen Platz unter den anderen Samurai ein, die auf Fürst Genjis Erscheinen warteten. Er lächelte nicht und scherzte auch nicht mit seinen Gefährten, was für ihn ganz ungewöhnlich war. Wie hatte sich doch sein Leben binnen einer Stunde verändert. Unerwartet, plötzlich und unwiderruflich.

Getreu bis in den Tod.

Am meisten hatte Hidé immer befürchtet, er könnte in einer schwierigen Situation die falsche Entscheidung treffen und seinen Fürsten verraten, nicht aus Feigheit, sondern aus Dummheit. Jetzt war diese Angst verschwunden. Das garantierte Fürst Genji, der die Zukunft vorhersah. Getreu bis in den Tod würde er sein. Er konnte förmlich spüren, wie ihn allein diese Gewissheit stärker und zuverlässiger machte.

«Du warst aber lange drinnen», stellte Shimoda fest. «Was wollten sie denn?»

«Es obliegt mir nicht, dies mitzuteilen», erwiderte Hidé. Als er sich wieder auf sein Inneres konzentrierte, wusste er, dass er seinen ersten Stellvertreter gefunden hatte. Mit einem Schwert konnte Shimoda zwar nur leidlich umgehen, und im unbewaffneten Zweikampf bot er eine geradezu lächerliche Figur, aber keiner im Clan war ein besserer Schütze, ob mit Bogen, Muskete oder Pistole, ob im Stehen oder von einem Pferd aus. Und eines war genauso wichtig. Er war durch und durch ehrlich. Wenn er sein Wort gab, hielt er es, und sollte es ihn sein Leben kosten.

Hidés Zurückhaltung wunderte Shimoda, noch mehr aber sein ernstes Benehmen. Was war in der Meditationshütte vorgefallen? Sein sorgloser Freund schien gänzlich verändert.

«Also, was gibt's?» Taro setzte sich neben Shimoda und rieb

sich die frisch nachgewachsenen Haarstoppeln auf dem Kopf. Das juckte. Wie die übrigen Mönche auf Zeit hatte auch er sofort aufgehört, sich den Kopf zu rasieren, als bekannt wurde, dass man Fürst Genji ins Kloster holen wollte. Alle trugen wieder ihre früheren Gewänder und ihre zwei Schwerter in der Schärpe. Nur an den noch kaum vorhandenen Haaren waren die ehemaligen Mönche als solche zu erkennen. Ein Umstand, für den sie sich bei ihrer Rückkehr nach Edo schämen würden. Die kunstvolle Frisur eines Samurai war ein wichtiger Bestandteil seines äußeren Erscheinungsbildes. Aber dagegen konnte man nichts machen. Manchmal war es notwendig, das Unerträgliche zu ertragen. Wieder kratzte sich Taro den Kopf. «Was hat dir Hidé erzählt?»

«Nichts», antwortete Shimoda gereizt.

Taro war enttäuscht. «Ich dachte, wir wären Freunde. Wenn er's dir erzählt hat, solltest du das auch tun.»

«Ich sag's dir doch», sagte Shimoda. «Nichts hat er erzählt.»

«Wirklich?» Taro schaute an Shimoda vorbei auf Hidé und sah einen Samurai, still wie ein steinerner Buddha, kerzengerade und mit halb geschlossenen Augen dasitzen. Er musste zweimal hinschauen, um sicher zu sein, dass es sich tatsächlich um Hidé handelte.

Genji lächelte Shigeru an. «Willst du mich denn nicht fragen?»

«Was denn?»

«Das Naheliegendste.»

«Gut», sagte Shigeru. «Warum hast du zu Hidé solche Dinge gesagt?»

«Weil es wahr ist?»

Beide lachten.

Shigeru wurde sofort wieder ernst und erklärte: «Meiner Ansicht nach hast du einen Fehler gemacht. Hidé ist ein Leichtfuß. Allen, die mit ihm ihren Dienst begonnen haben, wurden längst größere Aufgaben übertragen. Er ist der Einzige, der immer noch mit zehn Jahre Jüngeren auf einer Rangstufe steht. Außerdem wird seine Ernennung Sohaku beleidigen. Er war der oberste Leibwächter meines Vaters und erwartet zweifellos, dies auch weiterhin bei dir zu sein.»

«Deine Wort sind sehr weise, Onkel», entgegnete Genji, «was man angesichts der Tatsache, dass du vor noch nicht einmal einer Stunde nackt und von Kopf bis Fuß mit deinem eigenen Kot bedeckt warst und Grimassen wie ein dressierter Affe geschnitten hast, erstaunlich finden könnte. Wie ist eine solch plötzliche Verwandlung möglich? Darf man ihr trauen? Was würdest du mir raten?»

Shigeru wurde rot und starrte zu Boden.

«Nun, damit können wir uns auch später beschäftigen. Ich habe diesbezüglich ein paar Gedanken, die ich dir mitteilen möchte. Vielleicht findest du sie nützlich. Was Hidé betrifft, so hast du, was sein bisheriges Verhalten anbelangt, sicher Recht. Zweifelsohne würden viele in seiner Situation unter der Last einer derart großen Verantwortung zusammenbrechen. Trotzdem glaube ich, dass bei diesem Mann das Gegenteil der Fall ist.»

Shigeru warf Genji einen fragenden Blick zu. «Das glaubst du? Du weißt es nicht?»

«Warum sollte ich das?»

«In jeder Generation unserer Familie erbt ein Mitglied den Fluch des zweiten Gesichts. Mein Vater in seiner, ich in meiner, und du musst es in deiner sein. Sonst gibt es niemanden.»

«Jetzt gibt es niemanden mehr», entgegnete Genji. «Es gab aber einmal drei: deine Kinder – mein Cousin und meine Cousinen. Möglich, dass eines die Gabe geerbt hatte.»

Shigeru versuchte, nicht daran zu denken, wie er sie das letzte Mal gesehen hatte. Er schüttelte den Kopf. «Sie waren verschont. Sie wussten nicht mehr als das, was unmittelbar vor ihnen und in ihren normalen Kinderträumen geschah.»

Genji sagte: «Mein Vater war ein opiumsüchtiger Trunkenbold. Er hätte leicht Bastardkinder in die Welt setzen können, von denen er nichts wusste.»

Wieder schüttelte Shigeru den Kopf. «Er hat Alkohol und Opium in großen Mengen zu sich genommen, was sich auf sexuelles Begehren sehr dämpfend auswirkt. Es ist schon bemerkenswert, dass er dich gezeugt hat.» Shigeru lachelte mit traurigen Augen. «Es hat keinen Sinn, es zu leugnen. Du bist ein Wissender.»

«Bist du sicher, dass es nicht noch andere gibt?», fragte Genji. «Großvater war doch ein echter Mann, nicht? Könntest du nicht unbekannte Brüder oder Schwestern haben? Und die wiederum eigene Kinder?»

«Mein Vater war ein echter Mann, ja, aber auch ein sehr vorsichtiger. Er hätte diesen Fluch nie über die Familie hinausgetragen.»

«Du sagst ständig ‹Fluch›. Normalerweise betrachtet man das als Gabe.»

«Siehst du es so?»

Seufzend lehnte sich Genji auf seine Armstütze. «Großvater besaß sie und war nicht glücklich. Mein Vater besaß sie nicht, und das hat ihn zerstört. Und du, schau, was sie dir angetan hat. Nein, du hast Recht, eine Gabe ist es nicht. Ich hatte gehofft, ein anderer würde diese Last tragen – und tu's noch immer.»

«Das verstehe ich nicht», sagte Shigeru. «Wenn du sie hast, dann weißt du das auch. Dagegen bist du machtlos. Wie kannst du dir auch nur die geringste Hoffnung machen, dem zu entfliehen?»

«Großvater hat mir erzählt, dass ich sie besitze», sagte Genji. «Darüber hinaus habe ich keinen sicheren Beweis.»

«Du hast noch keine Visionen gehabt?»

«Hoffentlich nicht», antwortete Genji.

Sie spazierten gerade auf der Suche nach Shiitakepilzen, die auf der beschatteten Rinde von uralten immergrünen Bäumen wuchsen, durch die tiefen Wälder rings um die Burg, da erzählte ihm Großvater davon.

«Ich will das nicht», sagte Genji. «Gib es einem anderen.»

Trotz aller Bemühung gelang es Großvater nicht, seine strenge Miene beizubehalten. Genji sah den alten Mann zwinkern, ein sicheres Zeichen dafür, dass er sich amüsierte.

«Du redest daher wie ein Kleinkind», sagte Großvater. «Das hat doch nichts mit Wollen oder Nichtwollen zu tun.»

«Trotzdem will ich's nicht», erwiderte Genji. «Wenn's mein Vater nicht haben kann, dann gib es Onkel Shigeru.»

«Geben oder Verweigern liegen nicht in meiner Macht», sagte Großvater, «andernfalls …» Genji wartete, aber Großvater beendete den Satz nicht. Auch das Funkeln in seinen Augen war erloschen. «Shigeru hat es bereits. Und auch du wirst dem nicht entkommen.»

«Wenn es schon der Onkel hat, warum muss ich's dann auch noch bekommen? Ich dachte, es sollte nur immer einer von uns gleichzeitig haben.»

«Einer in jeder Generation», erklärte Großvater. «Ich in meiner, Shigeru in seiner und du in deiner.»

Genji ließ sich ins Gras fallen und fing zu weinen an. «Warum, Großvater? Was haben unsere Ahnen falsch gemacht?»

Großvater setzte sich neben ihn und legte ihm den Arm um die Schultern. Diese Berührung überraschte Genji, denn meist zeigte Großvater wenig Gefühle.

«Dafür ist ein Ahne verantwortlich», antwortete Großvater. «Wir anderen sind nur Erben seines Karmas. Hironobu.»

Genji fuhr sich mit dem Ärmel übers Gesicht, wischte die Tränen ab und schniefte. «Hironobu ist unser Urahne. Als er sechs Jahre alt war, hat er das Fürstentum Akaoka gegründet. Ich werde morgen sechs.»

«Jawohl, Fürst Genji.» Großvater verbeugte sich vor ihm.

Genji lachte über die gespielte Förmlichkeit. Rasch waren die Tränen vergessen. «Was hat Hironobu denn gemacht? Ich dachte, er war ein großer Held.»

«Kein Leben schließt alle Möglichkeiten aus.» Großvater sagte oft Dinge, die Genji nicht verstand. So wie auch jetzt wieder. «Unentwegt wiederholen sich Geburt und Tod. Einige Wiedergeburten blieben besser ungeschehen, doch das wissen wir erst, wenn es zu spät ist. Hironobu hat sich in die falsche Frau verliebt. In die Enkelin einer Hexe.»

«Die Fürstin Shizuka? Ich dachte, sie war eine Prinzessin.» Großvater lächelte und wiederholte den Satz von vorhin. «Kein Leben schließt alle Möglichkeiten aus.» Auch die Wiederholung half Genji nicht weiter, er begriff noch immer nichts. «Sie war eine Prinzessin und die Enkelin einer Hexe. Wäre sie in dem Kloster geblieben, wo sie hingehörte, hätte sie keine Nachkommen geboren. Dann hätte nie ein Okumichi auch nur eine einzige Vision gehabt, eine Prophezeiung ausgesprochen oder unter dem Wissen zukünftiger Ereignisse gelitten. Natürlich gäbe es dann vielleicht auch keinen Okumichi-Clan mehr. Visionen haben uns immer wieder gerettet. Gut und Böse sind in der Tat nicht zwei verschiedene Dinge.»

Großvater verbeugte sich in Richtung des Urnengrabs der Familie, das sich im Nordostturm von Burg Spatzenwolke befand. Obwohl man es im Wald von dieser Stelle aus nicht sehen konnte, wussten beide, wo es lag. Im Fall eines Angriffs mussten sie das auch. Respektvoll folgte Genji seinem Beispiel.

«Großvater, wenn sie eine Hexe war, warum verbeugen wir uns dann vor ihr? Wäre es nicht besser, wenn wir ihre Asche in alle vier Winde verstreuten und sie aus dem Gedächtnis tilgten?»

«Dann wäre sie überall, so aber wissen wir, wo sie sich befindet. Sicher in einer Urne gefangen und Tag und Nacht von furchtlosen Kriegern bewacht.»

Genji rückte ein wenig näher an den Großvater heran und ergriff schnell seine Hand. Im Wald waren die Schatten plötzlich länger geworden.

Großvater lachte. «Gen-chan, ich mache doch nur Spaß. Gespenster, Dämonen oder unsichtbare Geister gibt es gar nicht. Fürstin Shizuka, die Hexenprinzessin, ist seit sechshundert Jahren tot. Hab keine Angst vor ihr. Fürchte dich stattdessen vor den Lebenden, sie sind die einzige Gefahr.»

«Dann bin ich ja froh, dass ich die Gabe habe», meinte Genji, der Großvaters Hand noch immer ganz fest hielt. «Dann werde ich wissen, wer meine Feinde sind, und kann sie alle töten, bevor sie mir etwas zuleide tun.»

«Töten führt zu neuem Töten», sagte Großvater, «ändert aber sonst recht wenig. Damit wirst du dich nicht schützen können.»

«Wozu ist dann das Wissen gut?», fragte Genji schmollend.

«Genji, hör mir gut zu. Hier geht es nicht um das, was nützt oder nicht nützt, um Gut oder Böse, um freiwillig oder unfreiwillig. Das sind alles nur Umschreibungen. Bemühe dich zu verstehen, was ich meine. Ob Gabe oder Fluch, gewollt oder ungewollt – du besitzt es. Das kannst du genauso wenig ignorieren wie deinen eigenen Kopf. Entweder du benutzt es, oder es wird dich benutzen. Verstehst du?»

«Nein, Großvater. Du redest wie der alte Abt Zengen, den verstehe ich auch nicht.»

«Das spielt jetzt keine Rolle. Du hast das Gedächtnis eines Okumichi. Du wirst dich an das, was ich gesagt habe, erinnern und es später auch begreifen. Hör zu. Visionen kommen auf verschiedene Weise. Shigeru wird viele haben, du nur drei. Pass gut auf. Prüfe sie weder ängstlich noch begierig. Dann wirst du klar sehen. Dann werden dir diese drei Visionen alles zeigen, was du wissen musst.»

Drei Visionen, dachte Genji, nur drei. Das ist nicht so schlimm. Vielleicht kommen und gehen sie, und ich merke nicht einmal was davon. Er sah, wie Großvater ihn anblickte. Alle sagten, Großvater könne nicht nur in die Zukunft schauen, sondern auch Gedanken lesen. Das glaubte Genji nicht, nicht wirklich. Trotzdem war es immer besser, Vorsichtsmaßnahmen zu ergreifen. Er konzentrierte sich ganz fest auf die Wolken am Himmel und versuchte, sich an das Gesicht seiner Mutter zu erinnern. Drei war er gewesen, als sie starb. Mit jedem Jahr verblasste ihr Bild mehr. Wenn er sich erinnern wollte, war da oft nichts weiter als dieser Versuch. Also würde Großvater auch nur das in seinem Kopf finden, wenn er hineinschaute.

«Ich verstehe», sagte Shigeru mit einem spröden Lächeln. «Du denkst, du kämst ungeschoren davon, nur weil du bisher verschont geblieben bist. So viel Glück hatte noch keiner von uns. Und bei dir wird es nicht anders sein. Wenn mein Vater gesagt hat, dass du drei haben wirst, dann stimmt das auch. Bei Visionen irrte er sich nie.»

«Das ist nicht der einzige Grund», erwiderte Genji. «Hoffentlich war das, was ich gesehen habe, keine Vision, denn sonst wüsste ich etwas, was niemand wissen sollte.»

«Ich weiß tausend Dinge, die niemand wissen sollte», entgegnete Shigeru.

«Kennst du den Augenblick deines eigenen Todes?», fragte Genji.

Genji erkannte diesen Ort nicht. Immer wieder hatte er die Vision aus seinem Gedächtnis abgerufen und sie sorgfältig geprüft. Leider ergebnislos. Dass er ihn kennt und dort bekannt ist, kann man aus dem Gebrüll der versammelten Menschenmenge ablesen. Welche sind lauter und zahlreicher, die Hochrufe oder die Verwünschungen? Es lässt sich nicht feststellen. Wenn er raten sollte, würde er auf die Verwünschungen tippen.

«Fahr zur Hölle!»
«Verräter! Verräter! Verräter!»
«*Banzai!* Du hast die Nation gerettet!»
«Tod den Feiglingen!»
«Du hast Schande über uns alle gebracht! Zeige Ehrgefühl und töte dich selbst!»
«Mögen alle Götter und Buddhas dich segnen und beschützen!»

Er geht den Mittelgang einer großen Halle entlang, die sich mit keiner vergleichen lässt, die er bisher gesehen hat. Obwohl draußen Nacht herrscht, ist es drinnen hell wie am lichten Tag. Die unzähligen Lampen an den Wänden qualmen und flackern nicht, leuchten ganz gleichmäßig. (Hat man einen neuen Docht erfunden? Oder eine neue Quelle mit außergewöhnlich gutem Öl entdeckt?) Statt reihenweise Kissen am Boden stehen an die zweihundert Stühle nach ausländischem Modell vor einem erhöhten Podium. Auf der Rückseite befinden sich auf einem großen Balkon weitere hundert Stühle. Keiner sitzt, alle sind auf den Beinen und schreien und fuchteln erregt herum. Vielleicht haben die Stühle lediglich Symbolcharakter und sind nicht zum Benutzen da. (Wahrscheinlich. Genji hat erst kürzlich auf einem dieser Stühle gesessen und weiß nun, wie sehr diese Möbel die inneren Organe durcheinander bringen können.)

Er entdeckt keinen einzigen Kopf mit kunstvoller Frisur. Auch die typischen Samurai-Schwerter trägt niemand. Wie Verrückte oder Gefangene hat jeder zerzauste Haare, und keiner ist bewaffnet. Obwohl es sich ausschließlich um japanische Gesichter handelt, tragen alle die reizlosen Kleidungsstücke der Ausländer. Er fühlt sich an das Puppentheater kleiner Kinder und an tollpatschige Bauernpantomimen erinnert. Wieder kommt er ins Grübeln. Kann etwas derart Lächerliches tatsächlich eine Vision sein?

Auf dem Podium klopft ein älterer Mann mit schütteren weißen Haaren mit einem kleinen Holzhammer auf den Tisch.

«Ruhe! Ruhe! Der Reichstag wird zur Ordnung gerufen!»

Keiner schert sich auch nur einen Deut darum. (Was ist übrigens der Reichstag?)

Die meisten Hochrufe kommen von der linken Seite, die meisten Verwünschungen von rechts. Zum Dank für die Hochrufe hebt Genji die rechte Hand. In dem Moment stürzt aus den Reihen der Schimpfenden ein junger Mann auf ihn zu. Er trägt eine schlichte dunkelblaue Uniform ohne Familienwappen oder Abzeichen und kurz geschnittene Haare. In den Händen hält er ein Schwert.

«Lang lebe der Kaiser!»

Mit diesem Ruf stößt der junge Mann das Schwert Genji direkt unter dem Brustbein in den Körper. Genji durchfährt es wie ein Blitz. Ein scharfer Schmerz, als hätte ihn eine Wespe in die Brust gestochen. Plötzlich erschlafft seine Muskulatur.

Ein Schwall von Blut ergießt sich über das Gesicht des jungen Mannes.
Dann wird alles weiß.
Stille senkt sich herab, gefolgt von Dunkelheit.
Aber noch ist die Vision nicht zu Ende.
Genji schlägt die Augen auf. Besorgte Gesichter schauen auf ihn herab. Durch ihre Körperhaltung und seinen Blick zur Decke weiß er, dass er am Boden liegt.
Er spürt das Blut aus seiner Brust pulsieren. Sein ganzer Körper fühlt sich kalt und nass an. Schmerzen hat er nicht.
Eine außerordentlich schöne Frau erscheint. Ohne Rücksicht auf das Blut nimmt sie ihn in die Arme, birgt seinen Kopf an ihrer Brust und hält ihn fest. Tränen strömen über ihre Wangen und tropfen auf sein Gesicht. Schluchzend drückt sie ihre Wange an seine. Einige Augenblicke schlagen ihre Herzen im gleichen Takt, dann verlangsamt sich der Schlag des seinen.
«Du wirst immer mein Schimmernder Prinz sein», sagt sie. Ein Wortspiel mit seinem Namen. Genji, der Name einer Figur aus einer alten Geschichte.
Zwei kräftige Männer knien sich neben ihn. Leibwächter oder Polizisten. Auch sie weinen hemmungslos.
«Fürst Genji», sagt der eine. «Fürst Genji.» Das sind die einzigen Worte, die er mit erstickter Stimme herauspressen kann.
«Haltet durch, Fürst», hört er den anderen sagen. «Hilfe ist bereits unterwegs.» Der Mann zieht seinen Mantel aus und presst ihn auf die Wunde. In einem Halfter entdeckt Genji eine Pistole, die bisher unter dem Mantel verborgen war. Aha, Pistolen statt Schwerter. Sinnvoll. Tragen Samurai eine Pistole oder zwei? Gern hätte er gefragt, aber dazu fehlen ihm die Kraft und der Wille. Inzwischen fühlt er sich ganz leicht.
Die Frau lächelt ihn durch ihre Tränen hindurch an und sagt: «Heute Morgen bin ich mit der Übersetzung fertig geworden. Sollen wir den japanischen Namen verwenden oder auch den Titel ins Englische übersetzen? Was meinst du?»
«Er kann Euch nicht hören, Fürstin Shizuka», sagt einer der Männer. «Er ist bewusstlos.»

Fürstin Shizuka war jene Hexenprinzessin, die den Clangründer verzaubert hatte. Das kann nicht sein, es sei denn, sie wäre wiedergeboren worden. Nein, an Wiedergeburt glaubt Genji nicht. Einmal verbranntes Holz entsteht auch nicht wieder aus der Asche. Und so kehrt auch ein Toter nicht mehr ins Leben zurück. Also handelt es sich hier um eine andere Fürstin Shizuka, eine Namensvetterin der ersten.

«Er hört mich», sagt Fürstin Shizuka.

Jetzt sieht Genji, dass ihr Gesicht nicht ausschließlich japanische Züge trägt. Sie hat haselnussbraune Augen, keine schwarzen, und hellbraune Haare. Ihre Gesichtszüge sind stärker ausgeprägt und wirken eher ausländisch als japanisch. Er erkennt sie nicht. Und doch wird sie ihm bei jedem neuen Betrachten dieser Vision immer vertrauter. Sie erinnert ihn an jemanden. An wen? Er weiß es nicht. Nur eines weiß er: Fürstin Shizuka ist die schönste Frau, die er je gesehen hat, genauer gesagt die schönste, die er je sehen wird.

«Englisch», sagt Genji, womit er nur fragen möchte, was sie ins Englische übersetzt hat, doch er bringt nur dieses eine Wort über die Lippen.

«Dann soll es auch Englisch sein», erwidert Fürstin Shizuka und lächelt unter Tränen. «Das wird ein neuer Skandal. ‹Wieder dieser Genji›, werden die Leute sagen, ‹und seine fürchterliche Shizuka.› Aber das schert uns nicht, oder?» Ihre Lippen zittern, ihre Lider flattern. Trotzdem lächelt sie. «Sie wäre so stolz auf uns», sagt Fürstin Shizuka.

Genji würde gerne fragen: Wer wäre so stolz? Und warum? Aber er hat keine Stimme. Irgendetwas glitzert an ihrem schlanken, glatten Hals. Er schaut hin und erkennt, was es ist. Dann hört das Herz zu schlagen auf, und sein Blick verlöscht.

«Gib dich keiner Hoffnung hin. Du entkommst nicht», sagte Shigeru. «Du hast eine Vision gehabt, daran besteht kein Zweifel.»

«Kommt dir das, was ich beschrieben habe, bekannt vor?»

«Einiges davon. Die Kleidung, die Haare, das Fehlen von

Waffen. Es gibt nur eine einzige Erklärung dafür: Die Ausländer werden uns besiegen, und wir werden zu einer Nation von Sklaven.»

«Und was ist mit dem Reichstag? Was ist das?»

«Den habe ich in meinen Visionen nicht gesehen. Vielleicht tritt er an die Stelle des Shogunatsrates, wenn wir alle nur noch Knechte sind. Das empörende Verhalten der dort Anwesenden wäre nur möglich, wenn jegliche Ordnung und Disziplin verloren gegangen wären. Kannst du dir vorstellen, dass sich in Gegenwart des Shogun auch nur eine einzige Stimme erhebt, geschweige denn eine ganze Menschenmenge herumbrüllt?»

«Nein, Onkel, zugegeben, das fällt mir schwer.»

«Dein Mörder? Erkennst du ihn denn nicht wieder?»

«Nein, auch sonst niemanden. Dort befindet sich kein einziges bekanntes Gesicht.»

«Dann wurden alle deine Diener getötet, denn ich würde nicht gestatten, dass du einen derartigen Ort ungeschützt betrittst. Und auch Saiki, Kudo oder Sohaku nicht.»

«Wer sind dann die Männer mit den versteckten Pistolen? Offensichtlich sind sie sehr um mein Wohlergehen besorgt.»

«Vielleicht Wächter. Bist du vielleicht ein Gefangener?»

Shigeru schloss die Augen und holte tief Luft. Als er die Augen wieder öffnete, verbeugte er sich. «Vergebt mir, mein Fürst, dass ich Euch so kläglich im Stich lasse.»

Genji lachte. «Onkel, noch hast du mich nicht im Stich gelassen. Vielleicht finden wir einen Weg zu einer anderen Alternative.»

«Das wird uns nicht gelingen. Unsere Lieben können wir vor einem derart leidvollen Schicksal bewahren, aber es lässt sich nicht verhindern, dass die Zukunft kommt und uns und alle Übrigen mit Haut und Haaren verschlingt.»

«Hast du es deshalb getan?» Genjis Stimme klang ganz sanft.

Shigeru erstarrte und fing zu zittern an. Zuerst kaum merklich, dann immer heftiger, so als peinige ihn ein epileptischer Anfall. Schließlich entrang sich seiner Kehle ein Schrei, und er brach schluchzend zusammen.

Genji saß reglos und schweigend da. Nach einer Weile gelang es Shigeru, sich erneut einen Anschein von Normalität zu geben. Genji schenkte Tee ein. Shigeru nahm die Schale an.

«Das schmerzt, Onkel, aber man kann dem nicht aus dem Weg gehen. Ich muss möglichst viel aus deinen Visionen lernen. Nur so werde ich die Bedeutung meiner eigenen erkennen.»

«Ich verstehe, mein Fürst.» Erneut benahm sich Shigeru ganz förmlich. Er hielt sich strikt an das Protokoll, um nicht die Fassung zu verlieren. «Von Zeit zu Zeit werde ich auf Euren Wunsch hin Eure Fragen beantworten, soweit mir dies möglich ist.»

«Shigeru, ich danke dir», erwiderte Genji. «Momentan haben wir wohl beide genug von Visionen. Wir wollen uns einer anderen Angelegenheit zuwenden. Als ich dir beim Verlassen des Zeughauses den Rücken kehrte, wolltest du mich töten. Warum hast du es nicht getan?»

«Die Stille hat mich daran gehindert», antwortete Shigeru. «In deiner Gegenwart verschwanden jene Bilder und Töne, die mich so lange gequält hatten. Ich musste wieder an die Worte meines Vaters denken, die er vor langer Zeit gesprochen hat. Genauso würde es kommen, sagte er, und dann dürfe ich diesem Impuls nicht nachgeben.»

«Fürst Kiyori war weise», entgegnete Genji und dachte: und außerdem ein echter Visionär. Und doch hatte er seinen eigenen Tod durch die Hände dieses verrückten Sohnes nicht verhindert. Warum? Vielleicht war es so, wie Shigeru sagte: Wir haben keine Macht zu vereiteln, was geschehen muss.

Shigeru wartete, aber als Genji nicht fortfuhr, musste er fragen. «Was hast du gesehen? Was hat am Hals dieser Frau gefunkelt?»

«Dieses eine Bild kann ich nie aus meiner Vision abrufen», erwiderte Genji. Obwohl es ihm auch jetzt wieder ganz lebendig vor Augen stand, hielt er es für klüger, seinen Onkel nicht weiter zu belasten. Er war mit dem, was er ihm bereits mitgeteilt hatte, beschäftigt genug.

«Zu schade, es könnte ein wichtiges Zeichen sein.»

«Ja», sagte Genji, «das könnte es.»

Als sich Genji an die Versammlung wandte, dachte Shigeru an Genjis Vision. Vieles müsste geschehen, ehe die von ihm vorhergesehenen Zustände eintreffen würden. Trotz aller Verfallserscheinungen Japans und mächtiger Ausländer im Land würden gewiss Jahre vergehen, bis Japan an irgendeinen Eroberer fiele. Noch nicht alle Samurai hatten die alten Kriegstugenden eingebüßt, und sie würden bis zum Tod kämpfen. Offensichtlich gehörte Genji nicht dazu. In seiner Vision bezeichnete man ihn als Verräter. Shigeru hoffte, dass es sich nur um ein Schimpfwort handelte und nicht um eine exakte Beschreibung.

Trotz seiner Sorge verspürte Shigeru Hoffnung. Zum ersten Mal seit Monaten war die Flut seiner Visionen verebbt. In den Stunden seit Genjis Ankunft hatte er lediglich das gesehen, was andere sahen. Vielleicht gebot derselbe mystische Mechanismus, der Genji nur drei Visionen erlaubte, jener aberwitzigen Flut Einhalt. Dass er für immer geheilt war, glaubte er nicht. Die Visionen würden wiederkommen. Wenn sie ihn aber nicht jeden Tag heimsuchten, könnte er diese Zeit nützen, wieder die Kontrolle über sich zu gewinnen. Sein ganzes Leben lang hatte er sich in den Kampfkünsten geübt, um sich gegen Angriffe verteidigen zu können. Visionen waren letztlich nichts anderes als ein Angriff von innen. Bis auf ihren Ursprung unterschieden sie sich in nichts von anderen Attacken. Davon würde er sich nicht besiegen lassen.

Er hörte Hidés Namen und sah, wie er sich tief vor Genji verbeugte. Man hatte seine Ernennung verkündet. Shigeru beobachtete aufmerksam, welche Gesichter unter den Versammelten Unzufriedenheit widerspiegelten. Diese Männer müsste man im Auge behalten. Verstohlen musterte er Sohaku. Eigentlich erwartete er, auf dessen Gesicht Entsetzen und Bestürzung zu lesen, aber der Abt von Kloster Mushindo, der ehemalige und auch zukünftige Oberbefehlshaber der Reiterei, lauschte der Ankündigung völlig gleichmütig. Deshalb wusste Shigeru, dass er seinen alten Freund töten müsste. Nur aus einem einzigen Grund wäre Sohaku nicht über Hidés Ernennung wütend: Wenn sein Verrat am jungen Fürsten bereits beschlossene

Sache war. Wenn Sohaku nur wüsste, was er wusste: Bis zur Eroberung Japans durch die Ausländer war Genji unverwundbar.

Und wenn es so weit wäre, hätte Genji auch dann noch Glück. Furchtlos würde er sterben, durchtränkt von seinem eigenen Herzblut, in den Armen einer wunderschönen Frau, die um ihn weinte.

Was konnte ein Samurai mehr erhoffen?

TEIL III

Daimyo

7

Satori

Keine Schlacht wird allein durch Vorrücken gewonnen. Nicht jeder Rückzug ist gleichbedeutend mit Niederlage. Vorrücken ist Strategie.
Auch Rückzug ist Strategie. Ein Rückzug muss geordnet ablaufen, auch wenn das nach außen hin nicht immer so erscheint. Rückzug ist Strategie. Auch die äußere Form des Rückzugs ist Strategie.
SUZUME-NO-KUMO (1600)

Jimbo ist nicht dein wahrer Name», sagte Genji.
«Welcher Name ist schon ein wahrer Name?», erwiderte Jimbo.
Genji lachte. «Du bist ein Ausländer, und doch hast du dir den Kopf rasiert, das Flickengewand eines Zen-Mönches angezogen und sprichst genauso in Rätseln wie früher der alte Abt Zengen. Hat er dir unsere Sprache beigebracht?»
«Nein, mein Fürst. Abt Zengen hat mir während der Choleraepidemie das Leben gerettet. Danach haben mich die Dorfkinder gepflegt und mir das Hören und Sprechen beigebracht.»
«Wie seltsam. Ich bezweifle, ob eines auch nur ein Schriftzeichen lesen kann.»
«Ich kann es auch nicht, mein Fürst.»
«Dann ist deine sprachliche Leistung umso beeindruckender. Unter den Menschen hier gibt es niemanden, der deine Sprache auch nur halb so gut lernen würde, wenn er in Amerika ein Jahr unter Bauern verbringen müsste, die weder lesen noch schreiben können.»
«Ich danke Euch, mein Fürst, im Namen meiner Lehrer. Ihnen gebührt das ganze Lob.»

In dem Moment kam ein leichter Winterwind auf. Genji warf einen Blick gen Himmel. Das Sonnenlicht wurde bereits schwächer. Noch vor Ablauf der Stunde des Schafes könnten sie die Rückreise nach Edo antreten, sodass sie nach Anbruch der Nacht die Grenze erreichen und das feindliche Territorium des Fürstentums Yoshino im Dunkeln durchqueren würden. Dies bot einen entscheidenden Vorteil: Eine Begegnung mit feindlichen Truppen wäre weitaus weniger wahrscheinlich als am Tag. Ein sinnloses Gemetzel war mehr als genug.

«Bei deiner Ankunft in Japan warst du ein christlicher Missionar, jetzt bist du ein Zen-Mönch. Damals nanntest du dich James Bohannon, jetzt sagst du, du seist Jimbo. Wie hast du dich genannt, bevor du James Bohannon wurdest?», fragte Genji.

«Ethan Cruz», antwortete Jimbo.

«Und davor?»

«Davor hieß ich einfach nur Ethan.»

«Ich vermute, dass derartige Namenswechsel nichts mit der christlichen Religion zu tun haben.»

«Das ist richtig, mein Fürst.»

«Und auch nichts mit Zen.»

«So ist es, mein Fürst.»

«Warum dann?»

Jimbo senkte den Blick und sog den Atem tief in sein *tanden* ein, das Zentrum seines Seins. Beim Ausatmen ließ er alle Angst, allen Hass und alles Wünschen fahren.

«Ich bin fortgerannt», erwiderte Jimbo.

«Vor wem?»

«Vor mir selbst.»

«Ein schwieriges Unterfangen», sagte Genji. «Das haben schon viele versucht. Meines Wissens noch keiner mit Erfolg. Ist es dir gelungen?»

«Ja, mein Fürst», sagte Jimbo, «das ist es.»

Tom, Peck und Haylow waren schon früher mit ihm geritten. Sie gaben sich umgänglich und hatten bisher bei keinem Auftrag Schwierigkeiten gemacht. Trotzdem legte Ethan ihnen gegenüber seinen Argwohn nie ab. Diese Gewohnheit hatte Ethan vom Alten gelernt. War eine gute Gewohnheit, besonders in seinem Geschäft, wo es um Raub, Stehlen und Viehdiebstahl ging.

Lass dich nie auf einen ein, dem du nicht trauen kannst, hatte Cruz gesagt. Du hältst dich vielleicht für 'n schlaues Kerlchen und denkst, du kannst einen mögen und trotzdem die Augen offen halten. Aber an dem Mögen ist was dran, was deine Aufmerksamkeit ablenkt. Keine Ahnung, was. Da erlaubst du dir, einen zu mögen, dem du nicht traust, und in einer der nächsten Nächte wachst du auf und hast 'ne Axt im Hinterkopf.

Ethan nahm an, dass Cruz aus schmerzlicher Erfahrung sprach, denn er hatte eine axtförmige Einbuchtung am Hinterkopf, durch die sich eine lange weiße Narbe zog, auf der die Haare nicht mehr nachgewachsen waren.

Leute mögen, denen man nicht trauen kann, sagte Cruz, ist schon schlimm genug, aber versuch mal, sie zu lieben. Damit meine ich die Weiber, Junge. Verlieb dich bloß nie in eine Frau, der du nicht trauen kannst. Nein, sitz hier nicht kopfnickend rum und gib mir Recht. Ich weiß verdammt genau, dass du das tun wirst. Tun wir doch alle. Weißt du, warum? Weil's keine Frau gibt, der man je trauen kann. Jede von ihnen ist 'ne Hure, die dich belügt, betrügt und verrät.

Sicher war Cruz' Standpunkt durch sein Geschäft beeinflusst, das er betrieb. Schließlich verbrachte der Besitzer eines Freudenhauses seine meiste Zeit mit Huren. Und Lug, Betrug und Verrat gehörten zur Grundausstattung jeder Hure, ganz wie ihr Körper.

Ethan erfuhr nie, ob ein Mann oder eine Frau schuld an dem Axthieb war, dem man Cruz verpasst hatte. Auf diese Schädelwunde schob Cruz seine Schwächeanfälle, seine Wutausbrüche, seine Erinnerungslücken und seinen Alkoholkonsum.

Kann mich nicht mal mehr erinnern, wie's passiert ist, sagte Cruz. Der Knochen ist nach innen verheilt, genau in der Form der Axt. Dort stößt er ständig an die weichen Innereien in meinem Schädel und erinnert mich pausenlos daran, dass man keinen mögen, geschweige denn lieben soll, dem man nicht trauen kann. Hörst du, Junge? Damit meine ich hauptsächlich Weiber, aber behalt auch die Männer im Auge, besonders wenn Weiber und Geld im Spiel sind. Und weißt du was? Weiber und Geld sind immer im Spiel. Deshalb ist ja auch die ganze Welt ein einziges Jammertal voller Diebesgesindel. Weiber und ihre Liebe zum Geld.

Letztlich gab dann weder die Liebe der Weiber zum Geld noch eine Axt Cruz den Rest. Das erledigte eine Hure namens Mary Anne. Sie war nichts Besonderes, war älter als die anderen und hatte zwei kleine Mädchen zu ernähren, die selbst noch zu jung fürs Geschäft waren. Kinderschänder konnte Cruz nicht leiden. In meinem Etablissement fickt niemand eine unter zwölf, sagte er und meinte es auch so.

Am Tag, als Ethan ihm begegnete, hatte er zwei Kerle erschossen, die's probiert hatten. Ethan war unter zwölf, eigentlich sogar unter zehn, und die beiden waren gerade dabei, Ethan zu vögeln, zwar nicht im Etablissement von Cruz, sondern im Stall, in den Cruz zufällig hereinspaziert kam. Ethans Gebrüll hatte ihn aufmerksam gemacht. Er sah, was er sah, und sorgte dafür, dass den beiden Päderasten für immer die Aufenthaltserlaubnis entzogen wurde.

Junge, deine Eltern sind nicht gerade Meister in Sachen Kindererziehung, sagte Cruz. Um dich muss man sich ein bisschen mehr kümmern, als die das bisher getan haben. Vielleicht sollte ich mal hingehen und mit ihnen reden.

Ethan erklärte ihm, wenn er sie gefunden hätte, sollte er ihm mitteilen, wer sie waren.

Also bist du ein Waisenkind, oder?

Was ist ein Waisenkind?

Cruz war selbst ein Waisenkind. Er nahm Ethan mit ins Puff, ließ ihn von Betsy waschen und gab ihm einen Job. Zimmer putzen, Böden wischen, Whisky einschenken und den Müll an die Schweine im Hinterhof verfüttern. Am Geruch von

Schweinen ist irgendwas dran, meinte Cruz, dass ein Mann nur noch eines will: vögeln und immer wieder vögeln. Schweine sind gut fürs Geschäft. Ethan sagte, er könne den Schweinegestank nicht leiden. Das wird sich noch ändern, wenn du erst mal 'ne Weile hier bist, Junge. Was für eine Welt haben wir denn, wenn ein Junge wie du besser bei der Arbeit in einem Puff aufgehoben ist als in einem Stall? Aber so ist's nun mal, stimmt's?

Junge, wie heißt du?
Ethan.
Ethan und wie noch?
Nur Ethan. Wie heißt du?
Manual Cruz.
Manuel Cruz.
Nein, verdammt und zugenäht, Manual und nicht Manuel wie ein halb verhungerter beschissener mexikanischer Mistscharrer. Sehe ich aus wie ein Dreckscharrer? Er deutete auf seine makellose Kleidung. Sehe ich wie ein Halbverhungerter aus? Er tätschelte seinen dicken Bauch. Sehe ich wie ein Scheißmexikaner aus?

Eine richtige Antwort auf diese Frage war nicht leicht, da Cruz tatsächlich Mexikaner war. Ethan hielt sich an das, was bisher funktioniert hatte, und schüttelte verneinend den Kopf.

Lachend klatschte ihm Cruz auf den Rücken. Wär besser, wenn ich wie ein Scheißmexikaner aussehe, denn genau das bin ich. Aber halb verhungert bin ich nicht, und ich scharre auch nicht im Dreck herum. Das haben schon meine Eltern zur Genüge getan und sind daran vor ihrer Zeit gestorben.

Auch Cruz starb vor seiner Zeit, und aus diesem Grund saß Ethan Cruz nun mit Tom Peck an einem Lagerfeuer in den Hügeln nördlich von Austin. Sie warteten, dass Haylow mit einer Nachricht zurückkam, was er gerade tat. Angeblich hatte er Matthew Starks Versteck gefunden.

«Kleine Ranch, zwanzig, fünfundzwanzig Meilen nördlich. Allerdings ist er nicht da.» Haylow stieg von seinem erschöpften Pferd. Bald müsste er sich ein neues stehlen. Unter dem Anderthalb-Zentner-Mann, der Peitsche und Sporen nicht zu knapp einsetzte, hielten Pferde nicht lange durch. «Es heißt, er sei nach Arizona rüber, um sich vom Gouverneur zum Arizona Ranger ernennen zu lassen. Was gibt's zu essen?»

Tom sagte: «Ich dachte, die einzigen Ranger sind die Texas Rangers.»

«Ich auch», erwiderte Haylow und schaufelte sich dabei direkt aus dem Topf Bohnen in den Mund. «Aber so heißt es in der Stadt.»

«Die stellen dort drüben in Arizona Mörder als Ranger an?», fragte Peck.

«Das machen die heutzutage doch überall», sagte Haylow, der mit den Bohnen fertig war und jetzt im Gepäck nach Trockenfleisch suchte. «Für solche Jobs will man Erfahrung.»

«Na, dann machen wir uns doch mal auf den Weg und holen uns auch 'ne Lizenz», meinte Tom. «Wir sind Mörder.»

«Nur durch Zufall», sagte Haylow. «Die wollen richtige Experten.»

«Wer ist auf der Farm?», erkundigte sich Ethan.

«Nur die Hure und ihre zwei kleinen Biester», antwortete Haylow.

Ethan stand auf und warf seinem Pferd den Sattel über. Kurz vor Sonnenaufgang holten ihn die drei anderen auf der Anhöhe oberhalb von Starks Farm ein.

«Warten wir auf ihn?», wollte Peck wissen. «'n Überfall aus dem Hinterhalt, wenn er wieder da ist?»

«Es heißt, er kommt jeden Tag zurück», erklärte Haylow. «Könnte 'ne gute Idee sein.»

«Liebt er diese Hure?», fragte Ethan.

«Kam und hat sie mitgenommen», sagte Haylow. «Muss wohl 'ne gewisse Zuneigung da sein.»

«Liebt er sie?», sagte Ethan.

«Wer weiß das schon außer ihm?», erwiderte Haylow.

Aus dem Kamin im Farmhaus stieg Rauch auf. Jemand war aufgestanden. Ethan gab seinem Pferd die Sporen und ritt den Hügel hinunter.

Als sie fertig waren, hatte Ethan keine besondere Lust, auf Stark zu warten. Eigentlich hatte er auf gar nichts sonderlich Lust. Ihm war schlecht. Eine Rückkehr nach El Paso kam nicht in Frage. Das Puff stand zwar noch, war aber jetzt nach Cruz' Tod nur eines von vielen. Und an den Schweinegeruch hatte sich Ethan nie gewöhnen können.

Sie trieben Starks kleine Herde über die Grenze und verkauften sie in Juarez für den halben Wert. Stark würde sie verfolgen, davon gingen sie aus, obwohl sie das nicht mit Sicherheit wussten.

«Ich würde es tun», sagte Peck, «darauf könnt ihr euch verlassen.»

«Ich nicht», meinte Tom, «doch nicht wegen 'ner Hure.»

«Und was ist mit den beiden kleinen Biestern?», fragte Haylow, dessen Appetit sich seit ihrem Aufenthalt auf Starks Farm mächtig gesteigert hatte. Inzwischen wog er fast zwei Zentner.

Tom und Peck schwiegen, warfen nur einen Blick über die Schultern, was Antwort genug war. Auch Haylow schaute sich um.

Schließlich hatten sie Gewissheit. Stark suchte nach ihnen, denn manchmal kamen sie nur ein, zwei Tage nach ihm in eine Stadt. Auf Grund ihres ziellosen Herumwanderns mussten sie einander zwangsläufig eines Tages in die Arme laufen.

«Ich hab die Schnauze voll von dieser Scheiße», sagte Haylow. «Ich geh heim.»

«Wozu, zum Teufel?», entgegnete Peck. «Glaubst du, in El Paso findet er dich nicht?»

«Nicht El Paso. Hawaii.» Haylows wahrer Name begann mit «He'eloa» und ging dann endlos weiter.

«Was willst du denn dort noch?», fragte Tom. «Uns hast du erzählt, alle sind an den Pocken gestorben, deine Familie, deine Stadt und dein ganzes Volk.»

«Die Berge sind noch immer da, die Flüsse und auch der Ozean. In der letzten Zeit vermisse ich das alles.»

Sie blieben zusammen, bis sie La Ciudad de los Angeles

erreichten. Peck sagte, Scheiß drauf, wenn er mich finden will, dann soll er mich doch hier finden. Tom blieb in Sacramento, wo sein Onkel eine Bar besaß und Tom einen Job als Aufpasser bei den Huren anbot. Hab ja eigentlich gar nichts Schlimmes gemacht, sagte Tom. Vielleicht lässt er's bei 'ner Entschuldigung und 'ner Tracht Prügel bewenden. Haylow ritt mit Ethan nach San Francisco, wo er ein Schiff nach Hawaii nehmen wollte. Allerdings änderte er beim Anblick des Ozeans seine Meinung. Da saß nun der Hüne – inzwischen wog er an die zweieinhalb Zentner und fuhr in einem Zweispänner, anstatt im Sattel zu sitzen – und heulte, während die Wellen gegen die Pierpfähle schwappten. Zu viele Gräber daheim, sagte er.

Auch Ethan blieb in San Francisco, bis er eines Tages beim Verlassen einer Bar an der Straßenecke jemanden predigen hörte. Ich bin gekommen, die Sünder zur Buße zu rufen, sagte der Prediger, und nicht die Gerechten. Als ein Umstehender Amen sagte, löste sich in Ethans Herz ein Knoten, und er fiel weinend auf die Knie. Noch in derselben Nacht erhielt er Obdach im Hause des Lichts vom Wahren Wort der Propheten unseres Herrn Jesu Christi. Einen Monat später war der neue Missionar James Bohannon auf dem Weg nach Japan.

Diesen neuen Namen nahm Ethan an, weil er sich gänzlich neugeboren fühlte. Allerdings kam es dazu erst, als er und das andere Dutzend Missionare das Dorf Kobayashi im Fürstentum Yamakawa erreichten, wo ihr neues Missionshaus lag. Am Tag ihrer Ankunft brach eine Choleraepidemie aus. Binnen eines Monats war Ethan der einzige Überlebende der Gruppe. Auch die Dorfbewohner starben und machten dafür die Ankunft der Missionare verantwortlich. Ethan überlebte nur, weil ihn der Abt des nahe gelegenen Klosters Mushindo aufnahm und pflegte. Dieser musste eine einflussreiche Persönlichkeit gewesen sein, denn schon bald änderten die Dorfbewohner ihr Verhalten und begannen, ihm Essen zu bringen, seine Kleidung zu wechseln und ihn zu baden. Unter seinen Besuchern gab es besonders viele Kinder. Sein fremdes Aussehen weckte ihre Neugierde. Sie hatten noch nie einen Ausländer gesehen.

Während seines Fieberwahns fielen irgendwie die Barrieren. Nachdem das Fieber gesunken war, stellte er fest, dass er die Kinder meist verstehen und sogar selbst ein paar Wörter sprechen konnte. Als er wieder auf den Beinen war, führte er mit Zengen Gespräche.

Eines Tages fragte ihn der Abt, wie sein Gesicht vor der Geburt seiner Eltern ausgesehen hätte.

Gerade wollte er Zengen erzählen, dass er seine Eltern nicht kannte, da verschwand alles, oben und unten, außen und innen.

Seitdem trug Jimbo die Robe Buddhas statt den Habit eines christlichen Missionars. Dies geschah überwiegend aus Respekt vor Zengen. Mit Kleidung verhielt es sich wie mit Namen: An und für sich hatten sie keine Bedeutung.

Jimbo war James Bohannon und Ethan Cruz und doch keiner von ihnen.

Dies alles berichtete Jimbo Genji nicht. Er wollte gerade beginnen, da sagte der Fürst lächelnd: «Tatsächlich? Du hast es geschafft, dir selbst zu entfliehen? Dann muss dir die Erleuchtung Gautama Buddhas selbst zuteil geworden sein.»

«Erleuchtung ist ein Wort, dessen Bedeutung ich nicht kenne», erwiderte Jimbo. «Mit jedem Atemzug entfällt mir die Bedeutung von immer mehr Wörtern. Bald werde ich nur noch ein vernünftiges Wort sagen können: nichts.»

Lachend wandte sich Genji an Sohaku: «Er ist besser als Zengens Nachfolger geeignet, als du es je warst. Somit spielt es auch keine Rolle, wenn du weggehst und er hier bleibt.»

«Ist er denn nicht jener von Euch erwartete Ausländer, mein Fürst?»

«Ich glaube nicht. Dieser befindet sich derzeit im Palast Stiller Kranich.»

«Ihr habt noch mehr Ausländer willkommen geheißen?» Sohaku konnte nicht verhindern, dass sein Missfallen sichtbar wurde. Er runzelte die Stirn.

«Unser verstorbener Fürst hatte es sich zum Grundsatz gemacht, den Missionaren vom Wahren Wort Gastfreundschaft zu gewähren. Ich führe nur fort, was er begonnen hat.» Genji wandte sich an Jimbo. «Deshalb bist du ja auch hier, oder?»

«Jawohl, mein Fürst.»

«Binnen kurzem werden sie hier eintreffen», sagte Genji. «Sie sind gekommen, um beim Aufbau des Missionshauses zu helfen, was nicht einfach sein wird. Deine hiesigen Gefährten sind tot und von den drei Neuankömmlingen wahrscheinlich nur noch zwei am Leben.»

«Ist einer krank, mein Fürst?»

«Zu meinem Bedauern muss ich gestehen, dass ihn zufälligerweise die Kugel eines Attentäters getroffen hat, die eigentlich mir galt. Vielleicht ist er ein Freund von dir. Zephaniah Cromwell.»

«Ich kenne ihn nicht, mein Fürst. Er muss nach meiner Abreise in San Francisco eingetroffen sein.»

«So weit zu reisen, nur um dann sinnlos zu sterben. Welche Schande. Jimbo, brauchst du noch etwas?»

«Nein, mein Fürst. Abt Sohaku hat den Tempel gut versorgt.»

«Was wirst du tun, wenn deine ehemaligen Glaubensgenossen kommen?»

«Ich werde ihnen beim Bau des Missionshauses helfen», antwortete Jimbo. «Wer nicht die Worte Buddhas hören kann, vernimmt vielleicht das Wort Christi und wird dadurch gleichermaßen erlöst.»

«Eine gesunde Einstellung. Ich wünsche dir alles Gute, Jimbo, oder bevorzugst du James? Oder Ethan?»

«Ein Name ist nur ein Name. Jeder ist so gut wie der andere.»

Genji lachte. «Wenn das mehr von uns so sehen würden, wäre die Geschichte Japans weniger grausam verlaufen als bisher. Und würde dies auch in Zukunft.»

Genji stand auf. Alle versammelten Samurai verbeugten sich

und verharrten in dieser Haltung, bis ihr Fürst unter Shigerus Geleit das Zelt verließ, um seine Abreise vorzubereiten.

Sohaku fragte: «Wirst du hier allein zurechtkommen?»

«Ja, Abt», antwortete Jimbo. «Außerdem werde ich nicht immer allein sein. Dafür sorgen schon die Kinder.»

«Ich bin kein Abt mehr», erklärte Sohaku, «das bist jetzt du. Vollziehe die Riten, meditiere regelmäßig und kümmere dich um das spirituelle Wohl der Dorfbewohner und um die Feiern anlässlich von Geburten, Todesfällen und Hochzeiten. Wirst du das tun?»

«Ja, Herr.»

«Dann ist es wirklich ein Glück, Jimbo, dass du zu uns gekommen bist und der wurdest, der du nun bist. Da Zengen tot ist und ich weggehe, wäre dieser Tempel sonst verwaist. Einen Tempel aufzugeben ist nie gut. Das zieht immer schlechtes Karma nach sich.»

Sohaku und Jimbo verbeugten sich wechselseitig, dann saß der Hauptmann der Reiterei auf. «Rezitiere die Sutras auch in meinem Namen. Vor mir liegt eine Zeit großer Gefahr. Wahrscheinlich werde ich eher scheitern und sterben als erfolgreich weiterleben.»

«Alle Menschen müssen sterben, Erfolgreiche wie Gescheiterte», sagte Jimbo. «Trotzdem werde ich täglich für dich Sutras rezitieren.»

«Sei bedankt», sagte Sohaku, «für diese wahren Worte.» Erneut verbeugte er sich und ritt davon.

Jimbo verharrte an seinem Platz. Unbewusst musste er ins Meditieren geraten sein, denn beim nächsten bewussten Gedanken war er allein. Tiefe Dunkelheit umhüllte ihn. Aus weiter Ferne drang der Schrei eines Nachtvogels.

Droben zogen die Wintersterne ihre Bahnen über den Himmel.

Obwohl die Türen zum Durchzug offen standen, konnte man dem üblen Geruch im Raum nicht entkommen. Schicksalsergeben saßen die beiden Dienerinnen Hanako und Yukiko am

Rande des Zimmers. Zwei Tage zuvor hatten sie um Erlaubnis gebeten, parfümierte Schals vor den Gesichtern tragen zu dürfen, aber Saiki hatte es verboten.

«Wenn es die Ausländerin aushalten kann, dann könnt ihr das auch. Wenn ihr euch schwächer zeigt als sie, bringt ihr Schande über uns.»

«Jawohl, Herr.»

Aber wann hatte Saiki das letzte Mal diesen atmenden Leichnam besucht?

Hanako und Yukiko verfolgten das Gespräch der Ausländerin mit dem Bewusstlosen. Obwohl sie unmittelbar neben der Quelle der üblen Ausdünstungen saß, zeigte sie keinerlei Würgereiz. Sollten sie sie ihrer Selbstdisziplin wegen bewundern oder ihrer Verzweiflung wegen bemitleiden? Auf Grund ihres abstoßenden Äußeren musste sie befürchten, nie mehr einen Ehemann zu finden, mutmaßten Hanako und Yukiko. Wer könnte leugnen, dass ihre Angst gerechtfertigt war? Darin lag vermutlich der Grund, warum sie sich so mitleiderregend an einen Mann klammerte, der bereits so gut wie tot war.

«Wie steht's denn mit dem anderen Mann?», hatte Hanako gefragt. «Könnte er nicht an seine Stelle treten, wenn dieser gestorben ist?»

«Nein», hatte Yukiko erwidert, «er hat für Frauen nichts übrig.»

«Bevorzugt er denn sein eigenes Geschlecht?»

«Er hat auch nichts für Männer oder Knaben übrig, jedenfalls nicht in dieser Hinsicht. Ich glaube, er ist ein wahrer Mönch ihrer Religion. Ihm liegt nur etwas an der Rettung von Seelen und nicht an körperlicher Befriedigung.»

Der andere hatte zu der Frau und dem Sterbenden hereingeschaut. Hanako konnte sich nicht erinnern, in seinen Augen auch nur einen Hauch von Leidenschaft entdeckt zu haben. Yukiko hatte Recht. Er visierte ein anderes Ziel an. Nach wenigen Momenten hatte er sich wieder entfernt, vielleicht um zu beten oder ihre heiligen Texte zu studieren.

Heiko kniete sich neben die beiden Dienerinnen. «O je, o je, dieser Geruch macht es einem wirklich schwer, nicht?»

«Ja, Dame Heiko», antwortete Hanako, «es ist schrecklich.»

«Ich hätte gedacht, ein paar von unseren tapferen Samurai wären da, um ihre Willenskraft zu stärken», sagte Heiko, «stattdessen sind nur wir schwachen Frauen hier.»

Die beiden Dienerinnen kicherten hinter vorgehaltener Hand.

«Eben», sagte Yukiko.

«Ihr dürft jetzt gehen», erklärte Heiko. «Kommt am Ende der Stunde wieder.»

«Herr Saiki hat uns befohlen, hier zu bleiben», wandte Hanako zögernd ein.

«Falls er sich beklagt, sagt ihm, ich hätte euch darum gebeten, um Fürst Genjis Befehl, die Ausländer zu beruhigen, möglichst umfassend nachzukommen.»

«Jawohl, Dame Heiko.» Dankbar verbeugten sich die beiden Dienerinnen und zogen sich zurück.

Heiko schaltete ihren Geruchssinn aus. Dazu war sie in der Lage, weil man sie von Kindheit an gelehrt hatte, ihre Sinne unter Kontrolle zu halten. Wie aber brachte Emily das fertig? Sie verbeugte sich vor ihr und nahm auf dem Nachbarstuhl Platz. Wenn sie sich ganz vorn auf die Kante setzte, konnte sie mit den Zehenspitzen gerade noch den Boden berühren.

«Wie geht es ihm?», fragte Heiko.

«Bruder Matthew glaubt, Zephaniah wird heute irgendwann einschlafen und nicht wieder erwachen.»

«Das tut mir Leid.»

«Danke», sagte Emily, «mir auch.»

Cromwell riss die Augen auf. Sein Blick ging irgendwo in weite Ferne, vorbei an Emily, vorbei an der Zimmerdecke. Er machte einen tiefen Atemzug und erhob sich halb vom Bett.

«Die Engel der Auferstehung und des Gerichtes sind da», sagte er mit einem seligen Lächeln, das sein ganzes Gesicht erstrahlen ließ. «Zu wem wollt ihr fliehen um Hilfe? Und wo wollt ihr eure Ehre lassen?»

«Amen.» Emily beugte sich vor, um ihn zu trösten.

Und der Raum explodierte in weißem Licht und Donner.

Die gewaltige Druckwelle hob Cromwell aus dem Bett und warf ihn durch das einstürzende Dach himmelwärts.

Getreu seiner Prophezeiung starb er nicht an der Schusswunde.

«Er wirkt jetzt völlig normal», sagte Taro.

«Drei Tage friedliches Verhalten beweisen nichts», erwiderte Sohaku. «Sogar ein Verrückter kann sich drei Tage beherrschen.»

Die kleine Gruppe bewegte sich durch Edo auf den Palast Stiller Kranich zu. Taro und Sohaku bildeten den Abschluss, Hidé und Shimoda ritten voran, in der Mitte Genji und Shigeru. Sie trugen weder Familienwappen noch Banner und versteckten die Gesichter unter großen, korbähnlichen Hüten aus Schilfrohr. Nach den üblichen Regeln des Inkognitoreisens waren sie somit nicht kenntlich. Also mussten die Menschen auf den Straßen auch nicht alles liegen und stehen lassen und sich zu Boden werfen. Die Vorübergehenden verbeugten sich lediglich, wie sie das bei jedem Samurai taten.

«Noch nie habe ich ihn so ruhig erlebt», stellte Taro fest. «Vielleicht wirkt Fürst Genjis Gegenwart auf ihn heilsam.»

«Du glaubst doch nicht etwa diese Geschichten, oder?», sagte Sohaku.

«Welche?», fragte Taro. «Es gibt so viele.»

Sohaku schnaubte. «Über die angeblich magischen Kräfte unseres Fürsten. Seine Fähigkeit, die Gedanken anderer Menschen zu kontrollieren.»

«Vielleicht nicht die Gedanken aller», erklärte Taro, «aber schaut nur Shigeru an. Ihr könnt nicht abstreiten, dass er sich verändert hat, seit er mit Fürst Genji zusammen ist.»

«Drei Tage friedliches Verhalten beweisen nichts», wiederholte Sohaku mit einem Blick nach vorn, wo Genji und Shigeru nebeneinander ritten. Zwischen ihnen und dem Rest war genug Abstand für ungestörte Unterhaltung. Auch wenn es eigentlich egal war, was sie redeten. Nur noch mehr Geplapper, dachte Sohaku, noch mehr sinnloses Geplapper.

«Hidé hat sich Shimoda als Stellvertreter ausgesucht, wie du prophezeit hast», sagte Shigeru. «Und als Nächster wird Taro ausgewählt?»

«Das war keine Prophezeiung», sagte Genji. «Hidé ist durch und durch fantasielos, was bei einem Leibwächter nicht unbedingt ein Fehler sein muss. Ich habe einfach vermutet, dass er das Nächstliegende tut: seinen besten Freund auswählen.»

«Du solltest ihm nicht erlauben, Taro zu benennen. Er ist Sohakus unmittelbarer Vasall. Sein Vater und Sohaku waren während der Bauernaufstände Waffenkameraden. Er selbst wurde in den höheren Kampfkünsten fast ausschließlich von Sohaku unterwiesen. Ihm kannst du nicht trauen.»

«Wenn Hidé ihm traut, vertraue auch ich ihm», sagte Genji. «Das Wissen, wann man Autorität delegieren muss, ist entscheidend.»

«Wenn du dich zu sehr auf deine erste Prophezeiung verlässt, ist das ein Fehler», sagte Shigeru. «Angenommen, Taro überfällt dich, dann könntest du genauso gut die nächsten zehn Jahre im Koma liegen und nur erwachen, um an dem Ort deiner Vision getötet zu werden.»

«Das ist mir klar.»

«Wirklich? Warum hast du dann die Möglichkeit, dass Jimbo der besagte Ausländer sein könnte, auf den dich Fürst Kiyori hingewiesen hat, so ohne weiteres von dir gewiesen? Vielleicht ist er doch dein möglicher Lebensretter.»

«Das war bereits ein Ausländer, dem ich an Neujahr begegnet bin.»

«Aber nur, wenn du auch tatsächlich das Ziel dieses Überfalls gewesen bist», gab Shigeru zu bedenken. «Außerdem ist noch nicht Neujahr.»

«Für die Ausländer schon. Bezweifelst du, dass ich das Opfer war?»

«Davon bin ich sogar fest überzeugt.»

«Ach? Du warst nicht dabei und weißt es doch? Vielleicht dank einer deiner Visionen?»

«Nein, mein Fürst», entgegnete Shigeru, der auf Genjis gereiztes Verhalten immer noch förmlicher reagierte. «Davon haben mich Art und Weise des Überfalls überzeugt. Obwohl Ihr für alle sichtbar zu Fuß gegangen seid, wurde die Sänfte getroffen und niemand, der sich in Eurer Nähe befand.»

«Wir Japaner können mit Feuerwaffen noch nicht richtig umgehen. Trotzdem bestehen wir darauf, sie einzusetzen, obwohl ein Bogen die wirksamere Waffe wäre. Ausländischen Einfällen sind wir immer leicht auf den Leim gegangen.»

«Der Angreifer entzog sich nicht nur der Gefangennahme, sondern verschwand auch auf Nimmerwiedersehen.»

«Er befand sich in beträchtlicher Entfernung. Als die Männer dort eintrafen, war er fort. Daran ist nichts ungewöhnlich.»

«Alles deutet auf die Tat eines Ninja hin», sagte Shigeru. «Er hat denjenigen erschossen, dem sein Schuss auch galt: den Anführer der Missionare.»

«Um Unruhe zu erregen und Argwohn zu schüren?»

«So ist es.»

«Möglich. Vielleicht werde ich mich näher damit befassen.»

Aus der Bucht von Edo hörte man laute Geräusche, die ein weiteres Gespräch unmöglich machten. Es klang, als würden riesige Baumstämme bersten. Dann explodierte vor ihnen die Küste.

«Eine Kanonade!», brüllte Shigeru. «Schiffe nehmen die Paläste unter Beschuss!»

Genji trieb sein Pferd eilig durch die Menge, die in Panik geriet, und galoppierte in Richtung Stiller Kranich.

«Warte!»

«Fürst!»

Genji beachtete sie nicht. Shigeru, Hidé und Shimoda gaben ihren Pferden die Sporen und folgten ihm.

Taro wandte sich zu Sohaku, um auf weitere Befehle zu warten.

«Ist das alles, was wir tun können?», fragte Sohaku. «Sich Hals über Kopf vor die ausländischen Kanonenmündungen zu werfen?»

«Herr!» Taro hatte große Mühe, sein Pferd zu zügeln.

«Unsere Anführer reiten in die falsche Richtung», bemerkte Sohaku.

«Herr, Eure Befehle!» Taro konnte es genauso wenig erwarten wie sein Pferd. Sechs Monate scheinbares Mönchtum hatten ihn nicht verändert.

Sohaku nickte.

Taro lockerte den Zug auf die Trense und folgte seinen Kameraden.

Sohaku befand sich allein auf der Straße. Alle hatten sich in die Häuser geflüchtet. Eine kluge Reaktion, solange mit Schwertern und Pfeilen gekämpft wurde, jetzt aber vielleicht reiner Selbstmord. Fast so selbstmörderisch wie ein Ritt ins Kanonenfeuer. Sohaku gab seinem Pferd die Sporen und setzte seinem Fürsten nach.

Über ein Jahr lang hatte Stark keine Pistole mehr abgefeuert. Nach seinem Eintritt in das Missionswerk des Wahren Wortes in San Francisco hatte er Emily und Cromwell erklärt, er habe seine Waffen in den Pazifik geworfen. Also war Schluss mit den Schießübungen. Da er nicht schießen konnte, konzentrierte er sich darauf, seine Pistolen möglichst rasch zu ziehen. Das übte er in seinem Zimmer im Missionshaus und auch während der Überfahrt in seiner Kabine an Bord der «Stern von Bethlehem». Wahrscheinlich zielte er inzwischen leicht daneben. Um zielsicher zu bleiben, gab es nur eine Möglichkeit: echte Patronen abzufeuern; zu spüren, wie die Pistole zurückprallte, während das Schießpulver explodierte und das Blei herausflog; sich weder vom Rückstoß noch von Krach, Kugelblitz, Geruch oder Rauch ablenken zu lassen. Er war zuversichtlich, dass er immer noch auf zehn Schritt Entfernung einen Mann mitten in die Brust treffen konnte. Zwanzig Schritte könnten inzwischen schwierig werden. Trotzdem hatte er an Geschwindigkeit zugelegt. Er war ein bis zwei Klassen schneller als früher, als er es im westlichen Texas für gewisse Zeit zu Berühmtheit gebracht hatte.

In den fünf Tagen, die sie nun schon in Fürst Genjis Palast weilten, hatte er seine Pistolen überhaupt nicht angefasst. Die Hälfte aller Wände bestand buchstäblich aus Papier, und außerdem befanden sich immer irgendwelche Leute in der Nähe. Der einzige Ort, wo er garantiert ungestört sein konnte, war sein Kopf. Also hatte er dort geübt.

Ziehen.

Hahn spannen.

Ins Herz zielen.

Abdrücken.

Beim Rückstoß Hahn erneut spannen.

Ins Herz zielen.

Abdrücken.

Der Samurai, der ihn bewachte, wähnte ihn in Gebet oder Meditation versunken, im Zwiegespräch mit Gott, im Loslassen aller bewusster Gedanken, da er wie die Anhänger von Amida Buddha stumm Mantras wiederholte. Jedenfalls verharrte er lange Zeitspannen, ohne sich zu bewegen. So ruhig hatte der Samurai noch keinen Ausländer erlebt. Er war fast so reglos wie die Felsen, zwischen denen er im Innenhof stand.

Ziehen, spannen, zielen und Schuss. Immer und immer wieder. Damit war Stark gerade heftig beschäftigt, als er ein scharfes, pfeifendes Geräusch vernahm, das direkt auf ihn zukam. Die Explosion hörte er nicht.

Als er die Augen öffnete, herrschte rings um ihn völlige Stille. Es war Nacht. Er stand unter der Tür und sah ins Schlafzimmer. Mary Anne hielt die beiden Kinder in den Armen. Becky und Louise waren immer noch kleine Mädchen, wenn auch nicht mehr so klein wie früher. Es war Zeit, dass sie in ihren eigenen Betten schliefen und ihm seinen Platz frei machten. Aber Mutter und Töchter sahen im Schlaf so heiter aus, dass er es nicht übers Herz brachte, sie zu wecken. Sie waren seine drei schönen Träumer.

Mary Annes Lider flatterten. Bei seinem Anblick lächelte sie und sagte sanft: «Ich liebe dich.»

Bevor er antworten konnte, riss ihn die nächste Explosion aus dem Traum. Er lag flach auf dem Rücken. In schneller Folge wechselten Pfeiftöne und Druckwellen einander ab. Trümmer wirbelten durch die Luft.

Neben ihm ging ein Blutregen nieder. Stark schaute hoch. Die obere Hälfte des ihn bewachenden Samurai hatte sich in den Ästen der Weide verfangen. Die untere kniete noch immer auf dem polierten Holzsteg.

Am klügsten wäre es gewesen, an Ort und Stelle zu bleiben. Jeder Fluchtversuch war sinnlos, denn wo wäre man sicher? Aber auf den Gedanken kam er nicht. Er sprang auf und rannte in Richtung Cromwells Zimmer, wohin er Emily erst wenige Minuten zuvor gebracht hatte. Auch Heiko war dorthin unterwegs gewesen, als er ihr im Flur begegnete. Emily war die einzige Person, die er wenigstens als entfernte Bekannte bezeichnen konnte. Ohne sie war er ganz allein auf der Welt. Warum er auch an Heiko dachte, wusste er nicht.

Einer der vier Gebäudeteile rings um den Innenhof war verschwunden, ein zweiter löste sich in Feuer und Holzsplitter auf, noch während Stark vorbeirannte.

Er entdeckte, dass der gesamte Gästeflügel des Palastes zerstört war und brannte. Irgendeiner war ihm zuvorgekommen. Ein untersetzter Mann suchte bereits nach Überlebenden.

Kuma – genau diesen Mann sah Stark – interessierte sich ausschließlich für vier Personen: Heiko, um sie, wenn möglich, zu retten, und die drei Ausländer, um sie endgültig zu erledigen. Die Bombardierung bot ihm eine Gelegenheit, den Palast zu betreten. Obwohl er nicht wusste, welche Kanonen diesen Schaden angerichtet hatten, war er davon überzeugt, dass es die des Shogun nicht sein konnten. Das hätte ihm Kawakami schon im Voraus mitgeteilt. Also, wer hatte einen derart kriegerischen Übergriff ohne Wissen oder Erlaubnis des Shogun gewagt? Gedankenverloren stocherte Kuma im Schutt herum. Vielleicht hatte endlich der von allen schon lange befürchtete

Bürgerkrieg begonnen. Trotzdem wäre es merkwürdig, wenn er seinen Anfang hier in Edo nähme, in den Palästen der Großfürsten, anstatt mit Überfällen auf Burgen, wichtige Pässe und die beiden großen Fernstraßen des Landes – die Tokaido an der Küste und die Nakasendo die quer durchs Landesinnere führte. Die Explosionen wanderten weiter nach Osten und zerstörten dabei gleichermaßen die Paläste der Unterstützer des Shogun wie auch die seiner Gegner. Was für eine wirre Zeit.

Kuma hob einen Balken an. Da war sie.

«Hei-chan», sagte Kuma. Heiko öffnete die Augen und blinzelte. Rasch untersuchte er sie. Alle wichtigen Knochen schienen heil, und es gab keine blutenden Wunden. Vermutlich war sie nur benommen. «Du bist nicht verletzt, oder?»

«Ich glaube nicht», antwortete Heiko.

Kuma, erleichtert über Heikos Worte, bemerkte erst jetzt, wie angespannt er gewesen war. Auf Geheiß von Spähauge hatte er sie bewacht, seit sie mit drei Jahren ins Dorf kam. Damals war dies lediglich ein Auftrag gewesen, doch im Laufe der Jahre hatte sich daraus Zuneigung entwickelt. Schon vor einiger Zeit hatte er einen Entschluss gefasst: Sollte Spähauge ihm befehlen, sie zu töten, würde er stattdessen ihn umbringen. Eigentlich war er bereit, jeden zu töten, der eine Bedrohung für sie darstellte, ob Genji, Kudo oder der Shogun höchstpersönlich. Zugegeben, diese Haltung war weder professionell noch loyal, aber was sollte er tun? Er liebte diese junge Frau, die lediglich ein Spielzeug darstellte, an dessen Erschaffung er selbst beteiligt gewesen war, wie sein Kind.

«Hast du eine Bombe gezündet?», fragte Heiko.

«Nein. Kanonen. Vermutlich vom Meer aus.»

«Warum? Ist der Krieg ausgebrochen?»

«Ich weiß es nicht. Lieg still, ich hole dich heraus.» Vorsichtig schob er den schweren Balken zur Seite. Dabei entdeckte er, dass über einem von Heikos Armen fremde blasse Haare lagen. Die Ausländerin. Er zückte seinen Dolch. Ein unauffälliger Schnitt seitlich durch die Kehle, und sie wäre mit Sicherheit tot.

Als Stark die Klinge sah, war er noch zwanzig Schritte entfernt. Der Mann schien irgendetwas Hinderliches durchschneiden zu wollen. Doch dann drehte er sich in Starks Richtung. Ihre Blicke trafen sich. Stark wusste: So konzentriert schauten Augen nur beim Anvisieren über einen Gewehrlauf.

Kaum hatte Kuma Stark erblickt, ließ er das Messer fallen und griff nach einem in seiner Schärpe verborgenen *shuriken*, einem sternförmigen Wurfmesser. Zwanzig Schritte waren zwar keine ideale Entfernung für einen perfekten Wurf, falls er aber beim ersten Mal sein Ziel verfehlen sollte, würde bestimmt der zweite Wurf treffen. Er stürzte auf Stark zu und verringerte so noch im Werfen die Entfernung zwischen ihnen.

Im selben Moment griff Stark nach seinem Revolver, den er auf der linken Seite im Hosenbund unter seinem Hemd verborgen hielt. Die ständigen imaginären Pistolenkämpfe hatten seinem Körper ein Bewegungsmuster eingeprägt, das keinerlei Überlegungen benötigte. Er zog die Waffe mit der Rechten und drückte binnen eines Herzschlags ab, bevor das Shuriken aus Kumas Hand flog. Der Mangel an realen Schießübungen zeigte sich beim Zielen. Seine Kugel prallte an einem Felsen rechts von Kuma ab.

Der unerwartete Knall lenkte Kuma gerade so sehr ab, dass auch er sein Ziel verfehlte. Sein erstes Shuriken wirbelte an Starks linker Schulter vorbei. Er aber bewegte sich weiter auf sein Ziel zu und zog sein zweites Wurfmesser.

Kuma war in seinen Künsten weit geübter als Stark in den seinen. Trotzdem benötigte er eine ganze Sekunde, um das zweite Shuriken aus der Schärpe zu ziehen und es Stark entgegenzuschleudern. Dagegen benötigte Stark nur halb so viel Zeit, um den Hahn zu spannen, zu zielen und ein zweites Mal abzudrücken.

Die Kugel durchbohrte Kumas Brust und warf ihn zu Boden. Das Shuriken stieg hoch in die Luft und fiel in die kläglichen Überreste des Gartens, ohne Schaden anzurichten.

Stark ging auf den am Boden Liegenden zu, bereit, erneut zu feuern, aber als er sich über ihn beugte, sah er, dass er keine weitere Kugel benötigte. Er steckte seinen Revolver weg und begann, die zwei Frauen auszugraben.

Die Bombardierung war vorbei. In die ungewohnte Stille hinein hörte Stark, wie sich Schritte näherten. Beinahe hätte er sich auf die beiden Samurai gestürzt, ehe er erkannte, um wen es sich handelte.

Genji ritt durch die Stelle, wo sich vorher das Eingangstor befunden hatte, sprang aus dem Sattel und rannte durch den Ruinenhaufen zum Palastzentrum. Man hatte Pfarrer Cromwell in einen Raum am Rande des zentralen Gartens gebracht. Heiko hatte sich wahrscheinlich ganz in der Nähe aufgehalten.

Er war überrascht, dass seine erste Sorge ihr galt, wo er doch eigentlich an Verteidigung oder Evakuierung denken sollte. Gut möglich, dass nach einem derart kurzen Sperrfeuer Invasionstruppen an Land gingen. Er sollte auch an die Ausländer denken, besonders an Matthew Stark. Er hatte zwar Sohaku erzählt, dass es sich bei dem sterbenden Prediger Zephaniah Cromwell um denjenigen handelte, dessen Ankunft sein Großvater prophezeit hatte, aber das hatte nichts mit seiner Sicht der Dinge zu tun. Schon auf den ersten Blick hatte Genji gewusst, dass Stark kein Missionar war. Er musste derjenige sein, den sein Großvater gemeint hatte. Und doch hatte Genji jetzt nur einen einzigen Gedanken: Heiko.

Wie öde wäre sein Leben ohne sie. Abgesehen von den Prophezeiungen seines Großvaters und seiner eigenen, noch immer unbestätigten Gabe des zweiten Gesichts waren alle anderen Menschen in seiner Umgebung so schrecklich vorhersehbar. Bei seinen drei geerbten Ratgebern, Saiki, Kudo und Sohaku, konnte man stets darauf bauen, dass sie zur abgeklärtesten Vorgehensweise rieten. Obwohl Saiki als Ältester noch nicht einmal vierzig war, benahmen sich alle drei wie alte Männer. Angenommen, ein Mann würde tatsächlich gleichermaßen nach Feinden und Freunden beurteilt, wie unzulänglich musste jemand sein, dessen Hauptgegner ein unfähiger Trottel wie Kawakami, der Oberspion des Shogun, war? Glaubte Kawakami allen Ernstes, Heiko könnte sich Genjis Bett nähern, ohne neben Lust auch Argwohn zu erregen? Um zu wissen, für wen sie arbeitete, musste er sie nicht beschatten lassen. Sonst kam niemand in Frage. Und was die Liebe betraf, nun, die schönste Geisha Edos würde sich wohl kaum ohne einen Hintergedanken in ihn verlieben. Von den sechzig bedeutenden Großfürsten waren mindestens fünfzig reicher und mächtiger als Genji.

Und doch stand er nun wie betäubt da und atmete flach, weil er das Schlimmste befürchtete: eine Welt ohne Heiko. Wie und wann war es dazu gekommen? Er hatte es nicht bemerkt. Die wichtigste Person in seinem Leben war mit Sicherheit eine Spionin und vielleicht auch eine Attentäterin.

«Fürst!» Saiki taumelte aus einem halb eingestürzten Raum. Blut lief ihm aus einer schmalen Stirnwunde. «Ihr solltet nicht hier sein. Der Feind könnte jederzeit wieder das Feuer eröffnen.»

«Wo ist Heiko?», fragte Genji, dem das Blut wie Kanonenfeuer in den Ohren dröhnte. Er rannte auf den zerstörten Gästeflügel zu und kletterte gerade noch rechtzeitig über einen zusammengebrochenen Steg, um zu sehen, wie ein ihm unbekannter fetter Mann Stark mit zwei rotierenden Sternmessern bombardierte. Stark zog eine versteckte Pistole, feuerte noch schneller, als der Ninja werfen konnte, und erledigte den Fetten mit dem zweiten Schuss.

«Wurde da geschossen?» Saiki kletterte neben ihm herauf.

«Mach schon», sagte Genji, «ich glaube, Stark hat sie gefunden.»

«Hei-chan.» Beim Klang ihres Namens schlug Heiko die Augen auf und sah Kumas tröstliches Gesicht über sich. Hinter ihm war nur noch Himmel. «Du bist nicht verletzt, oder?»

«Ich glaube nicht», antwortete Heiko.

Lächelnd begann Kuma, die Trümmer beiseite zu räumen.

«Hast du eine Bombe gezündet?», fragte Heiko.

Kumas Augen verloren jede Zärtlichkeit, sein Lächeln verschwand. Er zog seinen Dolch hervor.

Sofort wusste Heiko, was er vorhatte. Sie konnte spüren, dass Emilys Kopf auf ihrer Schulter lag.

«Nein, Kuma, tu's nicht.»

Plötzlich sah Kuma weg, ließ seinen Dolch fallen und verschwand aus Heikos Gesichtsfeld. Rasch folgten zwei Pistolenschüsse, dann herrschte Stille, bis Matthew Stark an der Stelle über ihr stand, wo sie zuvor Kuma gesehen hatte. Wortlos begann er, sie auszugraben, bis auch er plötzlich innehielt. Seine Rechte fuhr nach links an seinen Hosenbund. Da wurde Heiko klar, dass er der Pistolenschütze gewesen sein musste. Anscheinend hatte Stark den Ankömmling erkannt. Er ließ die Pistole stecken und wandte sich wieder der Bergung zu.

«Bewege sie nicht», warnte Genji ihn, «vielleicht ist sie verletzt. Warte, bis Doktor Ozawa kommt.»

Heiko setzte sich auf. «Vielleicht habe ich blaue Flecken, mein Fürst, aber sonst fehlt mir nichts. Wenn der Arzt kommt, wird man ihn anderswo brauchen.» Von überall her hörte man Angstschreie. Kuma musste mehr als nur eine Bombe gezündet haben. Warum hatte er sie nicht gewarnt? Das sah ihm gar nicht ähnlich. Wahrscheinlich steckte doch ein anderer dahinter. Nie hätte Kuma ihr Leben aufs Spiel gesetzt. Vielleicht waren es trotz allem Kanonen gewesen. Sie würde ihn demnächst fragen und die Wahrheit erfahren. Kuma war ein guter Lügner, aber nicht ihr gegenüber. Sie stand auf.

«Bitte, sei vorsichtig.» Genji legte ihr stützend den Arm um die Taille. «Ohne es zu wissen, könntest du verletzt sein.» Seine Miene war jetzt nicht mehr gelassen wie sonst, sondern sorgenvoll. Tiefe Furchen durchzogen seine Stirn. Das feine, leicht verächtliche Lächeln, das sonst immer seine Lippen umspielte, war verschwunden.

Genjis aufrichtige Sorge überraschte Heiko mehr als die Explosion, die den Raum zerfetzt hatte. Ihr Herz quoll über vor Freude, und sie lächelte. Dann überraschte Genji sie noch mehr, als er sie in die Arme nahm und an sich drückte.

Saiki war mehr als verblüfft. Sein Fürst zeigte unverhohlen seine Gefühle. Verlegen drehte er sich um und sah, wie Hidé und Shimoda Genji und Heiko mit offenem Mund anstarrten.

«Warum steht ihr da wie zwei Narren?», sagte Saiki. «Sucht die Umgebung ab. Bereitet euch auf einen Sturmangriff vor.»

«Die Schiffe segeln bereits weiter», sagte Hidé. «Truppen sind nicht an Land gegangen.»

«Schiffe?»

«Jawohl, Herr, in der Bucht. Drei dampfgetriebene Kriegsschiffe unter dreifarbiger Flagge. Rot, weiß und blau. Sie haben ganz Tsukiji mit ihren Kanonen bestrichen.»

«Das haben Ausländer getan?» Saikis Stimme bebte vor Empörung.

«Jawohl, Herr», bestätigte Hidé.

«Und welches Muster hatten die Flaggen? Holländer, Franzosen, Engländer und Amerikaner besitzen rot-weiß-blaue Fahnen.»

«Ich glaube, es waren mehr als nur drei farbige Streifen», sagte Hidé, «oder?»

Shimoda tippte sich an den Kopf. «Das dachte ich auch, ja, vielleicht.»

«Wirklich aufmerksam beobachtet», sagte Saiki. «Nun wissen wir lediglich, dass Russen und Deutsche nicht in Frage kommen. Die Holländer scheiden wahrscheinlich auch aus. Also Franzosen, Engländer oder Amerikaner.»

«Oder vielleicht alle drei», merkte Shimoda an. «Möglicherweise waren es auch unterschiedliche Flaggen.»

«Könntet ihr mit anpacken?», fragte Stark.

Ohne seine Worte zu verstehen, wussten Hidé und Shimoda, was er wollte. Beide verbeugten sich vor Saiki und kamen dem Ausländer zu Hilfe.

«Langsam», sagte Stark. Mit den beiden Samurai bewegte er den schweren Balken, der über Emilys Rücken lag. Ein Großteil seines Gewichts ruhte auf einer teilweise eingestürzten Wand. Wenn er zuerst dort aufgetroffen war und erst danach auf Emily, sollte sie nicht allzu schwer verletzt sein. Da sie noch immer bewusstlos mit dem Gesicht nach unten lag, konnte er das im

Augenblick nicht feststellen. Sie hatte sich nicht mehr bewegt, seit er sie gefunden hatte. Er kniete sich hin und fuhr ihr, auf der Suche nach Knochenbrüchen, langsam mit der Hand den Rücken entlang. Als er sich dem unteren Ende näherte, riss sie urplötzlich die Augen auf, schnappte nach Luft, wirbelte herum und versetzte Stark einen Tritt in den Magen, dass er hintüberfiel. Blitzschnell war sie auf den Beinen und suchte mit verwirrtem Blick einen Fluchtweg.

«Emily, wir sind in Sicherheit.» Heiko entwand sich Genjis Umarmung und ging langsam auf die verängstigte Frau zu. «Fürst Genji und seine Samurai sind hier. Niemand kann uns etwas antun.»

«Heiko.» Emilys Blick wurde klar. Die Anspannung löste sich. Schluchzend sank sie in Heikos Arme. «Ich dachte ...» Obwohl sie ihren Satz nicht zu Ende sprach, verstand Heiko. Die Vergangenheit hielt sie in ihren Krallen – wie so viele Frauen. Die Vergangenheit, was einmal geschehen und nie mehr zu ändern war.

«Mögen alle Buddhas und Götter uns retten», stieß Saiki hervor und kehrte diesem erneuten Gefühlsausbruch in aller Öffentlichkeit den Rücken. Einfach empörend! Das Benehmen der ausländischen Frau spielte keine Rolle, sie war eine Barbarin wie alle Ausländer, aber Heiko sollte es besser wissen. Die perfekte Darbietung angemessenen Benehmens war die eigentliche Quintessenz einer Geisha. Falls sich Saiki bisher nicht im Klaren gewesen war, jetzt stand es für ihn fest: Die Ausländer waren ein tödliches Gift, das man ausmerzen musste, je eher, desto besser. Allein ihre Anwesenheit genügte, um die uralten Sitten verkommen zu lassen. Den Beweis dafür hatte er vor Augen. Sein eigener Fürst, der Erbe eines der ehrenwertesten Clans im Reich, klammerte sich wie ein Trunkenbold im Vergnügungsviertel Yoshiwara an eine Frau. Die angesehenste Geisha Edos umarmte eine Ausländerin, als wären beide ein widernatürliches Liebespaar.

Vielleicht genügen nicht einmal sämtliche Buddhas und Götter, um uns zu retten, dachte Saiki. Eigentlich sollten wir eine

Nation von Kriegern sein, und doch haben wir uns so viele Schwächen erlaubt, dass die Ausländer die Paläste der Großfürsten in der Hauptstadt des Shogun ohne unsere Gegenwehr zerstören können. Frustriert und zornig fuhr seine Hand ans Schwert, doch er zückte es nicht. Da war niemand, gegen den er hätte vorgehen können.

Lächelnd sagte Stark: «Wusste gar nicht, Emily, dass du so einen Schlag drauf hast.»

«Es tut mir so Leid, Matthew. Ich war verwirrt.»

«Nichts passiert.» Er bückte sich und hob den Dolch auf, den Kuma fallen gelassen hatte.

Sofort zog Saiki sein Schwert.

«Nicht nötig», sagte Genji und wandte sich dann Stark zu: «Wen wollte er denn töten? Heiko oder Emily?»

Stark und Genji betrachteten Kumas Leiche. Stark schüttelte den Kopf.

«Kennen Sie ihn?»

«Nein», sagte Genji und richtete sein Wort an Heiko. «Du etwa?»

Nach den beiden Schüssen hatte Heiko geglaubt, Kuma wäre davongerannt. Wie schon ihr ganzes Leben lang. Beim Anblick seiner Leiche verlor sie das Gleichgewicht. Wenn Genji sie nicht aufgefangen hätte, wäre sie vermutlich gestürzt. Sie schloss die Augen und lehnte sich in einem gespielten Schwächeanfall an ihn. Kuma war tot!

«Nein, mein Fürst!», erwiderte Heiko.

Saiki sagte: «Diese Beleidigung werden die Ratgeber des Shogun ganz gewiss nicht ungesühnt lassen, auch wenn sie noch so schwach sind.»

Genji sah sich in den Ruinen von Stiller Kranich um.

«Hier gibt es nichts zu beleidigen», erklärte er. «Wir haben drei Jahrhunderte geschlafen und einen uralten Kriegertraum geträumt. Jetzt sind wir erwacht. Das ist alles.»

8

Makkyo

Einige glauben, überlegene Strategie führt zum Siege.
Andere vertrauen auf Tapferkeit.
Wieder andere setzen ihre Hoffnungen auf die Gunst der Götter.
Schließlich gibt es noch solche, die auf Spione, Meuchelmörder, Verführung, Verrat, Korruption, Habgier und Angst bauen.
Dies alles sind trügerische Pfade. Aus einem einfachen Grund: Wer auch nur einmal an Sieg denkt, verliert den wahren, während er sich an den falschen klammert.
Was ist der wahre Sieg? Wenn die Klingen deiner Feinde wütend auf dich einschlagen und dein Leben am seidenen Faden hängt, wirst du es wissen.
Wenn nicht, hast du dein Leben umsonst gelebt.

SUZUME-NO-KUMO (1599)

Saiki sagte: «Es war nachlässig von Ihnen, Hoher Abt, den anderen Ausländer nicht mitzubringen. Laut Prophezeiung wird ein Ausländer unserem Fürsten an Neujahr das Leben retten. Welcher, wissen wir nicht.»

Sohaku ignorierte den sarkastischen Unterton in Saikis Stimme, mit dem dieser seinen ehemaligen geistlichen Titel betonte. «Trotz meiner Beschwörungen hat sich Fürst Genji mit der Bemerkung geweigert, er habe den Ausländer aus der Prophezeiung bereits getroffen, und dieser habe ihm auch schon das Leben gerettet.»

«Unser verstorbener Fürst Kiyori hat uns drei seiner Enkel zum Schutz anvertraut», erklärte Kudo. «Also müssen wir manchmal sogar gegen die Ansichten des jungen Fürsten hart bleiben. Sein Leben ist wichtiger als die Frage, ob wir seine Gunst gewinnen oder verlieren.»

«Dessen bin ich mir wohl bewusst», entgegnete Sohaku. «Trotzdem kann ich kaum etwas anordnen, das im völligen Widerspruch zu seinen Befehlen steht.»

«Ein schwaches Argument», meinte Saiki. «Sie hätten dafür sorgen können, dass der Ausländer aus freien Stücken nach Edo kommt, vielleicht auf Grund eines ‹Missverständnisses›. Das hätte unser Fürst akzeptiert.»

«Vielen Dank für Ihre Belehrung», sagte Sohaku und verbeugte sich betont unterwürfig, obwohl in ihm Wut aufstieg. «Bitte, weisen Sie mir auch weiterhin den Weg. Mit Hilfe welches ‹Missverständnisses› hätte ich ihn denn davon abhalten sollen, Fürst Shigeru wieder in den Dienst zu nehmen?»

«Vielen Dank, dass Sie ein weiteres wichtiges Thema anschneiden», antwortete Saiki und erwiderte Sohakus übertriebene Verbeugung mit einer ähnlichen Geste. «Vielleicht hätten Sie die Güte, uns ausführlich zu schildern, wie es dazu kam. Mein armseliger Verstand will es einfach nicht fassen, wie ein derart grotesker Umschwung möglich war.»

«Darf ich vorschlagen, dass wir unser Gespräch etwas leiser führen», sagte Kudo. «Von unserem derzeitigen Standort aus kann man Stimmen auch noch in weiter Entfernung hören.» In Wirklichkeit unterhielten sich Saiki und Sohaku bereits ganz gedämpft. Nur der Austausch von Höflichkeiten nahm dramatisch zu, was ein eindeutiges Signal für Gefahr war. Dieses durchaus übliche Vorgeplänkel war schon oft zum Duell ausgeartet. Kudos Warnung war seine Art, die Situation zu entschärfen.

Die drei Männer hielten sich in den Resten eines jener Räume auf, die früher einmal auf den Garten hinausgegangen waren. Bemerkenswerterweise hatte der Garten selbst die Bombardierung heil überstanden. Nicht einmal das in den Sand gerechte Muster war zerstört worden. Saiki, Sohaku und Kudo saßen in der letzten Zimmerecke, die es noch gab, während ihre Diener an der Stelle des ehemaligen Eingangs Wache hielten. Die veränderten Umstände wirkten sich bei keinem der Anwesenden auf Haltung, Benehmen oder Förmlichkeit aus.

«Es herrscht ein hohes Maß an Verwirrung, Angst und Spekulation», sagte Kudo. «Niemand weiß, wer diesen Angriff verübt hat und warum. Wir sind Anführer. Alle werden bei uns nach Antworten suchen. Sollten wir nicht besser diese Antworten suchen, anstatt Vorwürfe zu verteilen?»

«Antworten sind unwichtig», meinte Saiki. «Einzig und allein unser Verhalten zählt. Wenn wir zuversichtlich sind, werden auch diejenigen zuversichtlich sein, die uns folgen, ob sie – oder in diesem Falle wir – etwas wissen oder nicht.»

Sohaku beugte sich vor. «Was den Ausländer oder Shigeru anbelangt, sollten wir nicht auf unwichtigen Einzelheiten herumreiten. Das wahre Problem ist weitaus ernster.»

«Einverstanden», erklärte Kudo, «in dieser kritischen Angelegenheit sollten wir zu einer Entscheidung kommen.»

«Ich glaube nicht, dass sich bereits eine eindeutige Schlussfolgerung ergeben hat», warf Saiki ein.

Überrascht schauten Sohaku und Kudo einander an.

«Ist mir da etwas entgangen?», fragte Sohaku. «Bei unserem letzten Treffen haben hauptsächlich Sie mit dem Gedanken gespielt, einen Regenten für die wahre Machtausübung im Fürstentum zu ernennen. Wenn ich mich richtig entsinne, nannten Sie den jungen Fürsten einen Dilettanten, der unseren Clan in den Ruin führen würde.»

«Vielleicht hätte ich ihn eher als ein wenig zu feinsinnig charakterisieren sollen und nicht als Dilettanten.»

«Und wie steht es mit seiner Vorliebe für christliche Ausländer?», wollte Kudo wissen. «Diesbezüglich haben Sie doch sicher Ihre Ansicht nicht geändert, oder?»

«Nein, darin liegt meiner Ansicht nach auch weiterhin eine Gefahr», entgegnete Saiki, wobei er sich jene erst vor kurzem so unverhohlen zur Schau gestellten Gefühle in Erinnerung rief, deren Zeuge er geworden war. «Wenn überhaupt, ist die

Gefahr sogar größer denn je. Vielleicht muss man in Zukunft nötigenfalls insgeheim und ohne ausdrückliche Erlaubnis des jungen Fürsten Maßnahmen dagegen ergreifen.»

Kudo nickte. «Unter Berücksichtigung aller übrigen Aspekte gewinnt sein Verhalten gegenüber seinem Onkel eine entscheidende Bedeutung.»

«Ich bin mir nicht sicher, ob dem tatsächlich so ist», sagte Saiki. «Zugegeben, rein oberflächlich betrachtet wirkt es fraglich. Allerdings könnte es sich im Zusammenhang mit prophetischen Visionen als äußerst kluger Schachzug erweisen.»

«Prophetische Visionen?» Sohaku war außer sich. «Seit wann glauben Sie an dieses Märchen? Ich habe nie einen Beweis dafür gesehen, dass Fürst Kiyori die Zukunft vorhersagen konnte, obwohl ich ihm zwanzig Jahre gedient habe. Und was Fürst Genji betrifft, interessiert den doch nur eines: mit welcher Geisha er nachts schläft und welchen Sake er für seine nächste Vollmondfeier besorgen lassen soll.»

«Shigeru ist vollkommen wahnsinnig», erklärte Kudo. «Ich gehörte zu denen, die ihn in Gewahrsam genommen haben. Sie würden nicht so selbstgefällig sein, wenn Sie dabei gewesen wären. Lachend ist er dagesessen, mit dem Blut seiner eigenen Verwandtschaft besudelt, vor den hingemetzelten Leichen seiner Frau, seiner Töchter und seines Erben. Das werde ich nie vergessen, auch wenn ich mir nichts sehnlicher wünsche.»

«Ich höre und verstehe», sagte Saiki.

Erneut schauten Sohaku und Kudo einander an, diesmal resigniert.

Mit seiner Lieblingsphrase drückte Saiki aus, dass sein Entschluss feststand und sich daran nichts ändern würde.

Saiki fuhr fort: «Ihre Beobachtungen sind zweifelsohne stichhaltig. Trotzdem hat sich bezüglich meiner Ansicht über den jungen Fürsten eine gewisse Veränderung ergeben. Während ich mir weiterhin im Unklaren über seine visionäre Fähigkeit bin, stehe ich inzwischen der Möglichkeit, dass sie existiert, offen gegenüber.» Er deutete auf das östliche Gartenende, wo der innerste Teil des Palastes gestanden hatte.

«Ich sehe lediglich Ruinen. Zweifelsohne ein Beweis, wie nötig drastische Veränderungen sind», meinte Sohaku.

«Auch ich sehe Ruinen», sagte Saiki, «doch darüber hinaus sehe ich noch etwas, was Ihnen entgeht.»

«Und das wäre?»

«Dies sind die Ruinen der Gemächer von Fürst Genji.»

«Ja, ich weiß. Und?»

«Wenn er nicht zum Kloster Mushindo gereist wäre, hätte er sich zum Zeitpunkt der Bombardierung genau an dieser Stelle befunden.» Befriedigt registrierte Saiki, wie sich auf den Gesichtern seiner Kameraden allmählich Verständnis abzeichnete.

«Das kann er nicht gewusst haben», bemerkte Kudo. Trotzdem zitterte seine Stimme.

«Und doch deutet alles darauf hin», sagte Saiki.

«Nichts ist bewiesen», sagte Sohaku.

«Aber auch nicht das Gegenteil», sagte Saiki.

«Wenn er es gewusst hat, warum hat er uns dann nicht gewarnt?», sagte Sohaku.

«Ich maße mir nicht an zu begreifen, wie das zweite Gesicht funktioniert», sagte Saiki. «Jedenfalls müssen wir eine diesbezügliche Entscheidung eindeutig auf einen späteren Zeitpunkt verschieben. Machen Sie sich inzwischen reisefertig. Dieser Aufenthaltsort ist nicht mehr sicher.»

«Sie wollen damit eine Evakuierung nach Spatzenwolke empfehlen?», fragte Sohaku.

«Ja.»

«Das ist schon rein logistisch ein äußerst schwieriges Unterfangen», sagte Sohaku. «Die meisten Fürstentümer zwischen Edo und Akaoka stehen uns feindselig gegenüber. Das Binnenmeer bietet kein wesentliches Hindernis, aber auf seinen Gewässern patrouillieren Seestreitkräfte des Shogun. Unter solchen Bedingungen wird eine Überfahrt auf unsere Heimatinsel zum Risiko.»

«Ich ziehe das Risiko dem sicheren Tod vor», meinte Saiki. «Wo wir sind, können wir nicht bleiben.»

«Außerdem gibt es noch etwas zu bedenken», warf Kudo ein. «Der Shogun hat niemandem Erlaubnis erteilt, sich aus Edo zurückzuziehen.»

«Mein Treueid bindet mich lediglich an Okumichi no kami Genji, den Großfürsten von Akaoka», erklärte Saiki, «und nicht an diesen Usurpatoren, der sich Shogun schimpft und den Shogun-Palast okkupiert.» Er verbeugte sich und stand auf. «Auf Befehl meines Fürsten werde ich dieser Person gehorchen. Sollte er mir aber stattdessen befehlen, besagte Person zu töten, dann wird mich einzig und allein mein Tod daran hindern, diesen Befehl auszuführen. Ich weiß, wer ich bin, und vertraue darauf, dass Sie das auch tun.» Ohne auf eine Antwort zu warten, wandte er sich ab und schritt auf den Ruinenhaufen zu, wo einstmals die Gemächer seines Fürsten gewesen waren.

«Er ist ein starrköpfiger alter Mann», sagte Kudo.

Sohaku schnaubte. «Er war schon als junger Mann starrköpfig. Warum sollte sich diese Eigenschaft im Lauf der Jahre mildern?»

«Eines liegt ganz klar auf der Hand: Im Augenblick wird er einer Regentschaft nie zustimmen. Er hat sich eingeredet, Genji könnte die Zukunft vorhersehen.»

Weiter fiel kein Wort mehr. Nach langem Schweigen schauten Sohaku und Kudo einander unverwandt an und erhoben sich nach einer Verbeugung gleichzeitig.

«Tut mir leid, Emily», sagte Stark, «ich kann von ihm nicht die geringste Spur mehr finden.»

«Vielleicht haben ihn die Engel geholt, wie er das geglaubt hat», entgegnete Emily, lächelte dann aber traurig zum Zeichen, dass sie dies nicht glaubte.

«Was wirst du jetzt tun?», fragte Stark.

«Was ich tun muss. Ich werde unsere verbliebenen Sachen zusammenpacken und auf das nächste Schiff warten, das wieder nach Amerika fährt.» Schon beim Gedanken daran zog sich ihr Herz zusammen. Erneut stiegen ihr Tränen in die Augen.

Unvermittelt setzte sie sich in den Trümmern ihres früheren Zimmers auf den Boden und weinte. Sie war auf jenen Hafen gestoßen, an dessen Existenz sie nicht zu glauben gewagt hatte, ein Paradies, in dem sie ihre Schönheit nicht als solche gewertet wurde und man sie sogar als abstoßend empfand. Und nun – mit einem einzigen Schuss hatte sie dieses Paradies verloren. Das war zu viel für sie.

Stark nahm sie in die Arme, bettete ihren Kopf an seine Brust und sagte, wobei er den Grund ihres Kummers völlig falsch verstand: «Wenn du erst zu Hause bist, wirst du dich besser fühlen.» Aber dieser Satz steigerte nur ihre Pein. Schluchzend klammerte sie sich an ihn. «Emily, du bist jung, dein Leben hat erst begonnen. Der Himmel wird auf dich herablächeln. Du wirst eine neue Liebe finden. Da bin ich mir ganz sicher.»

Wie gern hätte ihm Emily erklärt, dass sie nicht Liebe finden wollte, sondern Frieden.

Kaum hatten die Kanonen das Feuer eingestellt, begab sich Shigeru an den Rand des Palastbezirks, wo die einst äußere Mauer stand, und hielt Wache. Innerhalb drohte keine Gefahr. Falls jemand aber die Verwirrung für einen Mordversuch an Genji ausnutzen wollte, würde er das jetzt tun, unmittelbar nach dem Angriff. Dass Sohaku noch nicht zum Handeln bereit war, dessen war sich Shigeru sicher. Er würde zuerst Saiki und Kudo aushorchen müssen. Also galt derzeit seine einzige Sorge Feinden von außen. Hoffentlich würden sie kommen, das wäre eine gute Übung für ihn. Über Sohaku wollte er sich später den Kopf zerbrechen und nötigenfalls auch über Saiki und Kudo. Angesichts der Gefahren ringsherum war es ein unglücklicher Umstand, dass man möglicherweise die drei Oberbefehlshaber des Clans töten müsste. Selbst wenn Saiki und Kudo treu ergeben blieben, wäre der Verlust von Sohaku ein schwerer Schlag. Er war der beste Stratege von allen und der beste Kämpfer nach Shigeru.

Näher kommendes Pferdegetrappel lenkte Shigerus Aufmerksamkeit in eine andere Richtung. Zwei Pferde, gefolgt von vierzig bis fünfzig Mann zu Fuß. Ihr gleichmäßiger Laufschritt verriet ihm, dass es sich um Samurai handeln musste. Shigeru spürte, wie sich seine Schultern entspannten und sein Atem verlangsamte. Er war bereit.

Wenige Augenblicke später tauchte Spähauge Kawakami, der führende Kopf der Geheimpolizei des Shogun, auf einem Rappen in der Straße vor dem Palast auf. An seiner Seite seine rechte Hand Mukai, ebenfalls zu Pferde, wenn auch auf einer weniger edlen, grauen Stute. Hinter ihnen eine Brigade von vierzig Samurai. Als Kawakami Shigeru erkannte, zügelte er mit überraschter Miene sein Pferd.

«Fürst Shigeru, von Eurer Anwesenheit in Edo wusste ich ja gar nichts.»

«Ich bin eben erst eingetroffen, Fürst Kawakami, und hatte noch keine Gelegenheit, Euch von meinem Aufenthaltsort in Kenntnis zu setzen.»

«Ich möchte es ja nicht allzu sehr betonen, aber auch Euer bisheriger Aufenthaltsort war mir unbekannt.»

«Tatsächlich? Ein schreckliches Versehen meiner Untergebenen.» Shigeru verbeugte sich, ohne Kawakami aus den Augen zu lassen. «Ich werde die Schuldigen zur Rechenschaft ziehen.»

«Davon bin ich überzeugt», entgegnete Kawakami. «Gestattet mir inzwischen, den Palastbereich zur Durchführung einer Überprüfung zu betreten.»

«Man hat uns nicht informiert, dass eine Überprüfung stattfinden soll. Deshalb muss ich Euer Angebot zu meinem Bedauern ablehnen.»

«Ich mache kein Angebot.» Kawakami gab seinem Pferd die Sporen, dicht gefolgt von seinen Männern. «Auf Befehl des Shogun soll ich jeden beschädigten Palast überprüfen und jeden überlebenden Fürsten befragen. Bitte, Fürst Shigeru, tretet beiseite.»

Elegant und geschmeidig wie Kranichflügel fuhren Shigerus Schwerter aus der Scheide. Einen Augenblick stand er noch mit leeren Händen da, im nächsten hatte er das längere Katana in der Rechten und das kürzere Wakizashi in der Linken. Mit den Waffen zu beiden Seiten seines Körpers nahm er eine Stellung ein, die weder eine Verteidigungsposition darstellte, noch als Vorbereitung zum Angriff galt. Shigeru wirkte so wenig kampfbereit, dass es sich dem ungeschulten Auge tatsächlich so darstellte, als wollte er sich demnächst ergeben.

Selbstverständlich wusste Kawakami, dass dies nicht der Fall war. Wie jeder gute Samurai hatte er das *Go-rin-no-sho* studiert, Miyamoto Musashis klassische Abhandlung über die Schwertkunst. Shigerus Stellung war die letzte, unmittelbar vor dem Kampf – *mu*, die Leere. Er war das genaue Gegenteil von unvorbereitet: offen für alles. Er erwartete nichts, akzeptierte alles. In alten Zeiten hatte nur ein einziger Mann diese Haltung gewagt, und zwar Musashi selbst. Seither hatte es nur noch einen gegeben: Shigeru.

Auf Kawakamis Zeichen hin fuhren vierzig Klingen aus den Scheiden. Rasch bezogen seine Männer Stellung, um den einzelnen Schwertkämpfer von drei Seiten anzugreifen. Hinter seinen Rücken begaben sie sich nicht. Damit hätten sie die Grenze zwischen der Straße von Edo und dem Grund des Okumichi-Palastes überschritten. Und diesen Befehl hatte ihnen Kawakami noch nicht erteilt.

Kawakami zog sein Schwert nicht. Er hielt sein Pferd in vermeintlich sicherem Abstand zu der zu erwartenden Auseinandersetzung. «Seid Ihr derart realitätsfern, dass Ihr es wagt, Euch dem unmittelbaren Befehl des Shogun zu widersetzen?»

«Wie Ihr wisst, genieße ich nicht das Privileg, dem Shogun zu dienen», antwortete Shigeru. «Solange mir nicht mein eigener Fürst besagte Befehle erteilt, existieren sie nicht.» Aus der Art, wie sich Kawakami am Sattel festhielt, konnte er erkennen, dass er kein erfahrener Reiter war. Also könnte er bei ihm sein, noch ehe der Mann sein Pferd wenden und flüchten konnte. Er schätzte die Distanz zwischen ihnen auf fünf Herzschläge. Zuerst würde er ein Dutzend Männer niedermähen müssen, die sich dazwischenwarfen, aber das wäre kein Problem. Alle seine möglichen Gegner waren vor Furcht ganz verkrampft und damit bereits so gut wie tot.

«Fürst Kawakami, welche Überraschung.» Beiläufig näherte sich Saiki dem feindlichen Aufmarsch. Die gezückten Schwerter schien er nicht zu bemerken. «Gerne würde ich Euch zu einer Erfrischung hereinbitten. Leider sind derzeit unsere Möglichkeiten etwas begrenzt, wie Ihr sicher schon bemerkt habt. Vielleicht ein andermal?»

«Saiki, bringt doch Fürst Shigeru, wenn möglich, zur Vernunft.» Er streichelte seinem unruhigen Pferd die Mähne. «Er weigert sich, mir den vom Shogun befohlenen Zutritt zu gewähren.»

«Verzeiht, dass ich widerspreche, Fürst Kawakami», entgegnete Saiki, wobei er sich unmittelbar vor den Halbkreis aus funkelnden Klingen stellte. «Meiner Ansicht nach ist es korrekt, wenn Euch Fürst Shigeru das Betreten verweigert.»

«Was?»

«Gemäß den Protokollen von Osaka muss der Shogun einen Großfürsten von jeder Prüfung zwei Wochen vor dem festgesetzten Datum in Kenntnis setzen. Als oberster Verwalter des Fürstentums Akaoka muss ich Euch mitteilen, dass meinem Fürsten keine derartige Meldung zugegangen ist.»

«Die Protokolle von Osaka sind zweihundertfünfzig Jahre alt.»

«Trotzdem», sagte Saiki mit einer tiefen Verbeugung und einem Lächeln, «gelten sie noch immer.»

Kawakami machte eine schlaue Miene. «Soweit ich mich erinnere, stellen die Protokolle in Kriegszeiten eine Ausnahme dar.»

«Das ist korrekt. Allerdings befinden wir uns nicht im Krieg.»

Hinter Kawakami stürzte ein brennendes Gebäude ein. Sein Pferd scheute in Panik. Erst nach einigen Augenblicken gelang es ihm, es wieder unter Kontrolle zu bringen.

«Wenn das kein Krieg ist, dann handelt es sich um eine bemerkenswert gute Imitation», sagte Kawakami.

«Ich dachte dabei eher an eine offizielle Kriegserklärung», erwiderte Saiki, «wie sie in den Protokollen ausdrücklich erwähnt wird. Hat der Shogun irgendjemandem den Krieg erklärt?»

Kawakami runzelte betrübt die Stirn. «Nein.»

Abrupt wendete er sein Pferd und ritt fort, wobei er es Mukai überließ, den Männern das Senken der Waffen und den Rückzug zu befehlen.

«Diplomatisch wie eh und je», stellte Shigeru fest, während er seine Schwerter einsteckte.

«Vielen Dank», sagte Saiki, obwohl er ganz genau wusste, dass Shigeru das nicht als Kompliment gemeint hatte. «Offensichtlich seid Ihr wieder ganz der Alte, Fürst Shigeru, und das obendrein zur rechten Zeit.»

«Mein Fürst», sagte Hidé, «Stark trägt heimlich eine Feuerwaffe bei sich.»

«Ja, ich weiß», sagte Genji. «Keine Angst, für mich ist er keine Gefahr.»

«Seid Ihr sicher, mein Fürst?»

«Ja.»

Hidé entspannte sich. Wenn es sich um eine Angelegenheit des zweiten Gesichts handelte, lag die Sache außerhalb seines Verantwortungsbereichs.

Genji lächelte. Es war beruhigend, einen Mann zum Obersten Leibwächter zu haben, dessen Gedanken er genauso gut lesen konnte, als ob er diese Gabe tatsächlich besäße. «Geht es Hanako gut?»

«Das weiß ich nicht, mein Fürst.»

«Hast du sie nicht gefunden?»

«Ich habe nicht gesucht.»

«Warum nicht?»

«Meine Verantwortung ist es, für Eure Sicherheit zu sorgen. Da kann ich mich nicht einfach wegen persönlicher Belange entfernen.»

«Hidé, du sprichst von deiner Verlobten, der künftigen Mutter deines Sohnes und Erben, von deiner Freundin und Gefährtin fürs Leben.»

«Jawohl, Fürst.»

«Geh sie suchen. Shimoda wird mich in deiner Abwesenheit beschützen, nicht wahr, Shimoda?»

«Jawohl, Fürst.»

Hidé verbeugte sich bis zum Boden. «Ich werde rasch zurückkommen.»

«Erst morgen früh», sagte Genji, «nach dem Frühstück. Und noch etwas: Verbeuge dich nicht mehr ganz so tief. Als Oberster Leibwächter begehst du einen Fehler, wenn du unsere Umgebung nicht aufmerksam im Auge behältst, und sei es auch nur für einen Moment.»

«Mein Fürst, ich höre und gehorche.»

«Gut. Geh deine Braut suchen.»

Heiko wartete, bis Hidé fort war und sich Shimoda in diskretem Abstand zurückgezogen hatte. Sie saßen auf Kissen unter einem großen Zelt, das man neben der Küstenmauer errichtet hatte, dem einzigen Mauerteil, der die Bombardierung heil überstanden hatte. Vom Meer her wehte eine milde Brise Salzgeruch.

«Wie sehr habt Ihr Euch in so kurzer Zeit verändert», sagte Heiko und berührte die Sakeflasche. Zufrieden stellte sie fest, dass sie richtig temperiert war, und füllte Genjis Schale.

«Was meinst du damit?»

«Noch vor einer Woche wart Ihr eine Galionsfigur, eine unbedeutende Person, die von Euren ererbten Vasallen lediglich toleriert wurde. Jetzt seid Ihr wahrhaftig ihr Fürst. Eine höchst bemerkenswerte Veränderung.»

«Krisen verändern Menschen», sagte Genji, wobei er seinerseits Heikos Schale füllte. «Wenn sie Glück haben, zeigen ihnen Krisen, worauf es wirklich ankommt.»

Sie wandte sich ab, sein offener Blick verwirrte sie. Wie schwierig war es gewesen, in ihn verliebt zu sein, aber noch schwieriger war es jetzt, da er ihre Liebe erwiderte. Wären sie doch Bauern oder Händler oder Fischer, dann könnten sie ihren

Gefühlen freien Lauf lassen, ohne Angst vor etwaigen Konsequenzen.

«Ihr seid im Augenblick von Gefühlen überwältigt», sagte sie. «Ich werde mich an nichts erinnern, was Ihr heute zu mir sagt.»

«Doch, das wirst du», sagte er, «genau wie ich auch. Nicht der Augenblick überwältigt mich, sondern du, Heiko, du ganz allein.»

«Es ist nicht nötig, mir Komplimente zu machen», entgegnete sie. Tränen rollten über ihre Wangen. Trotzdem umspielte ein weiches Lächeln ihre Lippen. «Ich liebe Euch. Vom ersten Augenblick an habe ich Euch geliebt und werde dies bis zum letzten Atemzug tun. Deshalb müsst Ihr mich nicht wiederlieben.»

Er lächelte jenes sorglose Lächeln, bei dem stets ihr Herz dahinschmolz. «Wenn ich dich mit der gleichen Leidenschaft liebe, ist diese Symmetrie der Gefühle langweilig, ich weiß. Vielleicht werde ich im Lauf der Zeit lernen, dich weniger zu lieben. Wird dich das zufrieden stellen?»

Mit einem Lachen fiel ihm Heiko in die Arme. «Bei meinem Liebreiz? Ich befürchte, Ihr seid dazu verdammt, mich in Zukunft noch mehr zu lieben statt weniger.»

«Ziemlich selbstbewusst, nicht?»

«Nein Gen-chan», antwortete sie, «das bin ich nicht, ganz im Gegenteil. Liebe ist der schwache Punkt einer Frau, nicht ihre Stärke. Und ihre Blütezeit ist kurz, egal, wie schön sie ist. Ich erwarte nicht, dass du mich für immer liebst. Doch, bitte, sei freundlich, wenn du kannst.»

Gern hätte er seine Hand in ihren weiten Kimonoärmel gesteckt, um sie zu streicheln, aber der Tag war frostig und seine Hand kalt. Es wäre nicht angenehm für sie, also ließ er es sein. Aber noch während er dies dachte, bewegte sie sich so, dass ihrer beider Hände gleichzeitig den Weg in den Kimono des anderen fanden. Im selben Augenblick, in dem er ihren warmen Busen spürte, fühlte er ihre kühlen Fingerspitzen auf seinem eigenen Körper. Hitze und Kälte waren eins. Wer konnte hier nun eigentlich Gedanken lesen?

«Wie könnte ich anders sein als freundlich? Wenn ich bei dir bin, ja, wenn ich nur an dich denke, schwinden alle grausamen Seiten dieser Welt, und mein Herz, mein ganzes Wesen wird weich.»

«Dein ganzes Wesen nicht.»

«Nein, vielleicht nicht mein ganzes.»

Ans Ausziehen dachten sie nicht. Das hätten sie auch nicht getan, wenn sie sich in Genjis persönlichen Gemächern befunden hätten, nicht für ein Stelldichein mitten am Tag. Dazu trugen sie viel zu komplizierte Kleidung, besonders Heiko.

Ihr Kimono bestand aus schwerem Seidencrêpe im Omeshi-Stil. Darüber trug sie eine lange, gegen die Kälte wattierte Überjacke, den *haori*. Ein breiter bestickter Gürtel, der *obi*, hielt den Kimono zusammen. Er war zu einer Schleife in der Form *fukura suzume* gebunden und an der Oberkante durch eine darunter liegende Brustschärpe akzentuiert, den *obi-age*.

Über dreihundert unterschiedliche Schleifenformen standen zur Auswahl. Täglich verbrachte Heiko beträchtliche Zeit damit, sich für eine davon zu entscheiden. Die Fukura-Suzume-Form – den dicken Spatz – hatte sie gewählt, weil sie Genjis Rückkehr am heutigen Tag für wahrscheinlich gehalten hatte. Diesen Anlass wollte sie mit einer subtilen optischen Anspielung auf das Clanwappen feiern. Wie sich herausstellte, war ihre Vermutung richtig gewesen. Andernfalls hätte sie diese Schleife nicht noch einmal gebunden, das wäre unelegant gewesen. Wenn sie sich im Zeitpunkt geirrt hätte, hätte sie die verpasste Gelegenheit als Tatsache akzeptiert.

Den Obi hielt eine Kordel zusammen, der *obi-jime*. Zwischen Kimono und Obi trug sie eine Art Kummerbund, den *obi-ita*, der verhinderte, dass der Kimono unter dem Obi zerknitterte. Eine *makura*, ein Kissen, hielt von unten die Schleife in Form. An einer etwas schmaleren Kordel als der Obi-jime hing vorn auf dem Obi zur Verzierung eine Brosche, der *obi-domé*.

Unter Kimono, Obi, Makura, Obi-age, Obi-jime und Obi-domé trug sie einen bodenlangen Unterkimono, den *nagaju-*

ban, ebenfalls aus Seide, an dessen Kragen, dem *chikara nuno*, Kordeln befestigt waren, die man durch Schlaufen am Kragen zog. Mit ihrer Hilfe entstand eine stilvolle faustgroße Öffnung am Nackenende. Der Nagajuban wurde von einem Untergürtel zusammengehalten, dem *date-maki*.

Unter dem Nagajuban befanden sich das Unterhemd, *hada-juban*, und ein halblanges Höschen, das *susoyoke*. Darunter wurden am Schlüsselbein, auf dem Bauch und um die Taille verschiedene kleine Kissen getragen. Durch den kerzengeraden Schnitt des Kimonos musste man den Umriss des Körpers den fließenden Linien des Gewandes anpassen. Normalerweise hätte sie auch eine Binde um den Oberkörper getragen, um ihren Busen flach zu drücken. Aber in Erwartung von Genjis Rückkehr hatte sie sich heute Morgen nicht eingeschnürt.

Obwohl Genji und Heiko ihre Kleidung anbehielten, boten ihre Gewänder mehr als genug Öffnungen für intime Berührungen. So wie Hitze und Kälte eins waren, verhielt es sich auch mit dem Angezogensein und völliger Nacktheit.

Schwer atmend sagte Genji: «Wenn Liebe deine schwache Seite ist, dann erbebe ich beim Gedanken daran, wie wohl deine Stärke aussieht.»

Heiko gab sich alle Mühe, nicht zu keuchen, und sagte: «Mein Fürst, ich denke, Ihr werdet auch so erbeben.»

Mit höflich abgewandtem Blick rollte Shimoda stumm die Bahnen am Zelteingang herunter. Trotzdem konnte er nicht verhindern, dass ein Lächeln über sein Gesicht glitt.

Erst als Hidé seine Suche nach Hanako begann, erkannte er das ganze Ausmaß der Zerstörung. In seiner Kindheit hatte ein heftiges Erdbeben Edo verwüstet, in dessen Folge, wie häufig bei Erdbeben, eine Feuersbrunst ausbrach, der die halbe Stadt zum Opfer fiel. So ähnlich sah auch der Palast Stiller Kranich aus, ein einziger rauchender Trümmerhaufen, in dem überall zerschmetterte Körper und Leichenteile herumlagen. Die Luft stank nach verbranntem Menschenfleisch. Hidé drehte sich der Magen um. Mühsam kämpfte er gegen Übelkeit und Tränen an.

Zwischen den Ruinen des Gästetrakts entdeckte er unter einem Balken einen eingeklemmten bunten Stofffetzen von einem Frauenkimono. Er kniete sich nieder, hob ihn auf und hielt ihn zärtlich mit beiden Händen. War es ihrer? Seines Wissens hatte sie einen ähnlichen Stoff getragen, als er sie das letzte Mal gesehen hatte, aber sicher wusste er das nicht. Warum war er nicht achtsamer? Wie sollte einer den Titel Oberster Leibwächter verdienen, wenn er nicht einmal den Kimono seiner zukünftigen Frau erkannte?

Kaum war Hidé dieser Gedanke gekommen, verwarf er ihn auch schon wieder. Derartige Selbstzweifel konnte er sich nicht mehr gestatten. Sein Fürst hatte ihn in diese Position berufen. Jeder Zweifel an seiner Fähigkeit zur Erfüllung seiner Pflichten hieße, an seinem Fürsten zu zweifeln. Die unerschütterliche Treue erforderte, dass er an sich selbst glaubte, weil sein Fürst an ihn glaubte. Wenn er nun also auf einen seiner vielen Fehler stieß, musste er sich nach Kräften bemühen, diesen auszumerzen und der Mann zu werden, den sein Fürst in ihm sah. Das war seine Pflicht und Schuldigkeit. Er stand auf, kerzengerade und voll Selbstvertrauen.

Doch den Seidenfetzen hielt er weiter in den Händen, und immer noch standen ihm Tränen in den Augen. Was nützten Rang und Ehrungen, wenn man niemanden hatte, um sie zu teilen? Wo war die süße Krönung des Triumphes, die tröstliche Gegenwart in der Niederlage? Wo am Ende die ruhmreiche Trauer beim vollkommenen Tod eines Samurai?

Ganze sechzehn war Hidé gewesen, als er Hanako zum ersten Mal begegnete. Er trug gerade sein erstes Katana in Erwachsenengröße. Sie war ein neunjähriges Waisenkind, das Fürst Kiyori soeben auf Empfehlung des alten Abtes Zengen in den Palast gebracht hatte. Beim Gedanken an die ersten Worte, die er zu ihr gesagt hatte, lief er rot an.

«Du da, hol mir Tee.»

Das kleine Mädchen im verwaschenen Baumwollkimono reckte das Kinn und sagte: «Hol ihn selbst.»

«Mädchen, du wirst mir Tee bringen.»
«Werde ich nicht.»
«Du bist eine Dienerin. Ich bin Samurai. Du wirst tun, was ich dir befehle.»
Das kleine Mädchen lachte.
«Fürst Kiyori ist ein Samurai», sagte sie. «Fürst Shigeru, Herr Saiki, Herr Kudo, Herr Tanaka, die sind Samurai. Du, du bist nur ein frecher Junge mit einem neuen Schwert, das noch kein Blut gesehen hat.»
Wut und Verlegenheit brachten ihn auf die Beine. Seine Hand lag am Griff seines Katana.
«Ich bin ein Samurai. Ich kann dich auf der Stelle töten.»
«Kannst du nicht.»
«Was?»
Die dreiste Antwort des Mädchens verschlug Hidé die Sprache. «Ein Samurai ist Herr über Leben und Tod jedes Bauern. Und zu denen gehörst du.»
«Stimmt nicht.»
«Und warum nicht?»
«Weil ich zum Gesinde deines Clans gehöre. Es ist deine Pflicht und Schuldigkeit, mich zu beschützen, nötigenfalls mit deinem eigenen Leben.»
Mit diesem Satz entfernte sich das kleine Mädchen. Zurück blieb ein beschämter Hidé, der ihr mit offenem Mund nachstarrte.

Er sah sich in den Palastruinen um. Ja, war es nicht sogar hier gewesen, an dieser Stelle? Vor so vielen Jahren? Genau wie damals starrte er zu Boden. Obwohl sie nur ein Kind gewesen war, hatte sie ihn an etwas erinnert, was er nie hätte vergessen dürfen: Ein Samurai war ein Beschützer und kein arroganter Rüpel.
Das freche kleine Mädchen war zu einer tüchtigen und tugendsamen Frau herangewachsen, und deshalb war er ihr im Lauf der Jahre aus dem Weg gegangen, während derer er sein Leben vertrank und verspielte.

Was für eine tugendsame Frau hatte Fürst Genji für ihn ausgesucht! Und jetzt war sie für immer verloren.

«Hidé!»

Beim Klang von Hanakos überraschter Stimme drehte er sich um.

Mit einem Tablett voller Teegeschirr stand sie an der Stelle, wo sich ein Steg befunden hatte.

Im Hochgefühl des Glücks wollte Hidé schon auf sie zueilen und umarmen, hielt aber dann doch an sich und verbeugte sich stattdessen.

«Ich bin erleichtert, dich unverletzt zu sehen.»

Sie erwiderte seine Verbeugung.

«Es ehrt mich, dass Sie sich ein klein wenig um das Wohlergehen einer unwichtigen Person sorgen.»

«Du bist nicht unwichtig», sagte Hidé, «jedenfalls nicht für mich.»

Obwohl sich nicht feststellen ließ, wer über diesen Satz mehr erstaunt war, Hanako oder Hidé selbst, reagierte Hanako darauf eindeutig dramatischer. Sie strauchelte und hätte fast das Tablett fallen gelassen, was nur Hidés rasches Eingreifen verhinderte. Als er das Tablett auffing, streifte er unabsichtlich ihre Hand. Sie spürte, wie sie bei dieser ersten Berührung weiche Knie bekam.

Hidé sagte: «Auf Befehl von Fürst Genji soll ich erst am Morgen wieder kommen. Nach dem Frühstück.»

Hanako wurde rot. Sie hatte die Bedeutung dieses Satzes verstanden. «Unser Fürst ist sehr großzügig», sagte sie, wobei sie züchtig den Blick senkte.

Hidé hatte so viel zu erzählen, dass er nicht mehr an sich halten konnte. «Hanako, auf dem Weg zum Kloster Mushindo haben wir gegen Truppen von Fürst Gaiho gekämpft. Auf Grund meines Verhaltens hat mich Fürst Genji zum Obersten Leibwächter ernannt.»

«Das freut mich sehr für Sie», erwiderte Hanako. «Sie werden sich zweifelsohne durch großen Mut und ehrenhaftes Verhalten auszeichnen.» Wieder verbeugte sie sich tief. «Bitte, entschuldigen Sie mich für eine Weile, ich muss Fürst Shigeru und Herrn Saiki aufwarten. Sobald es meine Pflichten erlauben, mein Herr, werde ich zu Ihnen zurückkehren.»

Hidé sah ihr nach, wie sie sich entfernte, nicht auf dem kürzesten Weg durch die Ruinen, sondern, wie es sich gehörte, über den ehemaligen inneren Gang, als hätte sich nichts geändert. Erst jetzt wurde ihm bewusst, dass sie ihn mit «mein Herr» angesprochen hatte – und er dazu auch berechtigt war. Der Rang eines Obersten Leibwächters ging mit Landbesitz einher. Obwohl Fürst Genji diesbezüglich noch nichts Genaues hatte verlauten lassen, würde er dies sicher während seiner Proklamationen zum neuen Jahr tun.

Hidé musste wieder an die Wärme denken, die er wenige Augenblicke zuvor beim Berühren ihrer Hände empfunden hatte. Es war ihr erster Körperkontakt gewesen. Dabei wurde ihm klar, dass er Hanako unbewusst schon seit langem liebte. Ganz im Gegensatz zu Fürst Genji. Erneut trieb ihm die Dankbarkeit, die er empfand, Tränen in die Augen. Was für ein Segen war es, einem Herrn zu dienen, der das zweite Gesicht besaß.

Hanako versuchte, auf ihre Schritte zu achten. Die Ruinen forderten Fehltritte geradezu heraus. Könnte es etwas Beschämenderes geben, als vor den Augen ihres künftigen Ehemannes tollpatschig zu stolpern und hinzufallen? Noch dazu am Abend ihres ersten intimen Beisammenseins? Und doch mühte sie sich vergeblich ab, sich ganz auf das Hier und Heute zu konzentrieren. Ihre Gedanken wanderten ein Dutzend Jahre zurück, zum Klang von Fürst Kiyoris Stimme.

«Hanako.»

«Mein Fürst.» Sie fiel auf die Knie und presste ihre Stirn auf den Boden. Ihr ganzer Körper bebte vor Angst. Ganz stolz war sie mit hoch erhobenem Kinn dahinspaziert und hatte sich so gefreut, weil sie diesem selbstgefälligen hübschen Jungen den Wind aus den Segeln genommen, dabei aber doch tatsächlich die Anwesenheit des Großfürsten übersehen hatte.

«Komm mit.»

Trotz der milden Frühlingssonne zitterte sie wie Espenlaub, während sie ihm mit niedergeschlagenen Augen und der Gewissheit folgte, dass sie ihrem Untergang entgegenging. Warum würde sich der Großfürst sonst herablassen, sie anzusprechen, eine nichtswürdige Waise, die lediglich dank der Güte des alten Dorfpriesters Zengen in diesem Palast der Wunder weilte?

War der Junge vielleicht ein fürstlicher Verwandter, ein Lieblingsneffe? Hatte sie törichterweise die falsche Person beleidigt? Tränen traten ihr in die Augen und liefen über ihre Wangen. Sie schämte sich schrecklich, weil sie Zengen, der alles getan hatte, um ihr nach dem Tod ihrer Eltern zu helfen, enttäuscht hatte. Und das nur wegen ihres Stolzes. Hatte ihr nicht Zengen immer wieder eingebläut: Bilde dir nicht so viel auf dich ein, Hanako, dein Ich ist nichts weiter als eine Illusion. Ja, Abt Zengen, hatte sie immer wieder gesagt, ohne sich die Lektion auch wirklich zu Herzen zu nehmen. Und nun war es zu spät.

Vor ihnen konnte sie die Samurai auf dem Übungsplatz aufeinander prallen hören. Kein Zweifel, in Kürze würde man sie exekutieren. Wie konnte sie ihren Eltern im Reinen Land gegenübertreten? Doch darüber brauchte sie sich nicht den Kopf zu zerbrechen. Sie war einer Erlösung durch Amida Buddha nicht würdig. Stattdessen würde sie in irgendein Höllenreich fahren, um ihr böses Karma abzuarbeiten, bei Kichi, der zweigeschlechtlichen Hexe, und Gonbe, dem Vergewaltiger, und dem leprösen Iso. Vielleicht würde sie an diesem Schreckensort Kichis Sklavin und Isos Weib werden.

«Iiiiihhhhh!»

Der grimmige Schlachtruf jagte ihr einen solchen Schreck ein, dass sie es nicht wagte aufzusehen. Deshalb lief sie regelrecht in Fürst Kiyori hinein, der knapp innerhalb des Platzes stehen geblieben war. Ängstlich zuckte sie zurück, aber er beachtete weder den Zusammenstoß noch ihr Zurückweichen.

«Mein Fürst!» Der Samurai, der gerufen hatte, sank in voller Rüstung auf ein Knie und verbeugte sich im Fünfundvierzig-

Grad-Winkel. Eine verkürzte Verbeugung, die auf dem Schlachtfeld üblich war. Rasch folgten die anderen seinem Beispiel.

«Weitermachen!», befahl Fürst Kiyori.

Sie erhoben sich und nahmen ihr Scheingefecht wieder auf. Zuerst konnte Hanako nicht verstehen, warum keiner tot umfiel, doch dann sah sie, dass sie statt stählerner Schwerter solche aus Mooreiche schwangen.

«Die übrigen Clans verwenden zum Üben Shinai aus Bambus», erklärte Fürst Kiyori. «Shinai richtet keinen Schaden an und ist damit nutzlos. Mooreiche kann in den Händen eines erfahrenen Schwertkämpfers Knochen brechen und manchmal sogar töten, auch wenn der Schlag auf der Rüstung landet. Dadurch birgt unser Üben stets ein Element echter Gefahr in sich. Üben ohne Gefahr ist kein Üben.» Er blickte auf sie hinab. «Warum üben wir?»

«Weil Ihr Samurai seid, mein Fürst.»

«Was ist ein Samurai?»

Zu ihrer Überraschung stellte er ihr Fragen, anstatt sie auf der Stelle töten zu lassen. Für diese Verzögerung war sie dankbar. Schon beim Gedanken daran, wie man sie ins höllische Ehebett des leprösen Iso zerrte, wurde ihr übel.

«Ein Krieger, mein Fürst.»

«Und wann war der letzte Krieg?»

«Vor über zweihundert Jahren, mein Fürst.»

«Welchen Sinn hat es dann, wenn man die Kriegskunst ständig übt? Wir leben im Frieden.»

«Weil es jederzeit zum Krieg kommen kann, mein Fürst. Samurai müssen bereit sein.»

«Wozu bereit?»

Jetzt waren sie so weit. Das Ritual war vorbei. Nun würde sie sterben. Sie senkte den Kopf und sagte: «Bereit zum Töten, mein Fürst.» Dann wartete sie darauf, dass ihr die Klinge den Nacken durchtrennte.

Doch Fürst Kiyori überraschte sie erneut. Er sagte: «Nein, Hanako, das ist es nicht. Zum Töten braucht man nicht so viel Übung. Schau aufmerksam hin.»

Sie sah auf. Männer schlugen aufeinander ein. Das war alles, was sie sehen konnte. Aber bei genauer Beobachtung bemerkte sie, dass sich die Samurai im Handgemenge unterschiedlich verhielten. Die einen bewegten sich konzentriert und zielbewusst, auch wenn die Hiebe nur so auf sie herniederprasselten. Andere hüpften unruhig umher, um den Treffern auszuweichen, und wurden trotzdem getroffen. In diesem Durcheinander aus so vielen Männern, die auf derart engem Raum gegeneinander kämpften, ließen sich Hiebe nicht vermeiden, egal, was man tat. Wären die Schwerter wie bei einer echten Schlacht aus Stahl gewesen, hätten nicht mehr viele der Kämpfer überlebt. Und mit dieser Erkenntnis fiel ihr auch die Antwort ein.

Sie sagte: «Sie müssen bereit sein zu sterben, mein Fürst.»

Fürst Kiyori lächelte. «Das ist das Schicksal eines Samurai, Hanako. Es ist nicht leicht, ständig mit einer solchen Angst zu leben.»

«Aber ein echter Samurai hat keine Angst, nicht wahr, mein Fürst?» Sie konnte sich nicht vorstellen, dass der Großfürst vor irgendetwas Angst hatte.

«Mangel an Angst ist kein Zeichen von Mut, sondern von Dummheit. Mut bedeutet, Angst zu kennen und zu überwinden.» Fürst Kiyori tätschelte ihren Kopf. «Manchmal wird ein Samurai seine Angst hinter Hochmut verstecken, besonders wenn er jung ist. Eine tugendsame Frau wird ihm verzeihen und alles tun, was in ihrer Macht steht, um ihn zu stärken, und nichts, um ihn zu schwächen. Verstehst du das?»

«Ja, mein Fürst.»

«Du darfst gehen.»

Kaum hatte sie Fürst Kiyori verlassen, eilte sie in die Küche. Von dort ging sie wieder in jenen Innenhof, wo sie sich mit dem jungen Mann gezankt hatte. Zu ihrer großen Erleichterung saß er immer noch an derselben Stelle wie zuvor. Bildete sie sich das nur ein, oder ließ er tatsächlich mutlos die Schultern hängen? Sie spürte, wie ihr die Schamröte in die Wangen stieg.

Sie trat zu ihm und kniete sich nach einer Verbeugung hin. «Euer Tee, Herr Samurai.»

«Oh», sagte der junge Samurai erstaunt und wurde rot. «Danke schön.»

Seine Schultern haben sich gestrafft, als er die Schale nahm, dachte sie. Sie war froh. Sogar sehr froh.

Shigeru und Saiki saßen auf geflochtenen Binsenmatten in der Mitte von Shigerus ehemaligem Hauptraum. Die ursprünglichen *tatami* hatte die Kanonade restlos zerfetzt, die neuen waren nur leicht beschädigt. Shigeru saß mit geschlossenen Augen reglos da und rührte sich nicht, als sich Hanako unter dem früheren Eingang hinkniete, verbeugte und dann näher kam, als würde sie einen Raum betreten.

Saiki nahm ihre Anwesenheit höflich zur Kenntnis. «Es freut mich zu sehen, dass du den Angriff überlebt hast, Hanako.»

«Vielen Dank, Herr.» Da auch sie die entsetzlichen Gerüchte kannte, näherte sie sich Shigeru ziemlich beklommen, auch wenn sie nach außen hin beim Einschenken des Tees ruhig und höflich wirkte.

«Hattest du bereits Gelegenheit, mit Hidé zu sprechen?», fragte Saiki.

«Ja, Herr.»

«Dann kennst du ja die guten Neuigkeiten. Er ist binnen kurzer Zeit aufgestiegen, nicht?»

Hanako verbeugte sich tief. «Ganz unverdientermaßen und nur dank Fürst Genjis großer Güte.» In Abwesenheit ihres Verlobten war sie zu demütigem Verhalten verpflichtet.

«Unser Fürst ist zweifelsohne gütig. Wenn er aber in Hidé Vertrauen hat, dann habe ich es auch.» Obwohl Saiki Shigeru dabei nicht ansah, waren diese Sätze mehr an ihn gerichtet als an Hanako. «Hast du schon entschieden, wo du deinen Haushalt einrichten wirst?»

«Nein, Herr, ich habe eben erst von seiner Beförderung erfahren.» In Wahrheit hatte sie sich bereits die leeren Offiziersquartiere im Westteil des Palastes mit bescheidener, aber geschmackvoller Ausstattung vorgestellt. Für ein Kinderzimmer war gerade noch Platz. Da auch dieser Palastteil erst vor wenigen Stunden völlig zerstört worden war, würde der Umzug selbstverständlich bis zum völligen Wiederaufbau warten müssen. Etwas weitaus Wichtigeres müsste allerdings nicht warten. Seit Hidé nicht nur ihr Ehemann, sondern auch Oberster Leibwächter sein sollte, war sie entschlossener denn je, ihm möglichst rasch einen Erben zu schenken.

«Dann hast du ja viel mit ihm zu besprechen. Du musst uns nicht aufwarten. Geh zu ihm. Er wird deine Gegenwart sicherlich mehr schätzen als wir.»

«Vielen Dank, Herr.» Dankbar zog sich Hanako zurück.

Saiki lächelte. Wie schön ist das Leben, wenn man jung und verliebt ist. Diesem Zustand können nicht einmal Krisen und Tragödien etwas anhaben. Während er geduldig wartete, bis Shigeru mit dem Gespräch begann, geriet er eine Weile ins Träumen und dachte dabei an seine eigene Jugend und die vergangenen Zeiten.

«Wenn er Vertrauen in Hidé hat, dann habe ich es auch», sagte Shigeru wie ein Echo von Saikis Worten.

Saiki verneigte sich. «Ich dachte, Ihr wärt vielleicht zu tief in der Meditation versunken gewesen, um mich zu hören.»

«Ich war in einer Meditation, Saiki, und nicht im Koma.»

«Das freut mich, Fürst Shigeru, denn für Letzteres ist jetzt keine Zeit.»

«Ganz meine Meinung.» Shigeru nippte an seinem Tee. «Die Endphase der Schlacht von Sekigahara steht unmittelbar bevor.»

Saiki dachte über die tiefere Bedeutung dieses Satzes nach. Zweihunderteinundsechzig Jahre hatten die damaligen Verlierer das Ergebnis dieser Schlacht beharrlich als nicht eindeutig betrachtet. Nicht eindeutig – trotz des totalen Zusammenbruchs des Westreiches, trotz des völligen Untergangs des damaligen Herrscherclans Toyotomi, trotz annähernd hunderttausend toten Kriegern innerhalb eines einzigen Tages, trotz der scheinbar immerwährenden Erhebung der Tokugawa zum Shogun. Diese Ansicht hatte einen Grund: Kein lebender Samurai war auch nur im Mindesten bereit, eine Niederlage zu akzeptieren. Was war eindeutig? Nur der Tod. Vom objektiven Standpunkt aus betrachtet, handelte es sich dabei um eine eindeutig verrückte Einstellung. Trotzdem teilte Saiki diesen Standpunkt, auch wenn er sich seines irrationalen Grundes bewusst war. Was hätte er sonst tun sollen? Auch er war ein lebender Samurai.

Saiki sagte: «Es erfüllt mich mit Dankbarkeit, dass es dazu noch zu meinen Lebzeiten kommt.» Die Tiefe seiner Gefühle trieb ihm Tränen in die Augen. Das Schicksal hatte ihn zum Krieger erkoren. Welch ein Segen! Sein Vater und sein Großvater, beide sehr viel würdigere Krieger als er, hatten in Frieden gelebt und waren auch so gestorben. Ihm als Einzigen hatte man Gelegenheit gegeben, die Ehre seiner Ahnen zu retten.

«Mich auch», sagte Shigeru.

Eine Weile schwiegen beide. Saiki schenkte Shigeru Tee ein, Shigeru Saiki.

Für einen Wintertag war es ungewöhnlich mild. Saiki betrachtete den Himmel. In großer Höhe zeichneten stürmische Winde, von denen man hier unten nichts spürte, weiße Streifen auf ein blassblaues Feld. In diesem einen Augenblick von Ewigkeit spürte er mit jeder Zelle seines Körpers die Kraft des Lebens.

Shigeru hingegen erinnerte sich an das Gefühl, das die Schwerter der Ahnen beim Ziehen in ihm ausgelöst hatten. Saikis Eingreifen hatte ihn daran gehindert, ihre Schärfe an diesem idiotischen Kawakami zu erproben. Und doch war bereits die Tatsache, dass er sie aus der Scheide gezogen hatte, eine spirituelle Erfahrung gewesen. Im selben Augenblick, als er die Klingen in den freien Raum entließ, wusste er: Er würde der letzte Okumichi sein, der sie im Kampf schwang. Wann die Zeit gekommen war, wusste er nicht. Auch die Identität seines letzten Gegners kannte er so wenig wie den Ausgang dieses Kampfes. Er wusste nur eines: Er würde der Letzte sein. Und dieses Wissen machte ihm das Herz schwer.

In jenem lähmenden Frieden nach Sekigahara hatte der Tokugawa-Shogun per Dekret eine Liste der berühmtesten Schwerter des Reiches, der so genannten *meito*, nach Zustand und Besitzer aufstellen lassen. Die Schwerter in Shigerus Besitz, die «Spatzenkrallen», waren nicht darunter. Der damalige Fürst von Akaoka, Uenomatsu, hatte sich geweigert, an irgendeinem Vorhaben teilzunehmen, das auf Betreiben des Tokugawa-Shogun durchgeführt wurde und etwas mit Schwertern zu tun hatte – der Seele eines Samurai. Da ein Spatz keine nennenswerten Krallen besitzt, war der Name nicht nur ein ironisches Wortspiel, sondern spiegelte auch die Tatsache wider, dass die Spatzen von Akaoka ihre Krallen tatsächlich behalten hatten – die Klingen ihrer Krieger. Jeder Okumichi kannte Uenomatsus Aussage zu diesem Thema, die in den geheimen Schriftrollen des Clans verzeichnet war.

Wer das Teetrinken dem Kampf vorzieht, sagte der Fürst, soll eine Liste berühmter Teeschalen zusammenstellen.

Obwohl man noch nichts Konkretes diskutiert hatte, war die eigentliche Bedeutung dieses Treffens bereits klar. Shigeru und Saiki hatten sich gegenseitig ihre Verpflichtung gegenüber Genji als Großfürst von Akaoka bestätigt. Sie hatten ihm – sogar unter Einsatz ihres Lebens – ihre Hilfe beim Sturz des Tokugawa-Shogun versprochen und waren übereingekommen, ihre persönlichen Differenzen – was beispielsweise die Missionare betraf – so lange hintanzustellen, bis die wichtigere Angelegenheit geklärt war. Ausdrückliche Willensbekundungen hatte es nicht gegeben, und doch herrschte Einvernehmen.

«Die Situation im Kloster Mushindo war nicht so, wie sie hätte sein sollen», sagte Shigeru.

Saiki wusste, dies war keine Anspielung auf Shigerus Einkerkerung, sondern darauf, wie sehr man sich auf Sohaku als einen der wichtigsten Vasallen von Fürst Genji verlassen konnte.

«Auch hier in Stiller Kranich ist es ähnlich.»

Shigeru nickte. Also musste man Kudo und Sohaku ausschalten. Über dieses Thema würde man kein Wort mehr verlieren. Die Zeit zum Handeln war noch nicht gekommen. In diesem Fall ging es nicht um ein heimliches Attentat. Weder Sohaku noch Kudo konnten in Zukunft auf die unbedingte Treue ihrer eigenen Vasallen hoffen, wenn sie Genji auf hinterhältige Weise töten würden. Der Makel eines solchen Verrats würde sich nicht mehr tilgen lassen. Sie konnten lediglich in offener Rebellion durch einen Sieg auf dem Schlachtfeld triumphieren. Selbstverständlich würden sie einen Zeitpunkt und einen Ort wählen, von denen sie sich die größten Vorteile versprachen. Eine derartige Gelegenheit könnte sich bald ergeben.

«Werden Sie zum Rückzug aus Edo raten?»

«Wir haben keine andere Wahl», antwortete Saiki.

Shigeru überdachte die einzelnen Routen. Der Weg übers Meer war ausgeschlossen. Die Ausländerflotte, die Edo bombardiert hatte, könnte sich ohne weitere Vorwarnung dazu entschließen, von nun an japanische Schiffe zu versenken. Aber selbst ohne die Bedrohung von dieser Seite gäbe es da noch die Flotte des Shogun selbst, auch wenn sie im Vergleich zu jener der Ausländer nicht allzu groß war. Trotzdem wäre sie ohne weiteres in der Lage, alles zu zerstören, was Akaoka zu Wasser bringen könnte. Der schnellste Landweg fuhrte am Binnenmeer entlang. Leider waren die dortigen Fürstentümer dem Shogun zu Treue verpflichtet. Damit blieben nur noch Bergpfade übrig.

«Der Heimweg ist lang und voller Gefahr», stellte Shigeru fest.

Saiki sagte: «Eine Stunde nach dem Angriff habe ich einen Boten nach Spatzenwolke geschickt. Binnen zwei Wochen werden fünftausend Mann an der Ostgrenze des Territoriums bereitstehen, um uns nötigenfalls entgegenzukommen.»

«Das würde Krieg bedeuten.»

«Ja.»

Shigeru nickte. «Sehr gut. Ich vermute, wir brechen am Morgen auf.»

«Mit Billigung unseres Fürsten.»

Nach Heikos Aussage hielten sich die übrigen Missionare vom Wahren Wort an einem Ort namens Mushindo auf, einem Kloster in einer anderen Provinz nördlich der Stadt. Dort war kurz nach deren Ankunft vor einem Jahr eine Epidemie ausgebrochen. Wie viele von ihnen überlebt hatten, wusste sie nicht.

Haben Sie Freunde darunter?

Jemand, den ich unbedingt treffen muss.

Dann befindet sich diese Person hoffentlich noch unter den Lebenden.

Das hoffe ich auch.

Wenn nicht, was sagt diesbezüglich Ihre Religion?

Ich verstehe nicht, was Sie meinen.

Wenn jemand stirbt, den man mag, sieht man ihn je wieder? Nach Aussage Ihrer Religion?

Die Christen glauben an ein ewiges Leben nach dem Tod. Die Guten gehen in den Himmel ein, die Schlechten in die Hölle. Ein Wiedersehen hängt also davon ab, wohin man kommt.

Stark überlegte, ein Pferd zu stehlen und allein nach Mushindo zu reiten.

Heiko erklärte ihm, Fürst Genji habe drei Tage gebraucht, um dorthin zu gelangen. Es war sein Land, er kannte den Weg, und er ist ein Fürst. Trotz dieser Vorteile sei er auf Widerstand gestoßen und habe sich den Weg freikämpfen müssen. Stark wurde klar, dass er nur geringe Chancen hatte, sich auf eigene Faust durchzuschlagen.

Lange Zeit hatte er warten müssen, nun würde es eben noch ein bisschen länger dauern. Es sei denn, der Überfall würde einen Ausweisungsbefehl durch den Shogun nach sich ziehen. In diesem Fall wäre eine geringe Chance besser als gar keine. Er hätte besser aufpassen sollen, während Cromwell an Bord seine Vorträge über die Geografie des Landes hielt. Eines wusste er noch: Es gab vier Hauptinseln, und eine davon, die größte, hieß Honshu. Dort sollte auch die Missionsstation des Wahren Wortes gebaut werden. Wenigstens war er auf der richtigen Insel. Immerhin ein Anfang.

Heiko hatte sich entschuldigt, um sich zum Kriegsherrn zu begeben. So konnte Stark in Ruhe die Ruine nach seinem kostbarsten Besitz absuchen. Gerade hatte er den großen 44er Revolver unter einigen zerfetzten Bibeln gefunden, da tauchte unerwartet Emily auf. Rasch schob er die Waffe wieder unter das Buch der Bücher. Er befürchtete, sie hätte sie gesehen, aber sie machte keine Bemerkung darüber.

«Können wir offen reden, Matthew?»

«Selbstverständlich.» Er sah sich um. Er konnte ihr keinen Stuhl anbieten.

«Danke, ich stehe ganz bequem.» Sie hielt inne und sah zu Boden. Ihre Hände waren ineinander verkrampft, die Lippen sorgenvoll zusammengepresst. Nachdem sie tief Luft geholt hatte, sprudelte es nur so aus ihr heraus: «Ich muss unbedingt in Japan bleiben. Ich muss weitermachen, wie du und ich und Zephaniah das geplant hatten, und den Bau unseres hiesigen Missionshauses vollenden. Ich muss, Matthew, ich muss. Doch das kann ich einzig und allein mit deiner Hilfe.»

Emilys Inbrunst beeindruckte ihn. Sie war genauso entschlossen wie er, allerdings beruhte ihre Entschlossenheit auf dem Glauben, während seine das genaue Gegenteil war.

«Emily, ich bin stets bereit, dir zu helfen, aber dein Vorhaben könnte bereits jetzt gescheitert sein. Die Bombardierung wird sicher Unmut uns gegenüber nach sich ziehen, denn wir sind wie die Schiffe, die das taten, Ausländer. Möglicherweise ist es hier nicht mehr sicher. Und außerdem haben wir in dieser Hinsicht keine Wahl. Vielleicht ordnet die japanische Regierung unsere Ausweisung an.»

«Wirst du gehen, falls es dazu käme?»

«Nein», sagte Stark. «Ich bin mit einem ganz bestimmten Ziel nach Japan gekommen und werde nicht gehen, bevor es erreicht ist.»

«Dann verstehst du mich. Ich empfinde nämlich genauso.»

Stark schüttelte den Kopf. Wie konnte er das erklären? Er sagte lediglich: «Vermutlich werde ich hier sterben.»

«Ich bin bereit, das Gleiche zu tun.»

Nein, hätte Stark am liebsten gesagt, das ist nicht das Gleiche. Du bist gekommen, um das Wort Gottes zu verbreiten, und ich, um einem Mann das Leben zu nehmen.

Bevor Stark über den letzten Hügel vor der Farm ritt, hielt er an und steckte seinen glänzenden neuen, fünfzackigen Blechstern an, in dessen Mitte in einem Kreis die Worte «Arizona Ranger» eingeprägt waren. In seiner Satteltasche befand sich die Ernennungsurkunde durch den Gouverneur, zusammen mit zehn Goldstücken, die der Gouverneur als Unterschriftsbonus bezeichnet hatte. Obwohl er nicht verstand, warum der Gouverneur jemanden nur für die Unterschrift bezahlen wollte, bevor der auch nur einen Finger gerührt hatte, widersprach er dem Mann nicht, bedankte sich und nahm das Geld zusammen mit dem Stern und der Urkunde entgegen. Wahrscheinlich gab es dort draußen noch schlimmere Probleme mit Apachen, Abtrünnigen, Banditen und Unruhestiftern als die, welche ihm zu Ohren gekommen waren. Und die schienen schon schlimm genug. Trotzdem war dies eine gute Gelegenheit, und er würde das Beste daraus machen.

Den Stern heftete er deshalb schon vor dem Ritt über den Hügel an seine Jacke, weil sich Becky und Louise beim Spielen manchmal ein ganzes Stück von der Blockhütte entfernten. Und er wollte doch, dass sie den Stern gleich sahen. Als er aufbrach, waren sie ganz aufgeregt gewesen. Ihr Stiefvater würde ein Ranger sein, wenn auch keiner von den berühmten Texas Rangers, aber Ranger war Ranger.

Allmählich kamen die Mädchen in ein Alter, wo sie gleichaltrige Gefährten und eine Schule brauchten, und beides bot Tucson. Er hatte in diesem Jahr mit Mary Anne und den beiden Mädchen ein gutes Leben auf der Farm gehabt. Trotzdem war es für sie alle Zeit, dieses Leben abzuschließen und in Arizona ein neues und besseres zu beginnen.

Irgendetwas ließ ihn auf halber Höhe anhalten. Was es war, konnte er nicht sagen. Nur so ein ungutes Gefühl. Er zog den Karabiner aus dem Bündel hinter dem Sattel und lauschte. Das war's – er hörte nichts. Seine Herde war klein, nichts im Vergleich zu den riesigen außerhalb von Dallas und Houston. Trotzdem konnte man schon aus ziemlicher Entfernung Laute hören wie leises Muhen. Die Stille sagte ihm, dass sein Vieh fort war, weshalb es ihn nach dem Ritt über die Anhöhe auch nicht überraschte, keine Tiere zu sehen.

Das Nächste, das nicht vorhanden war, ließ ihm das Blut in den Adern gefrieren. Beinahe wäre ihm schwarz vor den Augen geworden. Außer den vom Wind bewegten Weißbuchen regte sich nichts. Aus der Hütte drang kein Laut.

Im Galopp ritt er den Hügel hinab. Sein Gehirn war leer, sein Herz wurde es zusehends. Auf halber Strecke hügelabwärts sah er seine beiden Hunde erschossen direkt vor dem Zaun liegen. Die Verwesung hatte bereits eingesetzt. Kein Ungeziefer hatte sich an ihren Kadavern gütlich getan. Dafür konnte es nur einen Grund geben: Ganz in der Nähe gab es etwas Besseres.

Er sprang aus dem Sattel, nahm den Karabiner in die linke und seine 44er in die rechte Hand. Lange stand er so da, bevor er auf die Blockhütte zuging. Schussbereit hielt er beide Waffen in Anschlag, obwohl er wusste, dass er damit gegen das, was ihn erwartete, machtlos war. Er tat es, weil er sonst nichts tun konnte.

Als er noch ein Dutzend Schritte entfernt war, drehte sich der Wind. Der Gestank traf ihn mit voller Wucht. Der klägliche Rest seines Gehirns konzentrierte sich weiter darauf, die Läufe in die richtige Zielrichtung zu halten. Sein Magen krampfte sich zusammen, Übelkeit stieg ihn ihm auf, und seine Knie wurden weich. Doch das alles bemerkte er kaum.

«Mary Anne.»

Er bildete sich ein, ein anderer riefe ihren Namen, bis er seine eigene Stimme erkannte.

Er trat über die Türschwelle und konnte sich den Anblick nicht erklären. Sie waren am Leben, sie mussten es sein, denn sie bewegten sich, zumindest die Decken über ihnen, die Mary Anne offensichtlich während seiner Abwesenheit von mexikanischen Händlern gekauft hatte. Sie wiesen das geometrische

Lieblingsmuster der Weber südlich der Grenze auf. Eigentlich waren im Frühling so viele Decken unnötig, jedenfalls tagsüber. Vielleicht hatten sie sich erkältet.

Auch als er sie hörte, wusste er nicht, was er da hörte, bis es fast zu spät war. In den folgenden Wochen brach dieses Geräusch manchmal unvermittelt über ihn herein, genauso deutlich wie damals. Und jedes Mal wünschte er sich, er wäre dort gestorben, zwischen den Diamantklapperschlangen. Nie hatte er so viele Schlangen an einem Ort gesehen, nie ein solches Rasseln gehört. Zu einem Festmahl waren sie gekommen. Manche hatten sich vom fauligen Fleisch so dick gefressen, dass sie sich nicht einmal mehr zusammenrollen konnten.

Sie hätten die Hütte verbrennen können. Wie die meisten, wenn sie so etwas taten. Sie nicht, und das nur aus einem einzigen Grund: Sie wollten, dass er es sah. Dazu kam es nicht, dank der Schlangen. So blieb es Starks Fantasie überlassen, sich auszumalen, was man diesen drei Menschen, den Einzigen auf der Welt, die er liebte, angetan hatte.

Langsam ging er rückwärts hinaus. Ihr eigenes Klappern hatte die Schlangen aufgebracht, und sie begannen, übereinander herzufallen. Stark schloss Tür und Fensterläden. Zuerst zündete er das Dach an. Als es einstürzte, warf er Fackeln auf die Heuballen, die er gegen die Wände gelehnt hatte. Den restlichen Tag und die ganze Nacht wanderte er mit dem Spaten in der Hand um das Feuer, bereit, jede Schlange in Stücke zu hauen, die sich ins Freie wagte. Aber es tauchte keine auf.

Am anderen Morgen lag an Stelle der Hütte nur noch ein niedriger Haufen aus verkohltem Holz und Steinen.

Nichts regte sich.

Stark bestieg sein Pferd und ritt nach El Paso, um Ethan Cruz zu finden.

Emily beobachtete, wie Matthew die Pistole unter den Bibeln versteckte. Eine ganz große, so wie die, die er bei seinem ersten Besuch in der Missionsstation vom Wahren Wort dabeigehabt hatte. Höchstwahrscheinlich handelte es sich um genau diese Waffe, von der er behauptet hatte, er habe sie in die Bucht von San Francisco geworfen. Trotzdem sagte sie nichts. Ein Urteil stand ihr nicht zu, das war Zephaniahs Rolle, und Zephaniah lebte nicht mehr. Jetzt hatte sie nur noch eine einzige Mission: in Japan zu bleiben, koste es, was es wolle.

«Abgesehen davon», sagte Matthew, «weiß ich nicht, wie ich helfen kann. Ich besitze keine Autorität.»

Es gab nur einen Weg, das auszudrücken: ganz direkt. Sie sagte: «Eine Frau kann nicht allein in einem fremden Land bleiben, ohne Ehemann oder Familie. Nur wenn du dich bereit erklärst, meine Familie zu sein, werde ich mich hier aufhalten können.»

«Deine Familie?»

«Ja, mein Verlobter.»

Emily erwartete, Matthew würde auf ihren Vorschlag schockiert reagieren, aber wenn dem so war, dann ließ er es sich nicht anmerken.

«Ist es nicht ein bisschen früh, Schwester Emily, in diese Richtung zu denken?»

Sie spürte, wie ihr das Blut in die Wangen stieg. «Es ist ein Unterschied zwischen dem, was wir sagen, und dem, was wir sein werden.»

Matthew lächelte. «Schlägst du vor, dass wir unsere Gastgeber anlügen?»

Sie hob das Kinn. «Ja.»

Jetzt würde sicher die Frage nach dem Warum kommen. Und was würde sie ihm dann sagen? Die Wahrheit? Dass ihre Schönheit eine Rückkehr ins Land ihrer Geburt unmöglich machte? Dass ihr hier ihre Hässlichkeit ein Weggehen verbot? Nein. Damit stünde sie entweder als die eitelste Frau auf Erden da oder als die verrückteste. Ihr Glaube. Sie würde ihm erklären, die Kraft ihres Glaubens mache diese Lüge zu einer lässlichen Sünde, um die größere Wahrheit verbreiten zu können, die Wahrheit von unserer ewigen Erlösung in Christi Namen. Dies war Blasphemie, aber das kümmerte sie nicht. Sie würde nicht nach Amerika zurückkehren und allein hier bleiben – irgendwie –, falls Matthew ihr nicht half.

«Das wird sie befremden», meinte Matthew. «In der einen Minute weinst du noch um Zephaniah, und in der nächsten bist du bereits fest entschlossen, mich zu heiraten. Trotzdem könnten wir damit durchkommen. Wir sind ihnen fremd, genauso fremd wie sie für uns. Also wird man uns glauben.»

Jetzt war Emily die Erschreckte. «Du wirst es tun?»

«Ja.» Er griff unter die Bibeln und zog die Waffe heraus, die er zuvor vor ihr hatte verstecken wollen. Dann schaute er ihr unverwandt in die Augen. Sie erwiderte seinen Blick. «Trotzdem werde ich nicht mehr allzu lange auf dieser Erde weilen. Binnen kurzem wirst du in diesem gefährlichen fremden Land tatsächlich allein sein. Bist du darauf gefasst?»

«Ja.»

Sie beobachtete, wie er die Waffe zusammen mit einer Schachtel, die vermutlich Munition enthielt, in ein Kleidungsstück wickelte.

«Ich bin damit einverstanden. Das Erklären wirst du übernehmen müssen.» Er schob ein herausgefallenes Wandteil beiseite und fand sein Messer.

«Ich werde ihnen erklären, es handle sich nicht um eine Ehe aus irdischer Liebe, sondern um eine im Geiste des Glaubens, wie es auch bei Zephaniah und mir hätte sein sollen. Auch die Japaner haben Religionen. Sie werden das verstehen.»

«Dann sind wir also Verbündete», sagte Matthew.

«Vielen Dank, Matthew.»

Nach dem Warum fragte er nicht. Sie verlor kein Wort über die Waffe. Ja, sie waren tatsächlich Verbündete.

Genji, Shigeru, Saiki, Sohaku, Kudo und Hidé saßen im Viereck im Hauptraum des Dienerinnentrakts, dem einzigen Palastbereich, der völlig unbeschädigt geblieben war. Heiko und Hanako servierten Tee. Alle warteten, dass Saiki sprach. Als Oberster Kammerherr war er gemäß Protokoll verpflichtet, den Rahmen für einen sich daran anschließenden Disput herzustellen.

In Anbetracht der äußerst prekären Diskussionsthemen hätte es Saiki vorgezogen, wenn keine Frauen dabei gewesen wären. Genji hatte seinen Einwand mit der Begründung abgewiesen, wenn man nicht einmal mehr Hidés Braut und seiner eigenen Geliebten trauen könne, wären sie sowieso schon verloren. Saiki verkniff sich den Hinweis, dass immer noch genug Zeit sei, eine unzuverlässige Partei dem Schwert zu überantworten. Was Heiko betraf, war Genji keinen vernünftigen Argumenten mehr zugänglich. Nötigenfalls müsste er, Saiki, ohne Erlaubnis des Fürsten handeln. Dazu war er während der Reise aus Edo bereit, falls sich eine passende Gelegenheit ergab.

Saiki sagte: «Fürst Senryus Palast ist ganz geblieben. Er hat sich einverstanden erklärt, unsere Verletzten bis zu einer angemessenen Evakuierung aufzunehmen. Notwendige Einäscherungen wurden bereits vorbereitet. Gehfähige Verwundete sollen mit dem Haupttross reisen.»

«Damit werden wir eine Reaktion von Seiten des Shogun provozieren», wandte Kudo ein. «Selbst in seinem angeschlagenen Zustand – ja gerade deshalb – kann er eine derart offene Missachtung seiner Autorität nicht gestatten.»

«Du hast Recht», sagte Saiki, «trotzdem haben wir keine Wahl. Was werden die Ausländer als Nächstes tun? Wir wissen es nicht. Vielleicht kommen sie wieder, um uns erneut anzugreifen und möglicherweise Truppen anzulanden. Wir könnten am Vorabend einer Invasion stehen. Jenseits dieser ungewissen Gefahren gibt es eine, die jetzt bereits feststeht: Angesichts unserer beschädigten Mauern sind wir gegenüber Feinden von innen höchst angreifbar. Zwei Attentatsversuche hat es bereits gegeben. Einen auf unseren Fürsten vor der Bombardierung und einen unmittelbar danach auf Dame Heiko, vielleicht auch auf die Missionarin. Der Attentäter wurde getötet. Seine Identität bleibt ein Rätsel und damit auch die seines Herrn und Meisters. In diesen verwirrenden Zeiten lassen sich die Motive und

Ziele der anderen schwer durchschauen, was zu einer Vergrößerung der Gefahr führt.»

«Einverstanden, wir müssen evakuieren», sagte Sohaku. «Außerdem pflichte ich dem bei, dass der Shogun reagieren wird. Wir müssen vorbereitet sein. Wir sollten sofort unsere versteckten Feuerwaffen samt Munition verteilen. Alle möglichen Wege aus Edo heraus und weiter durchs Landesinnere Richtung Akaoka müssen überprüft werden. Besonderes Augenmerk gilt dem Umstand herauszufinden, wo uns die Streitkräfte aller Voraussicht nach den Weg abschneiden und angreifen werden. Da wir Kawakami den Zutritt verweigert haben, stehen wir zweifelsohne unter Beobachtung. Das heißt, möglicherweise schaffen wir es nicht einmal über Edo hinaus, ehe uns eine erkleckliche Anzahl feindlicher Streitkräfte gegenübertritt.»

Kudo sagte: «Ein Ablenkungsmanöver wäre nützlich. Angenommen, ein Dutzend Freiwilliger wäre bereit, Burg Edo anzugreifen, dann würde das die Aufmerksamkeit von hier ablenken.»

«Ein Dutzend Männer gegen die Festung des Shogun?», fragte Saiki. «Innerhalb kürzester Zeit wären alle tot.»

«Nicht wenn sie einzeln und ungeordnet angreifen würden», erklärte Kudo, «zu unterschiedlichen Zeiten und aus verschiedenen Richtungen. So würde die Garnison für einen längeren Zeitraum gefechtsbereit bleiben. Unsere Männer könnten Spruchbänder tragen, auf denen gegen die Teilnahmslosigkeit des Shogun angesichts des ausländischen Angriffs protestiert wird. Das würde die Verwirrung noch steigern.»

Genji wandte sich an Shigeru. «Was denkst du?»

Shigeru hatte nicht zugehört, sondern an die uralten Schwerter gedacht, die sich nun in seinem Besitz befanden. Ganz konkret hatte er über seine jüngste Vision sinniert, die ihm gesagt hatte, dass er der letzte Okumichi war, der sie im Kampf schwingen würde. Dieser Blick in die Zukunft war völlig logisch und ging nicht mit verwirrenden Effekten für Augen und Ohren einher. War dies ein Anzeichen dafür, dass sich in ihm etwas bewegte? Hatte die Nähe seines Neffen diese Wirkung? Oder war es lediglich eine andere Form von *makkyo* – eine von Dämonen gesandte Sinnestäuschung? Bis er nicht Gewissheit hatte, wollte er Genji nichts davon sagen.

«Jeder hier dargelegte Plan hat gewisse Vorzüge», erklärte Shigeru, der auch ohne Zuhören wusste, worum es ging: den offenen Auszug des gesamten Haushalts; ein Ablenkungsmanöver und in dessen Folge die Flucht des jungen Fürsten mit einem Trupp seiner besten Reiter; das Verteilen von Feuerwaffen. «Eine kombinierte Vorgehensweise wird die sichere Evakuierung unseres Fürsten am besten gewährleisten. Dadurch verbinden sich größtmögliche Vorteile mit geringstem Risiko. Wo werden unsere Toten verbrannt?»

«Im Nakaumi-Tempel», antwortete Saiki.

«Der Leichentransport soll fortgesetzt werden.»

Saiki verlagerte ungeduldig sein Gewicht. «Diese Aufgabe wird auch ohne weitere Anweisungen durchgeführt, Fürst Shigeru, und ist beinahe erledigt.»

«Der Leichentransport soll fortgesetzt werden», wiederholte Shigeru. «Die Lebenden haben die Toten getragen, jetzt sollen die Lebenden Lebende tragen. Macht so weiter, bis die Hälfte unserer Männer am Einäscherungsplatz ist. Inzwischen wird Fürst Genji mit einer kleinen Gruppe ins östliche Marschland aufbrechen, um die Kraniche im Winterkleid zu beobachten. Dort angelangt, wird er weiter in die Berge ziehen und auf Umwegen ins Fürstentum Akaoka reisen. Die restlichen Leute hier im Palast sollen bis zum Anbruch der Nacht warten. Dann werden diejenigen unserer Männer, die am geschicktesten in Tarnmanövern sind, die Spione des Shogun beseitigen. Anschließend wird insgeheim die Evakuierung des Palastes abgeschlossen.»

Saiki hatte bereits beim ersten Satz Shigerus die Stirn gerunzelt, nun vertieften sich seine Falten merklich. «Unser Fürst steht tatsächlich im Ruf, einen feinen Sinn für Kunst zu besitzen, aber Kraniche beobachten? Nachdem sein Palast in tausend

Stücke zerfetzt wurde? Während Dutzende seiner Diener tot oder verwundet daliegen? Unerträglich!»

«In Wahrheit werde ich doch gar keine Kraniche beobachten», sagte Genji milde.

«Nein, mein Fürst, das werdet Ihr nicht», sagte Saiki, «aber allein andere in diesem Glauben zu lassen, und sei es auch nur für kurze Zeit, liegt unter Eurer Würde. Ihr seid der sechsundzwanzigste Großfürst von Akaoka. Eure Ahnen haben Shogune gestürzt und gemacht, und Ihr und Eure Nachkommen werdet ein Gleiches tun. In solchen Zeiten würdet Ihr nicht einmal im Traum ans Beobachten von Kranichen denken.»

«Und doch verspüre ich unerklärlicherweise in mir das unwiderstehliche Bedürfnis, gerade das zu tun.» Genji lächelte Heiko an. «Es heißt, gewisse Kraniche paarten sich sogar im Winter.»

Saiki schloss einen Moment die Augen. Als er sie wieder öffnete, hatte sich nichts geändert. «Mein Fürst, bitte, überlegt Euch das noch einmal. Die Risiken für ein derartiges Handeln sind nicht vorherzusehen.»

«Wie hoch ist die Wahrscheinlichkeit, dass es bei den anderen Szenarien zu Gewalttätigkeiten kommt?»

«Sehr hoch.»

«Sollte unser Kranichausflug Erfolg haben, wird meine Abreise durch keinerlei Gewalt behindert sein. Ist es nicht so?»

«Nur wenn er erfolgreich ist, mein Fürst.»

«Im Zusammenhang mit Vögeln war meine Familie stets vom Glück begünstigt.»

Sohaku sagte: «Es gibt noch mehr Gründe, diese Strategie in Frage zu stellen. Ihr beabsichtigt, uns in drei Gruppen aufzuteilen?»

«Das ist richtig», antwortete Shigeru.

«Wir sind derzeit nur wenige. Erneut aufgeteilt, wären wir für Feinde noch viel angreifbarer. Und außerdem schlagt Ihr vor, nur ganz wenige, äußerst leicht bewaffnete Männer unserem Fürsten an die Seite zu stellen – auf dem schwierigsten und längsten Weg nach Hause.»

«Ja», bestätigte Shigeru, «und aus gutem Grund sollten ihn meiner Ansicht nach die Missionare begleiten.»

«Was?», riefen Saiki, Kudo und Sohaku fast gleichzeitig.

«Es ist doch verständlich, dass unser Fürst seinen Gästen die Schönheit der Gegend zeigen möchte. Andernfalls fiele es schwer zu erklären, warum die Ausländer zu einer solchen Zeit unterwegs sind.»

«Warum müssen wir uns mit ihnen belasten?», fragte Kudo. «Sollen sie doch beim amerikanischen Konsul Harris unterschlüpfen.»

«Sie kennen doch die Prophezeiung», entgegnete Shigeru. «Ein Ausländer wird Fürst Genjis Leben retten. Welcher, wissen wir nicht. Deshalb müssen wir sie um unseres Fürsten willen schützen, als wäre ihr Leben seines.»

Kudo sagte: «Der eine hat bereits seine Aufgabe erfüllt, indem er die Kugel auffing und gestorben ist. Diese beiden sind für uns nutzlos.»

Saiki seufzte. «Das ist nicht sicher.» Obwohl er es nur ungern zugab, neigte er mittlerweile zu Shigerus Ansicht, dass die Kugel die Person getroffen hatte, der sie zugedacht gewesen war: dem Anführer der Missionare. «Ich stimme Fürst Shigeru zu. Sie müssen beschützt werden.»

Kudo warf Sohaku einen Blick zu, der aber tat so, als würde er es nicht bemerken. Insgeheim verfluchte Sohaku seinen Komplizen wegen seines abergläubischen Charakters. Entweder würde es ihnen gelingen, Genji zu töten, oder sie würden scheitern. Doch das hing von ihrem persönlichen Schicksal ab und nicht von irgendeiner lächerlichen Prophezeiung über Ausländer.

Sohaku fragte: «Wer wird die drei Einheiten anführen?»

«Sie sind Kommandant der Reiterei», erwiderte Shigeru, «also werden Sie auch den Haupttrupp übernehmen. Wenn es zu Zusammenstößen kommt, kämpfen Sie, vermeiden Sie jedoch offene Gefechte. Vor Ihrem Aufbruch werden wir beraten, wo wir unterwegs zu Ihnen stoßen könnten.»

«Sehr gut, Fürst.» Sohaku verbeugte sich. Also traute man ihm immer noch, sonst hätte man ihm nicht den Oberbefehl übertragen.

«Kudo, unter den Vasallen Ihres Haushalts befinden sich unsere besten Attentäter.» Shigeru hielt inne. Seine Miene blieb unverändert, nur ein äußerst aufmerksamer Beobachter hätte bemerkt, wie sich seine Pupillen verengten, während er Kudo ansah. «Deshalb werden Sie die hier zurückbleibenden Männer organisieren. Zuerst beseitigen Sie die Spione, die uns beobachten, anschließend stoßen Sie möglichst schnell zu Sohaku.»

«Jawohl, Fürst.» Auch Kudo war erleichtert, einen wichtigen Auftrag zu erhalten. Die Anspielung auf Attentäter verunsicherte ihn zwar, dennoch wirkten Shigerus Worte nicht bedrohlich. Sollte es auch nur den mindesten Verdacht geben, hätte man weder ihm noch Sohaku so viel Verantwortung übertragen. Obendrein würde man ihnen gewiss nicht befehlen, ihre Streitkräfte zusammenzuführen.

Entsetzt hörte Saiki zu. Shigeru überantwortete zwei Männern, von denen er wusste, dass sie ein Komplott gegen ihren Fürsten schmiedeten, die ganze verfügbare Macht. Gewiss war er so verrückt wie eh und je, obwohl er rein oberflächlich vernünftig wirkte. Innerhalb weniger Tage würden Sohaku und Kudo Genji irgendwo in den Hochgebirgswäldern finden und töten. Sein Gehirn raste und mühte sich vergebens um eine Lösung.

Shigeru sagte: «Oberster Kammerherr, Sie werden noch heute Nacht in Windeseile zu unserem Territorium aufbrechen. Taro und Shimoda werden Sie begleiten. Daheim bereiten Sie dann unsere Armee auf den Krieg vor. Stellen Sie sich darauf ein, binnen drei Wochen in jede Richtung vorzustoßen.»

«Jawohl, Fürst.» Saiki verbeugte sich. Plötzlich wurde ihm Shigerus Plan klar. Während Sohaku und Kudo an ihre Kommandos gebunden waren, konnte Saiki ungehindert nach Akaoka eilen und die Loyalität der Hauptarmee sicherstellen, indem er gnadenlos sämtliche zweifelhaften Elemente ausmerzte. Inzwischen würde Shigeru Genji über die entlegensten Pfade im Hinterland führen und versuchen, der Verfolgung sowohl durch den Shogun als auch durch diese beiden Verräter zu entgehen. Jeder andere wäre an dieser Aufgabe gescheitert, nur Shigeru nicht. Mit ihm hatte Fürst Genji eine gute Möglichkeit zu überleben.

Sohaku fragte: «Wie viele Männer wird Fürst Genji mitnehmen?»

«Mich», antwortete Shigeru, «und Hidé. Selbstverständlich käme Fürst Genji nie in den Sinn, die Winterkraniche ohne Dame Heiko zu besichtigen. Und die beiden Missionare. Sonst brauchen wir niemanden.»

«Mein Fürst.» Trotz dieser ausgezeichneten Neuigkeiten fühlte sich Kudo verpflichtet, als Ausdruck seiner Loyalität zu protestieren. «Eure Befähigung steht außer Frage, und Hidé hat erst kürzlich sein hohes Maß an Können unter Beweis gestellt. Aber zwei Männer? Um unseren Fürsten auf einer Reise zu schützen, die hauptsächlich durch Gebiete führt, die seit Urzeiten seinen Feinden verpflichtet sind? Wenigstens ein Trupp sollte mit Euch gehen. Bei einem Überfall könnten diese Männer Zeit für unseren Fürsten gewinnen, indem sie ihr eigenes Leben opfern.»

«Dies zu vermeiden ist unsere einzige Hoffnung auf Überleben», entgegnete Shigeru. «Wenn wir uns auf irgendeinen Kampf einlassen, sei es mit oder ohne einen oder zwei oder sogar zehn Trupps im Rücken, werden wir scheitern.»

«Auch ich halte das Risiko für zu hoch», warf Sohaku ein. «Wäre es nicht am klügsten, wenn der Fürst entweder mit Kudo oder mit mir reisen würde? Wir werden über ausreichend Schlagkraft verfügen, um ihn gegen alle zu schützen, mit Ausnahme eines großen Heeres – und ein großes Heer kann nicht schnell genug vorrücken, um eine Reiterei zu fassen.» Noch während dieser Sätze kam ihm eine neue Idee, die ihre Pläne wunderbar vereinfachen würde. «Er könnte verkleidet reisen. Inzwischen würdet Ihr nach Eurem Vorschlag vorgehen, allerdings mit einem falschen Fürsten Genji, der die Aufmerksamkeit auf sich zöge. Dadurch wäre die Sicherheit unseres Fürsten doppelt gewährleistet.» Mit Genji in ihren Händen und Shigeru außer Reichweite wäre der Sieg so gut wie errungen.

«Ein viel versprechender Vorschlag», sagte Shigeru, «mit einleuchtenden Vorzügen. Was meint Ihr, mein Fürst?» Diese Frage stellte er Genji nicht, um eine Antwort zu erhalten, sondern um sich selbst Zeit zu geben, seine innere Wut wieder unter Kontrolle zu bringen. Er war kurz davor, Sohaku und Kudo auf der Stelle zu enthaupten. Arrogante, verräterische Narren! Aber wenn er sie jetzt tötete, würde sein Ruf als Wahnsinniger seinem Neffen zum Verhängnis. Ihr Clan würde zerfallen. Gelassenheit. Er musste diesen inneren Punkt der Gelassenheit finden, falls es ihn noch gab.

«Wahrlich beeindruckend, Hoher Abt», sagte Genji. «Das von Ihnen vorgeschlagene doppelte Täuschungsmanöver ist wirklich schlau.» Schon vor diesem Treffen hatte er sich mit Shigeru auf ein bestimmtes Vorgehen geeinigt. Indem Shigeru tat, als würde er Sohakus Vorschlag bedenken, zollte er ihm Respekt. Wenn sein Onkel tatsächlich in der Lage war, formelle Höflichkeiten in Betracht zu ziehen, hatte er seinen Wahnsinn vielleicht überwunden. Dies war ein Grund zu ehrlichem Optimismus. Wieder schenkte Genji Heiko ein Lächeln. «Je mehr ich darüber nachdenke, desto mehr kommt es mir doch so vor, als wäre dies der amüsanteste Weg, Edo zu verlassen. Meinst du nicht auch, Heiko?»

«Amüsant, vielleicht.» Heiko hoffte, Shigeru würde nicht ernsthaft erwägen, Genjis Schicksal in Sohakus Hände zu legen. Noch heute Morgen, ehe das erste Tageslicht die Stunde des Hasen erhellte, hatte ihre Dienerin Sachiko einen Boten aus dem Areal schleichen sehen. Er war aus den Räumen Sohakus gekommen, und Sachiko konnte ihm lange genug folgen, um sein Ziel zu erkennen: Burg Edo. «Einsam, gewiss.»

«Einsam? Werden wir uns denn nicht gegenseitig Gesellschaft leisten?»

«Ja, wenn wir beisammen wären», antwortete Heiko. «Doch ich werde sicherlich den falschen Fürsten Genji begleiten müssen. Andernfalls würde das Täuschungsmanöver vermutlich zum Scheitern verurteilt sein.»

Genji lachte. «Unsinn. Wir werden uns beide verkleiden. Eine falsche Heiko wird mit dem falschen Genji reiten. Das wird ein echter Spaß.» Er genoss das Spiel mit der Verwechslung. Ab einem gewissen Punkt würde entweder Shigeru oder Saiki dagegen stimmen. Deshalb bestand keine Gefahr, dass der Plan tatsächlich ausgeführt würde. «Du kannst wunderbar eine Bäuerin mimen. Da sollte dir doch auch eine Rolle als Dienerin nicht schwer fallen.»

«Vielen Dank, Fürst.» Genjis Anspielung rief in ihr leichte Verärgerung über die peinliche Situation von damals hervor. «Bitte, entschuldigt mich. Ich werde Vorbereitungen treffen, indem ich mir die Haare schneide.» Nach einer Verbeugung machte sie Anstalten, den Raum zu verlassen. Hoffentlich würde Genji zur Besinnung kommen, ehe sie tatsächlich zur Tat schritt.

«Dame Heiko, bitte, bleiben Sie bei uns», sagte Saiki. Dank Heikos Worten hatte er den offensichtlichen Schwachpunkt in Sohakus Vorschlag gefunden. «Es wäre eine Sünde gegen den Himmel, wenn Sie zur Unterstützung eines derart lächerlichen Plans Ihre Schönheit einbüßten.»

«Um in diesen schwierigen Zeiten Erfolg zu haben», sagte Sohaku, «dürfen wir uns nicht scheuen, gedankliche Grenzen zu überschreiten. Es ist nicht hilfreich, jede Idee als ‹lächerlich› zu verunglimpfen, die nicht direkt aus der ‹Kunst des Krieges› stammt.» Die Trophäe war greifbar nahe. Jetzt musste er nur noch diesen sturen alten Narren ablenken.

Genji sagte: «Ich muss gestehen, ich entdecke im Plan des Hohen Abtes keinen Makel. Du etwa?»

«Nicht im Geringsten», sagte Saiki, «so lange die Dame Heiko auch wirklich persönlich Euren angeblichen Stellvertreter begleitet.»

«Das wird nicht gehen», meinte Genji. «Der Spaß besteht

doch darin, dass wir so tun können, als wären wir jemand anderes, als wir tatsächlich sind. Ein solches Spiel kommt in unserem täglichen Leben nie und nimmer in Frage.» Trotz seiner offensichtlich ironischen Bemerkung stellte Genji fest, dass sich auf keinem der Gesichter im Raum Verständnis abzeichnete. Ein Samurai verfügte tatsächlich über große Selbstbeherrschung. «Eine Stellvertreterin kann auch ihren Platz einnehmen.»

Saiki erwiderte: «Mein Fürst, vielleicht könnt Ihr Euch noch als Krieger niederen Ranges verkleiden. Vielleicht kann auch Dame Heiko ihre Künste einsetzen, um ihre Identität zu verbergen und eine Dienerin zu mimen. Vielleicht kann einer unserer Männer so tun, als sei er Ihr. Wer aber könnte überzeugend als Dame Heiko durchgehen?»

Alle Männer im Raum sahen in ihre Richtung.

Heiko verbeugte sich demütig. «Ich bin sicher, dass sich leicht Ersatz finden lässt.»

Sohaku starrte sie an: die mandelförmigen Augen, schläfrig und hellwach zugleich; die perfekte Linie von Nase und Kinn; die verführerische Form ihres winzigen Mundes; ihre zierlich-grazilen Hände; die Art, wie ihr Körper die fließenden Linien des Kimonos vollkommen zur Geltung brachte. Ihm sank der Mut. Wie wahr, Heiko konnte man einfach nicht imitieren.

«Saiki hat Recht», sagte Sohaku. «Bereits ein flüchtiger Blick aus der Ferne wird die Wahrheit entlarven. Wenn die Dame Heiko nicht den falschen Genji begleitet, wird der Plan nicht aufgehen.»

«Die Dame Heiko wird ausschließlich mein wahres Ich begleiten», sagte Genji. «Ich werde keine drei Wochen ohne sie in der Wildnis verbringen. Was sollte ich sonst tun? Jagen?»

«Nein, mein Fürst», sagte Saiki erleichtert, weil er die Katastrophe hatte abwenden können. «Wir wissen ganz genau, dass die Jagd nicht zu Eurem Lieblingszeitvertreib gehört.»

«Sind wir uns einig?», fragte Shigeru.

Die Versammlung verbeugte sich zustimmend.

Shigerus Zorn war verflogen. Bis zu einer passenden Gelegenheit würden die Spatzenkrallen in ihrer Scheide bleiben. Mögen die Götter sie bald schicken.

In Kawakami, dem Spähauge des Shogun, stieg eine Euphorie auf, die ihn stets überkam, wenn er etwas wusste, wovon andere nichts ahnten. Doch dieser Wissensvorsprung lag in der Natur seiner Beschäftigung, weshalb man behaupten konnte, er befinde sich ständig in einer Art Hochstimmung. Abgesehen davon war er an diesem Morgen ganz besonders gut aufgelegt. Er hatte bereits mit seinem zweiten Boten gesprochen, obwohl die Sonne noch nicht aufgegangen war. Sohaku, Abt von Mushindo und ehemaliger Oberbefehlshaber der Reiterei des Okumichi-Clans, ersuchte dringend um ein Treffen. «Unter allerdiskretesten Umständen», wie der Bote berichtet hatte. Dies konnte nur eines bedeuten: Sohaku war bereit, seinen Fürsten zu verraten. Ob Kudo und Saiki, die beiden anderen Oberbefehlshaber, an dieser Verschwörung beteiligt waren, wusste er noch nicht, aber das war auch nicht wichtig. Sohaku würde nie einen Schritt tun, ohne sie einzubeziehen. Entweder standen Kudo und Saiki hinter ihm, oder er hatte bereits Pläne, sich ihrer zu entledigen.

«Mein Fürst.» An der Tür stand Mukai, seine rechte Hand.
«Herein.»
«Der Bote will unsere Fragen noch immer nicht beantworten.»
Mukai bezog sich auf den ersten Boten, nicht auf Sohakus Abgesandten. Ersterer befand sich derzeit in einer Befragungskammer, von der aus er in Kürze in ein namenloses Grab übersiedeln würde. Man hatte ihn aufgegriffen, als er kurz nach der Bombardierung Edo verlassen wollte. Kawakami wusste, dass er Saikis Stab angehörte.
«Vielleicht befragt ihr ihn nicht eindringlich genug», sagte Kawakami.
«Wir haben ihm die größeren Arm- und Beinknochen gebrochen, mein Fürst, und ihm –»
«Gut», sagte Kawakami, womit er eine ausführlichere Be-

schreibung verhinderte. «Ich werde noch einmal mit ihm sprechen. Vielleicht ist er mittlerweile einer normaleren Unterhaltung zugänglicher. Richtet ihn her.»

«Schon geschehen, mein Fürst.»

Kawakami nickte. Mukai war in vieler Hinsicht die perfekte rechte Hand. Er besaß ausreichend Intelligenz, um Kawakamis Wünsche im Voraus zu erahnen. Trotzdem war er nicht intelligent genug, um ein Komplott gegen ihn anzuzetteln. Seine Abstammung aus einer einigermaßen hochrangigen Familie rundete Kawakamis Stellung ab, ohne in Mukai den Wunsch wachzurufen, an dessen Stelle zu treten. Er war mit Kawakami verwandt, hatte die Tochter einer Stieftante seines Schwagers geehelicht. Obendrein war seine Familie seit beinahe dreihundert Jahren in ununterbrochener Folge direkter Vasall von Kawakamis Clan. Und dann waren da noch jene unbestimmbaren persönlichen Faktoren. Trotz seiner physischen Kraft besaß Mukai nicht die geringste persönliche Ausstrahlung. Obwohl er sich stets angemessen kleidete, wirkte sein Gewand, das an anderen einen männlich-konservativen Eindruck unterstrichen hätte, an ihm schlicht und einfach nur langweilig. Vielleicht lag es an seinem ausgesprochen unscheinbaren Gesicht mit der großen runden Nase, den viel zu eng beieinander liegenden, winzigen Augen, dem breiten Mund mit den schmalen Lippen und einem fliehenden Kinn. Mukais Aussehen ließ Kawakami mehr als alles andere auf dessen unbedingte Treue vertrauen. Ein Mann wie Mukai musste einem wie Kawakami dienen, einem Samurai, der über vornehmes Aussehen, Kultiviertheit, Charme und natürliche Ausstrahlungskraft verfügte. Dadurch konnte er sich jenes inneren Lichts erfreuen, das er selbst nicht erzeugen konnte.

«Vielen Dank, Mukai. Wie immer hast du deine Sache gut gemacht.» Es kostete ihn nichts, dem Mann ein Kompliment zu machen, was stets eine erfreute Reaktion hervorrief.

«Mein Fürst, solches Lob verdiene ich nicht.» Mukai verbeugte sich tief.

Schweigend begaben sie sich zur Befragungskammer. Wie

gewöhnlich gingen Kawakami lebhafte Gedanken durch den Kopf, die einer gewissen Selbstbeweihräucherung nicht entbehrten. Wer könnte es ihm verübeln? Die Zukunftsaussichten schienen seine kühnsten Hoffnungen zu übertreffen. Ob der Mann neben ihm überhaupt etwas dachte? Auch wenn ihn das im Grunde nicht wirklich interessierte. Oft wirkte er lediglich auf eine langweilig-träge Art anwesend, so wie auch jetzt. Nur Götter und Buddhas wüssten, was diesem Mann durch den Kopf ging, falls sie sich die Mühe machten hineinzuschauen – was sie vermutlich nicht taten. Was für ein Unglück, wenn man so ein Nichts war. Wenigstens war er im Hinblick auf seinen Dienstherrn gesegnet.

Alle sichtbaren Zeichen von Gewaltanwendung waren verschwunden. Der Bote, ein Samurai in mittleren Jahren namens Gojiro, trug die Kleidung, in der man ihn aufgegriffen hatte. Er saß in der üblichen Position mit untergeschlagenen Beinen auf einem Kissen am Boden. Hinter ihm stand ein hölzerner Stützapparat, ohne den er auf Grund seiner gebrochenen Beine diese Haltung nicht hätte einnehmen können. Sein Gesicht war schmerzverzerrt, sein Atem ging stoßweise und keuchend, Schweiß rann ihm in Bächen über das Gesicht. Beinahe gegen seinen Willen betrachtete Kawakami die Hände des Mannes. Er hatte fehlende Fingerglieder erwartet, aber beide Hände waren noch unversehrt. Man hatte ihm etwas anderes abgeschnitten.

«Es ist sinnlos, wenn du weiter schweigst», erklärte Kawakami. «Wir kennen deinen Auftrag. Du solltest die Armee im Fürstentum Akaoka mobilisieren. Wir ersuchen dich lediglich um Bestätigung.»

«Was Ihr wisst, geht mich nichts an», erwiderte Gojiro.

«Sollte es aber», sagte Kawakami, «da mein Wissen zum Tod deines Fürsten, zur Auslöschung seines Hauses und zum Tod oder zur Versklavung jedes einzelnen Familienmitglieds führen wird.»

Gojiros Körper begann zu zittern, sein Gesicht verzerrte sich. Seiner Kehle entrang sich ein erstickter Laut. Zuerst dachte

Kawakami, der Mann würde einen Anfall erleiden, doch dann wurde ihm klar, dass er lachte.

«Ihr seid das Spähauge», sagte Gojiro. «Ihr wisst, was jeder weiß. Nur eines nicht, das Wichtigste.»

«Und das wäre?»

«Die Zukunft», sagte Gojiro. «Die kennt nur ein einziger Mensch: Fürst Genji.»

«Idiot!» Kawakami beherrschte sich. Es stünde ihm nicht gut an, einen verkrüppelten Gefangenen zu schlagen. «Du bist bereit, für ein Märchen unter Todesqualen zu sterben?»

«Ich werde hier sterben, Spähauge, ja, aber meine Söhne leben, um demselben Fürsten mit dem zweiten Gesicht zu dienen. Sie werden auf deinen verfaulenden Leichnam pissen.» Wieder lachte er, trotz seiner Schmerzen. «Du bist es, der in Wahrheit dem Untergang geweiht ist.»

Ohne ein weiteres Wort verließ Kawakami die Kammer. Er misstraute seinen eigenen Worten, so zornig war er. Mukai eilte ihm nach.

«Soll ich ihn töten lassen, mein Fürst?»

«Nein, noch nicht. Fahre mit der Befragung fort.»

«Mein Fürst, er wird nicht sprechen, davon bin ich überzeugt.»

«Fahre trotzdem fort. In allen Einzelheiten, damit keine Möglichkeit unberücksichtigt bleibt.»

Mukai verbeugte sich. «Jawohl, mein Fürst.»

Kawakami begab sich zu seinem Teehaus.

Mukai kehrte in die Befragungskammer zurück. Wie vorhergesagt, gab Gojiro keinerlei Information preis, nicht einmal nachdem man ihm sämtliche Extremitäten gebrochen, zerschmettert und abgetrennt und mehrere innere Organe vor die Augen gehalten hatte. Er brüllte und heulte, was selbst ein Held getan hätte. Dennoch verriet er nichts.

Erst in der Stunde des Ochsen, spät in der Nacht, hauchte er sein Leben aus. Mukai verbeugte sich vor dem Toten und bat ihn stumm um Vergebung, die ihm Gojiros Geist sicher gewähren würde. Beide waren sie Samurai. Jeder diente seinem

Herrn, wie er musste. Mukai gab Anweisungen für die Beseitigung der Leiche, mit allem Respekt, aber geheim.

Nach dem Verlassen der Kammer begab er sich in Richtung seiner Gemächer, ohne tatsächlich dorthin zu gehen. Als er sicher war, nicht beschattet zu werden, schlüpfte er durch eine Geheimtür. Binnen Minuten befand er sich außerhalb der Mauern von Burg Edo und steuerte raschen Schrittes auf die Paläste der Großfürsten in Tsukiji zu.

9

Bitoku

Der Oberste Kammerherr sagte: «Kürzlich kam es darüber zum Streit, ob Tugend angeboren ist oder erworben wird. Welche Ansicht vertreten Eure Exzellenz?»
Fürst Takanori sagte: «Unwichtig.»
Der Kammerherr sagte: «Wenn Tugend angeboren ist, wird uns keine Schulung etwas bringen. Wenn man sie erwerben kann, könnte ein Kastenloser einem Samurai gleichgestellt werden.»
Fürst Takanori sagte: «Tugendsame scheißen. Tugendlose scheißen.»
Mit einer respektvollen Verbeugung zog sich der Kammerherr zurück.
Fürst Takanori widmete sich wieder voll und ganz der Szene vor seinen Augen und malte weiter am Bild ‹Ansicht mit Bäumen, die das Bad der Dame Shinku verdecken›.

SUZUME-NO-KUMO (1817)

Ein leises Geräusch weckte Heiko auf. Jemand bemühte sich, seine Schritte beim Näherkommen möglichst lautlos zu setzen. Wahrscheinlich jemand, der hierher gehörte. Aber die Wände waren vorgeschoben. Gut möglich, dass sich etwas Unheilvolleres näherte. Genjis beide Schwerter lagen auf einem Ständer neben seinem Kopf. Gerade wollte sie das kürzere Wakizashi packen, da griff Genji nach dem Katana. Erst jetzt bemerkte sie, dass auch er aufgewacht war.

«Fürst.» Von der anderen Türseite ertönte Hidés Stimme.
«Ja?»

«Vergebt meine Störung. Ein Besucher besteht darauf, Euch sofort zu sehen.»

«Wer ist es?»

«Er verbirgt seine Identität, gab mir aber einen Gegenstand mit der Bemerkung, Ihr würdet ihn wieder erkennen.»

«Zeig ihn mir.»

Die Tür glitt auf. Hidé rutschte auf Knien herein, verbeugte sich im Dunkeln, schob sich kniend nach vorn und händigte Genji ein flaches Metallobjekt aus, dessen Durchmesser an eine große Pflaume erinnerte. Es handelte sich um einen alten Schwertschutz, auf dem eine über Wellen dahinflatternde Spatzenschar dargestellt war.

«Ich werde ihn empfangen. Bitte ihn nach einem angemessenen Zeitraum herein.»

Hidé zögerte. «Wäre es nicht klug, von ihm zuerst zu verlangen, dass er seine Maske ablegt?»

«Klug, aber unnötig.»

«Jawohl, Fürst.» Immer noch kniend, entfernte sich Hidé rücklings und zog hinter sich die Tür zu.

Heiko schlang ihren Unterkimono um sich und glitt aus dem Bett. «Ich werde mich zurückziehen.»

«Wohin?»

Heiko fiel wieder ein, dass sie sich in den Räumen der Dienerinnen, dem einzigen noch intakten Palastflügel, befanden. Sie belegte mit Genji den Hauptraum. In allen anderen Zimmern schliefen mehrere Leute. Es gab keinen leeren Raum, in den sie sich hätte begeben können.

«Ich werde draußen warten.»

«Dazu ist es viel zu kalt. Außerdem ziehe ich deine Gegenwart vor.»

«Mein Fürst, ich befinde mich kaum in einem Zustand, um mich außer vor Euch vor jemandem zu präsentieren.» Ihre Haare hingen bis auf die Hüften. Sie war praktisch nackt, ihr Gesicht ungeschminkt. In letzter Zeit gefiel Genji dieser Anblick. Bis sie sich wenigstens einigermaßen sehen lassen könnte, bräuchte sie mindestens eine Stunde, und auch das nur mit Hilfe Sachikos.

«Dies sind außergewöhnliche Zeiten. Normale Regeln gelten hier nicht mehr. Richte dich so gut her, wie es geht.»

Heiko drapierte ihre Haare zu einer Frisur, die entfernt an den alten Heian-Stil erinnerte: einen Mittelscheitel, die langen Strähnen locker mit einem einzigen Band verbunden. Mehrere Lagen geschickt gelegter Unterkimonos ahmten die losen Roben der damaligen Zeit nach. Unter einem Hauch von Puder und Wangenrot wirkte sie, als wäre sie gar nicht geschminkt, und doch betonte beides ihre strahlenden Augen und die Andeutung eines Lächelns auf ihren Lippen.

«Du überraschst mich», sagte Genji, als sie mit einem Teetablett in der Hand vor ihm stand.

«Wieso, mein Fürst?»

«Du siehst aus, als wärst du einem Gemälde aus der Zeit des Schimmernden Prinzen entstiegen.» Er deutete auf seinen hastig geschnürten Kimono. «Ich hingegen bin und bleibe ein Mann, den man gerade aus dem Schlaf gerissen hat.»

Die Ankunft des Gastes ersparte es ihr, in aller Bescheidenheit zu protestieren. Der große Mann war von Kopf bis Fuß verhüllt. In seinen Bewegungen lag etwas Unbeholfenes, das ihr entfernt bekannt vorkam. Sie hatte ihn schon einmal gesehen. Aber wo?

Hidé und Shimoda blieben dicht hinter und neben ihm. Die geringste verdächtige Bewegung würde ihn das Leben kosten. Die betonte Bedächtigkeit des Mannes zeigte, dass er dies sehr wohl verstand. Selbst seine Verbeugung fiel langsam und gemessen aus.

«Vergebt mein Eindringen zur Unzeit, Fürst Genji.»

Ein Teil seines Umhangs verdeckte sein Gesicht und ließ nur die winzigen Augen frei, deren Blick von Heikos Anwesenheit gänzlich unbeeindruckt blieb.

«Ich bin nur in Eurer Gegenwart zum Sprechen bereit.»

Genji deutete auf Hidé und Shimoda. Ihre Miene wurde noch sorgenvoller, als sie es schon war. Keiner machte Anstalten zu gehen.

«Ihr könnt draußen warten», sagte Genji.

«Jawohl, Fürst.» Hidé und Shimoda verbeugten sich, ohne den möglichen Meuchelmörder aus den Augen zu lassen. Auch während sie sich rücklings aus dem Raum entfernten, behielten sie ihn im Blick.

Nachdem die Tür geschlossen war, nahmen sie, die Hand am Schwert, dahinter Platz, jederzeit bereit, sofort einzugreifen.

Der Mann sagte mit einem Blick auf Heiko: «Mein Fürst, wir sind immer noch nicht allein.»

Genji antwortete: «Wenn Sie der Dame Heiko nicht trauen, kann ich Ihnen nicht trauen.»

Jetzt sah sich Mukai einem echten Dilemma gegenüber. Zum Teetrinken würde er seine Maske abnehmen müssen. Wenn er den Tee ablehnte und verhüllt blieb, würde es nie zum Gespräch kommen. Da Genji bereits wusste, um wen es sich handelte – dies war ihre zweite Begegnung –, konnte dessen Bitte, sich vor Heiko zu zeigen, nur einem Zweck dienen: ihre gegenseitige Reaktion zu prüfen. Bedeutete das, dass er ihr misstraute? Oder ihm? Oder beiden? Oder war es nur ein Spiel, das er mit der vermeintlichen Geisha trieb? Selbstverständlich gab es da noch ein größeres Problem. Wenn er seine Maske fallen ließ, würde Heiko seinen Besuch gewiss an Kawakami melden. Dann würde Mukai Gojiro in die Befragungskammer nachfolgen und kurze Zeit später in dieselbe Grube. Es sei denn, er würde Heiko hier und jetzt als Spionin und Attentäterin denunzieren. Nein, das würde nicht funktionieren. So etwas würde Genji nie ohne Beweis glauben, und den hatte Mukai nicht anzubieten. Er verwünschte sich selbst, weil er nicht an Heikos mögliche Anwesenheit gedacht hatte. Auf Grund der Bombardierung hatte er nicht geglaubt, dass sie sich im Palast aufhalten würde. Die vielen widersprüchlichen Überlegungen überforderten sein Gehirn bei der Suche nach einem Ausweg. Er gab auf, schlug seinen Umhang zurück und nahm den angebotenen Tee.

Heiko zeigte sich nicht überrascht. Nichts deutete darauf hin, dass sie ihn wieder erkannte. Dies lag daran, weil sie Mukai einen Augenblick zuvor an seinen winzigen, dicht beieinander liegenden Augen und an der Knollennase unter dem Tuch erkannt hatte, das sein restliches Gesicht bedeckte. Vermutlich hatte ihn Kawakami für irgendein Täuschungsmanöver geschickt. Merkwürdig, dass er dafür Mukai gewählt hatte, diesen Langweiler.

Genji bemerkte bei Heiko keine Reaktion, was nichts bedeutete. Er kannte ihre außerordentliche Selbstbeherrschung. Wenigstens beantworteten Mukais unruhige Blicke eine Frage: Heiko und Mukai kannten einander. Das hieß, Verrat war fast mit Sicherheit im Spiel. Wer hier aber wen verriet, stand noch nicht fest.

Mukai verbeugte sich tief vor Genji. «Zu meinem Bedauern muss ich Euch mitteilen, dass Euer Bote Gojiro beim Verlassen Edos von den Männern des Shogun gefasst worden ist.»

«Das ist in der Tat ein Unglück», sagte Genji. «Ist er auf die Befragung eingegangen?»

«Nein, mein Fürst.»

Genji sagte: «Ich werde seine unverbrüchliche Treue und seinen Mut ehren, indem ich seine drei Söhne befördere. Gibt es irgendeine Möglichkeit, seinen Leichnam zu bergen?»

«Nein, mein Fürst, das ist unmöglich.»

Trotz seiner Trauer über den Tod eines vertrauenswürdigen alten Gefolgsmannes machte sich Genji nicht allzu viele Sorgen, weil Gojiro es nicht geschafft hatte, Edo zu verlassen. Er hatte sich freiwillig dazu bereit erklärt, wohl wissend, dass ihn möglicherweise Gefangenschaft, Folter und Tod erwarteten. Saiki hatte gleichzeitig einen weiteren Boten auf den Weg geschickt, der Akaoka wahrscheinlich schon erreicht hatte.

«Vielen Dank für Ihren wertvollen Bericht.»

«Es gibt noch mehr. Auch Euren anderen Boten hat man abgefangen.»

«Sind Sie sicher?» Genji wählte seine Worte sorgfältig. Er wollte Mukai keine Information geben, die er nicht schon besaß. Immerhin bestand die Möglichkeit, dass sein offener Verrat an Kawakami eine List war, die dieser höchstpersönlich ersonnen hatte.

«Zwischen Edo und Akaoka sind an strategischen Punkten Falkner stationiert. Fürst Kawakami kennt die Begeisterung Eures verstorbenen Großvaters für Brieftauben und nahm an, auch Ihr würdet sie einsetzen. Eure Armee wird keinen Befehl zur Mobilmachung erhalten.»

«Dann ist unsere Lage tatsächlich ernst.» Jetzt war so lange jede Hilfe ausgeschlossen, bis Saiki Akaoka erreichte. Falls er es überhaupt erreichte.

«Könnte denn nicht einer Eurer dortigen Befehlshaber von sich aus eine Mobilmachung befehlen?»

«Meine Befehlshaber sind Japaner», erwiderte Genji, «keine Ausländer. Wissen Sie denn nicht, dass Initiative ein tödlicher ausländischer Impuls ist? Sie werden auf ihre Befehle warten, wie man es ihnen beigebracht hat.»

«Trotzdem müsst Ihr Edo verlassen, mein Fürst. Auch wenn Fürst Kawakami Eure Ermordung nicht befehlen sollte, werden aller Voraussicht nach ausländerfeindliche Elemente zur Tat schreiten. Die Bombardierung hat die Emotionen gefährlich aufgeheizt.» Mukai hielt inne und holte tief Luft, um sich innerlich zu wappnen, ehe er fortfuhr. «Obwohl meine Familie in ununterbrochener Folge ein Vasall des Kawakami-Clans ist, liegt unsere Burg relativ isoliert im Schneeland, auf einer hohen Klippe über dem Japanischen Meer. Sie ist in alten Zeiten nie durch Belagerung gefallen, nicht einmal, als Oda Nobunaga selbst eine Armee dagegen hatte anrennen lassen. Niemand wird erwarten, dass Ihr Euch in diese Richtung aufmacht. Es könnte die beste Entscheidung sein. Inzwischen kann man weitere Boten nach Akaoka entsenden. Einer wird schließlich durchkommen. Bis dorthin kann ich meines Erachtens für Eure Sicherheit bürgen.»

«Ihre Großzügigkeit erstaunt mich», sagte Genji, der tatsächlich erstaunt war. «Mit einem derartigen Handeln würden Sie nicht nur offen gegen Kawakami rebellieren, sondern auch gegen den Shogun.»

«Ich bin auf die Folgen vorbereitet, mein Fürst.»

«Ich werde Ihr Angebot in Erwägung ziehen», sagte Genji,

obwohl er das nie und nimmer vorhatte. «Trotzdem möchte ich Ihnen einen Rat geben: Das Sicherste für Sie wäre, wenn Sie sich wieder in Ihr früheres Treuebündnis eingliedern würden.»

«Niemals», erwiderte Mukai mit einem für ihn ganz untypischen Nachdruck. «So wie meine Ahnen bei Sekigahara auf der Seite der Eurigen gestanden haben, werde ich jetzt Euch beistehen.»

«Auch wenn sich das Ergebnis wiederholt?»

«Das wird es nicht», sagte Mukai. «Alle Vorzeichen deuten darauf hin, dass Ihr in der Gunst der Götter steht.»

Da Mukai ein äußerst ernster Mensch war, der ein Lachen zum gegenwärtigen Zeitpunkt nicht verstanden hätte, unterließ es Genji, obwohl es ihn immens reizte. Jeder, der an seine prophetische Gabe glaubte, meinte überall Omen zu sehen. Nur er sah nichts als Ungewissheit.

Genji gab Mukai den Schwertschutz zurück. Nötigenfalls würde er ihn erneut vorweisen.

«Also hat Ihre Familie dieses Stück all die Jahre heimlich aufbewahrt?»

«Ja, mein Fürst.» Nach einer tiefen Verbeugung nahm Mukai das filigrane Eisenoval respektvoll mit beiden Händen entgegen. «Seit der Schlacht. Damit wir stets wissen, wo unsere wahre Treue liegt.»

Würden sie Sekigahara je entrinnen? Angenommen, es käme zum Sturz der Tokugawa. Würden diese dann nicht mit ihren Anhängern auf die Möglichkeit zu einer neuen «Entscheidungsschlacht» warten? Wird heute in hundert Jahren, nachdem die Ausländer Japan vielleicht zusammen mit dem Rest der Welt erobert haben, Sekigahara endlich vergessen sein?

Nach Mukais Aufbruch stellte Genji gedankenverloren Heiko genau diese Frage.

«Ich weiß es nicht, mein Fürst. Ich weiß nur eines: Sekigahara hat nichts damit zu tun, dass sich dieser edle Herr Euch verbunden fühlt.»

«Selbstverständlich tut es das», widersprach Genji. «Welches Motiv könnte er sonst haben?»

«Liebe», antwortete Heiko.

«Liebe?» Genji war erstaunt. Ihm war nicht aufgefallen, dass Heiko und Mukai einen viel sagenden Blick oder eine Geste gewechselt hätten. «Du meinst, auch er ist in dich verliebt?»

«Nein, mein Fürst.» Unwillkürlich musste Heiko lächeln. «In mich nicht.»

Fünfundzwanzig Samurai entfernten sich von der alten verlassenen Jagdhütte in den Ausläufern des Kanto-Gebirges. Keiner hatte eine Jagdausrüstung dabei. Einer der beiden Männer an der Spitze der Gruppe wandte sich an den anderen.

«Dieses Treffen hat nichts geklärt.»

«Haben Sie etwas anderes erwartet?»

«Nein. Trotzdem hatte ich etwas Besseres erhofft.»

«Bereits die Tatsache, dass es überhaupt zu diesem Treffen kam, könnte man als Erfolg bezeichnen.» Er wandte sich um und deutete auf die Männer, die hinter ihnen auf dem Pfad zurück nach Edo gingen. «Seht. Fünfundzwanzig Männer mit den Wappen von einem Dutzend Fürsten. Noch vor nicht allzu langer Zeit wäre es undenkbar gewesen, dass sich Menschen mit grundverschiedenen Clanverbindungen zusammentun. Mein Freund, wir überschreiten uralte Grenzen. Wir stammen aus der Generation, die ein neues Ideal erschaffen wird. Durch unsere Aufrichtigkeit und Entschlossenheit werden wir die tugendsame Wiedergeburt der japanischen Nation einleiten.»

Der Mann, der zuerst gesprochen hatte, betrachtete seinen Gefährten mit unverhohlener Bewunderung. Er spürte, wie ihm ihre gerechte Sache die Brust weitete. Wahrhaftige Männer der Tugend.

Andere aus der Gruppe waren in wesentlich belanglosere Gespräche vertieft.

«Haben Sie schon von dem Kimono gehört, den Heiko vor zwei Wochen getragen hat?»

«Ich habe nicht nur davon gehört, ich habe ihn gesehen.»

«Nein!»

«Ja. Ihre Kleidung war über und über mit grotesken knallbunten ausländischen Rosen bestickt. Doch es kommt noch schlimmer: Sie gehörten zu jener Sorte, die manche Narren als ‹Amerikas Schöne› bezeichnen. Als könnte aus der Verbindung von ‹Amerika› und ‹Schönheit› etwas Sinnvolles erwachsen.»

«Sind wir bereits so tief gesunken, dass wir sogar bei Rosen fremde Blüten bewundern müssen?»

«Für unsere eigenen Rosen haben diese Verräter, die bewundernd zu allem Ausländischen aufschauen, ja gar keinen Blick mehr.»

«Alle Rosen stammen aus fremden Ländern», erklärte ein anderer Mann. «Unsere kamen in alten Zeiten aus Korea und China.»

«Wenn wir erst einmal über eigene Naturwissenschaften verfügen, können wir bestimmen, welche Blumen wirklich japanisch sind, und dann nur noch diese bewundern.»

«Naturwissenschaft ist eine abscheuliche ausländische Erfindung.»

«Nicht unbedingt, eine Pistole kann in alle Richtungen schießen. So können auch die Naturwissenschaften genauso ein Werkzeug in unseren Händen sein wie in den ihren. Damit kann man Japan stärken. Deshalb habe ich es mir zur Aufgabe gemacht, Naturwissenschaften zu verstehen. Das kann nichts Unpatriotisches sein.»

«Es ist in der Tat höchst lobenswert, dass Sie aus freien Stücken ein solches Opfer bringen und eine Vergiftung riskieren, um unserer Sache zu nützen. Ich verbeuge mich in Dankbarkeit vor Ihnen.»

«Die Chrysantheme ist sicher japanisch.»

«Selbstverständlich, das steht außer Frage.»

Die Chrysantheme war ein heiliges Symbol der kaiserlichen Familie. Jeder Zweifel an ihrer Herkunft war bereits ein Verstoß gegen die Tugend.

«Mit Hilfe von Naturwissenschaft können wir beweisen, dass sie die Urblume Japans war.»

Einer der Anführer hielt warnend eine Hand hoch. «Rasch, in die Wälder.»

Wenige Augenblicke später tauchte in nächster Nähe ein Reiter auf, der denselben Pfad erklomm, auf dem die fünfundzwanzig Samurai heruntersteigen. Hinter ihm befanden sich weitere fünf Reiter oder, genauer gesagt, drei Reiter und zwei Reisende des schwachen Geschlechts.

Shigeru runzelte die Stirn. «Ist so viel Ungezwungenheit klug?»

«Nur so wird uns die Flucht aus Edo gelingen», antwortete Genji. «Wir machen uns verdächtig, wenn wir uns auch nur im Geringsten besorgt zeigen. Wir haben bereits erfolgreich die Winterkraniche beobachtet und sind unbelästigt in die Gebirgsausläufer gelangt. Die Strategie der Ungezwungenheit ist vernünftig.»

Shigeru konnte nicht begreifen, warum man unbedingt ohne jede Kampfbereitschaft mitten durch zwei Dutzend unbekannter und getarnter Samurai reiten musste, wie sie das im Augenblick taten. Trotzdem verzichtete er auf einen Disput mit Genji, denn sein scheinbar sanfter und nachgiebiger Neffe war auf seine Art mindestens genauso starrsinnig und unerbittlich wie der verstorbene Fürst Kiyori. Shigeru begab sich ans Ende der Gruppe. Hier war die verwundbarste Stelle. Sollte es zum Überfall kommen, würde er wohl hier seinen Anfang nehmen.

«Vergebt mir, mein Fürst», sagte Hidé, «aber ich muss Fürst Shigeru beipflichten. Zwei Dutzend Männer habe ich gesehen, aber dahinter könnten sich noch mehr verbergen.»

«Ebenso gut könnte es sich um eine Gruppe Freunde handeln, die in aller Unschuld einen Nachmittagsspaziergang macht. Lasst uns weiterreiten. Und, bitte, kein Handeln ohne meinen ausdrücklichen Befehl.»

«Jawohl, Fürst.» Trotzdem gelang es Hidé nicht, seine besorgte Miene zu verbergen. Er gab seinem Pferd die Sporen und ritt an die Spitze. Sollte es sich tatsächlich um Meuchelmörder handeln, würden sie vielleicht ihn zuerst angreifen und damit seinem Fürsten eine bessere Fluchtmöglichkeit geben.

Fragend blickte Emily Fürst Genji an. Er lächelte und sagte: «Vor uns befinden sich einige Männer auf dem Pfad. Es besteht kein Grund, irgendwelche Schwierigkeiten zu erwarten.» Sachte trieb er sein Pferd voran.

«Ich bin überzeugt, mein Fürst, dass Sie Recht haben», sagte Emily, die sich neben ihm hielt. «Wir reisen in Frieden, ohne böse Absicht, und werden dadurch gewiss auch keine auf uns lenken.»

«Glauben die Christen daran?», fragte Genji. «An ein Gleichgewicht der Absichten?»

«‹Wer Wind sät, wird Sturm ernten.› Ja, ich denke schon.»

«Teilt Ihr diese Ansicht?», fragte Heiko Stark.

«Die Erfahrung hat mich etwas anderes gelehrt», antwortete Stark und tastete diskret nach der unter seiner Jacke verborgenen Pistole.

Als sie an eine Stelle kamen, wo der Pfad ein wenig breiter wurde, tauchten plötzlich überall Samurai auf. Auch ohne gezückte Schwerter wirkten sie eindeutig kampfbereit.

«Hier ist der Zutritt für Ausländer verboten.» Der Sprecher stand ein wenig vor den anderen. «Noch ist dieser Teil Japans nicht durch ihre ansteckende Gegenwart verseucht.»

«Macht den Weg frei», sagte Hidé. «Ein Großfürst beehrt euch mit seiner Durchreise.»

«Wir wären geehrt», mischte sich ein zweiter Mann ein, der sich inzwischen ebenfalls vom Rest abgesondert hatte, «wenn es sich bei dem fraglichen Fürsten tatsächlich um einen großen handeln würde. Ich jedoch sehe, dass der, von dem Sie sprechen, dafür berüchtigt ist, dass er bewundernd zu Ausländern aufblickt. So einem werde ich nicht weichen.»

Hidés Hand fuhr zum Schwertgriff, aber Genji war noch schneller und sprach, ehe er seine Klinge ziehen konnte.

«Wir müssen doch nicht auf Förmlichkeiten bestehen», sagte Genji. «Es ist schon spät am Tag. Jeder von uns möchte lieber woanders sein, nicht? Dann lasst uns weitergehen. Keiner muss ausweichen. Wählt eine Seite des Pfades, wir werden die andere benutzen.»

«So spricht nur ein Schwächling wie Ihr», entgegnete der erste Mann. «Euer Großvater war ein Respekt gebietender Krieger. Ihr seid lediglich der degenerierte Rest einer aussterbenden Linie.»

«Hidé.» Allein der warnenden Stimme seines Fürsten war es zu verdanken, dass der Kopf des Mannes noch immer auf seinen Schultern saß. Hidé lockerte seinen Griff und versuchte, sich durch tiefes Einatmen zu beruhigen, auch wenn ihm das nicht ganz gelang.

«Wenn es so wäre», sagte Genji, «dann bin ich es gewiss nicht wert, dass mir tugendsame Männer wie Ihr Beachtung schenkt. Lasst es dabei bewenden und voneinander scheiden.»

«Vielleicht sollten wir seinem Rat folgen», sagte der erste Mann zum zweiten. «Es wäre grausam von uns, ihn von seinen gewohnten Vergnügungen abzuhalten.»

«Ja, so ist es», bestätigte der zweite Mann und grinste verächtlich. «Wir haben gehört, dass du jede Nacht vor Entzücken kreischst, wenn barbarische Scheusale mit ihren stinkenden viehischen Schwänzen dein blutendes Arschloch weiten.»

«Und dass du untertags zufrieden wie ein Kleinkind gluckst, während du üble Säfte aus denselben kranken Gliedern saugst.»

«Leider hat man Sie falsch informiert», erwiderte Genji. «Die einzige Ausländerin, mit der ich je intim gewesen bin, befindet sich hier neben mir.»

Mehrere Samurai lachten verächtlich.

«Welch ein Quell der Freude sie ist, könnt ihr euch nicht einmal im Traum ausmalen», fuhr Genji fort.

Der erste Mann sagte: «Du bist ein Narr oder verrückt. Oder beides. Vielleicht aber auch blind. Schau sie doch an. Dein Ross erinnert mehr an eine Menschenfrau als sie. Zugegeben, gleich groß sind sie ja und ihre Nasen gleich lang. Trotzdem besitzt dein Pferd eine ungleich schönere Farbe als deine geisterbleiche Begleitung.»

«Und dann ihr Geruch. Ein unbeschreiblicher Gestank.»

Genji lächelte wohlwollend. «Offensichtlich seid ihr nicht nahe genug, um ihren wahren Duft einatmen zu können. In der Erregung verströmen ihre intimen Stellen ein Parfüm, das Opiumdämpfen gleicht, und danach fällt sie in eine Art sexuelle Ekstase. Betrachtet nur ihre zierlichen Handknochen, ihre fast durchsichtige Haut. In der Erregung leuchtet sie wie Blitze, und wenn sie dich berührt, gehen kleine Beben von ihrem Körper auf deinen über. Daher rührt ihre merkwürdige Farbe. Ihr innerstes Wesen wurde verwandelt.»

Während Genji ihre Feinde ablenkte, verlagerten Hidé und Shigeru unauffällig ihre Position. Im Fall eines Angriffs könnten sie mit maximaler Wirkung vorgehen. Innerhalb der ersten Sekunden würden sie die Hälfte der Gruppe mit Schwertern und Hufen im Nahkampf erledigen, so dass es ein Leichtes wäre, auch mit dem Rest fertig zu werden. Hidé rief sich einen oft wiederholten Grundsatz ihres Clans ins Gedächtnis: Ein Okumichi-Reiter wog zehn Samurai zu Fuß auf. Da er an dieser Tatsache nicht zweifelte, waren sie tatsächlich im Vorteil und nicht diese so genannten Männer der Tugend. Zur Bestätigung ihrer Bereitschaft wechselten Hidé und Shigeru rasch einen Blick.

«Bemerkt ihr ihre Brüste?», fuhr Genji fort. «So unnatürlich üppig, so vorstehend.» Er tat so, als würde er über Emily sprechen, und bewegte sich dabei zwei Schritte nach vorn, um sich und sein Pferd noch mehr zwischen sie und diese angriffslustigen Samurai zu bringen. Er glaubte, die Männer in nächster Nähe rasch niedermachen zu können, ehe sie Schaden anrichten konnten. «Jeden Monat reifen ihre Brüste heran. Noch während unseres Gesprächs sind sie reif. Aber sie sind nicht mit Milch gefüllt, sondern mit feurigem Himmelstau. Wer sie berührt, berührt fast überall nur Eis, denn ihre Körperhitze beschränkt sich auf drei Stellen: ihre Brüste, ihren Mund, ihre Vagina.»

Emily rätselte, was Genji seinen neuen Bekannten erzählte. Jedenfalls musste es faszinierend sein, da viele mit offenem Mund dastanden und nicht wenige in ihre Richtung starrten.

Sie lächelte sie an und vertraute darauf, dass ihre Freundlichkeit der Genjis entsprach.

Auch Stark wusste nicht, was Genji sagte, aber ihm war klar, was er tat. Alle drei Okumichi-Samurai hatten sich in bessere Kampfpositionen manövriert. Jeden Moment würde es losgehen.

Stark zählte auf der gegnerischen Seite fünfundzwanzig Schwertkämpfer, von denen keiner eine Feuerwaffe trug, wenigstens nicht offen. Fünfundzwanzig gegen Genji, Hidé und Shigeru. Kein gutes Verhältnis, auch wenn sie, im Gegensatz zu ihren Gegnern, auf dem Pferd saßen. Stark hatte lediglich die kleine Pistole mit dem 32er Kaliber schussbereit. Sechs Kugeln und nichts zum Nachladen. Mit seinem Bowie-Messer könnte er noch einen übernehmen, vielleicht auch zwei, aber er hatte es nicht. Bestenfalls könnten sie die Hälfte erledigen. Die andere Hälfte würde garantiert sie umbringen oder noch schlimmer. Er schaute in die Richtung, wo Emily neben Genji stand. Direkt daneben befand sich Heiko. Mit dem ersten Schuss würde er Emily töten, mit dem zweiten Heiko, um ihnen die Qualen zu ersparen, die diese Männer ihnen vor ihrem Tod gewiss zufügen würden. Anschließend würde er die nächsten vier erschießen und von den anderen möglichst viele niedertrampeln, ehe ihn dasselbe Schicksal ereilte. Er war bereit. Seine Schultern entspannten sich. Alle Gedanken fielen von ihm ab.

Genjis kühne Schilderungen hatten dem ersten Mann die Stimme verschlagen. Jetzt fand er sie wieder und spuckte seine Worte förmlich heraus: «Behalte deine schmutzigen Fantasien für dich. Wir haben schon Mühe genug, diesen Gestank zu ertragen.»

Der zweite Mann sagte: «Wir können nicht feststellen, woher der faulige Geruch kommt: Von den ungewaschenen Pferden, von deiner viehischen Bettgefährtin oder von deiner eigenen verfaulten Person.»

«Genug!» Shigeru ertrug es nicht mehr. Er trieb sein Pferd nach vorn, während die Männer der Tugend ihre Schwerter zückten. «Bittet eure Ahnen auf der Stelle um Vergebung, denn wenn wir mit euch fertig sind, werden wir ihre Altäre umstürzen, ihre Gebeine ausgraben und sie in die Abfallgruben der Kastenlosen werfen.»

Die erste Gruppe der Samurai trat ihm entgegen, wich jedoch gleich wieder zurück. Sie hatten ihn erkannt.

«Shigeru!»

«Unmöglich! Er ist tot!»

Einen Augenblick blieben sie wie angewurzelt stehen, dann drehten sich die Samurai um und flohen in alle Richtungen. Alle bis auf jene zwei, die bisher das große Wort geführt hatten. Beide fielen auf die Knie und pressten die Köpfe zu Boden.

«Bitte, nehmt meine Entschuldigung an», sagte der Erste, «und verschont meine alten Eltern.»

Der zweite Mann sagte: «Meine Nachkommen sind noch unschuldige Kleinkinder. Nehmt mein Blut statt ihrem.»

Beide Männer schritten gleichzeitig zur Tat. Der Erste packte mit beiden Händen die Klinge seines Katana und rammte sie sich tief in den Hals, während ihm das Blut von den zerschnittenen Handflächen tropfte. Er kippte zur Seite. Sein Lebenssaft strömte durch Mund und Nase aus seinem Körper. Der zweite Mann schob sich die Klinge in den Mund und bewegte den Kopf ruckartig nach vorn, so dass der Griff auf dem Boden aufschlug und ihm die halbe Klinge hinten zum Schädel hinaustrieb. Irgendwie hielten ihn Schwert und Knie wie ein makabrer Dreifuß aufrecht. Zuckend verschied er.

Emily fiel in Ohnmacht. Wenn Genji sie nicht in seinen Armen aufgefangen hätte, wäre sie vom Pferd gestürzt. Eigentlich hatte er erwartet, dass sie ihn mit ihrem Gewicht vom Ross reißen würde, aber zu seiner Überraschung war sie nicht so schwer, wie sie aussah. Und aus der Nähe betrachtet auch gar nicht so groß. Ihre ausgeprägten Körperformen und ihr bizarres Aussehen hatten seinen Blick für die tatsächlichen Proportionen getrübt.

Shigeru wollte absitzen.

«Nicht nötig», sagte Genji.

«Ich sollte sie identifizieren», erklärte Shigeru. Sein Gesicht brannte. Nur Blut könnte seinen Zorn kühlen.

«Lass es sein», sagte Genji. «Diese Zeiten sind für uns alle schwierig. Sie waren auf dem falschen Weg. Trotzdem besteht kein Zweifel an ihrer Aufrichtigkeit. Erweisen wir ihr die Ehre und vergessen den Rest.»

Shigeru verbeugte sich, aber als Genji weiterritt, saß er trotzdem ab, untersuchte die Wappen auf ihren Kimonos und prägte sich ihre Gesichter ein. Genji hatte zu viel Mitgefühl. Bestimmte Worte ließen sich nie und nimmer zurücknehmen. Dafür gab es keine Vergebung.

Ein Mann hatte Eltern erwähnt, der andere Kinder. Später, wenn die gegenwärtige Krise ausgestanden war, würde er sie finden und tun, was getan werden musste.

Shigeru saß wieder auf und gab seinem Pferd die Sporen.

«Ich verstehe das nicht», sagte Emily. «Alle haben sich doch nur unterhalten. Fürst Genji wirkte sogar fröhlich. Und dann, plötzlich ...» Ihr ganzer Körper bebte. Sie klammerte sich noch mehr an Stark. Nie hätte sie sich träumen lassen, dass sie jemals etwas so Entsetzliches sehen müsste, so viel sinnlose Gewalt, die sich obendrein noch gegen die eigene Person richtete. Einen Augenblick hatten beide Männer noch geredet, im nächsten durch Selbstmord ihre unsterblichen Seelen der ewigen Verdammnis überantwortet. Und wozu? Der Anblick ihrer entsetzlichen Wunden, das Geräusch, das aus ihren Kehlen drang, während sie verbluteten – würde sie diese Bilder je vergessen können?

«Ihre Denkweise ist grundverschieden von unserer», sagte Stark, was gar nichts erklärte. Die feindlich gesinnten Samurai waren ihnen rein zahlenmäßig überlegen gewesen. Und doch hatten einige wenige Worte von Seiten Shigerus genügt, dass sie sich in alle Winde zerstreuten. Warum? Er wusste es nicht. Zwei von ihnen hatten sich auf besonders schmerzvolle Weise umgebracht. Wenn sie bereit waren, unter Qualen zu sterben, fehlte ihnen eines gewiss nicht: Mut. Warum hatten sie sie dann nicht angegriffen? Er hatte keine Erklärung dafür.

In der Nähe saßen der Kriegsherr und sein Onkel und berieten sich. Heiko war mit Hidé dabei, aus den von ihm geschlagenen Bambusstangen kleine Unterstände zu bauen. Trotz ihres zerbrechlichen Äußeren ließ der jüngste Gewaltausbruch sie scheinbar völlig ungerührt.

Stark konnte den Vorfall genauso wenig nachvollziehen wie Emily. «Mich würde nur interessieren, ob wir ihnen genauso rätselhaft erscheinen.»

«Das kann nicht sein», erwiderte Emily. «Unser Handeln entspringt einer von Gott gegebenen Vernunft.»

«Es wäre klug, über Nacht weiterzureisen», sagte Shigeru. «Dass die Geflüchteten zurückkommen werden, bezweifle ich. Trotzdem könnten uns andere Verfolger dicht auf den Fersen sein.»

«Klug wäre es», stimme Genji ihm zu, «aber trotzdem unmöglich. Emily kann nicht weiter. Der Schrecken war zu groß für sie.»

«Schrecken?» Rasch warf Shigeru einen Blick auf die Ausländerin. «Warum? Sie sollte erleichtert sein. Bisher war kein Nahkampf nötig.»

«Sie ist nicht an den Anblick von Männern gewöhnt, die sich selbst töten», sagte Genji. «Wenigstens nicht mit dem Schwert. Vielleicht verletzt ein Tod durch Kugeln ihr Zartgefühl nicht so sehr.»

Für eine solche Diskussion hatte Shigeru keine Geduld. Er brachte ein anderes, weit wichtigeres Thema zur Sprache. «Mehrere unserer Gegner von vorhin trugen das Wappen des Großfürsten von Yoshino. Das heißt, er wird in Kürze unseren Aufenthaltsort und unser wahrscheinliches Ziel kennen. Kurz darauf wird das auch der Shogun wissen, da Yoshino mit den Tokugawa verbündet ist.»

«Nicht zwangsläufig», erwiderte Genji. «Ich bezweifle, dass ihr Treffen von einem ihrer Fürsten gebilligt wurde. Sie handelten auf eigene Faust. Deshalb haben sie wahrscheinlich Hochverrat begangen. Sie werden unseren Standort nicht verraten, wenn sie gleichzeitig ein Verbrechen gestehen müssten, das sie und ihre Familien in den Ruin treiben würde. Wir sind sicher.»

Shigeru entgegnete: «Trotzdem sollten wir vorsichtshalber weiter nach Norden ausweichen und uns erst südlich von Kloster Mushindo nach Westen wenden. Dadurch wird die Reise zwar um zwei Tage verlängert, gleichzeitig befänden wir uns aber auch auf einem Pfad, auf dem uns niemand so leicht den Weg abschneiden kann.»

Hidé und Heiko gesellten sich zu ihnen. Hidé sagte: «Die Unterstände sind fertig, mein Fürst.»

«Vielen Dank. Ich werde die erste Wache übernehmen, Shigeru die zweite und du die dritte.»

Hidé sagte: «Mein Fürst, es ist nicht nötig, dass Ihr eine derart niedrige Aufgabe übernehmt.»

«Wir sind nur drei. Wenn ich nicht meinen Teil beitrage, werdet ihr beide, du und Shigeru, in Kürze so übermüdet sein, dass ihr uns nichts mehr nützt. Ich werde die erste Wache übernehmen.»

«Jawohl, mein Fürst.»

Heiko lächelte Genji an.

«Was amüsiert dich?»

«Ein beiläufiger Gedanke, mein Fürst, nichts weiter.»

«Und was wäre dieser beiläufige Gedanke?»

«Wir begeben uns noch weiter nach Norden?»

«Ja, zwei Tage noch. Warum?»

«Liegt nicht die berühmte uneinnehmbare Festung der Familie Mukai im Norden?»

Genji wollte sie packen, war aber nicht schnell genug. Kichernd entwischte sie ihm.

«Komm zurück.»

«Geduld, mein Fürst.»

Kurz vor den Ausländern blieb Heiko stehen und verneigte sich. «Emily, Matthew.» Sie deutete auf einen der Unterstände,

die sie mit Hidé gebaut hatte. «Wir werden über Nacht hier bleiben. Bitte versucht, euch etwas auszuruhen. Gut möglich, dass wir anschließend erst wieder nach dem Erreichen von Fürst Genjis Burg so viel Muße haben werden.»
«Vielen Dank, Heiko», sagte Emily.
Sie deckten Emily mit mehreren Lagen zu. Stark und Heiko saßen bei ihr, bis sie einschlief. Als Heiko gehen wollte, hielt Stark sie zurück.
«Wer waren diese Männer?»
Heiko suchte in ihrem Gedächtnis nach dem passenden Wort. «Gesetzlose.»
«Warum sind sie weggelaufen, anstatt anzugreifen?»
«Sie haben Fürst Shigeru erkannt.»
«Es waren zwei Dutzend gegen vier Mann auf unserer Seite.»
«Ja», sagte Heiko, «sie waren zu wenige und wussten das. Also sind sie davongerannt.»
Heiko verstand seine Frage nicht, davon war Stark überzeugt. Ihre Antworten ergaben keinen Sinn. Nirgendwo auf der Welt liefen zwei Dutzend Mann vor vieren davon. «Warum haben die zwei Selbstmord begangen?»
«Als Entschuldigung für ihre harten Worte.»
«Als Entschuldigung. Indem sie sich mit ihren eigenen Schwertern töten?»
«Ja.»
«Was haben sie gesagt? Was verlangt eine solche Tat?»
«Despektierliche Dinge», antwortete Heiko, «deren Wiederholung für mich despektierlich wäre.» Sie verbeugte sich. «Gute Nacht, Matthew.»
«Gute Nacht, Heiko.»
Erst kurz vor Morgengrauen schlief Stark ein. Er hörte Heiko kichern. Später erwachte der Onkel des Kriegsherrn und verschwand in den Wäldern. Mehrere Stunden später kam er zurück, und Hidé übernahm die Wache. Gern hätte Stark seine Dienste angeboten, tat es aber nicht. Schließlich wollte er niemanden unabsichtlich beleidigen, um sich dann mit seinem

eigenen Leben dafür zu entschuldigen. Er musste leben, bis Ethan Cruz tot war.

«Was du über Mukai gesagt hast, glaubst du doch nicht wirklich!»

«Doch. Wie er dich angesehen hat. Wie er ‹Mein Fürst› gesagt hat. Und das ganz oft. ‹Mein Fürst.› Bei jeder Gelegenheit, als würde er dich allein durch das Aussprechen dieser Wörter in Besitz nehmen.»

«Mukais Ahnen haben neben meinen bei Sekigahara gekämpft. Das ist der einzige Grund für seine Treue.»

«Wenn du das glaubst, bist du so leichtgläubig wie ein unreifes Bauernmädchen.»

«In seiner Familie befindet sich seit Generationen ein Schwertschutz mit Spatzenmotiv.»

«Behauptet er. Den könnte er bei jedem Pfandleiher gekauft haben. Sekigahara ist seine Entschuldigung, nicht sein Motiv. Liebe findet immer einen Weg.»

«Lächerlich. Und gar nicht amüsant. Hör zu lachen auf.»

«Du hast Recht, ich sollte nicht lachen. Wütend sollte ich sein.»

«Weshalb?»

«Weil man dich für schöner hält als mich. Wenigstens gewisse Leute.»

«Mukai ist nicht in mich verliebt.»

«Wenn du eines Tages in seiner Burg hoch über dem schäumenden Nordmeer ein verwöhntes Leben führst, wirst du eines Besseren belehrt sein.»

«So sehr ist die Welt noch nicht entartet. Und dazu wird es auch zu meinen Lebzeiten nicht kommen.»

«Ist das eine Prophezeiung, mein Fürst?»

In jener Nacht und am Morgen darauf legte sich eine schwere Schneedecke über die Kanto-Ebene. Von seinem Amtszimmer auf Burg Edo aus beobachtete Mukai, wie die Welt weiß wurde. Irgendwo da draußen befand sich Genji, ein gejagter

Flüchtling. Beim Gedanken daran, wie der junge Fürst unter diesem bitteren Wetter leiden musste, tat ihm das Herz weh.

Er hatte versucht, den Auftrag zu erhalten, Genji aufzuspüren, aber das wollte Kawakami höchstpersönlich übernehmen. So saß er nun hilflos hier in Edo fest und konnte nicht dem einzigen Menschen zu Hilfe kommen, den er mehr liebte als das Leben. Konnte es ein grausameres Schicksal geben?

Er betrachtete den Schwertschutz in seiner Hand. Ein Spatzenschwarm über Wellen. Erst als er ihn in Seamis Laden entdeckt hatte, war er sich seiner wahren Gefühle für Genji bewusst geworden. Bis dahin hatte er nicht verstanden, worin die Wurzel jenes schleichenden Unwohlseins lag, das ihn seit dem letzten Frühjahr beunruhigte. Er hatte es auf das Unbehagen geschoben, das alle wegen der zunehmenden Anwesenheit von Ausländern in Japan verspürten. In Wahrheit hatte er im Frühling zum ersten Mal Genji gesehen.

«Dort steht der zukünftige Großfürst von Akaoka», hatte Kawakami gesagt und während einer Zusammenkunft beim Shogun auf ihn gedeutet. «Wenn der Alte stirbt, ist diese Linie erledigt.»

Mukai sah einen jungen Mann, dessen unglaubliche Schönheit ihm die Sprache verschlug. Obwohl er wusste, dass er eigentlich Kawakami gegenüber seine Zustimmung ausdrücken sollte, wollte sein Mund die Worte nicht formen.

Das hätte alles gewesen sein können, wenn nicht genau an jenem Abend zum ersten Mal sein eigenes Leben in den Blickpunkt gerückt wäre, als er einer Diskussion über die zersetzenden Ideale der Ausländer lauschte.

«Glück ist das Hauptziel der Ausländer», sagte Kawakami.

«Das kann man nur schwer glauben», erwiderte Fürst Noda. «Jede Gesellschaft, die auf einem derart selbstsüchtigen Weltbild fußt, kann höchstens ein paar Generationen überdauern.»

«Wie lange sie überleben werden, weiß ich nicht», sagte Kawakami, «trotzdem ist das eine Tatsache.»

«Sie sind ja merkwürdig», entgegnete Fürst Kubota, «aber so merkwürdig können nicht einmal sie sein.»

«So steht es in ihrem obersten Gesetz», erklärte Kawakami. «Glück ist ein Recht, das ausdrücklich jedem zusteht.»

«Einzelpersonen?», fragte Mukai.

Kawakami warf ihm einen irritierten Blick zu. Seine Aufgabe bestand darin, anwesend zu sein, zuzuhören und dies zu schätzen zu wissen. Äußerungen waren nicht vorgesehen. Mukai verbeugte sich entschuldigend. In einem Anflug von Großzügigkeit antwortete ihm Kawakami: «Ja, Einzelpersonen.»

«Wie pervers», sagte Fürst Noda.

Mukai pflichtete ihm stumm bei. Pervers, zweifelsohne. Das Ziel einer Gesellschaft war Ordnung, und der einzige Weg dorthin führte über eine korrekte Rangzuweisung. Das erforderte die Zivilisation. Jeder musste seinen Platz kennen, ihn akzeptieren und sich angemessen verhalten. Alles andere würde zu Chaos führen. Glück – was für ein Gedanke. Mukai verspürte eine Erregung, die er damals rechtschaffener Empörung zuschrieb, der einzig angemessenen Reaktion.

Dann sah er den Schwertschutz, und etwas in ihm brach auf. Ehe er wusste, wie ihm geschah, weinte er.

«Gnädiger Herr», sagte der Händler Seami, «fühlt Ihr Euch nicht wohl?»

Die Spatzen im Flug. Sie waren nur eine leblose Nachbildung aus filigranem Stahl, und doch – waren sie nicht freier, als er es je sein würde?

Genjis Schönheit.

Seine eigene Hässlichkeit.

Die Leere des Platzes.

Glück. Reines, ureigenstes, persönliches, eigennütziges Glück. An sich selbst denken und alles andere vergessen. Ja, besser noch in der Glückseligkeit hemmungsloser Liebe aufgehen. Wenn er bei Genji sein könnte, würde er sich auflösen – und nur noch Genji bliebe, schön, so wunderschön.

Und deshalb weinte er, während Seami daneben stand und hilflos die Hände rang.

Mukai erwarb den Schwertschutz, ohne zu handeln, zum Preis, den Seami als ersten nannte. Liebend gern hätte er auch doppelt so viel bezahlt. Damit erfand er einen fiktiven Ahnherrn, der mit den Okumichi bei Sekigahara gekämpft hatte. Dies lieferte ihm einen Grund für ein privates Treffen mit Genji.

Während es unaufhörlich weiterschneite, traf Mukai die schicksalsträchtigste Entscheidung seines Lebens, wobei er den Schwertschutz umklammert hielt.

Binnen einer Stunde hatte er Edo verlassen und war auf dem Weg in seine Heimat am Japanischen Meer. Er war ein kleinerer Fürst mit nur zweihundert bewaffneten Vasallen. Doch das spielte keine Rolle. Er würde alle einberufen und dem Banner des Okumichi-Clans mit den Spatzen und Pfeilen zu Hilfe eilen. Wenn es dem jungen Fürsten bestimmt war zu sterben, würde auch er sterben.

Der Gedanke, am selben Ort und im selben Augenblick wie Genji dahinzuscheiden, rief in seiner Fantasie eine Vision von fast unerträglicher Schönheit hervor. Dies hieße, zu viel zu erhoffen, und doch war es nicht unmöglich. Einer könnte in den Armen des anderen sterben, während das Blut der Liebe im Augenblick des Todes beide mit Schönheit krönte.

Wärme durchströmte Mukais Brust. Sogar der Winter war gebannt.

Ohne Scham gestand er sich jene Wahrheit ein, die er bis ins Innerste seines Wesens spürte.

Die Ausländer hatten Recht. Nichts war wichtiger als das Glück.

Sohaku und Kudo lenkten ihre Pferde durch den tiefen Schnee.

«Da sind sie», sagte Kudo.

Zweitausend Samurai lagerten vor ihnen auf der Lichtung. Mittendrin stand das Zelt des Oberbefehlshabers. Ein Viertel der Männer war zusätzlich zu den üblichen Schwertern und Lanzen mit Musketen ausgerüstet.

«Man hat keine Wachposten aufgestellt», stellte Kudo fest. «Das ist unvorsichtig.»

«Das Land befindet sich im Frieden», beruhigte ihn Sohaku.

«Und außerdem, wer wird so nahe bei Edo die Armee des Shogun angreifen?»

Beim Betreten seines Zeltes begrüßte Kawakami sie überschwänglich. Demonstrativ hatte er volle Kampfrüstung angelegt.

«Fürst Kudo, Hoher Abt Sohaku, willkommen.»

«Vielen Dank, dass Ihr uns unter derart außergewöhnlichen Umständen empfangt, Fürst Kawakami», sagte Sohaku.

«Unsinn. Einen Schluck Sake gegen die Kälte?»

«Vielen Dank.»

«Ich gehe davon aus, dass Ihr Edo ohne größere Schwierigkeit verlassen konntet.»

«Ja, dank Eurer Hilfe.» Sohaku leerte seine Schale, die ein Adjutant sofort wieder füllte. «Bedauerlicherweise waren wir gezwungen, die Männer zu töten, die den Palast bewachten. Andernfalls wäre unser Aufbruch zu leicht vonstatten gegangen und hätte Verdacht erregt. Wir können noch nicht bei allen unseren Männern auf unverbrüchliche Treue bauen.»

«Verständlich», sagte Kawakami. «Ich habe nichts anderes erwartet. Deshalb habe ich meine unzuverlässigsten Leute zum Wachdienst eingeteilt. Man könnte sagen, dass wir uns bereits gegenseitig einen Gefallen erwiesen haben.» Er verbeugte sich. Sohaku und Kudo taten es ihm gleich. «Wie stark seid Ihr?»

Dies war die zweite Probe. Die erste hatten sie schon bestanden, indem sie allein, ohne einen Trupp Leibwächter, Kawakamis Lager betreten hatten. Jetzt wurden sie nach der Anzahl und Bewaffnung ihrer Leute gefragt.

«Einhundertzwölf Samurai», antwortete Sohaku ohne Zögern, «alle beritten, alle mit Musketen im Stil Napoleons und je zwanzig Ladungen Munition bewaffnet.»

«Handelt es sich dabei um Eure eigenen in Erbfolge verpflichteten Vasallen?»

«Die meisten kommen von mir beziehungsweise von Kudo. Ungefähr ein Dutzend sind Diener der Familie Okumichi.»

Kawakami runzelte die Stirn. «Wäre es denn nicht vernünftig, diese unverzüglich zu eliminieren?»

«Die Situation erfordert Fingerspitzengefühl», erklärte Sohaku. «Unsere Männer gehören zu den äußerst konservativen und traditionell eingestellten Samurai. Alles, was auch nur im Geringsten nach Feigheit oder Hinterhalt riecht, wird meine eigene Position untergraben. In diesem Zusammenhang wäre die Ermordung von einem Dutzend Männer, die ihrem Lehnsherrn in unverbrüchlicher Treue ergeben sind, nicht hilfreich.»

«Sie mitten unter Euch zu haben birgt ein Übermaß an Gefahr», entgegnete Kawakami.

«Ich stimme Euch zu. Heute Mittag werde ich meine Treue zum Shogun verkünden und als Grund dafür die Notwendigkeit zu nationaler Einheit angesichts einer wahrscheinlichen Barbareninvasion nennen. Wir müssen alte Zwietracht vergessen und uns vereinigen, wie es unsere Vorfahren taten, als die Mongolen vor sechs Jahrhunderten in Japan eingefallen sind. Ich werde sagen, Kudo und ich seien bedauerlicherweise zu dem Schluss gekommen, dass Fürst Genji kein Prophet ist, sondern verrückt wie sein Onkel, Fürst Shigeru, dessen abscheuliche Verbrechen unseren Männern wohl bekannt sind. Ihm blind zu folgen hieße nicht, treu zu sein, sondern feige. Wahre Treue bestehe darin, an jenen uralten Idealen festzuhalten, die unser verstorbener Fürst Kiyori verkörpert hat. Wir müssen die Ehre des Hauses Okumichi aufrechterhalten, indem wir für eine Regentschaft Sorge tragen. Fürst Genji wird in Schutzhaft genommen, und wir werden künftig in seinem Namen handeln.»

«Ihr seid ein ausgezeichneter Redner, Hoher Abt. Wenn Ihr in klösterlicher Umgebung geblieben wärt, hättet ihr zweifellos viele Zuhörer ins *bitoku* geführt.»

«Ihr seid zu gütig, Fürst Kawakami. Als echter Samurai könntet Ihr genauso gut das Wesen moralischer Grundzüge erläutern.»

«Was geschieht mit denen, deren Zweifel nicht durch die Klarheit Eurer Worte beseitigt werden?»

«Man wird ihre unverbrüchliche, wenn auch unangebrachte Treue zu Fürst Genji ehren und ihnen gestatten, direkt nach Akaoka aufzubrechen.» Sohaku nahm eine weitere Schale Sake an. «Glaubt Ihr, einer von ihnen könnte Euren Streitkräften entkommen?»

«Das bezweifle ich.»

«Ich auch.»

Kawakami sagte: «Bleibt immer noch das Problem mit Fürst Shigeru.»

«Er ist der Mörder von Fürst Kiyori. Wir werden ihn seinem gebührenden Schicksal überantworten.»

Kawakami nickte. «Ausgezeichnet. Trotzdem macht mir ein Aspekt Eures Planes Sorgen.»

«Bitte, teilt ihn uns mit.»

«Ein lebender Fürst Genji ist und bleibt eine ernste Gefahr, sogar in Gewahrsam. Sein Ruf als Prophet hat einen mächtigen Einfluss auf die Fantasie einfacher Menschen, auch wenn er noch so unbegründet ist.»

Sohaku lächelte. «Trotz unserer Versuche, sein Leben zu retten, wird Fürst Genji unglücklicherweise in der allgemeinen Verwirrung umkommen. Wir werden seine ehrenwerte Asche zur Bestattung nach Spatzenwolke bringen.»

«Kurz danach», sagte Kawakami, «wird der Shogun Eure Erhebung zum Fürsten von Akaoka bekannt geben. Als Euer geschätztester Gefolgsmann wird Fürst Kudo Ländereien nebst angemessener Apanage erhalten.»

«Ich danke Euch, Fürst Kawakami.» Als sie sich verbeugten, neigten Sohaku und Kudo ihren Oberkörper tiefer als ihr Gastgeber.

«Meine Streitkräfte werden eiligst über die Küstenstraße vorrücken. Fürst Genji wird vermutlich versuchen, irgendwo westlich von Kobe über das Binnenmeer durchzukommen. Ich werde ihn erwarten», fuhr Kawakami fort.

«Nur wenn er unserer Kavallerie entkommt», entgegnete Sohaku. «Ich werde ihn im Gebirge, im Dorf Yamanaka, abfangen. Bevor er zu seiner Kranichbeobachtung aufbrach, sagte er, dort würde er versuchen, zu uns zu stoßen.»

Kudo sagte: «Ich werde mich mit zwanzig unserer besten Schützen an Fürst Genjis Fersen heften und mein Bestes tun, um

Fürst Shigeru noch vor Verlassen des Gebirges durch Schüsse aus dem Hinterhalt zu töten.»

Kawakami hob seine Schale. «Möge die Gunst der Götter mit allen sein, die wahre Tugend besitzen.»

Trotz ihrer Seekrankheit legten sich Taro und Shimoda mit aller Kraft ins Ruder. Wenn sie nicht gerade über steile Wellenberge stürzten, türmten sich über ihnen riesige Wassermassen auf. Jedenfalls erschien es ihnen so. Jeden Moment drohte ihr winziges Boot verschlungen zu werden. In diesem Fall waren sie dem Untergang geweiht, denn nirgendwo war Land in Sicht.

Auch unter anderen Wetterbedingungen hätten sie es nicht erkennen können. Die Salzgischt hatte sie fast blind gemacht.

Taro beugte sich dicht zu Shimoda. «In welcher Richtung liegt Akaoka?»

«Was?» Vergeblich versuchte Shimoda, ihn über das ununterbrochene Tosen der Wellen zu hören.

«Rudern wir in die richtige Richtung?»

«Keine Ahnung. Glaubst du, er weiß es?»

Am Steuer saß Saiki, ein Muster an Zuversicht.

«Hoffentlich.»

«Die Götter von Wetter, Meer und Sturm lieben uns», sagte Saiki. Eine Welle krachte übers Boot und durchnässte alle trotz ihrer Überkleidung aus Wachstuch. Mit einer Hand schöpfte Saiki Wasser, mit der anderen kontrollierte er das Ruder. Hin und wieder korrigierte er den Winkel des Segels.

Taro zitterte vor Kälte. Außerdem war ihm übel. «Dann haben die Götter aber eine merkwürdige Art, ihren Segen zu erteilen. Mir scheint, wir sind in großer Gefahr.»

«Ganz im Gegenteil», widersprach Saiki. «Bei derart schwerer See sind wir unsichtbar. So werden uns die Patrouillen des Shogun nie aufspüren.»

Saiki war mit dem Wasser aufgewachsen. In seinen Jugendtagen hatte er als rangniedriger Samurai ohne besondere Verpflichtungen viele glückliche Stunden in den wilden Gewässern vor Kap Muroto verbracht, wo er mit den Fischern auf Walfang ging. Hatten die riesigen Tiere das Kap passiert, brachten die Fischer ihre Langboote längsseits, sprangen auf den Rücken des Wals und rammten ihm eine Harpune mitten ins Gehirn. Wenn sie gut zielten, gehörte der Wal ihnen, wenn nicht, war es umgekehrt. Dann stürzte der Harpunier in den Ozean und ertrank, während das Boot, durch Harpune und Seil an den verwundeten Wal gefesselt, aufs Meer hinausgeschleift wurde. Meist gelang es den Fischern, die Leine zu kappen und zurückzukehren. Manchmal sah man sie nie wieder.

«Rudert fester!», rief Saiki. «Behaltet diesen Winkel zu den Wellen bei.»

Mit Glück und beständigem Ostwind würden sie innerhalb von drei Tagen in Akaoka eintreffen. Fünfhundert Mann wären sofort bereit loszureiten. Binnen zwei Wochen wäre die gesamte Armee einsatzfähig. Saiki hoffte nur, dass Fürst Genji so lange am Leben bleiben würde.

Wieder krachte eine Riesenwelle auf das Boot.

Saiki konzentrierte sich voll und ganz auf das Meer.

10

Iaido

Das Katana ist seit Urzeiten die Waffe des Samurai.
Bedenkt die tiefere Bedeutung.
Unsere Klinge hat nur eine scharfe Seite. Warum?
Wenn wir die stumpfe Seite zum Körper halten, wird
das Katana zum Schild. Mit einem zweischneidigen
Schwert geht das nicht. Es könnte sein, dass ihr eines
Tages mitten im Handgemenge eher der stumpfen
Seite euer Leben verdankt als der scharfen. Dieser
Gegensatz soll euch bewusst machen, dass Angriff
und Verteidigung eins sind.
Unsere Klinge ist gebogen, nicht gerade. Warum?
Weil eine gebogene Klinge bei einem Reiterangriff
wirksamer ist als eine gerade. Das Bild der Kurve
soll euch bewusst machen, dass ein Samurai in erster
Linie ein Krieger zu Pferde ist. Verhaltet euch auch
zu Fuß so, als säßet ihr auf einem zornigen Schlachtross.
Macht diese beiden Wahrheiten zu einem Bestandteil eures Lebens. Dann wird euer Leben lebenswert
sein und euer Tod gewiss ehrenvoll.

SUZUME-NO-KUMO (1334)

Man hatte den Schnee von der Wiese geräumt und dort ein niedriges Podium errichtet. Auf jeder Seite des hölzernen Quadrats stand ein kleines Zelt, unter dem die Schiedsrichter Platz nehmen würden. Alles war bereit.

«Die Luft ist frisch, aber nicht eisig. Der Wind weht gerade kräftig genug, um unsere Banner flattern zu lassen. Der bedeckte Himmel bietet diffuses Licht. Beste Bedingungen, mein Fürst.»

Hiromitsu, Großfürst von Yamakawa, nickte glücklich. «Nun, dann wollen wir beginnen.» Er übernahm den Sitz des obersten Schiedsrichters im östlichen Zelt, sein Kammerherr den zweiten im westlichen, der Oberbefehlshaber seiner Reiterei den im nördlichen und der Oberbefehlshaber seiner Fußtruppen den letzten Sitz im südlichen Zelt.

Im Fürstentum Yamakawa war es Tradition, dass der Fürst mit den obersten Gefolgsleuten und seinen besten Schwertkämpfern alljährlich zu Neujahr die Burg verließ und für einen Tag, eine Nacht und den nächsten Tag in den nahe gelegenen Wäldern sein Lager aufschlug, um ein Turnier abzuhalten, ein *iaido*. Die Anwesenheit von Frauen und Kindern war nicht gestattet. Diese Regel hatte man in alten Zeiten aufgestellt, um den Familien der teilnehmenden Samurai unnötigen Kummer zu ersparen. Damals wurde jeder Wettkampf noch mit echten Katanas und scharfen Klingen ausgetragen. Obwohl das Schwert kurz vor dem eigentlichen Auftreffen innehalten sollte, führten Erregung, aufgestauter Groll, der wertvolle Preis, der dem Sieger winkte, und der Wunsch, sich in Gegenwart des Lehnsherrn auszuzeichnen, nicht selten zu Blutvergießen und Verstümmelung, ja sogar zum Tod.

Selbstverständlich verwendete man schon lange keine Katanas mehr, sondern stattdessen *shinai*, Übungsschwerter aus gespaltenem und zusammengebundenem Bambus. Zweihundertfünfzig Jahre Frieden hatten ihre Spuren im Kampfgeist hinterlassen. Dies war die eine Sicht der Dinge, die andere vertrat Hiromitsu. Wertvolle Dinge bewahrte man, von anderen trennte man sich.

Zweiunddreißig Samurai traten zum Kampf an, wobei immer einer ausschied. Der Sieger rückte in die nächste Gruppe vor. Der Verlierer war draußen. Damit traten sechzehn Mann zur zweiten Runde an, acht zur dritten und vier zur vierten. Abschließend trafen sich die beiden Übriggebliebenen zum Zweikampf, aus dem der Sieger und damit der Gewinner des besten dreijährigen Schlachtrosses im ganzen Fürstentum hervorging.

Hiromitsu wollte gerade das Signal zum Turnierbeginn geben, da kam einer seiner Wachposten angerannt.

«Mein Fürst», sagte der Mann und schnappte keuchend nach Luft, «Fürst Genji und seine Leute bitten um Erlaubnis zur Durchreise.»

«Fürst Genji? Hat er dieses Jahr denn nicht Anwesenheitspflicht in Edo?»

«Anscheinend nicht mehr.»

«Geleitet ihn her. Er ist, wie immer, höchst willkommen.»

Entweder besaß Genji die Erlaubnis des Shogun, Edo zu verlassen, oder nicht. Sollte Letzteres zutreffen, wäre es besser, wenn Hiromitsu nichts davon wüsste, also würde er auch nicht danach fragen. Es stand in jedem Fall außer Frage, dass er Genji sehen wollte und ihm die Durchreise erlaubte. Sie waren seit langem miteinander verbündet, auch wenn sie sich persönlich nicht kannten. Ihre Vorfahren hatten zusammen bei Sekigahara gekämpft. Zumindest Hiromitsus Ahnen väterlicherseits waren auf Seiten der Verlierer gestanden, während seine mütterlichen Verwandten zu den Gewinnern zählten, zu deren berühmtesten die Vorfahren des heutigen Shogun gehörten. Rein theoretisch betrachtet war er also auch ein Verbündeter der Tokugawa – eine ideale Situation für den milden und wenig ehrgeizigen Großfürsten von Yamakawa. Die Geschichte seines Clans verlangte, dass er beiden Seiten tiefen Respekt und Gastfreundschaft zollte, während sie ihm gleichzeitig einen Grund lieferte, sich im Falle eines Bürgerkrieges, der mit jedem Tag näher zu rücken schien, auf keiner Seite zu beteiligen. Zum Glück besaß er nur ein kleines Lehen, das unbedeutende Mengen lebenswichtiger Dinge herstellte, ein gutes Stück außerhalb aller wahrscheinlichen Schlachtfelder lag und keine wichtigen Verbindungsstraßen kontrollierte. Deshalb würde seine Neutralität niemanden beleidigen.

Mit einem breiten Lächeln begrüßte Hiromitsu höflich seine Gäste. Vieles an den Reisenden überraschte ihn. Erstens waren es nur sechs Personen, eine ausgesprochen kleine Begleitgruppe für einen Großfürsten, der so weit von zu Hause entfernt war.

Zweitens befanden sich darunter nur drei Samurai. Zwei waren Ausländer, ein Mann und eine Frau, mit dem üblichen grotesken Aussehen. Da sie sich weit außerhalb der Grenzen des für sie erlaubten Gebietes bewegten, hätte er sich wohl am meisten für sie interessiert, wenn da nicht eine Frau von so erstaunlicher Schönheit gewesen wäre, dass Hiromitsu seinen Augen nicht trauen mochte.

«Willkommen, Fürst Genji.» Obwohl er den Großfürsten von Akaoka nicht persönlich kannte, wusste er, welchen Mann er ansprechen musste. Er wurde von den beiden Samurai flankiert, von denen einer Shigeru war. Erst vor kurzem hatte Hiromitsu einen, mittlerweile eindeutig als irrtümlich entlarvten, Bericht erhalten, wonach der berühmte Duellant unter skandalösen Umständen von seinen eigenen Clanleuten getötet worden sei. «Ein herzliches Willkommen auch Euch, Fürst Shigeru. Eure Ankunft fällt mit einem feierlichen Anlass zusammen. Wir wollten gerade mit unserem gewohnten Neujahrsturnier beginnen.»

«Ich bedaure die Störung», sagte Genji. «Wir werden es kurz machen und gleich wieder unserer Wege ziehen.»

«O nein, bitte, bleibt und seht zu. Jetzt seid Ihr doch schon mal hier. Meine Männer reichen nicht an Eure Krieger heran, trotzdem geben sie ihr Bestes. Und das ist schließlich alles, was man von jemandem erwarten kann.»

Genji erwiderte: «Vielen Dank, Fürst Hiromitsu. Wir werden Eure Gastfreundschaft dankbar annehmen.»

«Das könnte unklug sein», warf Shigeru ein.

«Wir sind weit voraus», sagte Genji. «Einigen von uns würde eine Ruhepause gut tun.» Er drehte sich zu der Frau um. Sie verbeugte sich tief. «Das ist Dame Mayonaka no Heiko.»

«Ich fühle mich geehrt, Euch kennen zu lernen, Dame Heiko.» Während des letzten Jahres hatten alle, die nach Edo gereist waren, sie gepriesen. Die Beschreibungen, die er gehört hatte, wurden von der Wirklichkeit weit übertroffen. «Euer Ruhm hat sogar diesen abgelegenen Ort erreicht.»

«Ein gänzlich unverdienter Ruhm, mein Fürst.»
Ihre Stimme erinnerte an zartestes Glockenspiel. Sprachlos starrte er sie ein, zwei Augenblicke länger an, als schicklich war, bis er merkte, dass ihm tatsächlich der Mund offen stand. Verlegen wandte er sich zu seinem Kammerherrn um und sah, dass auch der hingerissen war.
«Dieser ausländische Herr ist Matthew Stark, die Frau heißt Emily Gibson. Sie sind gekommen, um beim Bau der Missionsstation neben Kloster Mushindo zu helfen.»
Höflich verbeugte sich Hiromitsu vor den Ausländern. «Willkommen. Bereitet Plätze für unsere Gäste», sagte er zum Kammerherrn.
«Jawohl, mein Fürst. Auch für die Ausländer?»
«Für die ganze Gruppe von Fürst Genji.»
«Mein Fürst, und was ist mit unserer Regel betreffs der Anwesenheit von Frauen?»
«Vorübergehend aufgehoben», antwortete Hiromitsu und half Heiko aus dem Sattel. «Fürst Genji, bitte, übernehmt meinen Platz als Schiedsrichter im Osten. Fürst Shigeru wird mit dem Kammerherrn als Schiedsrichter auf der Westseite tauschen.»
«Euer Vorschlag ist äußerst liebenswürdig, Fürst Hiromitsu», sagte Genji. «Trotzdem würden wir eine Rolle als Zuschauer ohne jede Verantwortung vorziehen. Meines Wissens gehören zu dieser Tradition auch Wetten.»
Hiromitsu lachte herzlich. «Ausgezeichnet, ganz ausgezeichnet. Allerdings seid Ihr im Nachteil. Da Ihr die Fähigkeiten meiner Männer nicht kennt, würdet Ihr nicht wissen, auf wen Ihr setzen sollt.» Heikos Anwesenheit steigerte seine fröhliche Stimmung erheblich. Sie hatte seinem Adjutanten den Sake abgenommen und schenkte ihm nun ein. Allein ihre anmutige Haltung hätte genügt, um Wasser eine berauschende Wirkung zu verleihen.
«Eigentlich wollte ich auf einen aus unserer Gruppe setzen», sagte Genji, «falls Ihr seine Teilnahme gestattet. Das könnte meines Erachtens sehr unterhaltsam sein.»

Hiromitsus gute Laune löste sich in Luft auf. «Falls Fürst Shigeru teilnehmen soll, werde ich den Wettkampf noch vor Beginn abblasen. Alle zweiunddreißig Teilnehmer zusammen können ihm nicht das Wasser reichen.»

«Mein Onkel hat an Übungswaffen aus Bambus keinerlei Interesse», erwiderte Genji. «Ich bezweifle, dass er sich dazu herablassen würde.»

«Das stimmt», bestätigte Shigeru. «Nur echte Klingen dringen bis zum Kern der Wahrheit vor.»

«Fürst Genji, das kann ich nicht gestatten», wehrte Hiromitsu ab, wobei er sein Entsetzen ungeniert zeigte. «Wie kann ich das neue Jahr damit beginnen, dass ich junge Frauen und Kinder zu Witwen und Waisen mache?»

«Das werdet Ihr nicht», entgegnete Genji. «Der Himmel würde ein solch grausames Vorgehen bitter rächen. Ich hatte dabei nicht an meinen Onkel gedacht, sondern an den Ausländer, an Stark.»

«Was? Das soll doch gewiss ein Scherz sein!»

«Ganz und gar nicht.»

«Fürst Genji, das würden meine Männer als eine ungeheuerliche Beleidigung empfinden. Auch wenn sie nicht den Ruf Eurer Samurai haben, so sind sie doch Samurai. Wie kann ich sie bitten, ihr Können gegen eine solche Person unter Beweis zu stellen?»

«Ich würde das nie vorschlagen, wenn ich es nicht für wert hielte, darauf zu wetten», antwortete Genji. «Dem Mann, der Stark besiegt, werde ich einhundert *ryo* in Gold geben. Außerdem werde ich mit Euch nach Eurem Belieben wetten. Ich glaube, Stark wird dieses Turnier gewinnen.»

Zuvor war Hiromitsu erschrocken, aber das war nichts im Vergleich zu dem, wie er sich jetzt fühlte. Der Wahnsinn zog sich durch die gesamte Okumichi-Linie. Er konnte doch keinen eindeutig Irren übervorteilen. Hundert Ryo waren der zehnfache Jahreslohn eines durchschnittlichen Gefolgsmannes. Und doch käme eine Ablehnung einer Beleidigung gleich und wäre in Gegenwart des grimmigen Shigeru, der genauso wahnsinnig war, vollkommen unmöglich. Was für ein Dilemma!

«Sollte Stark scheitern und nicht alle Gegner besiegen, wird Euch die Dame Heiko bei Eurem nächsten Aufenthalt in Edo eine Woche lang Gesellschaft leisten. Auf meine Kosten. Seid Ihr damit einverstanden, Gnädigste?»

Heiko schenkte Hiromitsu ein Lächeln und verbeugte sich dann mit züchtig gesenktem Blick. «Bezahlt zu werden, um Zeit mit Fürst Hiromitsu zu verbringen, ist doppelte Belohnung.»

«Nun, äh, nun», sagte Hiromitsu. Eine Woche mit Heiko. Es hieße, zu viel zu erwarten, wenn daraus irgendeine gegenseitige Zuneigung entstehen würde, die zu mehr als loser Freundschaft führte – und doch, möglich war es. «Bitte, erlaubt mir, mich an meine Männer zu wenden. Nur mit ihrer Zustimmung können wir weitermachen.»

«Selbstverständlich. Da ich nun mal ein unverbesserlicher Optimist bin und Einverständnis erwarte, werde ich inzwischen meinen Turniersieger vorbereiten. Dürfte ich mir ein Paar Shinai ausborgen? Außerdem hätte ich noch einen zusätzlichen Anreiz vorzuschlagen: Jeder Mann, der sich Stark stellt, bekommt zehn Goldryo, egal, ob er gewinnt oder verliert.»

Während sein Gehirn ihm Bilder von ihm selbst und Heiko in Edo vorgaukelte, ging Hiromitsu hin, um seine Männer zu überzeugen. Anfänglich waren sie nicht begeistert, sich an einer derart lächerlichen Charade zu beteiligen, nicht einmal für ein kleines Vermögen in Goldryo. Was sie letztlich überzeugte, war Genjis Nebenwette mit ihrem Fürsten.

«Eine Woche mit der Dame Heiko?»

«Ja», sagte Hiromitsu, «eine Woche in Edo mit der Dame Heiko.»

Seine getreue Gefolgschaft verbeugte sich. «Einen solchen Preis können wir Euch nicht abschlagen, Fürst, nicht einmal wenn wir das mit unserer Würde bezahlen müssen.»

«Wo unverbrüchliche Treue herrscht, ist immer Würde dabei», entgegnete der dankbare Hiromitsu.

«Mein Fürst.» Der Wachposten, den man zur Beobachtung der Gäste abgestellt hatte, war angetreten. «Fürst Genji, Fürst Shigeru und der Ausländer gingen in einen Bambushain. Zum Üben.»

Unterdrücktes Gelächter breitete sich unter Hiromitsus Männern aus. Der Wachposten hingegen blieb ernst.

«Der Ausländer ist sehr schnell», stellte der Wachposten fest.

«Versteht er denn, ein Schwert zu führen?»

«Offensichtlich hat ihm Fürst Genji seine erste Lektion erteilt.»

«Um Iaido zu meistern, braucht man Jahre», sagte der Kammerherr. «Falls Fürst Genji glaubt, er könnte einen Ausländer diese Kunst innerhalb weniger Minuten lehren, ist er mit Sicherheit der verrückteste Okumichi.»

«Du sagst, er sei schnell gewesen», bemerkte Hiromitsu.

«Anfangs nicht, mein Fürst, aber beim fünften Ziehen, ja, da war er schnell. Sehr schnell. Und auch noch zielgenau.»

«Hast du getrunken, Ichiro?», fragte einer der Männer. «Wie kann jemand nach fünfmal Ziehen wissen, wie man ein Schwert führt?»

«Ruhe», wies Fürst Hiromitsu ihn zurecht. «Warst du nahe genug, um ihr Gespräch zu belauschen?»

«Ja, mein Fürst, allerdings haben Fürst Genji und der Ausländer Englisch gesprochen. Ich konnte nur verstehen, was er und Fürst Shigeru sagten.»

«Und das war?»

Er folgte den zwei verrückten Fürsten und dem Ausländer in den Bambushain, wobei er seine Schritte so den ihren anpasste, dass man ihn nicht hören konnte.

«Ich bin sicher, du hast einen Grund, warum du uns wie Narren dastehen lässt», sagte Shigeru.

«Stark wird gewinnen», erwiderte Genji.

«Ist das eine Prophezeiung?»

Genji lachte, gab aber keine Antwort.

Der Ausländer sprach in seiner undeutlichen Barbarensprache. Genji antwortete in derselben Sprache. Nur ein Wort war Japanisch. Iaido. Der Ausländer sagte etwas, was wie eine Frage klang. Auch er verwendete das Wort «Iaido». Anderthalb Meter vor einem drei Meter hohen und zehn Zentimeter dicken Bambusrohr blieb Genji stehen. Plötzlich fuhr seine Hand ans Schwert, Stahl blitzte auf, und die Klinge sauste sauber durch den Bambus.

«Fürst Genji ist überraschend gut», sagte der Wachposten anerkennend.

«Also hat er sich all die Jahre doch nicht ausschließlich mit Gedichten, Sake und Frauen beschäftigt», meinte Hiromitsu. «Eine Kriegslist. Sein Großvater, Fürst Kiyori, war ein schlauer alter Fuchs. Offensichtlich hat er seinem Enkel heimlich das Kämpfen beigebracht.»

Als der Bambus in den Schnee fiel, sagte Genji etwas in der fremden Sprache. Erneut stellte der Ausländer eine Frage. Shigerus Name fiel. Genji antwortete.

«Was hat er gesagt?», fragte Shigeru.

«Er wollte wissen, warum du uns nicht beim Turnier vertreten kannst. Ich sagte ihm, dass Kampf für dich kein Spiel ist.»

Shigeru grunzte. «Dein Hieb war gut. Das Rohr blieb einen ganzen Herzschlag stehen, ehe es fiel.»

«Wenn Großvater zuschlug», erklärte Genji, «traf er so sauber und rasch, dass das Rohr ganze fünf Herzschläge stehen blieb.»

Der Ausländer meldete sich zu Wort. Wieder fiel das japanische Wort «Iaido». Anscheinend protestierte er. Als Antwort stellte sich Genji vor ein anderes Bambusrohr. Seine Rechte fuhr quer über den Körper auf die linke Seite, wo sein Schwert im Gürtel steckte. Die Klinge glitt heraus und durchschlug das Rohr. Diesmal blieb es zwei Herzschläge lang stehen, ehe es fiel. Er wandte sich an den Ausländer und sprach wieder mit ihm.

Er machte eine heftige Handbewegung mit der Rechten, als würde er eine viel kürzere Klinge ziehen.

«Eine Pistole und ein Schwert sind grundverschieden», widersprach Stark.

Genji sagte: «Nicht sehr. Beide sind nur eine Verlängerung des Mannes, der sie hält.»

Genji legte seine Schwerter ab und ersetzte sie durch ein geliehenes Shinai. Das andere gab er dem Ausländer und sagte einige unverständliche Worte. Dann nahmen beide einander gegenüber Aufstellung.

Bei der ersten Handbewegung des Ausländers riss Genji sein Shinai aus der Schärpe und traf den Ausländer an der rechten Schläfe.

Beim zweiten Mal bewegte sich Genji als Erster. Noch ehe der Ausländer reagieren konnte, wurde er auf der rechten Schulter getroffen.

Beim dritten Mal bewegten sie sich annähernd zeitgleich, ohne dass sich am Ergebnis etwas änderte. Genjis Shinai traf den Ausländer an der Stirn, bevor der Genjis Nacken erreichte.

Beim vierten Ziehen landete der Ausländer seinen ersten Treffer, einen sauberen Schlag gegen die Schläfe.

Beim fünften Mal war er in der Lage, Genji zu treffen, noch ehe der Fürst sein Shinai ganz aus der Schärpe ziehen konnte.

«Das beweist gar nichts», wandte einer der Männer ein. «Was für ein Kunststück ist es schon, einen wie Fürst Genji zu besiegen?»

«Außerdem», sagte ein anderer, «muss er doch den Ausländer gewinnen lassen, um dessen Selbstvertrauen zu stärken.»

«Vielleicht», meinte der Wachposten, auch wenn sein Tonfall und seine Miene etwas anderes verrieten.

Sie begaben sich wieder zum Turnierplatz. Der Wachposten entfernte sich still und heimlich. Dabei hörte er noch ein paar Sätze.

Shigeru sagte: «Weiß er, warum du das machst?»
«Nein, aber er vertraut mir.»

«Eine unglaubliche Arroganz», sagte einer der Männer. «Er will uns zu seinem eigenen Vergnügen demütigen.»
«Ich weiß nicht recht», sagte Hiromitsu.
«Welches Motiv könnte er sonst haben?», erkundigte sich der Kammerherr.
«Vielleicht erfüllt er eine Prophezeiung.»
«Mein Fürst, das ist doch verrückt», meinte der Kammerherr. «Er ist nicht mehr Prophet als Ihr oder ich.»
«Weißt du das tatsächlich?», fragte Hiromitsu. «Nein, und ich genauso wenig. Wir sollten Vorsicht walten lassen. Toshio, du wirst dich als Erster dem Ausländer stellen. Sei auf der Hut.»
«Ja, mein Fürst.»

Iaido begann normalerweise im Sitzen. Die Teilnehmer knieten am jeweils gegenüberliegenden Ende des Podiums, verbeugten sich und näherten sich dann bewusst auf Knien einander. Sobald sie sich in angemessener Entfernung befanden, in der Regel zwischen fünf und zehn Schritten, zückten sie die Schwerter und schlugen in einer gleichmäßigen Bewegung zu. Parieren gab es nicht, auch keine zweite Gelegenheit. Sieger war derjenige, der am schnellsten sein Schwert zog und zielgenau traf.

Aus Rücksicht gegenüber dem Ausländer, für den das Knien eine ungewohnte Haltung war, wurden die Regeln geändert und eine Austragung im Stehen gestattet. Um eine gerade Anzahl Kämpfer beizubehalten, wurde per Los ein Samurai ermittelt, der ausschied.

Trotz des Berichts des Wachpostens war Toshio in seiner Herablassung so damit beschäfigt, Stark verächtlich anzufunkeln, dass dieser ihm schon einen Schlag im Nacken verpasst hatte, noch ehe er sein Shinai ziehen konnte. Obwohl der zweite Mann wachsamer war, erging es ihm nicht besser. Der Ausländer traf ihn an der Schulter seines Schwertarms, als er gerade seine Waffe einsetzen wollte. Der dritte wurde disqualifiziert, weil er zu früh gezogen und angegriffen hatte, anstatt, wie üblich, in einer einzigen Bewegung zu ziehen und zu treffen. Der gescholtene Samurai entschuldigte sich kleinlaut.

«Es geschah in der Hitze des Gefechts», sagte er, wobei er die Stirn auf das Podium presste und hemmungslos weinte. «Ich habe jede Disziplin verloren. Das war unverzeihlich.»

«Nein», widersprach Hiromitsu, «du bist verstört wie wir alle. Fürst Genji, wie lange hält sich dieser Ausländer schon in Japan auf?»

«Drei Wochen.»

«Binnen drei Wochen hat er Iaido gemeistert?»

«Binnen fünf Minuten», entgegnete Genji. «Vor dem heutigen Tag hat er sich noch nie darin versucht.»

«Ich möchte ja keine Zweifel äußern, doch das kann man sich nur schwer vorstellen.»

«Die Ausländer kennen eine ähnliche Kunst. Statt Schwertern verwenden sie Pistolen. Stark ist ein wahrer Meister darin.»

«Aha. Dann ist uns hier ein Fehler unterlaufen, weil wir ihn, nur weil er Ausländer ist, unterschätzt haben.»

«Wenn wir uns nur das zu sehen gestatten, was wir zu sehen erwarten», sagte Genji, «betrachten wir lediglich den Inhalt unserer Köpfe, nicht aber die Wirklichkeit.»

Spielte Genji damit auf seine Fähigkeit an, die Zukunft vorherzusehen? Hiromitsu kam es jedenfalls so vor. Eigentlich schien er damit fast sagen zu wollen, dass er den Ausgang des Wettkampfs bereits vor Beginn gekannt hatte. Wenn er schon etwas so Unwichtiges wusste, würde er dann nicht auch den Ausgang von bedeutenderen Ereignissen kennen, die ihnen bevorstanden? Auch den des drohenden Bürgerkriegs? Hiromitsu kam zu dem Schluss, er müsse dieses Thema bei nächster Gelegenheit mit den übrigen Großfürsten der Region diskutieren. Etwas Bemerkenswertes ging hier vor sich. Vielleicht etwas, was ein normales Iaido-Turnier weit überstieg.

Genji sagte: «Da Ihr nichts Genaues über seine Herkunft gewusst habt, wäre es unredlich, Euch an die Wette zu binden. Ich werde Stark vom Wettkampf zurückziehen.»

«O nein, Fürst Genji, wir werden weitermachen. Das Ganze ist äusserst unterhaltsam. Ausserdem liegt das Risiko bei Euch. Ich habe nichts zu verlieren.»

«Ich auch nicht», entgegnete Genji, «da das Ergebnis nie in Frage stand.»

Genji behauptete definitiv, das zweite Gesicht zu haben. Dadurch ergab sich nun eine Gelegenheit, ihn zu prüfen. Hiromitsu sagte: «Mit Eurer Erlaubnis würde ich gern für die beiden letzten Runden jemanden auswechseln.»

«Bitte, tut das.»

Hiromitsu ordnete an, dass sich als Nächster Akechi, der Oberbefehlshaber seiner Fusstruppe, dem Ausländer stellte. Falls der Ausländer obsiegte, würde er sich dem Oberbefehlshaber seiner Reiterei gegenübersehen, Masayuki. Akechi traf den Ausländer am rechten Brustkorb. Leider erst einen Augenblick nachdem ihn der Ausländer im Nacken getroffen hatte.

Masayuki war der beste Schwertkämpfer im Fürstentum Yamakawa und konnte es, mit Ausnahme Shigerus, mit jedem aufnehmen. Würde er den Ausländer nicht besiegen, waren hier gewiss mystische Kräfte am Werk. So etwas könnte nur die Kraft einer unabwendbaren Prophezeiung bewirken.

Masayuki und der Ausländer zogen im selben Augenblick. Beide landeten einen Volltreffer. Masayuki traf Stark an der Stirn, dieser Masayuki an der rechten Schläfe.

«Gleichzeitige Treffer», sagte der Kammerherr von seinem Schiedsrichterplatz auf der Westseite aus.

«So scheint es mir auch», bestätigte Hiromitsu. «Seid Ihr anderer Ansicht, Fürst Genji, Fürst Shigeru?»

«Nein», antwortete Shigeru, «es sah nach gleichzeitig aus.»

«Dann habe ich die Wette verloren», sagte Genji.

«Keiner von uns hat verloren. Es steht unentschieden.»

«Ich habe verloren», beharrte Genji, «weil ich sagte, Stark werde gewinnen. Er hat es nicht getan.»

Masayuki verbeugte sich vor dem Ausländer. Der Ausländer streckte ihm die Hand entgegen.

«Sie schütteln sich die Hände, anstatt sich zu verbeugen», sagte Genji. «Er erkennt Euren Sieg an.»

Ausländer und Samurai schüttelten einander die Hand.

«Gut gemacht, Masayuki», lobte Genji ihn. «Sie haben ein prächtiges Schlachtross und hundert Goldryo gewonnen und für Ihren Fürsten eine sicherlich unterhaltsame Woche.»

Masayuki verbeugte sich tief. «Fürst Genji, ich kann diese Preise nicht annehmen. Der Schlag des Ausländers traf vor meinem auf. Er ist der Gewinner.»

«Bist du sicher?», fragte Hiromitsu.

«Jawohl, mein Fürst.» Erneut verbeugte er sich. Sein Stolz ließ es nicht zu, einen Sieg zu beanspruchen, von dem er wusste, dass er ihm nicht zustand. «Ich bedaure mein Versagen zutiefst.»

Genji sagte: «Man versagt nicht, wenn man sein Bestes gibt und das Ergebnis in allen Ehren akzeptiert.»

«Nun», bemerkte Hiromitsu, «ein wirklich überraschender Ausgang. Für mich, wenn auch nicht für Euch, Fürst Genji.»

Shigeru sagte: «Mein Neffe ist selten überrascht.»

«Das ist mir auch schon zu Ohren gekommen», erwiderte Hiromitsu.

Der Kammerherr sagte: «Wohin sollen wir den Siegespreis bringen?»

«Nirgendwohin», antwortete Genji, «Stark wird ihn reiten.»

«Mein Fürst», sagte der Kammerherr, «es handelt sich um ein Schlachtross und nicht um einen zahmen Zuggaul. Er wird nur einen erfahrenen Reiter dulden.»

Genji lächelte. «Möchten Sie darauf wetten?»

Hiromitsus Gäste lehnten das Angebot zur Übernachtung in der Burg ab. Er fragte nicht nach dem Grund für ihre eilige Weiterreise. Denn eines wusste er mit Gewissheit: Dank seines zweiten Gesichts war Genji schon so gut wie dort.

Shigeru sagte: «Du hast deinen Ruf klug eingesetzt.»

«Was Wetten und Spiele betrifft?»

«Was das zweite Gesicht und mystische Kräfte anbelangt. Hiromitsu ist nun überzeugt, du hättest einen Ausländer irgendwie binnen Minuten in einen Meister des Iaido verwandelt oder dank deiner prophetischen Gabe gewusst, dass das Unmögliche eintreten und er gewinnen würde. Eine ausgezeichnete Strategie.»

«Und trotzdem bleibt es ein Spiel», sagte Genji. «Ich dachte, Starks gekonnter Umgang mit einer Pistole ließe sich auf ein Schwert übertragen, zumindest in diesem begrenzten Rahmen. Das war eine Vermutung, keine Gewissheit.»

«Dann bist du obendrein auch noch ein Glückspilz. Auch dazu gratuliere ich dir. Mit genügend Glück lassen sich deine anderen Eigenschaften fördern.»

«Diesmal stand das Glück sowieso auf unserer Seite», sagte Genji. «Unsere Verfolger werden von Hiromitsu wenig Unterstützung erhalten. Und sollte der Shogun später versuchen, den Norden zum Krieg gegen uns zu mobilisieren, wird meines Erachtens jeder Fürst im Umkreis von Hiromitsu äußerst zögerlich darauf reagieren.» Er blickte sich in den Bergen um. «Sind wir nicht schon in der Nähe von Kloster Mushindo?»

In Dankbarkeit verbeugte sich Jimbo vor der heißen Quelle, weil sie entgegen der Jahreszeit Pflanzen wachsen ließ, die auf Grund der Wärme mitten im Winter austreiben konnten. Er verneigte sich vor der alten Kiefer, weil sie den Shiitakepilzen den Schatten lieferte, der sie vor dem Sonnenlicht schützte. Vor dem Pflücken verbeugte er sich vor jedem Pilz und dankte ihm, dass er sein Dasein aufgab, damit er und andere Menschen ihres fortsetzen konnten. Hier wuchsen genug saftige Pilze für ein Festmahl. Aber er nahm nur so viele, wie er brauchte, um das einfache Gericht zu würzen, das er für die Dorfkinder zubereiten wollte. Shiitake waren eine Delikatesse. Sie würden sie genießen. Auf seinem Rundgang um die heiße Quelle sammelte er würzige Kräuter und essbare Blüten. Der einfältige Goro aß am liebsten Blüten.

Beim Gedanken an die Kinder hielt er inne und spürte dabei, wie in ihm tiefer Kummer und Bedauern aufstiegen. Mit einer Verbeugung bat er zwei Kinder um Verzeihung, die nicht mehr auf Erden weilten, weil er deren Leben grausam beendet hatte. Tagtäglich dachte er an sie, und immer sah er sie wiedergeboren vor sich, im Himmel oder im Reinen Land, in den Armen Unseres Herrn Jesu Christi oder von Kannon, dem weiblichen Buddha des Erbarmens. Strahlend vor ewigem Glück sah er ihre Unschuldsmienen vor sich und vergaß doch nie, wie sie ausgesehen hatten, als sie ihren letzten Atemzug taten. Er bat Christus, seine Seele zu erlösen, und Kannon, ihm ihre alles verzeihende Liebe zu schenken.

Auf dem Rückweg nach Mushindo traf er Kimi, eines der kleinen Mädchen aus dem Dorf.

«Jimbo, da kommt jemand! Ausländer!»

Jimbo schaute in die Richtung, in die Kimi deutete. Auf der gegenüberliegenden Talseite lenkten sechs Reiter ihre Tiere über einen jäh abfallenden, schmalen Pfad am Hang. Sie waren zu weit weg, um sie genau zu erkennen. Zwei davon, ein Mann und eine Frau, waren eindeutig Ausländer. Handelte es sich um die von Fürst Genji erwähnten beiden Missionare vom Wahren Wort?

Kimi trat auf eine Lichtung hinaus und schrie aus Leibeskräften. «Hallo! Hallo!» Dabei ruderte sie so heftig mit ihren dünnen Ärmchen, wie es ging.

Der dritte Reiter in der Reihe winkte zurück. Etwas an seiner Geste erinnerte ihn an Fürst Genji.

«Sie haben uns gesehen. Komm, Jimbo, wir wollen sie begrüßen.»

«Sie kommen nicht hierher, Kimi. Sie reiten nur vorbei.»

«Ach nein, wie schade. Ich wollte doch unbedingt noch mehr Ausländer sehen.»

«Das wirst du sicher auch noch», sagte Jimbo, «wenn die Zeit dafür reif ist.»

«Jimbo! Jimbo! Jimbo!» Goros kräftige Stimme hallte durchs Tal.

«Goro, wir sind hier oben!» Kimi drehte sich um und machte sich auf den Rückweg. «Besser, ich suche ihn. Er verläuft sich so leicht.»

Jimbo sah den Reitern nach, bis sie im nächsten Tal verschwanden.

Vor ihnen gabelte sich der Pfad in drei Richtungen.

«Hier werden wir uns trennen», sagte Genji. «Heiko, du wirst Stark über die westlichen Bergpfade führen. Ich werde mit Emily durch die Täler reiten. Shigeru wird auf demselben Weg zurückreiten und die Reihen unserer unmittelbaren Verfolger schwächen. Wahrscheinlich werden das Kudo und seine Männer sein. Er liebt Heckenschützen, also sei vorsichtig. Hidé wird hier bleiben. Such dir mehrere Stellen, wo du einen Hinterhalt legen kannst. Sollten welche so weit kommen, halte sie möglichst lange auf.»

«Lass die Frauen zusammen reisen», sagte Shigeru. «Stark sollte mit dir gehen.»

«Der Meinung bin ich auch», sagte Hidé. «Laut Prophezeiung wird Euch ein Ausländer an Neujahr das Leben retten. Nachdem ich gesehen habe, wie Stark schon nach wenigen Lehrminuten mit einem Shinai umgegangen ist, steht fest, dass er derjenige sein muss. Wenn er Euch nicht begleitet, kann er seinen Teil nicht dazu beitragen.»

«In dieser Wildnis wimmelt es von Banditen und Fahnenflüchtigen», entgegnete Genji. «Zwei Frauen allein werden nicht lange überleben.»

«So hilflos bin ich nicht, mein Fürst», bemerkte Heiko. «Leiht mir Euer Kurzschwert, und ich bringe uns durch. Versprochen.»

«Du wirst durchkommen, weil Stark dich beschützen wird», sagte Genji. «Widerspruch ist zwecklos. Mein Entschluss steht fest. Neujahr dauert lang. Wer weiß schon, wann diese Rettung stattfinden und wer der Retter sein wird? Vielleicht ist es

Emily und nicht Stark. Bekanntlich lassen sich Prophezeiungen nur schwer interpretieren.»

«Jetzt ist keine Zeit für Scherze», sagte Hidé. «Stark kann Euch im Fall des Falles eine große Hilfe sein, während Euch die Sorge um Emily zusätzlich belasten wird.»

«Ich bin ein Samurai», entgegnete Genji, «mit zwei Schwertern und einem Bogen. Willst du sagen, ich sei nicht imstande, mich und einen Gefährten zu verteidigen?»

«Natürlich nicht, mein Fürst. Es ist einfach nur am klügsten, das Risiko so gering wie möglich zu halten.»

Genji erläuterte Stark und Emily seinen Plan.

«Dürfte ich mit Emily unter vier Augen sprechen?», fragte Stark.

«Bitte, tut das.»

Stark und Emily ritten ein kurzes Stück weg. Er zog den kleinen 32er Revolver aus seiner Jacke und bot ihn ihr an.

«Den könntest du brauchen.»

«In deinen Händen wird er mehr nützen. Oder vielleicht solltest du ihn Fürst Genji geben.»

«Möglicherweise ist er nicht imstande, dich zu beschützen.»

«Wenn nicht er, wie sollte ich es? Ich habe noch nie in meinem Leben eine Pistole abgefeuert.»

«Du hältst den Griff so», sagte Stark, «spannst den Hahn und drückst ab. Ganz einfach.»

«Geht es dabei nicht auch noch ums Zielen?»

«Drück sie gegen dein Ziel», er hielt sich die Pistole an die Schläfe, «dann musst du nicht zielen.»

Emily verstand. Matthew bereitete sie auf das Schlimmste vor. Er bot ihr für den Notfall einen Ausweg aus einem Schicksal an, das schlimmer war als der Tod. Dass sie dieses bereits hinter sich hatte, wusste er nicht. Außerdem war sie Christin, wenn auch keine so gute wie ihr verstorbener Verlobter, aber immerhin Christin. Sie konnte sich nicht selbst das Leben nehmen, nicht einmal unter widrigsten Umständen.

«Danke, Matthew, dass du an mich denkst. Aber was ist mit

Dame Heiko? Haben wir das Recht, zuerst an uns selbst zu denken anstatt an andere? Zumal an andere, zu deren Rettung wir in Christi Namen verpflichtet sind? Wie kannst du sie schützen, wenn ich deine Pistole habe?»

Stark saß ab und öffnete seine Satteltasche, in der ein Pullover lag. Er rollte ihn auseinander und nahm den 44er Revolver heraus, den sie ihn aus den Palastruinen hatte bergen sehen. Dann kam das Halfter. Er gürtete es sich um, band den Lederriemen um den Oberschenkel und schob die große Waffe hinein. Langsam zog er sie mehrmals heraus und hinein, um zu prüfen, ob das Metall vom Leder gebremst wurde.

Als er ihr erneut die 32er hinhielt, nahm sie sie, nicht weil sie vorhatte, sie einzusetzen, sondern zu seiner Beruhigung. Vor beiden lag noch ein langer Weg. Wenn er sich während seiner eigenen gefährlichen Reise um sie Sorgen machte, wäre das wenig hilfreich.

Beim Anblick des Revolvers sagte Hidé: «Wenn er zwei besitzt, sollten wir ihn bitten, den anderen Fürst Genji zu geben.»

«Man kann keinen Mann bitten, seine Waffe einem anderen auszuhändigen, nicht einmal einen Ausländer», erklärte Shigeru. «Wenn er sie hergibt, dann freiwillig. Sonst steht uns darüber keine Bemerkung zu.» Er verbeugte sich im Sattel vor Genji. «Mögen unsere Ahnen über Euch wachen und Euch sichere Heimreise gewähren.» Er drehte sich um und gab seinem Pferd die Sporen. Binnen weniger Augenblicke sah und hörte man nichts mehr von ihm.

«Dame Heiko, ich habe versprochen, Euch meine Burg zu zeigen, und dieses Versprechen wird sich bald erfüllen.»

«Ich freue mich darauf, mein Fürst. Lebt wohl.» Sie begab sich mit Stark auf den Weg nach Norden.

«Solange ich lebe, wird hier keiner durchkommen», sagte Hidé.

«Es genügt, wenn du sie aufhältst, ohne dein Leben zu opfern. Nur wenigen Männern kann ich voll und ganz vertrauen. Du bist einer davon. Sieh zu, dass du bei mir auf Spatzenwolke eintriffst.»

«Fürst.» Mehr brachte Hidé nicht heraus. Er war tief bewegt.

Genji ritt mit Emily fort, ehe er gezwungen war, Zeuge von noch mehr Tränen seines rührseligen Obersten Leibwächters zu werden.

Der Sturm dauerte länger, als Saiki gedacht hatte. Fünf Tage später peitschten Wind und Wellen immer noch auf sie ein.

«Innerhalb der nächsten zwei Stunden werden wir Land sehen», sagte Saiki.

«Das haben Sie schon vor zwei Stunden gesagt», maulte Taro. Er und Shimoda waren völlig erschöpft. Ihre Hände bluteten. Sie mussten ununterbrochen rudern, um den Bug des Bootes in den Wellen zu halten.

Angestrengt hielt Saiki Ausschau. Vor ihnen zeichnete sich ein Strudel im Wasser ab, was so weit vom Land entfernt selten war. Vielleicht handelte es sich um ein in den Karten nicht verzeichnetes Riff.

«Da vorne könnte es gefährlich werden», warnte er sie. «Stellt euch auf einen plötzlichen Kurswechsel ein.»

Direkt unter dem Boot begann das Wasser zu steigen. Gerade als Saiki die Ursache dafür entdeckte, brach fünf Meter entfernt eine Fluke durch.

«Seeungeheuer!», schrie Taro.

«Wale», erklärte Saiki. Ganz in der Nähe kamen noch zwei an die Oberfläche, eine Mutter und ihr Kalb. So spät im Jahr hatte er sie noch nie in der Nähe von Akaoka gesehen. Vielleicht hatte das milde Wetter die Riesen länger als sonst im Norden gehalten. Während sie vorbeizogen, zollte er ihnen mit einer Verbeugung Respekt. Früher hatte er Jagd auf sie gemacht, jetzt würde er sie nur noch beim Schwimmen beobachten.

Dann explodierte das Wasser unter ihnen. Das Boot zerbrach in seine Einzelteile. Die drei Männer wurden ins Meer geschleudert. Die Sogwelle des Wales war so mächtig, dass Saiki tief unter Wasser gezogen wurde. Er kämpfte sich an die Oberfläche. In dem Moment zwang ihn seine brennende Lunge zum Einatmen. Das Wasser hatte einen seltsamen Beigeschmack. Er schaute an sich hinunter und erwartete, eine Wunde zu entdecken. Stattdessen sah er Blut, literweise Blut. So viel befand sich nicht einmal in seinem gesamten Körper. Von unten blubberte noch mehr herauf, und er sah, keine drei Meter von sich entfernt, einen Wal mit einer Harpune im Rücken, der ihn böse aus einem Riesenauge anstarrte.

War das nur ein ganz normaler Wal oder die gespenstische Inkarnation eines Wals, den er vor langer Zeit getötet hatte? War dessen Geist zurückgekehrt und trachtete nun nach Vergeltung? Vor dem Karma gab es kein Entrinnen. Jetzt bezahlte er für seine Verbrechen gegen beseelte Mitgeschöpfe. Sagte nicht Buddha, alles Leben sei gleich? In diesem Geisterblut würde er nun ertrinken, und mit ihm stürben auch die Hoffnungen seines Fürsten auf Rettung. Von nun an konnte man sein Leben in Minuten messen. In der eiskalten Wintersee würde er nicht lange überleben.

Dann sah er, wie Rückenfinnen die aufgewühlte Meeresoberfläche durchschnitten. Haie. Die Geister der von ihm abgeschlachteten Wale würden Genugtuung erhalten. So wie er sie getötet und verspeist hatte, würden ihn jetzt diese Fleischfresser, die das Blut angelockt hatte, töten und verschlingen.

«Da!» Er hörte einen Mann schreien. «Da ist noch einer!»

Als er sich in die Richtung der Stimme drehte, sah er ein Langboot rasch auf sich zukommen.

Das Fischerboot kam aus dem Dorf Kageshima. Genau dort hatte er einen Großteil seiner Jugend verbracht. Der verwundete Wal hatte auf der Flucht Saikis Boot gerammt und war letztlich doch kein karmisches Schreckgespenst gewesen.

«Shimoda ist schwer verletzt», sagte Taro. Die Fischer hatten zuerst sie aus dem Wasser gezogen. «Er hat sich mehrere Rippen und das linke Bein gebrochen.»

«Der wird schon wieder», meinte einer der Fischer. «Meinem Cousin hat es beide Beine zerschmettert, und er hat's überlebt. Klar, besonders gut laufen kann er nicht mehr.»

«Was habt ihr denn so weit vor Land in einem so kleinen Boot gemacht?», wollte ein anderer wissen.

«Diese Männer und ich stehen in Diensten des Großfürsten von Akaoka, Genji», antwortete Saiki. «Es ist überaus wichtig, dass wir möglichst schnell nach Spatzenwolke kommen. Könnt ihr uns hinbringen?»

«Nicht bei derart rauer See», sagte der Mann an der Ruderpinne. Er war der älteste Fischer und Kapitän des Langboots. «Wenn ihr Samurai seid, wo sind eure Schwerter?»

«Sei nicht unverschämt», ermahnte ihn Saiki. «Offensichtlich haben wir unsere Schwerter im Ozean verloren.»

«Samurai dürfen ihre Schwerter nicht verlieren.»

«Ruhe! Benimm dich, wie es deinem Rang geziemt.»

Der Mann verbeugte sich, allerdings nicht sehr tief. Um den würde sich Saiki kümmern, sobald sie an Land gingen.

Einer der Fischer hatte Taro angestarrt. «Bist du nicht einer von Abt Sohakus Männern?»

«Kenne ich dich?»

«Vor drei Monaten habe ich getrocknete Fische ins Kloster geliefert. Da hast du in der Küche gearbeitet.»

«Ach, ich erinnere mich. Was für ein Zufall, dass wir uns auf diese Weise wieder begegnen.»

«Bist du immer noch Vasall des Abtes?», fragte der Kapitän.

«Natürlich. Wie vor mir mein Vater.»

«Gut», sagte der Kapitän.

Saiki sagte: «Wie kommt ein Fischer dazu, die Treue eines Samurai anzuzweifeln?»

«Packt ihn», sagte der Kapitän.

Mehrere Fischer fielen über Saiki her und fesselten ihn rasch mit der Harpunenleine. Taro hielten sie fest, ohne ihn zu fesseln.

Der Kapitän sagte: «Abt Sohaku hat eine Regentschaft ausgerufen. Unser Herr Fumio folgt Sohaku. Du hast gesagt, du seist immer noch sein Vasall. Stimmt das?»

Taro sah zu Saiki. «Tut mir Leid, Oberster Kammerherr, aber ich muss meinem Eid gehorchen. Ja, ich bin immer noch Abt Sohakus Vasall.» Die Fischer ließen ihn los.

Der Kapitän deutete mit dem Kinn auf Shimoda. «Fesselt den anderen auch noch.»

«Das dürfte nicht nötig sein», sagte Taro. «Er ist bereits durch seine Verletzungen gehindert.»

«Fesselt ihn trotzdem. Bei Samurai kann man nie wissen. Der wäre selbst im Sterben noch gefährlich.»

Als sie an Land kamen, brach die Nacht herein. Taro durfte baden und bekam frische Kleidung. Saiki und Shimoda wurden ohne viel Federlesens in die Ecke einer Hütte verfrachtet und von zwei mit Harpunen bewaffneten Fischern bewacht.

«Das Fürstentum steht am Rand eines Bürgerkriegs», erklärte der Kapitän, der gleichzeitig einer der Dorfvorsteher war. «Ein Drittel der Gefolgsleute hat bisher eine klare Stellungnahme vermieden. Die anderen teilen sich gleichmäßig zwischen Genji und Sohaku auf.»

«Sollten wir den beiden anderen nicht auch ein Bad erlauben?», fragte ein Mann. Saiki erkannte ihn wieder. Fünfundzwanzig Jahre zuvor hatte er Saiki beim Fang seines letzten Wals geholfen.

«Unwichtig», befand der Vorsteher. «Die werden bald tot sein.»

Saiki sagte: «Wie könnt ihr euch gegen einen Großfürsten stellen, der die Zukunft genauso scharf sehen kann wie ihr das Gestern?»

«Vielleicht kommen wir dir wie dumme Bauern vor, Herr Samurai, aber wir sind nicht dumm.»

«Ich kann seine Fähigkeit persönlich bestätigen», sagte Saiki.

«Wirklich? Dann verrate uns mal, was mit dir passieren wird.»

Verächtlich starrte Saiki den Mann an. «Mein Fürst hat die Gabe des zweiten Gesichts, nicht ich.»

«Und er hat dir nie deine Zukunft vorhergesagt?»
«Ich diene ihm, nicht umgekehrt.»
«Wie praktisch.»
«Den Verrat von Sohaku und Kudo hat er vorhergesagt und mich deshalb hierher geschickt, um die Armee auszuheben. Inzwischen wird sich Fürst Shigeru um viele der Verräter kümmern.»
«Fürst Shigeru ist tot.»
«Glaub, was du willst. Ich bin dieses Unsinns müde.» Saiki schloss die Augen. Anscheinend bekümmerte ihn sein weiteres Schicksal nicht.
«Herr?» Der Vorsteher wandte sich an Taro. «Das ist nicht wahr, oder?»
«Doch», entgegnete Taro. «Vor noch nicht einmal fünf Tagen bin ich mit Fürst Shigeru von Kloster Mushindo nach Edo geritten und habe ihn dort bei Fürst Genji gelassen.»
Hastig berieten sich die Fischer.
«Wir müssen Herrn Fumio um neue Anweisungen bitten. Wenn Fürst Shigeru am Leben ist, könnte ein Kampf gegen seinen Neffen sehr gefährlich werden.»
«Wer geht?»
«Einer der Vorsteher.»
«Ich werde gehen», sagte Taro. «Es wäre respektlos, wenn ein Bauer eurem Herrn eine solche Nachricht überbrächte, solange dafür ein Samurai zur Verfügung steht. Inzwischen sorgt dafür, dass diese beiden in sicherem Gewahrsam bleiben und ihnen nichts zustößt.»
«Vielen Dank, Herr. Bis Ihr mit Anweisungen von unserem Fürsten zurückkommt, werden wir nichts unternehmen.»
Sechs Stunden später schlief das Dorf. Sogar die beiden Gefangenenwächter dösten. Leise schlich Taro in die Hütte, brach dem ersten Wächter das Genick, nahm seine Harpune und trieb sie dem anderen direkt ins Herz. Beide Männer starben völlig lautlos.
«Ich habe Sohaku einen Eid geschworen», sagte Taro, während er Saiki und Shimoda befreite. «Aber auch Hidé habe ich

geschworen, dass ich ihm unter Einsatz meines Lebens helfen würde, Fürst Genji zu beschützen. Dieser Eid hat Vorrang.»

«Ich kann nicht gehen», sagte Shimoda. Er hielt eine Harpune in den Händen. «Keine Sorge, vor meinem Tod werde ich noch reinen Tisch machen.»

Bevor Saiki und Taro den Wald betraten, betrachtete Ersterer noch einmal lange das Dorf. So würde er es nie wieder sehen. Nach dem Sieg über die Rebellen würde er mit Truppen zurückkehren und persönlich dafür sorgen, dass Kageshima ausgelöscht wurde. Mit ihm würde ein Großteil seines eigenen Jugendglücks sterben. Er versuchte erst gar nicht, die Tränen zurückzuhalten.

Wahrlich, dann wären die Wale voll und ganz gerächt.

Kurz nachdem sie sich von Fürst Genji getrennt hatten, entschuldigte sich Heiko, um sich umzuziehen. Sie stellte Stark keine Fragen. Weder bezüglich der Pistole, die er trug, noch wie er es fertig gebracht hatte, fünf erfahrene Samurai mit einer Waffe zu besiegen, die er zuvor noch nie gesehen hatte. Genji hatte gewusst, dass er gewinnen würde. Er hatte Stark einmal eine Pistole benutzen sehen und erkannt, dass Stark schnell ein Schwert ziehen konnte.

Starks Pferd tänzelte aus Mangel an Bewegung unruhig auf dem schneebedeckten Boden herum. Er tätschelte ihm den Hals und murmelte besänftigend. Das Pferd beruhigte sich.

Bei ihrer Rückkehr sah Heiko ganz anders aus. Der bunte Kimono war verschwunden, und auch die kunstvolle Frisur. Sie trug eine schlichte Jacke und dieselben weiten Hosen wie die Samurai, dazu Reitstiefel, einen breitkrempigen Hut auf den locker geflochtenen Haaren und ein Kurzschwert in der Schärpe. Da sie ihn weder nach der Pistole noch nach dem Iaido gefragt hatte, stellte er seinerseits keine Fragen nach ihrer Kleidung und dem Schwert.

«Der Pfad, den wir einschlagen werden, wird wenig benutzt», erklärte Heiko. «Eine Begegnung mit Räubern ist unwahrscheinlich. Sie bevorzugen belebtere Stellen. Die Gefahr wird von

Sohaku ausgehen. Auch er kennt diese Berge. Vielleicht hat er bereits Männer vorausgeschickt.»

«Ich bin darauf vorbereitet.»

Sie lächelte. «Das weiß ich, Matthew. Deshalb bin ich auch ganz zuversichtlich, dass wir sicher unser Ziel erreichen.»

Zwei Tage ritten sie ohne Zwischenfall dahin. Am dritten Tag zügelte Heiko ihr Pferd und hob die Hand an die Lippen zum Zeichen, sich still zu verhalten. Sie saß ab, übergab Stark die Zügel und verschwand unter den Bäumen. Eine Stunde später kam sie zurück. Wieder gebot sie stumm Schweigen und bedeutete ihm, er solle die Pferde anbinden und ihr folgen.

Vom nächsten Hügelkamm aus konnten sie dreißig mit Musketen bewaffnete Samurai erkennen, die sich in einer Wegbiegung hinter einer anderthalb Meter hohen Barrikade aus Holzstämmen sammelten. Als sie sicher war, dass Stark alles gesehen hatte, was es zu sehen gab, gingen sie zu ihren Pferden zurück.

«Sohaku», sagte sie.

«Ihn habe ich nicht gesehen.»

«Er will uns glauben machen, er hätte seine restlichen Leute anderswohin geführt.»

«Hat er das nicht?»

«Nicht sehr weit weg. Was würdest du tun, wenn du die Barriere kampflos umgehen möchtest?»

«Ich habe einen Pfad am Hügel entlang entdeckt, der an einer Stelle außer Sichtweite der Barrikade beginnt. Den würde ich nachts nehmen.» Er dachte einen Augenblick nach. «Die Pferde müssten wir hier lassen. Der Pfad ist nur zu Fuß begehbar.»

«Und genau das will er», sagte Heiko. «Entlang des Pfades hat er Männer hinter den Bäumen versteckt. Auch wenn wir an ihnen vorbeikämen, würde er uns, da wir lediglich zu Fuß sind, einholen, lange bevor wir in Sicherheit wären.»

Stark rief sich das Gesehene ins Gedächtnis. Ihm war nicht der geringste Hinweis auf ein Versteck aufgefallen. «Was tun wir also?»

«Ich habe dich beim Reiten beobachtet. Du bist ein guter Reiter.»

«Danke, du auch.»

Heiko bedankte sich für sein Lob mit einer Verneigung. Sie deutete auf seinen Revolver. «Wie gut kannst du damit umgehen?»

«Gut.» Jetzt war keine Zeit für falsche Bescheidenheit. Sie würde nicht danach fragen, wenn sie es nicht wissen müsste.

«Kannst du damit beim Reiten genau zielen?»

«Nicht so genau wie im Stehen.» Stark konnte ein Grinsen nicht verbergen. Diese zierliche kleine Frau plante, die Barrikade anzugreifen.

«Nicht schlafen», sagte der Anführer hinter der Barrikade. «Wenn sie versuchen, an uns vorbeizukommen, dann nachts.»

«Hier wird keiner vorbeikommen», erklärte einer der Samurai. «Sie werden die Barriere sehen und den anderen Pfad einschlagen, wie es Sohaku vorausgesagt hat.»

«Wenn sie euch schlafen sehen, ändern sie vielleicht ihre Meinung. Jetzt erhebt euch und passt auf.» Wütend funkelte der Anführer seinen Nebenmann an. «Hast du gehört? Wach auf.» Er klatschte dem Mann auf den Kopf. Der Mann fiel um. Leblos. Der Anführer blickte auf seine Hand. Sie war ganz nass und blutig.

«Iiiiii!» Vor der Barriere fiel ein zweiter Mann um und krallte die Hände in den rasiermesserscharfen Wurfstern, der in seiner Kehle steckte.

«Wir werden angegriffen!», brüllte der Anführer und schaute in alle Richtungen. Aber woher und von wem?

Etwas kam den Hügel herabgerollt. Der Anführer hob seine Muskete zum Schuss. Der Körper landete vor seinen Füßen. Wieder einer seiner Leute mit von einem Ohr zum anderen durchschnittener Kehle.

«Ninjas!», schrie einer.

Narr! Damit würde er die Panik nur vergrößern. Wenn das hier vorbei war, würde er den Schreihals bestrafen. Er konnte die Stimme nicht sofort zuordnen. Wer von den Männern hatte eine solche Mädchenstimme?

Er drehte sich um, um Befehle zu geben, und sah unmittelbar vor sich einen kleinen Mann mit vermummtem Gesicht. Nur die Augen waren zu sehen. Wunderschöne Augen. Der Anführer spürte, wie sich auf seiner Brust Nässe ausbreitete. Er öffnete den Mund, aber statt eines Tons kam Blut heraus. Noch im Fallen vernahm er Schüsse. Es klang nicht wie Musketen. Mit dem Kopf am Boden hörte er galoppierende Pferdehufe. Einen Augenblick später sprangen vor ihm zwei Pferde über die Barriere. Der Reiter des ersten Pferdes feuerte ein großes Handgewehr ab. Im Sattel das zweiten Pferdes saß niemand. Gut. Wenigstens hatten sie einen von ihnen erwischt.

Noch ehe er Vermutungen anstellen konnte, wer es sein könnte, hatte sein Gehirn aufgehört zu denken.

Stark wartete neben dem Fluss, der sich genau dort befand, wo Heiko gesagt hatte. Als Stark mit Heikos Pferd im Schlepptau auf die Barriere zuritt, erwartete er schweres Musketenfeuer. Sohakus Männer schossen zwar, aber nicht in seine Richtung. Beim Überspringen der Barriere sah er, dass bereits mehrere Leichen am Boden lagen. Er hatte sie nicht erschossen.

Leise trat Heiko zwischen den Bäumen hervor. Wie war sie so schnell hierhergekommen?

«Alles in Ordnung?», fragte sie.

«Ja, und du?»

«Mich hat eine Musketenkugel am Arm gestreift.» Sie kniete sich ans Ufer, wusch die Wunde aus und verband sie geschickt. «Es ist nichts Ernstes.»

Heikos Pferd wieherte. In diesen Laut mischte sich ein seltsames Gurgeln. Wieder wieherte es, diesmal schwächer, und fiel zur Seite.

Stark und Heiko knieten sich neben das gestürzte Tier, das immer noch atmete. Bald würde es damit aufhören, denn in seinem Hals steckte eine Kugel. Der Schnee war dunkel von Blut.

«Das Pferd, das du gewonnen hast, ist stark», sagte Heiko. «Es wird uns beide tragen, bis wir ein anderes gefunden haben.»

Sie stieg hinter ihm auf. Sein Pferd würde ihr Gewicht nicht einmal spüren, so leicht war sie.

Wer hatte dort hinten mehr Männer getötet: Heiko oder er?

Stark wurde nachdenklich. Besaß jede Geisha so viele Talente?

Gleich nach dem ersten Schuss eilte Sohaku mit seiner Haupttruppe zur Barriere zurück, wo er von den dreißig Männern, die er dort zurückgelassen hatte, achtzehn tot oder schwer verwundet vorfand.

«Ninjas haben uns angegriffen», sagte einer der Überlebenden. «Von allen Seiten sind sie auf uns losgegangen.»

«Wie viele waren es denn?»

«Wir haben sie nicht deutlich erkannt. So ist das doch immer mit Ninjas.»

«War Fürst Genji dabei?»

«Ich habe ihn nicht gesehen. Allerdings hätte er gut unter den Reitern sein können, die über die Barriere setzten. Alles ging ganz schnell. Beim Durchreiten feuerten sie ihre Gewehre ab.»

«Gewehre?» Hidé und Shimoda hatten je eine Muskete mitgenommen, als sie mit Genji Edo verließen. Vermutlich war das Vorhandensein von Gewehren ein Hinweis darauf, dass Genji unter den Angreifern gewesen war. Angenommen, sie hätten sich in zwei oder drei Gruppen aufgeteilt, dann hätte der Fürst die Gewehre mit sich geführt. «Habt ihr sie gezählt?»

«Ja, Hoher Abt. Es waren mindestens fünf, vielleicht auch zehn.»

Sohaku runzelte die Stirn. Fünf oder zehn Gewehre, dazu noch eine unbestimmte Anzahl Ninjas. Das bedeutete, Genji hatte irgendwie Verstärkung erhalten. Von wem? Und woher? War es möglich, dass sich seine Verbündeten bereits jetzt gegen ihre Feinde erhoben?

«Schicke einen Boten zu Kudo. Sag ihm, er soll zu uns stoßen.»

«Jawohl, Hoher Abt. Soll der Bote sofort aufbrechen?»

Das unterschwellige Zögern ärgerte Sohaku. Waren seine Männer so schwach, dass schon ein einziger Zusammenstoß ihren Kampfgeist gebrochen hatte?

«Wenn nicht jetzt, wann dann?»

«Verzeiht mir, Herr, wenn ich ungefragt einen Vorschlag mache, aber wäre es nicht klüger, bis zum Morgen zu warten?»

Sohakus Blick wanderte den Pfad entlang. Das trübe Neumondlicht verbreitete gerade so viel Helligkeit, dass ein Mann im Schatten weitere Schattengestalten wähnen konnte. Derartige Fantasiegebilde machten verwundbar, eine Gelegenheit, die sich Ninjas sicher nicht entgehen ließen. Ein paar hatte Genji bei sich. Wäre es nicht möglich, dass einige dort hinten lauerten, um Sohakus Plan zu durchkreuzen?

Sein Ärger verrauchte. «Dann eben morgen früh.»

«Ja, Hoher Abt.»

Doch im Morgengrauen traf ein Bote ein, bevor der eigene aufgebrochen war.

Kawakami wartete darauf, dass Genji von den Bergen zum Binnenmeer herunterkam. Flüchtig überlegte er, ob es Kudo gelungen war, Shigeru zu töten. Das war nicht wirklich wichtig. Falls er noch lebte, dann nicht mehr lange. Unter Kawakamis zweitausend Mann befand sich ein Bataillon von fünfhundert Musketieren. Kein Schwertkämpfer könnte fünfhundert Gewehren standhalten, nicht einmal Shigeru.

Genji erwartete ein noch schlimmeres Schicksal. Er hatte Edo ohne ausdrückliche Erlaubnis des Shogun verlassen und damit jeglichen Schutz verwirkt, den er als Großfürst genoss. Ein derart offener Verstoß gegen das Gesetz der wechselnden Residenz machte ihn generell der Rebellion verdächtig. Und mit Verrätern fackelte der Shogun nicht lange. Genji erwarteten Verhaftung, Gerichtsverhandlung und Verurteilung. Man würde viele Fragen stellen und viele Geheimnisse zu Tage fördern.

Dann würde für jedermann sichtbar, wer etwas wüsste und wer nicht. Bevor man Genji rituellen Selbstmord befahl, würde er gedemütigt und entehrt und in einer Falle vernichtet, an der Kawakami seit fast zwei Jahrzehnten baute. Damals war noch der Großvater Kiyori Großfürst von Akaoka gewesen und Genjis genusssüchtiger Erzeuger Yorisama der Nächste in der Erbfolge. An ihn hatte Kawakami eigentlich gedacht, als ihm jener brillante Plan eingefallen war. So tief hatte sein eigener Weitblick gereicht, dass der eine Fürst so gut für den Plan passte wie der andere. Er konnte ein tiefes Gefühl der Befriedigung über seine eigene Klugheit nicht unterdrücken. Warum auch?

«Fürst, vom Shogun ist ein Kurier eingetroffen.»

«Führt ihn herein. Haben wir etwas von Mukai gehört?»

«Nein, mein Fürst. Anscheinend hat er Edo verlassen. Keiner weiß, wohin und warum.»

Dies war die beunruhigendste Nachricht, die Kawakami seit langem überbracht wurde. Mukai war nicht besonders wichtig, aber doch auf eine langweilige Art berechenbar. Wenn einer wie er gänzlich untypisch handelte, war das verwirrend, besonders in dieser kritischen Zeit. Bei der nächsten Begegnung mit ihm würde Kawakami sein Missfallen deutlich zum Ausdruck bringen.

«Fürst Kawakami.» Der Kurier sank auf ein Knie und verbeugte sich in der Art, wie es für einen Samurai im Kriegseinsatz angemessen war. «Fürst Yoshinobu sendet seine Grüße.»

Yoshinobu war der Oberste Ratsherr des Shogun. Kawakami nahm dem Kurier den Brief ab und öffnete ihn eilig. Vielleicht war die Situation in der Hauptstadt so kritisch, dass der Rat ein noch drastischeres Vorgehen gegen Genji beschlossen hatte. Zum Beispiel einen Befehl zur unverzüglichen Vernichtung des Okumichi-Clans. In diesem Fall würden die Streitkräfte des Shogun sofort die berühmte Festung, Burg Spatzenwolke, im Fürstentum Akaoka belagern. Da Kawakamis Truppen bereits den halben Weg dorthin zurückgelegt hatten, würde er diesen Befehl ausführen.

Aber es sollte anders kommen.

Kawakamis Enttäuschung war so groß, dass er tatsächlich Herzstechen bekam. Der Rat hatte den Fürsten und ihren Familien rückwirkend das Entfernen aus Edo gestattet. Obendrein wurde das Gesetz der wechselnden Residenz bis auf weiteres vorübergehend aufgehoben. Damit war Genji kein Verräter mehr, sondern ein Fürst, der die Befehle des Shogun treu ergeben befolgte.

«Zieht sich auch der Shogun aus Edo zurück?»

«Nein, mein Fürst.» Der Kurier händigte Kawakami einen weiteren Brief aus.

Der Shogunatsrat befahl allen verbündeten Fürsten, ihre Armeen zum Aufmarsch in den Ebenen von Kanto und Kansai vorzubereiten, falls man einer ausländischen Invasion begegnen müsste, die entweder der kaiserlichen Hauptstadt Kyoto oder dem Sitz des Shogun in Edo galt. Laut Yoshinobu stünden demnächst hunderttausend Samurai zum Kampf gegen die Eindringlinge bereit.

Am liebsten hätte Kawakami laut gelacht. Im Fall einer ausländischen Invasion würden aus hunderttausend Samurai mit Schwertern, ein paar altmodischen Musketen und noch wenigeren und altmodischeren Kanonen in Kürze hunderttausend Tote.

«Eine Schwadron Kriegsschiffe hat Edo ohne den geringsten Eigenverlust bombardiert», sagte Kawakami. «Was passiert, wenn die Ausländer einfach so weitermachen?»

«Nur mit Kriegsschiffen können sie Japan nicht erobern», entgegnete der Kurier. «Langfristig werden sie an Land gehen müssen. Und dann werden wir sie enthaupten, wie unsere Vorfahren die Mongolen Kublai Khans enthauptet haben.»

Der Kurier gehörte zu jenen Samurai, die von Schwertern besessen waren und in der Vergangenheit lebten. Die Ausländer besaßen Mörser, die mannshohe Granaten fast zehn Kilometer weit schleudern konnten. Sie hatten Gewehre – und nicht nur eines – mit Kurbeln und Mehrfachläufen, die jede Sekunde eine Patrone ausspuckten. Sie verfügten über Schusswaffen und Pistolen, die mit Patronen und nicht mit Schießpulver und

Kugeln bestückt wurden. Doch wirklich entscheidend war noch etwas ganz anderes: Während Japans Samurai in den vergangenen zweihundertfünfzig Jahren der Tokugawa-Zeit friedlich vor sich hindösten, hatten die Ausländer einander mit den Vorgängern dieser tödlichen Waffen umgebracht.

Kawakami sagte: «Wir werden ihren Kriegsmaschinen mit unseren Schwertern und unserem Kampfgeist gegenübertreten und ihnen zeigen, woraus wir bestehen.» Fleisch. Knochen. Blut.

«Ja, Fürst Kawakami», sagte der Kurier mit stolzgeschwellter Brust, «das werden wir.»

Hidé bereitete seinen Hinterhalt gut vor. In den Hügeln rings um die Wegkreuzung fand er ein Dutzend Plätze, die für seine Zwecke geeignet waren. Er verfügte sowohl über seine als auch über Shigerus Muskete, die er aus der einen Stellung abfeuern wollte. Dann würde er zur nächsten rennen und von dort mit Pfeilen schießen. Bei Stellung Nummer drei würde er nachladen und wieder die Musketen abfeuern. Weder Sohaku noch Kudo würde er damit zum Narren halten, aber wenigstens könnte er sie verunsichern, und dies würde ihr Vorrücken verlangsamen.

Bisher war noch keiner aufgetaucht. Drei Nächte zuvor hatte er geglaubt, aus westlicher Richtung, wohin die Dame Heiko und Stark geritten waren, eine Schießerei gehört zu haben. Sein Gefühl sagte ihm, dass die, welche da auf sie geschossen hatten, mit Erfolg entkommen waren. Seit dem Iaido-Turnier hatte er zu Stark großes Vertrauen. Die Dame Heiko befand sich in guten Händen.

Bei Fürst Genji war er sich da nicht so sicher. Eigentlich sollte ihn sein Wissen über zukünftige Ereignisse schützen, aber wie hatte der Fürst selbst gesagt? Prophezeiungen sind nicht immer leicht verständlich. Wenn Stark den Fürsten begleitet hätte, wäre er wesentlich ruhiger gewesen.

Hidé hörte auf, über Prophezeiungen nachzudenken, und konzentrierte sich stattdessen auf das, was in seiner Umgebung geschah. Irgendjemand näherte sich ihm. War er so dumm, dass es dem Feind gelungen war, ihn unbemerkt einzukreisen? Er hob seine Muskete und machte sich schussbereit. Es war ein Einzelgänger. Anstatt zu reiten, führte er sein Pferd, das einen provisorischen Schlitten nachzog, am Zügel. Auf dem Schlitten lagen zwei Bündel, offensichtlich zwei in Decken gewickelte Körper.

Hidé ließ die Muskete sinken. Es war Shigeru.

Er erschauerte, weniger vor Kälte als aus Furcht.

Wer waren die beiden Körper auf dem Schlitten?

11

Yuki to Chi

Aus strategischen Gesichtspunkten muss ich selbstverständlich bedauern, dass wir die Schlacht verloren haben. Eine Niederlage lässt sich nie leicht akzeptieren. Trotzdem kann ich nicht leugnen, dass das Ergebnis, unter ästhetischen Gesichtspunkten betrachtet, kaum schöner ausfallen hätte können. Das Weiß der zarten Schneedecke. Das Rot des vergossenen Blutes. Gab es je ein weißeres Weiß oder ein röteres Rot, kälteren Schnee oder wärmeres Blut?

SUZUME-NO-KUMO (1515)

Als der zweite Späher nicht zurückkehrte, begann Kudo sich Sorgen zu machen. Als auch der dritte nicht zum Rapport erschien, ordnete er den Rückzug an, was sich im Nachhinein als Fehler erwies. Samurai auf dem Rückzug waren bei weitem nicht so selbstbewusst wie Samurai auf dem Vormarsch.

Einer seiner Männer, den er der Nachhut zugeteilt hatte, kam auf ihn zugaloppiert.

«Herr, die anderen sind verschwunden!»

«Was meinst du mit ‹verschwunden›?»

«Im einen Augenblick waren sie noch da, im nächsten weg.» Ängstlich blickte er sich um. «Irgendjemand macht auf uns Jagd.»

«Shigeru», bemerkte ein anderer.

«Marsch, ans Ende!», befahl Kudo. «Du, du und du. Ihr geht mit ihm. Menschen verschwinden nicht einfach. Sucht sie.»

Die von ihm eingeteilten Männer saßen auf ihren Pferden und schauten einander an. Keiner machte Anstalten zu gehorchen.

Kudo wollte sie schon scharf zurechtweisen, da stieß der Reiter an der Spitze einen Schrei aus. Seine Hände umklammerten einen Pfeil, der aus seiner rechten Augenhöhle ragte.

Am liebsten hätte Shigeru Kudo und seine Männer noch eine Weile ihre mühsame Verfolgung fortsetzen lassen, bevor er die eine Hälfte beim Angriff und die andere beim Rückzug erledigte. Das besäße eine gewisse Symmetrie. Leider war er gezwungen, derartige ästhetische Überlegungen hintanzustellen.

Er betrachtete das Riesengebilde aus Stein, das drohend hinter den Bäumen aufragte. Dicke Schornsteine spuckten stinkende Wolken in den Himmel. Dunkle Asche regnete wie tote Schneeflocken hernieder und färbte die Landschaft schwarz. Einfache, niedergedrückte Männer in schlackernden grauen Uniformen, die Köpfe beinahe kahl geschoren, schoben Kutschen mit Selbstantrieb aus dem Gebäude und stellten sie ordentlich in Reih und Glied auf. Der Boden unter ihm vibrierte.

Noch waren seine Visionen flüchtig und somit erträglich, wurden aber schon lebendiger, grotesker, häufiger und – am schlimmsten – realistischer. Zwei Tage erst war er von Genji getrennt. Wenn sich sein derzeitiger Zustand weiter verschlechterte, würde er sich innerhalb von zwei Tagen wieder in einen Irrsinnigen verwandelt haben. Unter solchen Umständen war Geduld keine Tugend, sondern Eile geboten.

Die Hufe seines Pferdes waren kaum zu hören, als es auf die verschneite Wiese hinaustrat. Am Tag zuvor hätte sich Shigeru auf die Instinkte des Tieres verlassen und wäre durch die Vision des Asche speienden Gefängnisses mitsamt seinen erbarmungswürdigen Insassen hindurchgeritten. Jetzt war der Wille dazu fast erloschen. Er wich ihm aus.

Kudo besaß nur noch sechzehn Mann, wahrscheinlich die besten Schützen, die er hatte auftreiben können. Zielen konnten sie ja vielleicht, aber mit ihrer Disziplin und ihrem Mut stand es nicht zum Besten. Obwohl er erst vier von ihnen getötet hatte, waren die anderen schon besiegt und flohen in panischer Angst vor einem einzelnen, unsichtbaren Angreifer. Keiner gehörte zu den Samurai, die er ausgebildet hatte, was ihn äußerst froh stimmte.

Shigeru zielte mit einem Pfeil auf die Kehle des Vorreiters, ohne abzuwarten, ob er getroffen hatte. Ein erstickter Schrei und Schüsse gaben ihm Gewissheit. Musketenkugeln rissen Zweige ab und sirrten durch die Blätter. Keine erreichte auch nur annähernd ihr Ziel. Jämmerlich. Vielleicht würden die Ausländer Japan noch schneller erobern, als er gedacht hatte. Wenn das alles an Widerstand war, was sie erwartete, würde es mit Sicherheit so kommen.

Er beobachtete, wie Kudo seine Männer im Kreis zur Verteidigung antreten ließ. Während sie erneut begannen, weiter ins Nichts zu schießen, ritt Shigeru den Pfad hinauf.

Kudo schäumte vor Wut. Die Situation war absolut grotesk: fünfzehn Mann, mit Musketen bewaffnet, höchstwahrscheinlich von nur einem Gegner bedroht. Dass es sich dabei um Shigeru handelte, spielte keine Rolle. Wenn es dabei auf Schwerter ankäme, sähe die Sache ganz anders aus, aber sie waren moderne Musketiere gegen einen einzigen Verrückten. Sie könnten ihn erschießen, bevor er auch nur annähernd so weit heran war, einen der Ihren niederzustrecken. Gewiss, Shigeru war ein Meister im Bogenschießen. Fünf Leichen waren Beweis genug. Und doch wüssten seine Männer, wenn sie diszipliniert blieben, auf Grund der Flugbahn, von wo aus er zielte.

Obwohl keine unmittelbare Gefahr mehr drohte, hielt Kudo noch fast eine Stunde die Stellung. Shigeru war längst fort, das wusste er. Wahrscheinlich ersann er schon einen neuen Hinterhalt. Er blieb, damit seine Männer sich sammeln konnten, denn die größte Gefahr bestand darin, dass sie durch sinnlose Angst ihre zahlen- und waffenmäßige Überlegenheit einbüßten.

«Sollen wir uns ergeben?», fragte er milde. «Ich denke schon. Schließlich sind wir ihm ja nur fünfzehn zu eins überlegen und haben seinem Bogen nur Musketen entgegenzusetzen. Wie kann es sein, dass ein Mann fünfzehn andere in Schach hält? Bitte, erklärt mir dieses Rätsel.»

Betreten schauten die Männer einander an.

«Vergebt uns, Fürst Kudo. Wir sind auf Shigerus Ruf hereingefallen. Natürlich habt Ihr Recht. Wir haben keinen Grund, uns wie verschreckte Kinder aufzuführen.»

«Gehe ich recht in der Annahme, dass ihr erneut bereit seid, eurem Ruf als Samurai gerecht zu werden?»

«Herr.» Die Männer verbeugten sich.

Kudo teilte sie in drei Gruppen zu je fünf Mann ein. Sie würden gleichzeitig vorrücken, zwar getrennt, aber noch in Sichtweite. Reichlich Zwischenraum würde dafür sorgen, dass Shigeru immer nur auf eine Gruppe schießen könnte und dabei seine Position preisgeben müsste. Dabei kämen dann alle fünfzehn Schusswaffen zum Einsatz.

Kudo sagte: «Auch wenn wir ihn beim ersten Mal verfehlen sollten, wissen wir doch, wo er sich befindet. Wir werden ihn wie Wild hetzen, einkesseln und niederstrecken.»

«Ja, Herr.»

«Dem Todesschützen wird die Ehre zuteil, ihm den Kopf abzuschlagen und diesen Abt Sohaku zu präsentieren.»

«Danke, Fürst.»

Kudo führte die Männer in exponiertester Stellung an. Sie standen hangabwärts in den Hügeln und hofften, dass Shigeru sie zuerst angriff. Nur allzu gern würde Kudo persönlich ihm eine Kugel ins Gehirn jagen. Da Shigeru aber immer unerwartet vorging, würde er wahrscheinlich in die Mitte vorstoßen. Doch damit wäre er konzentriertem Geschützfeuer ausgeliefert. Also müsste er sie von hinten angreifen. Obwohl Kudos Augen nach vorn schauten, war seine ganze Aufmerksamkeit nach hinten gerichtet. Hier ging es weniger ums Sehen als ums Spüren. Shigeru war nicht der einzige echte Samurai im Clan.

Aus den Bäumen zur Rechten schoss ein reiterloses Pferd hervor.

Keiner der Männer feuerte.

Hatte sich das Pferd losgerissen oder war es bewusst von Shigeru freigelassen worden, um sie abzulenken? Egal, die Taktik hatte nicht funktioniert, falls es überhaupt eine gewesen war. Keiner geriet in Panik. Und jetzt war Shigeru ganz auf seine Füße angewiesen. Ohne Pferd verringerten sich seine Chancen enorm. Kudos Zuversicht wuchs.

Die tief stehende Wintersonne näherte sich bereits dem Horizont – und noch immer war kein Angriff erfolgt. Shigeru wartete die Dunkelheit ab, um Kudos zahlenmäßige Überlegenheit auf ein Minimum zu begrenzen. Auf offenem Gelände wären sie durch die Aufteilung in drei Gruppen leichte Beute. Allerdings nur, solange sie ihre bisherige Taktik weiterverfolgten, was Kudo jedoch nicht beabsichtigte.

Sein Blick wanderte über die Landschaft. Eine bewährte Kriegsregel lautete: Wer das Schlachtfeld bestimmt, sichert sich den Schlüssel zum Sieg. Hier weitete sich das Tal. Mitten in der kleinen Ebene erhob sich ein niedriger Hügel, auf dem sieben Kiefern standen. Wenn sie dort ihr Nachtlager aufschlügen, hätten sie ungehinderte Sicht in alle Richtungen. Auf dem frisch gefallenen Schnee würde sich ein Mann selbst im diffusen Neumondlicht abzeichnen. Damit wäre Shigerus Hauptvorteil dahin: die Tarnung.

Und genau deshalb rief es in ihm Argwohn hervor. Alles, was er gesehen hatte, war gewiss auch Shigeru nicht entgangen. Es musste eine Falle sein.

«Seid aufmerksam. Schaut vorsichtig in die Äste. Vielleicht greift er uns von oben an.»

Mit schussbereiten Musketen rückten sie vor. Als sie zum Fuß des Hügels kamen, sandte Kudo sieben Männer zum Überprüfen je eines Baumes aus.

«Niemand, Herr.»

Irgendetwas stimmte hier nicht, das sagte ihm sein Instinkt als Krieger. Langsam ging er um den Hügel herum. Hier konnte sich kein Mensch verstecken, nicht einmal ein Meister der Tarnung wie Shigeru. Und doch verspürte er tiefes Unbehagen.

«Fürst?»

Vielleicht hatte Shigeru sich weiter ins Tal hinunter begeben, wo es eine enge Schlucht gab, ein idealer Platz, um als Einzelner einer größeren Anzahl gegenüberzutreten. Möglicherweise wartete er dort.

Als Kudo schließlich kein Grund mehr für längeres Zaudern einfiel, sagte er: «Hier werden wir lagern. Jede Gruppe wird abwechselnd Wache halten.»

«Ja, Herr.»

Am Fuß des Hügels roch es stark nach Kiefernnadeln. Kudo blieb stehen.

«Zurück!»

«Habt Ihr ihn gesehen, Fürst?»

Das hatte Kudo nicht, aber er war dabei, einen Fehler zu machen, den er gerade noch rechtzeitig bemerkt hatte. In die Höhe war sein Blick gewandert, nach unten jedoch nicht. Kiefern warfen haufenweise Nadeln ab. Drei kleine Mulden waren voll damit.

Er zog sein Schwert.

«Gebt mir Deckung.»

Er näherte sich der nächst gelegenen Mulde und stach energisch in den Nadelhaufen. Nichts. Auch bei der zweiten und dritten Mulde hatte er keinen Erfolg.

Shigeru befand sich weder oben noch unten. Sonst gab es keinen Platz, wo er sich hätte verstecken können. Verrückt war er, aber auch genial. Und geduldig. Tarnung und Geduld – zwei Dinge, die untrennbar miteinander verbunden waren.

«Bindet die Pferde an. Du da, klettere dort in die hohe Kiefer. Halte Ausschau.»

Shigeru erwartete sie woanders. Wahrscheinlich waren sie die Nacht über sicher. So redete es ihm seine Vernunft ein.

Kudo fand keinen Schlaf. Wieder begab er sich zu den drei Mulden mit den Kiefernnadeln und stach mit seinem Schwert hinein.

Der Wachposten im Baum sagte: «Herr, da nähert sich ein Pferd, aber ich sehe keinen Reiter.»

Es war Shigerus Schlachtross. Es trabte bis auf eine gewisse Entfernung heran, wieherte und scheute.

«Es möchte zu unseren Pferden», erklärte der Posten.

Sein Zögern war verständlich. In Abwesenheit ihres Herrn neigten Schlachtrösser zum Misstrauen gegenüber anderen Leuten.

Warum es sich näherte, war nicht so eindeutig. Suchte es tatsächlich die Nähe seiner Artgenossen?

Kudos Unruhe wuchs. Hier war irgendein Trick im Spiel. Um einen besseren Überblick zu haben, lehnte er sich an den Baum.

«Bist du sicher, dass niemand bei dem Pferd ist?»

«Keiner sitzt im Sattel, Herr, und dahinter versteckt sich auch niemand.»

«Vielleicht darunter?»

Der Posten schaute noch angestrengter in die Ferne. «Ich glaube nicht, Herr. Der Sattelgurt des Pferdes wirkt im Profil ganz normal.»

«Würdest du darauf dein Leben verwetten?»

Der Posten antwortete ohne Umschweife. «Nein, Herr.»

«Erschieß das Pferd.»

«Ja, Herr.»

Als Kudo die Hand vom Kiefernstamm nahm, klebte Harz daran. Der Stamm war teilweise gespalten. Aus einer langen Kerbe in der Rinde quoll eine ungewöhnlich große Menge Harz. Alter, Krankheit und Sturm hatten die alte Kiefer geschwächt. Als droben der Posten seine Stellung wechselte, knarrte der Baum bedrohlich. Dieses Geräusch rief in Kudo ein starkes Mitgefühl wach. Bäume und Menschen waren einander gar nicht so unähnlich.

«Besser, du kommst herunter und kletterst auf einen anderen», sagte Kudo. Der Rückstoß der Muskete könnte für den verletzten Baum zu viel sein.

«Ja, Herr.»

Kudo musterte die Wunde eingehender. Sie bildete ein ungewöhnliches Muster, fast wie – eine Tür!

Der Baumstamm explodierte nach außen.

Im selben Moment, als die Klinge seine Brust durchbohrte und ins Herz drang, erkannte Kudo das wilde, harzverklebte

Gesicht. Leider blieb ihm nicht mehr genug Zeit, um sich an dem Wissen zu freuen, dass seine Intuition die ganze Zeit über richtig gewesen war.

Mit Verräterblut besudelt, hieb Shigeru mit beiden Schwertern auf Menschen und Dämonen ein. Matt drangen Schreie und Schüsse an sein Ohr. Außer dem schweren Flügelschlag riesiger Metalllibellen, die über ihm schwebten, konnte er kaum etwas hören.
   Ihre Augen bestanden aus blendenden Lichtbalken.
   Ihre kreisrunden Flügel rotierten über ihnen.
   Ihr Laich, grässliche, in längliche Segmente zerteilte Würmer, schoss mit hoher Geschwindigkeit wie auf Spurrillen an ihm vorbei. Durch ihre klaffenden Poren konnte er die Körper Tausender Verdammter sehen, die zusammengequetscht wurden.
   In Bogen und Kreisen blitzten die Schwertklingen auf.
   Blutfontänen schossen in die Luft.
   Leichen und einzelne Körperteile lagen verstreut im Schnee.
   Männer brüllten und starben, bis nur noch ein einziger brüllender Mann übrig blieb.
   Shigeru schrie, bis seine Lunge leer war und er das Bewusstsein verlor. Erst dann verschwanden die Libellen.

Er erwachte in einer Vision aus millionenfachem Gewimmel. Menschenschwärme, so weit er blicken konnte, wie Insekten. Säulen aus Stein, Glas und Stahl mit Fenstern erhoben sich in die Wolken. In ihrem Inneren noch mehr Menschen, zusammengepfercht wie flugunfähige Drohnen in Bienenkörben. Unterirdisch befanden sich weitere Nester, denn stumpfäugige Horden schlurften zu Toren hinein und verschwanden im Untergrund.
   Er taumelte zurück und fiel über die Leiche eines Pferdes. Hingemetzelte Männer und Tiere bedeckten den Hügel. Nicht weit entfernt stand sein eigenes Pferd und beäugte ihn misstrauisch.

Als er aufsah, war die Vision verschwunden. Wie lange? Er machte sich unter den Toten auf die Suche nach Kudo. Der lag mit dem Gesicht nach oben neben dem zersplitterten Stamm einer umgestürzten Kiefer. Er zog den Leichnam am Haarknoten hoch und schlug dem Verräter den Kopf ab. Bei seiner Rückkehr nach Spatzenwolke würde er ihn auf einen Speer stecken und draußen vor der Burg verfaulen lassen.

«Du wirst nicht einsam sein», sagte Shigeru zu dem Kopf, «deine Frau und deine Kinder werden dir Gesellschaft leisten.»

Zwei Stunden musste er sein Pferd locken, bevor es ihn aufsitzen ließ. Shigeru ritt, so schnell er konnte, nach Norden.

Rings um ihn tobte Feuer. Er war in Edo, und Edo brannte. Statt Wolken füllten geflügelte Zylinder den Himmel, aus denen Behälter fielen, die sich in glühende Gliedmaßen zerteilten, die ihrerseits beim Auftreffen auf die Stadt in Flammen explodierten.

Stürme, angefacht von der Feuersbrunst, raubten ihm den Atem.

Halb versengte Menschen kopulierten sterbend in den Ruinen.

Shigeru hielt sich mit aller Macht an den Zügeln seines Pferdes fest und vertraute darauf, dass es ihn weiterführen würde.

Wenn er auch nur noch eine Nacht ohne seinen Neffen verbringen musste, wäre es zu spät.

Beim Anblick des Reiters in der Ferne huschten die sieben schäbig gekleideten Männer in die Büsche und versteckten sich. Sie trugen ein zusammengewürfeltes Waffenarsenal bei sich: drei Piken, vier Speere, ein altmodisches zweischneidiges Langschwert sowie zwei Steinschlosspistolen, aber weder Feuerstein noch Schießpulver oder Kugeln. Obwohl sie eher Knaben als Männer waren, hatten Angst und Entbehrung ihre Gesichter vorzeitig altern lassen.

«Wenn wir ihn töten, könnten wir sein Pferd essen», sagte einer von ihnen.

Sein Kamerad neben ihm schnaubte verächtlich. «So wie die beiden anderen Pferde?»

«Woher sollte ich wissen, dass die ein Gewehr hatten?»

«Und dann noch so eines», warf ein anderer ein. «Das schoss ganz oft ohne ein einziges Nachladen.»

«Ich bin überzeugt, auch Ichiro und Sanshiro sind beeindruckt, egal, ob sie im Reinen Land sind oder in einem Dämonenreich.»

Der erste Mann schluchzte kurz auf. «Wir stammen aus demselben Dorf. Wir sind zusammen aufgewachsen. Wie kann ich ihren Eltern gegenübertreten? Oder denen von Shinichi?»

«Shinichi ist schon einen Monat tot. Warum sich über ihn den Kopf zerbrechen?»

«Er hätte mit uns in den Wald laufen sollen. Es war dumm, dass er einfach so die Straße hinuntergerannt ist.»

«Man hat ihm den Arm abgehackt.»

«Und den Schädel gespalten.»

Obwohl der Vorfall bereits einen Monat zurücklag, stand er allen lebhaft vor Augen. Damit hatte ihre Pechsträhne, die bis heute anhielt, begonnen. Man hatte sie aus ihren Dörfern geholt und in Marsch gesetzt. Sie sollten zu Fürst Gaihos Hauptarmee am Binnenmeer stoßen. Unterwegs trafen sie auf eine Handvoll Samurai aus einem anderen Fürstentum, die trotz ihrer geringen Anzahl in einem kurzen Kampf zehn von ihnen getötet hatten, so dass der Trupp in alle Winde zerstreut wurde. Da alle ihre Offiziere tot waren, wussten sie nicht, was sie tun sollten. Also rannten sie davon. Wochenlang überlebten sie nur mit knapper Not, indem sie sich wie Rehe und Hasen ernährten. Sie waren Bauern, keine Jäger. Jeder Versuch, Wild zu erlegen, scheiterte kläglich. Dann hatten sie in ihrer Verzweiflung vor zwei Tagen einen freundlichen Samurai und seine ausländische Begleitung wegen ihrer Pferde überfallen. Dabei hatte man Ichiro und Sanshiro erschossen.

Der erste Mann tastete nach den hölzernen Gebetskugeln

um seinen Hals. «Ich wollte sie seiner Mutter zurückbringen und sie um Verzeihung bitten, weil ich lebe, während er sterben musste.»

«Dir geht's doch gar nicht um die Mutter. Du willst seine Schwester wieder sehen. Ist eine echte Schönheit.»

«Keiner von uns wird Mütter oder Schwestern wieder sehen, nicht einmal unsere eigenen. Wir sind Deserteure, du Narr. Man wird sie wegen unserer Verbrechen mit dem Rest der Familie hinrichten oder als Leibeigene verkaufen. Wenn das nicht schon längst geschehen ist.»

«Das ist ja wirklich tröstlich.»

«Vielleicht hat der kein Gewehr.»

«Er ist ein Samurai mit zwei Schwertern. Das ist schon schlimm genug.»

«Vielleicht nicht. Schau, er ist verwundet.»

Seine Kleidung war durchtränkt von Blut, Gesicht und Haare blutverkrustet. Noch während sie ihn beobachteten, riss er heftig an den Zügeln und brachte sein Pferd abrupt zum Stehen.

«Nein, nein», sagte der Samurai, «nicht den Weg. Dort sind zu viele.»

«Was sieht er denn?»

«Etwas, das nicht da ist. Er hat viel Blut verloren. Ich glaube, er stirbt.»

«Dann hat sich unser Schicksal endlich zum Guten gewendet. Holen wir ihn uns.»

«Warte. Er kommt hierher. Wir können ihn überraschen.»

«Hinter diesen Türmen», sagte der Samurai. «Wir werden an ihnen vorbeischleichen.» Er lenkte sein Pferd weg vom Pfad und ritt nach einem ängstlichen Blick über die Schulter auf den von Felsbrocken übersäten Hang zu, wo sich die sieben Männer versteckten.

«Ich kann's schon schmecken», sagte einer von ihnen, dem das Wasser im Mund zusammenlief.

«Ruhe. Fertig. Alle zusammen – jetzt!»

Ein Gürtel über seinem Schoß hinderte ihn daran, aus dem Sitz zu flüchten, in den man ihn gebunden hatte. Eine unbekannte Kraft presste ihn nach hinten. Unentwegt jaulte es leise in seinen Ohren. Die gekrümmten Wände gingen in eine niedrige, kaum mehr als mannshohe Decke über. Der Raum war schmal und sehr lang. Vor, hinter und rechts von ihm standen ähnliche Sitze wie seiner. In jedem saß ein Gefangener wie er. Links befand sich ein kleines Fenster mit abgerundeten Ecken. Obwohl er nicht hindurchschauen wollte, zwang ihn eine stärkere Macht, den Kopf zu drehen.

Er sah eine hell erleuchtete, riesige Stadt, die rasch nach unten wegglitt. Entweder versank sie im Höllenschlund, oder der Raum mit ihm hob sich von der Erde. Beides war unmöglich.

Noch war er kein Sklave, aber bald wäre es so weit. Sein Verstand befand sich im immer stärker werdenden Würgegriff von Dämonen.

Er sah die Welt durch blutige Nebel. Mit den Schwertern in den Händen bemühte er sich gar nicht mehr, die Zügel zu halten, sondern ließ das Pferd gehen, wie es wollte. So lange wie möglich würde er Dämonen töten und dann selbst sterben.

Längst wusste er nicht mehr, wo er sich befand. Überall Stein und Stahl. Hier und da ein paar Bäume, einige Hecken, die wie Unkraut aufgeschossen waren. In der Ferne quollen aus Riesenschornsteinen faulige Gase in die Luft. Schwärme von Menschen mit freudlosen Gesichtern füllten die Straßen der endlosen Stadt, gebrochene Sklaven unsichtbarer Herren. In alle Richtungen verzweigte sich ein kunstvolles System aus ebenen Steinstraßen. Aber das Fortbewegen wurde dadurch nicht einfacher. Unzählige Metallkutschen verstopften massenweise jeden freien Platz. Quälend langsam bewegten sie sich vorwärts und stießen dabei aus schmalen Rohren am Ende jedes Fahrzeugs giftige Dämpfe aus. Die Menschen drinnen starben gewiss eines langsamen Todes. Durch den grauen Dunst drang kaum Sonnenlicht. Nicht einmal ein brennender Leichenhaufen würde übler stinken.

Doch das schien keiner zu bemerken. Die Leute saßen in ihren Fahrzeugen oder gingen die Straßen entlang und atmeten Gift ein. In Reih und Glied standen sie auf Plattformen, dicht gedrängt, Körper an Körper, und warteten darauf, von Metallwürmern verschlungen zu werden.

Shigeru hielt an. Er steckte bis zum Bauch im Schnee. Hinter ihm schnaubte ein Ungeheuer. Rasch wirbelte er herum, die Schwerter kampfbereit. Ein neuer Angriff von Dämonen schien ihn zu erwarten. Doch er sah nur sein Pferd, das dem Weg folgte, den Shigeru mit seinem Körper gebahnt hatte. Er blickte sich um. Er war zur Hälfte durch eine Klamm geklettert. Schneewehen, Bäume, sonst nichts. Waren die Visionen fort? Es schien so.
Warte.
Etwas baumelte von seinen Schultern.
Ein Menschenkopf. Nein, nicht einer – acht. «Ahhh!»
Wie verrückt hieb er auf die Köpfe ein, die aus seinem Körper wuchsen. Dämonische Raserei. Der einzige Ausweg lag im Tod. Er ließ sein Katana fallen und richtete die kürzere Klinge des Wakizashi auf seine Brust. Die Spitze zielte direkt aufs Herz.
Der letzte Kopf rollte gegen einen kleinen Haufen abgebrochener Äste, die fast ganz zugeschneit waren. Das tote Gesicht starrte ihn an. Es gehörte Kudo. Shigeru senkte die Klinge. Nach der Enthauptung Kudos hatte er den Kopf an seinen Sattel gebunden. Er konnte sich nicht daran erinnern, dass er ihn sich über die Schulter geworfen hatte. Er betrachtete seinen Oberkörper. Bis auf ein paar sich selbst zugefügte oberflächliche Wunden war da nichts. Er machte also gar keine Verwandlung durch. Er hob einen der anderen Köpfe an den Haaren hoch. Kein Haarknoten. Kein Samurai. Ein fremdes, ausgemergeltes Gesicht. Niemand, den er bewusst getötet hatte. Die anderen sechs Köpfe sagten ihm genauso wenig.
Shigeru blickte zum Himmel auf. Reinstes Blau, wie man es nur im Winter sieht, fernab von menschlicher Behausung. Monsterlibellen sah er keine, auch Dämonen nicht. Die Visi-

onen waren tatsächlich fort. Noch nie hatte er eine derart spontane Genesung von einem so heftigen Anfall erlebt. Im Vergleich zu den anderen Visionen, die ihn als Gefangenen nach Kloster Mushindo gebracht hatten, waren diese nur von kurzer Dauer. Vielleicht würden sie schon bald von allein aufhören.

Shigeru lief den Hang hinunter zu der Stelle, wohin Kudos Kopf gerollt war.

Irgendetwas an diesem Schneehaufen war seltsam. Die Zweige, die so gleichmäßig herausragten, musste jemand dorthin gesteckt haben.

Shigeru zog sein Schwert und näherte sich dem verdächtigen Etwas, das fast dreieckig war. Ein solches Versteck könnte ein Heckenschütze bauen. Aber warum hier? Er kratzte mit seiner Schwertspitze im Schnee herum. Ein Teil fiel nach innen und gab den Blick in ein Loch frei.

Der Haufen war hohl.

Drinnen lagen zwei Körper.

12

Suzume-no-kumo

Kannst du dich wie der Blinde vor einem Gemälde verhalten? Wie der Taube bei lauter Musik? Wie der Tote bei einem Bankett?
Wenn nicht, wirf dein Katana und dein Wakizashi weg, deinen Langbogen und deine gefiederten Pfeile, trenne dich von deinem Schlachtross, deiner Rüstung und deinem Namen. Dann fehlt dir die Disziplin, ein Samurai zu sein. Werde Bauer, Priester oder Kaufmann.
Meide außerdem schöne Frauen. Sie sind zu gefährlich für dich.

SUZUME-NO-KUMO (1777)

Emily hatte sich ihre Lügen feinsäuberlich zurechtgelegt und wollte Fürst Genji bei nächster Gelegenheit erklären, dass sie nun mit Matthew verlobt sei. Es sei unter amerikanischen Geistlichen ihres Glaubens so Sitte, würde sie sagen, dass der eine im Todesfall den Platz des anderen einnehme. Ihre Ehe mit Zephaniah habe auf dem Glauben basiert, nicht auf Liebe, und so sei es auch bei Matthew.

Auch wenn diese Geschichte ziemlich weit hergeholt schien, baute sie darauf, dass die großen Unterschiede zwischen beiden Kulturen ihre Worte glaubhaft machten. Matthew hatte sich bereit erklärt, ihre Behauptungen zu unterstützen. Später müsste sie sich noch einen weiteren Grund für ihren Aufenthalt ausdenken, da weder er noch sie die Absicht hatten zu heiraten. Nach Amerika ginge sie nie mehr zurück.

Zu ihrer großen Erleichterung musste sie gar nichts sagen, um ihren weiteren Aufenthalt in Japan zu rechtfertigen. Als

Fürst Genji ankündigte, man werde Edo verlassen und nach Akaoka reisen, seinem Besitz auf der im Süden gelegenen Insel Shikoku, ging er einfach davon aus, dass sie und Matthew ihn begleiteten.

Jetzt war sie mit dem jungen Fürsten allein unterwegs. Matthew nahm mit der Dame Heiko einen anderen Weg. Der Onkel, Shigeru, war denselben Weg zurückgeritten, auf dem sie gekommen waren. Hidé blieb an der Weggabelung. Obwohl kein einziges Wort darüber verloren wurde, wusste sie, dass sich ihre Gastgeber Sorgen wegen möglicher Verfolger machten. Waren die Vertreter eines der eroberungswütigen Länder – Großbritannien, Frankreich oder Russland – im Anschluss an die Bombardierung vom Hafen aus in Japan einmarschiert, weil sie ihr Kolonialreich erweitern wollten? Dass sich die Vereinigten Staaten an einem derart unmoralischen Akt nicht beteiligen würden, war ihr klar. Als ehemalige Kolonie verabscheute Amerika die Unterwerfung unabhängiger Völker. Es bevorzugte eine Politik, die allen Nationen freien Umgang miteinander erlaubte, ohne irgendwelche imperialistischen Machtansprüche geltend zu machen. Zephaniah hatte dies im Unterricht erklärt, daran erinnerte sie sich wieder. Damals nannte sie ihn noch Mr. Cromwell und nicht Zephaniah. Möge er in Frieden ruhen.

Drunten im Tal war es nicht so kalt wie oben in den Bergen. Am frühen Vormittag hatten sie eine südwestliche Richtung eingeschlagen, das konnte sie am Lauf der Sonne erkennen. Sie folgten einem Pfad neben einem seichten Fluss, der gerade so schnell dahinströmte, dass er nicht zufror. Leise knirschte es unter den Hufen ihrer Pferde, wenn sie die dünne Eisschicht auf der Schneeoberfläche durchtraten.

Emily sagte: «Wie lautet Euer Wort für Schnee?»

«*Yuki.*»

«Yuki. Ein schönes Wort.»

«Wenn wir noch länger hier bleiben müssen, werden Sie anderer Ansicht sein», sagte Fürst Genji. «Nicht weit von hier liegt eine kleine Einsiedelei. Trotz ihrer Einfachheit ist sie immer noch besser, als hier im Wald zu übernachten.»

«Ich bin auf einer Farm aufgewachsen. Einfache Umgebung bin ich gewöhnt.»

Er lächelte amüsiert. «Ja, das kann ich mir vorstellen. Sie haben aber keinen Reis angebaut, oder?»

«Äpfel.» Eine Weile war sie still in Erinnerungen an die glücklichsten Tage ihrer Kindheit versunken, an ihren Vater, ihre Mutter und ihre zwei kleinen Brüder. Diese schöne Zeit wollte sie sich nicht durch die jüngste Vergangenheit zerstören lassen. «Obsthaine und Reisfelder sind grundverschieden, und doch scheint bäuerliche Arbeit immer gleich zu sein, egal, wo und was man erntet. Wir sind den Jahreszeiten und den Launen des Wetters ausgeliefert.»

«Launen?»

«‹Launen› sind unvorhersehbare Veränderungen. Die Einzahl heißt ‹Laune›.» Sie buchstabierte die Wörter.

«Aha, Laune. Vielen Dank.» Er würde sich auch dieses Wort merken, wie er es mit jedem anderen neuen gemacht hatte. Emily war beeindruckt.

«Sie lernen rasch, Fürst Genji. Ihre Aussprache und Ihr Vokabular haben sich innerhalb von drei Wochen erheblich verbessert.»

«Das Lob gebührt Ihnen, Emily. Sie waren eine äußerst geduldige Lehrerin.»

«Ein gelehriger Schüler lässt den Lehrer immer gut erscheinen», sagte Emily. «Und wenn irgendjemandem ein Lob gebührt, dann auch Matthew.»

«Was Heikos Fortschritte betrifft, ja. Für meine sind allein Sie verantwortlich. Ich habe mehr Mühe, Matthews Sprechweise zu verstehen als Ihre. Irre ich mich in der Annahme, dass Sie beide eine unterschiedliche Aussprache haben?»

«Nein, Sie irren sich nicht.»

«Ihre Wörter sind voneinander getrennt, was irgendwie an unsere Sprache erinnert. Er spricht eher so, mit einer merkwürdigen Melodie.»

Er ahmte Matthews gedehnte und verwischte Sprechweise so gut nach, dass Emily laut auflachte.

«Entschuldigen Sie, Fürst. Sie haben ganz genau wie er geklungen.»

«Kein Grund zur Entschuldigung. Trotzdem macht mich Ihr Lachen in gewisser Weise besorgt.»

«Warum?»

«In Japan sprechen Männer und Frauen ziemlich unterschiedlich. Wenn ein Mann wie eine Frau spräche, würde er zur Zielscheibe von Hohn und Spott. Hoffentlich begehe ich nicht auch in Ihrer Sprache einen solchen Fehler.»

«O nein, Fürst Genji, ich versichere Ihnen, Sie klingen ganz und gar männlich.» Sie wurde rot. «Dass Matthew und ich verschieden sprechen, liegt allein an unserer Herkunft, nicht am Geschlecht. Er stammt aus Texas, im Süden unseres Landes. Ich komme aus New York, das im Nordosten liegt. Die regionalen Unterschiede sind ziemlich groß.»

«Dies zu wissen erleichtert mich sehr. Hohn und Spott sind in Japan besonders wirksame Waffen, derentwegen schon viele starben und viele getötet wurden.»

Das Leben gilt bei ihnen nicht viel, hatte Zephaniah gesagt. Sie töten und sterben aus absolut lächerlichen Gründen. Wenn sich zwei Samurai auf der Straße begegnen und dabei zufällig mit ihren Schwertscheiden aneinander stoßen, kommt es sofort zum Duell. Einer muss sterben.

Das ist doch sicher übertrieben.

Kennst du mich als einen Menschen, der übertreibt?

Nein, Herr Rektor.

Nicht Herr Rektor. Zephaniah. Denk daran, ich bin jetzt dein Verlobter.

Ja, Zephaniah.

Ihr übertriebenes Ehrgefühl ist zutiefst empörend. Wenn man einen Samurai nicht höflich genug anspricht, betrachtet er das als tödliche Beleidigung, so als wolle man ihn verspotten. Spricht man ihn aber übertrieben höflich an, zeitigt das dieselben Folgen. Stolz kommt vor dem Untergang und Hochmut vor dem Fall.

Amen, sagte Emily.

Durch unser Vorbild werden wir sie Demut lehren und damit zur Erlösung führen.

Ja, Zephaniah.

Fürst Genji sagte: «Dann kann ich also darauf vertrauen, dass ich richtiges Englisch spreche, wenn es sich in Japan weiter verbreitet?»

«Ja, ohne den geringsten Zweifel.»

«Vielen Dank, Emily.»

«Gern geschehen, Fürst Genji. Darf ich ein von Ihnen verwendetes Wort korrigieren?»

«Bitte.»

«Sie sagten, wenn sich Englisch in Japan verbreitet. ‹Wenn› unterstellt etwas Unvermeidliches. In diesem Fall wäre das Wort ‹falls› besser gewählt.»

«Ich wollte etwas Unvermeidliches unterstellen», entgegnete er. «Mein Großvater hat es prophezeit.»

«Wirklich? Verzeiht, mein Fürst, wenn ich das so sage, aber das erscheint mir ziemlich unwahrscheinlich. Warum sollten Ihre Landsleute unsere Sprache lernen?»

«Warum, hat er nicht gesagt. Vielleicht sah er nicht den Grund vorher, sondern nur das Ergebnis.»

Emily war überzeugt, dass er nicht das richtige Wort verwendete. «Vorhersehen heißt, etwas im Voraus wissen.»

«Ja.»

«Er konnte doch sicher nichts von Ereignissen wissen, die noch nicht stattgefunden hatten?»

«Doch, das konnte er.»

Bei seiner Antwort überlief es sie kalt. Er beanspruchte für seinen Großvater eine Macht, über die nur die Auserwählten Gottes verfügten. Das war Blasphemie. Sie versuchte, ihn von dieser Todsünde abzubringen.

«Fürst Genji, nur Jesus Christus und die Propheten des Alten Testaments wussten zukünftige Dinge. Unsere Pflicht ist es zu versuchen, ihre Worte zu verstehen. Neue Prophezeiungen gibt es nicht. So etwas können Christen nicht glauben.»

«Dies ist keine Glaubensfrage. Wenn dem so wäre, würde

ich es vorziehen, nicht daran zu glauben. Dann wäre das Leben einfacher.»

«Manchmal erraten Menschen etwas, und der Zufall macht daraus scheinbar eine Prophezeiung. Doch das ist alles nur trügerischer Schein. Einzig und allein die Propheten haben durch Gottes Gnade die Zukunft vorhergesehen.»

«Gnade würde ich das nicht nennen. Es ist eher ein Familienfluch, den wir ertragen haben, weil uns keine andere Wahl blieb.»

Emily schwieg. Er redete, als würde er glauben, dass auch er diese Gabe besaß. Wenn er auf solchen Gedanken beharrte, war er nicht nur wegen Gotteslästerung verdammt, er lief auch Gefahr, verrückt zu werden. Seine Wahnvorstellungen würden ihn Omina und Vorzeichen sehen lassen, wo keine existierten. Verführerische Fantasievorstellungen würden sein Handeln bestimmen. Sie musste geduldig sein und umsichtig. Die Wahnvorstellungen von Jahrhunderten würden sich nicht innerhalb eines Tages, einer Woche oder eines Monats in Luft auflösen.

Plötzlich erfüllte sie ein Gefühl der Rechtschaffenheit. Es gab einen Grund, warum Christus ihr diesen Platz zugewiesen hatte. Und dieser Grund war jetzt offensichtlich. Insgeheim legte sie ein Gelübde ab, Fürst Genjis Seele zu retten, und koste es ihr Leben. Möge Gott uns beiden seine göttliche Gnade und unendliche Güte erweisen.

Schweigend ritten sie eine Weile weiter.

Als die Schatten der Berge über dem ganzen Tal lagen, sagte Fürst Genji: «Auf dem normalen Weg werden wir die Einsiedelei nicht bis zum Anbruch der Nacht erreichen. Wir wollen einen anderen nehmen. Allerdings werden wir unsere Pferde führen müssen. Glauben Sie, Sie schaffen das? Die Strecke ist viel kürzer.»

«Ja, das schaffe ich.»

Sie entfernten sich vom Fluss und erklommen in gerader Linie den steilen Hügel. In Gipfelnähe erreichten sie eine kleine schneebedeckte Fläche, deren Anblick sie an eine Wiese im

Apple Valley erinnerte. War es Zufall, dass sie in eine Gegend wie aus längst vergangenen Tagen gekommen war? Oder hatte Heimweh die fremde Landschaft ihr so vertraut gemacht?

«Die ist ideal für Schneeengel.» Eigentlich hatte sie gar nicht sprechen wollen. Die Wörter waren ihr einfach so herausgerutscht.

«Was sind Schneeengel?»

«Haben Sie nie welche gemacht?»

«Nein.»

«Darf ich es Ihnen zeigen? Es dauert nur eine Minute.»

«Bitte.»

Emily setzte sich möglichst damenhaft in den Schnee, ließ sich nach hinten fallen und breitete Arme und Beine weit aus, wobei sie darauf achtete, dass ihr Rocksaum nicht über die Stiefel glitt. Dann schlug sie mit ausgestreckten Armen und Beinen mehrmals heftig in den Schnee. Als ihr bewusst wurde, wie albern das aussehen musste, kicherte sie. Schließlich stand sie auf, ohne die von ihr geschaffene Form zu zerstören.

«Sehen Sie es?»

«Vielleicht muss man das Bild eines Engels erst innerlich vor Augen haben, ehe man es erkennt.»

Emily konnte ihre Enttäuschung nicht verbergen. Es war wirklich ein sehr schöner Schneeengel. «Vielleicht.»

«Emily?»

«Ja?»

«Darf ich fragen, wie alt Sie sind?»

«Nächsten Monat werde ich siebzehn.»

«Aha», erwiderte er, als würde das etwas erklären.

Das sagte er, wie Erwachsene es oft tun, wenn sie ein Kind nicht ernst nehmen. Sie ließ sich von ihrem Ärger überrumpeln.

«Und wie alt sind Sie?» Normalerweise wäre sie nie so unhöflich gewesen.

Fürst Genji kam nicht mehr dazu zu antworten.

Unter lautem Kriegsgeschrei sprangen mehrere Männer hinter Bäumen hervor, stürzten auf sie zu und stachen mit Speeren und Piken nach ihm. Den ersten Angreifer konnte er noch mit seinem hastig gezückten Schwert abwehren, aber die beiden hinter ihm stießen ihm ihre Klingen in den Rücken. Immer enger schloss sich der Kreis um ihn.

Emily war wie gelähmt.

Als Genji zu Boden stürzte, schrien die Angreifer triumphierend auf. Blut färbte den Schnee rot.

«Genji!», rief Emily.

Sein Name ließ sie innehalten. Die Männer – insgesamt waren es neun – wichen mit verängstigter Miene zurück. Sie hörte sie mehrfach furchtsam Genjis Namen sagen. Auch einen zweiten, ihr bekannten Namen hörte sie.

«O nein, er ist Shigerus Neffe.»

«Wie schrecklich. Wir überfallen einen Samurai, und dann stellt sich heraus, dass es Fürst Genji ist.»

«Ein Fürstenpferd schmeckt genauso gut wie jedes andere.»

«Shigeru wird uns verfolgen und uns einen qualvollen Tod bereiten. Ich habe gehört, dass er gerne foltert.»

«Wir brauchen diese Pferde. Diese Hinterbacken werden so manche Mahlzeit liefern. Ich will nicht länger hungern.»

«Ich bin lieber hungrig als tot.»

«Ich auch. Wir sollten uns entschuldigen und aus dem Staub machen.»

«Schaut.»

Der Fürst lag an der Stelle, wo er gestürzt war. Die hässliche Ausländerin kümmerte sich um ihn und murmelte etwas in ihrer harten Sprache. Unter ihm war der Schnee hellrot.

«Wir können jetzt nicht mehr aufhören. Es ist zu spät.»

«Dann sollten wir die Frau nehmen, bevor wir sie umbringen.»

«Was sagst du da? Wir sind keine Verbrecher.»

«Doch, das sind wir. Jetzt kommt es darauf auch nicht mehr an. Schließlich kann man uns den Kopf nur einmal abschlagen.»

«Bist du nicht neugierig darauf, wie sie aussieht? Man sagt, sie wären am ganzen Körper behaart wie wilde Eber.»

«Ich habe gehört, es gliche mehr einem Nerzpelzchen, das da unten.»

Die Männer beäugten sie.

«Wartet. Stellt erst sicher, dass der Fürst tot ist. Samurai sind seltsame Wesen. Solange er atmet, kann er töten, und wenn er sich dafür von seinem Totenbett erheben müsste.»

«Der ist tot. Seht ihr? Sie redet mit ihm, aber er antwortet nicht.»

«Überlasst nichts dem Zufall. Schneidet ihm die Kehle durch.»

Emily wusste nicht, was sie tun sollte. Sie spürte, wie Genjis warmes Blut in wenigen Augenblicken eiskalt wurde, nachdem es durch seine Kleidung in ihre gesickert war. Er hatte an Brust und Rücken Wunden. Wenn sie die Blutungen nicht bald stillte, würde er sterben. Solange er bekleidet war, konnte sie nichts erkennen. Sie musste ihn zuerst ausziehen. Aber würde er dann nicht eher an Unterkühlung sterben als verbluten? Ein entsetzliches Dilemma. Wenn sie nichts unternahm, würde er in jedem Fall sterben.

Als sie Genjis Namen gerufen hatte, waren die Banditen sofort zurückgewichen.

Jetzt standen sie beisammen und diskutierten. Gelegentlich schauten sie zu Genji herüber. Mehrmals fiel Shigerus Name. Einmal machten vier von ihnen Anstalten zu gehen, aber ihr Anführer deutete auf Genji und sagte ein paar Worte. Sie mussten überzeugend gewesen sein. Die Männer blieben.

«Vielleicht bereuen sie ihre Tat», erklärte sie, «und werden uns zur Buße helfen.»

Genji atmete, sagte aber nichts.

«Wir sind in Christi Händen, wir alle.»

Die Männer hatten ihre Diskussion beendet und kamen näher. Sie dachte, sie würden ihnen zu Hilfe kommen. Zwei Dinge ließen sie hoffen: die Beendigung des Überfalls und die Erwähnung von Shigerus Namen. Dann sah sie die Messer.

Emily drückte Genji ganz fest an sich und schirmte ihn mit

ihrem Körper ab. Die Banditen brüllten laut. Ob sie einander anbrüllten oder sie, wusste sie nicht. Einer packte ihre Arme, der andere entriss ihr Genji. Ihr Angreifer presste sie auf den Rücken und begann, ihre Röcke hochzuschieben. Der Anführer rief ihm etwas zu, und er schrie zurück.

Da fiel ihr Matthews Pistole ein.

Während der Mann, der sie festhielt, abgelenkt war, zog sie den Revolver aus ihrer Manteltasche, spannte den Hahn, wie es ihr Matthew gezeigt hatte, hielt ihn dem Mann unters Kinn und drückte ab.

Blut, Knochen und Fleisch flogen in die Luft und regneten auf die Männer herab, die Genji gepackt hatten.

Sie spannte den Hahn, hielt dem nächststehenden Mann den Lauf an die Brust und drückte erneut ab. Als er nach hinten fiel, hatten seine Gefährten schon die Flucht ergriffen und rannten hügelabwärts. Sie schoss ihnen noch zweimal hinterher, verpasste sie aber.

Was sollte sie nun tun?

Sie hielt einen schwer verwundeten Mann in den Armen, hatte eine Pistole mit zwei Patronen und zwei Pferde. In der Nähe trieben sich Banditen herum, die vielleicht zurückkamen, um ihr mörderisches Werk zu vollenden. Sie wusste weder, wo sie war, noch in welcher Richtung die Einsiedelei lag. Auch zu der Weggabelung, wo Hidé wartete, fand sie nicht zurück. Wenn sie nichts tat, würden sie beide erfrieren.

Sie zog Genji unter die Bäume. Leider waren es zu wenige, um sie, wie erhofft, vor dem immer stärker werdenden Wind und dem erneut einsetzenden Schneefall zu schützen. Sie brauchten einen geschützteren Platz.

In der nahe gelegenen Klamm entdeckte sie eine passende Mulde. Mit letzter Kraft zerrte sie Genji dorthin. Den Unterstand müsste sie um ihn herum bauen.

In der ersten Nacht außerhalb von Edo hatten Hidé und Heiko Äste zum Bau verwendet. So würde sie jetzt auch vorgehen.

Als sie an Weihnachten einmal bei ihrer Mutter über die Kälte geklagt hatte, erzählte ihr diese von den Eskimos, die hoch oben im Norden lebten. Obwohl ihre Häuser aus Schnee bestanden, war es drinnen warm. Die Eiswände ließen von draußen keine Kälte herein und hielten im Inneren die von den menschlichen Körpern erwärmte Luft. Dabei hatte ihre Mutter ein rundes Eishaus auf einer weiten Ebene gezeichnet, wo fröhliche Eskimokinder mit runden Gesichtern Schneemänner bauten. Entsprach das der Wahrheit, oder war es ein Märchen? Bald würde sie es wissen.

Sie ordnete die Zweige im selben Winkel an, wie sie es bei Hidé gesehen hatte. Da sie nicht mit dem Schwert umgehen konnte, um Äste zu schlagen, suchte sie sich unter den bereits am Boden liegenden Zweigen die besten aus, breitete ihr Schultertuch wie eine Plane darüber und schichtete darauf eine Lage Schnee. Das war das Dach. Auch die Lücken der Wände stopfte sie mit Schnee aus. Das Ganze war zwar nicht rund wie auf der Zeichnung ihrer Mutter, sondern eher keilförmig. Trotzdem bot es wie ein Eskimohaus Schutz und Wärme.

Sie kroch hinein und verschloss den Eingang mit Schnee, ließ aber eine kleine Öffnung frei, damit sie Luft bekamen. Besonders gemütlich war es ja nicht, aber wenigstens schirmte es sie gegen den Wind und die Kälte ab.

Mit Verletzungen kannte Emily sich nicht aus. Die Brustwunde reichte bis zu den Knochen. Die beiden Rückenwunden waren tief. Mit jedem Herzschlag quoll Blut heraus. Sie zog ihren Unterrock aus, riss ihn in Streifen und umwickelte damit, so rasch es ging, seinen Oberkörper. Als sie ihm seine Kleidung wieder anziehen wollte, war sie vom Blut steif gefroren. In den Satteltaschen der Pferde befanden sich Decken. Sie legte ihren Mantel über Genji und ging hinaus, um sie zu holen.

Die Pferde waren nirgendwo zu sehen. Im Schnee entdeckte sie Spuren, die vielleicht von ihren Hufen stammten. Sie folgte ihnen und schickte ein stummes Stoßgebet zum Himmel. Zu ihrer Erleichterung stieß sie schon bald auf die sanfte Stute, die sie geritten hatte, und nicht auf Genjis wilden Hengst.

«Komm, Cinnamon.» Cinnamon hatte ihr Pferd im Apple Valley geheißen. Ein rötliches Fell hatte es gehabt, wie das hier. Sie schnalzte mit der Zunge und streckte die offene Hand aus. Das mochten Pferde.

Das Pferd schnaubte und scheute. Roch es das Blut an ihrer Kleidung?

«Keine Angst. Alles ist gut.» Sie sprach sehr sanft und ging dabei auf das Pferd zu, das immer noch zurückwich. Langsam jedoch wurde der Abstand zwischen ihnen geringer. «Braves Mädchen, Cinnamon. Ganz braves Mädchen.»

Als sie nur noch eine Handbreit entfernt war, hörte sie hinter sich ein merkwürdiges Geräusch. Sie griff nach der Pistole, doch die befand sich in ihrem Mantel, und der lag über Genji. Sie drehte sich um. Eigentlich hatte sie einen Wolf erwartet, aber es war Genjis Hengst, der mit gesenktem Kopf im Schnee herumscharrte. Ihre Stute tänzelte außer Reichweite.

Langsam ging Emily rückwärts. Sie wollte alles vermeiden, was den Hengst zum Angriff reizen könnte, und versuchte erst gar nicht, mit ihm zu reden. Vermutlich würde er auf sanfte Worte nicht reagieren. Sie hatte sich noch nicht weit entfernt, da galoppierte er plötzlich los, allerdings nicht in ihre Richtung, sondern der Stute nach, die über den Hügelkamm trabte.

Emilys Erleichterung währte nicht lange. Während sie der Stute gefolgt war, hatte sie nicht auf den Weg geachtet. Sie konnte nirgends den Unterstand entdecken. Nicht einmal die Klamm sah sie. Sie hatte sich verlaufen.

Immer dichter fiel der Schnee, als würden alle Schneewolken gleichzeitig zur Erde sinken.

Allmählich wurden ihre Kleider nass. Hände und Füße waren schon taub. Bald würde sie mit Genji sterben. Vor ihrem eigenen Tod hatte sie keine Angst, doch Genjis Schicksal bekümmerte sie. Fern von Zuhause würde er ganz allein in dieser Wildnis sterben. Niemand würde seine Hand halten und ihm tröstliche Worte zuflüstern, während seine Seele ins Fegefeuer einging, was unausweichlich denen drohte, die ungetauft starben. Sie hatte Gott versprochen, seine Seele zu retten, und versagt.

Weinend sank sie in den Schnee.

Nein, nein, das brachte nichts.

Sie unterdrückte ihr Schluchzen. Sie hatte es Gott versprochen. Solange noch ein Fünkchen Leben in ihrem Körper war, ein Leben, das Er ihr geschenkt hatte, würde sie ihr Bestes geben, um dieses Gelübde zu erfüllen.

Denk nach.

Der Schnee verhüllte alles. Ihre Füße verrieten ihr, wo es bergauf ging und wo nicht. Wenn ihr wieder einfiel, ob sie hinter der Stute bergab gelaufen war oder bergauf, könnte sie vielleicht zurückfinden.

Sie bildete sich ein, die Stute wäre bergab gelaufen. Also müsste sich der Unterstand irgendwo oberhalb ihrer derzeitigen Position befinden. Weit konnte es nicht sein. Sie war ganz langsam gegangen. Vorsichtig wagte sie einen Schritt in den immer tiefer werdenden Schnee, dann noch einen und noch einen. Beim vierten Schritt fand ihr Fuß keinen Halt mehr. Kopfüber stürzte sie in den verborgenen Abgrund, wo sie gegen etwas Hartes prallte.

Es war der Unterstand. Frischer Schnee rundete seine Ecken ab. Jetzt erinnerte er mehr an das Eishaus der Eskimos auf der Zeichnung ihrer Mutter. Sie kratzte den Schnee weg und kroch hinein.

Genji lebte. Er atmete flach und unregelmäßig. Seine Haut war kalt und fast blau. Ohne zusätzliche Wärme würde er bald sterben. Sie hatte keine Decken für ihn. Wie man Feuer machte, wusste sie nicht. Ihre Mutter hatte ihr erzählt, die Indianer täten das, indem sie zwei Stöckchen aneinander rieben. Aber so einfach ging das sicher nicht. Die einzige Wärme, die sie anbieten konnte, war ihre eigene.

Welche Sünde war größer? Bei einem Mann zu liegen, der nicht ihr Ehemann war, oder untätig daneben zu sitzen, während er starb? Du sollst nicht töten, lautete das erste Gebot. Außerdem würde sie ja nicht im strikten biblischen Sinn bei ihm liegen. Hier handelte es sich um einen Rettungsversuch und nicht um Fleischeslust oder Ehebruch.

Emily schmiegte sich an Genjis linke Seite, so weit weg von der Wunde im Brustkorb wie möglich. Ihr Mantel bedeckte ihn. Sie selbst war voll bekleidet. Eigentlich «lag» sie gar nicht bei ihm. Und es nützte auch nicht viel. Die Stoffschichten zwischen ihnen ließen ihre Körperwärme nicht durchdringen.

Betend schloss sie die Augen und bat Gott, in ihr Herz zu schauen und ihre reinen Absichten zu erkennen. Sollte Er nur ein Leben retten können, dann Genjis, denn sie war getauft, er nicht.

Rasch entledigte sie sich ihrer Kleidung. Nur die Pantalons behielt sie an. Auch ihn zog sie bis auf sein Lendentuch aus. Sorgfältig achtete sie darauf, nichts zu betrachten, was sie nicht betrachten sollte. Seinen blutgetränkten Mantel breitete sie über die Kiefernnadeln am Boden und legte darauf zuerst ihren Mantel und dann Genji. Dann bedeckte sie ihn, so gut es ging, mit ihrem Körper und versuchte dabei, sich möglichst leicht zu machen. Er hatte aufgehört zu bluten, aber jeder Druck könnte die Wunden wieder aufplatzen lassen. Mit der restlichen Kleidung formte sie rings um beide Körper eine wärmende Hülle.

Genjis Körper strahlte keine Wärme mehr aus. Es war, als würde man einen Eisblock umarmen. Doch die Wärme ihres Körpers, den sie eng an seinen presste, war stärker als die Kälte.

Auf seiner Oberlippe bildete sich ein einzelner Schweißtropfen.

Er atmete tiefer.

Mit einem Lächeln auf den Lippen schlief sie ein.

Genji erwachte. Er war blind und fieberte. Schmerzen peinigten seinen Körper. Er konnte sich nicht bewegen. Irgendjemand presste sich von oben auf ihn und hielt ihn fest.

«Eeeiii!»

Er bäumte sich auf, drehte sich herum und wechselte mit seinem Angreifer die Stellung. Jetzt lag er oben.

«Wo sind wir?» Er war gefangen, das wusste er. Aber von wem?

Die Antwort kam von einer fremden Stimme, die unverständliche Wörter von sich gab. Es war eine weibliche Stimme. Er hatte sie schon einmal gehört. In einem Traum oder in einer Vision.

«Fürstin Shizuka?» War sie hier? Gleichfalls gefangen?

Wieder sagte sie etwas. Wieder verstand er sie nicht. Sie versuchte, sich aus seiner Umklammerung zu befreien. Er packte sie noch fester an den Handgelenken. Sofort gab sie ihren Widerstand auf. Ihre Stimme klang beruhigend. Sie erklärte ihm etwas.

«Ich verstehe Euch nicht», sagte Genji.

Die Fürstin Shizuka – wenn sie es war – murmelte weiter in ihrer Geheimsprache.

Warum war er blind? Hatte man ihm die Augen ausgestochen? Oder war er tief unter der Erde in einem Kerker eingeschlossen, weit weg vom Sonnenlicht? War diese Frau ein Werkzeug seiner Folterer? Kawakami. Das Spähauge des Shogun. So etwas sähe ihm ähnlich. Eine Frau benutzen. Er dachte an Heiko. Die Frau unter ihm war nicht Heiko. Oder doch? Nein, Heiko würde er verstehen. Wirklich?

«Heiko?»

Wieder sagte die vertraute Stimme etwas, diesmal aufgeregter, aber genauso unverständlich. Bis auf zwei Wörter – «Genji» und «Heiko». Wer immer sie sein mochte, sie kannte ihn. Die Stimme war vertraut, nur der Körper nicht. Er war größer als Heikos. Jedenfalls erschien es ihm so.

Immer wieder verlor er das Bewusstsein. Beim Aufwachen konnte er jedes Mal besser sehen. Die Wände glühten und strahlten Licht aus. Statt Haaren wuchsen aus dem Frauenkopf goldene Fäden. Ihre Augen waren eine blaue Leere wie der Himmel. An ihrem Hals funkelte etwas, das er bereits in einer anderen Vision gesehen hatte.

Der junge Mann rammt Genji sein Schwert tief in den Oberkörper ...

Er spürt das Blut aus seiner Brust pulsieren ...

Eine außerordentlich schöne Frau sagt: «Du wirst immer mein Schimmernder Prinz sein.»

Ihr schönes Gesicht zeigt keine ausschließlich japanischen Züge. Er erkennt sie nicht, doch ihr Anblick ruft eine Sehnsucht in seinem Herzen wach. Er kennt sie oder wird sie kennen. Sie ist die Fürstin Shizuka.

Unter Tränen lächelt sie ihn an und sagt: «Heute Morgen bin ich mit der Übersetzung fertig geworden. Sollen wir den japanischen Namen verwenden oder auch den Titel ins Englische übersetzen? Was meinst du?»

«Englisch», sagt Genji, womit er nur fragen möchte, was sie übersetzt hat.

Fürstin Shizuka versteht ihn falsch. «Dann soll es auch Englisch sein ... Sie wäre so stolz auf uns.»

Wer wäre so stolz? Er hat keine Stimme zum Fragen. Etwas glitzert an ihrem langen schlanken Hals.

Das Gleiche sah er jetzt am Hals dieser Frau.

Ein kleines Silbermedaillon, kaum größer als sein Daumen, mit einem eingravierten Kreuz, das mit einer stilisierten Blume verziert war, vielleicht einer Lilie.

«Fürst Genji?»

Erneut hatte er das Bewusstsein verloren.

Vorsichtig schob sie seine Arme unter die Decke zurück und schloss die schützende Hülle. Auf ihr läge er genauso warm wie unter ihr. Aus seiner Brustwunde tropfte Blut auf ihre Brust. Auch am Rücken war der Verband nass. Durch seine heftigen Bewegungen hatte er die Wunden aufgerissen. Wenn sie versuchte, ihn von sich herunterzuschieben, würde er vielleicht aufwachen und sich beim erneuten Aufbäumen gegen den Fieberwahn wehtun.

Trotzdem empfand sie ihre neue Position als irgendwie peinlich und beunruhigend. Solange er schlief, war dies kein Problem. Sie wurde nur verlegen, wenn er aufwachte, obwohl er fieberte. Es gab zwar keinen vernünftigen Grund für dieses Gefühl, da weder er noch sie irgendetwas Falsches taten. Und nichts deutete auf sündige Gedanken hin. Und doch war bereits die Tatsache, dass er nun auf ihr lag, irritierend.

Während das Morgenlicht die dicke Schneeschicht erhellte, schlief auch sie wieder ein.

Bis weit in den Tag hinein schneite es.

«Innerhalb der nächsten Stunde wären sie tot gewesen», sagte Shigeru. «Sie hatte zwar im Unterstand eine Öffnung gegraben, aber die hatte der Schnee zugeweht. Sie wären langsam erstickt.»

Hidé sah zum Feuer hinüber, wo Fürst Genji und Emily schliefen. Er hatte die Wunden des Fürsten versorgt und beiden zu essen gegeben. Sie würden am Leben bleiben.

Shigeru zeigte Hidé den 32er Revolver. «Er enthält vier verbrauchte Patronen und zwei neue. Vermutlich hat sie Genjis Angreifer abgewehrt. Wer weiß, vielleicht liegen in der Nähe noch Leichen unter dem Schnee.» Über den Zustand, wie er beide vorgefunden hatte, ließ er nichts verlauten. Genji und die Frau fast nackt, wie ein Körper in eine Lage Kleidung gewickelt. Ob die Frau den Revolver abgefeuert und damit Genjis Leben gerettet hatte, wusste er nicht. Nur eines wusste er: Sie hatte ihn mit ihrem Körper gerettet. Auf Grund seiner schweren Verletzungen und des Blutverlustes wäre er ohne sie erfroren.

«Fürst Shigeru», sagte Hidé mit vor Staunen weit aufgerissenen Augen. «Ist Euch klar, was geschehen ist?»

«Ja. Die Prophezeiung hat sich erfüllt. Ein Ausländer, dem Fürst Genji an Neujahr begegnete, hat ihm das Leben gerettet.»

TEIL IV

*Die Brücke zwischen
Leben und Tod*

13

Apple Valley

Die Weisen sagen, Glück und Kummer sind eins.
Liegt es daran, dass wir beides zugleich finden?
                      SUZUME-NO-KUMO (1861)

Letztlich habe ich doch nicht viel von einem Samurai», sagte Genji. Er lag im Schlafzimmer des Großfürsten auf Burg Spatzenwolke. Er empfand es nicht als sein Zimmer. Die Gegenwart seines Großvaters war noch zu übermächtig.

«Mein Fürst, wie könnt Ihr so etwas sagen?», fragte Saiki. «Ihr seid unter den gefährlichsten Umständen am Leben geblieben. Und genau das erwartet man von einem Samurai.»

Saiki und Hidé knieten am Bett. Genji lag auf der linken Seite, während Doktor Ozawa seine Wunden versorgte.

«Ihr seid durch Meeresstürme gesegelt, wurdet von Walen angegriffen und von Verrätern gefangen genommen. Das würde ich als die gefährlichsten Umstände bezeichnen.»

Genji zuckte zusammen. Mit dem alten Verband hatte sich eine Blutkruste gelöst.

«Verzeihung, mein Fürst», entschuldigte sich Doktor Ozawa, «wie ungeschickt von mir.»

Genji winkte ab. «Mich hat eine zerlumpte Bande halb verhungerter Deserteure überfallen. Emily musste mich verteidigen, und mein Onkel hat mich schließlich gerettet. Nicht gerade eine Geschichte, die wir bei meinem nächsten Geburtstagsfest zum Besten geben möchten.»

«Ihr habt schwere Verletzungen davongetragen, die einen weniger bedeutenden Mann getötet hätten», sagte Saiki. «Euer Kampfgeist hat Euch am Leben erhalten. Was gibt es für einen Samurai Wichtigeres als Kampfgeist?»

«Vielleicht ein Quäntchen mehr Achtsamkeit.»

Hidé konnte sich nicht länger beherrschen. Er drückte die Stirn auf den Boden und verharrte in dieser Haltung, da er sich nicht würdig fühlte, zu seinem verletzten Fürsten aufzublicken. Er gab keinen Laut von sich, nur seine bebenden Schultern verrieten seinen tiefen Kummer.

«Was ist denn, Hidé?», erkundigte sich Genji. «Bitte, erhebe dich.»

«Alles ist einzig und allein meine Schuld», erwiderte Hidé. «Meine Nachlässigkeit hätte Euch beinahe das Leben gekostet.»

«Du bist doch nicht einmal dabei gewesen. Wie kannst du dich da der Nachlässigkeit bezichtigen?»

«Weil ich dabei sein hätte sollen. Ich bin Euer Oberster Leibwächter. Ich habe zugelassen, dass Ihr Euch ohne mich in Gefahr begebt. Und das war unverzeihlich.»

«Du hast damals deinen Standpunkt sehr deutlich vertreten», beruhigte ihn Genji. «Trotz deiner und Shigerus Proteste habe ich dir befohlen zurückzubleiben. Du hattest keine andere Wahl.»

«Ich hätte Euch ohne Euer Wissen folgen können.»

«Hidé, erhebe dich und lass diesen Unsinn. Hier trifft nur einen Schuld, und zwar mich. Ich habe mich so sehr daran gewöhnt, gute und treue Männer um mich zu haben, dass ich die Fähigkeit eingebüßt habe, mich selbst zu schützen. Wenn jemand vor Scham weinen sollte, dann bin ich das, nicht du.»

«Ich pflichte Hidé bei», sagte Saiki. «Eure Verletzungen sind tatsächlich durch sein Versagen entstanden. Er hätte Euren Befehl missachten und Euch weiter ohne Euer Wissen beschützen sollen. Selbstverständlich hätte er wegen eines derartigen Ungehorsams später Selbstmord begehen müssen, aber in der Zwischenzeit hätte er Euch bewacht, wie es seine Pflicht erforderte.»

«Und was wäre geschehen, wenn Kudo mit seinen Leuten an die Wegkreuzung gekommen wäre? Dann hätte niemand sie aufhalten können.»

«Fürst Shigeru hat alle getötet», entgegnete Saiki. «Es war unnötig, dass Hidé weiter Wache hielt.»

«Das wussten wir aber nicht», hielt Genji dagegen. «Außerdem, wer vermag schon zu sagen, was passiert wäre, wenn Hidé getan hätte, was er deiner Ansicht nach hätte tun sollen? Vielleicht wäre die Prophezeiung vereitelt worden, und du würdest jetzt an meiner Leiche trauern, anstatt mich die Weisheit des Ungehorsams zu lehren.»

Hidé blickte auf.

Saiki saß mit offenem Mund da.

Genji lächelte. Wenn alles andere versagte, konnte er immer noch auf Prophezeiungen zurückgreifen. Wirklich, eine praktische Einrichtung.

Doktor Ozawa sagte: «Mein Fürst, Eure Wunden sind sauber. Keinerlei Anzeichen für eine Infektion. Bemerkenswerterweise habt Ihr Euch auch keine schweren Erfrierungen zugezogen. Wie das möglich war, entzieht sich meiner Kenntnis. Fürst Shigeru sagte, er habe Euch unter einem Schneehaufen begraben gefunden.»

«Ich war nicht allein», sagte Genji. «Meine Begleitung kannte sich mit den Gepflogenheiten der Eskimo aus. Dieses Wissen konnte sie gewinnbringend einsetzen.»

«Was ist ‹Eskimo›?», fragte Doktor Ozawa. «Eine ausländische Heilkunst?»

«Eine Kunst sicherlich», antwortete Genji.

«Mit Eurer Erlaubnis würde ich mich gern mit ihr über Eskimo unterhalten. Vielleicht könnte die Dame Heiko als Übersetzerin dienen.»

«Ich bin überzeugt, ein derartiges Gespräch wird für Sie sehr erhellend sein», sagte Genji. Wie gern wäre er dabei gewesen. Emily würde die Wahrheit sagen. Das tat sie immer. Lügen, sagte sie, sei eine Sünde wider Christus. Ganz rot und verlegen würde sie werden und größte Mühe haben zu erklären, was geschehen war, ohne allzu viel preiszugeben. Er malte sich die Szene aus und lachte.

«Mein Fürst?»

«Ich freue mich nur über meine rasche Genesung. Vielen Dank für Ihre Hilfe, Doktor Ozawa.»

«Überanstrengt Euch nicht zu früh. Ein Rückfall wäre gefährlich.»

Genji stand auf. Normalerweise würde er dastehen und warten, bis ihm Diener die Kleidung anlegten. Da er über sein eigenes Versagen in den Wäldern erbost war, bestand er darauf, sich allein anzuziehen.

«Mag sein, dass ich mit einem Schwert nicht besonders gut umgehen kann», sagte er, «aber mit einer Schärpe werde ich schon fertig.»

«Es war Euer erster richtiger Kampf», sagte Saiki. «Nächstes Mal werdet Ihr besser sein.»

«Ginge es denn noch schlimmer?»

«Mein Fürst, Ihr seid zu hart gegen Euch», antwortete Saiki. «Während der Aufstände im westlichen Fürstentum – das war vor Eurer Geburt – habe ich zum ersten Mal Blutvergießen erlebt. Bedauerlicherweise muss ich zugeben, dass ich mich übergeben und gleichzeitig mein Lendentuch beschmutzt habe.»

«Nein!», widersprach Genji. «Du doch nicht!»

«Leider ja», sagte Saiki.

Genji lachte, und Hidé und auch Saiki lachten. Dass er damals erst dreizehn gewesen war und das Blut, das er gesehen hatte, von zwei schwer bewaffneten Bauern stammte, die er zuvor mit seinem ersten großen Katana getötet hatte, verschwieg er geflissentlich. Er war froh, dass seine Geschichte Genji aufgeheitert hatte. Dafür konnte man schon ein wenig seiner Würde opfern.

«Oh, ich bitte um Entschuldigung. Störe ich bei einer Besprechung?» An der Tür stand Emily. Ihr Kleid ähnelte dem, das sie früher getragen hatte, war aber aus Seide anstatt aus Baumwolle. Auch ihre Unterröcke, Pantalons und Strümpfe bestanden aus Seide. In der Wildnis war ihre alte Kleidung kaputt gegangen. Näherinnen in der Burg hatten sie jedoch als Schnittmuster für neue verwendet. Sie hätte Baumwolle als angemesseneres Material bevorzugt, doch es wäre unhöflich gewesen, ein derart gut gemeintes Geschenk abzulehnen. Deshalb war sie nun zum ersten Mal in ihrem Leben von Kopf bis Fuß in Seide gekleidet. Sogar der wattierte Mantel bestand aus diesem feinen Stoff, war aber genauso hässlich und groß wie der alte.

«Wir waren fast fertig», erwiderte Genji. «Aber bitte, komm doch herein.»

«Dame Emily», sagte Saiki, der sich bei ihrem Eintritt zusammen mit Hidé tief verbeugte. «Es freut mich, Euch wohlauf zu sehen.»

Genji registrierte, mit welch gesteigerter Höflichkeit sich Saiki ausdrückte. Jetzt hieß es «Dame Emily» statt «diese ausländische Frau». Die Erfüllung der Prophezeiung hatte ihr Ansehen beträchtlich erhöht. Genji war froh. Ihr Leben war hart genug. Fast ganz allein in einem fremden Land und schon vor der Hochzeit Witwe. Ein wenig Freundlichkeit würde ihren Kummer lindern.

Genji erklärte: «Er möchte damit ausdrücken, dass er sich freut, dich gesund zu sehen.»

«Bitte, danken Sie Mr. Saiki in meinem Namen. Auch ich freue mich zu sehen, dass es ihm gut geht.»

«Saiki, sie bedankt sich für deine guten Wünsche und freut sich, dich wohlauf zu sehen. Müssen wir noch etwas besprechen?»

«Nein, mein Fürst», antwortete Saiki. «Der Aufstand gegen Euch wurde niederschlagen. Jetzt gilt es nur noch, die Strafe festzusetzen. Die schwierigsten Dinge hat bereits Fürst Shigeru geregelt. Morgen früh werde ich mit hundert Mann nach Kageshima aufbrechen. Damit wäre auch das erledigt.»

«Meiner Ansicht nach genügt es, wenn du die Dorfältesten exekutierst», sagte Genji. «Begleitet von einer strengen Ermahnung an alle anderen, wie wichtig unverbrüchliche Treue ist, nicht nur gegenüber dem unmittelbaren Herrn, sondern auch gegenüber dem Großfürsten des Landes.»

«Das ist nicht die übliche Vorgehensweise, mein Fürst.»

«Ich weiß.»

«Ich bin mir nicht sicher, ob Nachsicht zum gegenwärtigen

Zeitpunkt klug ist. Möglicherweise entsteht dadurch der Eindruck, dass es Euch an Willen mangelt, das Notwendige zu tun.»

«Ich verfüge ganz gewiss über den Willen, das Notwendige zu tun, und genau das ist notwendig. In den kommenden Tagen wird es noch genug Mord und Totschlag geben. Wenn wir schon töten müssen, dann sollten wir uns auf unsere Feinde konzentrieren und nicht auf unsere eigenen Bauern.»

«Jawohl, mein Fürst.»

Saiki und Hidé zogen sich zurück. Unter der Tür sagte Hidé: «Ich werde bei den Pferden warten.»

Am liebsten hätte ihm Genji gesagt, dass seine Anwesenheit nicht benötigt wurde. Sie ritten ja nicht weit, doch Hidés entschlossene Miene ließ ihn innehalten. Eines stand fest: In nächster Zeit würde er nirgendwohin allein reiten.

«Ausgezeichnet, Hidé.»

Emily sagte: «Mein Fürst, geht es Ihnen wirklich schon so gut, dass Sie reiten können?»

«Wir werden ganz gemächlich dahintraben», erwiderte Genji, «und nicht galoppieren.»

«Vielleicht sollten wir nur einen Spaziergang machen. Ich habe noch nicht alles von der Burg gesehen.»

«Dafür ist noch genügend Zeit. Aber heute müssen wir ausreiten. Ich will dir nämlich etwas zeigen.»

«Was denn?»

«Komm mit mir, und finde es heraus.»

Emily lachte. «Eine Überraschung? Als Kind habe ich Überraschungen immer so geliebt. Oh, vielleicht möchte Matthew mitkommen?»

«Er ist mit Üben beschäftigt. Horch.»

Aus der Ferne hörte man dumpfe Schüsse.

«Außerdem handelt es sich um etwas, das ich dir zeigen möchte, nicht ihm.»

«Das wird ja immer geheimnisvoller», sagte Emily.

«Aber nicht mehr lange», sagte Genji.

Der letzte Kopf gehörte einem noch nicht einmal einjährigen Kleinkind. Shigeru steckte ihn auf einen Speer am Ende der aufgereihten Köpfe draußen vor dem Haupttor der Burg. Im Fürstentum Akaoka waren die Winter wärmer als im Gebirge auf der Hauptinsel Honshu. Kudos Gesicht war fast schon bis zur Unkenntlichkeit verwest. Die übrigen Köpfe waren noch ganz frisch. In ihren Mienen spiegelten sich die kürzlich erlittenen Todesqualen wider. Kudos Ehefrau, zwei Konkubinen, fünf Kinder, die verwitwete Mutter, ein Bruder, Schwager, Schwägerinnen, Onkeln, Tanten, Cousinen, Neffen und Nichten. Insgesamt neunundfünfzig Köpfe.

Damit war Kudos Familie ausgelöscht.

Mit einer Verbeugung trat Heiko zu ihm. «Eine höchst schauerliche Pflicht, Fürst Shigeru.»

«Und eine notwendige.»

«Das bezweifle ich nicht», sagte Heiko. «Der Strom des Karmas fließt unerbittlich.»

«Kann ich Euch irgendwie behilflich sein, Dame Heiko?»

«Ja, ich hoffe es», antwortete Heiko. «In Kürze wird Fürst Genji einen kurzen Ausritt in Begleitung von Dame Emily unternehmen und hier vorbeikommen.»

«Selbstverständlich. Der Fürst reitet immer durch das Haupttor der Burg, egal, wohin sein Weg führt.»

«Dieser Anblick wird die Dame Emily über alle Maßen entsetzen.»

«Wirklich?» Shigeru betrachtete die ordentliche Reihe an der südlichen Straßenseite. «Warum?»

«Sie ist von Natur aus äußerst zartfühlend», sagte Heiko, wobei sie ihre Worte mit großer Sorgfalt wählte. «Außerdem versteht sie als Ausländerin nicht die Wege des Karmas. Insbesondere die Anwesenheit von Kindern wird ihr großen Kummer bereiten. Ich befürchte, dass sie nicht in der Lage sein wird, den Ausritt mit unserem Fürsten fortzusetzen.»

«Und was soll ich, Eurer Ansicht nach, tun?»

«Die Köpfe entfernen.»

«Das kann ich nicht. Seit urdenklichen Zeiten ist es Tradition, getötete Verräter am Haupttor der Burg zur Schau zu stellen, und zwar so lange, bis das Fleisch von den Schädeln fault und die Aasfresser sie sauber gepickt haben.»

«Eine Tradition, die es wert ist, auch in Zukunft gewahrt zu werden», sagte Heiko. «Könntet Ihr trotzdem eine geringfügige Abänderung in Erwägung ziehen und die Ausstellung vielleicht vorübergehend nach Fürst Kudos Sitz verlegen?»

«Der Verräter ist weder Fürst, noch hat er einen Namen.»

«Verzeihung», sagte Heiko mit einer Verbeugung. «Der ehemalige Sitz des Verräters, meinte ich.»

«Dort wollte ich gerade hin, um ihn restlos niederzubrennen.»

Heiko erbleichte. «Doch nicht zusammen mit allen Dienern?»

Shigeru lächelte grimmig. «Das war meine Absicht. Da unser Fürst jedoch ein höchst einfühlsamer und überaus verzeihender Herr ist, hat er befohlen, sie stattdessen als Sklaven zu verkaufen.»

Erleichtert atmete Heiko auf. «Dann dürfte ich vielleicht einen Vorschlag unterbreiten?»

«Ich hatte den Eindruck, dass Ihr dies schon getan habt.»

«Nur mit Eurer Erlaubnis, Fürst Shigeru. Darf ich vorschlagen, dass Ihr den Sitz, wie geplant, niederbrennt und anschließend diese Köpfe in den Ruinen aufstellt? Wäre das nicht eine gute Alternative?»

Shigeru stellte sich das Bild vor: Neunundfünfzig aufgespießte Köpfe, die sich über dem rauchenden Trümmerfeld erhoben. «Ausgezeichnet, Dame Heiko. So wird es geschehen.»

«Ich danke Euch, Fürst Shigeru.»

Sie blieb nicht, um mit eigenen Augen zu verfolgen, wie er den Plan in die Tat umsetzte.

Beim Ausreiten aus der Burg trafen Genji, Emily und Hidé auf Stark und Taro, die sich auf dem Rückweg befanden.

«Gehen dir eigentlich die Kugeln nie aus, Matthew?» Anstatt im Damensattel saß Emily im Herrensitz auf dem Pferd.

Genji hatte sie überredet, wie er Hosen zu tragen, eine fließende weite Hose, die man *hakama* nannte. Das sei für Damen absolut schicklich, erklärte er. Sie erinnerte sich wieder an Zephaniahs Rat, sich den japanischen Sitten insoweit anzupassen, als sie die christliche Moral nicht verletzten. Eine Hakama schien harmlos. Sie fiel so locker, dass sie mehr einem Rock glich als einer Hose im westlichen Stil.

«Ich habe eine Form gebaut, um neue Kugeln zu gießen», sagte Stark, «und unsere Gastgeber besitzen reichlich Schwarzpulver.» Er zeigte ihr leere Patronenhülsen. «Die kann ich mehrmals verwenden.»

«Hoffentlich wirst du auch ein Soldat im besten christlichen Sinne», entgegnete Emily, «und kämpfst nur für die gerechte Sache.»

«Meine Mission ist gerecht», sagte Stark. «Das steht fest.»

Taro fragte Hidé: «Wohin reitet ihr?»

«Nicht weit weg. Komm mit, wenn du nichts anderes vorhast.»

«Das werde ich. Mr. Stark trifft sich mit der Dame Heiko. Sie ist für ihn sowieso die bessere Führerin, da sie seine Sprache spricht.»

Hidé und Taro ritten in einigem Abstand hinter dem Fürsten und Emily her. Auf ihrem eigenen Territorium war ein Überfall in unmittelbarer Nähe der Burg ziemlich unwahrscheinlich. Trotzdem beobachtete Hidé aufmerksam die Umgebung.

«Wie schießt er denn?»

«Unglaublich», sagte Taro. «Nie hätte ich mir träumen lassen, dass so etwas möglich ist. Mit seiner Pistole schießt er schneller, als irgendein Iaido-Meister sein Schwert zücken kann. Meiner Meinung nach sogar schneller als Shigeru.»

«Habe ich dir doch gesagt.»

«Ja, das hast du. Ich dachte, du scherzt. Jetzt weiß ich es besser. Außerdem ist er äußerst zielsicher. Aus zwanzig Schritt Entfernung trifft er in neun von zehn Fällen sein Ziel beim ersten Schuss, und beim zweiten immer. Ich frage mich nur, warum er so viel übt. In ganz Japan gibt es keinen, mit dem er sich messen kann.»

«Er ist ein Krieger wie wir», sagte Hidé, «und der Krieg kommt. Das allein ist Grund genug.»

Emily ließ Genji nicht aus den Augen. Beim ersten Anzeichen von Anstrengung würde sie darauf bestehen umzukehren. Doch bis jetzt gab es dafür keine Anzeichen. Zweifelsohne trug der Aufenthalt in seiner Heimat dazu viel bei. Auch das Klima hier war viel milder als in Edo. Während dort noch der Winter mit voller Härte herrschte, erinnerte hier alles eher an einen zeitigen Frühling.

«Sind die Winter hier immer so mild?»

«Kälter wird es kaum», antwortete Genji, «deshalb haben wir auch für die Kunst der Eskimo wenig Verwendung.»

«Mein Fürst, bitte.»

«Vielleicht gäbe es mehr Bevölkerung, wenn es schneite.»

Emily blickte verlegen zur Seite. Ihr Gesicht lief rot an und sah sicher aus wie ein Weihnachtsapfel.

Genji lachte. «Tut mir Leid, Emily, ich konnte einfach nicht anders.»

«Sie haben versprochen, es nie zu erwähnen.»

«Ich habe versprochen, es nie gegenüber anderen zu erwähnen. Davon, dass ich es zwischen uns beiden nicht zur Sprache bringe, war nie die Rede.»

«Fürst Genji, das ist sehr unedelmännisch von Ihnen.»

«Unedelmännisch?»

«‹Un› ist eine Vorsilbe, die ‹nicht› bedeutet. Ein Edelmann ist ein Mensch mit gutem Charakter und hohen Prinzipien. ‹Isch› ist eine Nachsilbe, die ‹typisch für etwas› bedeutet.» Sie musterte ihn so streng wie möglich. «Ihr derzeitiges Benehmen zeugt weder von gutem Charakter noch von hohen Prinzipien.»

«Ein unverzeihlicher Fehler, für den ich mich entschuldigen möchte. Bitte, glaube mir.»

«Das würde ich ja gern, wenn da nicht Euer amüsiertes Lächeln wäre.»

«Du lächelst doch auch.»
«Das ist eine Grimasse, kein Lächeln.»
«Grimasse?»
Sie verweigerte eine Erklärung.

Schweigend ritten sie landeinwärts. Immer wenn sie ihm heimlich einen Blick zuwarf, umspielte dieses kleine Lächeln seinen Mund.

Sie blieb stehen und blickte auf Spatzenwolke zurück. Als sie die Burg zum ersten Mal sah, war sie enttäuscht gewesen. Das sollte eine Burg sein? Wo waren die hohen Mauern und Steintürme, die Brüstungen, die Wälle, die Zinnen und Schießscharten, die Zugbrücke, der Burggraben? Nur das Fundament bestand aus locker zusammengefügten Steinen ohne Mörtel, auf dem sich kunstvolle Pagoden aus Holz, Stuck und Ziegeln erhoben. Burgen waren der Wohnsitz von Rittern, wie zum Beispiel Wilfred in *Ivanhoe*. Es fiel ihr schwer, sich vorzustellen, dass er in seiner prächtigen Rüstung samt Kettenhemd, Schild und Lanze auf seinem mächtigen Streitross aus einer solchen Feste heraustrabte. In Japan war nicht nur das Schönheitsideal anders, sondern auch die Burgen waren es.

Doch inzwischen hatte sie ihre Ansicht geändert. Spatzenwolke wirkte so schwerelos, dass seine sieben Stockwerke förmlich über den Felsklippen am Meer zu schweben schienen. Sein Steinfundament erhob sich in einer geschwungenen Linie nach oben und gab stuckverzierten Wänden, die so weiß waren wie Sommerwolken, Halt. Auf diesen Wänden ruhten geschwungene Dächer, die mit grauen Dachziegeln bedeckt waren. Von ihrem jetzigen Blickwinkel aus benötigte man nicht viel Fantasie, um in den Dachziegeln ganze Spatzenschwärme zu erkennen, die eben auffliegen wollten. Alles hier besaß eine Leichtigkeit und Eleganz, im Vergleich zu denen die schweren Steingebilde ihrer früheren Fantasien jämmerlich erdenschwer wirkten.

Genji sagte: «Bist du sehr böse, Emily?»

Lächelnd schüttelte sie den Kopf. «Nein. Meiner Ansicht nach sollte man nur über gewisse Dinge keine Scherze machen.»

«Du hast Recht. Ich werde es mir zu Herzen nehmen.»

Sie kamen zu einer Stelle, wo der Boden sanft anstieg. Noch ehe sie ganz oben waren, glaubte sie, einen vertrauten Duft wahrzunehmen. Einen Augenblick später schaute sie in ein kleines Tal hinunter. Bei seinem Anblick wurde ihr ganz schwindlig.

«Ein Apfelhain!» Ihre Stimme war nur noch ein Flüstern.

Groß war er nicht, umfasste vielleicht hundert Bäume, aber als sie mitten in sie hineinritten, hätten es auch zehntausend sein können. Sie stellte sich im Steigbügel auf und griff nach einer hellroten Frucht.

«Das sind doch Macintosh-Äpfel», sagte Emily, «oder eine ganz ähnliche Sorte. Die wuchsen auch auf unserer Farm.»

«Vielleicht ist es der gleiche Apfel», sagte Genji, «auch wenn er hier anders heißt. Gab es in Amerika schon immer Äpfel?»

«Nein, die haben europäische Siedler mitgebracht. Ein Mann namens Johnny Appleseed hat sie überall im Land angepflanzt. Jedenfalls hat man mir das erzählt. Vielleicht ist es auch nur eine Legende und keine wahre Geschichte.»

«Da besteht oft wenig Unterschied», meinte Genji, streckte die Hand nach oben, um einen Ast zu packen, musste sie aber gleich wieder senken, da seine Verletzungen es nicht zuließen. «Früher bin ich immer auf die Äste geklettert und habe Fantasiegespräche geführt. Meine Gefährten waren stets sehr klug.»

«Auch ich bin in die Bäume geklettert», sagte Emily, «und habe mit meinen zwei Brüdern gespielt.»

«Fantasiebrüder?»

«Echte. Tom und Walt.»

«Sind sie auch Missionare?»

«Nein. Sie starben schon als Kinder.»

«Und deine Eltern?»

«Auch sie sind tot.»

«Dann sind wir also beide Waisen.» Er schaute in die Zweige hinauf. «Vermutlich kannst du nicht mehr klettern.»

«Wie?»
«In die Bäume. Kannst du immer noch hinaufklettern? Wenn es meine Verletzungen zuließen, würde ich mühelos bis in den Gipfel steigen.»
«Das könnte ich auch», sagte Emily.
«Natürlich.»
«Ihr scheint das zu bezweifeln, Fürst Genji.»
«Nun ja, du siehst nicht gerade wie jemand aus, der auf Bäume klettert.»
«Das klingt wie eine Mutprobe.» Tom und Walt hatten sie ständig zu Mutproben herausgefordert. Als sie das letzte Mal auf einen Baum geklettert war, war sie bei einer solchen Mutprobe von einem Baum zum anderen gesprungen. Der Ast, auf dem sie landete, brach ab. Beinahe hätte sie sich alle Glieder gebrochen.

Entschuldige, Vater, weil ich den Ast abgebrochen habe.

Besser der Ast als du. Trotzdem darfst du das nicht wieder tun.

Ja, Vater.

Du bist wunderschön, Emily. Doch mit einem krummen Bein oder schiefem Rücken wirst du bei weitem nicht mehr so schön aussehen.

Ja, Vater.

Immer sagte er ihr, wie schön sie sei. Und jedes Mal hatte sie sich danach ganz wunderbar gefühlt. Wie anders dieses Wort jetzt klang.

Emily zog ihren Mantel aus und legte ihn über den Sattel. Sie griff entschlossen nach dem Ast über ihrem Kopf und zog sich aus dem Sattel. Dann schwang sie ein Bein über den Ast, drehte sich um die eigene Achse und saß mit einem triumphierenden Lächeln und ließ fröhlich die Beine baumeln.

Genji verbeugte sich tief im Sattel. «Verzeih meine Zweifel. Du kannst es tatsächlich noch. Sobald ich wieder gesund bin, müssen wir gegeneinander antreten.»

«Und um was wetten wir?»
«Wetten?»

«Der Preis, den der Gewinner vom Verlierer erhält.»

«Wenn du gewinnst, schenke ich dir diesen Hain.»

«O nein, das ist viel zu viel. Das wäre dann kein Spiel mehr, sondern ein Glücksspiel.»

«Auch gut», sagte Genji, «ich werde dir diesen Hain schenken, egal, ob du gewinnst oder verlierst. Du kannst mir ja deinerseits etwas schenken. Dann wäre es kein Glücksspiel mehr, oder?»

«Ein derart großzügiges Geschenk kann ich nicht annehmen», antwortete Emily. «Außerdem fehlen mir die Mittel, ihn richtig zu pflegen.»

«Ich werde dir auch diese schenken. Die drei Dörfer in diesem und im nächsten Tal.»

«Nein, das kann ich nicht annehmen. Mein Ziel ist es, das Wort Gottes zu verbreiten und nicht, mich selbst zu bereichern.»

Genji deutete auf die Anhöhe, über die sie gekommen waren. «Dort kannst du eine Kirche bauen. Bist du nicht deshalb gekommen?»

«Ich dachte, das Land für unsere Mission läge in einer anderen Provinz.»

«Du kannst auch hier bauen. Deine Kirche wird immer voll sein, das verspreche ich dir.»

Trotz ihrer Bedenken musste Emily lachen. Er würde sein Versprechen halten, eine Anordnung erlassen und Boten in die Dörfer schicken, um den Bauern zu befehlen, an den Sonntagen in die Kirche zu gehen. Sie würden einer übersetzten Predigt lauschen, die ihnen nichts sagte, und sich später taufen lassen.

«Mein Fürst, Sie können Menschen nicht zum Glauben zwingen. Sie müssen in ihre Herzen schauen und von sich aus zur Wahrheit finden.»

«Ich verspreche, ich werde in deine Kirche kommen und in mein Herz schauen.»

«Fürst Genji.» Sie wusste nicht, was sie noch sagen sollte.

«Du hast mein Leben gerettet. Du musst mir erlauben, mich bei dir mit einem Geschenk zu bedanken.»

«Genauso gut könnte ich sagen, dass Sie meines gerettet haben. Keiner von uns hätte ohne den anderen überlebt.»

«Dann schuldest du mir eben auch ein Geschenk. Ich werde dir das Apfeltal schenken. Und was schenkst du mir?»

Emily musste sich an den Stamm lehnen, sonst wäre sie hinuntergefallen. «Apfeltal?»

«So hat es meine Mutter genannt. Ringo-no-tani.» Sein Lächeln blieb, nur der Ausdruck seiner Augen änderte sich. «Sie stammte aus dem Norden. Das Fürstentum ihres Vaters war berühmt für seine Äpfel. Bei ihrer Hochzeit war sie noch sehr jung, kaum älter als ein Kind. Sie vermisste ihre Mutter, ihre Schwestern und Spielgefährten. Auch die Bäume vermisste sie, auf die sie als Kind geklettert war. Mein Vater hat diesen Hain für sie gepflanzt und gehofft, er würde ihren Kummer lindern und ihr vielleicht sogar Freude machen.»

«Und hat er das?»

«Als man die Setzlinge pflanzte, war sie glücklich. Ein paar hat sie sogar eigenhändig eingesetzt. Doch die Bäume, die Blüten, die Früchte sah sie nie. Im selben Winter noch starb sie im Kindbett. Auch ihr Neugeborenes starb, meine Schwester.»

«Das tut mir Leid.»

«Die Weisen sagen, Glück und Kummer sind eins. Immer wenn ich hier bin, verstehe ich, was sie damit meinen.»

Blätter und Äste verbargen die japanische Gebirgslandschaft. Der Duft der Äpfel überlagerte den des nahen Pazifiks. Sie schaute nach unten und sah Genji auf seinem Pferd sitzen. Ein Samurai in ihrem Hain – welch ein Widerspruch. Sie lachte und begann gleichzeitig zu weinen.

«Ich war in Apple Valley zu Hause – in einem anderen Apfeltal», sagte sie.

Nach einer Weile bemerkte Genji: «Dieser Ort gehörte dir, noch ehe du ihn sahst.»

«Für eine derart große Person ist die Dame Emily ziemlich gelenkig», stellte Taro fest. Sie beobachteten, wie sie sich in den Baum schwang.

«In Wirklichkeit ist sie gar nicht so groß», erklärte Hidé. «Als diese beiden Narren Selbstmord begingen, fiel sie unserem Fürsten ohnmächtig in die Arme. Er hielt sie ohne Mühe. Da uns ihre Proportionen fremd sind, haben wir ihre Größe falsch eingeschätzt.»

«Jetzt, wo ich sie mit anderen Augen betrachte, sehe ich, dass du Recht hast.» Taro gab sich redlich Mühe, den richtigen Blickwinkel einzunehmen. Die Dame Emily hatte Fürst Kiyoris Prophezeiung erfüllt, also wäre es unangebracht, sie als hässliche Riesin zu bezeichnen. «Eigentlich besitzt sie sogar eine damenhafte Anmut. Auf ihre fremdländische Art.»

«Das ist richtig», sagte Hidé. «Mittlerweile empfinde ich wegen meiner früheren Ansichten sogar Reue. Sicher gilt sie in ihrem eigenen Land als Schönheit. So wie bei uns die Dame Heiko.»

Taro brachte es nicht übers Herz, seinem Freund zuzustimmen, auch wenn er es liebend gern getan hätte. Mit einiger Mühe konnte er sich vorstellen, dass sie auf Ausländer anziehend wirkte, wenigstens auf einige. Aber eine Schönheit, die einer Heiko gleichkam? Was sollte er sagen? Seine Begabung lag in der Handhabung von Schwert und Bogen, nicht von Wörtern.

«Möglicherweise, wenn es denn eine Grundlage für einen solchen Vergleich gibt», sagte Taro. «Die Dame Heiko ist eine der herausragendsten Geishas, während die Dame Emily ...» Er hatte große Mühe, sich auf sicheres Terrain zu retten. «Gibt es im Land der Dame Emily überhaupt Geishas?»

«Meines Wissens nicht», antwortete Hidé, der offensichtlich genauso viel Mühe mit seinen eigenen Worten hatte. Das ständige Nachdenken war für ihn eine ungewohnte Anstrengung, weshalb er die Stirn in Falten legte.

«Meines Wissens nach auch nicht», sagte Taro. «Wäre es demnach angemessen, bei den Damen Emily und Heiko die gleichen Ausdrücke zu verwenden?»

«Gänzlich unangemessen», meinte Hidé und strahlte erleichtert. «Ich habe mich falsch ausgedrückt. Meine Bewunderung für sie hat mich ein wenig zu weit gehen lassen. Wir tun ihr keinen Gefallen, wenn wir ihre Vorzüge übertreiben.»

«Nein, gewiss nicht», fügte Taro mit neuem Enthusiasmus in der Stimme hinzu.

«Außerdem, wie wichtig ist denn etwas so Flüchtiges wie äußerliche Schönheit?» Hidé lenkte das Gespräch auf sicheres Terrain. «Was wirklich zählt, ist innere Schönheit. Und darin steht die Dame Emily niemandem nach.»

«Du hast das Wesentliche klar ausgedrückt», sagte Taro, der über die Wendung, die das Gespräch genommen hatte, sehr erleichtert war. «Wahre Schönheit kommt von innen.»

Glücklich lächelnd saßen die beiden Samurai auf ihren Pferden und bewachten ihren Fürsten und die Dame Emily. Gemeinsam hatten sie ein nicht ganz einfaches Problem gelöst. Jetzt wussten sie, was sie von einer wichtigen Person denken sollten, die nicht ganz in die übliche Ordnung passte.

«Die Einzelheiten unserer Reise hast du Fürst Genji gegenüber nicht erwähnt», sagte Heiko.

«Er hat nicht danach gefragt», entgegnete Stark.

Sie saßen auf Stühlen in einem Zimmer mit Blick auf die inneren Gärten der Burg. Dies war einer der Räume, die man für Emilys und Starks Bedürfnisse eingerichtet hatte. Er war war mit sechs Stühlen, vier Tischen, einem großen Sofa, einem Schreibtisch und zwei Kommoden voll gestopft. Ausländer waren ganz anders als Japaner: Was sie für gut befanden, hielten Japaner für schlecht, und umgekehrt. Nach diesem Leitprinzip handelte Genjis Dienerschaft. Mit Feuereifer bemühte sie sich, dass sich die hochverehrten Gäste wie zu Hause fühlten. Dabei ging sie genau umgekehrt wie bei ihrem Fürsten vor. Während es bei ihm viel Platz und wenige Möbel gab, hatten die Gäste viele Möbel und wenig Platz.

«Ich beabsichtigte, es ihm selbst zu erzählen», sagte Heiko. «Heute.»

«Dein Geheimnis bleibt dein Geheimnis», entgegnete Stark. «Ich werde nichts verraten.»

«Ich danke dir für deine Verschwiegenheit, die ich sehr zu schätzen weiß. Aber Geheimnisse lassen sich nicht für immer bewahren. Du wirst darüber kein Wort verlieren, das weiß ich, trotzdem wird Fürst Genji von dem Kampf an der Barrikade irgendwann erfahren. Dann wird die Wahrheit herauskommen.»

«Kann das zu Problemen führen?»

«Ja, ich denke schon.»

«Er kennt deine anderen Talente nicht?»

«Nein.»

«Warum hast du sie eingesetzt?», fragte Stark. «Wir hätten uns unbemerkt hindurchschleichen können, oder ich hätte uns den Weg freigeschossen. Einem Revolver mit sechs Schuss sind Schwerter nicht gewachsen.»

«Ich durfte dein Leben nicht aufs Spiel setzen. Vor seinem Tod hatte Fürst Genjis Großvater eine Prophezeiung verkündet. Er sagte, an Neujahr werde ein Ausländer Fürst Genji das Leben retten. Ich war überzeugt, du wärst derjenige.»

«Wenn ich es gewesen wäre, dann hätte ich am Leben bleiben müssen, um die Prophezeiung zu erfüllen. Wäre ich aber gestorben, hätte ich nicht der von euch Erwartete sein können. Also so oder so kein Risiko.»

«Man kann sich nicht darauf verlassen, dass sich Prophezeiungen von selbst erfüllen», sagte Heiko. «Ohne unser ehrliches Bemühen könnte der Ausgang ganz anders sein, als wir uns erhoffen. Gesetzt den Fall, du wärst der zu seiner Rettung bestimmte Ausländer gewesen, und man hätte dich noch vor der Tat getötet – dann wäre ein anderer aufgetaucht. Allerdings nicht der Richtige. Fürst Genji würde zwar leben, weil es die Prophezeiung so angekündigt hatte, aber möglicherweise verletzt, verkrüppelt oder im Koma.»

«So funktioniert das also?», wunderte sich Stark, der kein Wort glaubte. «Wie ist denn Fürst Genjis Großvater zu diesem Prophetenkram gekommen?»

«Er wurde mit der Gabe des zweiten Gesichts geboren. Im Laufe seines Lebens hatte er viele Visionen.»

«Hat er immer Recht behalten?»

«Ja.»

«Warum hat er dann nicht allen erzählt, dass es Emily sein würde?»

«Visionen sind immer lückenhaft. Obwohl unser Leben vorherbestimmt ist, hängt der exakte Verlauf von unseren Taten ab. Ersteres wird vom vergangenen, Zweites vom gegenwärtigen Karma bestimmt.»

«Karma?»

«Ihr nennt es vielleicht ‹Schicksal›, allerdings handelt es sich um ein lebendiges Schicksal, das laufend Veränderungen unterworfen ist.»

«Schicksal ist Schicksal», meinte Stark. «Es ist einfach da. Es ändert sich nicht. Allerdings bemerken wir es erst, wenn wir hineinlaufen.»

Wenn Stark in der Nähe von El Paso war, schaute er manchmal im Etablissement von Manual Cruz vorbei, wo es, nach Aussagen seines Besitzers, das beste Dutzend Huren von ganz Texas gab. Eigentlich zählte Stark nie mehr als acht gleichzeitig. Und keine war, soweit er das beurteilen konnte, besser als die anderen Huren in der Stadt, geschweige denn im ganzen Staat.

«Dichterische Freiheit», sagte Cruz. «Bringt 'nen Mann auf Trab. Versetzt ihn in optimistische Stimmung. Gut für ihn, gut fürs Geschäft.»

«Was ist dichterische Freiheit?»

«Junge, bist du wegen 'ner Lehrstunde über die Feinheiten der Sprache da, oder willst du Möpse, Mösen, Muschis?»

«Ich bin hergekommen, um eine Hure zu ficken», sagte Stark, «und nicht zum Verseschmieden.»

«Bist ein prosaischer Kauz, stimmt's?», sagte Ethan. Ethan war der Adoptivsohn von Cruz. Wie Stark trug er seinen Revolver tief auf der Hüfte und hielt die Schultern genauso locker. Eines Tages würde Ethan herausfinden, dass er Matthew Stark war, der Revolverschütze mit einem Ruf wie Donnerhall, und ihn herausfordern. Oder er bekäme heraus, dass er und Stark im selben Geschäft tätig waren, und würde ihm eine Partnerschaft vorschlagen. So oder so. Demnächst.

Cruz lachte. «Na los, schau dich um und such dir die Beste aus.»

Stark besuchte das Etablissement von Cruz nicht seiner guten Qualität, sondern seiner Lage unmittelbar am Stadtrand wegen. Städte engten ihn ein. Er betrat sie nicht öfter als unbedingt nötig.

Die Lage sprach einerseits für das Haus, andererseits hielt sie ihn aber auch die meiste Zeit davon fern. Den üblen Gestank des Schweinestalls daneben konnte er nicht ertragen. Diesbezüglich befand er sich offensichtlich in der Minderheit. Wenn der Wind Richtung Bar blies, hatte Cruz mehr zu tun als sonst. Gegen Letzteres hatte Stark nichts einzuwenden, denn wenn er in einem Puff etwas noch weniger leiden konnte als Schweinegestank, so war das eine betrunkene Wichsermeute. Da er bei jedem Ritt nach El Paso die Windrichtung prüfte, blieb ihm beides erspart.

Er war nicht sentimental und besaß keine Lieblingshure. Er war zwanzig. Nach Jimmy mit den schnellen Händen hatte er noch drei Kerle umgelegt und wusste nicht, ob er seinen nächsten Geburtstag erleben würde. Seit über einem Jahr hatte ihn keiner mehr gejagt. Trotzdem war er nicht so töricht zu glauben, dass es dabei bliebe. Er gab Cruz fünfzig Cents und nahm die Nächstbeste aus dem tollen Dutzend mit nach oben.

Diesmal – es sollte sein vorletzter Besuch bei Cruz sein – traf es zufällig Mary Anne.

An ihr war nichts Besonderes, außer dass sie älter als alle anderen war, älter als irgendeine, mit der er es getrieben hatte. Sie war auch netter. Als er viel zu früh schon auf ihrem Schenkel kam, beruhigte sie ihn, sagte ihm, es sei schon in Ordnung, er könne es noch mal versuchen, ohne Cruz wieder fünfzig Cents zu zahlen. Er erklärte ihr, das läge daran, dass er so unregelmäßig mit Frauen zusammen sei. Sie sagte «pssst» und hielt ihn nur, bis er wieder bereit war.

Danach musste er eingeschlafen sein, denn als er wieder die Augen aufschlug, brannte auf dem Tisch eine trübe Lampe. Neben ihm schlief Mary Anne. Da der Wind nun mal aus der falschen Richtung blies, ging das Geschäft schlecht. Sie hatte es nicht eilig, wieder nach unten zu gehen und in einer leeren Bar nutzlos herumzusitzen.

Er musste pissen. Als er sich umdrehte, um aufzustehen, sah er, wie ihn zwei kleine Mädchen anstarrten, die direkt neben dem Bett standen. Die Kleinere – sie konnte kaum älter als vier oder fünf gewesen sein – lutschte am Daumen. Die Größere war ein paar Jahre älter und hatte den Arm schützend um ihre Schwester gelegt. Auf Grund der Ähnlichkeit wusste er nicht nur, dass sie Schwestern, sondern auch, wessen Töchter sie waren. Als er mit Mary Anne ins Bett gegangen war, war das Laken, das quer durch den Raum an einer Stange hing, zugezogen gewesen. Jetzt konnte er das kleine Bett auf der anderen Seite sehen.

«Hallo, ihr zwei», sagte Stark. Wie könnte er es anstellen, dass sie sich umdrehten, damit er seine Hose anziehen konnte?

«Wir wussten nicht, dass jemand da ist», erklärte das ältere Mädchen. «Es war so ruhig.»

«Wenn ich mich angezogen habe, bin ich weg», sagte Stark.

Das jüngere Mädchen nahm seine Hose vom Stuhl und brachte sie ihm.

«Danke.»

«Gern geschehen», sagte die Ältere an ihrer Stelle.

Er schaute wieder zu Mary Anne. Sie schlief tief und fest.

«Wir haben geschlafen», sagte das ältere Mädchen, »aber dann ist Louise aufgewacht und hatte Durst. Deshalb bin ich mit ihr aufgestanden.»

«Bist ein braves Mädchen», sagte Stark, «dass du dich so um deine kleine Schwester kümmerst.»

«Auch wenn wir nicht schlafen», sagte das ältere Mädchen, «weiß niemand, dass wir da sind. Wir sind leise wie die Kirchenmäuse, damit unsere Mami arbeiten kann.»

«Ihr seid immer hinter dem Laken?»

«Nein, Dummerjan. Bis auf Samstag und Sonntag sind wir untertags bei Mrs. Crenshaw im Haus. Sonntags gehen wir neben der Kirche in die Sonntagsschule.» Nach einem Blick auf den Alkoven sah sie wieder zu Stark und kicherte. «Wie könnten wir die ganze Zeit an so einem klitzekleinen Platz bleiben?»

«Und warum seid ihr dann jetzt nicht bei Mrs. Crenshaw?»

«Weil es Nacht ist und außerdem Samstag.» Diesmal kicherten beide Mädchen. «Weißt du denn nicht, welcher Tag heute ist?»

«Becky, Louise, wieso seid ihr auf?» Schläfrig hob Mary Anne den Kopf.

«Louise hat Durst, Mami.»

«Dann gib ihr einen Schluck Wasser, und geht wieder ins Bett.»

«Ja, Mami. Wiedersehen, Mister.»

«Wiedersehen.» Kaum waren die beiden zur Tür hinaus, stand Stark auf und zog seine Hose an. «Die gehen doch nicht in die Bar hinunter, oder?»

«Doch. Dort gibt es Wasser.»

«Du könntest doch einen Krug direkt neben ihr Bett stellen.»

«Das wollen sie nicht.» Mary Anne rollte sich auf den Rücken, wobei sie das Laken züchtig bis zum Hals zog, und beobachtete ihn beim Anziehen. «Sie bilden sich ein, der Schweinegeruch fällt ins Wasser und macht es schmutzig.»

Den nächsten Satz wollte Stark eigentlich nicht sagen. Schließlich ging es ihn nichts an. Trotzdem tat er es: «Das ist kein Platz für Kinder.»

«Für mich auch nicht», entgegnete Mary Anne, «aber nun sind sie mal hier, und ich auch. Es gibt Schlimmeres. Cruz lässt sie bei mir bleiben, und niemand belästigt sie. Dafür muss man schon dankbar sein. Päderasten kann er nicht ausstehen, sagt er, und das meint er auch so.»

«Was ist ein Päderast?»

«Einer, der zu seinem Vergnügen Kinder belästigt.»

Stark musste wieder an das Waisenhaus denken und an den

erstaunten Blick in den toten Augen des Aufsehers, nachdem er ihm in jener Nacht mit einem Hammer den Schädel eingeschlagen hatte. «Ich kann Päderasten auch nicht leiden.»

«Du musst nicht gehen. Die trinken ihr Wasser und gehen dann wieder schlafen.»

«Ich höre Stimmen», sagte Stark und horchte auf das Gelächter aus der Bar. «Kundschaft.»

«Gibt genug Mädchen, die mit denen fertig werden.» Mary Anne gähnte. «Bei Ostwind werde ich immer müde. Dann ist die Luft so angenehm, und wir haben nicht viele Besucher.»

Stark holte weitere fünfzig Cent aus seiner Hosentasche und legte sie neben der Lampe auf den Tisch.

«Ich hab dir doch gesagt, fürs zweite Mal musst du nichts bezahlen. Wenn man's richtig bedenkt, war's doch auch nur das erste Mal.» Sie lächelte. Das war kein Hurenlächeln. So eins, wenn sie sich über dich lustig machen oder versuchen, dir dein Geld abzuknöpfen. Es war ein nettes Lächeln.

«Ich gehe runter nach Mexiko, um in einer Mine zu arbeiten», erklärte Stark. Eigentlich war er auf dem Weg nach Missouri, um noch mehr Banken auszurauben, dachte aber, es würde einen besseren Eindruck machen, wenn er das nicht so unverblümt sagte. «Im Frühling bin ich wieder zurück.»

«Ich werde da sein», meinte Mary Anne.

Es war das erste Mal, dass Stark eine Hure angelogen hatte. Warum wollte er auf Mary Anne einen guten Eindruck machen? Weil sie die Mutter von zwei Kindern war? Wenn ja, wäre es ein verdammt dummer Grund. Mutterschaft hatte nichts Heiliges an sich. Seine eigene Mutter, die er nie kennen lernen sollte, hatte ihn als Säugling in einer Decke in Columbus auf den Stufen einer Kirche abgelegt. Namenlos. Zu Matthew wurde er, weil dieser Apostel als Nächster auf der Namensliste stand. Wie er zu Stark gekommen war, wusste er nicht. Für Mütter hatte er nichts übrig. Vielleicht lag es daran, dass Mary Anne freundlich war und so nett lächelte. Vielleicht auch daran, dass Becky und Louise niedliche kleine Mädchen waren, die einfach nicht in ein Bordell gehörten. Aber auch das waren verdammt dumme Gründe. Für Kinder hatte Stark nichts übrig, nicht einmal für seine eigenen Kindheitserinnerungen.

Zum ersten Mal hatte er eine Hure angelogen und zum ersten Mal einer gesagt, er käme wieder, um sie zu sehen. Letzteres hielt er für seine zweite Lüge neben der Behauptung, er ginge demnächst nach Mexiko, um in einer Mine zu arbeiten.

Allerdings stellte sich heraus, dass er die Wahrheit gesagt hatte. Während der ganzen Zeit in Missouri gingen ihm Mary Anne, Becky und Louise nicht aus dem Kopf. Auch in der Bank in Joplin war er im unpassendsten Moment in Gedanken bei ihnen. Beinahe hätte ihm ein Farmer mit einer Schrotflinte den Schädel weggepustet, doch die Waffe hatte Ladehemmung, und Stark schoss den Farmer ins Bein. Geld erbeutete er keines, aber wenigstens kam er mit dem Leben davon. Der Suchtrupp aus Joplin war ihm immer noch auf den Fersen, als er in Texas eintraf. Auf dem langen Ritt dorthin fasste er einen Entschluss: Er wollte Mary Anne wieder sehen und herausfinden, warum er immer noch an sie und ihre Töchter dachte.

«Siehst du, was ich meine?», sagte Cruz, als Stark zur Tür hereinspazierte. «Dichterische Freiheit versetzt einen Mann in optimistische Stimmung. Dir geht's gut, obwohl dir der Wind ins Gesicht bläst. Hinter meiner Behauptung, dass dies das beste Dutzend Huren von ganz Texas ist, steckt mehr.»

«Wo ist Mary Anne?», erkundigte sich Stark.

«Na, das ist mal ein Anfang. Du willst also wirklich eine ganz Bestimmte sehen, oder?»

«Wo ist sie?»

«Du sagtest was von Frühling.» Oben an der Treppe stand Mary Anne. «Es ist immer noch Winter, aber du bist schon da. War die Mine erschöpft?» Sie lächelte, und da wusste er den Grund für seine Rückkehr: Er war verliebt.

«Welche Mine?», fragte Stark.

«Die in Mexiko.»

Das war das Problem mit Lügen. Man musste sich merken, wem man welche erzählt hatte. Da war es schon einfacher, die

Wahrheit zu sagen. Und das würde er tun, sobald er mit Mary Anne allein war.

«Hast du zu tun?»

«Muss nur noch die Kinder ins Bett bringen. Komm rauf.»

«Nicht für die ganze Nacht», sagte Cruz. Betont deutlich atmete er ein und aus. «Nichts geht über Schweinegeruch. Damit füllt man ein Puff. Das beste Dutzend wird's heute Nacht ganz schön krachen lassen.»

«Ich zahl im Voraus für die Nacht», sagte Stark. «Wie viel?»

Cruz kniff die Augen zusammen, während sein Gehirn rechnete. «Geht ja nicht nur um die Gesellschaft. Ich verliere auch noch den Gewinn von der Bar, wenn nur du oben liegst.»

«Verdammt noch mal, wie viel?»

«Zehn amerikanische Dollar.»

Stark holte Silberdollars aus seiner Satteltasche und ließ sie vor Cruz auf den Spieltisch fallen. Sie gehörten zu dem, was er sich von früheren erfolgreicheren Ausflügen nach Missouri beiseite gelegt hatte.

«Himmel, Junge», sagte Cruz, wobei er die Münzen prüfte. «Du hast doch nicht etwa 'ne Bank überfallen, oder?»

«Hast du irgendein Fahndungsblatt mit meinem Gesicht drauf gesehen?»

«Noch nicht.»

Stark ging zu Mary Anne nach oben. Die Mädchen waren zwar schon im Bett, aber noch wach. Durch die dünnen Wände hörte man Bordellgeräusche. Sie schienen es nicht zu bemerken.

«Hallo, Mister», begrüßte ihn Becky. Louise sagte wie immer nichts.

«Hallo, Becky, hallo, Louise.»

«He, du weißt unsere Namen noch.»

«Aber ja.»

«Und wie heißt du?»

«Steve.»

«Hallo, Steve.»

«Also, wirklich, Becky», rügte Mary Anne sie. «Du weißt

doch, dass es unhöflich ist, einen Erwachsenen bei seinem Vornamen zu rufen. Du sagst ‹Mr.› ... Wie lautet dein Familienname?»

«Matthews.»

«Du sagst ‹Mr. Matthews› zu ihm.»

«Hallo, Mr. Matthews.»

«Hallo.»

«Gute Nacht, Mr. Matthews.»

«Gute Nacht.»

Mary Anne wollte das Laken vorziehen.

«Das brauchst du nicht», sagte Stark.

Sie warf ihm einen merkwürdigen Blick zu.

«Wir werden uns nur unterhalten, sonst nichts.»

«Du hast zehn Dollar bezahlt, um dich die ganze Nacht zu unterhalten?»

«Richtig. Passt dir das?»

«Ja, es sei denn, du hast etwas Komisches vor.»

«Was denn Komisches?»

«Zum Beispiel obszöne Bemerkungen vor den Kindern. Oder sie zuschauen lassen, während du bestimmte Sachen machst.»

«Zum Teufel, für was hältst du mich eigentlich?»

«Keine Ahnung», erwiderte Mary Anne. «Du bist in einem Bordell. Ich bin eine Hure. Du zahlst zehn Dollar und behauptest, du möchtest nur reden. Da darf man sich doch wundern.»

«Ich liebe dich», sagte Stark. Die Worte waren schneller heraus, als ihm recht war. Eigentlich hatte er gehofft, er könnte eine Weile um den heißen Brei herumreden.

«Ach, wirklich?»

Er dachte, Mary Anne würde das gerne hören oder wenigstens überrascht sein. Stattdessen wirkte sie enttäuscht und müde.

Das verletzte ihn. Er sagte: «Vermutlich bekommst du das von deinen vielen Verehrern laufend zu hören.»

«Öfter, als dir lieb ist», entgegnete sie. «Verehrer würde ich sie nicht nennen, nur Männer, die sich in ihrem Leben vorübergehend in einer Art Traum verloren haben. Sie wollen gar nicht mich oder Becky und Louise, nur sich selbst aus einem anderen Blickwinkel heraus. Das hält nicht lange an. Dann werden sie fürchterlich böse und machen mir Vorwürfe, weil die Dinge nicht so sind, wie sie es gern hätten. Das habe ich alles schon hinter mir. Darüber kommt man hinweg.»

Sie ging zu ihrem Bett und hob die Matratze an einer Ecke an. Darunter lag eine dünne Rolle Geldscheine, von der sie die Hälfte nahm und den Rest zurücklegte. Sie nahm seine Hand und legte zehn Dollar hinein. Dann zog sie den Vorhang zwischen ihnen und den Mädchen zu und führte Stark zum Bett.

«In ein paar Minuten sind sie eingeschlafen. Dann werden wir uns miteinander vergnügen, und du kannst wieder nach Mexiko.» Sie lächelte mit Tränen in den Augen. «Steve, das ist lieb von dir, wirklich. Deine Gefühle sind nicht echt. Du bist so jung, du weißt es nur noch nicht, aber das kommt noch.»

«Rede du nicht über meine Gefühle», sagte Stark. «Ich werde dir eine Geschichte erzählen.» Und das tat er.

Von dem Waisenhaus erzählte er, vom Hammer und von Elias Egan. Vom Kartenspiel, der Repetierpistole mit der Ladehemmung und von Jimmy mit den schnellen Händen. Von den drei Revolverhelden, die er erschossen hatte. Er erzählte ihr von den Banken in Missouri, von den Läden in Kansas, die vor den Banken an der Reihe gewesen waren, und von den Pferden und Rindern in Mexiko. Und von dem Geld erzählte er ihr, das er gespart hatte, ohne zu wissen, warum.

«In Joplin hätte man mich fast erschossen. Da bin ich mit meiner Pistole in der Hand dagestanden und habe überlegt, was ich mit dem Geld anfangen soll. Und da wusste ich, was ich tun werde. Und dieses Wissen hat mich so überrascht, dass ich den Farmer erst bemerkt habe, als er versuchte, die Ladehemmung seiner Flinte zu beseitigen.»

«Du hast an all die hübschen Sachen gedacht, die du kaufen könntest, wenn du nur eine passende Frau dazu hättest.» Mary Anne wirkte immer noch müde, wie eine, die eine altbekannte Geschichte hört.

«Nein», sagte Stark. «Ich dachte, dass ich gern eine Farm im Hügelland von Texas hätte, um Vieh zu züchten. Ein Blockhaus bauen, das im Winter warm und im Sommer kühl ist. Reichlich Zeit im Freien verbringen und dies schätzen lernen.»

«Das könnte man wohl», sagte Mary Anne.

«Ich habe an einen Platz nördlich von Ashville gedacht, wo ich vor zwei Sommern durchgeritten bin, und wusste, wohin ich das Blockhaus bauen würde. Und ich habe dich stehen sehen, wie du einen Eintopf vom Fleisch eines jungen Ochsen kochst, den wir selbst aufgezogen haben. Und draußen sah ich Becky und Louise im Schatten eines Weißbuchenhains spielen und klares Wasser aus der eigenen Quelle trinken.» Stark ergriff Mary Annes Hand. Traurig lächelnd versuchte sie, ihm diese zu entziehen. Er sagte: «Wir sehen, hören und riechen kein einziges Schwein mehr.»

Da ließ sie ihre Hand in seiner, blickte ihm tief in die Augen und schmiegte sich schließlich in seine Arme.

Am nächsten Morgen sagte sie: «Ethan kann mit seiner Pistole geschickt umgehen. Wenn er wieder da ist, wird er uns verfolgen, auch wenn Cruz mich gehen lassen sollte, was ich bezweifle.»

«Cruz wird dich gehen lassen», sagte Stark, «und Ethan wird nicht wissen, wo er suchen soll.»

«Da gibt es einen fetten Mann, der mit ihm reitet, einen Wilden aus dem Pazifik, der Fährten liest wie ein Indianer.»

«Wenn sie uns finden», sagte Stark, «dürften sie das schnell bedauern.»

«Und warum?»

«Hast du schon mal von Matthew Stark gehört?»

«Wer nicht?» Nachdenklich musterte sie ihn. «Jetzt fällt's mir wieder ein. Es heißt, er habe seine Waffe schneller gezogen als Jimmy mit den schnellen Händen. Kein Wunder, dass mir deine Geschichte so bekannt vorkam.»

«Ich bin Matthew Stark.»

Matthew Stark war der schnellste Schütze im ganzen westlichen Texas, ein widerlicher, narbengesichtiger Hüne, der Huren zu Tode prügelte, während er sie vögelte. Das wusste Mary Anne und fing zu lachen an. Entweder war dieser nette Junge ein Lügner oder verrückt. Dann begann sie zu weinen. Sie würde mit ihren Töchtern nirgendwohin gehen, weder mit einem Lügner noch mit einem Irren. Fast eine Stunde brauchte Stark, um sie davon zu überzeugen, dass er und sein Ruf bereits vor längerer Zeit auseinander gedriftet waren. Wenn er ihr sagte, wer er war, würde sie sich sicherer fühlen und sich nicht mehr vor Ethan fürchten – dachte er. Stattdessen hätte er sie fast verloren.

Er wartete, bis Mary Anne, Becky und Louise ihre wenigen Habseligkeiten in einer morschen Truhe verstaut hatten, die nur noch ein Stück Seil zusammenhielt. Erst dann überprüfte er seine zwei Pistolen und ging nach unten.

«Nun, verdammt noch mal, für einen Mann, der die ganze Nacht im Bett verbracht hat», sagte Cruz, «siehst du aber nicht gerade erholt aus.»

«Wir müssen uns ein bisschen übers Geschäft unterhalten.» Stark setzte sich Cruz gegenüber an den Spieltisch.

«Der Wind kommt immer noch aus derselben Richtung. Und es kostet immer noch zehn Dollar die Nacht.»

«Für sie gibt's keine weiteren Nächte mehr», sagte Stark. «Sie geht.»

«Klar tut sie das», erwiderte Cruz, «wenn ihr fünfhundert Dollar habt. Genau das schuldet sie mir. Bezahl, dann kannst du mit ihr machen, was du willst. Aber vergiss nicht, die ist im Handumdrehen wieder da.»

Stark besaß mehr als fünfhundert Dollar, benötigte aber sein Geld für den Kauf der Ranch. «Ich werde dir 'nen Hunderter geben.»

Er beobachtete, wie Cruz die Blickrichtung wechselte. Dann sah er den Barmann mit einer doppelläufigen Schrotflinte hinter der Bar hervorkommen. Er tauchte nach links Richtung Cruz ab, während die Ladung aus dem Tisch Kleinholz machte. Seine erste Kugel traf den Barkeeper an der rechten Schulter, die zweite durchbohrte seinen rechten Oberschenkel. Dieser ließ die

Flinte fallen und ging zu Boden. Als sein Blick wieder zu Cruz wanderte, sah er eine Derringer auf sich gerichtet. Stark schoss ihm ins Gesicht. Auf dem Weg durch Cruz' Schädel beulte die große Kugel die alte Delle von der Axt wieder aus.

Einige Menschen wussten einfach nicht, wann Schluss war. Stark schon. Er beraubte keine Bank mehr und betrat nie mehr ein Bordell. Er dachte auch, er würde nie wieder einen Menschen töten. Und wenn es nach ihm gegangen wäre, hätte er sich vielleicht auch daran gehalten.

Während ihrer Beichte hielt Heiko unablässig den Kopf gesenkt. Sie hatte nicht den Mut, Genji ins Gesicht zu sehen. Was musste er von ihr denken? Von einer gemeinen Betrügerin, die behauptete, ihn zu lieben, während sie auf den Befehl wartete, ihn zu töten? Ihren letzten reumütigen Worten folgte eine beinahe unerträgliche Stille. Nur ihr Stolz verbot es ihr zu weinen. Dies hieße, allzu schamlos an sein Mitgefühl als Mann zu appellieren. Er würde sie töten oder nur hinausjagen, weil er eine freundliche Seele besaß. Egal, wofür er sich entschied, dies wäre ihr letzter Tag auf Erden. Ohne Genji würde sie nicht weiterleben wollen. Falls man sie aus der Burg jagte, wüsste sie, was zu tun war.

Sie würde nach Kap Muroto gehen.

In den Wäldern dort hatte der erste Großfürst von Akaoka, Genjis Urahne Hironobu, vor sechshundert Jahren jene Schlacht gewonnen, die ihm seine Souveränität sicherte. Heute stand auf den steil zum Meer abfallenden Klippen ein kleiner buddhistischer Tempel, der einer obskuren Zen-Sekte gehörte. Neunhundertneunundneunzig Stufen führten von der Felsküste zum Tempel hinauf. Auf jeder würde sie stehen bleiben und ihre ewige Liebe zu Genji beteuern. Sie würde die Sonnengöttin Amaterasu-o-mikami bitten, ihn während seines ganzen langen Lebens in ihr göttliches Licht zu hüllen. Kannon, Buddha des Erbarmens, würde sie anflehen, ihre Aufrichtigkeit zu erkennen und sie mit ihm in Sukhatavi wieder zu vereinen, im Reinen Land jenseits allen Leides.

Oben angekommen würde sie den Göttern und Buddhas danken, dass sie ihr neunzehn Jahre Leben geschenkt, und ihren lange verstorbenen Eltern, dass sie sie in die Welt gebracht hatten. Bei Kuma würde sie sich für Schutz und Erziehung bedanken und bei Genji für jene Liebe, die sie nicht verdient hatte. Dann würde sie von der Felskante in die Große Leere treten, ohne Furcht, ohne Bedauern, ohne Tränen.

«Wie hättest du es gemacht?», wollte Genji wissen.

«Mein Fürst?» Noch immer blickte Heiko nicht auf.

«Meine Ermordung. Welcher Methode hättest du dich bedient?»

«Mein Fürst, ich flehe Euch an, bitte, glaubt mir. Nie wäre ich imstande gewesen, etwas zu tun, was Euch Schaden zugefügt hätte.»

«Hidé», sagte Genji.

Sofort glitt die Türe auf.

«Ja, Fürst.»

Nichts in Hidés Miene verriet, ob er einen Teil des Gesprächs belauscht hatte. Trotzdem ruhte seine Hand auf dem Schwertknauf.

«Bitte Hanako, Sake zu bringen.»

«Ja, Fürst.»

Er würde nicht selbst gehen, das wusste Heiko, sondern Taro schicken, der sich auf der anderen Seite des Zimmers hinter der Tür befand. Hidé bliebe an seinem Platz, jederzeit bereit hereinzustürmen. Er würde seinen Fürsten nicht schutzlos mit einem verräterischen weiblichen Ninja in einem Raum lassen.

Genji wollte ihr vor dem Urteilsspruch ein reinigendes rituelles Trankopfer anbieten. Seine Großzügigkeit zerriss ihr das Herz. Es fiel ihr schwer, die Tränen zurückzuhalten.

«Vermutlich hättest du es nachts getan, wenn ich schlafe. So ist es am gnädigsten.»

Heiko blieb stumm. Wenn sie noch ein Wort sagte, würden ihre Gefühle sie verraten.

«Mein Fürst.» Von der anderen Türseite drang Hanakos Stimme herein.

«Herein.»

Hanako hatte rot geschwollene Augen. Nach einer Verbeugung kam sie mit einem Tablett herein. Darauf standen eine Sakeflasche und eine Trinkschale. Voller Reue würde sie ohne Genji trinken und sich darauf vorbereiten, ihr Schicksal zu akzeptieren.

Hanako verbeugte sich tief vor Genji, dann drehte sie sich um und tat dies genauso tief vor Heiko. Dabei entrang sich ihrer Kehle ein Schluchzen, und ihre Schultern bebten.

«Dame Heiko», sagte sie und schluchzte wieder.

«Sei bedankt für deine Freundschaft», erwiderte Heiko. «Uns zwei Waisenkinder hat ein freundliches Schicksal eine Weile zu Schwestern gemacht.»

Hanako konnte sich nicht länger beherrschen. Sie sprang auf und lief weinend hinaus.

«Weinen Ausländer auch so viel wie wir Japaner?», fragte Genji. «Das bezweifle ich. Wenn ja, hätten sie statt Naturwissenschaften Kabuki, wie wir.» Sein Blick fiel auf das Tablett. «Sie hat nur eine Schale gebracht. Was dachte sie sich dabei?»

Zu Heikos Erstaunen nahm er die Schale und hielt sie ihr zum Einschenken hin. Überrascht starrte sie ihn an.

Genji sagte: «Ich trinke ihn lieber heiß als kalt, du nicht auch?»

Da Heiko nichts anderes einfiel, nahm sie die Flasche vom Tablett und schenkte ihm ein. Er trank und reichte ihr dann die Schale.

«Mein Fürst», sagte sie, ohne Anstalten zu machen, ihm die Schale abzunehmen.

«Ja?»

«Ich kann mit Euch nicht aus einer Schale trinken.»

«Warum nicht?»

«Die Verurteilte darf nichts berühren, was die Lippen des Fürsten benetzt hat.»

«Die Verurteilte? Wovon redest du denn?» Er ergriff ihre Hand und legte die Schale hinein.

«Mein Fürst», sagte Heiko, «ich kann nicht. Dadurch würden meine Verbrechen noch abscheulicher.»

«Welche Verbrechen?», wollte Genji wissen. «Bin ich tot? Bin ich verkrüppelt? Hat man meinen Feinden meine intimsten Geheimnisse verraten?»

«Ich habe Euch mein wahres Wesen verheimlicht, mein Fürst.»

Genji seufzte. «Hältst du mich für so töricht?»

«Mein Fürst?»

«Die schönste Geisha von Edo erwählt sich einen der geringsten Großfürsten als Liebhaber. Das tut sie, weil er so hübsch, charmant und geistreich ist. Natürlich. Welchen Grund könnte es sonst geben? Da er nun mal töricht ist, kommt er nie auf den Gedanken, dass dabei Täuschung im Spiel sein könnte, nicht wahr?»

Genji hob die Flasche. Heiko musste ihm die Schale hinhalten, sonst hätte er über die ganze Matte Sake verschüttet.

«Dass dich das Spürauge auf mich angesetzt hat, wusste ich», erklärte Genji. «Eine andere Möglichkeit gab es nicht. Dieser Mann hegt einen unverständlichen Groll gegen mich. Das war mir bekannt, und ich nahm die ganze Zeit über an, dass auch du wüsstest, was ich weiß, und damit auch wusstest, dass mir klar ist, was du weißt. Schließlich sind wir weder Kinder noch Ausländer. Ein derart oberflächlicher Betrug ist an der Tagesordnung. Ohne ihn hätten wir wohl kaum den ersten Schritt tun können, oder?»

Er bedeutete ihr zu trinken. Dann nahm er wieder die Schale, und sie schenkte ihm ein.

«Ihr könnt meinen Verrat weder ignorieren», sagte Heiko, «noch ungestraft lassen. Dadurch würden Eure Vasallen allen Respekt vor Euch verlieren.»

«Verdiene ich Bestrafung?»

«Ihr, mein Fürst? Nein, natürlich nicht. Ihr habt nichts falsch gemacht.»

«Und warum sollte ich mich dann selbst bestrafen?»

«Das solltet Ihr nicht. Ich bin es, die bestraft werden muss.»

«Wirklich? Schön. Mach einen Vorschlag.»
«Das steht mir nicht zu.»
«Ich befehle dir, einen Vorschlag zu machen.»
Heiko verbeugte sich. «Es gibt nur zwei Möglichkeiten, mein Fürst: Hinrichtung oder Verbannung.»
«Einerseits bist du eine Geisha und meine Geliebte, andererseits eine Ninja und ein Werkzeug der Geheimpolizei des Shogun. Wir leben in einer widersprüchlichen Welt. Unser wahrer Charakter zeigt sich nicht in Lauterkeit, sondern im Wesen der von uns erreichten Balance. Meiner Ansicht nach trifft keinen von uns eine Schuld. Damit sind wir beide begnadigt.»
«Mein Fürst, Ihr dürft mir nicht so leichtfertig vergeben.»
Genji nahm ihre Hände in seine. Sie versuchte, sie ihm zu entziehen, aber er ließ sie nicht los. «Heiko, schau mich an.» Sie tat es nicht. «Die von dir vorgeschlagenen Strafen würden mir unerträgliche Pein bereiten. Ist das gerecht?» Sie schwieg. Er ließ sie los.
«Also ist die Liebe, die du angeblich für mich empfindest, so gering, dass du den Tod vorziehst», sagte Genji.
«Kuma und ich waren die beiden einzigen überlebenden Ninjas unseres Clans», erklärte Heiko. «Wie kann ich mein Gelübde missachten? Damit würde ich nicht nur ihn entehren, sondern auch mich.»
«Wenn du stirbst, wird mein Leben nur noch ein freudloser Schatten sein. Muss ich gegen mich selbst einen derartigen Schuldspruch fällen?»
«Dagegen können wir nichts tun. Es ist unser Karma.»
«Wirklich? Wer außer Stark weiß es denn noch in der Burg?»
«Inzwischen alle. Schlechte Nachrichten verbreiten sich rasch.»
«Ich meine offiziell.»
«Nur Ihr, mein Fürst.»
«Das ist die Lösung», sagte Genji. Er dachte eine Weile nach. «Du hast nur so getan, als würdest du für das Spürauge arbeiten, während du die ganze Zeit über mir unterstellt warst. Wir

schmieden auch jetzt noch Pläne, so dass du Kawakami auch weiterhin nützliche Falschinformationen liefern und ihn damit in falscher Sicherheit wiegen kannst. Wenn wir soweit sind, werden wir die Falle zuschnappen lassen.»

«Das ist absolut lächerlich. Das wird niemand glauben.»

«Es kommt nicht darauf an, was jemand glaubt, sondern lediglich darauf, dass sie so tun als ob, genau wie wir jetzt. Hidé, Taro!»

Zu beiden Seiten des Raums glitten die Türen auf.

«Fürst.»

Genji sagte: «Die Zeit ist reif, dass ich euch meine geheimste Strategie enthülle. Kommt herein, und schließt die Türen.»

«Fürst.»

Als Genji mit seiner Enthüllung fertig war, verbeugten sich Hidé und Taro tief vor Heiko.

Taro sagte: «Unser tiefster Dank gilt Euch, Dame Heiko, weil Ihr Euer Leben für ein derart gefährliches Unterfangen aufs Spiel setzt.»

Hidé sagte: «Ich bete zu den Göttern und Buddhas, dass ich Euren Verdiensten wenigstens teilweise gleichkomme.»

Obwohl die Stimmen beider Männer fest klangen, liefen ihnen Tränen über die Wangen.

«Gäbe es ohne Kabuki einen Samurai oder eine Geisha?», fragte Genji. «Wir lieben Melodramen über alles, nicht?»

Als ihre Blicke sich trafen, entdeckte sie auch in seinen Augen Tränen – und ihre ganze Entschlossenheit war dahin.

«Genji», sagte sie und dann nichts mehr.

14

Sekigahara

> Warte beim Angriff auf den richtigen Moment.
> Unterdessen verhalte dich wie ein Fels am Rande eines zehntausend Fuß tiefen Abgrunds.
> Wenn sich der richtige Moment zeigt, verliere dich ganz im Angriff, wie ein Fels, der ins Leere stürzt.
>
> SUZUME-NO-KUMO (1344)

Sohaku war nicht überrascht, dass Kudo die Rückkehr aus dem Gebirge misslungen war. Er hatte gehofft, sein Verbündeter würde Shigeru auslöschen – gehofft ja, aber nicht erwartet. Was ihn überraschte, war die Anwesenheit von Ninjas auf Genjis Seite. Gemeinsam mit Kudo und Saiki war er einer der drei Oberbefehlshaber der fürstlichen Armee gewesen. Seines Wissens folgten Ninjas nicht dem Spatzen-und-Pfeil-Banner. War es dazu so heimlich gekommen, dass er nichts davon erfahren hatte? Kudo hätte davon gewusst und es ihm erzählt. Saiki hätte es gewusst und mit seiner Miene verraten. Nicht einmal ein schlauer Fuchs wie Fürst Kiyori hätte sie alle drei zum Narren halten können. Oder doch? Wenn ja, wäre der Pakt nach seinem Tod hinfällig gewesen, denn Pakte mit Ninjas wurden durch persönliche Eide besiegelt.

Ausgeschlossen, dass Genji sie persönlich in seine Dienste nahm. Er wusste nicht einmal, wo er sie finden sollte. Sein Reich bestand aus Sake und Geishas und nicht aus Spionen und gedungenen Mördern. Außerdem, welcher Ninja würde dem Wort eines solchen Schwächlings glauben? Es sei denn, auch sie wären durch die närrischen Geschichten über seine prophetische Gabe beeinflusst. Nein, Ninjas waren tief in den Realitäten des Lebens verwurzelt. Sie ließen sich nicht so leicht in die Irre führen.

Damit blieb nur noch ein einziger Kandidat übrig: Kawakami. Es war bekannt, dass Ninjas im Auftrag der Geheimpolizei des Shogun im Einsatz waren. Hatte das Spürauge die ganze Zeit über geplant, Sohaku und Kudo auszuschalten, um Genji zu schwächen? Möglicherweise war Kudo in einer Falle umgekommen, die Kawakami dort oben im Gebirge aufgestellt hatte. Und doch schien auch das wenig wahrscheinlich. Wenn Kawakami sie tatsächlich betrügen hätte wollen, wäre es klug gewesen, Shigeru von Kudo töten zu lassen, mit Sohakus Hilfe Genji in die Falle zu locken und dann das Leben von allen dreien gleichzeitig auszulöschen.

Keine Variante ergab einen Sinn. Sohaku musste sich Klarheit verschaffen, und zwar bald, sonst würde sein Handeln zu keinem guten Ergebnis führen. Handeln musste er, und auch das bald. Er verfügte über weniger als achtzig Mann. Seine Vasallen in Akaoka waren entweder tot oder nicht mehr seine Vasallen. Bis er sich über Kawakamis Absichten keine Klarheit verschafft hatte, konnte er eine Rückkehr nach Edo nicht riskieren. Statt Schutz erwarteten ihn möglicherweise Verhaftung und Verhör.

Wenigstens war seine Familie in Sicherheit. Als er Abt wurde, war sie ins Fürstentum seines Schwiegervaters auf Kyushu übersiedelt, der südlichsten der vier Hauptinseln Japans. Dort waren sie vor Shigerus Rache sicher.

Er musste alle Hoffnungen und Ängste fahren lassen und die Ruhe im Innersten seines Wesens finden. Dann würde sich von selbst eine Lösung ergeben.

Dafür stand ihm nur ein einziger Ort offen: Kloster Mushindo.

Ergrimmt betrachtete Kawakami durch sein Fernrohr die Flotte aus britischen und französischen Kriegsschiffen, die in der Bucht von Edo ankerte. Ein solches Maß an Arroganz war nicht zu fassen. Zwei Wochen zuvor hatten sie die Stadt bombardiert, jetzt verhielten sie sich, als sei nichts geschehen, ja – schlimmer noch –, als hätte man ihnen etwas zu Leide getan.

Im Süden hatten einige Fürsten ausländische Handelsschiffe unter Beschuss genommen, woraufhin Briten und Franzosen die Festungen in Schutt und Asche legten und anschließend nach Edo segelten, um die Paläste der schuldigen Fürsten zu zerstören. Dabei hatten sie den ganzen Bezirk Tsukiji bombardiert. Statt sich darüber reumütig zu zeigen, forderten sie Wiedergutmachungszahlungen für den Schaden an ihren Schiffen, offizielle Entschuldigungen der verantwortlichen Fürsten und vom Shogun ein Versprechen, dass es nie wieder zu einem solchen Vorfall komme.

Diese Ereignisse waren zwar beunruhigend, aber bei weitem nicht so beschämend wie die Berichte, die von der Front kamen. Nachdem britische Marinetruppen an Land gegangen waren, hatte sich der Mut der Samurai in den Festungen von Kuroshima restlos verflüchtigt. Angesichts der disziplinierten Truppen, die von Artillerie unterstützt wurden, waren sie entsetzt geflüchtet. Sechshundert Jahre zuvor waren ihre Vorfahren den Mongolenhorden Kublai Khans siegreich entgegengetreten. Jetzt waren sie ohne die geringste Gegenwehr davongerannt. Welch ein beschämender Tag in der Geschichte ihrer Kriegernation.

Dem Shogun war es nicht gelungen, einen Beschluss für einen angemessenen Gegenschlag zu erwirken. Einige Hitzköpfe plädierten für eine Kriegserklärung an alle Ausländer. Andere, eher ängstliche Gemüter, drängten auf sofortige Anerkennung der ausländischen Forderungen. Damit die Regierung nicht auseinander brach, benötigte man einen Mehrheitsbeschluss. Dazu hatte der Shogun einen unerhörten Schritt unternommen, nämlich sämtliche Großfürsten – auch solche, die nicht zu seinen Verbündeten zählten – nach Edo zur Ratsversammlung eingeladen, um mit ihnen zu einem gemeinsamen Entschluss zu gelangen. In Wirklichkeit machte er damit seinen traditionellen Feinden das Angebot, mit ihnen die Macht zu teilen, jenen Clans, die seit Sekigahara auf eine Abrechnung mit den Tokugawa gewartet hatten. Der Boden für eine historische Aussöhnung war bereitet.

Die Möglichkeit, dass es tatsächlich dazu kam, machte Kawakami ganz krank. Dies wäre das Ende seines geduldig geschmiedeten Plans zur Vernichtung des anmaßenden Okumichi-Clans. Ja, in derart unsicheren Zeiten könnte ihnen ihr Ruf, Visionäre zu sein, zu noch höherem Ansehen als bisher verhelfen. Kawakami stellte sich das so vor:

Genji würde an der Konferenz teilnehmen und dabei irgendeine Bemerkung fallen lassen, die der Shogun als ernst gemeinten Rat verstünde. Man würde zur Tat schreiten. Durch einen jener Zufälle, wie es sie scheinbar so oft im Zusammenhang mit den Fürsten von Akaoka gab, würde das Ergebnis besser sein, als sich das je einer hätte träumen lassen. Angesichts seiner geschwächten Position sähe sich daraufhin der Shogun, der sich an jeden Strohhalm klammerte, gezwungen, Genji in seinen engsten Ratgeberkreis zu berufen. Kawakami musste kein Prophet sein, um zu wissen, wie seine eigene Zukunft dann aussähe. Der rachsüchtige Genji würde einen Vorwand finden, der den Shogun zwänge, Kawakami rituellen Selbstmord zu befehlen. Sein ganzes Leben hatte er dem Shogun treu gedient. Und doch würde sich sein Herr und Meister im Fall der Fälle für Genji entscheiden. Kawakami täte an seiner Stelle dasselbe. Oberste Geheimpolizisten ließen sich ersetzen. Bei Propheten sah die Sache ganz anders aus.

Welch abscheulicher Wandel der Ereignisse.

Aber noch war nichts davon eingetreten. Und dazu käme es auch nicht, wenn Genji Edo nie erreichte. Kawakami hatte eine letzte Chance. Diesmal musste er inoffiziell vorgehen, da Genji, dank der rückwirkenden Aufhebung des Gesetzes für wechselnden Wohnsitz, nie ein Geächteter gewesen war. Dennoch, das Land befand sich in Aufruhr, und in solchen Zeiten geschahen unerwartete Dinge.

Sohaku hatte ihm mitteilen lassen, er zöge sich vorübergehend ins Kloster Mushindo zurück, was Kawakami irritiert hatte. Jetzt sah er darin sogar eine glückliche Fügung. Auf dem Weg nach Edo würde Genji zwischen Mushindo und dem Dorf Yamanaka hindurchreiten. Kawakami beabsichtigte, sich zu gegebener Zeit mit seinen Vasallen, insgesamt fast sechshundert Mann, im Dorf aufzuhalten. Alle waren mit napoleonischen Musketen bewaffnet, die sie sehr versiert zu gebrauchen wussten. Ja, wenn man alles bedachte, würde die Angelegenheit nicht zwangsläufig eine gänzlich unbefriedigende Wendung nehmen.

Noch etwas machte ihm Sorgen, wenn auch nur am Rande: Mysteriöserweise war seine rechte Hand Mukai noch immer nicht aufgetaucht. Drei Boten hatte Kawakami bereits in das winzige nördliche Fürstentum des Langweilers entsandt. Keiner war zurückgekommen, was sehr merkwürdig, ja in der Tat höchst merkwürdig schien. Hatte er sich wegen eines familiären Notfalls entfernt, der ihn so beanspruchte, dass er nicht antworten konnte? Kawakami erinnerte sich an Mukais Frau, der er bei einigen gesellschaftlichen Anlässen begegnet war. Sie war fast so farblos wie ihr Ehemann. Dasselbe konnte man von seinen beiden Konkubinen sagen, deren Existenz lediglich dazu diente, die Erwartungen zu erfüllen, die man an einen Fürsten seines Ranges stellte.

Früher oder später würde Mukai mit einer sehr vernünftigen und ebenso langweiligen Erklärung für seine Abwesenheit wieder auftauchen.

Er schob seine Bedenken beiseite. Wichtigere Dinge erforderten seine Aufmerksamkeit. Seine Spione behielten Akaoka unablässig im Auge. Noch immer teilte Heiko Genjis Bett. Seine Gelegenheit käme noch früh genug.

«Erstens rate ich vehement von dieser Reise ab», erklärte Saiki. «Sollte sie doch stattfinden, rate ich zweitens eindringlich dazu, in Begleitung einer Streitmacht von mindestens tausend Mann aufzubrechen. Zweitausend wären besser. Drittens rate ich dringend dazu, gemeinsam mit mindestens noch einem Fürsten zu reisen, vorzugsweise mit einem, der als verlässlich neutral für beide Seiten gilt. Damit würde sich die Wahrscheinlichkeit eines Hinterhalts verringern.»

«Vielen Dank für deine aufrichtige Sorge», entgegnete Genji. «Unter anderen Umständen wäre die Gefahr sicher so groß, wie du befürchtest. Aber ich begebe mich auf Einladung des Shogun nach Edo. Dies allein gewährleistet eine sichere Reise.»

«Vor zehn Jahren hätte dies zugetroffen», wandte Shigeru ein. «Jetzt hat der Shogun sein Reich nicht mehr fest in der Hand. Ausländische Kriegsschiffe greifen ungestraft seine Hauptstadt an. Immer öfter missachten Fürsten seine Autorität. In vielen Fürstentümern steht die Herrschaft der Großfürsten auf schwankendem Boden. Saiki hat Recht. Du solltest nicht gehen.»

Genji wandte sich an Hidé: «Was hältst du davon?»

«Die Entscheidung darüber, ob Ihr geht oder nicht, liegt nicht bei mir, Fürst. Wenn Ihr geht, pflichte ich Fürst Saiki bei. Tausend Mann Streitmacht werden genügen, wenn Ihr die Besten nehmt.»

Genji schüttelte den Kopf. «Wenn ich mit tausend Mann Richtung Edo marschiere, wird der Shogun das als Aggression werten, und das mit Recht.»

«Informiert ihn bereits im Voraus», schlug Saiki vor. «Sagt, Ihr werdet sie weit vor der Stadt ihr Lager aufschlagen lassen, allerdings noch in Reichweite der Ebene von Kanto, falls der Shogun den Wunsch hegen sollte, sie mit seiner Streitmacht gegen die Ausländer zu vereinen. Zu diesem Zweck können wir Kloster Mushindo benutzen.»

«Dort werden wir auf alle Fälle Rast machen», sagte Genji. «Emily möchte sehen, wie weit der Bau des Missionshauses vorangeschritten ist. Weißt du, ob je damit begonnen wurde?»

«Nein, mein Fürst.» Saiki unterdrückte seine Gereiztheit. Er war der Dame Emily sehr dankbar, weil sie Genjis Leben gerettet hatte. Trotzdem fand er es unerträglich, dass ihre Sorge um dieses unwichtige Missionswerk einen Platz in einer derart ernsten Diskussion haben sollte. «Habt Ihr die Absicht, der Dame Emily zu gestatten, Euch nach Edo zu begleiten?»

«So ist es.»

«Davon rate ich strikt ab», sagte Saiki.

«Der Palast Stiller Kranich wird wieder aufgebaut», erklärte Genji. «Emily muss einige Konstruktionsdetails überwachen, was sie nicht kann, wenn sie sich hier aufhält.»

Saiki biss die Zähne zusammen. «Gehört Architektur zu ihren Begabungen?»

«Nein, aber unsere Architekten benötigen ihren Rat bezüglich der Anlage der Kapelle.»

«Kapelle?»

«Ich habe angeordnet, dass in den Bauplan eine kleine christliche Kirche eingefügt wird.»

«Was?» Saiki war entsetzt.

Zu aller Überraschung lachte Shigeru. Das tat er nur ganz selten. «Saiki, warum machst du dir Sorgen? Vor tausend Jahren war der Buddhismus eine fremde Religion, die chinesische und koreanische Missionare hierher gebracht haben. Jetzt ist er so japanisch wie wir. In weiteren tausend Jahren wird man dasselbe vom Christentum sagen, das die neuen Fremden mitbringen.»

Saiki sagte: «Mir war nicht klar, mein Fürst, dass Ihr eine derart starke Neigung zum Optimismus habt.»

«Ich lerne von meinem Neffen.»

«Ihr erachtet es für klug, einer Frau die Teilnahme an dieser möglicherweise gefährlichen Reise zu gestatten?»

«Nicht einer Frau», sagte Shigeru, «mehreren. Auch die Dame Heiko und Hanako werden uns begleiten.»

Saiki versagte sich, noch mehr Bestürzung zum Ausdruck zu bringen, und meinte lediglich: «Mein fünfter Vorschlag lautet, dass wir an diese Reise mit aller gebotenen Ernsthaftigkeit herangehen.»

«Heiko vermisst Edo», sagte Genji, «und Hidé sollte man jede Möglichkeit gönnen, für einen Erben zu sorgen.»

«Die größte Gefahr liegt noch vor uns», sagte Saiki, der sich in keiner Weise auf die frivole Natur dieser Bemerkung einließ.

«Und wenn sie kommt, werden wir uns ihr stellen», erwiderte Genji. «Bis dahin sollten wir uns nicht mit unnötigen Bedenken aufhalten.»

Saiki verbeugte sich. «Mein Fürst, ich höre und gehorche.»

«Danke, Saiki.»

«Wie viele Männer sollen Euch begleiten?»

«Zwanzig bis dreißig sollten genügen. Wir werden nicht lange in Edo bleiben.»

«Unsere Späher berichten, dass sich Sohaku in Mushindo aufhält», sagte Hidé. «Sollte er sein Vorgehen noch immer mit Kawakami abstimmen, wären die von Fürst Saiki vorgeschlagenen tausend Mann bei weitem nicht übertrieben.»

«Mushindo wird längst geräumt sein, bevor Genji dort eintrifft», antwortete Shigeru.

«Ich traue kaum meinen Augen», sagte Emily. «Zuerst ein Apfelhain, jetzt das.»

Sie stand mit Stark zwischen blühenden Winterrosen, deren Farbpalette von Reinweiß bis zu Tiefrot und allen Rosétönen, von zart bis kräftig, reichte.

«Dieser Garten wird seinem Ruf gerecht», bemerkte Stark.

Emily warf ihm einen fragenden Blick zu.

«Heiko hat mir erzählt, die Burg hätte noch einen anderen Namen: Hüterin des Rosengartens.»

«Hüterin des Rosengartens», wiederholte Emily. «Spatzenwolke. So viel Poesie, um eine Festung zu beschreiben, die dem Krieg geweiht ist.»

«Krieg ist für die Samurai Poesie», erklärte Stark.

«Also wirklich, Matthew, dank Heiko scheinst du ja mit einem Mal viel Verständnis für Japan zu haben.»

«Wir hatten etwas Gelegenheit zum Reden», sagte er, dann schwieg er. Heiko hatte gesagt, sie würde Genji alles erzählen. Das ging nur sie etwas an, nicht ihn.

Hanako hatte sie in den Rosengarten geführt, nachdem es Emily gelungen war zu erklären, dass sie sich lieber im Freien aufhielt als in geschlossenen Räumen. Die Überfülle an Stühlen, Tischen und anderem Mobiliar in ihrem Zimmer verursachte ihr Beklemmungen. Und der Salon, den sie mit Stark teilte, war nicht besser. Diener hatten die völlig unpassenden Plüschsessel herausgetragen, auf denen sie saßen. Emily nahm sich vor, Fürst Genji von Gartenmöbeln zu erzählen, denn er wollte nicht nur möglichst viel über die Sprache der Amerikaner, sondern auch über ihre Kultur erfahren.

«Sie wirkt so zerbrechlich», sagte Emily. «Die Entbehrungen der Wildnis müssen ihr zugesetzt haben.»

«Sie kam damit zurecht.» Stark versuchte, das Gespräch in eine andere Richtung zu lenken. «Deine Reise mit Fürst Genji war weitaus abenteuerlicher als unsere. Wenn die Gerüchte wahr sind, bist du ein Engel, der Wunder bewirkt hat, um sein Leben zu retten.»

Emily wandte sich ab und betrachtete in der Ferne einen Rosenstrauch. Hoffentlich hatte er nicht bemerkt, wie ihr das Blut ins Gesicht geschossen war.

«Ach, Gerüchte, du weißt ja, was es damit auf sich hat. Jemand, der nichts weiß, sagt etwas, und dieses Nichts wird größer und größer.»

«Heiko sieht nicht so aus, als würde sie klatschen. Sie sagte, Fürst Shigeru habe ihr erzählt, er habe dich und Genji in einem Schneehaus gefunden, das du gebaut hast. Hast du das wirklich?»

«Es war nur ein Unterstand aus Ästen, auf den es zufällig geschneit hat.»

«Sie sagte, Fürst Genji habe ihr erzählt, du hättest ihn und dich durch eine Kunst warm gehalten, die du von den Eskimos gelernt hast.»

«In meinem ganzen Leben bin ich noch keinem Eskimo begegnet», erwiderte Emily so entschieden, wie sie nur konnte.

«Das dachte ich mir auch», sagte Stark. «Sie muss ihn missverstanden haben oder ich sie. Also, wie hast du das nun gemacht?»

«Was gemacht?»

«Wie seid ihr am Leben geblieben? Ihr wart beinahe zwei Tage in einem heftigen Schneesturm. Du hast etwas getan, damit ihr nicht erfriert, stimmt's?»

«Der Unterstand hat uns vor dem Wind geschützt», antwortete Emily. Sie konnte weder lügen noch die ganze Wahrheit sagen. «Die Wände um uns herum bestanden zwar aus Schnee, aber trotzdem waren es Wände. Sie schützten uns so ausreichend vor den Elementen, dass es dazwischen sehr viel wärmer war als draußen.»

«Das ist gut zu wissen», meinte Stark, «falls wir uns einmal in einer ähnlichen Situation befinden sollten.»

«Das wird sicher nicht der Fall sein», sagte Emily und streckte die Hand nach einer leuchtend roten Blüte aus. «Wie heißt wohl diese Sorte?»

Genji sagte: «Schöne Amerikanerin.»

Emily drehte sich um und sah ihn ganz in der Nähe stehen. Aus seiner amüsierten Miene konnte sie ablesen, dass er einen Teil ihres Gesprächs mit Stark gehört hatte. Als er ihren verzweifelten Gesichtsausdruck bemerkte, wurde er sofort ernst, trat zu der Blume, die sie berührt hatte, zog sein Kurzschwert und strich ganz leicht mit der Klinge über den Stängel. Die Blüte fiel vom Strauch in seine Hand.

Mit einer Verbeugung überreichte er sie Emily.

«Ich danke Ihnen, mein Fürst.»

«Ein merkwürdiger Name für eine japanische Blume», sagte Stark.

«Sie heißt nur hier so», erwiderte Genji. «Einer meiner Vorfahren hatte –» Er wollte schon «eine Vision» sagen, da fiel ihm wieder ein, wie verstört Emily auf dieses Wort reagiert hatte, und sagte stattdessen, «– einen Traum. Am nächsten Morgen ließ er offiziell bekannt geben, dass die prächtigste Rose, die im Burgbereich blühte, hinfort als ‹Schöne Amerikanerin› bezeichnet werden sollte.»

Emily wurde neugierig. «Wovon träumte er denn?»

«Den genauen Inhalt des Traums hat er nie enthüllt. Noch am selben Tag vereinigte er seine Armee mit der des Takeda-Clans, mit dem er bei Nagashino das Steilufer angriff – vielleicht die berühmteste Kavallerieattacke in der Geschichte unserer Nation. Er starb im Kugelhagel unzähliger feindlicher Musketenläufe, zusammen mit tausenden anderen berittenen Kriegern. Seither hat niemand mehr eine solche Attacke geritten.»

«Sein Traum hat ihn zu einer solchen Narretei verleitet?»

«Ja. Vor dem Angriff erklärte er seinen Vasallen, sie sollten keine Furcht haben. Die Ankunft der ‹Schönen Amerikanerin› innerhalb der Mauern von Spatzenwolke sei das Signal für den endgültigen Triumph unseres Clans. Das garantiere sein Traum.»

Gänzlich unvermutet warf Emily ein: «Nun, das war ziemlich verrückt.» Am liebsten hätte sie sich die Zunge abgebissen.

Genji lachte. «Er versuchte, die Wirklichkeit mit Gewalt seinem Traum anzupassen. Verrückte tun das häufig. Leider kommt dieser Fehler in meiner Familie öfter vor, ebenso wie die Neigung, Träume auf fatale Weise falsch auszulegen. Sein Nachfolger ließ die Proklamation als warnendes Beispiel bestehen.»

«Das war weise von ihm», sagte Emily und versuchte, durch dieses Lob ihre taktlose Bemerkung wieder gut zu machen.

«Und noch weiser wäre es gewesen, wenn er sich selbst daran gehalten hätte», fuhr Genji fort. «Seine eigenen Träume veranlassten ihn, sich bei Sekigahara gegen die Tokugawa zu stellen. Er wurde getötet, unser Clan fast ausgerottet, und so stehen wir bis heute auf der Liste der Feinde des Shogun, denen man nicht trauen kann.»

Emily schwankte zwischen Mitgefühl und Missbilligung. Dieser Zwiespalt zeichnete sich auf ihrem Gesicht als finstere Miene ab. «Diese Zeichen deuten klar darauf hin, dass man solche Träume nur als das sehen darf, was sie sind: Träume. Denn so steht es in der Heiligen Schrift geschrieben: ‹Die Weissagung aber nicht den Ungläubigen, sondern den Gläubigen.›»

«Vielleicht. Mich bekümmert das kaum. Ich träume sehr viel weniger als meine Vorgänger.»

Noch während er diese Worte sprach, versank die Welt rings um ihn, und Genji fand sich an einem anderen Ort wieder.

Eine sanfte Brise kühlt seine leicht fiebrige Haut.

Die Zweige über ihm quellen von weißen Blüten über. Die Luft ist voll von ihrem süßen Duft.

Apple Valley steht in Blüte.

Es muss Frühling sein.

Angesichts der allumfassenden Schönheit wird ihm eng um die Brust, Tränen treten ihm in die Augen. Er ist glücklich, und doch – welche widersprüchlichen Gefühle empfindet er? Er weiß es nicht genau. Vielleicht kann es ihm dieser Genji aus der Zukunft sagen. Der Genji in der Vision tut es nicht. Genau wie beim ersten Mal befindet er sich im Inneren der Person, die er einmal sein wird. Die Hände, die die Zügel halten und auf dem Sattelknauf liegen, unterscheiden sich nicht wesentlich von denen, die Emily die Rose reichten. Zwischen diesem Tag und dem heutigen kann kein großer Abstand liegen, sonst wäre er bereits merklich gealtert.

Genji lässt sein Pferd gehen, wohin es will. Er hat kein Ziel. Er wartet. Worauf? Unruhe lässt ihn absitzen. Er wandert hin und her. Beim Blick nach oben sieht er jenen Ast, auf dem Emily saß, als er ihr dieses Tal schenkte. Am selben Tag hatte Heiko ihre Beichte abgelegt. Beim Gedanken an beide Frauen lächelt er.

Die schöne Geisha, die mehr weiß, als sie sollte.

Die naive Ausländerin, die nur das weiß, was sie wissen will.

Der Gedanke an sie macht ihm erneut die Grenzen seiner Visionen bewusst.

Er spürt den Boden erbeben, noch ehe er die galoppierenden Pferdehufe hört. Als er den Blick zum erhöht liegenden Taleingang hebt, sieht er ein spitzgiebeliges Gebäude mit einem Glockenturm, gekrönt von einem weißen Christenkreuz. In höchster Eile reitet Hidé an Emilys Kirche vorüber. Ohne seine Ankunft abzuwarten, steigt Genji wieder auf sein Pferd und gibt ihm die Sporen. Nach Spatzenwolke.

Im Hof haben sich Diener versammelt. Bei seinem Eintreffen verbeugen sie sich. Er eilt in die Burg, wo er vom Flurende, aus seinem Schlafzimmer, ein Neugeborenes schreien hört. Er hastet hin.

Eine Zofe streckt ihm den Säugling entgegen, er jedoch sorgt sich nur um die Mutter, nicht um das Kind, das er beiläufig mustert. Noch ehe er den inneren Raum betreten kann, tritt Doktor Ozawa heraus und schließt hinter sich die Tür.

«Wie geht es ihr?»

«Die Geburt verlief sehr schwierig», antwortet Doktor Ozawa mit ernster Miene.

«Ist sie außer Gefahr?», fragt Genji.

Doktor Ozawa schüttelt den Kopf und verbeugt sich tief. «Es tut mir Leid, mein Fürst.»

Bei den Worten des Arztes empfindet er nur ein einziges Gefühl: Trauer. Er sinkt in die Knie.

Doktor Ozawa kniet sich neben ihn. «Fürst Genji, Ihr seid Vater.»

Der Kummer hat Genji so gebrochen, dass er sich nicht wehrt, als man ihm das Kind in die Arme legt. An seinem Hals funkelt etwas, das er sofort wieder erkennt, obwohl ihm Tränen den Blick verschleiern. Schon zweimal hat er es gesehen.

Einmal in einer anderen Vision.

Einmal in einem Schneehügel.

Ein kleines Silbermedaillon mit einem eingravierten Kreuz, das eine einzelne stilisierte Blume schmückt. Vielleicht eine Lilie.

Doktor Ozawa sagte streng: «Ich habe Euch vor Überanstrengung gewarnt, mein Fürst.»

Genji lag in einem Raum mit Blick auf den Rosengarten. Wie er hierher gekommen war, wusste er nicht mehr, nur noch, dass er das Bewusstsein verloren hatte.

«Ich habe mich doch nur unterhalten.»

«Dann habt Ihr Euch eben zu viel unterhalten, mein Fürst.»

Genji setzte sich auf. «Mir geht es gut.»

«Leute, denen es gut geht, werden nicht grundlos bewusstlos.»

«Eine Vision», sagte Genji.

«Aha.» Doktor Ozawa blickte zur Tür. «Hanako.»

Die Tür glitt auf, Hanako schaute herein. «Ja, Doktor.» Trotz ihrer besorgten Miene lächelte sie Genji an und verbeugte sich vor ihm.

«Bring Tee», sagte Doktor Ozawa.

«Sake wäre besser», meinte Genji.

«Tee», wiederholte Doktor Ozawa.

«Ja, Doktor», erwiderte Hanako und verschwand.

«Soll ich es Ihnen erzählen?»

«Wenn Ihr wünscht», antwortete Doktor Ozawa, seit fast vierzig Jahren der Arzt des Clans. Vor Genji waren bereits Kiyori und Shigeru seine Patienten gewesen. Er wusste alles über Visionen. «Ich bezweifle, ob ich irgendwelche nützlichen Einsichten vermitteln kann. Bisher war mir das nicht möglich.»

«Irgendwann ist immer das erste Mal.»

«Nicht zwangsläufig, mein Fürst. Manchmal gibt es nicht einmal ein erstes Mal.»

Genji beschrieb das von ihm Gesehene möglichst detailliert und wartete dann auf eine Bemerkung von Doktor Ozawa. Der aber saß nur stumm da und trank seinen Tee.

«Mit dieser Vision verhält es sich wie mit der ersten», erklärte Genji. «Statt Klarheit zu bringen, verwirrt sie eher. Wer ist die Mutter des Kindes? Es muss die Fürstin Shizuka aus meiner ersten Vision sein. Das Kind trägt das Medaillon der Mutter. Allerdings lebt Fürstin Shizuka in der ersten Vision, während ich sterbe, während hier das Gegenteil der Fall zu sein scheint. Ein unauflöslicher Widerspruch.»

«So scheint es.»

«Habe ich Ihrer Ansicht nach das gesehen, was kommen muss oder das, was kommen könnte?»

«Alles, was mir Euer Großvater mitgeteilt hatte, ist eingetroffen.» Doktor Ozawa nippte an seinem Tee. «Trotzdem weiß ich, dass er nicht über alles gesprochen hat. Von dem, was Euer Onkel gesagt hat, hat sich nichts bewahrheitet – bis jetzt. Eure Situation ist wieder ganz anders. Ihr hattet bereits zwei Visionen und werdet nur noch eine haben. Dies ist meiner Ansicht nach ein glücklicherer Umstand als bei Kiyori oder Shigeru. Ihr seht weder mit zu deutlicher Klarheit noch mit zu wenig, sondern gerade so viel, um Eure Wachsamkeit zu erhöhen.»

«Sie haben meine Frage nicht beantwortet.»

«Wie kann ich das?», sagte Doktor Ozawa. «Was weiß ich

schon von der Zukunft? Ich bin nur ein einfacher Arzt, kein Prophet.»

«Sich auf diese philosophische Weise auf neutralen Boden zu begeben, ist nicht hilfreich», sagte Genji. «Ich benötige Rat.»

«Ich zögere, etwas zu äußern, was man lediglich als persönliche Meinung betrachten kann und nicht als Ratschlag», sagte Doktor Ozawa.

«Trotzdem würde ich sie gern hören.»

«Ihr solltet mit einer Frau sprechen.»

«Ja», sagte Genji, «aber mit welcher?»

«Das ist doch offensichtlich.»

«So? Bitte, sagen Sie es mir.»

Doktor Ozawa verbeugte sich. «Damit meinte ich, dass es für Euch offensichtlich sein sollte, mein Fürst. Ihr habt doch die Visionen.»

Heiko hörte zu, ohne ihn zu unterbrechen. Als er fertig war, schwieg sie weiter. Genji verstand. Es musste ihr schwer fallen zu erfahren, dass er mit einer anderen Frau ein Kind zeugen würde. Aber mit wem konnte er seine Vision teilen? Keinem anderen Menschen vertraute er so wie ihr.

«Mir ist nur eines klar», sagte er. «Ehe irgendetwas aus dieser Vision wahr werden kann, muss Shizuka Emily treffen, denn jenes Medaillon, das sie trägt und unserem Kind weitergibt, gehört derzeit Emily. Sonst weiß ich mir keinen Reim darauf zu machen.»

Sie sagte: «Hast du mir nicht einmal von einem ausländischen Meister und seiner Klinge erzählt? Mir fällt sein Name nicht ein.»

«Denkst du an die Geschichte von Damokles und dem Schwert am seidenen Faden?»

«Die ist es nicht.» Heiko dachte nach. «Sein Name ähnelte irgendwie dem des Zen-Meisters Hakuin Zenji. Hakuo. Hukuo. Okuo. Okkao. Okkaos Klinge. So ähnlich.»

«Occams Rasiermesser?»

«Ja, das ist es.»

«Und was davon?»

«Wenn du sagst, dir sei lediglich eines klar, verwendest du nicht Occams Rasiermesser.»

«Ach, beherrschst du mittlerweile die ausländische Denkweise?»

«Das ist nicht nötig. Soweit ich mich erinnere, geht es bei Occams Rasiermesser um Folgendes: Wenn man mit mehreren Möglichkeiten konfrontiert wird, ist höchstwahrscheinlich diejenige die richtige, für die man die einfachste Erklärung benötigt. Die hast du nicht gewählt.»

«Ich habe mich lediglich auf jenen Teil der Vision beschränkt, der sich erklären lässt. Wieso habe ich dabei nicht Occams Rasiermesser angewandt?»

«Du nimmst an, Shizuka wird die Mutter sein, obwohl du ihr erst noch begegnen musst. Und dass das Medaillon irgendwie von Emily zu ihr gewandert ist und danach zu dem Kind. Dafür gibt es eine einfachere Erklärung.»

«Die ich leider nicht sehen kann.»

Heiko sagte: «Das Kind bekommt das Medaillon direkt von Emily.»

«Warum sollte Emily ihr Medaillon meinem Kind schenken?»

«Weil es auch ihr Kind ist», antwortete Heiko.

Genji war entsetzt. «Das ist in höchstem Maß grotesk und obendrein eine Beleidigung. Außerdem deckt es sich nicht mit der Regel der einfachsten Erklärung. Damit sie die Mutter meines Kindes wird, müssen wir zuerst miteinander schlafen. Doch dazu führt meiner Ansicht nach kein einfacher und direkter Weg. Oder bist du anderer Ansicht?»

«Die Liebe vereinfacht oft die komplexesten und schwierigsten Situationen.»

«Ich bin nicht in Emily verliebt, und sie gewiss auch nicht in mich.»

«Vielleicht noch nicht, mein Fürst.»

«Niemals», sagte Genji.

«Und was empfindet Ihr für sie?»

«Ich hege für sie keine Empfindungen, jedenfalls nicht in der von dir angesprochenen Art.»

«Ich habe Euch mit ihr lachen gesehen», sagte Heiko, «und sie lächelt oft in Eurer Nähe.»

«Wir wären fast zusammen umgekommen», erklärte Genji. «Aus diesem Grund besteht zwischen uns ein Band, das es zuvor nicht gab, ja. Ein Band der Freundschaft, nicht der Liebe.»

«Findet Ihr sie immer noch abstoßend und hässlich?»

«Abstoßend nicht, aber nur, weil ich mich an ihr Äußeres gewöhnt habe. Auch hässlich ist ein ziemlich starkes Wort.» Genji musste daran denken, wie sie im Schnee gelegen und mit ihrem Körper einen Schneeengel gezeichnet hatte. Er stellte sich vor, wie sie völlig unbefangen in den Apfelbaum geklettert war. «Vermutlich besitzt sie auf ihre fremdländische Art einen gewissen unschuldigen Charme.»

«Ihr sprecht von ihr, als handle es sich um jemanden, für den Ihr Zuneigung empfindet.»

«Dass ich sie mag, will ich gern zugeben, aber vom Mögen zum Lieben ist ein weiter Weg.»

«Noch vor einem Monat musstet Ihr Euch überwinden, auch nur einen kurzen Blick in ihre Richtung zu werfen. Jetzt mögt Ihr sie. Liebe scheint da nicht mehr so unvorstellbar.»

«Zwischen beidem gibt es einen entscheidenden Unterschied: körperliches Begehren.»

«Und das erweckt sie nicht?»

«Bitte.»

«Natürlich gibt es eine noch weitaus einfachere Erklärung», sagte Heiko.

«Die hoffentlich auch angenehmer klingt», entgegnete Genji.

«Die Beurteilung liegt allein bei Euch, mein Fürst.» Heiko betrachtete ihre im Schoß verschränkten Hände. «Es müsste gar nicht zu neuen Gelegenheiten kommen, die Euch und Emily ins Bett bringen, wenn Ihr dort bereits gewesen wärt.»

«Heiko, ich war mit Emily nicht im Bett.»

«Bist du sicher?»

«Ich würde dich nicht anlügen.»

«Das weiß ich.»

«Was willst du dann damit sagen?»

«Als Shigeru euch fand, lagst du im Fieberwahn.»

«Ich war bewusstlos und der Fieberwahn bereits vorbei.»

«Du hast dich mit Emily einen Tag und eine ganze Nacht in einem schneebedeckten Unterstand aufgehalten, bevor man euch gefunden hat.» Sie sah auf. Ihr Blick bohrte sich in seinen. «Mein Fürst, erinnert Ihr Euch noch daran, wie Ihr warm geblieben seid?»

«Es freut mich sehr, Sie wohlauf zu sehen», sagte Emily. «Wir alle haben uns große Sorgen gemacht. Bitte, nehmen Sie Platz.»

«Danke.» Genji war innerlich ganz aufgewühlt, weshalb auch sein Äußeres unter diesem Zustand litt. Und dafür sorgte schon der unförmige ausländische Sessel.

«Die Dame Heiko sagte, Sie wollten mich sprechen.»

«Hat sie dir den Grund genannt?»

«Nur dass es sich um eine etwas delikate Angelegenheit handelt.» Emily sah ihn an. «Vielleicht wäre ich besser in Ihre Gemächer gekommen, anstatt Sie zu mir. Vielleicht haben Sie den jüngsten Vorfall noch nicht ganz überwunden.»

«Es besteht kein Grund zur Sorge», erwiderte Genji. «Mich hatte lediglich Müdigkeit überfallen. Inzwischen habe ich mich gut erholt.»

«Ich wollte gerade Tee trinken.» Emily trat an einen Tisch mit einem fremdländischen Teeservice. «Möchten Sie sich mir anschließen? Heiko war so freundlich, mir eine englische Teesorte zu besorgen.»

«Vielen Dank.»

Jeder Aufschub war willkommen. Wie sollte er die Frage formulieren? Er konnte sich nichts Demütigenderes vorstellen, als eine Frau zu fragen – eine Frau, die er nicht allzu gut kannte und die obendrein noch eine Ausländerin war –, ob er mit ihr ins Bett gegangen sei, weil er selbst sich nicht mehr daran erinnern konnte!

Emily goss aus einer kleinen Karaffe ein wenig von einer dicken weißen Flüssigkeit in die Schalen. Anschließend gab sie schwarzen Tee dazu, dessen Duft nicht verbergen konnte, dass man zum Aufbrühen fermentierte Blätter verwendet hatte. Schließlich fügte sie noch Zucker hinzu und rührte das Ganze um.

Der erste Schluck zauberte ein Lächeln auf ihr Gesicht. «Ich hatte vergessen, wie köstlich das schmeckt, so lange ist es schon her.»

Genji kostete das fremde Getränk. Kaum berührte es seine Geschmacksknospen, würgte es ihn. Die reine Höflichkeit hinderte ihn daran, das üble Gebräu auf der Stelle auszuspucken. Die Mischung aus übermäßiger Süße, starkem Bergamottearoma und dem völlig unerwarteten Geschmack von tierischem Fett strapazierte seine Sinne in einem unerträglichen Maß. Zu spät erkannte er, was diese weiße Flüssigkeit war – angedickte Milch aus aufgeblähten Kuheutern.

«Stimmt etwas nicht, mein Fürst?»

Die penetrante Flüssigkeit in seinem Mund verhinderte eine Antwort. Mit eiserner Disziplin schluckte er sie hinunter. «Ach, ich bin nur erstaunt über den Geschmack. Unser Tee schmeckt nicht so intensiv.»

«Ja, der Unterschied ist auffallend. Ein Wunder, dass beide aus denselben Blättern zubereitet werden.»

Sie plauderten so lange über Unterschiede und Ähnlichkeiten, dass Genji seine Schale unauffällig beiseite stellen konnte. Einen zweiten Schluck trank er nicht.

Noch immer fühlte er sich nicht in der Lage, den eigentlichen Anlass seines Besuchs anzusprechen, und suchte daher nach einer Möglichkeit, dies auf Umwegen zu tun.

«Als wir damals gemeinsam im Schnee waren, ist mir etwas aufgefallen», begann er.

Sofort bekam Emily hochrote Wangen und senkte den Blick. «Fürst Genji, ich wäre Ihnen zu überaus großem Dank verpflichtet, wenn Sie diese Angelegenheit nie wieder zur Sprache brächten.»

«Emily, ich verstehe dein Unbehagen. Wirklich, das tue ich.»

«Verzeihen Sie, mein Herr, wenn ich daran zweifle.» Sie blickte mit ihren bizarr blauen Augen kurz auf und warf ihm einen verletzten und missbilligenden Blick zu. «Offensichtlich bereitet es Ihnen ein besonderes Vergnügen, darauf immer wieder anzuspielen.»

«Wofür ich mich aufrichtig entschuldige.» Genji verbeugte sich. Jetzt befand er sich gleichfalls in einer Situation, die ihn zutiefst verlegen machte. «Ich habe deine Gefühle bislang nicht mit der angemessenen Rücksichtnahme behandelt.»

«Sollte Ihre Entschuldigung tatsächlich aus tiefstem Herzen kommen, werden Sie diese Angelegenheit ein für allemal aus Ihrem Gedächtnis streichen.»

«Das verspreche ich. Danach. Bedauerlicherweise müssen wir uns ein letztes Mal darüber unterhalten.»

«Dann werden Sie verstehen, dass ich Ihre Entschuldigung nicht ernst nehme.»

Genji kannte nur einen Weg, um seine Aufrichtigkeit zu beweisen. So wie er es täglich vor dem Ahnenschrein tat. Diese Geste vollzog er niemals außerhalb des Shogun-Palastes. Er fiel auf die Knie und verbeugte sich bis auf den Boden. «Ich frage nur, weil ich es muss.»

Stolz bedeutete einem Samurai alles, das wusste Emily. Der Anblick des fürstlichen Herrn, der sich selbst erniedrigte, trieb ihr vor Scham Tränen in die Augen. Wer war hier arrogant und eitel? Wie stand im Buche Hiob geschrieben: ‹Solltest du mein Urteil zunichte machen, und mich verdammen, dass du gerecht seiest›? Auch sie fiel auf die Knie und ergriff seine Hände.

«Verzeihen Sie meine egoistische Eitelkeit. Bitte, fragen Sie, was Sie fragen müssen.»

Genji fand keine Worte, so erschrocken war er. Eine solche Berührung war er nicht gewöhnt. Wäre einer seiner Leibwächter zugegen gewesen, hätte nun Emilys Kopf auf dem Boden gelegen. Einen Großfürsten ohne seine Erlaubnis zu berühren war ein Kapitalverbrechen.

«Der Fehler liegt ganz bei mir», entgegnete Genji. «Mach dir keine Vorwürfe.»

«Tue ich aber, und muss ich auch», sagte Emily. «Stolz ist eine gefährliche Regung.»

Nach einer Weile hatten sie wieder auf ihren Stühlen Platz genommen und sich einigermaßen gefasst, um die Unterhaltung fortzusetzen.

«Vielleicht war da ja gar nichts außer einem Fiebertraum», begann Genji. «Im Schnee habe ich ein Schmuckstück an deinem Hals gesehen.»

Emily griff in den Kragen ihrer Bluse. Sie zog eine dünne Silberkette heraus, an der das Silbermedaillon mit dem Kreuz und der stilisierten Blume hing.

«War es dieses?»

«Ja», antwortete Genji. «Was befindet sich auf dem Kreuz?»

«Eine Lilie in einer Form, die als *fleur de lis* bekannt ist. Die französischen Könige hatten sie als Symbol ihres Hauses gewählt. Meine Mutter war französischer Herkunft. Daran sollte die *fleur de lis* erinnern.»

Sie klappte es auf und beugte sich vor, um ihm das darin befindliche Miniaturporträt einer jungen Frau zu zeigen, die Emily sehr ähnlich sah. «Das war meine Mutter mit siebzehn.»

«Bald wirst auch du so alt sein.»

«Das stimmt. Woher wissen Sie das?»

«Ich habe dich gefragt, als du den Schneeengel gemacht hast.»

«Ja, richtig.» Beim Gedanken daran lächelte sie. «Sie haben nicht viel von meinem Engel gehalten.»

«Was mehr an meiner mangelnden Vorstellungskraft lag als an deiner Kunst.»

Mit einem erleichterten Seufzer lehnte sich Emily zurück. «Nun, das war ja gar nicht so schlimm. Ich dachte – keine Ahnung, was ich erwartet habe, jedenfalls habe ich mir die Fragen viel schlimmer vorgestellt.»

Es gab keinen Weg, die wesentlich schwierigere Frage zu umgehen.

«Ich bin noch nicht fertig», sagte Genji.

«Nun denn, ich bin bereit.»

«An die Zeit nach meiner Verletzung kann ich mich nur noch verschwommen erinnern. Ich weiß aber, dass ich bei dir gelegen bin. Nackt. Stimmt das?»

«Ja, so war es.»

«Haben wir noch mehr getan, als nur beisammen zu liegen?»

«Was meinen Sie damit?»

«Haben wir miteinander geschlafen?»

Emily wandte sich ab. Sie war entsetzt, dass er so etwas überhaupt zur Sprache bringen konnte.

«Es ist äußerst wichtig, dass ich das weiß», sagte Genji.

Sie konnte ihn weder ansehen, noch brachte sie einen Ton heraus.

Als ihr Schweigen schließlich zu lange anhielt, erhob sich Genji.

«Ich werde diese Unterhaltung und die Ereignisse, die dazu geführt haben, vergessen.» Als er die Tür aufschob und in den Gang hinaustrat, begann sie zu sprechen.

«Unsere Körperwärme haben wir miteinander geteilt», sagte Emily, «um unser Leben zu retten. Sonst nichts. Wir haben nicht –» Dies klar auszusprechen war qualvoll. «Wir haben nicht miteinander geschlafen.»

Genji verneigte sich tief. «Ich bin dir für deine Offenheit zu tiefstem Dank verpflichtet.»

Er entfernte sich, allerdings nicht so erleichtert, wie er gehofft hatte. Emily war noch nicht schwanger. Auch die Begegnung mit der Fürstin Shizuka stand noch aus. Das waren gute Aspekte. Trotzdem schwand seine Hoffnung zusehends. Die andere Möglichkeit, die Heiko erwähnt hatte – dass er sich in Emily verlieben könnte –, war nicht mehr so unvorstellbar, wie er einmal geglaubt hatte. Als er während seines Besuchs über ihren Aufenthalt im Schnee gesprochen und sich dabei wieder an das vage Gesehene und Gefühlte erinnert hatte, war etwas Unerwartetes geschehen: Er bemerkte, wie er allmählich erregt wurde.

«Ich bin nach wie vor überzeugt, dass Fürst Genji und Fürst Shigeru unseren Clan in den Untergang führen werden», sagte Sohaku. «Deshalb bereue ich meinen Entschluss nicht.»

Er hatte neunundsiebzig Samurai vom Gebirge ins Kloster Mushindo geführt. Sechzig saßen vor ihm in der Meditationshalle, während die anderen neunzehn vor dem Treffen verschwunden waren. Bald würden weitere folgen, daran zweifelte Sohaku nicht. Die Ereignisse hatten sich gegen ihn verschworen.

Es war ihm nicht gelungen, die beiden letzten Erben der Okumichi zu töten.

Mittlerweile verfaulte Kudos Kopf auf einem Speer draußen vor Burg Spatzenwolke. Und die Anordnung des Shogun, womit das Gesetz des wechselnden Wohnsitzes aufgehoben war, machte Sohaku statt Genji zum Geächteten.

Kawakami beharrte darauf, dass ihre Pläne noch nicht zum Scheitern verurteilt waren. Er konnte sich das als führender Kopf der Geheimpolizei und Großfürst von Hino auch leisten. Er hatte seinen Platz. Sohaku besaß nichts. Für ihn zählte nur noch eines: Wie würde er sterben? Wie bei Familie und Feinden im Gedächtnis bleiben? Er hatte einst die edelste Reiterei von allen Fürstentümern Japans befehligt und zog den Angriff einem rituellen Selbstmord vor.

Laut Späherberichten war Genji in Begleitung von nicht einmal dreißig Samurai von Akaoka nach Edo unterwegs. Sohaku verfügte im Augenblick über doppelt so viele Männer. Allerdings nicht mehr für lange. Vermutlich würden ihm höchstens noch zehn bleiben, sobald er den Tempel verließ.

Sohaku sagte: «Morgen früh werde ich den Kampf mit Fürst Genji suchen. Ihr seid von eurem Treueid mir gegenüber entbunden. Ich beschwöre euch, versöhnt euch mit ihm oder sucht bei einem anderen Fürsten um Dienst an.»

«Hohle Worte», schimpfte ein wütender Mann in der vierten Reihe. «Egal, ob wir von unserm Eid frei sind oder nicht, unsere Taten binden uns auch weiterhin. Versöhnung ist ausgeschlossen. Und welcher Fürst wird Verräter wie uns aufnehmen?»

«Sei still», sagte ein anderer, «du kanntest das Risiko. Trag dein Schicksal wie ein Mann.»

«Trag du deines», entgegnete der Zornige. Plötzlich blitzte sein Schwert auf. Blut spritzte aus den durchtrennten Adern des Mahners. Der Angreifer bahnte sich einen Weg durch die drei Reihen, die ihn von Sohaku trennten.

Sohaku stand weder auf, noch zog er sein Schwert.

Der Mann war fast schon bei ihm, da streckte ihn ein anderer Samurai von hinten nieder.

«Vergebt ihm, Hoher Abt. Seiner Familie ist es nicht gelungen, rechtzeitig aus Akaoka zu fliehen.»

«Es gibt nichts zu vergeben», erwiderte Sohaku. «Jeder muss seine eigene Entscheidung treffen. Ich werde mein Schwert hier lassen und mich eine Stunde zur Meditation zurückziehen. Dann komme ich wieder. Wer mir von euch in die Schlacht folgen will, soll hier warten.»

Niemand folgte seiner Aufforderung zu kommen und ihn zu töten. Als er eine Stunde später in die große Halle zurückkehrte, waren die beiden Leichen verschwunden. Alle anderen Männer saßen auf ihren Plätzen. Er hatte achtundfünfzig Mann gegen Genjis dreißig.

Sohaku verbeugte sich tief vor seinem treuen Gefolge.

«Mir fehlen die Worte, um euch meine Dankbarkeit zu bezeugen», sagte er.

Tapfer erwiderten die dem Untergang Geweihten seine Verbeugung.

«Wir sind es, die dankbar sein müssen», sagte ein Mann in der ersten Reihe. «Wir könnten keinem edleren Fürsten dienen.»

«Der Hohe Abt lehnt es ab, seinen Angriff mit Eurem abzustimmen», meldete der Bote. «Er wird im Morgengrauen vom Kloster aufbrechen.»

Kawakami hatte verstanden. Sohaku wusste, dass ihn der Tod erwartete, egal, was mit Genji geschah. Deshalb zog er es vor, mit dem Schwert in der Hand zu sterben. Der Erfolg oder das Scheitern des Feldzugs kümmerte ihn nicht mehr. Beides war bedeutungslos geworden.

«Übermittle dem Hohen Abt meinen Dank, weil er mich über seine Pläne informiert hat. Sage ihm, ich werde zu den Göttern für seinen Erfolg beten.»

«Fürst.»

Kawakami stand mit sechshundert Mann beim Dorf Yamanaka. Darunter waren hundert hauptsächlich Schwertkämpfer, die beim Nahkampf zum Schutz des Musketierregiments eingesetzt werden sollten. Obwohl Sohaku Genji überlegen war – falls er alle seine Leute behielt, woran Kawakami zweifelte –, würde sein Angriff scheitern, weil er lediglich danach trachtete, seinen Mut zu beweisen und nicht zu gewinnen. Er würde Genji vermutlich am Mié-Pass den Weg abschneiden. Die dortigen Hänge waren für eine beidseitige Attacke ideal. Wenn er so bei einer Streitmacht wie der von Kawakami vorginge, wären er und alle seine Männer tot, noch ehe sie ihre Schwerter gezogen hätten. Doch die Gefolgsleute der Okumichi waren keine Musketiere, sondern wie Sohaku Relikte einer längst vergangenen Epoche. Sie würden den Angriff mit derselben Methode erwidern. Mit Katana und Wakizashi würden beide Seiten aufeinander prallen, mit *yumi, yari, naginata* und *tanto*, mit den Waffen und dem Löwenmut ihrer Urahnen.

Sie waren dem Untergang geweiht. Alle. Sohaku würde am Mié-Pass sterben, Genji und Shigeru bei Mushindo, wohin sie sich nach dem Sieg über Sohaku begeben würden. Dort würde Kawakami sie erwarten und die Köpfe der letzten Okumichi-Fürsten zu seinem eigenen Ahnenschrein im Fürstentum Hino bringen.

Nach zweihundertsechzig Jahren stand die Schlacht von Sekigahara kurz vor ihrem Ende.

In mehreren langen Zusammenkünften ließ sich Genji von Shigeru dessen Visionen erzählen. Sein Onkel beschrieb derart seltsame Ereignisse, dass sie nur in einer weit entfernten Zukunft liegen konnten: Geräte, die Gespräche über weite Entfernungen erlaubten. Fliegende Boote. Nicht atembare Luft. Ungenießbares Wasser. Das jetzt fruchtbare Binnenmeer voll sterbender Fische, seine Küsten bewohnt von deformierten Geschöpfen. Eine so hohe Bevölkerungsdichte, dass die Leute in Kutschen kilometerlang zusammenstießen und sich nichts dabei dachten. Überall zahllose Ausländer, nicht nur in den Sperrgebieten rund um Edo und Nagasaki. Kriege, so grausam und allumfassend, dass in einer einzigen Nacht ganze Städte in Flammen aufgingen.

Genji beschloss, Shigerus Worte für die Nachwelt in den Familienannalen aufzeichnen zu lassen. Im Augenblick nützten sie niemandem. Seine Hoffnung, dass seine eigenen Visionen dadurch an Klarheit gewinnen würden, war zunichte. Mit Ausnahme eines einzigen unerfreulichen Aspekts.

In seiner eigenen Todesvision kam etwas vor, was Shigeru auch gesehen hatte: Es gab keine Männer mit Haarknoten, Schwertern oder Kimonos mehr. Die Samurai waren ausgelöscht. Wenigstens das würde noch zu Genjis Lebzeiten geschehen, auch wenn es noch so unvorstellbar erschien.

Er betrachtete die ihn begleitenden Männer. War das wirklich möglich? Würden sie tatsächlich alle, wie Shigeru glaubte, innerhalb weniger Jahre vom Ansturm der Ausländer hinweggefegt werden?

Hidé und Taro ritten heran. Hidé sagte: «Mein Fürst, wir nähern uns dem Mié-Pass.»

«Glaubst du wirklich, dass uns dort Gefahr droht?»

Taro antwortete: «Ja, Fürst. Abt Sohaku war fünf Jahre lang mein Befehlshaber. Er bevorzugt genau ein Terrain wie dieses. Hier kann er von beiden Talseiten aus schnell angreifen.»

«Gut», sagte Genji. «Sag Heiko und Hanako, sie sollen sich mit Emily und Matthew zurückfallen lassen.»

«Jawohl, Fürst», erwiderte Hidé. «Wie viele Männer soll ich zu ihrem Schutz abstellen?»

«Keinen. Wenn uns Sohaku tatsächlich erwartet, wird er sie in Ruhe lassen. Er interessiert sich lediglich für mich und meinen Onkel.»

«Fürst.»

Genji wandte sich an Saiki. «Du hast deine Meinung nicht kundgetan.»

«Eure Anweisungen, mein Fürst, waren völlig angemessen und umfassend. Es gab nichts hinzuzufügen.» Saiki war mit sich im Reinen. Was geschehen sollte, würde geschehen. Ob er überleben oder sterben würde, wusste er nicht. Er wusste nur eines: Er würde sich so verhalten, wie es sich für einen getreuen Gefolgsmann geziemte. Und dieses Wissen genügte.

Heiko war über diese Anweisungen nicht glücklich, gehorchte aber. Dazu hatte sie sich verpflichtet.

Bis zu meinem anders lautenden Befehl bist du nur eine Geisha. Deine anderen Fähigkeiten wirst du weder gegen Sohaku noch gegen Kawakami einsetzen. Einverstanden?

Was Sohaku betrifft, ja, aber nicht bei Spürauge. Er muss zum frühestmöglichen Zeitpunkt ausgeschaltet werden.

Ich habe dich nicht um deine Meinung gebeten. Bist du einverstanden? Ja oder nein? Seine Miene war streng.

Jawohl, mein Fürst, ich bin einverstanden.

Und da saß sie nun, in einen edlen und unbequemen Reisekimono gekleidet, der zwar sehr schön aussah, aber kaum zum Nahkampf taugte, auf einer genauso zahmen Stute, wie es die von Emily war, und bis auf ihre bloßen Hände gänzlich unbewaffnet.

«Dame Heiko», sagte Hanako.

«Ja?»

«Für alle Fälle habe ich für Euch in meiner rechten Satteltasche Wurfdolche und in der linken ein Kurzschwert.»

«Fürst Genji hat sie mir verboten.»

«Ihr habt sie ja auch nicht, Herrin, sondern ich.»

Heiko verbeugte sich dankbar. «Hoffentlich brauchen wir sie nicht.»

Emily erkundigte sich bei Stark: «Was ist, wenn sich der von dir gesuchte Mann nicht im Kloster befindet?»

«Dann werde ich weitersuchen.»

«Und wenn er während der Epidemie gestorben ist?»

«Ist er nicht.»

Mit Heikos Hilfe hatte er sich mit Taro über den ausländischen Mönch in Mushindo unterhalten. Jimbo nannten ihn die Japaner, eine Kurzform für den Namen des Mannes. Jim Bohannan. Da «Mönch» im Japanischen *bozu* hieß, handelte es sich auch noch um ein Wortspiel. Aber egal, wie er sich nannte, seine Beschreibung passte ganz genau auf Ethan Cruz.

«Ich weiß ja nicht, welches Unrecht er dir angetan hat», sagte Emily, «aber Rache ist eine bittere Frucht. Verzeihen wäre weitaus besser. ‹Denn so ihr den Menschen ihre Fehler vergebet, so wird euch euer himmlischer Vater vergeben.›»

«Amen», sagte Stark.

«Shigeru ist nicht bei ihnen», meldete der Späher.

«Natürlich nicht», sagte Sohaku. «Er kreist uns ein, um uns in einen Hinterhalt zu locken, während wir unseren von ihm erwarteten Hinterhalt aufbauen.»

Er lachte, und seine Soldaten stimmten ein. Wie alle dem Tod geweihten Männer hatte sie die Tatsache, dass sie noch auf Erden weilten, euphorisch und ein wenig unbesonnen gemacht. Außerdem kannten sie keine Angst. Einer von ihnen zog seine Muskete aus der Hülle, betrachtete sie, als hätte er sie nie vorher gesehen, und ließ sie zu Boden fallen. Weitere Musketen fielen, bis alle am Boden lagen.

Sohaku wandte sich an die fünf Reiterreihen hinter ihm. «Seid ihr bereit?»

Ein Samurai stellte sich in den Steigbügeln auf, hob seine Lanze und brüllte aus Leibeskräften: «Zehntausend Jahre!» Bald nahmen alle den Ruf auf. Männer, die zuvor noch gelacht hatten, weinten jetzt und schrien dieselben Worte.

«Zehntausend Jahre!»

«Zehntausend Jahre!»

«Zehntausend Jahre!»

Sohaku zückte sein Schwert und gab seinem Pferd die Sporen.

Emily hörte die lauten Rufe.

«Banzai! Banzai! Banzai!»

«Ist jemand zur Begrüßung von Fürst Genji gekommen?», erkundigte sie sich.

«Ja», antwortete Heiko.

«Was heißt *banzai*?»

«Es ist ein alter Begriff für ‹zehntausend Jahre›. Die wahre Bedeutung lässt sich nicht so leicht erklären. Vermutlich könnte man es als Ausdruck von Ehrlichkeit und Treue bezeichnen. Wer das sagt, drückt damit seine Bereitschaft aus, für diesen einen Augenblick die Ewigkeit einzutauschen.»

«Dann handelt es sich also um Verbündete von Fürst Genji», sagte Emily.

«Nein», erwiderte Heiko, «sie sind seine Todfeinde.»

Stark zog beide Pistolen und lenkte sein Pferd auf Genji zu.

Oben auf der Passhöhe trafen Sohakus Männer nicht auf den erwarteten Gegenangriff, sondern auf einen Hagel von Musketenkugeln, der von den Bäumen auf sie herniederprasselte. Ein Viertel der Männer fiel. Der Rest griff unter Führung ihres Befehlshabers hügelaufwärts in Richtung der Baumreihe an. Zwei weitere verheerende Salven dezimierten ihre Reihen. Erst dann verwandelten sich Genjis Männer wieder in Reiter und gingen ihrerseits zur Attacke über.

Sohaku kannte nur ein Ziel: Genji. Die beiden ersten Männer, die sich ihm in den Weg stellten, mähte er nieder. Der nächste, Masahiro, war ein von ihm ausgebildeter Samurai. Dieser wehrte die Klinge, die ihm galt, ab und rammte Sohakus Pferd. Sohaku spürte, wie sein Knie brach. Da er sich nur noch mit einem Bein im Steigbügel halten konnte, hatte er große Mühe, Masahiro am tödlichen Hieb zu hindern. Diese Verzögerung rettete ihm das Leben.

Mit je einem Revolver in den Händen ritt Stark direkt neben Genji und zielte auf die vordersten Angreifer. Elfmal feuerte er, neun Männer Sohakus fielen getroffen vom Sattel. Masahiros energischer Einsatz hielt Sohaku auf Distanz. Nur deshalb verfehlte die zwölfte Kugel sein Herz. Er sah, wie Stark den großen Revolver auf ihn richtete und eine Rauchwolke aufstieg. Merkwürdigerweise hörte er nichts. Er spürte einen heftigen Schlag an der linken Brustseite, dann schien ihn ein Gefühl der Schwerelosigkeit gen Himmel zu tragen. Er hielt sich krampfhaft am Hals seines Pferdes fest und versuchte verzweifelt, im Sattel zu bleiben.

«Hoher Abt!» Jemand packte die Zügel. Er war einer Ohnmacht nahe und konnte nicht erkennen, wer es war. «Haltet Euch fest!» Das Pferd galoppierte los. Wie beschämend, an einer Schussverletzung zu sterben, ohne auch nur ein einziges Mal mit einem Okumichi-Fürsten die Klinge gekreuzt zu haben.

Als er Sohakus Männer schreien hörte, wusste Shigeru, dass er einen Fehler gemacht hatte. Niemand wartete im Hinterhalt. Er ritt auf den Hügelkamm und kam gerade noch rechtzeitig, um zu sehen, wie der Angriff begann. Als er dort eintraf, war alles vorbei.

Saiki sagte: «Wir haben nur sechs Mann verloren. Sohaku ist uns direkt in die Gewehre geritten.»

«Das war eine Wiederholung von Nagashino», sagte Genji. «Er hat Taktiken angewandt, die schon vor dreihundert Jahren gescheitert sind.»

«Für ihn haben sie ihren Zweck erfüllt», sagte Shigeru, saß ab und begann, unter den Toten der Feinde nach ihm zu suchen.

«Er befindet sich nicht unter den Gefallenen», stellte Saiki fest. «Nachdem Herr Stark auf ihn geschossen hat, hat ihn einer seiner Männer fortgebracht.»

«Und das hast du zugelassen?»

«Ich bin nicht untätig daneben gestanden», antwortete Saiki. «Wichtigere Dinge erforderten meine Aufmerksamkeit.»

Shigeru stellte keine weiteren Fragen mehr, sondern saß wieder auf und galoppierte Richtung Kloster Mushindo davon.

«Diese Kampftechnik war sehr wirksam, mein Fürst», sagte Saiki.

«Du scheinst bei weitem nicht so glücklich, wie deine Worte klingen», erwiderte Genji.

«Ich bin ein alter Mann», sagte Saiki. «Mein Weg ist der alte Weg. Die Teilnahme an einem Kampf, der mit Schusswaffen entschieden wird, macht mir keine Freude.»

«Nicht einmal, wenn du auf der Siegerseite stehst?»

Jetzt lächelte Saiki. «Es ist besser, auf der Siegerseite zu stehen. Wenigstens das kann ich akzeptieren.»

Es dauerte nicht lange, die verwundeten Feinde zu töten. Mit Rücksicht auf Emily verbot Genji Enthauptungen und ordnete an, die Leichen, so gut es ging, zu bedecken, während sie an ihnen vorüberritt.

Er war davon überzeugt, Shigeru würde Sohaku schnell finden und schon warten, wenn er in Kloster Mushindo eintraf. Sein ehemaliger Oberster Befehlshaber der Reiterei schien von Starks Kugel tödlich getroffen. Weit konnte er nicht gekommen sein. Doch als Genji sich den Klostermauern näherte, war sein Onkel nirgendwo zu sehen.

Saiki sagte: «Mein Fürst, wartet hier, bis wir sicher sind, nicht in eine Falle zu laufen.» Er ritt mit Masahiro voraus.

«Deine Schießkunst ist beeindruckend», sagte Genji zu Stark. «In Amerika wird es nur wenige geben, die genauso gut sind wie du.»

Eine enorme Explosion verhinderte Starks Antwort.

Die Meditationshalle löste sich in ihre Einzelteile auf, Schuttbrocken wurden in alle Himmelsrichtungen geschleudert, die mehrere Männer trafen und sogar töteten. Ein schweres Balkenstück brach Genjis Pferd die Vorderbeine und warf Tier und Reiter zu Boden. Fast gleichzeitig brach in den Wäldern ringsherum massives Musketenfeuer los.

Heiko zerrte Emily aus dem Sattel und schützte sie mit ihrem Körper. Wenn sie die Mutter von Genjis Erben werden sollte, durfte ihr kein Haar gekrümmt werden. Ringsherum starben Männer und Pferde, deren Leichen die Kugeln abhielten, die durch die Luft pfiffen. Heiko konnte nicht den Kopf heben, um zu sehen, was mit Genji und Stark passiert war. Stumm betete sie zu Amida Buddha, er möge sie beschützen.

Wie als Antwort auf ihre Bitte tönte es laut aus den Wäldern: «Feuer einstellen! Feuer einstellen!»

Das Schießen hörte auf. Eine andere Stimme sagte: «Fürst Genji! Fürst Kawakami bittet Euch, näher zu kommen und die Bedingungen für Eure Kapitulation auszuhandeln!»

Heiko sah, wie Taro und Hidé Genji unter seinem toten Pferd herauszogen. Er sagte etwas zu Hidé. Lachend verbeugte sich der Oberste Leibwächter vor seinem Herrn. «Fürst Genji bittet Fürst Kawakami, näher zu kommen und die Bedingungen für *seine* Kapitulation auszuhandeln!»

Da die Männer Genjis, welche den Angriff überlebt hatten, eine erneute Attacke befürchteten, pressten sich alle noch fester auf den Boden. Nach einigen Augenblicken Stille tönte aus den Wäldern eine Antwort.

«Fürst Genji! Ihr seid von sechshundert Mann umstellt! Bei Euch befinden sich Frauen und Ausländer! Fürst Kawakami wird für deren Sicherheit bürgen, wenn Ihr Euch mit ihm trefft!»

Hidé sagte: «Eindeutig eine Falle.»

Genji sagte: «Vielleicht nicht. Auf so etwas ist er nicht mehr angewiesen. Wir können nicht fliehen. Jetzt muss er den Kreis nur noch enger ziehen, dann sind wir schon bald alle tot.»

«Mein Fürst», entgegnete Hidé, «Ihr werdet doch nicht etwa seiner Aufforderung nachkommen?»

«Doch, das werde ich. Offensichtlich möchte er mir etwas mitteilen. Dafür stellt er sogar das Vergnügen, mich zu töten, hintan.»

«Fürst», wandte Taro ein, «wenn er erst einmal Eurer habhaft geworden ist, wird er Euch nie wieder freilassen.»

«So? Hast du das vorausgesehen?» Damit verstummte jeder Einwand. So war es immer mit einem Hinweis auf Prophezeiungen.

Die Befriedigung, die Kawakami empfand, verlangte bis zum Letzten ausgekostet zu werden. Er deutete auf verschiedene Gerichte und Getränke, die man Genji vorgesetzt hatte.

«Fürst Genji, wollt Ihr nicht eine Erfrischung zu Euch nehmen?»

«Vielen Dank für Eure Gastfreundschaft, Fürst Kawakami, aber das möchte ich nicht.»

Zum Zeichen, dass er die Ablehnung seines Gastes nicht als Beleidigung auffasste, verneigte sich Kawakami.

Genji sagte: «Ich muss gestehen, dass ich den Grund für dieses Treffen nicht erkennen kann. Unsere Positionen sollten klar sein. Meine Befehlshaber vertreten die Ansicht, dass Ihr mich gefangen setzen wollt.»

«Ich habe mich durch mein Ehrenwort zum Gegenteil verpflichtet», entgegnete Kawakami. «Ich hatte nur den Wunsch, Euch vor Eurem Tod zu sehen, der, wie wir beide wissen, unmittelbar bevorsteht und unumgänglich ist, damit am Ende zwischen uns alles geklärt ist.»

«Ihr redet, als wären wir Ausländer. Die suchen nach Klarheit und Eindeutigkeit und finden sie auch. Wir sind da viel subtiler.» Genji lächelte. «Die Grundlage unseres Denkens ist Mehrdeutigkeit. Deshalb wird zwischen uns nichts geklärt, und nichts wird je zu Ende sein, gleichgültig, wer hier und heute lebt und stirbt.»

«So wie Ihr redet, könnte man denken, es wäre noch fraglich, um wen es sich handelt.»

Genji verbeugte sich. «Ich bin nur höflich. Trotzdem besteht nicht der geringste Zweifel.»

Kawakami ließ sich weder durch Genjis empörende Bemerkung ärgern, noch von seinem Dauerlächeln irritieren, wie es sonst immer geschah. Stattdessen erwiderte er das Lächeln und fuhr im freundlichen Plauderton fort: «Selbstverständlich käme mir nie der Gedanke, dass etwas von Dauer ist. Ich bin weder ein Kind noch ein Idiot oder ein Ausländer, der an derartige Narreteien glaubt. Ich wollte lediglich klären, was zu klären ist, und das beenden, was beendet werden kann. Dabei bin ich durchaus gewillt zuzugeben, dass mein Hauptmotiv darin besteht, mit Vergnügen zu erleben, wie Eure prophetische Gabe ein für allemal als Lüge entlarvt wird.»

«Da die Mehrdeutigkeit in der Natur dieser Begabung liegt, bedaure ich um Euretwillen, dass sich dieser Aspekt Eures mutmaßlichen Triumphs nicht realisieren wird.»

«Spart Euch Euer Mitgefühl für alle, die etwas davon haben, solange Ihr noch dazu imstande seid.» Ein Blick von Kawakami genügte. Sein Adjutant trat mit einer in weiße Seide gewickelten Kiefernholzschatulle vor, verbeugte sich und stellte sie zwischen Genji und Kawakami. «Gestattet mir, Euch mit diesem Geschenk zu ehren.»

«Da ich meinerseits nichts anzubieten habe, muss ich Euer großzügiges Angebot ausschlagen.»

«Allein dass Ihr es annehmt, wird ein Gegengeschenk mehr als aufwiegen», sagte Kawakami.

Genji wusste, was sich in der Schatulle befand, nicht auf Grund irgendeiner Vision, sondern durch Kawakamis Miene. Mit einer Verbeugung, die eher dem Unausweichlichen als seinem Gastgeber galt, nahm er die Schatulle, löste sie aus der Seide und öffnete sie.

Shigeru ritt gemächlich auf Kloster Mushindo zu. Keine Sorge trübte seine Miene, nur seine Sinne waren hellwach. Er würde Sohaku finden und ohne große Mühe töten. Davon war er überzeugt. Kawakami stellte da ein sehr viel ernsthafteres Problem dar. Sohakus Angriff hatte eindeutig nicht zu einer von Kawakami ersonnenen Strategie gehört, was bedeutete, dass irgendwo da vorne eine weitaus raffiniertere und tödlichere Falle wartete. Nie würde das Spürauge zum offenen Angriff übergehen, egal, wie überlegen es wäre. Irgendein Hinterhalt. Vermutlich Heckenschützen, die aus sicherer Entfernung feuerten.

Er betrat das Tal unterhalb des Klosters, ritt in ein Wäldchen und – verschwand.

«Wo ist er?», fragte der erste Heckenschütze.

«Sprich leise», zischte der zweite. «Shigeru hat Hexenohren.»

«Aber wo ist er hin?»

«Immer mit der Ruhe», flüsterte der dritte Heckenschütze. «Denkt an die Belohnung, die wir bekommen, wenn wir mit seinem Kopf zurückkehren.»

«Da. Ich habe gesehen, wie sich unter den Bäumen etwas bewegt.»

«Wo?»

«Da.»

«Ja, ich sehe ihn.» Erleichtert atmete der erste Heckenschütze auf.

«Warte. Es ist nur sein Pferd.»

«Was?»

Alle drei Heckenschützen beugten sich vor.

«Ich sehe kein Pferd.»

«Da. Nein, ist nur ein Schatten.»

«Ich verdrücke mich», sagte der erste Heckenschütze. «Einem toten Mann nützt Gold nichts mehr.»

«Halt, du Narr. Er ist zu weit weg, er kann uns nichts tun. Dazu muss er über diese Lichtung. Dort wird er ein leichtes Ziel.»

Der zweite Heckenschütze stand auf und rannte hinter dem ersten her. «Wenn es so leicht ist, dann mach's doch du.»

«Narren!» Dann stand auch der dritte Heckenschütze auf und rannte hinter dem zweiten her.

«Irgendetwas geht da vor. Schaut.» Einer der drei Heckenschützen in der zweiten Stellung deutete auf die drei Männer, die ihren Posten auf der nächsten Hügelspitze im Stich ließen.

«Halt's Maul», zischte der Anführer, «und leg dich wieder hin.»

Der Mann tat, wie ihm befohlen. Trotzdem begann er, sich nach allen Seiten nervös umzusehen, anstatt das Tal im Auge zu behalten.

Drei Posten mit Heckenschützen. Zwei, denn einer war ja mittlerweile verlassen. Shigeru wartete. Binnen Minuten flohen auch die restlichen Heckenschützen.

Shigeru runzelte die Stirn. So viel Mangel an Disziplin machte ihn krank, auch wenn es sich nicht um seine Männer handelte. Erneut gab er seinem Pferd die Sporen.

«Vater.»
Es war eine Kinderstimme. Die seines Sohnes.
«Nobuyoshi?»
Keine Antwort.
Er blickte sich nach allen Seiten um und sah nichts. Zum ersten Mal hätte er eine Vision begrüßt, wenn sie ihm Nobuyoshi wiedergebracht hätte, und sei es auch nur für einen winzigen Augenblick. Sogar als blutbefleckter Dämon, der seinen eigenen Kopf unter dem Arm trug und Flüche auf Shigeru schleuderte.

«Nobuyoshi?»
Mit aller Macht zwang er sich, etwas zu sehen, was nicht da war. Aber er sah nur Bäume und den Winterhimmel. Keine Visionen, keine Wahnvorstellungen, keine Begegnung mit den Toten. Hatte er die Stimme überhaupt gehört?

«Fürst Shigeru. Ihr erweist mir die Ehre.» Sohaku versperrte ihm in Begleitung eines einzelnen Samurai den Weg. Die Gedanken an seinen Sohn hatten Shigeru derart abgelenkt, dass er beinahe in ihn hineingeritten wäre. An Sohaku war keinerlei Anzeichen für die Schusswunde zu entdecken, die er angeblich davongetragen hatte. Seine Rüstung war unbeschädigt. Er saß aufrecht da und sprach mit fester Stimme.

«Bilde dir das nur nicht ein. Ich komme, um deinen Kopf zu holen. Nichts weiter.»

Sohaku lachte. «Ihr werdet enttäuscht sein. Man überschätzt die Bedeutung von Köpfen. Meiner hat mir jedenfalls nicht sehr viel genutzt. Und wie ist es bei dir, Yoshi?»

«Nein, Hoher Abt, bedauerlicherweise auch nicht.»

Shigeru ging zum Angriff über. Sohaku und Yoshi reagierten einen Herzschlag später. Kurz bevor sie aufeinander trafen, beugte sich Sohaku nach vorn und führte von unten einen Hieb gegen Shigeru und sein Pferd. Yoshi schlug von oben zu. Shigeru hatte beide Bewegungen vorausgeahnt. Sohakus Hieb wehrte er ab. Yoshis entzog er sich, durchtrennte ihm den halben Oberschenkel und verletzte die Hauptschlagader. Noch während Shigeru sein Pferd herumwirbelte, fiel Yoshi aus dem Sattel. Sohaku war Shigeru nicht gewachsen. Sein gebrochenes Knie lähmte ihn. Als er wendete, griff ihn Shigeru bereits von der linken Seite her an. Sohaku drehte sich im Sattel und blockierte Shigerus nach unten gerichteten Hieb mit dem Katana. Da Shigeru nun aber in der Linken das kurze Wakizashi hielt, durchtrennte er damit Sohakus rechtes Schultergelenk mit einem sauberen Schlag.

Sohakus Gefühl für Zeitabläufe war verschwunden.

Blut sprudelte aus der verletzten Schulter. Hatte er je ein helleres Rot gesehen?

Seine Hand umklammerte immer noch das Schwert, nur dass sich mittlerweile Schwert, Hand und Arm in einem ungewohnten Abstand zu ihm befanden. Sie lagen auf dem Boden, neben den Hufen seines Pferdes.

Schwerelos schwebte er in der Luft, die Erde unter, den Himmel über sich.

Shigerus Gesicht tauchte vor ihm auf, blutbespritzt, voller Pein. Sohaku empfand ein tiefes Mitgefühl, das er nicht in Worte fassen konnte.

Sonnenlicht blitzte von der Klinge, die in hohem Bogen die Luft durchschnitt. Er erkannte die elegante Form wieder, das metallurgische Muster an der Schneide und den fast weiß schimmernden Stahl. Im ganzen Fürstentum gab es nur zwei solche Schwerter. Das Katana und das Wakizashi, die zusammen den Namen «Spatzenkrallen» trugen.

Ein kopfloser Rumpf fiel unter ihm weg. Der rechte Arm fehlte. Er trug seine Rüstung. Es war unwichtig.

Sohaku löste sich im unendlich strahlenden Licht des Erbarmens auf, in Amida Buddha.

Shigeru hielt Sohakus Kopf hoch und sah ihm direkt ins Gesicht. Falls ihn dabei irgendwelche Gedanken plagten, wie oft er in letzter Zeit Freunde und Verwandte getötet hatte, dann nicht lange.

«Feuer!»

Von den vierzig Musketenkugeln, die auf ihn zurasten, fanden dreizehn ihr Ziel. Sie warfen ihn zu Boden, auch wenn keine sofort tödlich war. Shigeru rappelte sich auf. Im Stehen fiel ihm das Katana aus der rechten Hand. Kugeln hatten ihm Unterarm und Ellbogen zerschmettert. Er rannte zu den Bäumen auf der Gegenseite, woher die Salve gekommen war. Als er sie fast schon erreicht hatte, traten zwanzig Musketiere aus dem Wald und feuerten aus unmittelbarer Nähe auf ihn.

Er fiel zum zweiten Mal. Als er versuchte aufzustehen, rührte keiner einen Finger. Er war nicht überrascht, Kawakami zu erblicken.

«Schlagt ihm den Kopf ab!», befahl Kawakami.

«Mein Fürst, er lebt noch.»

«Dann wartet. Bringt sie her. Zeigt sie ihm.» Der Adjutant hielt die Spatzenkrallen so, dass Shigeru sie sehen konnte. «Fürst Shigeru, seht her.» Zwei Mann hielten ihn in die Höhe. Ein dritter schlug mit einer schweren Axt auf Katana und Wakizashi ein, bis beide entzweibrachen.

«Gut», sagte Kawakami. «Jetzt schlagt ihm den Kopf ab.»

Kawakami sorgte dafür, dass Shigerus Augen nur noch sein eigenes triumphierendes Gesicht erblickten. Dies war das Letzte, was der große Krieger in seinem erbärmlichen Leben sehen würde. Welche Befriedigung.

Aber Shigerus Blick war längst woandershin entschwunden.

«Vater!», rief Nobuyoshi laut, während er auf Shigeru zulief. Ohne Blut, ohne abgeschlagenen Kopf, ohne Flüche. Lachend zog der Junge einen kleinen bunten Schmetterlingsdrachen hinter sich durch die Luft. «Schau, was Onkel Genji für mich gemacht hat!»

«Nobuyoshi», sagte Shigeru und lächelte.

Kawakami hatte Shigerus Kopf genau nach der Etikette präparieren lassen. Die Augen waren geschlossen, auf dem Gesicht lag nicht der Hauch eines erlittenen Schmerzes, die Haare waren feinsäuberlich gekämmt. Sandelholzstäbchen überdeckten den Geruch nach Blut und beginnender Verwesung.

«Ich danke Euch, Fürst Kawakami», sagte Genji. «Eure Großzügigkeit überrascht mich. Ich dachte, dies wolltet Ihr Euren Ahnen präsentieren.»

«Ja, das werde ich auch, Fürst Genji. Bitte, macht Euch diesbezüglich keine Sorgen. Wenn Ihr tot seid, werde ich mir beide holen, diesen Kopf und Euren.»

«Dürfte ich mich nach dem Verbleib des Körpers erkundigen? Nach meiner Rückkehr in die Burg Spatzenwolke wäre es wünschenswert, ihn im Ganzen verbrennen zu lassen.»

Kawakami lachte, obwohl ihm gar nicht danach war. Entgegen seiner Erwartung hatte sein Gast nicht mit Entsetzen und Furcht reagiert. Sollte Genji in irgendeiner Form auf Rettung hoffen, dann konnte sich dies doch nur auf seinen Onkel beziehen. Eigentlich hätte er beim Anblick von Shigerus Kopf erschüttert sein müssen. Er bedeutete seinem Adjutanten, die Schatulle zu verschließen und wieder in die Seide zu hüllen.

«Unglücklicherweise befand sich der Leichnam zusammen mit dem von Abt Sohaku in der Meditationshalle. Man könnte also in gewisser Weise sagen, dass die Verbrennung bereits stattgefunden hat.»

«Nochmals vielen Dank für Eure Gastfreundschaft.» Nach einer Verbeugung schickte sich Genji zum Gehen an.

«Bitte, eilt nicht gleich wieder fort. Auf unserer Tagesordnung steht noch ein weiterer Punkt.»

Genji nahm wieder Platz. Noch immer lag auf seinen Lippen dieses aufreizende Dauerlächeln. Doch nicht mehr lange. Mit äußerster Willensanstrengung unterdrücke Kawakami seine Wut. Er wollte nicht, dass negative Gefühle seine Wahrnehmung der nächsten Minuten trübten. Diese Erinnerung würde er wie einen Schatz hüten und sich in künftigen Jahren immer wieder ins Gedächtnis rufen.

Kawakami sagte: «Meines Wissens hattet Ihr das große Glück, Euch die Zuneigung einer der schönsten Geishas zu sichern. Der Dame Mayonaka no Heiko.»

«So scheint es.»

«Ja, so scheint es», sagte Kawakami. «Wie verschieden doch Schein und Wirklichkeit oft sind. Was wie Liebe wirkt, kann auch Hass sein oder Schlimmeres. Eine Vorspiegelung falscher Tatsachen, um zu verwirren und abzulenken. Hinter scheinbarer Schönheit verbirgt sich möglicherweise etwas abgrundtief Hässliches, das man sich nicht einmal in den kühnsten Träumen ausmalen könnte.» In Erwartung einer geistreichen Entgegnung hielt er inne, doch Genji schwieg. «Manchmal decken sich Schein und Wirklichkeit nicht und sind doch beide real. Heiko beispielsweise scheint eine schöne Geisha zu sein und ist es auch. Obendrein ist sie eine Ninja.» Wieder hielt er inne. Wiederum schwieg Genji. «Bezweifelt Ihr meine Worte?»

«Nein, Fürst Kawakami, ich bezweifle nicht, dass Ihr die Wahrheit sagt.»

«Ihr scheint nicht überrascht zu sein.»

«Getreu Eurem Hinweis sind wir alle gut beraten, dem Schein nicht allzu viel Bedeutung beizumessen.»

«Fürst Genji, bitte tut wenigstens so, als würdet Ihr mir ein Minimum an Intelligenz zutrauen. Offensichtlich kennt Ihr das Doppelgesicht der Dame.»

«Nehmen wir es einfach mal an.» Jetzt machte Genji eine Pause und musterte ihn mit einem Blick, den Kawakami als sorgenvoll deutete. «Selbstverständlich steckt noch mehr dahinter.»

«Selbstverständlich. Da Euch bekannt ist, dass sie eine Ninja ist, müsstet Ihr auch wissen, dass sie in meinen Diensten steht.»

«Ja, diesen Schluss würde ich auch ziehen.»

«Und mir war natürlich klar, dass Ihr binnen kurzem all das aufdecken würdet.» Kawakami ließ es zu, dass sich die von ihm empfundene Befriedigung in seiner Miene widerspiegelte. «Wie alle klugen Menschen – und Ihr, Fürst Genji, seid sehr klug, das bestreitet niemand – neigt Ihr dazu, die Klugheit anderer zu unterschätzen. Habt Ihr mich tatsächlich für einen solchen Narren gehalten, dass ich annähme, Heikos Geheimnis würde ein Geheimnis bleiben?»

«Ich muss gestehen, dass ich einstmals solche Gedanken hegte», antwortete Genji. «Ich sehe, dass ich mich geirrt habe.»

«Mehr, als Euch klar ist. Ihr dachtet, ich hätte Heiko in Euer Bett geschickt, damit sie Euch in einem für mich günstigen Moment verraten und vielleicht sogar töten könnte. Nicht ganz von der Hand zu weisen, denn auch Heiko hielt das für ihren Auftrag. Vielleicht habt Ihr darüber bereits miteinander gesprochen.»

Kawakami gab Genji eine Gelegenheit zu antworten, was dieser aber nicht tat.

«Wie hätte ich so etwas planen können? Damit Heiko zu so etwas fähig wäre, müsste sie in eine groteske Neigung zu Verrat und Täuschung zeigen. Vor einem Mann mit Eurem subtilen Verständnis könnte kein noch so schöner äußerer Schein so viel Hässlichkeit verbergen, im Gegenteil. Mein wahres Ziel erforderte eine ganz andere Frau. Eine mit großem Einfühlungsvermögen, Leidenschaft, Ehrlichkeit und Tiefe. Mit anderen Worten: genau eine wie Heiko. Wie ein liebevoller Vater hegte ich für sie nur einen einzigen Wunsch: dass sie wahre Liebe fände.»

Wieder hielt Kawakami inne und genoss den Augenblick, in dem alles in der Schwebe war.

«Darf ich mich der Hoffnung hingeben, dass sie dies gefunden hat?»

Ehe Kawakami den Titel Großfürst von Hino erbte, den damals noch sein Onkel trug, bildete er sich ein, Yorimasa, der Sohn und Erbe Kiyoris, Großfürst von Akaoka, habe ihn beleidigt. Der Anlass war nebensächlich. Die echte oder eingebildete Kränkung schürte nur noch den bereits vorhandenen Hass, der seit Sekigahara schwelte. Des Weiteren nahm er Anstoß daran, dass er mit ansehen musste, wie ein Trunkenbold und opiumsüchtiger Tunichtgut wegen seiner angeblich vererbten prophetischen Fähigkeiten in hohem Ansehen stand. Kawakami wusste eines: Wahre Vision beruhte auf Informationen, die andere im Dunkeln lassen wollten. Um sie herauszufinden, brauchte es Fleiß und Geschick. Eine vererbte hellseherische Gabe hatte damit nichts zu tun.

Eine Zeit lang überlegte er, welche Möglichkeiten der Vergeltung ihm offen stünden. Ein Duell kam nicht in Frage. Selbst im Rausch konnte Yorimasa ein Schwert tödlicher führen als Kawakami an seinen besten Tagen. Sollte er entgegen aller Wahrscheinlichkeit den Sieg davontragen, müsste er sich anschließend Yorimasas jüngerem Bruder Shigeru stellen, dessen Ruf schon damals dem des legendären Musashi Konkurrenz zu machen begann.

Meuchelmord lautete deshalb die vernünftigere Lösung. Dank eines historischen Vorfalls, dessen Ursprünge sich im Lauf der Zeit verschleiert hatten, war den Kawakami ein kleiner Clan von Ninjas in Treue verpflichtet. Bei der Vorstellung von Yorimasas heimlichem Tod verspürte Kawakami nicht die geringste Freude. Es war nicht wichtig, dass alle den wahren Drahtzieher kannten, aber wenigstens Yorimasa sollte es vor seinem Tod erfahren. Wo bliebe sonst die Genugtuung?

Eines Tages fand er die Antwort, als er den Zuhälter Ryogi auf einer Rundreise durch die Dörfer in den entlegenen Teilen des Fürstentums Hino begleitete. Kawakamis Interesse für Geishas hatte ihn veranlasst, heimlich in mehrere erstklassige Häuser zu investieren. Dabei ging es ihm gar nicht um körperliche Liebe, sondern um Information. Geishas wussten Dinge wie sonst niemand.

«Einige, die sich für Frauenkenner halten, behaupten, Stil sei alles», erklärte Ryogi. «Natürlich ist das die Sicht der alten Schule von Kyoto.» Ryogi lachte. «Die Sicht blinder Männer. Das Aussehen, mein Fürst, ist weitaus wichtiger. Benehmen lässt sich erlernen. Das äußere Erscheinungsbild ist entweder vorhanden oder nicht. Man kann einer Frau nicht beibringen, schön zu sein.»

Kawakami nickte zustimmend, obwohl er anderer Ansicht war. Er verbrachte seine Zeit nicht mit Ryogi, um mit ihm zu plaudern. Der alte Zuhälter war gewöhnlich, grob, dumm und hatte schlechte Angewohnheiten. Er wirkte in jeder Hinsicht abstoßend. Nur eines sprach für ihn: seine erstaunliche Fähigkeit, eine außergewöhnlich schöne Frau bereits im Kleinkindalter zu erkennen. Wegen seines geringen Ansehens fanden Ryogis Entdeckungen nie den Weg in die guten Geisha-Häuser, sondern vergeudeten ihre Schönheit in billigen Bordellen der Fließenden Welt. So hatte Ryogi Kawakamis Aufmerksamkeit erregt. Ihm waren die auffallend schönen Gesichter hinter den hölzernen Gittern der übelsten Bordelle von ganz Edo aufgefallen. Seine Erkundigungen ergaben zweierlei: Erstens waren diese Frauen für seine Zwecke ungeeignet; jahrelanger Missbrauch hatte sie vor der Zeit ruiniert. Zweitens hatte ein ganz bestimmter Mann jede von ihnen an die Bordellbesitzer verkauft.

Kawakami begleitete Ryogi auf seiner Reise in der Hoffnung, sich dessen Blick für schöne Frauen aneignen zu können. Leider vergeblich. Die drei kleinen Mädchen, die sie in den von ihnen besuchten Dörfern ausgewählt hatten, waren nur leidlich hübsch. Obwohl ihm Ryogi versicherte, dass sie alle Merkmale von Schönheit aufwiesen, konnte er nichts dergleichen an ihnen entdecken.

«Ich danke dir für deine Lektion», sagte Kawakami und bedeutete seiner rechten Hand, Ryogi die fällige Bezahlung auszuhändigen.

Mit einer unterwürfigen Verbeugung nahm Ryogi die Goldmünzen entgegen. «Gibt es im letzten Tal nicht noch ein Dorf? Ich sehe Rauch. Und außerdem rieche ich etwas.»

«*Eta*», sagte Kawakami. Eta waren von Geburt aus Kastenlose, die die niedrigsten Arbeiten verrichteten. Selbst die einfachsten Bauern verachteten sie.

«Metzger?», fragte Ryogi und schnüffelte wie ein Hund in die Luft.

«Gerber», antwortete Kawakami und wendete sein Pferd von diesem abscheulichen Gestank ab.

«Ich werde einen Blick riskieren», sagte Ryogi. «Man weiss doch nie, wo man etwas Schönes findet.»

Kawakami wollte sich schon von ihm verabschieden, als er es sich anders überlegte. Um das zu wissen, was andere nicht wussten, musste man manchmal Wege einschlagen, die andere ablehnten.

«Dann werde ich dich noch ein Weilchen länger begleiten.»

«Mein Fürst», sagte sein Oberster Leibwächter, «Ihr solltet keine Vergiftung riskieren, indem Ihr das Dorf von Kastenlosen betretet. Wie könnte es unter Menschen, die die Häute geschlachteter Tiere gerben, irgendetwas Schönes geben?»

«Und wenn doch», merkte ein anderer Leibwächter an, «welcher Mann könnte seinen Abscheu überwinden und sich mit so etwas einlassen?»

«Trotzdem werden wir Ryogi begleiten.»

Kaum sah Kawakami das ungefähr drei Jahre alte Kind, wusste er Bescheid. Dazu brauchte er nicht einmal mehr Ryogis Erläuterungen.

«Die wird viele Männer zu Grunde richten», sagte Ryogi, «bis sie selbst durch sie ruiniert ist. Wer sind ihre Eltern und Geschwister?»

Die Kastenlosen pressten weiterhin schweigend die Köpfe auf die Erde. Kawakamis Anwesenheit machte ihnen Angst. Noch nie zuvor hatte ein Samurai einen Fuss in ihr Dorf gesetzt.

«Antwortet!», befahl Kawakami.

«Fürst.» Ohne den Blick vom Boden zu heben, schoben sich ein Mann und eine Frau auf Händen und Knien nach vorn. Zwei Knaben und ein Mädchen zwischen fünf und acht Jahren folgten ihrem Beispiel.

«Du da, Frau, schau hoch.»

Verunsichert gehorchte sie und hob den Kopf, aber nicht die Augen. Sie hatte ein bemerkenswert hübsches Gesicht, obwohl sie nicht mehr ganz jung war, und einen grazilen Körper. Wenn Kawakami es nicht besser gewusst hätte, hätte er ihre Herkunft nicht erraten.

«Nicht übel», sagte Ryogi, «aber die Mutter ist nichts im Vergleich zu dem, was die Tochter einmal sein wird.»

Auf Kawakamis Zeichen hin ließ einer der Leibwächter ein paar Münzen auf den Boden fallen. Das kleine Mädchen wurde auf eine der drei Schindmähren gesetzt, die Ryogi hinten an seinem Pferd angebunden hatte. Die Gruppe brach auf.

Auf Burg Hino erhielt Ryogi ein Extraentgelt für seine ausgezeichnete Lehrstunde. Am nächsten Morgen brach der Zuhälter mit seiner frischen Ware nach Edo auf. Abends hielt er an einem Rasthaus. Als er am Morgen nicht erschien, sah der Gastwirt nach und fand Ryogi mit durchschnittener Kehle. Drei der kleinen Mädchen waren auf die gleiche Weise ums Leben gekommen. Das vierte fehlte.

Getreu seiner Anweisung brachte Kuma das Eta-Kind in sein eigenes Dorf, wo der kleine Ninja-Clan lebte, zu dem er gehörte.

«Wie heißt du?»
«Mitsuko.»
«Ich bin dein Onkel Kuma.»
«Bist du nicht. Ich habe keinen Onkel Kuma.»
«Doch. Nur hast du es bis jetzt nicht gewusst.»
«Wo ist meine Mama?»
«Tut mir Leid, Mitsuko. Es gab ein schreckliches Unglück. Alle sind tot, deine Mama, dein Papa, deine Brüder, deine Schwester.»
«Nein!»

«Kuma seid Ihr bereits begegnet», sagte Kawakami, «auch wenn er Euch nicht förmlich vorgestellt wurde. Euer Ausländerfreund Stark hat ihn unmittelbar nach der Bombardierung von Edo erschossen. Erinnert Ihr Euch vielleicht?»

«Ja.»

«Die Bemerkung, dass Mitsuko – Euch selbstverständlich unter ihrem Berufsnamen bekannt – keine Waise ist, erübrigt sich.» Er bedeutete seinem Adjutanten, ihm Sake einzugießen. Dieser Anlass verlangte etwas Festlicheres als Tee, auch wenn er ihn allein trinken musste. «Beide Eltern leben noch, genau wie ihre zwei Brüder und die ältere Schwester. Zwischen allen besteht eine auffallende Ähnlichkeit, besonders zwischen Mitsuko, ihrer Mutter und der Schwester. Da sie inzwischen erwachsen ist, wird dies umso augenfälliger. Natürlich hat die Härte eines Eta-Lebens ihren Tribut gefordert. Nur nicht bei Mitsuko. Seid Ihr sicher, Fürst Genji, dass Ihr nicht doch auch etwas Sake möchtet? Er ist von bester, unverfälschter Qualität.» Sicher war Genji die Betonung des Wortes «unverfälscht» nicht entgangen.

«Nein, vielen Dank.»

«Fällt Euch keine geistreiche oder weise Bemerkung mehr ein, mein Fürst?»

«Nein.»

«Welch ein Jammer, dass Ihr das nicht vorhergesehen habt.»

«Nicht wirklich», sagte Genji. «Niemand ist verletzt worden. Eure Verleumdung lässt meine Gefühle kalt.»

«Eure Gefühle?» Kawakami lachte. «Denen sollte Eure geringste Sorge gelten. Ein Großfürst, der sein Bett mit einer Eta teilt, dem Abkömmling von stinkenden Aasfressern und Häutegerbern. Ich bedaure nur eines: Dass Ihr nicht lange genug leben werdet, um den wütenden Aufschrei zu erleben, den diese Neuigkeit hervorrufen wird, sobald die Öffentlichkeit davon erfährt. Leider wird dies einen unauslöschlichen Makel auf dem Ruf Eures Clans hinterlassen, auch wenn er dann bereits vernichtet ist. Nur eines wäre noch besser – oder schlechter –, je nachdem, von welchem Standpunkt aus man es betrachtet: wenn Ihr und Heiko Kinder hättet oder vielleicht sogar verheiratet wärt. Bedauerlicherweise hat der Druck durch die Ausländer zu einer Überstürzung der Ereignisse geführt.»

«Niemand wird eine derart lächerliche Behauptung glauben», erwiderte Genji.

«Seid Ihr davon überzeugt?», fragte Kawakami. «Wenn Mutter und Schwester neben ihr stehen, könnte es dann auch nur den geringsten Zweifel geben?»

«Dazu wird es nicht kommen», sagte Genji.
«So? Seht Ihr das vorher?»
Genji lächelte, ein leises Lächeln, dem die Zuversicht fehlte. Trotzdem irritierte es Kawakami. «Alles Wichtige habe ich vorhergesehen und auch gehört. Mit Eurer Erlaubnis werde ich Euch nicht länger zur Last fallen.»
Kawakamis Adjutant und seine Leibwächter sahen ihn an und warteten auf das Zeichen, Genji niederzustrecken. Aber er gab es nicht. Sollte er doch zu Heiko zurückgehen. Sollte er sie doch betrachten und dabei das fühlen, was er nun zwangsläufig fühlen musste. Welche Seelenqual – und das war mehr wert als Genjis sofortiger Tod.
Geduld zeitigte ihr eigenes Vergnügen.

Nie hatte Genji die schmerzhafte Beschränkung von Prophezeiungen stärker empfunden als jetzt. An diesem Ort würde er nicht sterben, das wusste er, auch wenn seine Situation noch so hoffnungslos zu sein schien. Er musste weiterleben, um sich andernorts und zu einer anderen Zeit ermorden zu lassen, um Fürstin Shizuka zu treffen und um seine dritte und letzte Vision zu erleben. Und doch, was nützte ihm dieses Wissen? Blind war er in eine der übelsten Fallen getappt.
Eta.
Vor Kawakami konnte er noch versuchen, den Schein zu wahren, aber nicht vor sich selbst. Die Enthüllung von Heikos Herkunft richtete ihn zu Grunde.
Eta.
Sein ganzes Leben hatte man ihm nicht einen vor die Augen treten lassen. Metzger, Gerber, Abfallbeseitiger, Totengräber, Leichenträger.
Heiko war eine von ihnen.
Eta.
Unter Aufbietung all seiner Kräfte kämpfte er eine Welle von Übelkeit nieder.
«Mein Fürst, ist Euch nicht wohl?» Seit Genjis Rückkehr hatte Hidé geduldig gewartet, dass sein Fürst das Schweigen

brach. Nur die Sorge, der hinterhältige Kawakami könnte ihn vergiftet haben, ließ Hidé als Ersten sprechen.

«Ich habe schlechte Neuigkeiten», sagte Genji. Während seiner Abwesenheit hatten seine ihm verbliebenen Männer einen Wall aus toten Pferden um ihre winzige Redoute gebaut. Ihre dicken Leiber machten die Stellung kugelsicher. Diesen Einfallsreichtum hätte Genji sicherlich mehr schätzen können, wenn ihn die Tierkadaver nicht an das erinnert hätten, was er soeben erfahren hatte. Er vermied jeden Blick in die ringsum versammelten Gesichter, sonst hätte er auch Heiko ansehen müssen. Und das brachte er nicht fertig. Stattdessen schaute er auf die in Seide gewickelte Schatulle, die er mitgebracht hatte.

«Fürst Shigeru ist tot.»

Genji hörte die Männer entsetzt aufstöhnen. Sie hatten mit ihm die Hoffnung geteilt, Shigeru würde in letzter Minute auftauchen und wie durch ein Wunder die feindlichen Hundertschaften zerstreuen, von denen sie umringt waren. Wenn einer dazu in der Lage war, dann Shigeru.

«Gibt es dafür einen Beweis, mein Fürst?», fragte Hidé. «Kawakami steckt voller Ränke. Könnte das nicht auch eine sein?»

Genji verbeugte sich vor der Schatulle und wickelte sie aus. Dabei bemerkte er, wie Heiko leise etwas zu Emily sagte, die daraufhin sofort den Blick auf den Boden richtete. Er empfand Dankbarkeit für Heikos Herzensgüte und Scham seiner eigenen Unfähigkeit wegen, sie in einem anderen, weniger abstoßenden Licht zu sehen.

Erneut stöhnten seine Männer auf, als er die Schatulle öffnete. Einige fingen zu schluchzen an. Bald weinte jeder. Shigeru hatte alle elf Samurai ausgebildet, die Sohakus Angriff und Kawakamis Hinterhalt überlebt hatten, wenn auch teilweise schwer verwundet. Er war der letzte Meister der Kampfkunst im alten Stil gewesen. Streng, fordernd, unerbittlich und gnadenlos. Kein Mitglied des Clans hatte man mehr gefürchtet, gehasst und verehrt. Sein Verlust rüttelte an den Grundfesten des Kriegerdaseins, das durch ihn tief im Herzen jedes Mannes verankert war.

Emily, die ihre Gefühle nicht mehr zurückhalten konnte, sagte mit erstickter Stimme zu Heiko: «Muss man Krieg so grausam führen? Ist nicht der Tod allein schon Schrecken genug?»

«Der Tod an sich birgt keinen Schrecken», antwortete Heiko, «nur Unehre ist schrecklich. Wenn Fürst Kawakami seinem Clan den Kopf von Fürst Shigeru zeigt, ist das eine Beleidigung der schlimmsten Art. Und das beklagen diese Männer. Sie haben versagt und konnten Fürst Shigeru nicht vor einer solchen Schande bewahren. Das Gefühl der persönlichen Entehrung ist es, was sie empfinden.»

Während der Gefechtspause hatte Stark seine Satteltaschen geholt. Er besaß zwei geladene Schießeisen mit je sechs Schüssen, vierzig Patronen für die 44er und achtzehn für die 32er. Nach Einbruch der Nacht würde er einen Ausbruch in Richtung Kloster versuchen, den er mit Glück überleben könnte. Drinnen würde er Ethan Cruz finden und töten, falls die Explosion das noch nicht besorgt hatte.

«Hidé, teile den Damen Heiko und Emily mit, dass sie uns jetzt verlassen müssen», sagte Genji. «Fürst Kawakami hat für ihre Sicherheit gebürgt. Auch Herrn Stark steht es frei zu gehen, wenn er möchte.»

«Ja, Fürst.» Hidé begab sich zu Heiko.

Heiko hatte Genjis Worte gehört. Ihre behelfsmäßige Festung war nicht groß, und er befand sich höchstens zehn Schritte von ihr entfernt. Warum hatte er sie nicht direkt angesprochen? Seit seiner Rückkehr hatte er sie nicht eines Blickes gewürdigt. Hatte irgendeine Bemerkung Kawakamis sein Vertrauen in sie erschüttert? Sicher würde Genji ihm nicht glauben, egal, was es war. Wenn es eine Gewissheit in einer ungewissen Welt gab, dann musste ihm klar sein, dass ihre Liebe zu ihm aufrichtig war.

Noch ehe Hidé seinen Mund öffnen konnte, sagte Heiko: «Ich werde nicht gehen.»

«Edle Dame, Euch bleibt keine Wahl, das ist ein Befehl von Fürst Genji.»

Blitzschnell zückte Heiko ihren Dolch und hielt sich die Klinge an die Kehle. Ein rascher Schnitt würde ihre Halsschlagader durchtrennen. Erneut sagte sie: «Ich werde nicht gehen.»

«Heiko!», rief Emily entsetzt, aber Heiko kümmerte sich nicht um sie.

Stark, der direkt hinter ihr stand, überlegte, ob er ihren Arm packen sollte. Aber er hatte diesen Gedanken noch nicht zu Ende gedacht, als sie den Kopf in einer Weise drehte, dass er diese Idee wieder fallen ließ. Sie war fest entschlossen. Er käme zu spät.

Hidé sah zu Genji. «Mein Fürst.»

Kawakami würde Heiko nicht töten, wenn es sich umgehen ließe, das wusste er. Man würde sie als letzten Beweis seines größten Triumphes neben ihrer Verwandtschaft zur Schau stellen. Ihre Demütigung wäre schmerzhafter als Genjis Tod. Um ihr diese Qual zu ersparen, gab es einen einfachen Weg: Er müsste nur darauf bestehen, dass sie wegging. Ohne einen Augenblick zu zögern, würde sie sich die Kehle durchtrennen, daran hatte er keinen Zweifel. Und doch brachte er es nicht fertig. Trotz seiner widersprüchlichen Gefühle liebte er sie noch immer. Er konnte nicht zum Handlanger ihres Todes werden. Es gab immer noch Hoffnung. Seine Vision versprach Leben. Vielleicht gelang es, Heiko zu schützen, indem man sie am Leben ließ.

Endlich sah Genji sie an und verbeugte sich tief vor ihr. «Hoffentlich erweise ich mich solch treuer Zuneigung wert.»

Heiko senkte den Dolch, erwiderte die Verbeugung und sagte: «Mein Fürst, diese Zuneigung beruht weder auf Wert noch auf treuer Ergebenheit.»

Genji lachte wider Willen. «So vorbehaltlos? Dann stehe ich in der Tat tief in Eurer Schuld.»

«Ja», sagte Heiko, ganz Geisha. «Wie werdet Ihr je dafür bezahlen?»

Jetzt lachten auch die Männer. Fürst und Dame benahmen sich gänzlich sorglos. Wie sollten sie sich da anders verhalten? Tränen wurden weggewischt.

Emily fragte: «Heiko, was hast du getan?»

«Ein Exempel statuiert», antwortete Heiko. «Manchmal wirken Worte bei Samurai nicht.»

Genji sagte: «Emily, Matthew, ihr könnt gehen, wenn ihr wollt. Mein Gegner wird euch unbehelligt lassen.»

«Wohin?», sagte Stark.

«Er wird euch sicher in die Residenz des amerikanischen Konsuls in Edo geleiten. Dort werdet ihr das nächste Schiff nach Amerika nehmen können.»

«Mein Ziel ist nicht Amerika», erwiderte Stark, wobei er mit seiner 44er auf Kloster Mushindo zeigte. «Sondern das hier.»

Emily sagte: «Fürst Genji, ich habe Ihnen bereits erklärt, dass meine Mission hier in Japan liegt.»

«Wir sind von mehreren hundert Mann umstellt», gab Genji zu bedenken, «die alles tun werden, um uns in Bälde mit Schusswaffen und Schwertern zu töten. Wollt ihr dann wirklich hier sein?»

«Ich werde dort sein, wo es Gott gefällt», entgegnete Emily.

Stark spannte lächelnd beide Revolverhähne.

Nach einer Verbeugung richtete sich Genji an seine Männer.

«Fürst Kawakami beabsichtigt, sich den Kopf meines Onkels wieder anzueignen, wenn er den meinen holen kommt. In beiden Fällen werde ich Widerstand leisten.»

«Wir holen uns stattdessen seinen», sagte Hidé, «und werden ihn vor den Mauern seiner brennenden Burg verrotten lassen.»

«Ja!», riefen ein paar.

«Warum warten? Holen wir ihn uns gleich!»

«Halt», sagte Genji gerade noch rechtzeitig, um zu verhindern, dass die Hälfte seiner Hand voll Männer offenen Auges in den Selbstmord rannte. «Irgendwann in der Vergangenheit hatte ich eine Vision, die die Gegenwart erhellt. Das ist nicht das Ende.» Eines behielt er für sich: Diese Vision ließ nicht erkennen, dass außer ihm noch einer überleben würde. Seine Bemerkung hatte den gewünschten Effekt. Aus den Blicken und der Haltung der Männer sprach wieder Selbstvertrauen. «Selbstverständlich hat jeder, der unbedingt Selbstmord begehen möchte, meine Erlaubnis zum Angriff.» Plötzlich eröffneten die Feinde das Feuer. Pausenlos folgte Salve auf Salve. Kugel über Kugel bohrte sich in die Wälle aus Tierfleisch, bis sich die am häufigsten getroffenen Teile allmählich aufzulösen begannen.

War das, was er gesehen hatte, eine echte Vision gewesen? Genji fing zu zweifeln an, erinnerte sich jedoch an einen Grundsatz seines Großvaters: Prophezeiungen treten immer auf unvorhergesehene Weise ein.

Hidé sah das Lächeln auf Genjis Gesicht und spürte, wie seine Zuversicht wuchs, obwohl die Situation zusehends aussichtsloser wurde. Unter dem Kugelhagel begannen die toten Pferde, sich in schleimigen Brei zu verwandeln. Jeder, der sich in der Redoute befand, war mit Pferdeblut besudelt. Rings um sie war die Hölle los. Und doch lächelte Genji. Hidé packte sein Schwert fester.

«Ergreift Genji und Heiko möglichst lebend», wies Kawakami seinen Adjutanten an. «Auf keinen Fall darf das Gesicht der Frau verletzt werden.»

«Jawohl, Fürst. Allerdings könnten beide schon tot sein und auch ihre Gesichter bis zur Unkenntlichkeit verstümmelt. Viele hundert Kugeln wurden auf sie abgefeuert.»

«Wir haben immer wieder auf dieselben Pferdekadaver gefeuert», entgegnete Kawakami. «Sie warten darauf, dass wir kommen und sie holen. Dann werden sie kämpfen. Legt die Gewehre weg, und geht mit Schwertern hinein.»

«Jawohl, Fürst.»

«Warte. Deine zehn besten Schützen sollen ihre Gewehre behalten. Befiehl ihnen, Stark zu erschießen, sobald er sich blicken lässt.»

«Jawohl, Fürst.»

Wie immer schaute Kawakami aus sicherer Entfernung zu. Seine Männer stapelten die Musketen und zückten ihre Schwerter. Früher hätten sie das gern getan, jetzt jedoch glaubten sie an die Überlegenheit von Gewehren. Genau wie Kawakami. Gewehre hatten den unbesiegbaren Shigeru mühelos getötet. Das hätte ein einziger Bauernjunge mit einer Muskete geschafft. Schon nach einer zweiwöchigen Ausbildung konnte ein Bauer mit einem Gewehr einen Samurai besiegen, der durch jahrelanges Üben seine Handhabung des Schwertes vervollkommnet hatte.

Trotzdem galt es noch, neue Taktiken zu entwickeln oder von den Ausländern zu lernen. Der Einsatz von Schusswaffen zur Verteidigung einer Stellung oder bei einem Hinterhalt erforderte keinen großen Sachverstand. Attacken blieben problematisch, besonders bei ähnlich bewaffneten Gegnern. Die erzwungenen Ladepausen schienen ein unüberwindliches Hindernis für einen Dauerangriff zu sein. Wie machten das die Ausländer? Kawakami war entschlossen, das herauszufinden. Sobald er mit Genji fertig war, würde er sich ausschließlich auf die Schießkunst und ihre Strategien konzentrieren. Vielleicht gab es unter den Ausländern einen ähnlichen Meister wie Sun-Tzu. Wenn ja, würde Kawakami dessen Version der *Kunst des Krieges* studieren. Die Tage des Tokugawa-Shogunats waren gezählt. Bald würde man es ihnen entreißen, allerdings nicht wie früher durch mit Schwertern bewaffnete Samurai. Der neue Shogun würde seine Macht mit Schusswaffen erringen. Das könnte er selbst sein. Warum auch nicht?

Schusswaffen. Er benötigte mehr Schusswaffen. Bessere. Größere. Kanonen. Kriegsschiffe.

Halt. Es wäre falsch, zu weit vorauszuplanen. Zuerst Genji.

Kawakami ritt nach vorn, allerdings vorsichtig. Trotz ihrer geringen Zahl verfügten auch Genjis Männer über Musketen. Wie tragisch, wenn man ihn im Augenblick seines größten Triumphes erschießen würde. Sorgfältig achtete er darauf, einen Schutzwall aus Bäumen zwischen sich und dem Feind zu lassen.

«Warum haben sie das Feuer eingestellt?», fragte Hidé.
«Wegen meines Kopfes», antwortete Genji. «Um ihn zu bekommen, müssen sie Schwerter einsetzen.»
Vorsichtig spähte Taro um den Kadaver vor ihm. «Da kommen sie.»
Genji schaute seine Männer an. Jeder hielt ein Schwert in der Hand. Die Musketen lagen im blutigen Schlamm. Bevor man den Kampf mit Schwertern eröffnete, wäre es wesentlich wirkungsvoller, der Attacke mit einer Gewehrsalve zu begegnen. Aber mit solchen Methoden hatten sie nichts im Sinn. Sie waren Samurai. Im entscheidenden Moment zwischen Leben und Tod kam nur ein Schwert in Frage.
Genji zückte sein Schwert. Vielleicht war er der letzte Okumichi und als solcher derjenige mit völlig irreführenden Visionen. Ihm war künftig keine Ermordung beschieden. Es gab weder die Fürstin Shizuka noch einen Erben, der auf seine Geburt wartete, noch eine dritte Vision. Alles war Lug und Trug gewesen. Beim Blick auf Heiko sah er, dass auch sie ihn anschaute. Beide lächelten. Nein, nicht alles war Lug und Trug gewesen.
«Macht euch bereit», forderte Genji seine Männer auf. «Wir werden angreifen.» So starben Samurai. Beim Angriff. Wie ein Fels, der aus unendlicher Höhe in endlose Leere stürzt. «Fertig ...»
Eine Musketensalve von den Mauern des Klosters Mushindo übertönte sein Kommando. Die halbe Frontreihe von Kawakamis vorrückenden Samurai ging zu Boden. Auf der Stelle verwandelte sich der Vormarsch in einen ungeordneten Rückzug, bei dem Männer in panischer Angst davonrannten. Eine zweite Salve folgte. Noch mehr von Kawakamis Leuten fielen.
Genji erkannte ungefähr vierzig Musketenläufe auf der Mauer. Wer war das? Zum Nachdenken blieb ihm keine Zeit. Im hinteren Teil von Kawakamis Stellung kam es zu neuer Verwirrung. Unter ihm vibrierte der Boden. Pferdehufe donnerten heran.
«Reiterei!», rief Hidé. «Kawakami wird angegriffen!»

«Verstärkung!», sagte Taro.

«Wie?», fragte Hidé. «Unser Territorium liegt drei Tagesritte weit entfernt.»

«Aufgepasst», sagte Taro, «sie kommen zurück.»

Mittlerweile versuchten Kawakamis Männer verzweifelt, vor der Reiterattacke zu fliehen, und rannten in Richtung Mushindo. Wieder mähte Musketenfeuer viele von ihnen nieder. Genji und seine Männer wehrten sich verzweifelt dagegen, überrannt zu werden. Überall blitzten Schwertklingen auf. Das Blut sterbender Menschen und toter Pferde vermischte sich im Schlamm. Genji hörte Starks Pistolen zwölfmal schießen, dann nicht mehr.

Zum Nachladen blieb keine Zeit. Stark packte mit beiden Händen ein Schwert und schwang es wie eine Axt, mit der er Körper zerfetzte, Schädel zertrümmerte und Gliedmaßen abhackte.

In der Mitte standen Heiko und Hanako, mit Emily zwischen sich, und hieben und stachen auf jeden ein, der sich ihnen näherte.

Einer von Kawakamis Männern gelangte hinter Hidé, der bereits mit mehreren anderen kämpfte, und ging auf ihn los.

«Hidé!» Warnend schrie Hanako seinen Namen und warf sich dazwischen. Die Klinge durchtrennte ihr den linken Arm oberhalb des Ellbogens.

Reiter stürmten aus den Wäldern. An ihren Bannerstäben flatterten provisorische Wimpel mit dem Spatzen-und-Pfeil-Emblem. Sie schlugen und trampelten sich einen Weg durch die im Rückzug befindlichen Angreifer auf Genji zu, wobei sie als Schlachtruf seinen Namen brüllten.

«Genji!»
«Genji!»
«Genji!»

Heiko stellte mit erstaunter Stimme fest: «Mein Fürst, seht Ihr, wer das ist?»

«Ja, ich sehe es», sagte Genji, «aber kann ich meinen Augen trauen?»

«Ich habe befohlen, das Feuer einzustellen», sagte Kawakami zornig.
«Mein Fürst, das waren nicht unsere Gewehre. Die Schüsse kamen vom Kloster.»
«Unmöglich. Die Explosion hat dort jeden getötet.»
«Vielleicht haben Fürst Genjis Männer Verstärkung erhalten.» Ängstlich schaute der Adjutant über seine Schulter. «Es erschien mir von Anfang an verdächtig, dass er mit einer derart kleinen Eskorte reisen würde. Könnte das eine Falle gewesen sein, mein Fürst?»
«Auch das ist unmöglich», antwortete Kawakami, «andernfalls hätte sich Genji nie mit mir getroffen. Er hat sein Leben nur deshalb riskiert, weil ihm keine andere Wahl mehr geblieben ist.»
Kawakami beobachtete, wie seine Männer den Rückzug vom Kloster in seine Richtung antraten, und das immer ungeordneter. «Offensichtlich bewegen sich unsere Truppen in die falsche Richtung.»
«Das unerwartete Gewehrfeuer hat zu einiger Verwirrung geführt.»
«Dann rück vor und schaff Ordnung.»
«Jawohl, Fürst.» Doch der Adjutant tat nichts, um sein Pferd anzuspornen.
Kawakami wollte ihm gerade einen Schwall Verwünschungen an den Kopf werfen, da hörte er hinter sich laute Rufe.
«Genji!»
«Genji!»
«Genji!»
Mit dem Schlachtruf der Okumichi auf den Lippen, preschten berittene Samurai durch die Reihen von Kawakamis Nachhut. Das Regiment löste sich in panischer Angst auf. Man hatte sie ohne ihre Pferde und Musketen überrascht. Sie saßen in der Falle. Viele warfen ihre Schwerter weg und rannten auf den einzigen Ausweg aus dieser Falle zu, die Straße nach Edo. Noch im Fliehen wurden sie von Kugeln, Schwertern und Pferdehufen tödlich getroffen.

Kawakami und sein Adjutant waren noch nicht weit gekommen, da hatte man sie bereits umzingelt und gefangen genommen. Sie leisteten kaum Widerstand.

«Halt», sagte Kawakami, «lebend bin ich für euch mehr wert als tot. Ich bin Fürst Kawakami.» Auch als Gefangener zeigte er ein ungebrochenes Selbstbewusstsein. Dies hier war lediglich ein Rückschlag, keine endgültige Niederlage. «Trotz eurer Banner seid ihr keine Okumichi-Samurai. Wer ist euer Fürst? Bringt mich zu ihm.»

Fünfzehn Jahre hatte Mukai dem führenden Kopf der Geheimpolizei des Shogun treu und ergeben gedient. Er tat, was ihm sein Herr befahl, ohne allzu viel über seine Tätigkeit nachzudenken, die meistens Leid und nur höchst selten Befriedigung brachte. Schließlich bestand der Sinn des Lebens nicht darin, besondere Freuden zu suchen, sondern Ranghöheren ehrerbietig zu dienen und alle Niedriggestellten durch Befehle unter Kontrolle zu halten.

Beinahe zu spät hatte er herausgefunden, dass eine solche Existenz nichts mit Leben zu tun hatte, sondern ein bei lebendigem Leibe Begrabensein bedeutete.

Das hier war Leben.

Die animalische Kraft, mit der das Schlachtross unter ihm zum Angriff überging, war nichts im Vergleich zu jener Lebensenergie, die nun sein ganzes Wesen durchpulste.

«Genji!»
«Genji!»
«Genji!»

Während Mukai die Attacke zu Genjis Rettung anführte, war er von glühender, beinahe schmerzhafter Leidenschaft durchdrungen und fühlte sich als lebende Verkörperung des Gewittergottes. Seine Liebe hatte ihm Möglichkeiten eröffnet, die er zuvor nicht einmal zu träumen gewagt hätte. Sein Handeln aus Liebe hatte ihn für immer befreit. Das Glück, das er empfand, gehörte ganz allein ihm. Gedanken an Pflicht, Familie, Stellung, Geschichte, Tradition, Bindungen, Gesichtsverlust oder Schande hatten hier nichts zu suchen. In ihm gab es nur noch Raum für seine Liebe.

Einhundertachtzig treu ergebene Gefolgsleute hatten mit ihm den verzweifelten Ritt von seinem winzigen nördlichen Fürstentum aus hierher angetreten. Fürst Genjis Prophezeiung über einen Sieg hatte sie davon überzeugt. So weit Mukai wusste, gab es eine derartige Prophezeiung gar nicht. Mukai hatte sie einfach erfunden. Geheimnisvollerweise hatte ihm die Liebe dazu die nötige Beredsamkeit verliehen. Voll Staunen hatten ihm seine Gefolgsleute, die sonst einen tollpatschigen, zurückhaltenden, wortkargen Fürsten kannten, geglaubt und gehorcht.

Nun wehte wie in seinen Träumen das Spatzen-und-Pfeil-Banner über ihm. Und Mukai hatte alles hinter sich gelassen: Furcht und Hoffnung, Leben und Tod, Vergangenheit und Zukunft.

«Genji!»

Laut rief er den Namen. Eine Liebeserklärung, ein Schlachtruf, ein geheiligtes Mantra.

Viele Männer Kawakamis hatten sich in ihrer Angst in Genjis Redoute geflüchtet. Beinahe wäre diesem Ansturm so vieler Schwertkämpfer das gelungen, woran Kawakamis geplanter Angriff gescheitert war. Genji und seine Gefährten drohten, überwältigt zu werden.

Hatte er es so weit geschafft, nur um dann doch zu spät zu kommen? Mukai verfluchte seine mangelhaften strategischen Kenntnisse. Hätte er über einen besseren militärischen Verstand verfügt, wäre er schon vor Tagen hier eingetroffen. Er verwünschte seinen kläglichen Orientierungssinn, der ihn auf dem Weg durchs Gebirge immer wieder auf den falschen Weg geführt hatte. Wüsste er besser über Sterne, Windrichtungen und Zugvögel Bescheid, hätte er nicht kostbare Stunden verloren, indem er statt nach Westen nach Osten ritt. Ein Fluch auf jene fünfzehn Jahre, die er in fensterlosen Folterkammern zugebracht hatte.

Nein! Sie durften nicht getrennt sterben. Nicht nachdem

Liebe und Schicksal sie einander so nahe gebracht hatten. Er riss sich von seinen Leibwächtern los und stürzte sich blindlings ins Kampfgetümmel.

«Genji!»

Wie wild drosch er links und rechts auf jeden ein, der ihm unterkam, und erzwang sich so einen Weg zu Genjis Stellung. Schon bald brachte die schiere Überzahl feindlicher Waffen sein Pferd zu Fall. Die Speerstiche und Schwerthiebe, die seinen Körper trafen, spürte er kaum. Genji. Er musste zu Genji. So kämpfte er sich weiter zu Fuß durch.

«Fürst Mukai! Wartet!» Mühsam versuchte sein Gefolge, mit ihm Schritt zu halten.

«Genji!»

«Mukai!»

Er sprang über den Pferdewall an Genjis Seite. «Mein Fürst.» Er verbeugte sich. «Wie versprochen, bin ich gekommen.»

«Pass auf!» Genji wehrte mit seinem Schwert einen Hieb ab, der Mukais Rücken galt. «Vorübergehend sollten wir auf den Austausch von Höflichkeiten verzichten, Mukai. Lass mich lediglich sagen, dass ich sehr überrascht und ebenso glücklich bin, dich zu sehen.»

«Mein Fürst», sagte Mukai. Das war alles, was er herausbrachte.

Genji war von Kopf bis Fuß mit Blut besprizt. Doch war das wichtig? In diesem kostbaren Augenblick, wo er Seite an Seite mit Genji gegen eine überwältigende Übermacht kämpfte, gingen die Grenzen des eigenen und des fremden Ich ineinander über. Die Zeit stand still und verging doch. Was war in ihm und was außerhalb?

«Mein Fürst.»

Einige Male sah es aus, als sei das Ende gekommen. Zu viele Männer Kawakamis standen zu wenigen auf Seiten Genjis gegenüber. Für jeden, den sie niederstreckten, tauchten drei andere auf. Eben drohten die Schwertkämpfer, sie zum letzten Mal einzukesseln, da ertönte von den Mauern eine weitere Musketensalve – und jeder Widerstand erlosch. Als hätten sie einen stummen Befehl erhalten, warfen Kawakamis Leute ihre Waffen weg und sich selbst zu Boden.

Es war vorbei.

Mukai sagte: «Mein Fürst, Ihr habt triumphiert.»

«Nein, Mukai», entgegnete Genji, «du hast triumphiert. Dieser Sieg gebührt dir allein.»

Mukais Gesicht erstrahlte.

«Mukai!» Genji fing ihn in seinen Armen auf. Er war zusammengebrochen.

«Fürst!» Mukais Gefolge stürzte herbei. Er winkte sie fort, ohne Genji auch nur einen Moment aus den Augen zu lassen.

«Wo bist du verletzt?», fragte Genji.

Seine Wunden ließen Mukai kalt. Er wollte Genji sagen, dass Träume nicht nur bei Menschen mit Visionen in Erfüllung gingen, sondern auch bei ganz normalen Leuten wie ihm, wenn sie restlos aufrichtig handelten. Dass er genau von diesem einen Augenblick geträumt hatte. Von Blut, Umarmung, Tod und Furchtlosigkeit, ganz besonders aber von jenem ewigen, alles übersteigenden, leidenschaftlichen Einssein, das alle Grenzen der Wahrnehmung und des Verstehens sprengte.

Dann wollte er nicht einmal mehr das. Übrig blieb nur noch das Lächeln.

«Fürst!» Entsetzt verfolgten Mukais Männer, wie Genji den Körper ihres Fürsten langsam zu Boden sinken ließ. Von Genjis Siegesprophezeiung hatte er ihnen erzählt, jedoch nichts von seinem eigenen Tod.

«Fürst Mukai ist tot», sagte Genji.

«Fürst Genji, was sollen wir tun? Ohne Fürst Mukai sind wir herrenlos. Er hat keinen leiblichen Erben. Möglicherweise wird der Shogun sein Lehen beschlagnahmen.»

«Ihr seid treue Gefolgsleute eines treuen und selbstlosen Freundes», sagte Genji. «Wer will, kann in meine Dienste treten.»

«Dann sind wir von nun an Eure Vasallen, Fürst Genji.» Mukais ehemalige Befehlshaber verbeugten sich vor ihrem neuen Herrn. «Was befehlt Ihr?»

«Also wirklich», sagte Kawakami, «wie anrührend, wie dramatisch. Vielleicht wird man diese Szene eines Tages in einem Kabuki-Stück über Euer Leben spielen, Fürst Genji.» Wie immer sah er mit selbstsicherer Miene von seinem Sattel auf sie herunter. Seine Stellung hatte Mukais Männer derart eingeschüchtert, dass sie ihn mehr als Gast denn als Gefangenen behandelten. Im Gegensatz zu allen anderen trugen er und sein Adjutant tadellose Kleidung, ohne jegliche Kampfspuren.

«Absitzen!», befahl Genji.

Kawakami runzelte die Stirn. «Erlaubt mir, eine Warnung auszusprechen, damit Ihr Euch nicht im Eifer des Gefechtes mitreißen lasst. Die einzige Veränderung besteht darin, dass sich Eure Aussichten zu überleben verbessert haben.» Er war kein Schwertkämpfer, sein Talent lag woanders, im Wissen, in genau jener Begabung, über die die Okumichi angeblich weitaus mehr verfügten als alle anderen Menschen. Wissen würde ihm den endgültigen Sieg bringen. «Durch intelligentes Verhandeln könntet Ihr sogar einen erheblichen Vorteil erringen. Dürfte ich vorschlagen –»

Genji packte Kawakami am Arm und schleuderte ihn zu Boden. Hustend und schwer atmend hob Kawakami das Gesicht aus dem blutigen Schlamm. «Du –»

In hohem Bogen sauste Genjis Schwert durch die Luft und durchtrennte Kawakami fast gänzlich den Hals. Der Kopf des Toten hing nur noch an einem Knorpel. Eine Blutfontäne schoss genauso schnell in die Luft, wie sie wieder verebbte. Mit dem Kopf zwischen den Schultern sackte die Leiche nach vorne. Verblüfft starrte das Gesicht in den Himmel.

Genjis Blick wanderte zu dem Adjutanten, der sich im Zelt aufgehalten hatte, als Kawakami Heikos Herkunft zur Sprache brachte.

«Fürst Genji», sagte der Adjutant.

«Tötet ihn!», befahl Genji.

Die zwei Männer, die ihn flankierten, schlugen sofort zu. Die Leiche fiel in drei Teilen zu Boden: Kopf, rechte Schulter und der Rest.

Genji musterte die am Boden kauernden Gefangenen, vielleicht dreihundert an der Zahl. Alles einfache Samurai, die wohl nie in wichtige Informationen eingeweiht gewesen waren. Der Adjutant wusste Bescheid, vermutlich hatte es auch Mukai gewusst. Wer sonst noch? Seine Ehefrau? Seine Konkubinen? Andere Geishas? Aber selbst wenn er eine Blutspur durchs ganze Land zöge, könnte er nicht alle Möglichkeiten ausschließen. Da Kawakami nicht mehr lebte, war dies vielleicht auch gar nicht nötig. Nur wenige würden sich ohne Beweise in der Öffentlichkeit zu solch empörenden Behauptungen versteigen. Darin lag der Schlüssel: in schlagkräftigen Beweisen.

Genji sagte: «Durchsucht das Kloster nach eventuellem Schießpulver. Sobald es gesäubert ist, richtet das Badehaus her.»

«Fürst, was geschieht mit den Gefangenen?»

«Lasst sie frei. Ohne ihre Waffen.»

«Jawohl, Fürst.»

Mit dem Beweisstück würde er sich möglichst bald befassen, aber zuerst musste er sich an einem Treffen mit dem Shogun beteiligen.

Wie durch ein Wunder war Saiki bei der gewaltigen Explosion innerhalb des Klosters nicht ums Leben gekommen. Als ihn Mukais Musketiere fanden, lag er bewusstlos unter dem, was von Masahiro und dessen Pferd übrig geblieben war. Benommen trug man ihn auf einer Bahre nach Edo. In seinen Ohren dröhnte es immer noch, und er konnte nichts hören. Eines jedoch ärgerte ihn am meisten: dass er Kawakamis Enthauptung nicht miterlebt hatte. Sobald er wieder richtig hören könnte, würde er Hidé um einen ausführlichen Bericht bitten.

Ethan Cruz befand sich nicht im Kloster. Aber irgendwo musste er sein. Stark schaute zum Kloster zurück. Nun kam er schon zum zweiten Mal hier vorbei. Er prägte sich den Pfad ein. Er würde den Weg von Edo hierher finden.

Genau wie Ethan Cruz.

Emily spürte nicht den Sattel unter ihr, ja kaum ihren eigenen Körper. Obwohl ihre Augen geöffnet waren, hinterließ nichts, was sie sah, einen bleibenden Eindruck in ihrem Gehirn.
 Sie stand unter Schock.
 So viel Blut.
 So viel Tod.
 Sie versuchte, sich an einen tröstlichen Bibelspruch zu erinnern, doch nichts fiel ihr ein.

In jenem Augenblick, als es schien, dass sie alle sterben würden, hatten Genjis Blicke sie getroffen. Ganz vertraut war sein Lächeln gewesen. Doch seitdem hatte er wieder begonnen, sie zu meiden, obwohl er sich große Mühe gab, es nicht so aussehen zu lassen. Und doch wusste Heiko Bescheid.
 Was hatte Kawakami bei ihrem Treffen zu Genji gesagt?

Hanako blickte von ihrer Tragbahre zu Hidé auf. Sie war stolz auf ihn. Jede Krise ließ ihn weiter reifen. Selbst beim Reiten hatte er eine andere Haltung angenommen. Schon immer hatte sie vermutet, dass er einen trefflichen Samurai abgab. Jetzt befand er sich auf dem besten Weg dahin. Ihm fehlte nur noch eine passende Ehefrau.
 «Ich entbinde Euch von unserem Eheversprechen», sagte sie und wandte den Kopf ab.
 Hidé bemerkte zu Taro, der neben ihm ritt: «Sie spricht im Fieberwahn.»
 Hanako sagte: «Ich bin nicht mehr geeignet, Eure Frau zu sein.»
 Taro sagte zu Hidé: «Ja, zweifellos ein Fieberwahn. Auch die stärksten Krieger reden manchmal nach schweren Verletzungen Unsinn. Daran sind Blutverlust und Schock schuld.»
 Hanako sagte: «Ihr braucht eine unverstümmelte Lebensgefährtin, die hinter Euch gehen kann, ohne Schande und Spott über Euch zu bringen.»
 Noch immer achteten Hidé und Taro nicht auf sie. Hidé sagte: «Hast du gesehen, wie sie sich in das Schwert geworfen hat?»

«Einfach großartig», antwortete Taro. «So etwas habe ich in Kabuki-Aufführungen gesehen, aber noch nie im richtigen Leben.»

«Immer wenn ich ihren leeren Ärmel sehe», sagte Hidé, «werde ich mich mit tiefer Dankbarkeit daran erinnern, dass sie mir das Leben gerettet hat.»

«Ich kann kein Tablett halten», fuhr Hanako fort, «und auch keine Teekanne oder Sakeflasche. Wer möchte schon von einem einarmigen Krüppel bedient werden?»

«Glücklicherweise besitzt sie immer noch ihren Schwertarm», meinte Taro. «Wer weiß, wann du sie wieder einmal an deiner Seite brauchst?»

«Wie wahr», erwiderte Hidé. «Außerdem genügt ein Arm vollauf, um ein Kind an die Brust zu drücken oder eine Kinderhand zu halten, wenn es gehen lernt.»

Hanako konnte sich nicht mehr beherrschen. Vor Liebe und Dankbarkeit quollen ihr heiße Tränen aus den Augen. Gerne hätte sie Hidé für seine Treue gedankt, brachte aber vor Schluchzen kein Wort heraus.

Taro entschuldigte sich mit einer Verbeugung und ritt zur Nachhut, wo auch er seinen Tränen freien Lauf ließ.

Zum ersten Mal behielt Hidé trockene Augen. Dank jener eisernen Selbstkontrolle, die er im Nahkampf erworben hatte, gestattete er sich keine einzige Träne. Wegen Hanakos Verletzung hegte er tiefes Mitgefühl für sie, doch das war gar nichts im Vergleich zu dem Respekt, den er für ihren Mut empfand, der sie wie ein Samurai handeln hatte lassen, und zu seiner immer größer werdenden Liebe.

Die Unbilden des Krieges und die Freuden der Liebe waren wahrhaft eins, und nicht zwei verschiedene Dinge.

Kerzengerade saß Hidé im Sattel und ritt auf Edo zu.

15

El Paso

Worte können verletzen. Schweigen kann heilen. Zu wissen, wann man sprechen muss und wann nicht, das ist die Weisheit der Weisen.
Wissen kann behindern. Unwissen kann befreien. Zu wissen, wann man wissen muss und wann nicht, das ist die Weisheit von Propheten.
Unbehindert von Worten, Stille, Wissen oder Unwissen, zieht eine gewandte Klinge einen klaren Schnitt. Das ist die Weisheit der Krieger.

SUZUME-NO-KUMO (1434)

Jimbo suchte Nahrung unter den winterharten Pflanzen. Bereits der Vorgang an sich war nährend, wenn er mit Dankbarkeit und Respekt ausgeführt wurde. Der alte Abt Zengen hatte ihm von wahren Meistern erzählt, die auf diesem Weg bereits so weit fortgeschritten waren, dass sie auf Essen verzichten konnten. Sie lebten von der Luft, die sie einatmeten, von den Bildern, die sie sahen, und von der reinen Meditation, der sie sich hingaben. Damals hatte er das nicht geglaubt. Jetzt erschien es ihm möglich.

Von Zeit zu Zeit blieb Jimbo stehen und dachte an Stark. Letztlich würde sein ehemaliger Gegner hier auftauchen, doch wusste er nicht, wann. Lange konnte es nicht mehr dauern. Hatte er sich bei der kleinen Gruppe aus Samurai und Ausländern befunden, die vor drei Wochen an Kloster Mushindo vorbeigezogen waren? Vielleicht.

Zwei Dinge standen fest: Stark würde kommen und versuchen, ihn zu töten. Um sein eigenes Leben war ihm nicht bang. Er interessierte sich nur für das von Stark. Wenn er Jimbo tötete, würden seine Qualen nicht geringer. Rachgier trieb ihn von früheren Morden zu neuen Bluttaten. Jimbos Tod würde nur sein Leid und die Last eines bösen Karmas vermehren. Was konnte er also tun? Falls es ihm gelang, Stark den neuen Menschen zu zeigen, der er geworden war, einen Menschen mit innerem Frieden, der sich vom Leid des Hasses befreit hatte, würde dann auch er den Weg erkennen? Furchtlos würde Jimbo ihm gegenübertreten und um Vergebung bitten. Wenn sie ihm nicht gewährt wurde, war er bereit zu sterben. Er würde nicht kämpfen. Er würde nicht töten. Nie wieder würde er die Hand gegen andere erheben.

Eine kleine Bewegung auf dem Senfblatt lenkte ihn von seinen Gedanken ab. Vorsichtig entfernte er den winzigen Käfer und setzte ihn auf den Boden, wo er hurtig davoneilte. Der Käfer sah ihn nicht. Sein Leben fand auf einer anderen Ebene statt und war doch genauso intensiv und fragil wie seines. Respektvoll verneigte er sich vor seinem Mitgeschöpf und sammelte weiter sein Abendessen ein.

Hinter ihm raschelte es im Unterholz. Diese raschen Bewegungen kannte er. Es war Kimi, das kluge kleine Mädchen aus dem Dorf.

«Oh, Jimbo», sagte Kimi. «Ich hab gar nicht bemerkt, dass du hier bist. Beinahe hätte ich dich getreten.»

«Vielen Dank, dass du es nicht getan hast.»

Kimi kicherte. «Du bist so komisch. Hast du Goro gesehen? Vor einer Stunde ist er dich suchen gegangen. Ich habe Angst, dass er sich wieder verlaufen hat.»

Jimbo und Kimi verhielten sich ganz still und lauschten.

«Ich höre ihn nicht deinen Namen rufen», sagte Kimi.

«Vielleicht ist er ins nächste Tal gewandert.»

«Bitte, finde ihn. Wenn er sich verläuft, regt er sich auf. Und wenn er sich aufregt, wird er unvorsichtig.»

«Und dann tut er sich weh», erklärte Kimi. «Wenn ich ihn finde, bevor es Zeit für deine Abendmeditation ist, bringe ich ihn dir.»

«Das wäre nett.»

«Ade, Jimbo.» Sie verbeugte sich mit gefalteten Händen, der buddhistischen Geste für Friede und Ehrerbietung, *gassho* genannt. Als erstes Dorfkind hatte sie Jimbo darin nachgeahmt. Jetzt taten es alle.

«Ade, Kimi.» Jimbo erwiderte ihre Verbeugung und ihr Gassho.

Gerade als Jimbo in Mushindo eintraf, näherten sich von Westen zwei Pferde im Galopp. Im ersten Reiter erkannte er den ehemaligen Mönch Yoshi. Der zweite Mann war zusammengesackt und konnte sich kaum noch im Sattel halten. Es war der Hohe Abt Sohaku.

Beide Männer waren schwer verwundet, Sohaku mehr als Yoshi.

«Hilf mir, ihn zu verbinden», bat Yoshi. «Schnell, sonst verblutet er.»

«Das mache ich schon», sagte Jimbo. «Kümmere du dich um deine eigenen Verletzungen.»

«Das da?» Lachend deutete Yoshi auf seine Wunden. «Nur oberflächliche Kratzer.»

Eine großkalibrige Kugel war an Sohakus linker Brustseite eingedrungen, hatte die Lunge durchschossen und in seinem Rücken ein faustgroßes Loch hinterlassen. Dass er noch lebte, war ein Wunder.

«Nun, Jimbo», sagte Sohaku, «welche weisen Sprüche hast du denn für das Sterben?»

«Keinen besonderen. Wir sterben doch alle, oder nicht?»

Sohaku lachte trocken auf. «Du klingst jeden Tag mehr wie der alte Zengen.»

«Hoher Abt, Ihr müsst Euch hinlegen.»

«Keine Zeit. Verbinde mich.» Er wandte sich an Yoshi. «Geh ins Zeughaus. Hol mir eine neue Rüstung.»

«Jawohl, Hoher Abt.»

Jimbo sagte: «Wo Ihr hingeht, werdet Ihr keine Rüstung brauchen.»

«Du irrst dich. Ich ziehe in den Kampf. Die Rüstung brauche ich, damit sie mich zusammenhält, sonst schaffe ich es nicht.»

«Abt Sohaku, Ihr werdet keine Schlachten mehr schlagen.»

Sohaku lächelte. «Ich weigere mich, an einer Kugel zu sterben.»

Jimbo versiegelte die Wunde so gut es ging mit einem Verband aus Heilkräutern und umwickelte anschließend Sohakus Oberkörper fest mit einem langen Seidenstreifen. Nach außen hatte die Wunde zu bluten aufgehört. Die innere Blutung würde erst der Tod beenden.

Yoshi half Sohaku in die neue Rüstung. Oberkörper, Lendenbereich und Oberschenkel waren nun von Platten aus Eisen, Holz und Leder bedeckt. Den Helm nahm er, aber weder den stählernen Kragen zum Schutz von Kehle und Hals noch die Lackmaske fürs Gesicht.

«Hoher Abt», sagte Yoshi, «Ihr riskiert eine Enthauptung.»

«Was glaubst du, wer uns verfolgt?»

«Zweifellos Fürst Shigeru», antwortete Yoshi.

«Wenn ich mich in Hochform befände, Wind und Licht mir freundlich gesinnt wären und alle Götter auf mich niederlächelten – könnte ich ihn dann besiegen?»

«Unter solchen Voraussetzungen vielleicht.»

«Und mit meiner Verwundung? Welche Chancen habe ich?»

«Keine, Hoher Abt.»

«So ist es. Deshalb ziehe ich es vor, ihm die Gelegenheit zu einem sauberen Schlag zu geben.»

Jimbo sagte: «Geht oder bleibt, am Ende steht immer der Tod. Deshalb bleibt und sterbt in Frieden.»

«Was ich Fürst Genji schulde, was meinen Ahnen, was mir selbst, ist eins: Tod im Kampf.»

Sohaku winkelte sein Bein so ab, als würde er im Sattel sitzen. Mit Lederriemen band Yoshi es in dieser Form zusammen. Dann half er Sohaku in den Sattel.

«Wie kommt es, dass Ihr gegen Fürst Genji kämpft?», wollte Jimbo wissen.

«Seine angeblichen Prophezeiungen führen den Clan in den

Untergang. Ich wollte ihn stürzen und damit retten. Ich habe versagt. Jetzt muss ich Abbitte leisten.»

Jimbo schwieg.

Sohaku lächelte. «Du denkst, in so einem Fall begehe man normalerweise rituellen Selbstmord. Das ist richtig. Doch diese besondere Angelegenheit erfordert einen Nahkampf. Es ist immer befriedigender, einen Gegner zur Strecke zu bringen, als ihn bereits von seinen eigenen Händen hingestreckt vorzufinden. Wenn ich aufrichtig Abbitte leisten will, muss ich das tun, was demjenigen am meisten entgegenkommt, dem ich Abbitte leiste.»

«Ich verstehe», erwiderte Jimbo, «auch wenn ich es nicht gutheiße. Wenn Ihr schon sterben müsst, dann wäre es weitaus besser, von Euch aus keine Gewalt anzuwenden. Damit würdet Ihr Euer Karma weniger belasten.»

«Du irrst, Jimbo. Gerade mein Karma erfordert den Kampf.» Sohaku verbeugte sich und verzog dabei vor Schmerzen das Gesicht. «Befiehl mich deinem Gott oder Buddha, wenn du zu ihm gehst – falls es ihn gibt.»

«Warum gehst du zum Meditieren in die Berge?», fragte Kimi. «Ich dachte, dafür hast du eine Meditationshalle.»

«Jimbo», sagte Goro mit einem glücklichen Lächeln.

«Eine Weile darf ich nichts und niemanden um mich haben», sagte Jimbo.

«Wirst du lange weg sein?»

«Nein, nicht lange.»

«Wir wollen hier auf dich warten.»

«Deine Eltern werden dich vermissen.»

Kimi lachte. «Dummkopf, meine Eltern haben elf Kinder.»

«Dann werde ich euch bei meiner Rückkehr treffen», sagte Jimbo und verbeugte sich, die Hände zum Gassho gefaltet. Dasselbe tat Kimi.

«Jimbo, Jimbo, Jimbo», sagte Goro.

Die Berghütte, die Jimbo zum Meditieren in der Einsamkeit aufsuchte, bestand aus lose zusammengebundenen alten Ästen. Über ihm war mehr Himmel als Dach, die Wände verdeckten kaum den Blick auf die Bäume. Beides hielt weder Wind noch Wetter ab. Der alte Abt Zengen hatte diese Hütte gebaut. Sie ähnelte auffallend seinen mit wenigen Pinselstrichen hingeworfenen Zeichnungen von Bergen, Tieren und Menschen. Alles nicht Vorhandene beschrieb das Abgebildete lebhafter als jede ausführliche Darstellung.

Sohakus Worte lasteten schwer auf Jimbo.

Gerade mein Karma erfordert den Kampf, hatte er gesagt.

War dies auch Jimbos Karma?

Er war nicht mehr der Mensch von einst, dessen war er sich sicher. Weniger genau wusste er, ob er sich tatsächlich vollständig von seiner Vergangenheit freigemacht hatte. Handelte er wirklich selbstlos und nur noch aus dem Bestreben heraus, Stark zu dessen Erlösung von seiner Seelenpein zu verhelfen? Oder ließ gerade sein trügerischer Stolz ihn heimtückisch in seinem Irrglauben verharren?

Jimbo atmete, tiefer und noch tiefer. Einatmen und Ausatmen wurden eins. Die Grenzen zwischen seinem Inneren und der äußeren Welt schwanden. Er betrat die unendliche Leere im selben Augenblick, in dem sie von ihm Besitz ergriff.

Mit einem strahlenden Lächeln kam Mary Anne aus dem Blockhaus. Sie erwartete, Stark zu sehen. Beim Anblick von Cruz drehte sie um und rannte wieder hinein.

Cruz packte sie, ehe sie mit der Schrotflinte auf ihn zielen konnte, und knallte ihr den Pistolenlauf an die Schläfe. Schreiend klammerten sich die beiden kleinen Mädchen aneinander. Bis Tom, Peck und Haylow hereinkamen, hatte Cruz Mary Anne bereits splitternackt ausgezogen.

«Was ist mit den kleinen Biestern?», fragte Tom.

«Bring sie raus», sagte Haylow. «Das müssen sie nicht sehen.»

«Zieh sie auch aus», befahl Cruz. Mary Anne war noch nicht

wieder bei Bewusstsein. Er drückte sie gegen die Wand, hielt ihr beide Hände über den Kopf und rammte ihr das Messer durch die Handflächen, so dass sie wie angenagelt war. Schreiend erwachte sie.

«Jesus, Maria und Josef», sagte Peck, «alle Heiligen im Himmel, Mutter Gottes und Heilige Dreifaltigkeit.»

«Ethan», sagte Tom.

Haylow schirmte die kleinen Mädchen ab und drückte sie an seinen massigen Leib.

«Ausziehen, sagte ich», befahl Cruz wieder.

«Sie nicht», sagte Tom. «Sie haben nichts getan.»

«Sie wurden geboren», entgegnete Cruz. «Macht ihr jetzt, was ich sage, oder nicht?»

Tom und Peck sahen einander an, dann Cruz. Seine Hand befand sich dicht an der Pistole.

Peck sagte: «Ethan, wir machen immer, was du sagst, das weißt du doch.»

«Das merke ich.»

Haylows Gesicht war nass vom Weinen. Er gab keinen Laut von sich, versetzte erst dem älteren Mädchen einen Kinnhaken, dann dem jüngeren. Der gewaltige Prankenhieb des Riesen schleuderte beide Mädchen durch die Luft und ließ sie wie einen Klotz zu Boden fallen. Vielleicht lebten sie noch. Sie waren totenstill. Ganz sachte zog er die Jüngere aus, während Tom und Peck dasselbe mit der Älteren taten.

«Nein, nein, nein!», brüllte Mary Anne verzweifelt.

Cruz packte die Ältere an den Haaren und hielt ihr Gesicht ganz nah an das von Mary Anne.

«Wie heißt sie?»

Mary Anne schrie und heulte.

Cruz sagte zu Peck: «Gib mir dein Messer.» Peck gab es ihm. Cruz hielt es dem Mädchen an die Kehle. «Ich sagte, wie heißt sie?»

«Becky», antwortete Mary Anne. «Becky. Bitte, bitte –»

Cruz rammte dem Kind das Messer in den Bauch und schlitzte es bis zum Herz auf, warf den kleinen Leichnam der schrei-

enden Frau vor die Füße und holte sich das jüngere Mädchen.
Tom rannte aus der Hütte.
Peck fiel zu Boden und schob sich auf dem Hosenboden rückwärts. Als er an die Wand stieß und nicht mehr weiter konnte, drehte er sich um und übergab sich so lange, bis sein Magen leer war.
Haylow stand einfach nur weinend da.
«Wie heißt sie?», fragte Cruz.
«O Gott, o Gott», jammerte Mary Anne.
Cruz legte das Kind auf den Tisch und holte neben dem Ofen die Axt.
«Louise!», brüllte Mary Anne, als würde ihr der Name das Leben retten. «Louise!»
Cruz schlug so fest zu, dass er noch den Tisch unter dem Mädchen spaltete. Der abgetrennte Kopf fiel auf den Boden und rollte ans Fußende des Bettes. Er starrte Mary Anne an und sagte ganz leise: «Jetzt bist du dran!»
Sie konnte ihn nicht gehört haben. Ihre eigenen Schreie übertönten seine Stimme.

Jimbo wusste nicht, wie lange seine Meditation gedauert hatte. Als er die Augen öffnete, schien das Licht noch genauso wie zu der Zeit, als er sie geschlossen hatte. Ein Augenblick war vergangen oder auch Tage. Bei jeder Bewegung knisterte die gefrorene Feuchtigkeit in seiner Kleidung. Als er seine Beine aus dem Lotussitz löste, schmerzten seine Knie. Es hatte länger als nur einen Augenblick gedauert, mindestens zwei oder drei Tage.
Er verließ die Hütte und begab sich zu dem Felshaufen neben dem Bachbett. Ungefähr alle zehn Jahre gab es eine Überschwemmung, dann waren auch diese Felsen von Wasser bedeckt. Jimbo entfernte einige, bis er das Wachstuch fand. Er griff hinein und zog das Paket heraus. Wo sollte er es auswickeln? Hier im Freien? In Mushindo? Nein, er kannte den richtigen Platz. Er begab sich wieder in die Hütte.

Dort verwandelte sich der Mann, der nicht mehr Ethan Cruz war, rein äußerlich in das, was er einmal gewesen war.

Da lag sein Hut, zerknautscht und ganz außer Form. Aus Zweigen fertigte er eine Hutform und nässte den Filz mit Schnee, den er in seinen Händen schmolz. Bis zum Morgen würde er wieder einigermaßen seine alte Fasson haben.

Da lagen Hemd, Hose, Jacke und Stiefel. Sie rochen nach altem Schweiß und Moder. Er zog sie an.

Da lagen Läufe und Schaft seiner doppelläufigen Schrotflinte. Er setzte sie wieder zusammen. In einem gesonderten Wachstuch lagen sechs Patronen. Er lud die Flinte und sonderte die restlichen aus. Ein Nachladen würde es nicht geben.

Da lag sein Halfter und darin der 36er, den ihm Manual Cruz in einem anderen Leben gegeben hatte.

Junge, du hättest Vieh getrieben, hast du mir erzählt.

Ja, Herr, das habe ich gesagt, und genau das habe ich auch gemacht.

Mhmm. Genau das ist mir auch zu Ohren gekommen, und mehr. Hast du vielleicht bei deiner Viehtreiberei eine Kleinigkeit ausgelassen?

Ich weiß nicht recht, was Sie meinen, Herr.

Den Scheiß mit dem Herrn kannst du dir schenken, Ethan. Mit der Kleinigkeit meine ich, dass du Vieh getrieben hast, zu dem du auf eine Art und Weise gekommen bist, auf die der Galgen steht. Und das weißt du genau.

Man kann mich nur einmal hängen. Für Straßenraub gibt's den Strang, und wenn die mich deshalb suchen, dann kommen sie sowieso noch früh genug. Außerdem wären da noch die zwei Idioten, die ich hier drinnen erschießen musste. Auch darauf steht der Strick.

Also wirklich, Junge, dafür bis du nun groß geworden, um Viehdieb, Straßenräuber und Revolverheld zu werden.

Ethan erwartete eine Strafpredigt.

Cruz sagte, bin stolz auf dich. Scheint, als hätte mein Leben doch noch einen Sinn. Eines lass dir gesagt sein: Komm bloß nicht auf die Idee, mit Huren zu handeln.

Cruz streckte ihm die Hand hin.
Ich bin der Vater von Ethan Cruz, na ja, der Stiefvater. So ungefähr. Verdammt noch mal. Mitunter kommen die Dinge doch noch ins Lot.
An jenem Abend gab Cruz Ethan den 36er Colt aus seinem eigenen Halfter.
Viele bevorzugen das 44er Army-Modell. Als Grund nennen sie die schwerere Kugel und den zielsichereren Todesschuss. Allerdings bietet der 36er einem Mann, der das nötige Kleingeld besitzt, um sein Zielvermögen zu perfektionieren, einen entscheidenden Vorteil: Er ist ein halbes Pfund leichter als der 44er und lässt sich schneller ziehen. Eines Tages, wenn der andere Mann am Boden liegt, wirst du dich gern an mich erinnern.
Und was ist, wenn du ihn brauchst? An meiner Hüfte wird er dir nicht viel nützen.
Wofür soll ich den brauchen? Ich lasse mich nicht auf Schießereien ein.
Cruz zeigte ihm seine Derringer.
Die genügt für mich alten Pokerspieler und Hurenhändler vollauf. Wenn es zu einer Schießerei kommt, dann so, dass die Reichweite keine Rolle spielt.

Als Jimbo wieder zum Kloster zurückkam, war der größte Teil davon verschwunden. Wo einst die Meditationshalle gestanden hatte, säumten verkohlte Ruinen eine riesige Grube. Überall lag Asche herum. Das Einzige, was noch heil war, waren die Schutzmauern, das Badehaus, die Meditationshütte des Abtes und die provisorische Hütte, die Sohakus Männer zur Verwahrung von Shigeru gebaut hatten.
Viele der Dorfkinder spielten in den Trümmern und stellten Vermutungen über die Fundstücke an.
«Schau, da liegt ein Unterarmknochen.»
«Nein, das ist nur ein Stück Holz.»
«Ein Arm. Siehst du den Knubbel am Ende?»
«Schrecklich. Wirf ihn weg.»
«Vorsicht, hier kommt ein Ausländer.»

«Das ist der, der bei Fürst Genji war. Der mit den zwei Gewehren.»
«Ist er nicht. Ist ein anderer.»
«Lauft! Er wird uns töten!»
«Jimbo», sagte Goro und schlurfte lächelnd auf ihn zu. «Jimbo, Jimbo.»
«Nein, Goro, nicht. Das ist nicht Jimbo. Komm weg, schnell.»
Kimi sagte: «Es ist doch Jimbo.» Mit vor Staunen weit aufgerissenen Augen lief sie zu ihm hin. «Warum hast du solche Sachen an?»
«Ich muss etwas tun, was ich in der anderen Kleidung nicht machen kann.» Er betrachtete die Grube, die aussah, als wäre das gesamte Schießpulver im daneben liegenden Zeughaus auf einmal in die Luft geflogen. «Was ist passiert?»
«Während du weg warst, gab es eine große Schlacht –»
«Hunderte Samurai sind gestorben –»
«Fürst Genji saß in der Falle –»
«Jimbo, Jimbo, Jimbo –»
«Shigerus Kopf in einer Schachtel –»
«Musketen auf den Mauern –»
«Berittene Samurai haben angegriffen –»
«Von Kopf bis Fuß mit Blut bedeckt –»
Er verstand nicht jede verworrene Information, trotzdem hörte er genug heraus, um zu wissen, dass der Ausländer bei Fürst Genji Su-ta-ku hieß und die Schlacht überlebt hatte. Kaum war der Kampf vorüber, hatte er in den Ruinen von Mushindo nach Jimbo gesucht. Eine unglaublich schöne Frau, gewiss eine berühmte Geisha, hatte Kimi gefragt, ob sie wisse, wo Jimbo sei. Und Kimi hatte der Dame erklärt, er sei zum Meditieren in die Berge gegangen. Anschließend hatte sich die Dame mit Su-ta-ku in dessen Sprache unterhalten. Was sie gesagt hatte, konnte Kimi nicht verstehen.
Auf die Fragen der Kinder erzählte er ihnen von seiner Meditation jenseits der Zeit, von der Feuchtigkeit, die in seiner Kleidung gefror, vom Besuch der drei Engel, die Maitreya, der

Buddha der zukünftigen Zeiten, geschickt hatte, um den Dorfkindern ewiges Glück zu verkünden. Denn sie alle würden in Sukhatavi wiedergeboren, im Reinen Land von Amida, dem Buddha des allerbarmenden Lichts.

Nachdem die Kinder gegangen waren, wanderte er durch den veränderten Klosterbezirk. Stark war hier gewesen. Er würde wiederkommen. War Jimbo ein besserer Pistolenschütze als Stark? Vielleicht früher einmal, jetzt nicht mehr. Er hatte nicht geübt. Stark würde ihn töten, noch ehe er seinen Revolver aus dem Halfter gezogen hätte. Das wäre zu einfach. Jimbo würde ihn aus dem Hinterhalt angreifen. In seiner großen Wut und Trauer wäre Stark nicht so vorsichtig, wie er es sein sollte. Ein Überfall aus dem Hinterhalt könnte gelingen.

Erst nach einigen Tagen in Edo hatte sich Emily so weit erholt, dass Stark aufbrechen konnte. Genji hatte sie ermutigt, sich beim Wiederaufbau des Stiller-Kranich-Palastes am Entwurf für die Kapelle zu beteiligen. Noch immer hatte sie dunkle Augenringe, und auch ihre Unbeschwertheit hatte sich noch nicht wieder eingestellt. Das würde länger dauern, denn das entsetzliche Gemetzel, das sie aus nächster Nähe miterlebt hatte, ließ sich nicht so leicht verdrängen. Trotzdem lächelte sie bereits wieder.

«Musst du wirklich so schnell zum Kloster zurück?»

«Ja, Emily.»

Ein Blick auf den 44er an seiner Hüfte und den 32er im Gürtel genügte, dass sie keine weiteren Fragen stellte. «Wirst du zurückkommen?»

«Ich habe es vor.»

Plötzlich umarmte Emily ihn und drückte ihn fest an sich. Er konnte ihre Tränen an seinem Hals spüren. «Matthew, sei vorsichtig. Versprich mir, dass du vorsichtig bist.»

«Versprochen.»

Genji stellte Stark einen fünfköpfigen Samurai-Trupp mit Taro an der Spitze zur Seite. Man hatte sie angewiesen, Stark allein weiter nach Mushindo gehen zu lassen, sobald sie das Dorf erreicht hatten. Er sprach nicht Japanisch und sie kein Englisch. Stumm ritten sie dahin.

Stark dachte, das Schweigen würde ihm gut tun, doch im Gegenteil. Erinnerungen stiegen auf. Er konnte sie nicht unterdrücken. Sein Hass auf Cruz war nicht so stark wie seine Liebe zu Mary Anne.

Mary Anne sagte, Matthew, das ist der glücklichste Tag meines Lebens, ich schwöre es.

Meiner auch, antwortete er.

Er stand mit Mary Anne, Becky und Louise im Schatten der Weißbuchen auf einem Stück Land, das ihm rechtmäßig gehörte. Ich dachte, da baue ich das Blockhaus hin. Und dort drüben einen Garten. Mit Blumen und Gemüse. Da die Viehweide.

Becky sagte, und wo kommen die Schweine hin?

Keine Schweine, sagte Stark.

Becky blinzelte ungläubig.

Keine Schweine, sagte sie zu Louise.

Keine Schweine, sagte Louise.

Mary Anne schaute Stark an.

Also, das sind die ersten Wörter, die sie je gesprochen hat.

Keine Schweine?, fragte Stark.

Mary Ann nickte. Keine Schweine, sagte sie.

Keine Schweine, sagte Louise.

Keine Schweine, sagte Becky und lachte.

Bald lachten alle. Sie lachten so sehr, dass sie nicht mehr stehen konnten. Später saßen sie alle unter den Weißbuchen und lächelten immer noch.

Louise wurde nie das, was man gesprächig nannte. Dafür war Becky zuständig. Aber danach sagte sie ab und zu ein paar Wörter. Manchmal brachte sie die Form einer Wolke zum Sprechen oder der Wind oder auch dessen Fehlen. Manchmal führte sie ein kurzes Gespräch mit einer Weißbuche oder einem Reh. Und wenn sie glücklich war, was oft geschah, hörte Stark, wie sie vor sich hin murmelte: keine Schweine.

Wenn er weiter an sie dachte, würden die Gedanken seine Hand schwer machen und seine Haltung verkrampfen, und Cruz würde ihn ohne große Mühe töten. Das wusste er. Trotzdem konnte er nicht aufhören. Er sah sie direkt vor sich, wie sie lächelten, lachten, redeten.

Stark band sein Pferd an einen Baum und ging mit dem 32er in der linken und dem 44er in der rechten Hand auf das Kloster zu. Was ihn erwartete, war kein Iaido mit Pistolen. Er würde Ethan Cruz finden und töten. Weiter nichts. Er musste vorsichtig sein. Cruz konnte überall sein. Stark hätte gern eine Schrotflinte gehabt.

Die kleine Kindergruppe kletterte hinter Kimi über die rückwärtige Mauer von Mushindo.

«Seid leise», flüsterte sie. «Wenn man uns erwischt, werden wir bestraft.»

Ein anderes kleines Mädchen legte Goro die Hand auf den Mund. «Leise.»

Goro nickte. Als das Mädchen die Hand wegzog, legte er sich die seine über den Mund.

Sie versteckten sich hinter den eingestürzten Balken der Meditationshalle und beobachteten die Abtshütte. Der neue Ausländer kam soeben vom Dorf herauf. Jimbo saß wahrscheinlich meditierend in der Hütte. Sobald der Fremde da war, würde Jimbo heraustreten, um sich mit ihm zu treffen. Sie waren ganz ähnlich angezogen. Was hatten sie vor? Egal, sicher würden sie es gemeinsam tun.

Jimbo stand völlig reglos im Schatten eines Baums und sah zu, wie sich Stark dem Kloster näherte. Er war zwanzig Meter entfernt und hatte Jimbo den Rücken zugekehrt. In jeder Hand hielt er einen Revolver. Als Stark durchs Tor schritt, legte Jimbo leise die Schrotflinte weg, die er gehalten hatte. Die Patronen hatte er bereits entfernt und in seine Tasche gesteckt. Jetzt folgte er Stark.

Unmittelbar hinter dem Tor trat Stark zur Seite und stellte sich mit dem Rücken an die Mauer. Er bildete sich ein, in den Trümmern etwas rascheln gehört zu haben. Dort könnte Cruz sein. Oder auch in der Hütte, im Badehaus, in der Zelle. Überall. Wieder überprüfte er seine Waffen. Beide waren schussbereit. Er löste sich von der Mauer und ging langsam auf die Ruinen zu. Dort war ganz gewiss jemand. Es musste Cruz sein. Hoffentlich verfügte Cruz, wenn er tatsächlich dort war, nur über Pistolen wie er. Wenn er einen Karabiner oder, noch schlimmer, eine Schrotflinte hätte, würde er Stark sofort erschießen, noch bevor dieser reagieren konnte.

Stark ging weiter. Er hatte keine Wahl.

«Keine Bewegung, Stark!»

Stark spürte das kalte Metall eines Pistolenlaufs im Nacken.

«Waffen weg, oder es knallt.»

Stark würde die Waffen nicht wegwerfen, das wusste Jimbo. Nicht nachdem er ihn so lange gejagt und schließlich gefunden hatte. Nicht einmal dann, wenn er statt Cruz sterben müsste.

«Wenn du nicht sofort die Knarren wegwirfst», sagte Jimbo, wie es Cruz getan hätte, «puste ich dir den Schädel weg.»

Stark tat genau das, was Jimbo von ihm erwartete. Er machte einen Hechtsprung zur Seite, wirbelte noch im Fallen herum und feuerte aus beiden Pistolen, ehe er überhaupt richtig zielen konnte. Jimbo hatte ihn die ganze Zeit über im Visier. Sein Herz war gelassen, seine Hand ruhig. Keinerlei Emotionen trübten sein Zielen. Er richtete den Lauf seiner 36er ganz knapp rechts neben Stark und drückte einen halben Herzschlag eher ab, bevor ihm Starks schwere 44er Kugel die Brust zerfetzte.

«Jimbo!»

Diesmal war es nicht Goro, sondern Kimi, die seinen Namen rief. Entsetzt sprang sie auf und rannte auf Jimbo zu. Die anderen Kinder folgten dicht hinterdrein, Goro noch immer mit der Hand über dem Mund. Aber als Stark aufstand, blieben sie stehen, fielen auf die Knie und verbeugten sich respektvoll. Im

Dorf hatten Fürst Genjis Samurai jedem erzählt, dass Stark so etwas wie ein Fürst sei und dementsprechend geehrt werden müsse. So hielten sie einander weinend fest und pressten die Stirn auf die Erde.

Jimbo sah nur den Himmel und spürte nichts. Zuerst dachte er, er löse sich aus seiner körperlichen Existenz, und dies sei genau jener Augenblick, in dem sein Bewusstsein wieder ins Nichts einginge. Dann sah er Stark.

Stark stand über Cruz. Es schien, als hätte er sein ganzes Leben mit der Suche nach ihm verbracht. Jetzt hatte er ihn gefunden. Und getötet. Die Augen, die zu Stark aufblickten, waren klar. Kein Schmerz zeigte sich auf dem Gesicht.

Gern hätte Jimbo Stark gesagt, dass seine Familie nicht hatte leiden müssen, dass er sie sofort erschossen hatte und sie auf der Stelle tot gewesen waren. Das hätte er gerne gesagt, aber die Kugel hatte ihm das Herz und den rechten Lungenflügel zerfetzt, und er konnte nicht mehr sprechen. Aber auch das spielte keine Rolle mehr. Die Lüge wäre mehr eine Gnade für ihn denn für Stark gewesen. Stark wollte keine Wörter, sondern Rache – und er hatte sie bekommen. Jetzt musste Stark herausfinden, was wirklich richtig für ihn war. Jimbo befahl Matthew Stark der Gnade Gottes und Buddhas Erbarmen und dem Schutz und Schirm der zehntausend Götter.

Stark richtete seinen 44er auf das linke Auge von Cruz und seinen 32er auf das rechte und drückte ab. Dreimal mit dem 44er, viermal mit dem 32er. Er hätte noch öfter gefeuert, wenn mehr Kugeln in den Revolvern gewesen wären. Als er endlich mit dem sinnlosen Abdrücken aufhörte, sah er vor sich einen toten Körper, dessen Gesicht zu einer breiigen Knochenmasse geworden war. Er schob den 44er in den Halfter und den 32er in den Gürtel und ging fort.

Die Kinder behielten die Köpfe am Boden, bis Stark fort war. Dann rannten sie zu Jimbo, blieben aber wie angewurzelt stehen, als sie sahen, was von ihm noch übrig war.

Nur Goro ging weiter, fiel neben Jimbo auf die Knie und

schrie und stöhnte. Hilflos wedelten seine Arme über dem Körper, als wollte er etwas umarmen, das nicht mehr existierte.

Kimi kniete sich neben Goro und legte ihm einen Arm um die Schultern. Mit schierer Willenskraft legte sie ihre Erinnerungen an Jimbo über das zerstörte Gesicht und sah ihn so, wie sie ihn immer im Gedächtnis behalten würde.

«Goro, weine nicht», sagte sie, obwohl sie selbst weinte. «Das ist nicht mehr Jimbo. Er ist nach Sukhavati vorausgegangen, ins Reine Land, damit er uns begrüßen kann, wenn wir dorthin kommen und uns dann nicht mehr fürchten. In Sukhavati wird alles wunderbar sein.»

Davon war sie überzeugt, weil Jimbo es so gesagt hatte, und er hatte ihnen immer die Wahrheit gesagt. Daran glaubte sie, aber sie befand sich nicht im Reinen Land, sondern immer noch auf dieser traurigen Erde.

Jimbo war tot.

Sie und Goro hielten einander und weinten.

Stark stieg auf sein Pferd. Hinter den Klostermauern konnte er die Rufe weinender Kinder hören – und empfand nichts.

Nicht besser.

Nicht schlechter.

Ganz wie zuvor. Nichts.

Er setzte sich in Bewegung.

Und die Erde war wüst und leer, und es war finster auf der Tiefe.

TEIL V

Neujahrstag, erster Neumond nach der Wintersonnenwende im 16. Jahr des Kaisers Komei

16

Stiller Kranich

Auf seinem Totenbett empfing Fürst Yakuo einen Besuch von Pater Vierra. Pater Vierra fragte ihn, was er in seinem Leben am meisten bedauere. Fürst Yakuo lächelte.

Hartnäckig, wie christliche Priester in solchen Angelegenheiten zu sein pflegen, fragte Pater Vierra, ob es etwas sei, was er getan oder unterlassen habe.

Fürst Yakuo sagte, Bedauern sei ein Lebenselixier für Dichter. Er habe das Leben eines rauen, ungebildeten Kriegers gelebt und würde auch als solcher sterben.

Als Pater Vierra das Lächeln auf Fürst Yakuos Lippen sah, fragte er, ob er bedauere, dass er ein Krieger gewesen sei und kein Dichter.

Fürst Yakuo lächelte weiter, ohne zu antworten.

Während Pater Vierra Fragen stellte, ging Fürst Yakuo ins Reine Land ein.

SUZUME-NO-KUMO (1615)

Ein ganzes Jahr ist vergangen», sagte Emily. «Ich kann es kaum glauben.»

«Mehr als ein Jahr», sagte Genji. «Ihr seid an eurem eigenen Neujahrstag angekommen, drei Wochen vor unserem.»

«Ja, das stimmt.» Amüsiert lächelte Emily über ihre eigene Vergesslichkeit. «Irgendwie ist es vorübergegangen, ohne dass ich es gemerkt habe.»

«Kein Wunder», sagte Heiko, «das Weihnachtsspiel für die Kinder hat einen Großteil deiner Aufmerksamkeit beansprucht.»

«Zephaniah hätte sich so gefreut, das zu sehen», sagte Stark. «So viele viel versprechende junge Christen.»

Sie saßen in dem großen Raum mit Blick auf den innersten Hof von Stiller Kranich. Man hatte den Palast genau rekonstruiert. Jeder Baum, jeder Strauch, jeder Kieselstein im Garten hatte seinen Platz wie früher. Nur in der nordöstlichen Ecke hatte sich der Ausblick durch einen Kirchturm mit einem kleinen weißen Kreuz darauf verändert. Genjis Baumeister hatten großartige Arbeit geleistet. Emilys Wunsch nach einer Kapelle war damit ebenso erfüllt wie die Notwendigkeit, deren Existenz nicht vor ganz Edo zur Schau zu stellen. Innerhalb des Palastes konnte man das Kreuz von fast allen Aussichtspunkten sehen, jedoch nicht von draußen, denn an strategischen Stellen hatte man Mauern errichtet und hohe Bäume mit besonders dichtem Blattwerk gepflanzt.

Die Kapelle wurde nicht für Predigten oder Gottesdienste benutzt. Emily war keine Predigerin. Dazu war sie viel zu scheu und sich außerdem des alleinigen Wahrheitsanspruches ihres Glaubens bei weitem nicht so sicher, wie das ein Prediger sein musste. Innerhalb eines Jahres hatte sie bei den Ungläubigen so viel Nächstenliebe, Mitgefühl, Selbstlosigkeit, Hingabe und andere christliche Tugenden erlebt, dass sie Zweifel hegte, ob die Ausschließlichkeit in Gottes Absicht lag. Groß ist das Geheimnis des Göttlichen, sagte sie zu sich selbst und fügte still ein Amen hinzu.

Statt zu predigen, unterrichtete sie wissbegierige Kinder in der Sonntagsschule. Offensichtlich hatten deren Eltern, die häufig sowohl Buddhisten als auch Anhänger der archaischen Götterverehrung waren, nichts gegen den Unterricht in einer dritten Glaubensrichtung einzuwenden. Wie ein Mensch auch nur auf die Idee kommen konnte, an drei Religionen gleichzeitig zu glauben, gehörte zu jenen vielen Rätseln, denen Emily in Japan begegnet war.

Die Geschichten und Gleichnisse, die sie mit Hilfe von Heikos Übersetzung erzählte, fanden bei ihrer stetig wachsenden, jungen Zuhörerschar großen Anklang. In letzter Zeit hatten sogar einige Mütter zugehört. Von den Männern war bisher keiner erschienen. Genji hatte sich angeboten, aber das konnte sie nicht zulassen. Wenn er käme, würden seine Vasallen samt Ehefrauen, Konkubinen und Kindern aus reinem Pflichtgefühl folgen. Aus Pflichtgefühl gegenüber Genji, aber nicht aus selbst empfundener Sehnsucht nach Gott.

Alle Samurai unterzogen sich den Übungen der Zen-Sekte, einer ernsten und düsteren Religion der Stille, die nach Emilys Erkenntnis ohne Predigt und sogar ohne jegliche Lehre auskam. Handelte es sich dabei überhaupt um eine Religion? Einmal hatte sie Genji um eine Erklärung gebeten, doch der hatte nur gelacht.

Da gibt es wenig zu erklären. Um mich ernsthaft damit zu befassen, bin ich zu träge.

Was macht man denn?

Er nahm den Lotussitz ein und schloss die Augen.

Und was genau machen Sie jetzt? Ich habe den Eindruck, dass Sie gar nichts tun.

Ich lasse los, sagte Genji.

Loslassen? Was denn?

Zuerst meine körperliche Anspannung, dann die Gedanken und zuletzt alles.

Zu welchem Ziel?

Du bist durch und durch ein westlicher Mensch, sagte Genji. Immer denkst du nur ans Ziel. Der Weg ist das Ziel. Man sitzt. Man lässt los.

Und wenn man losgelassen hat, was dann?

Dann löst man sich vom Loslassen.

Das verstehe ich nicht.

Lächelnd löste Genji seine Beine und sagte: Der alte Zengen würde sagen, das ist ein guter Anfang. Ich bin kein gutes Vorbild. Ich komme nie über das Loslassen von körperlicher Anspannung hinaus und oft nicht einmal das. Wenn der Hohe Abt Tokuken aus dem Gebirge herunterkommt, wird er es dir besser erklären können. Er war der beste Schüler das alten Zengen. Doch darauf sollten wir nicht bauen. Vielleicht hat er bereits einen Zustand solcher Klarheit erreicht, dass er nicht mehr in der Lage ist zu sprechen.

Manchmal reden Sie wirklich albernes Zeug, sagte sie. Je größer die Klarheit, desto genauer das Erklären und das Verstehen. Deshalb hat uns Gott die Gabe der Sprache geschenkt.

Zengen hat mir einmal erklärt, dass die größte Klarheit tiefes Schweigen ist. Genau diese Worte haben Tokuken veranlasst, in die Berge zu gehen. Er hat sie gehört, und am nächsten Tag ist er aufgebrochen.

Wann war das?

Vor fünf oder sechs, vielleicht auch sieben Jahren.

Emily lächelte in sich hinein. Vermutlich könnte sie ihr restliches Leben in Japan verbringen und immer noch nichts begreifen. Als sie aufschaute, sah sie, wie Genji sie anlächelte. Vielleicht war das Verstehen doch nicht so wichtig, sondern eher etwas anderes. Anteilnahme.

«Guten Morgen, Fürst.» Hidé verbeugte sich am Eingang und hinter ihm auch Hanako mit ihrem Neugeborenen im Arm.

«Habt ihr ihm schon einen Namen gegeben?», sagte Genji.

«Ja, Fürst. Wir dachten, wir nennen ihn Iwao.»

«Ein guter Name», sagte Genji. «‹Beständig wie ein Fels›. Möge er so werden, ganz wie sein Vater.»

Ganz verlegen über das Kompliment verbeugte sich Hidé.

«Der Vater ist höchstens schwerfällig wie ein Fels. Hoffentlich wird der Sohn klüger.»

«Darf ich ihn halten?», fragte Heiko.

«Bitte», antwortete Hanako.

Sie bewegte sich mit einer derart graziösen Leichtigkeit, dass ihr fehlender linker Arm gar nicht auffiel. Vielmehr spürte man in jeder ihrer Bewegungen ein hohes Maß an Behutsamkeit. Heiko fand, sie habe eher an Weiblichkeit gewonnen als verloren.

Heiko sagte: «Was für ein hübscher Junge. Er wird in der Zukunft viele Herzen brechen.»

«O nein», erwiderte Hanako, «das werde ich nicht zulassen.

Er wird sich einmal verlieben und dann ein Leben lang treu sein und kein einziges Herz brechen.»

«Hidé, rufe unseren Chronisten herein», sagte Genji. «Allem Anschein nach wird dein Sohn der Erste und Letzte seiner Art sein.»

«Ihr könnt mich ruhig verspotten», sagte Hanako, die inzwischen selbst lachte, «aber ich kann an einem geradlinigen Herzen nichts Schlechtes finden.»

«Das liegt nur daran, weil du Glück gehabt und die Zuneigung eines solchen Herzens gewonnen hast», bemerkte Heiko.

«Ich bin nicht so», sagte Hidé. «Eigentlich neige ich dazu, faul, unaufrichtig und ausschweifend zu sein. Sollte sich mein Benehmen gebessert haben, dann nur deshalb, weil mir die Gelegenheit fehlt, mich schlecht aufzuführen.»

«Das lässt sich leicht ändern», erklärte Genji. «Ein Wort genügt, und ich werde diese höchst lästige Ehe sofort auflösen.»

Hidé und Hanako schauten einander liebevoll an.

Hidé sagte: «Dazu ist es, fürchte ich, zu spät. Inzwischen habe ich mich an meine Gefangenschaft gewöhnt.»

Stark sagte zu Emily: «Emily, darf ich dir jetzt schon zu deinem Geburtstag gratulieren, denn an diesem Tag werde ich nicht hier sein.»

«Danke, Matthew.» Emily war überrascht, dass er sich diesen Tag gemerkt hatte. «Ganz herzlichen Dank. Die Zeit vergeht so schnell. Im Handumdrehen bin ich eine alte Jungfer.» Das sagte sie so, als sei es etwas, worauf sie sich wirklich freute, und nicht deshalb, um Komplimente oder Proteste herauszufordern. Hier in Japan hielt sie endlich niemand mehr für schön, und so gab es auch nichts, dessen Vorhandensein oder Verlust man beklagen konnte.

Heiko entgegnete: «Von einer alten Jungfer bist du noch weit entfernt. Mit achtzehn Jahren beginnt das weibliche Leben doch erst, es ist eine echte Blütezeit.»

Genji sagte: «Wir haben hier ein Sprichwort: ‹Selbst billiger Tee schmeckt beim ersten Aufguss gut. Selbst die Tochter einer Hexe ist mit achtzehn schön.›»

Emily lachte. «Nun, Fürst Genji, ich weiß nicht, ob mich das trösten soll.»

«Aber, mein Fürst», sagte Heiko, «ist das Euer schönstes Kompliment?»

Aus der Art, wie Emily Genji ansah, erkannte Heiko, dass sie sich nicht beleidigt fühlte.

«Darf ich?», fragte Hanako.

«Natürlich», antwortete Heiko und gab ihr das Kind zurück.

«Wie weit werdet Ihr reisen?», erkundigte sich Hanako.

«Noch ist nichts Genaues geplant», sagte Heiko. «Wahrscheinlich zuerst einmal bis San Francisco. Wenigstens bis der Amerikanische Bürgerkrieg beendet ist.»

«Wie aufregend und auch beängstigend. Ich kann mir nicht vorstellen, außerhalb Japans zu leben.»

«Ich mir auch nicht», entgegnete Heiko. «Zum Glück muss ich es mir nicht vorstellen, da ich es selbst erleben werde.»

«Welche Ehre», sagte Hanako, «dass Fürst Genji Euch auserwählt hat, seine Augen und Ohren jenseits des Meeres zu sein.»

«Ja», sagte Heiko, «eine wahrhaft hohe Ehre.»

Amerika? Warum muss ich nach Amerika?

Weil ich sonst niemandem so restlos vertraue.

Verzeiht mir meine Bemerkung, Fürst, aber wenn der Lohn dafür die Verbannung ist, dann wäre weniger Vertrauen tröstlicher.

Du wirst nicht verbannt.

Man zwingt mich mit Gewalt aus meiner Heimat, übers Meer, in ein barbarisches Land, dessen Lebensweise mir gänzlich fremd ist. Wenn das keine Verbannung ist, was dann?

Vorbereitung auf die Zukunft. Ich hatte eine Vision. Binnen kürzester Zeit wird sich alles ändern. Anarchie und Aufruhr werden das Leben vernichten, das wir seit zweitausend Jahren führen. Wir müssen eine Zuflucht haben. Einen solchen Ort zu finden, das ist deine Aufgabe.

Genji, wenn du mich nicht mehr liebst, dann sage es. Derartige Ausflüchte sind unnötig.

Ich liebe dich und werde es immer tun.
Deine Worte und dein Handeln stimmen nicht überein. Kein Mann schickt die Frau, die er liebt, um die halbe Welt.
Doch, wenn er nachkommen möchte.
Du willst Japan verlassen? Unmöglich. Du bist ein Großfürst. Vielleicht wirst du demnächst Shogun. Du kannst nicht fort.
Wie viel Unmögliches ist schon eingetroffen, sagte Genji, was ein Okumichi in Visionen vorausgesagt hat. Ja, es erscheint unmöglich, und doch, können wir es bezweifeln? Du wirst nach Amerika fahren, und ich werde eines Tages folgen.
Wann wird dieser Tag kommen?
Ich weiß es nicht. Vielleicht wird mir das eine weitere Vision zeigen.
Ich glaube dir nicht.
Wie kannst du an mir zweifeln, nach allem, was wir durchgemacht haben? Warum sollte ich dich bitten zu gehen, wenn es nicht der Wahrheit entspricht? Warum sollte ich Stark zu deinem Begleiter und Beschützer machen? Warum sollte ich dir ein Vermögen in Gold mitgeben? Heiko, die einzige Erklärung dafür habe ich dir bereits genannt, auch wenn sie noch so merkwürdig klingt. Das alles ist ein Beweis meiner Liebe und nicht des Gegenteils.
Sie erklärte sich einverstanden. Was hätte sie sonst tun sollen? Sie glaubte, dass er sie immer noch liebte. Sie konnte es in seinen Augen lesen und aus seiner Berührung spüren. Und doch log er sie an. Warum?
Seit dem Gespräch mit Kawakami hatte sich etwas verändert. Was hatte Kawakami gesagt? Genji behauptete, es sei nichts von Bedeutung gewesen, und er hätte ihn nur verhöhnen wollen. Das konnte nicht wahr sein. Kawakami hatte ihm etwas mitgeteilt. Nur, was?
Emily sagte: «Matthew, kommst du nicht aus Texas?»
«Ja.»
«Wirst du dann nach deiner Heimkehr in den Krieg ziehen?»
«Das geht nicht», antwortete Genji, «wenigstens nicht so-

fort. Erst muss er eine Handelsgesellschaft gründen und sie als unser Stellvertreter führen.»

«Ich werde sowieso nicht kämpfen», sagte Stark. «Als Kind lebte ich in Ohio, und in Texas wurde ich ein Mann. Wie könnte ich gegen einen der beiden Staaten zu Felde ziehen?»

«Das freut mich sehr», sagte Emily, «denn so wirst du nicht für die Sklaverei kämpfen.»

«Fürst.» Im Eingang kniete ein Samurai. «Vom Hafen ist ein Bote eingetroffen. Die Morgenflut beginnt aufzulaufen, das Schiff muss in Kürze die Anker lichten.»

«Noch immer auf die Gezeiten angewiesen», stellte Genji fest.

«Nicht mehr lange», meinte Stark. «Kapitän McCain hat mir erzählt, sobald die ‹Stern› im Hafen von San Francisco liegt, wird sie mit einem Dampfmotor ausgerüstet.»

«Dampf mag vielleicht den Schiffen mehr Freiheit geben», entgegnete Genji, «aber nicht unseren Herzen. Wie Sonne und Mond sind wir auf ewig an die Gezeiten gebunden.»

«Ist es denn nicht genau umgekehrt?», wollte Emily wissen. «Reagiert nicht das Meer auf die Bewegungen von Sonne und Mond?»

«Für uns ist es umgekehrt», sagte Genji, «und wird es immer sein.»

Heiko, Hanako und Emily schenkten den Männern Sake ein, anschließend taten Genji, Hidé und Stark dasselbe für die Frauen. Ein letztes Mal hoben sie gemeinsam die Schalen.

«Mögen euch kraftvolle Gezeiten vorwärts tragen», sagte Genji, wobei er Heiko tief in die Augen blickte, «und möge euch die Woge der Erinnerung nach Hause bringen.»

17

Ausländer

Götter und Buddhas, Ahnen und Geister, Dämonen und Engel, keiner von ihnen kann dein Leben leben oder deinen Tod sterben. Weder das zweite Gesicht noch der Blick in die Gedanken anderer wird dir den Weg weisen, der einzig und allein deiner ist. So viel habe ich gelernt. Den Rest musst du herausfinden.

SUZUME-NO-KUMO (1860)

Emily stand mit Genji an dem Fenster mit Blick auf die Bucht von Edo. Noch konnte man die «Stern von Bethlehem» am Rand des Horizonts sehen, ganz winzig.

«Sie werden sie sehr vermissen», sagte Emily.

«Ich weiß, dass sie dort ihr Glück finden wird», erwiderte Genji, «deshalb freue ich mich für sie.»

Genjis dreißig Mann waren wie Ninjas in Schwarz gekleidet. Hidé und Taro erkannte er, weil sie ihm so vertraut waren, und auch einige andere an ihren Pferden. Er lächelte hinter dem Tuch, das seine eigene Identität verbarg. Was sagte es über einen Anführer aus, wenn er ein Pferd besser kannte als einen Menschen? Wenn der Anführer ein Reiter war, vielleicht etwas Gutes. Vielleicht.

«Es gibt einen einfachen Fluchtweg aus dem Dorf», erklärte er. «Blockiert ihn nicht. Lasst sie auf euch zukommen. Achtet auf alle, die versuchen, über die Hügel zu entfliehen. Einundvierzig Männer und Knaben und achtundsechzig Frauen und Mädchen. Jeder muss getötet werden. Verstanden?»

«Jawohl, Fürst.» Die Männer verbeugten sich. Keiner fragte,

warum sie sich verkleidet hatten. Keiner wunderte sich laut darüber, warum ihr Fürst sich für ein so jämmerliches Eta-Dorf im Fürstentum Hino interessierte. Keiner stellte in Frage, warum ihr Fürst den Angriff persönlich anführen wollte. Alles, was sie verstehen sollten, verstanden sie: Sie würden ins Dorf reiten und jeden lebenden Menschen töten. Und so sagten sie, jawohl, Fürst, und verbeugten sich.

«Dann greifen wir an.»

Mit gezückten Schwertern stürmte Hidé mit fünfzehn Mann durch das Dorf. Die donnernden Pferdehufe weckten jeden, der noch nicht bei Sonnenaufgang wach war. Einige befanden sich bereits im Freien und gingen der ersten Tagesarbeit nach. Sie wurden sofort niedergestreckt. Viele andere, als sie gerade aus ihren Behausungen traten. Als sie das andere Dorfende erreicht hatten, saßen Hidés Leute ab und liefen wieder in die Mitte zurück, wobei sie jeden töteten, dem sie begegneten. Die restlichen Samurai drangen zu Fuß von der Seite herein oder umkreisten das Dorf, um alle abzufangen, die einen Fluchtversuch wagten.

Genji zögerte nicht. Er tötete Seite an Seite mit seinen Leuten. Er tötete Männer, die sich mit Werkzeugen zu wehren versuchten, und Männer, die davonrannten. Hütte um Hütte betrat er und tötete Kinder in ihren Betten und Mütter, die sich über ihre Säuglinge warfen. Er blickte in die Gesichter der Toten und sah keines, das er suchte.

Vielleicht hatte Kawakami gelogen. Dass deshalb so viele Menschen sterben mussten, schmerzte Genji, und doch wusste er, dass der Schmerz noch viel größer wäre, wenn Kawakami die Wahrheit gesagt hätte. Hoffnung auf den geringeren Schmerz keimte auf, als er die letzte Hütte nahe der Dorfmitte betrat.

Hidé war bereits drinnen. Er starrte eine Frau an, die angstvoll ihre Tochter umfing. Zwischen ihnen befand sich ein Kleinkind, das zufrieden vor sich hin gluckste. Vor ihnen stand schützend ein junger Mann mit einem Dreschflegel in der Hand. Ein älterer, der Vorstand des Haushalts, lag tot zu ihren Füßen.

«Fürst», sagte Hidé. Seine entsetzten Blicke wanderten von den Frauen zu Genji und wieder zurück.

Genji brachte es nicht fertig, sie sofort anzusehen. Hidés Augen verrieten ihm, was er sehen würde. Er musterte den toten Mann. Lag um die Mundwinkel des Älteren ein Hauch von Heikos Entschlossenheit? Sicher bildete er es sich nur ein. Er hörte, wie hinter ihm jemand eintrat und abrupt stehen blieb.

Taro sagte: «Fürst.» Seine Stimme klang genauso erschreckt wie die von Hidé.

Genji konnte es nicht mehr länger vermeiden. Er zwang sich aufzublicken und sah seine eigene Verdammnis.

Das Gesicht der älteren Frau war ein Spiegelbild von Heikos, wenn auch durch die Jahre und das schwere Leben einer Kastenlosen ausgezehrt. Die junge Frau, die sich an sie klammerte, war eindeutig ihre Tochter. Ihr hübsches, wenn auch grobes Gesicht, ihre Jugendblüte – alles erinnerte Genji an die subtilere Schönheit, die ihm so vertraut war. Der tapfere junge Mann mit dem Dreschflegel musste ihr Ehemann sein, der Säugling ihr Kind. Heikos Mutter, Schwester, Nichte und Schwager. Am Boden ihr Vater. Und er wusste, irgendwo unter den anderen hingemetzelten Toten würde er ihre beiden Brüder finden.

«Fürst», sagte Taro erneut.

«Lass keinen in diese Hütte», befahl Genji.

«Jawohl, Fürst», sagte Taro. Genji hörte ihn hinausgehen.

«Du kannst dich ihm anschließen», sagte Genji.

«Ich werde Euch nicht allein lassen», entgegnete Hidé.

«Geh», sagte Genji. Er wollte für sein Verbrechen keinen Zeugen haben. Das sollte für ewig seine Schande bleiben.

«Das werde ich nicht, mein Fürst», widersprach Hidé und streckte mit einer plötzlichen Bewegung den jungen Mann nieder. Bevor Genji reagieren konnte, fällten Hidés nächste Schwerthiebe die beiden Frauen, ehe er, ohne das geringste Zögern, dem Kleinkind die Kehle aufschlitzte.

«Taro», sagte Hidé.

Taro kam herein. «Ja?»

«Bring Fürst Genji zu seinem Pferd und reite mit ihm zum Sammelplatz. Ich werde die Sache mit den restlichen Männern zu Ende führen.»

Taro verbeugte sich. «Das werde ich tun.»

Genji taumelte ins Morgenlicht hinaus. Er wusste kaum, was er tat, noch, wohin er ging.

«Mein Fürst?» Taro versuchte, ihn zu seinem Pferd zu geleiten.

«Nein.» Genji blieb stehen und sah zu, wie Hidé unter den Leichen suchte, wobei er ganz besonders auf deren Gesichter achtete. Er deutete auf zwei Männer. Es musste sich um Heikos Brüder handeln. Diese schleppte man in die Hütte, die Genji soeben verlassen hatte, und zündete sie an. Erst als alle Leichen gezählt waren und das ganze Dorf lichterloh brannte, saßen sie auf und ritten fort.

War Genjis Schuld geringer, weil Hidé ihn am eigenhändigen Töten gehindert hatte? Nein. Hidé hatte das Schwert, Genji jedoch die Absicht. Und was hatte er erreicht? Der lebende Beweis war verschwunden. Dass Heikos Geheimnis auch eines bliebe, war dadurch nicht garantiert. Andere könnten Bescheid wissen, in anderen Dörfern. Einige noch lebende Busenfreunde Kawakamis könnten eine Andeutung gehört haben, während sie mit ihm Sake tranken und den Mond bestaunten. Die Ermordung der Familie war eine notwendige Maßnahme gewesen. Trotzdem konnte er nicht genug Menschen töten, um die Wahrheit zu versiegeln – und wenn er die halbe Nation umbrachte. Der einzige Ort, an dem Heiko ganz gewiss in Sicherheit war, lag außerhalb Japans. So weit würde ihr die Wahrheit nicht folgen, und wenn doch, hätte sie keine Bedeutung.

In Amerika wussten nur wenige, dass es Japan gab, geschweige denn Eta.

Genji leugnete nicht, dass er Heiko vermisste. War das ihr Wunsch gewesen? Emily konnte seine Miene nicht deuten. Natürlich umspielte wie immer ein Lächeln seine Lippen, jenes kleine Lächeln, das nie verschwand. Lag in seinen Augen ein Hauch von Kummer?

Sie spürte einen winzigen Stich ins Herz. Hoffentlich war daran nicht Eifersucht schuld. Was fühlte sie wirklich? Heiko war in Japan ihre Freundin und Vertraute gewesen. Emily würde sie schmerzlich vermissen, obwohl ihre weitere Anwesenheit Emilys ohnehin verworrene Gefühlslage noch mehr durcheinander gebracht hätte. Liebe war schon schwierig genug, wenn es sich dabei um ein ganz einfaches und schlichtes Gefühl wie bei Hidé und Hanako handelte. Wie viel schwieriger wäre es, wenn zwei Frauen in denselben Mann verliebt und obendrein eng miteinander befreundet wären. Nicht dass Genji oder Heiko sich Emilys Gefühle auch nur im Mindesten bewusst gewesen wären, geschweige denn sie als Konkurrenz betrachtet hätten. Dafür kam sie nicht in Frage. Sie war eine Ausländerin, eine groteske Missgeburt, deren Anblick nur schwer zu ertragen war. Lieben konnte man sie nicht. Trotzdem stand es ihr frei, ihr Herz zu verschenken, auch wenn dies niemand wusste. Das genügte bereits. Oder nicht? Wünschte sie sich etwa wieder, wie damals in Amerika, als Schönheit zu gelten? Manchmal tat sie es trotz des Leides, das diese Situation unausweichlich mit sich brächte. Wenn nur Genji sie für schön hielte.

«Wie können Sie da so sicher sein?», fragte Emily. «Glück ist nicht zwangsläufig jedem Menschen beschieden.»

«Das ist nur so ein Gefühl.»

«Ein Gefühl. Sie werden doch nicht behaupten wollen, dass Sie von ihrem Glück geträumt haben.»

«Nein, ich habe keine Träume mehr, jedenfalls nicht von der Art, auf die du anspielst.»

«Glauben Sie das wirklich?» Emilys Frage war ganz ernst gemeint. Wenn er allen Erwartungen auf Prophezeiungen entsagen würde, wäre er der Erlösung so viel näher.

«Nun ja», sagte Genji, «nur noch einen. Wirst du das gestatten?»

Stirnrunzelnd schaute Emily zur Seite. «Fürst Genji, wie Sie genau wissen, geht es dabei nicht um meine Erlaubnis. Und bitte, hören Sie auf, mich so anzulächeln. Blasphemie amüsiert mich nicht im Geringsten.»

Genji lächelte zwar immer noch, schwieg aber. Nach einer Weile bedauerte Emily, dass sie ihn so schroff behandelt hatte. Seine Einstellung gegenüber Religionen war wenig ernsthaft. Wenn sich in Japan zukünftige Förderer des Christentums so wie er verhielten, würde das Wahre Wort in kürzester Zeit lediglich eine weitere Sekte wie der Buddhismus sein. Das irritierte sie, allerdings nicht mehr in dem Maß wie früher. Beim Gedanken an Genji stand Religion nicht mehr an erster Stelle.

«Kannst du es noch sehen?», fragte Genji.

«Ja, ich glaube schon», antwortete Emily. «Da.» Am Horizont blitzte etwas Weißes auf. Ein Segel an einem Mast der «Stern von Bethlehem» oder vom Wind aufgewirbelte Gischt auf einem weit entfernten Wellenkamm.

Wann hatte sie sich in ihn verliebt? Und warum? Wie konnte sie sich zu etwas so Törichtem und Hoffnungslosem hinreißen lassen? Zu etwas, das nur qualvoll enden konnte?

«Mein Fürst.» Taro verbeugte sich im Eingang.

«Ja?»

«Bedauerlicherweise muss ich Euch mitteilen, dass es in Yokohama heute Morgen zu einem Zwischenfall kam.»

«Was für ein Zwischenfall?»

«Einige Männer von Fürst Gaiho haben Bemerkungen gemacht. Unsere Leute fühlten sich zu einer Antwort verpflichtet.»

«Mit Gegenbemerkungen?»

«Nein, Herr, mit Schwertern. Fünf von unseren Leuten wurden verletzt, keiner schwer.»

«So viele? Haben unsere Fähigkeiten in so kurzer Zeit so sehr nachgelassen?»

«Nein, Fürst.» Taro wirkte zum ersten Mal seit seinem Eintreten zufrieden. «Sieben Vasallen von Lord Gaiho sind zu ihren Ursprüngen zurückgekehrt und noch einmal so viele werden ihnen vermutlich auf Grund ihrer Verletzungen noch folgen.»

«Wer ist der Sache nachgegangen?»

«Ich, mein Fürst. Sofort nach der Konfrontation.»

«Also bist du in Yokohama gewesen», sagte Genji. «Allerdings zu spät, um Gewalt zu verhindern.»

«Nein, mein Fürst.» Taro verbeugte sich tief. «Ich war dabei, als es zu Gewalt kam. Ich habe persönlich den ersten Schlag geführt.»

Genji runzelte die Stirn. «Das ist enttäuschend. Du bist dir doch im Klaren, dass das geringste Anzeichen von Unruhe in Gegenwart von Ausländern den Gleichmut des Shogun erschüttert.»

«Jawohl, Fürst.»

«Und?»

«Es sind unerträgliche Beleidigungen gefallen.» Rasch wanderten Taros Blicke zu Emily. «Meiner Ansicht nach habe ich angemessen reagiert.»

«Verstehe», sagte Genji. «Ja, vielleicht hast du das wirklich. Du kannst mir später ausführlich berichten. Inzwischen informiere Fürst Saiki. Wir werden sicher vom Shogun eine Mahnung erhalten. Er sollte eine offizielle schriftliche Antwort vorbereiten.»

«Jawohl, Fürst.»

«Denk daran, laut und deutlich zu sprechen. Seit der Explosion in Kloster Mushindo ist Fürst Saikis Gehör nicht mehr wie früher.»

«Jawohl, Fürst.» Taro lächelte. «Auf Hidés Vorschlag hin haben wir uns bereits angewöhnt, unsere mündlichen Berichte durch schriftliche zu ergänzen.»

«Sehr gut. Richte Hidé mein Lob aus. Außerdem, Taro, danke, dass du die Ehre der Dame verteidigt hast.»

«Für Dank gibt es keinen Anlass, mein Fürst.» Taro verbeugte sich in Emilys Richtung. «Sie ist die von der Prophezeiung angekündigte Ausländerin.»

Als er gegangen war, fragte Emily: «Warum hat er sich vor mir verbeugt?»

«Hat er das?»

«Ja, zumindest sah es so aus.»

«Vermutlich freute er sich, dich zu sehen.»

«Das glaube ich nicht», sagte Emily. Ihr Gefühl verriet ihr, dass sie eines der Gesprächsthemen gewesen war. Ihren Namen – Eh-meh-ri – hatte sie zwar nicht gehört, aber Taro hatte sie beim Sprechen angesehen, während Genji dies ganz bewusst vermieden hatte. «Es hat meinetwegen wieder Probleme gegeben, nicht wahr?»

«Wie könnte es das?» Genji lächelte entwaffnend. «Du hast doch nichts getan, oder?»

«Allein meine Anwesenheit ist bereits ein Problem.»

«Emily, sei nicht albern. Das ist nicht wahr, wie du wissen solltest.»

«Ich bin kein Kind mehr.»

«Ich halte dich nicht für ein Kind.»

«Ich weiß, dass man hier Fremde derzeit nicht gerne sieht, so dass ich für Sie immer mehr zu einer schrecklichen Last werde. Bitte, sagen Sie mir, was geschehen ist?»

Genji sah in ihr offenes Gesicht und seufzte. Sie zu belügen, fiel ihm sehr schwer, auch wenn es zu ihrem Besten war. «Einige Vasallen eines feindseligen Fürsten haben dumme Bemerkungen fallen gelassen. Es kam zu einer kleineren Auseinandersetzung. Ein paar meiner Männer wurden verwundet, allerdings keiner von ihnen schwer.»

«Und die Vasallen des anderen Fürsten?»

«Sind heute Nachmittag nicht mehr so viele wie am Morgen.»

«O nein.» Emily schlug die Hände vors Gesicht. «Ebenso gut hätte ich sie eigenhändig ermorden können.»

Genji saß neben ihr auf einem Sessel. Inzwischen hatte er es sich angewöhnt, kerzengerade vorne an der Kante Platz zu nehmen, anstatt wie früher einfach in sich zusammenzusacken. Seine inneren Organe mochten es lieber, wenn sie an ihrem angestammten Platz blieben, anstatt ganz unnatürlich zusammengequetscht zu werden. Sanft legte er ihr die Hände auf die Schultern. «Emily, du übernimmst für zu vieles die Verantwortung.»

Sie begann zu weinen. «Wirklich? Wenn ich nicht hier wäre,

würde niemand ein Wort über mich verlieren, und keiner Ihrer Männer sähe sich zu irgendetwas gezwungen. Wie kann ich mich da nicht verantwortlich fühlen?»
«Wenn du nicht da wärst, würden wir andere Gründe finden, uns umzubringen. Das haben wir immer getan.»
«Nein, von so einfachen Lügen lasse ich mich nicht trösten.» Nur mit Mühe gelang es ihr, ihren Tränen Einhalt zu gebieten, das Zittern jedoch konnte sie nicht ganz unterdrücken. Sie schaute ihm in die Augen und sagte etwas, das sie eigentlich nie aussprechen wollte, obwohl es der Wahrheit entsprach: «Ich sollte Ihnen nicht so nahe sein.»

Nachdenklich betrachtete Genji sie einen Augenblick, bis er schließlich nickte und sagte: «Du hast Recht. Warum bin ich nur so blind gewesen? Die Lösung liegt doch auf der Hand. Um uns allen weitere Gewaltausbrüche zu ersparen, musst du fort, und zwar sofort. Nicht nur aus dem Palast und aus Edo, sondern aus Japan. Hätte ich die Wahrheit doch nur früher erkannt, dann hättest du dich heute Morgen mit Heiko und Matthew auf der ‹Stern› einschiffen können. Aber egal, ich werde sofort Vorkehrungen treffen, damit du das nächste Dampfschiff erreichst. Dann wirst du noch vor ihnen in Honolulu eintreffen und die restliche Reise nach San Francisco gemeinsam mit ihnen antreten können, und wir werden endlich Frieden haben.» Er stand auf und begab sich mit raschen Schritten zur Tür, wo er stehen blieb und sich zu ihr umdrehte. Verblüfft starrte sie ihn an. Genji lachte.

«Erkennst du, wie töricht deine Argumente sind? Schon tausend Jahre vor deiner Ankunft haben wir uns umgebracht: Weil ein Mann in den Schatten eines anderen getreten ist. Weil eine Geisha am Abend zuvor den einen vor dem anderen bedient hat. Weil zehn Generationen zuvor ein Urahne den Urahnen des anderen verraten hat. Glaube mir, die Gründe zum Töten sind uns nie ausgegangen.»

Genjis Worte zeigten bei Emily nicht die erwartete Wirkung. Schweigend blinzelte sie mehrmals und brach dann in klägliches Schluchzen aus.

«Emily.» Genji nahm erneut neben ihr Platz, legte ihr die Hand unters Kinn und versuchte, ihr Gesicht anzuheben. Sie wandte sich ab und schluchzte weiter. «Verzeih mir, wenn ich etwas Falsches gesagt habe. Durch meine Übertreibung wollte ich dir ja nur zeigen, dass dein Verschwinden aus diesem Land keine Lösung ist.»

Immer noch schluchzend sagte sie: «Ich bin hier sehr glücklich gewesen.»

«So siehst du aber nicht aus.»

«Fürst.» Im Türrahmen kniete Hanako.

«Hanako, bitte komm herein. Ich bin hilflos.»

Kaum vernahm Emily Hanakos Namen, sah sie auf, lief zu ihr und umarmte sie weinend. Genji wollte zu ihnen, aber Hanako schüttelte den Kopf.

«Ich werde mich um sie kümmern», sagte Hanako und brachte die weinende Frau weg.

Genji blieb ratlos zurück. Dies zu verstehen war nicht nur schwierig, sondern gänzlich unmöglich. Er ließ sich auf den Stuhl fallen, stand sofort wieder auf, trat ans Fenster und setzte sich schließlich auf ein Kissen am Boden. Vielleicht würde ihm in der Meditation eine gewisse Erleuchtung kommen. Aber es gelang ihm nicht, sich aus dem Gedankenwirrwarr zu befreien. Er stand auf und war ratlos wie zuvor.

Als Heiko zum ersten Mal die Möglichkeit erwähnt hatte, dass Emily die Mutter seines Kindes werden könnte, hatte es dafür ein schier unüberwindbares Hindernis gegeben: seine eigenen Gefühle beziehungsweise das Nichtvorhandensein derselben. Um mit einer Frau ein Kind zu zeugen, musste ein Mann sie nicht lieben, aber sich wenigstens körperlich zu ihr hingezogen fühlen. Und das war hier nicht der Fall.

Und mit einem Mal war es doch so.

Seine Wahrnehmung ihres Körpers hatte sich nicht verändert. Wie könnte sie auch? Ihre übergroßen Brüste, die Taille, die ihre Körpermitte zusammenschnürte und so den gesunden Fluss des *chi* unterband; ein unnatürlich kurzer Oberkörper und ebenso unnatürlich lange Beine, viel zu ausladende Hüften und ausgeprägte runde Pobacken. Einen dermaßen grotesken Körper konnte er sich einfach nicht in einem Kimono vorstellen. Und selbst wenn man ihn irgendwie bändigen könnte, welche Farben, welche Muster würden die Aufmerksamkeit auch nur im Geringsten von ihren leuchtend goldenen Haaren ablenken? Und dann war da noch ihre Körpergröße. Anders als Heiko, die das Idealmaß besaß und einen Kopf kleiner war als er, hatte Emily die gleiche Größe wie Genji. Wenn sie ihn anschaute, blickte sie nicht zu ihm auf, sondern sah ihn mit diesen verwirrend blauen Augen auf gleicher Höhe an.

Und trotz all dieser Makel stellte er fest, dass er sie mit jedem Tag mehr begehrte. Ihr Herz war so offen für alles und stets bereit, das Gute zu sehen. Berechnung, Heimtücke und böse Absichten waren ihr fremd. Bei ihr konnte er sich frei geben und er selbst sein.

Er liebte sie.

Diese Erkenntnis traf ihn wie ein Blitzschlag. Wie hatte das geschehen können? Angesichts der warnenden Prophezeiung hätte er es kommen sehen müssen, doch dem war nicht so gewesen.

Nachdem er sich das Unmögliche eingestanden hatte, hegte er immer noch die Hoffnung, dass Heikos Deutung der Prophezeiung falsch war. Denn egal, ob er sie begehrte oder nicht, sie begehrte ihn gewiss nicht. Sie war eine Missionarin, die sich ganz der Verbreitung ihrer christlichen Religion widmete. Eine Barriere war gefallen, die andere aber blieb.

Doch dann verschwand auch diese. Emilys Gefühle, die sie ganz gegen ihre Art zu verbergen suchte, lagen offen zutage. Genjis letzte Hoffnung war Stark. Nach dem Ableben von Emilys ehemaligem Verlobten, Pfarrer Cromwell, war Stark als künftiger Ehemann aufgetreten. Aber dieser hatte nicht die Absicht, Emily zu heiraten. Er würde ihr, wie geplant, beim Bau des Missionshauses helfen und dann nach Amerika zurückkehren. Jimbo – den er als Ethan Cruz gekannt hatte – war tot. Sonst gab es nichts mehr, was ihn in Japan hielt. Und heute Morgen hatte er nun das Land verlassen.

Jetzt trennten Emily und Genji nur noch ihre Unkenntnis seiner Gefühle und seine Selbstbeherrschung. Doch auf lange Sicht würde sein Widerstand erlahmen und damit auch ihrer. Dieses Wissen resultierte daraus, dass er endlich die erste Prophezeiung begriff.

Bis jetzt hatte er immer noch gehofft, dass zwischen Emily und ihm nichts geschehen würde, denn sonst müsste sich die zweite Prophezeiung, die ihren Tod im Kindbett vorhersagte, erfüllen. Mit jedem Tag, an dem ihre gegenseitige Liebe wuchs, würde das Ende näher rücken. So grausam konnte das Leben doch nicht sein.

Aber jetzt begriff er, dass es das durchaus sein konnte. Er hatte die wahre Identität der Fürstin Shizuka herausgefunden, nicht in einer Vision, sondern in einem Moment der Klarheit, in dem sich sein gesamtes Wissen zu einem Ganzen zusammenfügte. Und er erkannte, dass die tragische Erfüllung unausweichlich war.

«Mein Fürst.» Im Türrahmen kniete Hanako.

«Wie geht es ihr?»

«Schon besser.»

«Wird sie wieder herkommen?»

«Ich glaube, es wäre wohl besser, mein Fürst, wenn Ihr zu ihr geht.»

«Gut.»

Hanako geleitete Genji durch die Gänge zu Emilys Zimmer. Obwohl sie gern etwas gesagt hätte, wartete sie darauf, bis er ihr dazu Gelegenheit gab.

«Wie lautet dein Rat?», fragte er sie.

«Mein Fürst, ich würde mir nicht anmaßen, Euch einen Rat zu erteilen.»

«Natürlich nicht. Frauen haben sich noch nie angemaßt, mir Ratschläge zu erteilen.»

Hanako erwiderte Genjis Lächeln und verbeugte sich. «Im Zusammenhang mit diesem Vorhaben reagiert sie sehr empfindlich. Hoffentlich werdet Ihr in der Lage sein, ihre Bemühungen zu loben.»

«Ich bin überzeugt, dass ihre Bemühungen Lob verdienen.»
«Übersetzen ist eine äußerst schwierige Kunst», sagte Hanako. «Dies lernte ich erst, als ich Heiko in der Sonntagsschule von Dame Emily zu helfen begann. Unsere Sprache und die ihre sind grundverschieden, was nicht nur an den Wörtern, sondern auch an den Gedanken liegt.»
«Jeder echte Gedankenaustausch benötigt eine Übersetzung, sogar wenn zwei Menschen dieselbe Sprache sprechen», sagte Genji. «Letztlich müssen unsere Herzen verstehen, was sich mit Worten nicht ausdrücken lässt.»

«Die Daten passe ich unserem Kalender an», sagte Emily, die zwar immer noch verquollene Augen hatte, aber schon wieder lächelte. Auch in ihrer Stimme schwang bereits ihre übliche Begeisterung mit. «Das siebte Jahr des Kaisers Go-toba' vermittelt dem englischsprachigen Leser kein Zeitgefühl. Wenn wir stattdessen 1291 sagen, wird er wissen, dass zum Zeitpunkt dieses Ereignisses gleichzeitig im Heiligen Land das Königreich der Kreuzfahrer an die Sarazenen fiel. Wären Sie damit einverstanden?»
«Ja, ich denke, das geht so.»
«Es ist so viel Material», sagte Emily. «Hoffentlich beanspruche ich mit meiner Bitte um eine erste Übersetzung aus dem Japanischen nicht allzu viel von Ihrer Zeit.»
«Nein, es macht mir Freude, dir zu helfen.» Genji setzte sich neben sie. Als sich ihre Blicke trafen, schenkte er ihr ein Lächeln, das sie scheu erwiderte. Danach wandte sie sich sofort wieder den Blättern auf dem Tisch zu. Am liebsten hätte er sie umarmt. «Das Einzige, worüber ich mir noch völlig unsicher bin, ist der Titel.»
«Emily.»
«Ja?»
»Es tut mir sehr Leid, dass ich dich aufgeregt habe.»
«O nein.» Tröstend legte sie ihre Hand über seine. «Daran ist einzig und allein meine Überempfindlichkeit schuld. Wirklich, was haben Sie denn gesagt? Nur die Wahrheit.»

«Manchmal bin ich zu Scherzen aufgelegt, auch wenn das unangebracht ist. Man sollte sich nicht über alles lustig machen.»

«Nein», sagte Emily, den Blick gesenkt, «nicht über alles.» Sie wollte ihre Hand zurückzuziehen, aber er hielt sie fest.

«Wir sind Freunde», sagte Genji. «Wir werden uns missverstehen, so wie alle anderen Menschen. Trotzdem werden wir das nie zwischen uns treten lassen. Einverstanden?»

Sie betrachtete zuerst ihre verschlungenen Hände, ehe sie ihm in die Augen sah. «Einverstanden.»

«Also, dann lass mich sehen, wie weit du schon bist.»

Sie zeigte ihm die Blätter. «Vorerst habe ich den Titel auf Japanisch stehen lassen. Wenn wir uns einig sind, können wir ihn ja später gegen den englischen austauschen.»

«Ja», sagte Genji in dem Bewusstsein, dass es tatsächlich einen englischen Titel geben würde, wenn die Übersetzung in vielen Jahren endlich fertig wäre. Denn «Englisch» ist das letzte Wort, das er in seinem Leben sprechen wird.

Tief dringt das Schwert in Genjis Brust ein, und alles wird weiß. Als er die Augen aufschlägt, blicken besorgte Gesichter auf ihn herab.

Die Fürstin Shizuka erscheint, nimmt ihn, ohne Rücksicht auf das Blut, in die Arme, birgt seinen Kopf an ihrer Brust, und Tränen strömen über ihre Wangen und tropfen auf sein Gesicht. Für ein paar Augenblicke schlagen ihre Herzen im Takt.

«Du wirst immer mein Schimmernder Prinz sein», sagt sie und lächelt ihn durch ihre Tränen hindurch an. «Heute Morgen bin ich mit der Übersetzung fertig geworden. Sollen wir den japanischen Namen verwenden oder auch den Titel ins Englische übersetzen? Was meinst du?»

Genji sieht, dass ihr Gesicht nicht ausschließlich japanische Züge trägt. Sie hat haselnussbraune Augen, keine schwarzen, und hellbraune Haare. Ihre Gesichtszüge sind stärker ausgeprägt und wirken eher ausländisch als japanisch. Und doch nicht ganz. Obwohl sie vielleicht äußerlich mehr Ähnlichkeit mit ihrer Mutter besitzt als mit ihrem Vater, ist auch er in ihr zu erkennen, besonders in dem kleinen Lächeln, das stets auf ihren Lippen liegt.

«Englisch», sagt Genji.

«Dann soll es auch Englisch sein», erwidert Fürstin Shizuka. «Das wird ein neuer Skandal. ‹Wieder dieser Genji›, werden die Leute sagen, ‹und seine fürchterliche Shizuka.› Aber das schert uns nicht, oder?» Ihre Lippen zittern, ihre Lider flattern. Trotzdem lächelt sie. «Sie wäre so stolz auf uns.»

Ja, möchte Genji sagen, sie wäre auf dich genauso stolz gewesen, wie ich es bin. Aber er hat keine Stimme mehr.

Etwas glitzert an ihrem Hals. Emilys Silbermedaillon mit dem Kreuz und der *fleur de lis*.

Sein Blick wandert vom Medaillon zu Shizuka, und das wunderschöne Gesicht seiner Tochter ist das Letzte, was er auf Erden sieht.

«Das hast du wunderbar übersetzt», lobte Genji sie.

«Finden Sie wirklich?» Emily strahlte vor Glück. «Aber wenn es so ist, dann ist das unser beider Verdienst, nicht nur meines. Auch Ihr Name muss darauf stehen.»

«Du kannst ja sagen, ich hätte dich beraten. Mehr nicht. Die Übersetzerin bist du.»

«Aber, Genji –»

«Darauf bestehe ich.»

Emily seufzte. Wenn er störrisch war, hatte es keinen Zweck mit ihm zu verhandeln. Vielleicht könnte sie ihn später dazu überreden.

«Ich werde sofort mit der Arbeit am nächsten Teil beginnen.»

«Genug für jetzt», sagte Genji. «Du wirst die gesammelte Weisheit und den Irrsinn von sechshundert Jahren nicht auf einmal bewältigen. Der Tag ist schön. Lass uns hinausgehen und die Winterkraniche beobachten.»

Emily lachte ihr entzückendes kindliches Lachen.

Genji hörte es und bewahrte es in seinem Herzen als jenen zerbrechlich-flüchtigen Schatz, der es war.

«Ja», stimmte Emily zu, «das ist eine ausgezeichnete Idee.»

«Vielleicht wird es schneien», sagte Genji.

«Genji!», sagte Emily mit mahnender Stimme. Und doch lächelte sie, als sie seinen Namen aussprach.

18

Ein Schiff namens «Stern von Bethlehem»

Hier ist dein Katana. Um es zu formen, wurde Stahl ins Feuer geworfen und immer wieder gefaltet und gehämmert, bis zwanzigtausend Lagen reinen Metalls eins wurden. Von jedem Barren, der die Flammen berührte, überlebte nur einer von sechs die Verwandlung in Klinge und Heft.
Bedenke dies gründlich. Mach dir den Unterschied zwischen Definition und Metapher und ihre jeweiligen Grenzen klar. Nur dann wirst du imstande sein, diese Waffe zu ziehen, wenn es um Leben und Tod geht.

SUZUME-NO-KUMO (1434)

Edo versank hinter dem Horizont, dann die Bergspitzen, und schließlich war auch Japan verschwunden. Und die «Stern von Bethlehem» segelte weiter Richtung Osten, auf die fernen Küsten Amerikas zu.

Stark stand achtern an der Steuerbordreling, zog die 32er Smith & Wesson aus seinem Gürtel und ließ sie über Bord fallen. Dann holte er den 44er Colt Army-Revolver mit dem Acht-Zoll-Lauf so langsam aus dem Halfter, wie er ihn noch nie gezogen hatte. Er hielt ihn in beiden Händen und betrachtete ihn lange, ehe er die Trommel aufklappte, die Patronen entfernte, sie einmal ganz fest umschloss und dann die Hand öffnete. Sechs Patronen fielen ins Meer. Dann folgten Trommel, Rahmen und Griff. Er löste seinen Halfter und warf ihn hinterher.

Noch immer stand er an der Reling, völlig reglos.
Unvermutet sagte er: «Mary Anne.»
Unwillkürlich begann er zu weinen.

Heiko stand am Bug und schaute auf die riesige Weite des Ozeans hinaus. Wie würde sie in jenem Barbarenland am anderen Ende der Welt überleben? Dank der Goldbarren, die ihr Genji anvertraut hatte, war sie reich. Sie genoss die Gesellschaft von Matthew Stark, dem sie als Freund und Beschützer restlos vertraute. Nur eines fehlte ihr – Genji. Sie würde ihn nie wieder sehen.

Seine Abschiedsworte waren Lügen. Er hatte gesagt, er habe in seinen Visionen gesehen, dass er der letzte Großfürst von Akaoka sein werde. Ohne jeden Nachfolger. Binnen weniger Jahre gebe es keine Samurai und keinen Shogun mehr, weder Großfürsten noch einzelne Fürstentümer. Eine zweitausend Jahre alte Zivilisation werde über Nacht verschwinden. Das waren Genjis Worte gewesen. Vielleicht waren auch das Lügen. Aber das machte ihr weniger Sorgen. Nur eine einzige Lüge war wirklich von Bedeutung, die, dass er nachkommen werde.

Das wusste sie auf Grund der Dinge, die er in seinen beiden Visionen gesehen hatte.

In der einen begegnet er einer mysteriösen Fürstin Shizuka, die nie in Amerika auftauchen kann, egal, wer sie ist. Also muss Genji sie in Japan treffen. In der zweiten stirbt seine Frau, Konkubine oder Geliebte – da er sie nicht sieht, kann es sich um Emily, Shizuka oder sonst jemanden handeln – im Kindbett, kurz nachdem sie ihm einen Erben geboren hat. Genji würde nie ein eigenes Kind außerhalb seiner Heimat aufwachsen lassen, egal, ob er nun Großfürst wäre oder nicht.

Er hatte gelogen, und immer noch wusste sie nicht, warum.

Er hatte gelogen, doch sie war in ein Land unterwegs, wo man Emily für schön hielt, sie jedoch mit ziemlicher Sicherheit abstoßend fand. Ihre sagenhafte Schönheit würde ihr nicht das Geringste nützen. Voller Abscheu würden sich die Leute von ihr abwenden.

Sie musste nicht darauf warten, dass die Zeit ihre Schönheit zerstörte. Mit zwanzig hatte sie sie in einem Land zurückgelassen, das längst unsichtbar hinter dem Horizont lag.

Und doch würde sie nicht weinen. Sie würde sich nicht Angst, Verzweiflung und Schwäche hingeben.

Schließlich war sie eine Ninja aus dem berühmten Geschlecht ihres Onkels Kuma, genannt der Bär, des größten Ninja der letzten hundert Jahre. Sollte sie je Grund zu Selbstzweifeln haben, musste sie nur das Blut durch ihre Adern pulsieren spüren, um wieder Sicherheit zu erlangen. Nein, sie war ganz gewiss keine weinende Geisha, die ihr Liebhaber verlassen hatte. Sie war im Auftrag ihres Herrn und Meisters unterwegs, von Okumichi no kami Genji, Großfürst von Akaoka, einem wunderschönen Lügner, der eines Tages sicherlich Shogun von ganz Japan sein würde.

Sie wollte nicht länger über ihr Unglück nachgrübeln und machte sich auf die Suche nach Stark. Es gab vieles zu besprechen. In erster Linie mussten sie dafür sorgen, dass das Gold sicher aufbewahrt war. Während ihres Aufenthalts an Bord eines christlichen Handelsschiffes wurde es wahrscheinlich nicht gestohlen. Trotzdem konnten sie sich keine Nachlässigkeit erlauben.

Stark stand achtern an der Schiffsreling. Er regte sich nicht. Als Heiko näher kam, fingen seine Schultern zu zittern an. Er fiel auf die Knie und heulte wie ein sterbendes Tier.

Heiko kniete sich neben ihn. Würde er sie schlagen, wenn sie ihn berührte? Und wenn ja, wie würde sie reagieren? Nein, sie wollte nichts im Voraus planen. Sie war unterwegs in ein unbekanntes Land, und der einzige Weg, der dahin führte, war das Unbekannte selbst. Jetzt, in diesem Augenblick, würde sie den ersten Schritt tun.

Heiko zog einen schlichten weißen Schal aus feinster Seide zwischen Über- und Unterkimono heraus, um damit Starks Tränen zu trocknen.

Stark schlug sie nicht. Als die Seide sein Gesicht berührte und seine Tränen aufnahm, schluchzte er ein letztes Mal auf. Dann berührte er Heikos Hand so sanft, dass sie es kaum spürte, und sagte: «Ich danke dir.»

Heiko verneigte sich und wollte höflich antworten, aber die Stimme versagte ihr. Dann traten Tränen auch in ihre Augen, obwohl ihr Mund noch lächelte.

Jetzt streckte Stark die Hand aus. Der erste Tropfen, der von ihrer Wange rollte, fiel hinein.

Er glitzerte wie ein kleiner Diamant.

Und die «Stern von Bethlehem» segelt weiter, und Stark sagt, ich danke dir, und Heikos Seidenschal in ihren Händen trocknet seine Tränen, während die ihren auf ihr Lächeln fallen und weiter in die Zeit hinein, und die «Stern von Bethlehem» segelt weiter.

TEIL VI

Spatzenwolke

Suzume-no-kumo

Erste Rolle, erster Faszikel

Übersetzt aus dem Japanischen von *Emily Gibson*
Unter Beratung von *Genji Okumichi*, Daimyo von Akaoka
Im Jahre des Herrn 1861

Im Spätsommer des Jahres 1291 kamen mein Großvater, mein Vater und meine älteren Brüder in der Schlacht bei Kap Muroto zusammen mit unseren kühnsten Kriegern ums Leben. So wurde ich, Hironobu, im Alter von sechs Jahren und elf Tagen Fürst von Akaoka.

Als die siegreiche Armee der Hojo-Usurpatoren näher rückte, half mir meine Mutter, Fürstin Kiyomi, bei den Vorbereitungen zum rituellen Selbstmord, der am Ufer jenes Flusses stattfinden sollte, der im Frühjahr neben unserer Burg floss. Ich war ganz in Weiß gekleidet. Der Himmel war klar und blau.

Neben mir stand mein Leibwächter Go mit erhobenem Schwert. Damit würde er mich enthaupten, sobald ich mir das Messer in den Bauch stieß. Gerade als ich zur Tat schritt, stiegen aus dem trockenen Flussbett Spatzen auf, Hunderte und Aberhunderte von Spatzen. Ein so großer Schwarm flog über mich, dass er wie eine Wolke Schatten warf.

Der zehnjährige Stallbursche Shinichi, mein Spielgefährte, rief laut: «Halt! Das ist ein unerhörtes Omen! Fürst Hironobu muss nicht sterben!»

Weinend fiel Go vor mir auf die Knie und sagte: «Mein Fürst, Ihr müsst uns in die Schlacht führen! Das fordern die Götter!»

Wie er auf diese Deutung des Omens kam, erklärte er nicht. Aber auch mein Gefolge stimmte ihm unter Tränen zu.

«Lasst uns im Angriff sterben, wie es sich für wahre Krieger geziemt!»

«Es gibt keine bessere Reiterei als die der Okumichi. Wir werden ihre Reihen mit einem massiven Angriff zerschmettern!»

So geschah es, dass ich noch am gleichen Abend die restlichen Samurai unseres Clans, einhunderteinundzwanzig an der Zahl, gegen die fünftausend Mann starke Hojo-Armee zu Felde führte.

Unter Tränen lächelnd nahm meine Mutter von mir Abschied und sagte: «Bei deiner Wiederkehr werde ich das Blut unserer selbstgerechten Feinde von deinem Schwert waschen.»

Ryogi war mein ältester Ratgeber. Er beabsichtigte, uns am nächsten Morgen bei Sonnenaufgang den Feind direkt angreifen zu lassen. Dabei würden wir im Pfeilhagel den offenen Strand überqueren, auf Reiter stoßen, die uns zehnfach überlegen waren, und anschließend auf die Piken und Speere von dreitausend Fußsoldaten treffen. Erst nachdem wir ihre Reihen durchbrochen hätten, bestünde die Möglichkeit, die feigen Hojo-Befehlshaber anzugreifen und zu töten.

Ich sagte: «Heute Nacht wird der Feind sein Lager in den Wäldern von Muroto aufschlagen. Dieser gespenstische Ort hat mir schon immer Angst eingejagt. Vielleicht verspüren auch sie Furcht.»

Erstaunt schaute Go mich an und sagte: «Der junge Fürst hat uns den Schlüssel zum Sieg gegeben.»

Wir verbargen uns im Schatten. Im Vorgefühl ihres Triumphes tranken und feierten die Hojo die ganze Nacht hindurch. Während unsere Feinde betrunken schliefen, drangen wir in der dunkelsten Stunde vor Tagesanbruch in ihr Lager ein, betraten die Zelte ihrer Anführer und enthaupteten sie.

Dann schossen wir brennende Pfeile zwischen die schlafende Horde und schrien und heulten dabei wie Gespenster aus dem Land der Toten.

Der Feind stürzte herbei, um die Befehle entgegenzunehmen, und fand die Köpfe seiner erschlagenen Fürsten aufgespießt auf deren eigenem Schwertgriff, während die zerbrochene Klinge im Erdreich steckte.

In panischer Angst verwandelte sich die Hojo-Armee in einen flüchtenden Haufen. Am Strand wurden sie von unseren Bogenschützen zu Hunderten getötet. In den uns so vertrauten Wäldern trennten unsere Schwerter tausend Köpfe von den Schultern. Durch einen glücklichen Zufall trieb in der Morgendämmerung dichter Nebel vom Meer herein, der sie noch mehr verwirrte und ängstigte. Als wir am Abend danach von den Wäldern um Muroto aufbrachen, hinterließen wir dreitausendeinhundertsechzehn Hojo-Köpfe. Auf Speeren aufgespießt, wie verfaulte Früchte von den Bäumen hängend, am ganzen Strand verstreut und an die Schwänze und Mähnen ihrer vom Blut berauschten Pferde gebunden. Bis zum heutigen Tag werden die Knochen der Toten wie Treibgut angeschwemmt, wenn sich Sturmwellen an der Küste brechen.

Im nächsten Frühjahr kamen Fürst Bandan und Fürst Hikari aus den beiden benachbarten Fürstentümern überein, mit uns einen Feldzug gegen unsere gemeinsamen Feinde zu führen. Zuerst marschierte unsere vereinte Armee aus dreitausend Samurai und siebentausend Fußsoldaten gegen die Hojo. Unser Banner war ein Spatz, der sich unter Pfeilen aus allen vier Himmelsrichtungen duckt.

Als unsere Armee die Wälder von Muroto passierte, stieg vom Schlachtfeld eine zweite Spatzenwolke auf. Fürst Bandan und Fürst Hikari sprangen aus dem Sattel und fielen neben meinem Pferd auf die Knie. Dieses zweite Omen veranlasste sie, mir als ihrem obersten Anführer unverbrüchliche Treue zu schwören. Auf diese Weise wurde ich, Okumichi no kami Hironobu, zum Großfürsten erhoben. Damals war ich noch keine sieben Jahre alt.

Damit begann der Aufstieg unseres Clans, der Okumichi, und die führende Stellung unseres Fürstentums Akaoka.

Alle, die nach mir kommen, mögen die Worte in diesen Geheimrollen unseres Clans sorgfältig studieren. Schriftrollen voller Weisheit, Geschichte und Prophezeiungen, niedergeschrieben mit dem Blut unserer Ahnen. Versäumt nicht weiterzuführen, was ich begonnen habe.

Mögen alle Götter und Buddhas der zehntausend Himmel auf euch herablächeln, solange ihr die Macht unseres Fürstentums mehrt.

Mögen alle Geister und Dämonen von zehntausend Höllen diejenigen auf ewig jagen, die nicht unsere Ehre wahren.